英语文学典藏译丛·长篇小说卷

The Ambassadors

Henry James

专使

[美] 亨利·詹姆斯∠著

王理行∠译

漓江出版社

亨利·詹姆斯

（Henry James, 1843—1916）

亨利 · 詹姆斯 11 岁时与父亲大亨利 · 詹姆斯的合影

↑英格兰东南部东萨塞克斯郡莱镇兰姆宅邸，亨利 · 詹姆斯自 1897 年到 1916 年去世期间的居所

↑兰姆宅邸内景

位于美国马萨诸塞州剑桥市剑桥公墓的亨利·詹姆斯墓碑，上书“亨利·詹姆斯——小说家，两国公民，大洋两岸他那代人的阐释者——生于1843年4月15日，纽约，卒于1916年2月28日，伦敦”

目 录

第九部

第十部

第十一部

第十二部

译者序

王理行

当一位作家的作品具有足够的个性、价值和影响力的时候，他就会被载入自己国家的文学史，而当这样的作家碰巧又与另一个国家有过密切的关系甚至后来又加入了另一个国家国籍的时候，其祖国和后来有过密切关系甚至加入国籍的国家的文学史上就都会有其一席之地，都会以之为荣。比如，著名现代主义诗人，1948 年诺贝尔文学奖得主 T.S. 艾略特生于美国，持有美国国籍，年至不惑加入英国籍；本书作者，著名小说家亨利·詹姆斯生于美国，一生大半辈子都是美国籍，去世的前一年加入英国籍。鉴于他们各自对现代文学独特而重大的贡献，英美两国的文学史著作上都分别会对这两位文学大师及其作品给予重点介绍。凡是被不同的国家竞相写入文学史的作家，必然是在世界文学史上有重要地位的作家。

亨利·詹姆斯被视为现实主义文学和现代主义文学之间重要的过渡性人物，位居英语文学乃至世界文学中最杰出的小说家之列。

他的作品主要刻画人物心理的戏剧性变化，心理描写极为细致，追求心理真实，通过人物的内心世界这面镜子折射出丰富多彩的外部世界的现实，为西方小说技巧的发展开拓了新的领域。他因此被视为意识流小说的先驱，对 20 世纪崛起的现代主义和后现代主义文学都有重大的影响。他还是现代派小说评论的鼻祖，所倡导和实践的文学艺术理论和准则，对英美两国以至西方的文学所产生的影响持久而深远。

悠闲而孤独的生活与社会的观察者

詹姆斯 1843 年 4 月 15 日生于美国纽约市华盛顿广场二号。父亲老亨利·詹姆斯睿智而踏实，是讲师、哲学家，从其父亲，奥尔巴尼银行家、投资家手里继承了巨额财富。母亲玛丽来自早已定居纽约的富有家庭。小亨利·詹姆斯，即本书作者，有一个大他一岁的哥哥、两个弟弟和一个妹妹。哥哥威廉·詹姆斯是哈佛大学教授，美国第一位著名的心理学家和有重大影响的哲学家，妹妹艾丽丝·詹姆斯则是位日记作家。

亨利·詹姆斯自幼在父亲的计划下接受教育，因此受到许多方面的影响，主要是科学和哲学方面。1855 年到 1860 年间，詹姆斯一家根据其父亲一时的兴趣和出版投资的需要，先后前往伦敦、巴黎、日内瓦、滨海布洛涅和罗德岛的纽波特港。詹姆斯主要跟家庭教师学习，随家人在欧洲旅行期间曾短暂上过几所学校。他们在法国待的时间最长，詹姆斯在那里开始有家的感觉，法语也讲得流利起来。

他口吃结巴，只好刻意慢慢讲话。他所受的教育，和他小说中的许多人物所受的教育一样，具有世界性。到 1860 年代中期，他已经把自己视为移民。

1860 年，一家人回到纽波特。詹姆斯在那里成了画家约翰·拉·法奇的朋友，后者把他引入法国文学，尤其是巴尔扎克。詹姆斯后来称巴尔扎克为他的“最杰出的大师”，说自己从他那里学到的小说技巧比任何人那里都要多。

1862 年，詹姆斯上了哈佛法学院，但意识到自己对法律不感兴趣。他追随自己对文学的兴趣，在波士顿和剑桥与作家威廉·迪恩·豪威尔斯和评论家查尔斯·艾略特·诺顿交往，和未来最高法院法官小奥利弗·温德尔·霍尔姆斯以及最早的文学上的良师益友詹姆斯和安妮·菲尔兹夫妇建立起终生友谊。

詹姆斯最早面世的作品是一篇舞台表演评论，发表于 1863 年，当时他还不满二十岁。1864 年，他的短篇小说处女作《过失引起的悲剧》匿名发表在《大陆月刊》上，描写的是通奸和误杀的通俗闹剧式故事。同年，他为《北美评论》写的一篇瓦尔特·斯科特小说欣赏，让他收到了人生的第一笔稿酬。他为菲尔兹当主编的《民族》和《大西洋月刊》写虚构和非虚构作品，并和菲尔兹合力推动了美国的“现实主义”。詹姆斯二十五六岁时，已被公认为美国最杰出的短篇小说家之一，他的短篇小说聚焦于人物的内心生活。

1869 年，他在伦敦定居下来。在伦敦，他和麦克米伦及其他出版社建立起联系，他们为他分期交稿连载作品支付报酬，并在后来以图书形式出版。1870 年，他的长篇小说处女作《监护》连载于《大西洋月刊》，小说讲的是一位波士顿绅士抚养一个受监护的女子，其目的是要娶她为妻，而监护与爱情难以调和。

1869 年至 1870 年间为期十四个月的欧洲之旅中，他遇到了英国著名作家拉斯金、狄更斯、马修·阿诺德、威廉·莫里斯和乔治·艾略特。他对罗马印象极深。“我这是在永恒之城了，”他写信给哥哥说。“终于——第一次——我生活着！”他试图在罗马当自由作家谋生，并通过《纽约论坛报》主编约翰·海的影响稳住该报驻巴黎记者的职位，但这样的努力失败了。1874 年至 1875 年间，他出版了三部分期连载小说《大西洋彼岸素描》《热情的朝圣者》和《罗德里克·哈德森》，其读者多半是中产阶级妇女，而詹姆斯尽力使连载文学作品的创作，局限于编辑出版者有关什么适合年轻妇女阅读的看法之内。他住在出租屋里，但能加入绅士俱乐部，那些俱乐部里有图书馆，他可以在其中款待男性朋友。亨利·亚当斯和查尔斯·米尔尼斯·加斯克尔把他引入英国社交圈。在这段文学生涯早期，他较多地受霍桑影响。他的这些早期作品，便已可见明确的创作目标和细致准确的描述，表现出文学创作上的成熟。

1875 年秋，他移居巴黎拉丁区。除了两次美国之行外，接下去的三十年——他的余生——他都在欧洲度过。由此，他开始了漫长的侨居他国的文学创作生涯。在巴黎，他认识了左拉、都德、莫泊桑、福楼拜、屠格涅夫和其他文坛大家。他在巴黎仅待了一年便移居伦敦。

在英格兰，他认识了政界和文化界的重要人物。他继续成为多产作家，写出了《美国人》（1877）、《欧洲人》（1878）、《监护》（修订版，1878）、《法国诗人与小说家》（1878）、《霍桑》

（1879）和几部较短的小说。詹姆斯的早期小说，写的都是美国人与欧洲人交往产生的矛盾和感受，他自己称这类小说为“国际题材”。《美国人》是他定居欧洲后写的第一部小说，后来他才发现，在这个时间节点上，他居然在对主人公既嘲讽又喜爱的态度中，把这部小说写成了一部美国传奇。1878年，描写一位单纯热情的美国姑娘如何被奸诈世故的欧洲人所迷惑玩弄的《黛西·米勒》让他首次大获成功并扬名于大西洋两岸。它引人瞩目，或许是因为刻画了一个行为冲破了欧洲社会规范的女子，对造就“美国姑娘”这样一种文化类型起到了促进作用。从《黛西·米勒》开始，他把小说的中心人物，即移居国外的美国人，由男子换成了妇女。詹姆斯文学生涯早期的声誉得力于他对美国妇女所作的多方面探究。这一时期，他又发展了与国际题材密切相关的另一个主题，即天真纯洁遭到腐蚀，他的国际题材因此得到了深化。《黛西·米勒》使英国文坛的名流对詹姆斯刮目相看，他频频出入豪门宴会，被选为伦敦各俱乐部成员，成为英国红极一时的社会名流及英美两国文学艺术交流中极有声誉和影响的人物。

1877年，他第一次参观他朋友查尔斯·米尔尼斯·加斯克尔的家乡什罗普郡的温洛克修道院。那阴暗又充满传奇色彩的修道院及周边的乡村大大激发了他的灵感，他在随笔《修道院和城堡》中对之大加描述。尤其是修道院后面那灰蒙蒙的修道士养鱼塘，据说启发他后来写出了《螺丝在拧紧》中的那片湖。

生活在伦敦期间，詹姆斯继续追随着“法国现实主义者”，尤其是左拉的事业。他们的文体方法影响着他未来岁月的创作。这一时期，霍桑对他的影响逐渐消失，被乔治·艾略特和屠格涅夫所取代。屠格涅夫使詹姆斯相信，作家无须为“故事”费心，只要把注意力集中在人物身上，自然就会掌握人物的生活经历。1879 年至 1881 年间，《欧洲人》《华盛顿广场》和《贵妇画像》陆续出版。这些作品的问世，确立了他作为一位值得关注的重要作家的地位。

1884 年，詹姆斯又访巴黎，再会左拉、都德和龚古尔。他一直追随着法国“现实主义”或“自然主义”作家的事业，他们对他的影响与日俱增。1886 年，他出版了《波士顿人》和《卡萨玛西玛公主》，两者都受他用心研究过的法国作家的影响，然而，这两部小说的评论和销售都不理想。在这期间，他成了史蒂文森、约翰·辛格·萨金特、爱德蒙·戈斯、莫里哀、保罗·布尔热和康斯坦斯·菲尼莫·伍尔逊的朋友。进入 1880 年代以来他的第三部小说是《悲惨的缪斯》。虽然他 1880 年代的小说都在追随左拉的创作观念，其语气和态度却更接近于都德的小说。这一时期他的小说在评论界和经济上都没能取得成功，导致他抛开心爱的国际题材，尝试为剧院写作剧本。

在剧作《盖伊·多姆维尔》反响平平后，詹姆斯几近绝望，受死亡想法的折磨。其实，他花在戏剧创作上的那几年并非一无所获，因为，当他步入文学生涯最后阶段时，他找到了把戏剧技巧改造到小说形式里去的方法。1880 年代后期和 1890 年代，詹姆斯作了几次欧洲之行。

1887 年，他在意大利待了很长一段时间。那一年，《艾斯彭书信》和《反射镜》出版。1897 年至 1898 年，他移居萨塞克斯郡莱镇，写作《螺丝在拧紧》。1899 年至 1900 年，《青春期》和《圣泉》

先后问世。

1902 年至 1904 年，他一生中最重要的三部作品《鸽翼》《专使》和《金碗》先后问世。1904 年，他重访美国，作关于巴尔扎克的讲座。1906 年至 1910 年，他出版《美国场景》，编辑了自己的二十四卷本作品集纽约版。1910 年，他哥哥威廉去欧洲养病未见好转，亨利刚和归来的威廉汇合，威廉便去世。据亨利的一封信中所写，威廉撒手人寰时，亨利就守在身边。此行竟成亨利最后一次美国之行（1910 年夏至 1911 年 7 月）。

1913 年，他写了几部自传，《小男孩及其他》《儿子的笔记》和《哥哥》。1914 年第一次世界大战爆发后，他从事过战时工作。1915 年，也就是他去世的前一年，他加入英国国籍。1916 年，他获颁殊功勋位。1916 年 2 月 28 日，他在伦敦切尔西去世。他的骨灰埋于美国马萨诸塞州的剑桥公墓。

詹姆斯说过，法国大作家福楼拜“一生下来就是小说家，他从成长、生活到去世都是小说家，他作为小说家而呼吸、感受、讲话并从事生活中的每一个行动”。这些话同样适用于詹姆斯自己。除了文学艺术之外，詹姆斯的一生没有多少可谈的。他自幼在美国和欧洲多地上学，受到了各地文艺瑰宝的熏陶。四海为家的成长经历，使他习惯于当一名观察者。他出身于一个富裕的家庭，无须为生存发愁，一直过着悠闲自在的生活。他一生中频繁往返并生活于美国、欧洲大陆和英国，主要都是以一个热情又基本上是局外、孤独的观察家身份出现的。他终身未婚，到晚年时宣称，孤单凄凉必然是赤诚的艺术家不可避免的命运。

承上启下、风格独特的杰出作家

詹姆斯的文学生涯可以分为三个阶段。

詹姆斯文学生涯的第一阶段聚焦于欧洲与美国之间的明显差异，以《贵妇画像》为其巅峰之作。

作为一个美国人，詹姆斯早年就开始的经常在欧洲旅行和生活的经历，为他提供了一个独特的视角观察欧美社会、欧美人，为他的小说创作提供了一个主要题材，即他自己说的国际题材——移居国外的单纯、天真、严肃、大度的美国人和优雅、聪明、世故、势利的欧洲人因文化背景不同在相互接触过程中产生的种种矛盾和问题。他第一阶段的大部分作品，其基本的主题都是美国这个新世界的乡土气和旺盛生机与欧洲这个旧世界的优雅和精明之间的冲突。詹姆斯在作品中经常把两类人物并置：一类来自旧世界，文明、优美、诱人而老气横秋；一类来自新世界，粗鲁、土气、坦率而富有生机。詹姆斯通过社会中个人之间的关系探究这种个性与文化的冲突。这些小说的风格总体上简单明了，尽管也颇具个性，但仍然在 19 世纪小说的规范之内。

他的第一部重要小说《罗德里克·哈德森》（1875）描写一位极具天赋的雕塑艺术家在台伯河边经历的一场选择艺术还是选择热恋情人的挣扎。詹姆斯把艺术家的主题作为表现人性基本主题的中心。该小说深获好评，是因为它生动地塑造了三位主要人物：罗德里克·哈德森，极具天才却反复无常又不可靠；罗兰·马莱特，罗德里克的朋友和赞助人，能力平平却成熟得多；克里斯蒂娜·赖特，詹姆斯笔下最令人着魔又发狂的不祥女子。哈德森和马莱特这两个人物代表着詹姆斯自身本性的两面：极具想象力的艺术家和忧郁而诚实的良师益友。他在纽约版《美国人》的前言中，描述了他心里这部小说故事的发展是这样的：一个美国人的“处境”，“某个粗鲁但不知不觉中就被欺骗和出卖，某个受到残酷亏待的同胞……”故事的中心就是这个受到亏待的人的反应。

詹姆斯以其最受欢迎的长篇小说《贵妇画像》（1881）结束了他文学创作生涯的第一阶段。其故事讲的是，一个来自纽约奥尔巴尼的年轻女子伊莎贝尔·阿彻，怀着褊狭的乡土观念和勃勃雄心来到欧洲，坚持独立人格和“自由精神”，要“直面命运”，却发现命运难违。她继承了一大笔钱，随后便成了两个美国移民欺诈阴谋的受害者。《贵妇画像》可能是一次实验，就是要看看一个理想主义的年轻女子突然暴富时会发生什么。小说主要置景于欧洲，作为一幅在英格兰和意大利侨民社会中活动的美国人的画像，在现代小说史上堪称无与伦比。这部小说出色地刻画了一伙利己主义者，同时对美国性格作了精当的评价，体现了有关一个国家的神话：一个用历史盲目性和高傲维护的关于自由平等的理想；常以慷慨大方的形态表现出来的自我利益，当这种慷慨大方被视为一种威力的运用时又感到自己受到了伤害。这是一部兼具丰富性和深刻性的心理小说，探究人物的内心，还几乎被视为社会科学著作，探讨的是欧洲人与美国人之间，旧世界与新世界之间的差异，以细腻、深刻、具体地分析人物和社会文化准则见长。

詹姆斯尤其对他所谓的“优美又可喜的中篇小说”或者说较长形式的短篇叙事感兴趣。不过，他也写出了许多非常短的小说。詹姆斯在中短篇小说方面的许多重要作品都创作于其文学生涯的第一阶段，其中包括《错误的悲剧》（1864，短篇小说）、《一年的故事》（1865，短篇小说）、《虔诚的朝圣者》（1871，中篇小说）、《德莫福夫人》（1874，中篇小说）、《黛西·米勒》（1874，中篇小说）等。

詹姆斯文学生涯的第二阶段，从《贵妇画像》出版开始直到19世纪末，其间的小说都不太流行，包括1885年至1886年在《大西洋月刊》上连载的《卡萨玛西玛公主》和同期在《世纪杂志》连载的《波士顿人》。《卡萨玛西玛公主》利用1880年代盛行的无政府暴力行为作素材，探讨了热爱文化和参与革命之间的冲突。《波士顿人》刻画的人物或性情乖戾，或热衷于赶时髦，或“行好事”。这一阶段值得 ·提的还有《艾斯彭书信》（1888，中篇小说）、《大师给出的教训》（1888，中篇小说）、《真品》（1890，短篇小说）、《小学生》(1891，短篇小说)、《地毯上的图案》(1896，短篇小说)、《螺丝在拧紧》（1898，中篇小说）等。

在这一阶段，詹姆斯把大量的经历投入到了戏剧创作中。他的戏剧创作开始于1869年至1871年为期刊写独幕剧。1882年，他把自己广受欢迎的中篇小说《黛西·米勒》改编为戏剧。在得到一笔遗产因而从为杂志撰稿中解脱出来后，从1890年至1892年，他热心于重续伦敦舞台，写了六部戏剧，其中只有一部由他的小说《美国人》改编的剧本上演了。该剧由一家巡回轮演剧团公司上演了数年，在伦敦一直有较好的口碑，但并未为詹姆斯赚到很多钱。在这段时间里，他多半忙于与剧院来往，写了大量戏剧批评，帮伊丽莎白·罗宾斯及其他人翻译并在伦敦首演易卜生。1893 年，他答应了演员－经理乔治·亚历山大为他经理的圣詹姆斯剧院翻新后首演写一部严肃剧的请求。詹姆斯写了一部长剧《盖伊·多姆维尔》，由亚历山大搬上舞台。该剧反响一般，连演四周。经受了上述的压力和失望后，詹姆斯坚决主张不再为剧院写本子，但数周后却又答应为主要出演莎士比亚戏剧的英国著名女演员艾伦·特里写一个暖场短剧。该剧后来成为一个独幕剧《夏日温柔乡》，又改写为短篇小说，扩展为一部完整的剧本《高出价》，并于 1907 年在伦敦短暂上演。此后，因身体不佳加上写舞台剧压力太大，詹姆斯未再涉足舞台剧，但把剧本改写为成功的小说。

詹姆斯的许多短篇小说可以看作精神上的思考－实验。在一系列被批评家归纳为“艺术家的故事”的中短篇小说中，詹姆斯把艺术和生活之间有待探索的关系作为主题。《大师给出的教训》似乎以需要在生活的完美和艺术的完美之间作出选择作为中心话题。亨利·圣·乔治大师曾为一桩令人艳羡的婚事和生活上的成功而牺牲了自己的文学才华。他劝一位青年作家不要重蹈自己的覆辙。青年作家因此决定舍弃自己心爱的姑娘，不过他发现，大师在前妻死后已经着手准备娶那位姑娘了！而且，小说末尾还暗示了这样一种可能性：大师的艺术可能会因这第二次美满婚姻而焕发第二春。大师给出的教训实在太具有讽刺意味了！由此可见，生活与艺术的二元对立也是虚幻的。《真品》中的画家用一对男女作模特，但完全达不到预期效果，不过却成功地把这对俗气的职业模特改画成了优雅形象。但是，画家喜欢让经过修饰的事物胜过真实事物的天性，部分地与他对真正高贵的认识产生了矛盾，而那对贫穷的男女模特最后则以高尚的品质承受了自己的失败，至少在此意义上证明了自己毕竟是“真实的人”。

詹姆斯文学生涯的第三阶段是他文学创作的最重要时期，收获了他一生最重要的成就，即在 20 世纪初出版的三部气势宏大的长篇小说《鸽翼》（1902）、《专使》（1903）和《金碗》（1904）。这三部小说广受文学评论界的重视和好评，被视为詹姆斯文学创作的巅峰，代表着“詹姆斯天才的最后的灿烂花朵……是英语中前所未有的经典性的完美小说，它们把理论和实践尽善尽美地结合了起来”，可谓开 20 世纪小说的先河。它们回到了国际题材，更加注重文学形式和个人心理活动的微妙之处，行文风格尤为错综复杂。先前作为现实主义作家，他作品中往往人物众多拥挤，描写细致入微；而他的后期作品中，往往只有少数几个人物处于剑拔弩张的情势中。此外，他还采用了一种越来越含蓄又富于象征的形象比喻，因为他一直不懈地追求将自己的主观体验注入一种适应性强的散文文体之中。原先对个人的以及人与人之间的两难处境的考察，也扩展为对社会和文化的关注。他笔下的人物就在这种特定的社会和文化的关注中为他们自己的个性和生存而奋斗。其中写成于《专使》之后的《鸽翼》却是第一个出版，小说以伦敦和威尼斯为背景，讲述的是罹患重病的美国女继承人米莉·希尔悲惨动人又曲折的故事及她对周围人的影响。周围的人亲近、帮助米莉所怀的动机，有的高尚，有的自私。一些并非歹毒之人满口尊严和理性，行动上却凶残得犹如豺狼虎豹。詹姆斯在其传记著作中说明，米莉的原型就是早年就死于肺结核的他所爱的表妹米妮·坦普尔。他说，他在这部小说中试图用“艺术的美与尊严”包裹对她的记忆。最后一部《金碗》以通奸为主题，描写了四个主要人物，其前半部通过贵族丈夫的视角，后半部则从妻子日益觉醒的视角来写。这三部小说超越了单纯的故事情节和人物或其主题的戏剧性，对西方社会的生存方式作了哲学的思考。在《专使》的喜剧中、《鸽翼》的通俗剧式的情节中以及《金碗》的正剧中，詹姆斯描绘出了一幅幅 19 世纪末欧洲文明的图景，强调必须承认人的自由，承认人拥有保持自己的隐私的权利。这一阶段，他的中篇小说《丛林里的野兽》(1903) 也值得关注。

詹姆斯在创作生涯的早期就决心寻求最适合发挥自己才能的创作形式和方法。法国的现实主义作家一度是他崇拜的偶像，但他渐渐发现，他们对现实主义中“形象化”的关切似乎已经以某种方式扼杀了理性。而自己钦佩的英国作家乔治·艾略特的小说能把有力的人物描写和同样有力的道德观念结合起来，但美中不足的是，其中缺乏艺术形式和充分的审美生活。他从乔治·艾略特和霍桑那里继承了一个信念：文学不应以道德说教为目的，而应该热情地反映出道德标准。俄罗斯作家屠格涅夫更接近詹姆斯的理想，因为屠格涅夫的综合性人物刻画牢固地建立在一个中心道德问题基础上，建立在讲究艺术结构的匀称的基础上。

在亨利·詹姆斯之前，绝大多数小说家都没想到，可以按照诗歌、音乐、绘画、雕塑的原则来为小说构思谋篇布局。在艺术标准越来越受到现代畅销书的写作技巧影响甚至同化的时候，詹姆斯提出的小说创作准则自有其特殊的重要意义。

从第二阶段开始，但最明显的还是在第三阶段，詹姆斯逐渐放弃有利于频繁地双重否定和复杂的描述性比喻的直接陈述。单个的段落开始一页接一页地写下去，其中开头的一个名词后面会有多个代词接替，而代词又被大量的形容词以及前置词从句所包围，远远超出了它们起先的所指，动词往往会拖延到后面才出现而且其前面会先出现一系列副词。如此叙述的总体效果可以引人生动地联想到由敏感的观察所感知的一个场景。

他的后期小说实验性渐增。在描写心理的本质状态和人物的社会动力时，詹姆斯经常利用一种个人风格，其中，模棱两可或相互矛盾的动机和印象在讨论单个人物的心理中得以不断铺陈或密集并置。他晚年的作品，因独特的意义不确定性，再加上其他方面的结构布局，被比作印象主义绘画。在他晚年的小说中，绘画的影响越来越和戏剧的影响并驾齐驱：他认为，一部小说必须由精心安排的片片光亮和暗影组成，用一个统一的因素，即他所称的“指挥中心”全部贯穿起来。

詹姆斯的后期作品在强烈聚焦于主要人物的意识时，预示了20世纪小说的发展。

詹姆斯是小说史上一位较为重要的文学批评家。他写了许多宝贵的针对英、美、法、俄等国著名作家的精辟论述，其典型为长可成书的对纳桑尼尔·霍桑的研究《霍桑》（1879）。《霍桑》既让詹姆斯以霍桑的自然继承人的身份出现在英国读者面前，又是一位文学巨子将独立于对自己有深刻影响的美国前辈的宣言，也是自己的小说将转而从丰厚的欧洲文化主体获益的说明。他发表在 1884 年 9 月出版的《朗曼杂志》上的著名文论《小说的艺术》，阐明了自己的小说理论，对定义现代主义小说起到了相当大的作用。他反对小说家像严格的处方那样选择主题和处理方法。他主张，在内容和手法上最大可能的自由将有助于叙事小说延续活力。詹姆斯晚年汇编自己的小说的纽约版时，以自己的作品为研究对象写了系列序言，偶尔还对自己的作品作了无情的批评。这些序言都有重要的学术价值，阐述了他创作小说的过程、对形象思维和一些艺术手法的看法，论述精辟，见解独到。作为小说家的詹姆斯和作为批评家的詹姆斯在现代主义小说创作技巧上的大胆实践与深入探索，使詹姆斯当之无愧地成为现代主义文学的先驱。

1865 年詹姆斯二十二岁时，为美国最早的舆论周刊《民族》创刊号写了《小说的高贵流派》，此后共为该杂志写了两百多篇随笔及图书、艺术与剧院的评论。

在《笔记》中，他坚持认为，他在戏剧上的尝试，对他的小说和故事有利，有助于他把他笔下人物的思想及感情戏剧化。他写过少量却很有价值的戏剧评论，包括对易卜生颇有见地的评论。詹姆斯艺术兴趣广泛，偶尔也写及视觉艺术。这方面他最大的成就，或许就是他对移居国外的同胞约翰・辛格・萨金特的肯定性评价。近几十年来，萨金特在评论界的地位有了显著提高。

詹姆斯也就自己到访和生活的各地写些时而令人向往、时而令人担忧的文章。他最著名的旅行著作包括《意大利时光》（令人向往的例子）和《美国场景》（最令人担忧的一面）。

詹姆斯是历代杰出的书信作家之一。他的个人书信现存的有一万多封，其中三千多封已在大量的书信选集中面世。由皮埃尔·沃克和格雷格·扎卡利亚斯编辑的詹姆斯书信全集于2006年开始出版。到2014年，涵盖从1855年到1880年时段的八卷书信已经出版。詹姆斯通信的人包括像史蒂文森、伊迪斯·华顿和康拉德等他同时代的名家，也有庞大的朋友熟人圈中的其他许多人。书信从"仅仅好心的闲聊"到有关艺术、社会和个人事务的严肃讨论一应俱全。

詹姆斯的创作生涯长达五十一年，是美国文学中创作生涯最长的既多产又对后来的作家产生了重大影响的重要作家。他的作品包括长、中、短篇小说和剧本，另有游记、评论和大量新闻作品。他在美国以外塑造出了美国人的神话，并把这种神话艺术地融合进了他的国际题材小说。他是世界文坛公认的运用小说艺术最巧妙的大师之一，他对人物内心世界的刻画使他成为20世纪意识流小说的先驱。长期以来，在讨论小说时经常会使用的"詹姆斯式"这个词，就是细腻、成熟、高雅的同义词。

《专使》：詹姆斯艺术上的顶峰

詹姆斯在为《专使》写的前言中说过，在其所有作品中，这部小说从各方面来看都是最好的一部。珀西·鲁伯克在其《小说技巧》中，称《专使》是詹姆斯艺术上的顶峰。利维斯在《伟大的传统》中则更看重《专使》精致微妙的技巧。E. M. 福斯特欣赏詹姆斯的所有作品，尤其喜爱《专使》。

《专使》又回到了詹姆斯热衷并擅长的国际题材。小说以赞赏的笔调描写一位法国贵妇德·维奥内夫人对美国小伙子查德的魅力，这种魅力代表着欧洲贵族文化的魅力，因为在作者的笔下，德·维奥内夫人是富有魅力的欧洲文明的代表。为了达到喜剧效果，詹姆斯特意安排了典型的对比。他让保守的美国小镇上的兰伯特·斯特雷瑟和他的朋友韦马什，受工业巨富的遗孀纽瑟姆太太的指派去欧洲完成一项虔诚的道德使命——把她儿子查德从巴黎寻欢作乐的场所和爱情的纠葛中解救出来并带回美国继承殷实富足的家业。他俩到巴黎后，韦马什对周围的一切漠然处之，但斯特雷瑟却在道德上动摇了，因为他很快迷恋上了他前来谴责的巴黎的生活方式。作为伍莱特有女家长作风的纽瑟姆太太的专使，这令他深感不安。身为中年人，在巴黎的青年人的生活和优雅的景象却深深地打动了他的心。随着在巴黎的所见所闻不断地吸引他，随着欧洲贵族文化的魅力不断地感化他，随着他不断地进行自我探索与反思，随着他内心不断地自我挣扎，他最终表明了立场：伍莱特方面认定已误入歧途的查德，应该继续在巴黎待下去过他自己想过的生活。而这与他的使命和当初的信念完全背道而驰。如果说在以《贵妇画像》为代表的前期作品中，詹姆斯总的倾向是颂扬美国人的单纯、天真、忠诚、无私、慷慨与大度，谴责欧洲人的世故势利，那么，在以《专使》为代表的后期作品中，已在欧洲侨居多年的詹姆斯对欧美两种文化的长短利弊有了新的看法：他在同情美国单纯天真的同时也指出了其狭隘肤浅的一面，在表现欧洲文化的虚伪势利的同时也看到了其优雅多彩的一面。由此可见，在物质利益和文化教养之间，作者选择了文化教养，而在文化教养和自由精神之间，作者选择了自由精神。《专使》中那优美诙谐的风格与日益精巧微妙的特色，斯特雷瑟与自己的使命和当初的信念完全背道而驰的结局，使詹姆斯跻身于有高度艺术修养的杰出作家之列，表明是价值而非道德的观念在驱使着他的文学创作中的想象力。

以《专使》为代表的詹姆斯的后期小说的一个重要特点，就是模糊性。这种模糊性来自发现和隐藏的双重刺激——一种对“鄙俗”事件的好奇心与某种美好希望的相互作用形成的张力，那种希望既要与“鄙俗”事件保持距离，又要把它提升到某种完美的高度。这样的过程中，往往把人物内心的隐秘戏剧化，而人物的想象与现实之间的鸿沟是产生艺术的必不可少的条件，叙述者只有在拒绝窥视、拒绝直接了解他人私生活的“真相”时，才会去想象杜撰，而叙述者依靠神秘性又迟迟不予以揭穿，便可陶醉于想象的自由和快乐之中。詹姆斯这类小说中大多数情节的戏剧性，来自人物渴望知道那些鄙俗事件的真相却又害怕沾染上它们的心理冲突，来自想彻底一探究竟与改头换面后带来的希望之间的冲突。下文中举例说明的詹姆斯后期小说的行文风格，其寓意的间接性，其句子的繁复绵长又极富修辞性的特点，加上自由想象的广阔空间，都把情节的发展戏剧化地驱向规避躲闪、迂回延缓的状态，而词语联想所形成的冲击力和似乎不可遏制的比喻的延伸，又同时规定着情节走向“发现”。在《专使》中，按伍莱特传统保守的观念来看，查德一定是被巴黎的娱乐场所和奢靡生活环境所腐化而滞留不归。斯特雷瑟受命来把查德劝归的过程中，据各种蛛丝马迹发现，导致查德不肯回家的一个重要原因是女人。然而，斯特雷瑟自觉不自觉地渐渐感受到了巴黎生活的迷人之处，而对于查德那“不正当”的私情，却一直有意无意地避免了解。一开始，斯特雷瑟认为那年轻、漂亮、纯真、可爱的让娜是查德的恋人，是让娜把查德拴在了巴黎，但越看越起疑心。查德深爱着的，究竟是让娜还是她那举止优雅高贵的母亲德·维奥内夫人，斯特雷瑟狐疑不定。无论如何，他并不急于弄清楚其真相，他宁可相信，查德的漂亮情妇是一个良家妇女，他们之间的交往也一定是一种纯洁的爱慕。到最后在巴黎郊外，斯特雷瑟意外撞上查德和德·维奥内夫人两人在郊游，从其亲密的举动断定他们俩是热恋中的情人并不可避免地与之相遇时，他并未用伍莱特传统保守的道德观去评判甚至谴责他们俩，还力避尴尬，想尽量显得自然。而且，到后来，他还坚定地支持他们俩继续自由地交往下去。

詹姆斯有一个渗透到小说核心的观念，即把道德困境看作对人物考验的场所。这一观念在《专使》中也得到了充分的体验。他用戏剧语言表达了欧美不同文化传统之间一种具有特征性、批判性和建设性的相互作用，其中暗含一种既非纯粹美国又非纯粹欧洲的理想，这种理想在查德身上得到了较为充分的体现。像查德这么一个行踪不定、毫无集体观念、较为富裕又颇有教养的美国人，预示着以四海为家、独来独往为特征的当代生活中的一个庞大的群体。

詹姆斯的行文风格，曾在文坛引起争议。对于有些读者来说，这种风格细腻、优美，而对另一些读者来说，这种风格难读而恼人。詹姆斯一味追求表达上的绝对准确，为此习惯使用曲折的长句、密集费解的句法以及叠床架屋的限定性从句。当然，这种风格偶尔也有颇具讽刺意味的优雅和简洁。比如，詹姆斯称来自美国新英格兰的阴郁的律师韦马什有“一大片无望的好意”，这样的描述就很漂亮，令人印象深刻。詹姆斯在刻画韦马什细听斯特雷瑟内疚的细述时，就有如下的描写：“汤喝完了，韦马什对他那一大堆顾忌显得又严肃又热心。”詹姆斯精确观察的习惯甚至还扩展到了意象的使用上：“他搭出了这么一座诱人而虚伪的客气之桥，而斯特雷瑟一时不敢相信那座桥能承受他自身的全部重量。”

即使一些代表着詹姆斯晚期语言风格的曲折的长句，也自有明显的流畅之美：

> 为什么巴勒斯小姐成熟瘦削挺直，戴金挂银，欢天喜地，十分亲切，还能言善辩，让他想起上世纪某个聪明伶俐、不施粉黛的人物的画像——为什么巴勒斯小姐会特别让人想到是个“陷阱”，斯特雷瑟当场还无法解释；他满怀信心地忽然想到，以后他会明白的，而且会十分明白——其实，他突然强烈地感到，他完全应该明白的。

这句话念起来有点费劲，要理解其全部意义，得回过头去再看，细加琢磨。然而，使用这样复杂的长句，自有其理。一个接一个的大量形容词加上精心限定的词组套词组、从句套从句，是典型的詹姆斯式的手法，有利于捕捉一种特别的、转瞬即逝的情绪或念头。“因此，仅仅区别对待一双手套的事无论如何可以说明——就所谈到的那双敏感的耳朵听来总能说明——斯特雷瑟如果可能反对什么，那显然只能当作放肆的冒险行为。”像这样的句子，看一遍也不大可能明白作者究竟说了什么。

詹姆斯习惯于精益求精地准确描写人物一时的思想情绪，为此总是在句子中不断地加入修饰性、限定性的短语与从句。他描绘人物从自己的角度所见到的一切，又不厌其烦地描述人物从所见到的一切对自己的启示和暗示。而且，他笔下的人物，常常反复探索自己思想深处最细微的活动，或再三琢磨别人的意图，分析含混不清的暗示。詹姆斯的这种写作手法在下面这段文字中得到了典型的展示：

> 他在教堂里缓步绕一圈，接着又绕一圈，其间他注意到了两三次，在其中一个私人祈祷室的阴暗中，有位女士出奇地安静，这下他忽然思量起这种安静所暗示的含义，而他以前确实未曾如此强烈地感受到那种温情的必要性。她并没有俯伏在地——连头也没低一点点下来，而是古怪地直挺挺地坐着，他从旁边经过止步注目时，发现她那么久久地一动不动，表明她完全沉浸在促使她上这里来的需求之中，不论那种需求是什么。她只是坐在那儿凝视前方，就像他自己经常坐着的那样；但她的思想集中于神龛之中，这点他从未做到，而且他还很容易看出来，她已入忘我之境，而这正是他求之不得的。她不是闲逛进来的内心流露得少、隐讳得多的外国人，而是个常见的、令人感到亲切的幸运的人，对这样的人来说，做这些事情有某种方法和意义。她使我们这位朋友回想起——因为他此时印象中十有八九都起到使他忆及想象之事的作用——使他回想起一个古老的故事里某个漂亮、坚强、全神贯注的女主人公，他听说

过、读到过的某个人，要是他有本事写剧本就可能会写的某个人，他会在超然物外的苦思冥想中重新鼓起她的勇气，还她清醒。她坐在那儿，背对着他，但他的印象完全认定她该是又年轻又引人注目，而且她头部所保持的姿势，即使在圣洁的昏暗之中，仍看得出自信来，暗示着一种对坚强、安全、解脱的信心。但是，这么一个女人要不是来祈祷的，那她又是来干吗的呢？必须承认，斯特雷瑟对此事的认识模糊不清；但他很想知道她的态度是否符合宽恕、“赦免”的某种结果。他只是隐约知道在这么一个地方赦免会意味什么；不过，他似乎轻轻一挥手，就看清了赦免何以确实会增加人们对积极的宗教仪式的热情。

这是斯特雷瑟独自来到巴黎圣母院时的所见所思，而在他离开教堂前，他才意外而激动地发现，这个神秘的美人就是他曾在查德那里见过的德·维奥内夫人。来自闭塞的美国小镇的斯特雷瑟发现巴黎贵妇德·维奥内夫人的过程，也可视为他想象、发现、理解欧洲的宁静、高贵和美丽的过程。

《专使》是一部优美的风俗戏剧，也是19世纪受人欢迎的小说样式“青年成长小说”的翻版。“青年成长小说”这种小说样式通常描述一个年轻人的成长，最典型的就是描述从青春期到成年期阶段。詹姆斯灵妙地加以改变，创作出了一部“中年成长小说”。斯特雷瑟不是二十五岁或十五岁，而是五十五岁，这就使得这部小说不但更加妙趣横生，而且还更加动人心弦。斯特雷瑟迷惑不清的神态、异常强烈的好奇心、起伏变化的信念，表明他有着坦荡的胸怀却又缺乏强烈的个人意识，这使他成了一个迷人又令人同情的人物。

他来巴黎后，眼界越来越开阔，见识越来越增长。他情不自禁地把欧洲大陆道德规范方面的放任与美国新英格兰狭隘的循规蹈矩加以对比。他自己也深刻地意识到，他自己的生活失意潦倒。他的家庭已不复存在，他的工作成就微不足道，而且他回到伍莱特后，等待他的只是和专横跋扈的纽瑟姆太太成家。巴黎向他展示了一种更加充实的生活，一种超出他想象的生活，但这种恩赐来得太晚了。他认定自己已无法从这种姗姗来迟的成长经历中获益了。他能做的，只有试图把他新发现的人生知识传授给查德和利特尔·比尔汉姆，因为他们俩生逢其时。他在格洛里安尼家的聚会上，就是这样劝导比尔汉姆的：

> 你能怎么活就怎么活；不这么活就是个错误。只要你有自己的生活，你具体做什么倒问题不大……我对查德和对在他的住处见到的人们的种种印象——嗯，对我来说全都自有其丰富的启示，使我刚刚才意识到这点。我现在明白了。我以前没有尽情地这样生活——而现在我老了；至少对我所明白的道理来说，是太老了……一个人失去什么就失去了；别犯这样的错……总之，人尽其所能地生活。尽管这样，人还是抱有自由的幻想；因此别像我这样，连这种幻想的记忆也没有……目前我的情况是在对这种错误进行反思……一个人仍然能十分幸运地拥有的任何时候都是该有这种幻想的时候……你想干什么就干去吧，只要不犯我的错误就行。因为那就是错误。生活吧！

在詹姆斯的后期小说中，这类回荡着极度痛苦心声的时刻屡见不鲜。整部小说，其实就是斯特雷瑟抑制不住地反抗纽瑟姆太太对他精神道德控制的过程，不过，令读者，更令他本人忧伤又遗憾的是，他虽然力劝年轻人“你能怎么活就怎么活；不这么活就是个错误”，但他自己最后还是会回到伍莱特，回到纽瑟姆太太的怀抱。

用第三人称来写小说，就是作者全知的手法，作者能告诉读者他认为读者应该知道的一切，能描述人物的情感和动机，让读者追随故事的发展，理解作者笔下的人物。作者可以对一批人和一系列事件表示关心，之后又暂时把他们束之高阁，关心起另外的人和事，让读者增添新的兴趣，也可使故事复杂化，从而达到表现生活的丰富性、复杂性和多样性的目的。这样做的缺陷是，冒有冗长松散的风险，而且当读者读到不感兴趣的人的命运或事件时会烦不胜烦。亨利·詹姆斯意识到了这些缺陷，因此提出了他的“角度论”，发明了一种可称为亚变种的全知方法。在他的方法中，作者仍然无所不知，但作者的无所不知只集中在一个人物身上，从一个人物的角度展开情节，即他说的“只能采用一个中心，一切不出主人公的视野……写别的人物是为了充实场景，各有各的戏要演”，而由于人物难免要犯错，所以作者的无所不知也不完全。比如在《专使》中，斯特雷瑟是小说中的主要人物，通过他的所见、所闻、所感、所思以及他的猜测把故事讲出来，把其他人物的性格展示出来，就易于避免枝节繁乱，使小说结构紧凑，同时赋予小说以真实感，因为读者主要关心的只是一个人，随着小说的进展，随着这个主要人物逐渐了解越来越多的事实和真相，读者易于在不知不觉中逐渐相信这个主要人物讲述的事，一步步地得到对令人困惑、朦胧费解的未知的人和事进行诠释的乐趣。这种写作手法使小说带有了侦探小说的神秘气氛，也具有了亨利·詹姆斯一贯追求的戏剧性。不过，读者如果足够细心专注，就会发现，自己比斯特雷瑟聪敏：当斯特雷瑟还看不清面临的情况以及他所接触的每个人都已意识到的情况时，读者却已经看清或意识到了。詹姆斯这种从一个人物的角度展开情节的写作手法，为后世许多欧美作家广泛采用。

以《专使》为代表的詹姆斯的后期作品，具有印象主义、象征主义、心理复杂性和微妙的文体效果，在许多方面，为后来的弗吉尼亚·伍尔夫和詹姆斯·乔伊斯为代表的现代主义作家铺平了道路。而他在中后期越来越专注于描写的天真遭到腐蚀的主题，对后来直至今天一味追求物质享受、唯利是图的社会来说，无疑是一个极具针对性的主题，也是一个有着持久生命力的主题。

声誉日隆、影响至今的经典作家

詹姆斯在世时，其作品在他所针对的有限的受过教育的读者群中一直很受欢迎，也稳居经典之列，但他去世后，一度曾出现对詹姆斯的批评声浪。像范·韦克·布鲁克斯等一些美国评论家，指责詹姆斯久居国外并最终加入英国国籍，未能一直待在自己的祖国为美国文学的发展作出更大的贡献。弗农·帕林顿在排列美国文学经典时，指责詹姆斯已切断自己与美国的联系。像 E. M. 福斯特等另一些批评家，曾抱怨詹姆斯对性和其他可能引起争议的材料的处理过于谨慎，对他那种过于依靠长句和极具拉丁语色彩的语言的晦涩难懂的风格也有微词。

通常，一位伟大的作家去世后，其声望会突然大跌。总的来说，尽管受到过这样那样的批评，但是，从 19 世纪末 20 世纪初以来，詹姆斯的声望一直在稳步上升。如今，他因其作品中表现出来的心理与道德现实主义、巧妙的人物塑造、低调又多趣的幽默和自信的语言把握而备受世界文坛的重视。纵观詹姆斯的创作，可以看出，詹姆斯竭力摆脱了他那个时代里风靡整个文坛的商业气和粗俗味，为小说重新赢得了尊重。

豪威尔斯把詹姆斯视为文学艺术中与以狄更斯和萨克雷为代表的英国浪漫主义传统决裂的新的现实主义流派的代表。豪威尔斯指出，现实主义在詹姆斯身上找到了“其首要的典范……他绝非追随旧风格，也绝非追求任何风格，而只是具有自身风格的小说家”。弗吉尼亚·伍尔夫认真研读过詹姆斯的小说，还写过读那些小说的随笔。F. R. 利维斯在《伟大的传统》中推崇詹姆斯为“已确立卓越地位的”小说家。海明威说:“我试图像亨利·詹姆斯那样保持冷静……他是一位伟大的作家。”博尔赫斯说过：“东西方的文学我考察过一些……但至今仍未发现较之亨利·詹姆斯更为神奇的……他写戏剧不是很成功，但写小说却极为拿手，善于创造模棱两可的情节，使读者费脑筋，但因此也可被永无休止地读下去。他的那些丰富的作品，写出来就是为了要人慢慢回味、细细分析的。”格雷厄姆·格林则指出:“他（亨利·詹姆斯）在小说史上的地位，就和莎士比亚在诗歌史上的地位一样稳固。”

爱德华·瓦根克内希特在其 1983 年的著作《亨利·詹姆斯的小

说》中指出：

> “要想伟大得彻底，”亨利·詹姆斯在一篇早期的评论中写道，“艺术作品必须让心灵得到升华。”而他自己的小说在这点上达到了显著的程度……这位有时曾公开宣称没有主张的伟大的小说家去世六十多年后，稳固地置身于伟大的基督教人文主义与民主传统中。第二次世界大战激战正酣时，男男女女仍然到旧书店里疯抢他的绝版书，自然明白自己在干什么。因为没有一位作家曾经更勇敢地高举起一面凡热爱自由者都会坚守的旗帜。

詹姆斯的小说对人的心理活动和人际关系的细微差别尤为关注，用自己的创作推动了文学从传统现实主义向现代主义的过渡和发展。他同时代的小说家，没有谁像他那样对后世产生了如此深远的影响：他不仅影响了后来的作家，还改变了读者和批评家的小说概念。

亨利·詹姆斯的许多小说包含了情节剧的成分与强烈的画面感，非常适合改编成电影。无论是在好莱坞的“黄金时代”还是在当今，无论是在美国还是欧洲的法国、意大利、西班牙等地，他的作品都能唤起电影导演的创作欲望。詹姆斯文学作品的电影改编早已国际化、跨时代化，在不同的时代背景下不同国家的电影人会对詹姆斯的原著作出不同的解读。根据他的作品改编的电影已有一个长长的名单，其中包括：詹姆斯·艾弗里执导的《欧洲人》和《波士顿人》，弗朗索瓦·特吕弗执导的《绿房间》（据《死者的祭坛》改编），彼得·波格丹诺维奇的《黛西·米勒》，威廉·惠勒的《女继承人》

（改编自《华盛顿广场》，该小说已多次被搬上大银幕），杰克·克莱顿的《无辜的人》（根据《螺丝在拧紧》改编，这部充满了诡异、悬疑氛围的小说曾经二十余次被改编为影视剧），雅克·里维特的《塞琳娜和朱莉出航记》，简·坎皮恩的《贵妇画像》，伊恩·索芙特雷的《鸽翼》，詹姆斯·伊沃里的《金碗》。

亨利·詹姆斯被后世的许多著名作家写入了小说，其中包括：有科幻小说之父之称的英国作家 H. G. 威尔斯（1886—1946）的《恩惠》，英国学院派小说家、文学评论家戴维·洛奇（1935— ）的《作家，作家》，南非的 2003 年诺贝尔文学奖得主 J. M. 库切（1940— ）的《青春》，爱尔兰作家科尔姆·托宾（1955— ）的《大师》，美国作家爱德蒙·怀特（1940— ）的《梦中旅馆》，美国作家辛西娅·奥兹克（1928— ）的《听写》，美国多产又多才多艺的作家乔伊斯·卡罗尔·欧茨（1938— ）的《在圣巴塞洛缪医院的大师，1914—1916》，美国作家戈尔·维达尔（1925—2012）的《帝国》。

最后，就以前面已提到过的博尔赫斯论亨利·詹姆斯的那句话来结束本文："他的那些丰富的作品，写出来就是为了要人慢慢回味、细细分析的。"

2018 年 5 月 28 日

纽约版序言

亨利·詹姆斯

《专使》最初发表在《北美评论》（1903）的十二期当中，同年以整体出版。要说明其主题是再容易不过的事了。为了方便读者，涉及的情形，早早地在第五部第二章就概括成尽可能简洁的言辞——生硬又显眼地植入或“沉”入小说发展过程之中，也许近乎成了小说叙述的障碍。从来不可能有那么一部作品更直接地源自一丁点无意间产生的联想，从来不可能有那么一丁点联想，经过生长发芽、枝繁叶茂和修剪约束后，还会作为独立的粒子更多地潜藏在总体之中。总之，整部小说就在于那个星期天下午在格洛里安尼家的花园里兰伯特·斯特雷瑟对小比尔汉姆难以抑制的感情冲动，为了开导他那位年轻朋友，他坦率地就那场危机耐心地给了他忠告。这个故事的想法确实就在于这么一个事实：一小时前所未有的悠闲时光在他的感受中居然被当作一场危机，而他要努力像我们可期望的那样简洁地把它向我们表达出来。于是，他说出来的那些话就包含了《专使》的本质，他说出来之前，他就抓住了这朵盛开之花的花茎；在那之后，他继续殷勤备至地把它呈现给我们。“你能怎么活就怎么活；不这么活就是个错误。只要你有自己的生活，你具体做什么倒问题不大。如果你从未有过自己的生活，那你有过什么呢？我现在是太老了——至少对我所明白的道理来说，是太老了。一个人失去什么就失去了；别犯这样的错。不过，我们还有自由的幻想；因此别像今天的我，连这种幻想的记忆也没有。在该有这种幻想的时候，我要么太笨，要么聪明过头了，总是没有这种幻想，而现在，我的情况是在对这种错误进行反思；你想干什么就干去吧，只要不犯这种错误就行。因为这就是错误。生活吧，生活吧！”这就是斯特雷瑟给那个留有深刻印象的青年所作要求的大意，他喜欢那个青年，想要帮助他；后面会看到，在他述说的过程中，“错误”这个词出现了好几次——这表明了那种郑重告诫的分量，他觉得那是从他的经历中得出的告诫。因此，尽管或许天生适合扮演更好的角色，他却已错过太多，而他现在才醒悟到这点，就会想到一个可怕的问题。也许还会有时间弥补的吧？——就是说，弥补对他性格上的伤害；他很想说，那么愚蠢地侮辱了他的性格，其中连他自己都笨手笨脚地有一份，还能弥补这种伤害吗？这个问题的答案是，他现在总算看明白了；所以，不谈这一切当中宝贵的寓意，我的故事的情况和我的行动的进展就是我对这一认识过程的展现。

整体再次与其萌芽匹配得严丝合缝，这种严丝合缝无可超越。一如往常，这一点是由说出口的话让我具体感受到的，因为我要完全像我碰巧听到的那样借用这一形象。一位朋友曾经大为欣赏地对我转述过有个年纪比他大得多的名人对他说过的一两件事，那也许就是类似于斯特雷瑟说的那番令人伤感的话中的情绪的出处——碰巧就说了，脱口而出，就在巴黎，在附属于一个艺术之家的古老而迷人的花园里，在夏天的一个周日下午，许多极为重要的人在场。在那里听到并归纳起来的言论，包含我当场就会意识到的与我的目的有关的部分“印象”——其实包含了大部分；其余的就在他们概述的地点时间场景之中：这些要素组合起来便给我进一步的支持，给我可以称为绝对印象的东西。因此，它就在潮流中巍然屹立；就像用来拴套缆绳的某种牢固的桩，是拼命地打进去的，桩的周围是水流漩涡。正是那个古老的巴黎花园伴此暗示所赐的礼物，使此暗示的意义超越了大部分暗示整体上的意义，因为那礼物中封存着无价之宝。当然还有待拆封，包里的每样东西都有待仔细清点、处理和估价；但不知怎么的，由于这种暗示，最对我胃口的那么一种情形中的所有因素都在那里了。我甚至都想不起来这样一个场合，我这样去面对时，曾发觉有更强烈的兴趣以这种方式去估量所现财富的价值。因为我真的认为，不同的主题有不同的价值——尽管事实上，即便郑重其事地对待一种最模棱两可的主题，我们在当时，在那狂热又怀有偏见之际，至少一定会相信其价值和品质有可能是千真万确的。毫无疑问，其结果是，即使在至善之中——因为仅此而言，相关的是一个人如何看待自己的荣誉——也存在一种善的理想之美，由这种美产生的行动将把艺术家的信心提升到极致。于是，我真的相信，一部作品的主题可以说会发光，而我坦白，《专使》的主题，自始至终都为我闪耀着这种光辉。因此，幸运的是，我可以坦率地作出判断，这种光辉在我所有作品中确实是最绚丽而“圆满”的；这种论断若有所失实，必将使这种极端的自满臭名昭著。

再者，我想不起来有过与此相关的主观间断的时刻，类似于惊恐地怀疑脚下有空洞、对既定计划感到冷漠，因此信心丧失了而机会似乎也只会捉弄人，这样的警钟从未敲响过。就像我已说过的，如果《鸽翼》的主题因其面目藏而不露而让我时有烦恼——尽管对它又会突然颇为夸张地做鬼脸并无偏见——那么，在这一不同的事情上，我有绝对的信心和一贯的明确来加以面对；那一直就是个真诚的主题，那整捆资料，与我的写作思想匹配得就像纯粹的好天气般美好。（我可以提一下，就这两部作品来说，写作的顺序与出版的顺序颠倒过来了；这两本书中早写的那本问世却迟了。）即使有我的主人公年龄的重压，我仍能感到我的假设是站得住脚的；德·维奥内夫人的年龄和查德·纽瑟姆的年龄差距过大，一种易被人指责为可怕的差距，即使在这样的压力下，我仍能感到我的假设没问题。我似乎觉得，对此事充分合理的认识毫无阻挡，也从未误入歧途；我可以把它转向任一方向，它都会从那边发出同一片金色光芒。我欣喜于可望有一个如此成熟的主人公，他因此会让我得以进行更深入的探索——因为我认为，只有进入厚实的主题和丰富的性格，生活的描摹者才能进行深入的探索。我可怜的朋友当然应该具有丰富的性格，或者不如说将十分自然而大气地拥有丰富的性格，也就是说，他将拥有，并会一直感到他拥有丰富的想象力，而这并不会毁了他。要“塑造”一个富有想象力的人，其机会是无限的，因为假如那样都没有“探索”的机会，那么究竟哪里还会有这样的机会呢？当然，这个人物十分丰满，就他这类人物而言，不会赋予我占主导地位的想象力，或者说，作为其首要能力，在考虑到其他问题时，我也不会觉得那会带来方便。如此难得的一种奢侈——就是说，研究最终掌控一个事件或生涯的重大天赋的某个时机——无疑仍然会在我准备为之付出的那一天到来，自遥远的过去，直到那一天，可能仍然高高在上，完全是可望而不可即。与此同时，近似的事例就可以应付了——我只是略以近似的事例对付过去了。

然而，我要赶紧加以说明，尽管略加对付便产生了愉快的权宜之计，手头的事例却应该享有大事应全面加以探讨的便利；因为最为直接地切中要害的是，我们那位先生在那个星期天下午一时冲动便走进了那个巴黎的花园，这自然就涉及环境的补充叙述问题——或许并不受当时严密逻辑的影响，那种逻辑完美而又迷人地隐含其中。（我说“完美”，是因为我不必提及，在最初的阶段，我那个隐隐闪现的故事为了展开，为了最大限度地表达，吸收了与实际传闻中说话者的各种可能性相关的线索。他至今仍然只是最愉快的意外；他的现实性太确切了，以致妨碍了任何别的可能性。那位艺术家广阔的视野只有一直投射在他那迷人的办公室——它就一直在那里高悬着适得其所，就像挂着为孩子放幻灯片的白床单——一个更奇异更活动的影子。）在想出一半的写作计划中，通过已经心中有数的尺度的启发，或者可以说，通过其带有的气息，寻找未见又玄妙的事物，比起这种事来，故事讲述者和木偶操纵者的特权，决不会更令人欣喜，或者说决没有屏息静气地玩一个艰难的游戏带来的悬念和刺激多。我断定，以前可怕地用大猎犬和相关的破布追踪躲藏的奴隶，就“刺激”而言，再厉害也绝对比不过它。因为戏剧家按自身天才的规律，总是不仅仅相信出自一个正确构思的密封之地可能发生的合乎常情的事；他相信的远不止于此——他不可抗拒地必然相信依据任何一点可观的暗示而来的那个地方珍贵的“密封性”。因此，这就是我如饥似渴地挖掘出来的那点可观的暗示，这将不可避免地形成其中心的，究竟是个什么样的故事呢？我说啊，随着一个个预兆成为现实，“故事”从这个阶段起就有了具体存在的真实性，而这就是伴随这样的问题而来的部分魅力。此时它实质上就这样了——尽管多少可能模模糊糊地隐藏着，但开始这样了，关键根本就不是如何理解，而只是从哪里下手，这一点令人欣喜又讨厌。

我们所知道的艺术，十分关注有效地运用这种绝妙的材料，而真实也的确存在于其中。艺术反映我们所见，它首先必须充分促成这一因素；换句话说，它必须从生活的花园里汲取材料——别处生长的材料不新鲜不能吃。但艺术一旦完成这一步就得考虑一个过程——其中只有当它是人类最卑微的仆人，由于毫无“个性”而遭不光彩的解雇时，不论是以品行方面还是别的方面某种乱七八糟的借口，它才会怯生生地慢慢离去。这个过程，实实在在挤出文字的表达过程，颇有价值的过程，是另一回事——纯粹发现的好运与之毫不相干。在这一阶段，发现的乐趣彻底结束；我们认为，像女士逛店时说的，拿零头来与大片“匹配”以求作为一个整体的主题，以得到收获而告终。主题找到了，接下来，如果问题转变到拿它怎么办上面，那么不论怎么办，空间都足够开阔。正如我提出的，这恰恰就是促成强力融合的动力。另一方面，这又是最不可能被喻为用号角和猎犬去狩猎的那部分事情。这完全是案头部分——包含类似于大量的计算，就像值得付给总会计师最高薪水的工作。然而，并非总会计师没有流露出他的福气；因为，在更多令人愉快又错综复杂的因素中，艺术家的幸福，或者至少是其平衡状态，比起他能够成功地挡出去的那些因素来，确实较少留存于他能夹带进来的那些因素。他冒着作物过密的危险播下种子；因此，又一次，就像审计账簿的先生那样，他无论如何都必须保持镇静。由于这一切，出于对此事的兴趣，我在此似乎可以做出我的选择，要么叙述我“追寻”兰伯特·斯特雷瑟，描述捕捉通过我朋友的逸事投射出来的影子，要么记述那次成功随后发生的事。但我也许最好朝每个方向都试着看一下；针对这份放肆的记录，我一次又一次地想到，人的冒险故事袋，已构思好的也好，可以构思出来的也罢，如果仅仅讲自己的故事，那只是倒空了一半。这要看那个不确定的数量究竟是多少。有主人公的故事，另外，由于事物的紧密联系，还有故事本身的故事。我红着脸坦白这点，但是，如果一个人是戏剧家，那他就是戏剧家，而后者的纠葛有时会让我觉得在两者之中更为客观。

在这一美好的突破中，事先的准备非常令人满意，在那儿的时光令他感动，于是，就我想象中的那位老兄来说，他所领悟到的人生观，出于常理，如自然的戏剧手法所言，就是受到“引导”的了；总之，通往这么一个目标，包含着如此刻意形成的困境的目标，其可能的途径，非得经过精心算计。他从哪里来，他为何来，在那场困境[1]中他在干什么（正如我们盎格鲁－萨克逊人，唯有我们说的，我们注定要借助外来的表达）？要把这些问题回答得貌似可信，回答得像在证人席上接受原告律师的交叉询问，换言之，要为斯特雷瑟，为他“特有的语气”进行令人满意的叙述，就是我自己要支配整个构思。与此同时，它所在之处的线索则在于某种或然性原则：他绝不会毫无理由地沉湎于自己特有的语气之中；一定会有一种感觉得到的困境或一种引起误会的处境来赋予他一种如此具有讽刺意味的腔调。一个人直到听见那种引起误会的处境中说话的声音才会承认，自己一辈子从未注意过“语气”。在巴黎花园里的那位老兄当时令人羡慕又毫无疑问地是局中人——这可绝不是小收获；因此，下一步我们关心的是这种身份的确定。人只能按可能性往前走，但存在着这么一种有利因素，即最普遍的可能性即实质上的确定性。首先，确定了我们这位朋友的国籍，在他较为狭隘的乡土观念中就有了一种普遍的可能性；就这点来说，其实只需置于透镜下一个小时等着看它揭开秘密。他，也就是我们那个沮丧的家伙，必须来自新英格兰中心——随此事而来的当然是让我突然明白一大堆秘密。那些秘密得经过筛选分类，我不想再现那个过程的细节，但它们明显就在那儿，幸而只是个从中挑拣出来的问题。这种“处境”必须明确无误，而在他手里为何变得“引起误会”——这些诱人的步骤只能既迅速又清楚。我对一切都作了解释——此时此刻“一切”已变成最有前途的数量——是用这么一种看法解释的，即作为新的料想不到

① 困境：原文为法语 galère。

的冲击和激励的结果，他怀着某种心理状态来到了巴黎，而这种心理状态几乎时刻都在发生着变化。他来巴黎的视野可能是，嗯，透过一个小玻璃瓶里一种透明的绿色液体看出去的；这种液体，一旦倒入敞口的实用杯，一旦暴露在流动的另一种空气中，就会开始由绿色变成红色或随便什么颜色，据他所知，也可能渐渐转变为紫色，变为黑色，变为黄色。而他要是反过来说，也许站在由十分剧烈的变化无常所代表的激烈得多的极端来看，他起先自然只会意外又惊恐地盯着看；因此，紧张场面显然就会由剧烈的表现和极端的发展一跃而出。很快我就发现，假如这种发展有力又合乎逻辑地继续下去，我的“故事”就尽善尽美了。当然，对于讲故事的人来说，在这样的故事里，他的兴趣之中无法抗拒的决定因素和不可胜数的有利因素总是存在的；这显然不可阻挡地永远是首要而宝贵的东西（因为我只能这样来看待）；至于是什么促成它的，凭的不论是什么急剧的能量，在真正促成了自身的能量面前，就可以说是相形失色了。不过，令人欣喜的是，它似乎极力让自己受到启发，似乎知道，而且是绞尽脑汁后才知道自己是怎么回事——然而，它有时很容易让我们看到其如簧之舌及其堂而皇之的厚颜无耻。那么我们就承认吧，那种厚颜无耻始终存在——可以说，在那里等着优雅、影响和诱惑；在那里，首先，因为那个故事只是艺术宠坏的孩子，还因为，当娇生惯养的孩子不“调皮捣蛋”的时候，我们总是感到失望，我们喜欢孩子以至于喜欢其整体的性格。事实上，即使在我们自以为与它协商签约的时候，它很可能就这样做了。

而且，这一切只是说明，就我的寓言来说，这些步骤置自身于一种及时而且可以说有效的把握之中——要是我太愚蠢弄不清线索的话，倒颇似一种准备不论逻辑的气氛。然而，确确实实地，随着各种关联的增加，我觉得最聪明的事莫过于确定可怜的斯特雷瑟的使命并理解他的观点。这些东西通过自身重量和外形的利索动作，即使在其评头论足者为之绞尽脑汁时，仍然继续汇拢而来；他现在很容易看出来，它们总是远远地走在他前面。此事自行结束时，远远落在后面的他，其实得气喘吁吁又有点慌张地尽快赶上它们。那个引起误会的处境，对我们那个迟到的人来说——迟到是因为他努力了那么长时间想避免成为迟到的人，最终却真的不得不面对自己的定数——嘿，对他来说那个引起误会的处境，显然已把他置于那个无边无际动物园的大门口，拥有最受赞许的道德规划是该园的首要特征，不过，制定这个规划是为了杜绝触及活生生的事实；如此看待，对任何人来说都可谓不带偏见了。当然，一直都会有这么一种情况，即构思好的这个斯特雷瑟，不论把自己置于何处，都只会小气地去判断去感受；但我承认，他并非出自哪个传奇故事中，一定会为我而行动的。真实的那个人的调子，从我们第一次看见它弹奏出来的时候起，就是与众不同的调子，就像处在压力下，他的戏剧将会成为与众不同的戏剧那样。我们已看到，那一定会是他幸福的想象，已经使他与众不同的想象；就像我已提示过的，这种因素让我十分愉快地去深入探索他的智力，探索他的道德本质。不过，与此同时，眼前，就在眼前，便有一丝阴影瞬间掠过。

还有那一点点可怕又古老的传统，亦即人间喜剧中的一个陈词滥调，认为人们的道德规划在巴黎确实破灭了；什么也没有得到过更为频繁的关注；每年都有成千上万多多少少虚伪或多多少少玩世不恭的人，就为看可能发生的大灾难来游览这个地方，而我为此鼓起劲来的那天是来迟了。最后，还有那琐碎的交际，那是世上最粗俗的一种交际；但我认为，那让我再也不用踟蹰不前了，就因为其粗俗已广为人知。在这个最有趣的大城市的影响下，斯特雷瑟将进行的那场革命，与可归罪于“受诱惑”状态的愚行毫无关系。他将被抛向前去，更确切地说，是相当猛烈地抛向终生认真反省的习性：友好的考验确实会通过蜿蜒曲折的道路，通过黑暗与光明的交替，让他在巴黎充分地表现自我，而这个周围的场景本身是小事，按伍莱特人的生活见解，只是超出他们梦想之事的象征罢了。另一个周围的场景也一定会适合我们的表演，只要它能代表斯特雷瑟的使命可能在的地方，他的危机也会在那里等着他。那个可能的地方大有免去我做准备的益处；把查德·纽瑟姆令人感兴趣的故事置景于别处，他那令人大感兴趣又错综复杂的关系，要牵涉到的就太多了——根本就不是不可能的那些事情，而是令人担心、造成拖延的种种困难。到头来，指定给斯特雷瑟的舞台，可能只是查德极为幸运地挑中的舞台。按他们的说法，查德是因周围散发着的魅力进去的；而按他的想法，他会发现这点最“可靠”的地方，多半就是他那位诚挚的朋友经过分析会找到他的地方；就此而言，也就是会引导前者整个的分析能力进行这么一番美妙舞蹈的地方。

《专使》“安排起来”极为方便；它最初是1903年逐月发表在《北美评论》上；从老早以前起，我就一直乐于碰到任何令人愉快又独出心裁的刺激，这种刺激可能就存在于主动采取反复的断断续续——以便以其特有的方式使之成为一条小小的写作规律。在这点上，我经常下定决心要利用和享受这些常常相当猛烈的干扰——我相信，是因为找到了一种极佳的方式来对付它；不过，我现在很容易想起来，只要真的加以斟酌就会发现，形式和压力方面的每一个问题，从大规则的角度看，就显得无关紧要了；那就是只利用一个中心并把这一切处于我的主人公的视野之内。事情很大程度上就在于这家伙的个人历险，甚至从头到尾不间断也不偏离地反映他对此的意识，对他而言，尤其[①]对我们自己而言，可能仍然会使其部分价值未能得到表达。然而，我可以把有其存在空间的点点滴滴全都表达出来——条件是想出一种极佳又特别的节约措施。其他为数不少的人在人们看来就是场景，每个人都各有所图，有各自的情况要处理，各自都要保持前后一致，总而言之，要建立并发展符合我的主题的各自的关系。但斯特雷瑟对这些事情的感受，而且只有斯特雷瑟的感受，必须有助于我去展现它们；我了解这些事情，只有通过他多少是在不断摸索中对它们的了解，因为他这种摸索会在他最有趣的活动中表现出来，而完全遵守我提到的那种苛刻规矩会给我起到的效果，是我最该“追求”的，更胜于其他一切可能要遵守的规则总和。这会给我极大的和谐感，而那样反过来又会赋予我那么一种雅致，就此而言，有悟性的讲故事的人出于自身的利益，假如需要的话，随时都可以牺牲别的什么雅致。我指的当然是热情的雅致，明显得到和明显失去这种雅致的途径都是存在的——按我们对

① 尤其：原文为拉丁文 a fortiori。

此的看法，我们的周围，都在不可救药又令人悲伤地失去这种雅致。另一方面，并不是说这不是个易于欣赏的优点——对此并没有严格的、没有绝对的尺度；因此，在已完全无人感知它的地方，可以听到它受人称赞，而在人们感激地为它欢呼的地方，会发现它受人忽视。有了这一切之后，我也不能肯定，如此排列的全部一连串困难所带来的无比乐趣，对喜好虚构情节的人来说，当明智并不亚于喜好时，会不会成为他最理想的决定因素。无论如何，那条迷人的原则总是在那里使兴趣常新：我们记得，这条原则本质上是贪婪的，既无顾忌也不仁慈，用便宜又易得之料无法满足。它享受昂贵的牺牲，并因此为这种困难的气息而欣喜——甚至就像食人魔那样，一闻到英格兰人的血的气味，就兴奋地发出“唬唬唬”的声音！

因此，无论如何，尽管终究还是十分匆忙，正是对我这位先生的任务的最终定义——他得到正式的委派和授权，出国来“拯救”查德，然后就发现他那小伙子很不通融，小伙子首先就很令人迷惑地并未迷失自己，结果，与之相关的一个全新的问题令人惊讶地摆在了他们面前，这个问题必须从一个新的角度来处理——预示着像人们有可能要求的那样再三需要独出心裁，需要运用更高级的写作技巧。一次又一次，一本书又一本书，我不断进行考察的时候，发现没有一种兴趣的源泉相当于我所说的核查旨在“追求”一致性的事实，越详细越好。一如既往——鉴于那种魅力一直存在——一点又一点地追溯这个过程，又勾起了原有的幻象。原有的意图又竞相花开怒放了——尽管所有的花朵必将凋谢。这可以说是换位探险的魅力——创作问题中令人刺激的起起伏伏、错综复杂的详情细节，以这么一种令人钦佩的客观方式形成，成为争议中的疑问，让作者的心一直提在嗓子眼上。比如，远方的纽瑟姆太太在触摸着马萨诸塞州脉搏的同时，整件事都一直间接在场，应该是要多急切有多急切，比起最直接的展现，即第一手最精准的描绘所能对她的呈现来，照样给人强烈的存在感而引人遐想，而作为作者意图的这样一种因素，这样一种艺术上虔诚信仰的标志，可以说，一旦确定无误地出现在那里，便再次呈现出一种真实性，特定的成功就相对暗淡了，不太会削弱这种真实性。在本书中，心存的意图也不可避免地有所表现并起到作用，不过比起我曾经傻傻地梦想它可能会起到的作用来，则要少五十倍；但这很少败坏我由于认识到那五十种方法而带来的快乐，我一直在其中探究它们带来的快乐。确保这么一种想法的构成所带来的魅力，所采取措施的精妙——要是成功了，就是描写和比喻的种种条件与可能性的真正扩展——仅仅这样的情形，按照这样的方式来说，就令人鼓舞，仅仅这样的情形，就是那种加以掩饰的算计可能取得的成功的标尺，整个的努力就是用它来估算的。但是，哦，还有因一种特殊的重要形式而作出的那种同样“明智的”牺牲所引起的种种挂念！人的工作应该有写作，因为单单写作就是实实在在的美；但自始至终——除了人也会不可避免地意识到，缺少曾经认识到或曾经惦念实实在在的美的读者是可怕的——至于经常廉价易得的，至于即时又便利，甚至于更常见的轻松愉快，该如何流血流汗付出代价才有可能领略实实在在的美啊！一旦获得并拥有，人们总是会相信这种美会使可怜的探求者感到，要是没能得到它，那一定会羞愧得脸红到发根了；然而，由于这种美的长处本质上只能是整体上的长处，为了胡乱应付加上只求眼下利益、只求本身具体的一小点而设置的路边陷阱，该如何从路上清除掉！比如，生活中的一切世故，可能都会集聚在威胁的名义下——明显多种多样的威胁——斯特雷瑟似乎对自己拥有全部的主观“发言权”所带来的威胁。

与此同时，要是我马上就让他成为主人公兼历史学家，赋予他浪漫的“第一人称”——当大规模地享有这种特权的时候，就积习而成浪漫最黑暗的深渊——加上别的许多古怪的东西，都有可能通过后门偷偷带进来。简而言之，不必多说了，第一人称，在长篇作品中，注定是一种散漫的形式，而这种散漫，从来就不关我多大事，至于在本书这一特定情形下，就更是与我没什么关系了。从那一刻起——很早的那一刻起——所有的思考都集聚到这个标准，如何在如此紧扣中心人物并不断以他为榜样的同时保持形式生动有趣的问题，必须得到面对。他抵达（抵达切斯特）是出于一个可怕的目的，让他的创作者“没完没了”地讲述他的故事——在如此严峻的使命面前，最镇静的创作者都可能会畏缩不前。我远远算不上最镇静的创作者；我大为不安地想到，由于被严厉地剥夺了“讲述”的选择余地或替代机会，我必须竭尽全力另找机会。除了通过暗示，我不可能让别的人相互谈论他——多亏了戏剧手法，多亏了戏剧的必然性，这就通过与小说的途径完全相反的途径颇为显著地达到了其和谐的效果：除了别的人原先就是他的人（而非他原先是他们当中的一员），与他们，我干脆就毫无关系。然而，蒙上帝慈悲，对他来说，我的关联，完全就像我的表现就是要搞得一团糟；假如我只能通过暗示并表明结果来让别的人相互谈论他，那么我至少可以让他告诉他们他究竟必须谈些什么；而且，基于同样的理由——这是一种新添的额外乐趣——这么做能对我，或者无论如何，能对他所起的作用和“自传”的无拘无束之间的重大差异，可以直接看清楚。也许可以问一问，如果这么坚守着自己的主人公，那干吗不搞一个小“办法”，干吗不在他脖子上套上缰绳，让它们像在《吉尔·布拉斯》或者《大卫·科波菲尔》中那样在那里自由地甩来飘去，赋予他主体和客体的双重特权——这种做法至少有一下子便可摆脱问题的长处。我想，其回答是，一个人只有做好准备不作某种重大区分时，才会这样放手。

那么，如此采用的“第一人称”，充其量，就由作者，用我们的英语传统，向我们自己，其可能的读者，他不得不应对的读者，直接表达出来了，这种表达毕竟十分松散和模糊，极少得到尊重，带有一种似有若无的供人批评的假设。另一方面，斯特雷瑟受到的限制和得到的条件，是《专使》所限定和提供的，因此，比起我们直接而易于相信的张口提醒可能让他明白的任何规矩来，他不得不在公开场合保持更严格、更有益的礼仪，他要满足的条件都是刻意表现出来的，总之，那不允许像液体自由流动那样可怕地自我暴露。我首先关注的是，我因此不可避免地要为他安排一两个知己，奋力克服传统的在事实后面大量解释的习惯，而插入的仅仅是参考性叙述的障碍，令现代急躁者蒙羞的是，这种叙述，在巴尔扎克排得密密麻麻的书页上大行其道，却似乎只会败坏我们实际上的，我们总体上较虚弱的消化能力，假如我这样说，我看起来可能也没让我区分的情况有所改观。正如习语所说，“回顾为的是弥补”，其所作所为无论如何都不仅超出了当今读者的要求，而且也超出了当今读者无论如何会容忍的或要他理解或要他远距离掂量的要求；就已完成的作品之美而言，当前编者的想法尤其显得完全无理。然而，不论上述两种原因有多重要，首先并非出于它们，斯特雷瑟的朋友韦马什在本书开头才会那么热衷于要抓住玛丽亚·戈斯特雷，或者说，对她发动了突袭——她实际上成了斯特雷瑟的朋友，甚至都无须借口。她更是读者的朋友——由于小说的安排，读者特别需要一个朋友；而她就扮演了那种身份，而且实际上，本书从头到尾，怀着典型的忠诚，只扮演了那种身份。她直接助推了小说的明晰性；到最后，她就会撕下面具，即不折不扣又毫无约束的各种巧妙手法[①]。就像我们都十分清楚的那样——因为假如我们不清楚，那也不是散布于我们周围的那些证据的错——戏剧家的艺术，一半就在于利用巧妙手法；我这么说的意思是，精心掩饰他对手法的依赖。在整个创作过程中，韦马什与其说与主题的关联仅略少一些，倒不如说与我对主题处理的关联仅略少一些；在这些关系中，有趣的证据是，只需把主题当作戏剧的材料，那么需要多少个戈斯特雷就都可以热情地编织出来。

《专使》的材料，在这方面恰恰与刚在它之前出版的《鸽翼》的材料相似，完全被当作戏剧材料；因此，利用此版给我提供的为后出这部作品写几句序言的机会，我主要得为它指出其场景的一致

① 各种巧妙手法：原文为法语 ficelles。

性。我们翻看其书页时就会发现，它以世界上最古怪的方式，通过尽少展现场景的方式，掩盖了这种优点；但正如我们面前的这部作品所做的，它把自身严格划分为两类：为场景准备而事实上往往倾向于过度准备的部分，和证明了准备的合理与圆满的部分，或者换句话说，成了场景的部分。我想，可以明确地说，其中不属于场景的一切（我当然指的是不属于完整的功能性的场景，这种场景通过合乎逻辑的开头、合乎逻辑的转折和合乎逻辑的结尾，能处理全部相关的情况），都是特别加以准备的，都是画面的汇合与合成。我想，这些交替变换，使其自身从早期阶段起就全都得以认作《专使》的形式和修辞手段；因此，又要说一遍，像戈斯特雷小姐这么一个提前介入的高薪代理人，就戴着方形披肩闻着醒神盐在通风的侧厅里等着。其作用立刻不言自明，而到她和斯特雷瑟在伦敦吃过饭又和他一起去看戏时，我认为，作为一种巧妙方法，她干涉的合理性，便得到了巧妙的证明。多亏这样，对于斯特雷瑟的“过去”这整个让人讨厌的问题，我们一直以场景的角度，而且仅仅以场景的角度来处理，而这保证了我们一路上比任何别的手法能起到的作用都更加愉快；我们已尽力（或者说至少我们希望已经）使某些重要事实清清楚楚又栩栩如生；我们已看到我们的两三位亲近的朋友十分方便又富有成效地在“行动”；更不必说我们开始发现较远处另外一些人行动起来了，尽管还有点模糊不清，有待我们进一步充实。让我在此先说第一点，上面所说的场景，是正常而完整的，真的是个极好的标准场景，其中在伍莱特的整个情形，还有种种复杂的势力，促使我的主人公去的地方，那个生机勃勃的要提炼出他的价值并蒸馏出他的精华的人在等着他；丰富、全面因而从不短缺，就像小槌敲时钟的铃盅那样职责明确，表达具体的时间所包含的全部职责。

次要一方使用“巧妙手法”的特征自始至终都尽可能巧妙地加以掩饰，以至于玛丽亚·戈斯特雷的起承转合，得到了特别的关照，也就是说，及时地流畅起来，急切地防止显露出“拼接”的样子，因此，这种方法无疑取得了类似于最初构想的庄严效果：这种情况只不过再次向我们表明，一旦一种艺术过程开始自由发展，对迷恋于此的艺术家来说有多少不可胜数却又清晰可见的欢乐之源，对易受流行风气影响的读者和批评家来说又有多少我们从来不可轻视的“乐趣”的丰富源泉，难免会发出哗哗水流声。优雅——为了说明这点——诸如如何、在何处、为何让戈斯特雷小姐虚假的接头在充分又高度的伪装下显出乱真的效果这种同时具有“创造性”和批判性的问题，就是既有趣又令人愉快的了。仅举一例，本书最后那个“场景”最能体现完全为了形式上的一致性而采用艺术上的临时手段，其功能绝非要提供或增添什么，而只是要尽可能生动地表达自身以外的某种因素，而这又来自早已确定的策略。然而，既然一切艺术都是表达，因此也就是要生动，那么人们就会发现，在此的大门会对一切令人赏心悦目的伪装敞开。这些其实就是方法带来的精致优雅和心醉神迷——其中，或者当然也可以说在方法的任何令人兴奋的影响下，人们必须保持清醒的头脑而不要迷失方向。为其培养适当的智力并使那种感觉运转起来，确实就是要在由表象产生的任何模棱两可中发现魅力，而这并非由同一种笔触形成，而且完全无能为力的是，也并非由感觉上的模棱两可所形成。为了富于想象地给我的主人公构思一种关系，这种关系与内容（我的主题的内容）毫无关联而与方式（我的主题的呈现方式）有千丝万缕的关联，而且为了细加观察并尽可能简洁地表达，要待之以仿佛它既重要又不可或缺——这么办而又毫不添乱，这么办的时候，就会很容易变成明显令人喜爱的事情；不过，我要赶紧承认，它始终只是表达上的好奇心和表达上的优雅这个总体上相关的问题中必不可少的部分。

在如此大费周章地论述了我在场景方面所作的努力后，我接下去要谈谈，我已发现，出于同样明显的兴趣朝另一种完全不同的风格所作的努力，几乎妨碍了反复琢磨的过程——或者换句话说，并非未曾注意到，尽管联系紧密又大为不同，非场景因素最行之有效的规则和最令人着迷的魅力，在称职作家的笔下，仍然是可以理解并显示其效用的。就表述而言，如此论点对可爱又用心的人来说，意味着无限可能的多样性，意味着表达上行之有效的无限变化和对比。在诸如这样的时光，为了得到批评家的首肯，就会深思引人注目又不可避免的偏离问题（偏离原先过分热衷的视野），结果，连最成熟的计划都可望强加上最直接地实施的精心欺骗——问题在于，虽然经过反复思量的最后成果中似乎总是充满那种特殊的痕迹，但《专使》在我的努力下却大大强化了这种特征。在此，我一定要赋予我最后的话以不同的意义；我刚刚匆匆想到另一层关系，注意到诸如我的主人公与查德·纽瑟姆第一次相遇这样的片段，尽管已证实完全属于非场景形式，却仍然对表现效果起到坚实的作用——起码就意图而言。为了准确而全面地描述在一个具体的场合中究竟“发生了”什么，就会不可避免地或多或少涉及场景；不过，在我提到的例子中，通过表达，在完全不同的规则下，追求并达到的是表现上的好奇心和表现上的优雅。其实质其实很可能仅仅就是，由于查德整个的体态仪表，某一种得到容忍的叛逆行为，恰恰就与让他减少和放弃直接出场并置——这就是说，剥夺了其相应的有利条件；总之，这样一来，如何充分合理地安排作者与他的关系，在重要时刻就得重新确定了。然而，从评论的角度来看，本书令人感动地充满了这样经过掩饰和弥补的损失、这样暗中的矫正、这样力求补救的坚持。在相关的书页里，玛米·波科克通过我们看来运用得神秘莫测的旁敲侧击或捷径，完全以迄今尚未尝试过的一种视角，给整个情节带来了帮助，这是早已设定的，而我禁不住要想，这也是可以充分感觉到的，她在旅馆客厅里那一个钟头的焦虑，我们也伴着她聚精会神地琢磨与她自己相关之事的意义，在俯瞰杜伊勒利花园的阳台上，那明媚而温暖的巴黎下午——这些就是为了在场景以外得到对立和更新的迷人效果而坚持到处使用再现手法的长处的明显例子。不费吹灰之力，我就会认为，由于就这样使用了这种对立的手法，本书便聚集起一种大大增加戏剧性的张力——尽管戏剧性被视为所有张力的总和；或者说，无论如何，与之并列是没什么可担心的。事实上，我有意没有从这种铺张退缩——出于所涉及的道德层面考虑，我反而进行了这种冒险；这并不是说，我们面前的这部具体作品已穷尽它自身提出的有趣的问题，而是说，在正确的信念引导下，小说依然是最独立、最灵活、最令人惊叹的文学形式。

第一部

第一章

斯特雷瑟到达旅馆时，首先就问他朋友的消息；不过，他得知韦马什显然要到傍晚才会到时，并没有方寸大乱。韦马什发来过一份预付过回电费的电报，预订一个“只要不吵的”房间，服务处把电报给了他，这样，他们在切斯特[①]而不是利物浦[②]会面的默契，就仍然确定不变。不过，同一条秘密原则，本来就没让斯特雷瑟满心指望韦马什会出现在码头，因而使他要推迟几个钟头才能有幸见到韦马什，此时又让他觉得仍然可以等下去而不失望。最坏的情况下他们也可以一起吃晚饭，而单就亲爱的韦马什来说——在这一点上，斯特雷瑟自己根本就不必提了——用不着怎么担心，此后他们有的是相见的时间。我刚才提到的在起作用的那条原则，对于两人之中刚下船上岸的那位来说，完全出于本能——他敏锐地感到，如此久别之后，突然发觉自己凝视着老友的脸，固然可喜，但是，关于欧洲，假如他只想到了那副面容，在靠岸的轮船上的第一“印象”只能是它，那他的事情就会有点糟糕了。斯特雷瑟已经担心起来，自始至终都将充分印证，什么事情当中都混杂着这个欧洲印象。

在这段时间里——自前一天下午起，多亏了那个更令人开心的策略——

① 切斯特：英格兰西北部一个古老的主教教座城市，柴郡首府，包括三公里长的红色砂岩古城墙在内的许多古迹保存完好，位于利物浦南部的迪河岸边，现在是活跃的港口和铁路中心。

② 利物浦：英格兰西部港口城市，默西赛德郡首府。

这个印象就成了他多年来都不知道的那么一种个人自由的意识，成了那么一种深切体会到的变化，而且尤其是，此刻不论何人何事都不用考虑，假如一心指望并不算太傻，就已经可以期望自己此次冒险之旅将大获成功。那艘船上有他轻松交往过的人——假如至今轻松可以用来形容他的话——而他们多半都匆匆汇入从浮码头去伦敦的人流；另外一些人曾邀请他去旅店相会，甚至还恳求他带他们去“游览”利物浦的美景，但他都从一个个诸如此类的人身旁悄悄溜开，没去赴约也不见熟人，许多人与他不一样，因得以“认识”而自视幸运，他却淡然视之，甚至独立自主，不作交往，一人自处，既无邂逅又无反复，只是悄然躲开，把下午和傍晚都用来享受附近有意义的景象。在默西河[①]两岸度过的下午和傍晚，形成了欧洲风味一瞥，但是，尽管如此，他品尝到的起码是纯正无假的。想到韦马什可能已经在切斯特了，他还真的有点发慌；他考虑到，假如他非得说明自己这么早就“到”这里了，那么要让等待的这段时间显得特别地急不可耐就难了，但他却像那么一个人，得意扬扬地发觉自己口袋里的钱比平常多了，在动心思花这笔钱之前先要摸弄一阵子，还要漫不经心又乐滋滋地让它叮当作响。他准备不对韦马什明说轮船到达的时间，自己既极想见到他，又极为享受耽搁的那段时间——可以设想，这些事情就是他内心的早期预兆了，表明他与自己实际使命之间的关系可能绝非简单明了。可怜的斯特雷瑟——最好还是一开始就明说了吧——他为一种古怪的双重意识所累。他热情之中有着超脱，冷漠之中又有好奇。

玻璃隔间里的年轻女子隔着柜台朝他举起一张写有他朋友名字的淡粉色纸条，清晰地念出他朋友的名字，随后，他转过身，发现自己在前厅里面对着一位女士，那女士似乎突然下定决心与他的目光相遇，她的相貌——不是很年轻，也不是太漂亮，但五官长得很协调——让他想起最近曾见过。他们站着对视了一会儿；而就这一会儿工夫就让他想起她来：昨天他就注意到她

① 默西河：英格兰西部河流，利物浦在其河口。

了，在他原先住的那家小旅店里曾注意过她，在那里——又是在前厅——她与他同船的几个乘客作了简单的交谈。他俩之间其实未作任何交流，他不大说得出第一次看见时她的脸给他留下的特征，同样说不出他眼下辨认她的根据。看上去她好歹也已认出他来——这只会增添那种神秘感。不过，她此时开口要对他说的只是，对不起，她碰巧听到他在询问，因此冒昧地很想问一下，他打听的是否可能就是康涅狄格州[1]米尔罗斯的韦马什先生——美国律师韦马什先生。

"哦，是的，"他回答说，"就是我那位大名鼎鼎的朋友。他从莫尔文[2]来，将在这里和我会面，我以为他已经到了。可他晚些时候才会来，没让他等着，我放心了。你认识他吗？"斯特雷瑟说完了。

他直到讲完后才意识到，自己回应的话太多了；这时，她自己回答的口气，还有她脸上新闪现的某种神情——就是说，通常很明显的那种变幻不定的目光之外的某种神情——似乎提醒了他。"我在米尔罗斯见过他——好久以前，我时不时地会待在那儿；我在那儿有些朋友也是他的朋友，我还上他家去过。我不敢肯定他认识我，"斯特雷瑟的新相识继续说道，"但我会很乐意见到他。也许，"她又说道，"我会见到他的——因为我要待上一阵子。"她打住了，而我们那位朋友则在琢磨那些话，仿佛已交谈很多。他们甚至对此似有若无地笑了笑，而斯特雷瑟很快便指出，要见韦马什先生无疑会是很容易的事。不过，这仿佛又让那位女士觉得，她可能已走得太远了。她好像已对一切都毫无保留。"噢，"她说，"他不会在乎的！"——于是她又立即说道，她相信斯特雷瑟一定认识芒斯特夫妇；芒斯特夫妇就是他在利物浦时看到的和她在一起的人。

但其实，他对芒斯特夫妇并不太熟悉，所以无法顺着这个话题多谈；因此，他们就像一起留在唯一摆着供交谈的餐桌旁。她提到的熟人关系，不是

① 康涅狄格州：位于美国东北部。
② 莫尔文：英格兰伍斯特郡的一个矿泉疗养地。

添上而是端走了一道菜，而且好像没别的菜好上了。不过，他们的态度却仍是那种不想散伙的样子；其结果就给了他们这么个表象：初步相识还没怎么完，他们都已接受对方。他们一起沿前厅走着，而斯特雷瑟的同伴随口说，这家旅馆的好处是有个花园。这时他才意识到自己古怪而前后矛盾的做法：他在船上避免与人走近，也尽量不对韦马什感到不快，唯一的结果却让自己不知不觉间在这一突发事件中既不回避又不谨慎。有了这种不求而得的保护，他在上自己的房间前先进了旅馆的花园，十分钟后就同意，他得尽快穿戴整齐，然后马上就来这里和这个让人无比放心的人儿再次会面。他很想看看这座城市，而他们将立刻一起去看。这几乎就像她已处于支配地位并把他当作客人来接待了。她熟悉当地，这让她显出一副女主人的姿态，而斯特雷瑟则对玻璃隔间里的那个女人投去同情的一瞥。仿佛那个女人眼见着自己当即被人取而代之了。

一刻钟后他下楼来时，他的女主人所看到的，她用一种经过善意调整的眼光可能会摄入眼帘的，是一个中等身高，也许略过中年的男人那瘦瘦的略显松弛的身影——一个五十五岁的男人，其最直观的特征是一张有斑点无血色的棕色的脸；密密的黑胡子是典型的美国式样，长得粗硬，往下垂着；一头头发数量倒是不少，但已杂乱无章地夹杂着缕缕灰色；一个鼻子肆无忌惮地高耸着，那平直的线条，那高高的鼻尖，人们可能会这么描述，它们倒是有某种缓和之效。一副老是架在那好看的鼻梁上的眼镜，加上一条刻纹异乎寻常地深而长，是漫长时光的笔触，伴着胡子形成的从鼻孔到下巴的曲线，有助于使整个脸部结构显得完整，而在与斯特雷瑟约会的另一方的眼里，一个专注的观察者必然会把它们当场记下来的。作为另一方的她，在花园里等他，戴上了一副少见地干净轻软而富有弹性的手套，表面上还显出一副准备就绪的神情，而当他穿过那片平整的小草坪在暗淡的英格兰阳光下朝她走去时，由于自己准备得比较草率，他可能就会把她那模样视为这种场合的典范了。她这位女士，礼节简洁又无可挑剔，奢侈而低调中合乎时宜，使她的同伴难作分析却又受到打动，这样，他对这些品格的意识就马上敏锐起来，而这种本领对他来说颇为新奇。在走近她之前，他在草地上站住，装作在手臂上挽着的那件淡色上衣里找某样可能忘了带的东西；然而，此举的实质只不过是想赢得时间。斯特雷瑟此刻的自我感觉中猛地冒出某种成分，使这种感觉与他过去的感觉毫无关联，而且简直就是当时当地开始冒出来的，没有什么能比这感觉更古怪的了。实际上，这种感觉在楼上就已开始，在穿衣镜前时就已开始，而十分奇怪的是，他觉得，那穿衣镜进一步挡住了他那阴沉的卧室窗口进来的昏暗光线；这种感觉在他对外表上的种种要素进行严密审视时就已开始，而他已很久不必进行如此严密的审视。他当时就感到，按他会喜欢的来说，那些要素还没怎么准备好，接着又转而想到，它们恰恰是他将要采取的行动可望产生何种补救的问题。他就要上伦敦去，因此那帽子和领带还可以等等。摆在他面前的，就像一场打得精彩的比赛中那么准地朝他掷来的球——而且接球之干净利落毫不逊色——就是他所谓的朋友身上那种见多识广且自有主见的神态，那种已经拥有那些说不清道不明、他一概视为由幸运机遇中抓到的好处的质量和数量的神态。要是一切都像她刚开始跟他说话，也像当时他自己的回话那样，不用装腔作势，那他心里概述自己对她的印象肯定就会是："嗯，她文明得更彻底——！"假如他不会接下去说出"比谁更彻底呢"，那只是因为他深刻意识到了他这么比较的意义。

无论如何，一个热心于文明举止的人的乐趣——由于她是熟悉的同胞，完全是同胞的口气，与神秘无关，但显然与阴郁的韦马什有关——看来肯定就是她会带来的乐趣了。他在上衣里摸索时停住脚步，完全是自信的停步，这使他的双眼得以相应地、同样仔细地看清她的情况，就像她的双眼看清他本人那样。她给他的感觉是年轻得几乎不讲理了；这只有悠闲地度过三十五年才办得到。然而，和他一样，她也是面无血色又长了斑点；只是对他来说自然还不可能明白，旁观者看看一个再看另一个，可能就会看出他俩身上有多少共同点了。对这么一个旁观者来说，要猜测也决非完全不可能：他俩都是那么优雅的棕色皮肤又那么瘦得刺眼，都明显地脸上有皱纹，戴着眼镜，都有一个过大的鼻子，头发或多或少都转灰了，因此他俩可能本来就是兄妹。即便如此，确实还会有点不同；这么一个妹妹对这么一个哥哥肯定早就有分别太久之感，而这么一个哥哥眼下对这么一个妹妹则感到惊讶至极。确实，从另一方面来说，斯特雷瑟的朋友把手套捋得平整些以便给他所需要的时间，这时，惊讶并非她的双眼显露给他的最主要的神情。那两只眼睛立刻盯牢了他，上上下下地打量着他，仿佛眼睛本身就知道该如何打量；仿佛他就是她的眼睛已经以某种方式处理过的造人的材料。可以披露一下，实际上，这双眼睛的拥有者历经各种各样的场合，阅人无数，善于细分归类，其中她利用丰富的阅历，就像排字工人拣放铅字那样，熟练地把她接触的人归类存放。她尤其精于此道，而斯特雷瑟则恰恰相反，这在他们之间形成对比反差，而假如他完全猜到了这点，他就很有可能不会听之任之了。到目前为止，他确实对此有猜疑，但心里短暂地有所震动后却走向相反方向，乐滋滋地要多听话有多听话。对她所知道的事情他确实有某种感觉。他完全感觉到了，她知道他所不知道的事情，尽管他觉得自己一般来说可不易对女人承认这点，但他此刻却如释重负般地愉快地承认了。在那副总是戴着的夹鼻眼镜后面，他那双眼睛一动不动的，仿佛有可能一直就不存在似的，那样也不会改变他的面貌，其表情，尤其是其敏感的气质，主要由表面、纹理、形状等其他方面体现出来。很快，他走到了他的导游面前，这时却感到，在上述那会儿工夫里他那样的所作所为，经她的才智处理后，她的得益比他自己要大得多。他的一些私事，他还没有，也许永远也不会告诉她，可连那些事她也知道。他并非没有意识到，自己当时告诉她的多得相当出乎意料，但那些都不是真正的私事。不过，某些真正的私事，却恰恰又是她所知道的。

他俩要再次穿过旅馆的前厅上街去，而就在这时，她突然发问，使他停下脚步。“你查过我的名字了吗？”

他只有哈哈大笑着停住脚步。“你查过我的了吗？”

“哦，亲爱的，查了——你一从我身边走开，我就去服务处问过了。你最好是否也去问问呢？”

他感到疑惑。“问清楚你是谁？——那里的那个高高在座的年轻女子，已经看到我们这么好不容易相识了！”

见他愉快中又夹杂着些许担心，她也大声笑了。“那不就更是个理由了吗？假如你担心的是会伤到我——被人看见我和一位得去查问我是谁的先生一起走了——我请你放心，我可毫不在乎。不过，给，”她接着说，“我的名片，可我发现，我另外还有点事得和服务处说说，我走开时你正好可以研究研究名片。”

他接过了她从自己手提包里取出的那张小小的名片后，她就走开了，而她回来以前，他已从自己的提包里取出另一张名片，好跟她交换。接着，他看了看上面简单的称呼“玛丽亚·戈斯特雷”，名片的一角有一条街名和门牌号,大概是巴黎的街道,除了像外国街名外,并无其他可供辨认身份的内容。他把这张名片放进自己的马甲口袋里，而把自己那张显眼地拿着；他倚身在门柱上时，出神地想到，旅馆前那片开阔的地方让他视野大开，不禁微微一笑。他想起来十分可笑，不管玛丽亚·戈斯特雷是谁——就此他确实一无所知——他居然就把她的名片妥善收起来了。不知怎么的，他有把握，自己一定会细心保管刚刚收起来的小礼品。他一边用难以觉察、游移不定的目光望着远方，一边寻思着自己这一举动的某些含意，自问心里是否真的得到了警告，这一举动是否该定性为不忠。这一举动很仓促，可能还很不成熟，某人看到它时会产生的脸部表情是无可怀疑的。但是，假如这么做“错了”——那么他最好干脆就别出来了。就这一点，可怜的人儿啊，他已经——甚至在见到韦马什前——想好。他原先认为自己有个限度，但三十六个钟头内就超越了这个限度。而且,玛丽亚·戈斯特雷回到他身边,快乐而果断地说了声“好啦——！”就带他见世面去了，这时，他反而更敏锐地感觉到在礼貌上，甚或在道德水准上，那阶段性的差距有多长。他在她身边走着，一只手臂上挽着上衣，另一只手臂下夹着把雨伞，食指和拇指之间略显僵硬地一直捏着他自己那张名片，这时，他觉得这点值得考虑，相比之下，他觉得自己真的是首次接触世事。在利物浦可不是“欧洲”——甚至也不是在前一天夜里那些令人畏惧又愉快的印象深刻的街道上——并不是他目前的同伴所呈现的“欧洲”。他俩一起走了几分钟，他有时间去琢磨她斜视他的那两三眼是否意味着他应该戴上手套，这时她终于憋不住，突然饶有兴味地问他，使他几乎停下脚步。“嗨，你紧紧攥着它，使人很难不傻傻地去想象哦，可你干吗不把它收起来呢？要不，假如你拿着它不方便，通常人家会很高兴收回自己的名片。人家印名片可是花了不少钱的！”

这时他才明白，他拿着自己准备好回敬的名片走路的那副样子，已使她往一个他还无法判断的方向上想偏了，还明白了她把这张名片仍然当作他从她手里接到的那张。于是他便把名片像还给她那样递给她，但她一接过名片就感觉到了差异，便双眼看着名片，立即止步道歉。“我喜欢，”她说道，“你的名字。”

“噢，”他回答说，“你不可能听说过我的名字！”不过他有种种理由没把握，她也许听说过了。

啊，实在太显眼了！她就像从未见过这张名片的人那样又仔细看了一遍。“‘刘易斯·兰伯特·斯特雷瑟先生’，”——她几乎像读陌生人的名字那样随意读出来。不过她又重申自己喜欢这个名字——“尤其是其中的刘易斯·兰伯特。这是巴尔扎克写的一部小说的名字[①]。”

“噢，这个我知道！”斯特雷瑟说。

“但那部小说糟透了。”

“这我也知道，”斯特雷瑟微笑着。此外他又加了一句只是表面上不相干的话：“我是马萨诸塞州伍莱特人。”出于某种原因——是这句不相干的

---

① 《刘易斯·兰伯特》(1833)：巴尔扎克自己较喜欢的一部小说，不过评论界并不怎么看重它。小说讲的是一个智力上过早发育的学生在婚礼前夕精神崩溃的故事。

话还是别的什么——这令她大笑起来。巴尔扎克写过许多城市，但没写过马萨诸塞州伍莱特。“你提这点，”她回答说，“好像要人家立即就了解最糟糕的事。”

“哦，我认为，这一点，”他说，“你一定已经看出来了。我心里有这一点，所以我的外表、言谈中自然一定会表现出这一点，就像人们在那边说的那样，‘体现’这一点。我身上这一点很显眼，而你只要看过我一眼，自己肯定就明白了。”

“你是说，最糟糕的事吗？”

“嗯，我是哪里人这一事实。反正这就是实情；这样，要是出了什么事，你就不好说我对你不坦率了。”

“我明白了，”戈斯特雷小姐看上去真的对他强调的这点感兴趣。“但你认为会出什么事呢？”

虽然斯特雷瑟并不腼腆——那可相当反常了——他还是避开她的目光环顾四周；他讲话时经常有这个动作，不过他讲的话似乎常常不受其影响。“唉，你会发现我太没用。”说着，他俩又一起往前走去，而在他们走着时，她回答说，她的同胞中最“没用”的人大体上正是她最喜欢的那些人。其他各种令人愉快的小事——对他来说却是大事的那些小事——衬托在此行的气氛中，但此行本身的走向与仍相距遥远的事情相关，这与我们关系太密切了，不容我们多加说明。不过，有两三件事，说真的，我们如果不说明的话也许会遗憾的。蜿蜒曲折的城墙——宛如这个已然膨胀的小城的腰带，久已断开，近半仍由细心的市民妥为保护——在和平年代修缮平整的胸墙之间像窄窄的纵队似的蜿蜒而行，因为拆了城门或架桥的缺口而到处中断，时起时伏，忽上忽下，时而古怪地拐拐绕绕，时而异常地串联衔接，窥视寻常街巷，仰视三角墙顶，纵览教堂塔楼及滨水原野，拥挤不堪的英格兰小镇及井然有序的英格兰乡村。这些事物给斯特雷瑟带来的欣喜极为强烈，几乎难以言表；不过，同样强烈地与之相混杂的，却是他内心画面中的某些形象。在遥远的过去，在二十五岁时，他就曾在此漫步，但这不但没有破坏眼下的兴致，反而使眼下的情感丰富起来，使他旧地重游成为一件很有意义值得与人分享之事。由于他应该分享此事的人是韦马什，因此他现在是从他那儿剥夺了他应得的东西。他反复地看手表，等他看过第五次时，戈斯特雷小姐责备起他来。

“你在做你认为不该做的事。”

这话刚好点中了要害，使他脸色大变，他的笑声也变得有点尴尬。“我竟至于这么不喜欢做这事？”

“我觉得，你还没到你应该喜欢的程度。”

“我明白了，”他看上去若有所思，表示同意。“我真荣幸。”

“噢，这不是你的荣幸！这与我毫不相干。这与你自己有关。你是总体上没做到。”

“啊，你说对了！”他大笑着。“这是伍莱特没做到。那确实是总体上的。”

“不喜欢，”戈斯特雷小姐解释说，“才是我的意思。”

“一点没错。伍莱特没把握应该喜欢。它要是有把握就一定会喜欢。但是，真可怜，”斯特雷瑟继续说道，“没人教它怎么去喜欢。它可不像我。我有个人教呢。”

他们已停住脚步，站在午后的阳光里——他们漫步中不断停下来，以便细细欣赏所见景物——斯特雷瑟靠着矮墙旧石槽高沿的一边休息。他背靠槽沿，面对教堂的塔楼，在眼下所立之处正可绝妙地俯视教堂，那高高的一大片红棕色，呈正方形，尖顶耸立，饰有卷叶形浮雕，屡经修整复原，但在他那长久未见世面的双眼看来却很迷人，何况还有今年第一批燕子在它四周穿梭飞翔呢。戈斯特雷小姐在他身边徘徊，洋溢着一种对事物的结局了如指掌的神情，而且越来越感到自己理应这样。她完全同意。“你确实有个人教。”她还补充说：“但愿你肯让我教给你！”

“哦，我怕你呢！”他高高兴兴地辩解说。

她用某种令人愉快的目光透过自己的眼镜再穿过他的眼镜，直直地注视了他一会儿。“啊，不，你不怕！你一点也不怕，感谢上帝！假如你怕我，那我们就不会这么快就不知不觉地在这儿一起待着啦。我看哪，”她惬意地断言，“你信任我。”

“我想是这样！——但这恰恰就是我所怕的。要是我不信任你，那我就无所谓了。二十分钟内事情就这么完完全全地落到了你的手里。我想，”斯特雷瑟继续说，“这种事你完全熟悉；但对我来说，还从未发生过更异乎寻常的事。”

她以最亲切的目光望着他。“这只不过说明你已认识我——这实在相当美妙而罕见。你看出了我的本质。”不过，对此，他和颜悦色地摇了下头，表示拒不接受这类断言，这时她解释了一会儿。“假如你像刚才这样再进一步，那你无论如何都会弄清楚的。对我来说，我拗不过自己的命，我已屈从于命。我是个一般的导游——一般的‘欧洲’导游，难道你不知道？我等人来——我带人游玩。我带上他们——我把他们搁下。我是一种高级‘伴游女郎’。我总体上就是个伴侣。我带人周游四方，就像我跟你讲过的那样。我从未追求这种事——它自然地落到我头上来。这一直就是我的命，而人总是认命的。在一个如此邪恶的世界上非得说出来，真是件可怕的事，但我真的相信，正像你看到我的样子，我无所不知。我知道所有的商店和价格——可我也知道更糟糕的事。我背负着我们民族意识的沉重负担，或者换句话说——因为事实就是这样——背负着我们民族本身。我们的民族如果不是由我双肩上一个个的男男女女组成的，那么又是由什么组成的呢？你知道，我不是为了什么具体的利益干这种事。比如说，我不是——有些人是的，你知道——为了钱干这种事。”

斯特雷瑟只能听着琢磨着权衡着自己说话的机会。“不过，既然你涉及那么多顾客，恐怕也不能说你是出于爱干这种事的。”他等了一下。“我们怎么给你付酬呢？”

她自己倒犹豫起来了，最后只回了句“你们不用付酬！”就让他重新走动起来。他们继续走着，但过了几分钟后，他虽然仍在思索着她说过的话，却又一次掏出手表；动作机械而无意识，似乎她那不可思议又愤世嫉俗的机智给他带来的那阵兴奋反而令他紧张起来。他看了看时间却没看清，接着，他的同伴又说了一句，令他再次停下脚步。“你真的怕他。”

他笑了一笑，几乎感到要恶心起来。“现在你可以明白我为什么怕你了。”

“因为我有这样的感悟吗？哎呀，这可全都因为有你帮忙啊！这就是，”她又说道，“我刚才告诉你的。你觉得好像这是不对的。”

他又往后一靠，身体稳稳地靠在胸墙上，似乎要进一步听听这一点。“那就让我解脱出来吧！”

他这么一恳求，让她兴奋得面露喜色，但就像这是个亟待行动的问题似的，她显然考虑起来。“不等他了？——根本就不见他？”

“噢，不——不是那样，”可怜的斯特雷瑟说，面色严峻。“我得等他——我很想见到他。但想从害怕中解脱出来。几分钟前你确实提到了这点。那是泛泛而言的，但可运用到具体场合。它目前正在对我起到这样的作用。我总是在考虑别的事；我是说，别的事，而不是眼下的事。老想着另一件事很可怕。比如我眼下在考虑的就是别的事，而不是你。”

她以一副迷人又热切的表情听他说话。“噢，你不该那么做的呀！”

“我这是坦白嘛。那就使我没法那样吧。”

她接下去想了想。“这真是你的一道‘命令’吗？——我必须接受这工作吗？你会俯首听命吗？”

可怜的斯特雷瑟重重地叹了口气。“我能那样就好啦！糟就糟在这里——我永远做不到。不——我做不到。”

不过，她并不泄气。“但你至少愿意的吧？”

“噢，没话可说的！”

“噢，那么，只要你愿意试试！”——她当场就接受了她所谓的工作。“信我的！”她大声说道；经她这么一说，他俩沿原路走回去时，他很快就伸出手去挽住她的胳膊，就像一个慈祥的需要有所依靠的父亲般的老者偏要去“讨好”一个较年轻的人。如果说他俩走近旅馆时他确实又把手抽出来了，其原因恐怕就是，他们之间进行了更多的交谈后所涉及的年龄，或者起码是阅历——就此而言，已经颇有些自由地在他俩身上来回起作用了——促使他进行了某种调整。不管怎么说，到能看到旅馆大门的范围时，他俩已完全分开来走着，这或许是幸运之事。他俩留在玻璃隔间里的那个年轻女子站在门口观望，好像是来等他俩的。她的身旁站着一个人，从他的神态看，也同样盼望他俩回来，而一见到他，马上就让斯特雷瑟决定再来一次我们已无法不反复注意到的那种感应式止步。他听任戈斯特雷小姐喊出了“韦马什先生！”他隐约觉得，她喊的口气是彻头彻尾的虚张声势，而要不是她，这本来是——他匆匆看了一眼受耽搁的迎接的情形便明白过来时，他愈发感觉到——这必定会是让他犯难的事。还隔着那么远的距离，他就已感觉到——韦马什先生**那**方面很不高兴。

第二章

那天晚上，他还是得向那位朋友坦白，自己对她几乎一无所知，而韦马什呢，与她接触了，听过她本人及时而清晰的提示询问，他们带上她当众一起吃了晚饭，又进行了一次她习以为常的散步，进城去观看月光下的大教堂，这些都在唤醒他的记忆，但即便如此，他脑袋里仍是空空如也——这位米尔罗斯居民，虽然承认与芒斯特夫妇相识，但还是坦陈自己无法填补这个空白。他一点也想不起戈斯特雷小姐了，她向他提了两三个有关他的圈子里的人的问题，可据斯特雷瑟观察，其效果与他自己早就更直接地感受过的一模一样——当时就这个奇女子来说，她好像什么都知道。确实让他感兴趣的是，注意到了她与他朋友的这种关系很有限，因为这很可能有问题，而他尤其感到，在韦马什那方面，这些都完全注意到了。这使他进一步感到自己已与她走得很远——早早地向他表明所需的过程要短得多。他随即确信了一点——他坚信，可以说，不论熟悉到什么程度，韦马什决不会从她那里有所收获。

三个人刚见面的交谈过后，又在前厅谈了约五分钟，接着两个男人转到花园里去，戈斯特雷小姐则暂时走开了。斯特雷瑟适时地陪他那位朋友到他预订的房间去，他出去前曾仔细看过那房间；又过了半个小时后，他同样谨慎地独自从那里走开。从朋友那儿出来后，他直接上了自己的房间，心里马上就由自己的现状产生了对房间大小的不满感。在房间里，他立刻就喜欢上了他们重逢的第一个结果。以前看上去够宽敞的地方，此后对他来说就太狭小了。他一直怀着难为情、几乎羞愧得不愿认作感情的某种情绪在期待着这次重逢，不过与此同时心里又假定重逢当中这种情绪会自行缓解。实际上的怪事则是，他反而更加心潮难平；他那种心潮难平——要立即描述出来，他确实会发现很困难——促使他再次下楼，导致他好几分钟都茫然地徘徊着。他再次上花园去；他朝休息室里张望，发现戈斯特雷小姐在写信，便退了出来；他走来走去，烦躁不安，打发时间；不过，晚上结束前他要和他那位朋友进行更密切的交谈。

时间已晚——斯特雷瑟在楼上与他谈了一个小时——这个问题让他休息时还是狐疑不定。晚饭及随后月光下的散步——对斯特雷瑟来说，一个富有浪漫情调的梦境，仅因少了更厚实的外套而掺入了不如意的感觉——显然中断了谈话，而韦马什发现（用他的话来说，是他俩摆脱了他们那位时髦朋友之时），吸烟室并非他很想待的地方，可床上他就更不愿待了，因此便有了这次夜半谈话。他最常表达的一个意思就是他了解自己，在这个时候他确实睡不着觉，他们正好可以加以利用。他对自己了解得很，知道除非先把自己累狠了，否则他就该整夜踱来踱去了。假如为达到这一目的需要斯特雷瑟熬到夜深更静——就是说，在于后者留下来进行充分的交谈——那么韦马什穿着裤子和衬衫坐在长沙发边沿上的那副样子，对我们这位朋友来说，则包含着略带锻炼的意味。他长腿伸直，宽背弓得厉害，轮番调理着双肘和胡子，花去的时间长得简直不可思议。他给客人的印象是极不舒服，似乎存心要不舒服；不过，对斯特雷瑟来说，自从在旅店门口第一眼看见他烦躁不安起，那种不舒服除了是他的主调外，还能是什么呢？那种不舒服感有点传染性，同时还有点不合逻辑又没有根据；客人觉得，如果自己对它没有习惯——或者说如果韦马什本人对它没有习惯——那么它就会对他自己准备好的、他自己已经证实的惬意感形成一种威胁。他们初次一起上楼到斯特雷瑟为他挑选的房间时，韦马什默默地察看一遍，叹了口气，而对于他的同伴来说，那如果不算指责的习惯性表示，起码也是对享福不抱希望了；这种神态在斯特雷瑟眼前反复出现，成了后来他观察到的许多事情的关键。他从这些事情开始推测，“欧洲”至今都没有把自己的信息传达给他；他尚未与之协调，在三个月后几乎放弃了这样的期望。

他眼下就待在那儿，双眼望着煤气灯，看上去的确在满心这样期望着。不知怎么的，这神情本身便表明，在一场方方面面的失败中作个别纠正于事无补。他有一个硕大气派的脑袋，一张发黄的布满皱纹的大脸——一副惹人注目的不凡面相，其上部，那高贵睿智的额头，那浓密松软的头发，那乌黑乌黑的眼睛，甚至让人回想起本世纪[①]中叶早期的那一代人，其水准已大大不同于人们通过雕刻和胸像所熟悉的一些民族著名大人物的那种令人难忘的形象。他属于从前那种美国政治家，那种在“国会大厅”里训练出来的政治家富有个性的相貌——这是他们相识早期斯特雷瑟在他身上发现的一种强有力又大有前途的因素。在后来的岁月里，曾有传说，他脸的下部有缺陷，略欠端正，破坏了与从前名人相像的相貌，这才是他留胡子的真实原因，对不了解这一秘密的人来说，胡子可能看上去反而破坏了他的相貌。他甩了甩那头又长又密的头发；他用那双令人赞叹的眼睛，盯着他那位听众，或者说他那位观察者；他不戴眼镜，以既有点令人生畏又有点令人鼓舞的姿态，就像代表对待选民那样，紧紧地盯着朝他走近过去的人。他待你就好像你敲了门而他吩咐你进去。斯特雷瑟已相隔很久没见到他了，这时用一种新的眼光去观察他，或许从未待他如此十足地公道。要是就他们干的事情所需来说，那脑袋过大了，双眼也太漂亮了，但说到底，那只不过说明，事情本身是意味深长的。半夜在切斯特点着煤气灯的卧室里便表明，随着光阴飞驰，多年过后，事情的主角仅勉强幸免一场彻底的神经崩溃。但是，就米尔罗斯人所理解的丰富生活而言，这正是丰富生活的明证，而在斯特雷瑟的想象中，它会形成一种环境，韦马什只要愿意，就能轻松地悠然度日。唉，他老是保持

① 这里指十九世纪。

着那种难以持久的姿势坐在床边上，那吃力的样子与悠然是一点也不像。这使他的同伴想起每当熬夜时总让他担心的事——一个坐在铁路车厢里的人总是身体前倾。它代表着可怜的韦马什在整个的欧洲苦难旅程中都将保持的姿势。

由于工作压力，职业上的劳累，各自又专心又困窘，在国内时，在眼下这段突然到来的短暂又几乎令人困惑的相对悠闲的时期以前的多年当中，他们连相会一天的时间也找不到；这个事实在某种程度上解释了为何在斯特雷瑟看来他朋友的相貌特征多半都极其显眼。那些特征从相识早期起他已忘掉，如今又浮现在他眼前；其他绝对不可能忘记的特征，此刻给他的印象，就像有点挑衅意味的一家人，挤坐在自家门前的台阶上等着。房间很长却较窄，而坐在床边的人至今一直伸着穿上了拖鞋的双脚，客人坐立不安地要来回走动时，简直就得反复从自己坐的椅子跳过那双脚。该谈的事，不该谈的事，两位朋友都是明确过的，而后者当中有一点听上去尤其像粉笔敲在黑板上的声音。韦马什三十岁结的婚，已有十五年没和他老婆同居了，而斯特雷瑟是不该问及她的，这点在煤气灯光下他们两个心里都很有数。他知道他俩仍在分居，而她则住旅馆，在欧洲旅行，涂脂抹粉，写信恶语骂丈夫，那些信嘛，可以肯定，挨骂的人没有一封不是细细研读过的，但对于落在他朋友这边生活中那令人心寒的阴暗面，他却毫无困难地予以尊重。那是一个神秘所主宰的领域，韦马什从未明确地提及过它。无论在哪里，只要*办得到*，斯特雷瑟都情愿极尽所能地公平待他，尤其钦佩他不失尊严地对此保持缄默，在他们相识的过程中，甚至视这点为把他列入成功者的一个理由——那些理由都经过反复推敲。韦马什嘛，尽管劳累过度，或者说身心疲惫，尽管显见干瘦，尽管他老婆写那种信给他，尽管他不喜欢欧洲，但他*确实是*成功者。斯特雷瑟要是能在自己的经历中融入如此美好的缄默那么精彩的因素，就不会视之为那么微不足道了。一个人自己离开韦马什太太可能并不难；一个人也肯定会敬佩以这样的态度来完美地遮盖被她抛弃的笑柄。她丈夫保持沉默，还收入颇丰；这些都是尤其让斯特雷瑟羡慕他的成就。我们这位朋友从自身来说确实也一直有件需要保持沉默的事情，这点他充分意识到了，但那是不同类型的事情，他赚到的收入数额从未高到让他足以正视他人。

“我很清楚，我并不知道你要它做什么。提起来你好像并不烦。”那么韦马什终于开口了，提到的是欧洲。

“嗯，”斯特雷瑟说着，尽可能地与他一致，“我想既然我已开始就不感到烦了。但我正式开始前确实精疲力竭了。”

韦马什抬起那忧郁的脸。“你难道不是和平常差不多吗？”

此话并非十分明确地表示怀疑，但不知什么原因像在恳求最纯真的实话，因而在我们那位朋友听来便是实实在在的米尔罗斯的声音。长期以来，在米尔罗斯的声音和那个伍莱特的声音之间，他在心里作了区别——不过实际上从来不敢吐露出来。他觉得，最具真正传统色彩的，是前者。过去曾有些场合这样的声音让他一时惶惑，而眼下，出于某种原因，突然又出现这种情况。不过恰恰因为他惶惑就又一次使他支吾其词，这可决非小事。“对于一个见到你就这样大感欣慰的人，这么说可一点也不公平。”

韦马什默默地冷冷地盯着盥洗台，对此，可以说，是米尔罗斯的化身，听到了来自伍莱特的一句恭维话，可能会表现出的意外之感；而在斯特雷瑟那方面来说，他再次感到自己像伍莱特的化身。“我是说，”他那位朋友过一会儿继续说，“你的模样并不像我见过的那么糟：与我上次注意到的样子相比要好些。”可是韦马什的目光并未停留在这个模样上；他的目光仿佛遵循着一种举止得体的本能，而且他一直琢磨着面盆和水罐的同时，又说道：“从那时以来，你长胖了些。”这时那种感觉就更强烈了。

“恐怕我是胖了些，”斯特雷瑟大笑着说，“一个人吃了那么多肯定要长胖些，我想啊，我吃进去的，比我原有的肚量要多。我在启航时累坏了。”那兴高采烈的话音再古怪不过了。

“我到这儿时，”他的同伴接话了，“累坏了，而正是那么狂找休息的地方简直彻底要了我的命。事实上，斯特雷瑟——终于有你在这儿可以说说这事，是件舒心事；尽管说到底，我知道自己其实并不是一直等着对你说；我已把这事说给在火车车厢里碰到的人听——事实上，像这样的一个国家无论如何都不是我*喜爱的那种*国家。在这一带我还没见过一个国家看上去就*是*我喜欢的那种。唉，我并不是说漂亮的地方和引人注目的古老的东西不够多；可麻烦就在于我好像在哪里都感到不协调。这就是我认为自己没怎么长胖的一个原因。人们说我有望长胖，可我还没有一丝这样的迹象。”说到这里，他突然显得更加恳切。“听着——我想回去。”

他的双眼这下可是全神贯注于斯特雷瑟的双眼，因为他是那种谈论自己时脸正对着你的人。这使得他那位朋友能够紧紧地盯着他，而这么一来，立即就在他眼中显出最大的优越性。“对一个特意出来见你的朋友这么说，是件快事！”

听到这话，韦马什那忧郁而灼热的目光是再美妙不过了。“你*真*是特意出来的吗？”

“嗯——很大程度上是的。”

“我原来以为，从你写信的样子看，背后另有原因。”

斯特雷瑟犹豫了。“是我想和你在一起的背后吗？”

“你疲惫的背后。”

斯特雷瑟被触动了某种心事，微笑更淡了，他摇了摇头。“那里面什么原因都有！”

“没有什么看上去最烦你的特别的原因？”

我们这位朋友终于可以如实回答了。“有。有一个。有件事与我出来大有关系。”

韦马什略等片刻。“是不能提的私事吗？”

“不，不是不能提——对*你*来说的话。只是相当复杂。”

“好吧，”韦马什又等了等，说道，“我在这儿*很可能会*神经错乱，但我知道自己目前为止还没有。”

“哦，你一定会了解整件事情的。但今天夜里不行。”

韦马什看上去坐得更僵直了，双肘也抱得更紧。“为什么不行——要是我睡不着呢？”

“因为，我亲爱的，我*睡得着*！”

“那么你还疲惫吗？”

“就因为这个——我能睡上八个钟头。”接着斯特雷瑟指出，如果说韦马什没“长胖”，其原因就是他不上床睡觉：随之而来的结果是，韦马什觉得后者说得在理，便听任他朋友坚持让他真的安顿好睡觉。斯特雷瑟好心地强行出手，帮他实现此事，把灯光调暗，把毯子盖好，就凭这些细小的动作，竟再次发觉在他们的关系中自己的作用可喜地增强了。不知怎么的，这让他情不自禁地想到，韦马什在床上显得异乎寻常地又大又黑，像个医院里的病人那样裹在被窝里，而他把毯子一直盖到韦马什的下巴，这么一来就使他显得很简洁了。简言之，他隐约怀着怜悯守在旁边时，他朋友从被窝里向他发问。“她真的在追你吗？这就是背后的原因吗？”

斯特雷瑟对他朋友的观察指向感到不安，但他却装作有点吃不准意思。“是我出来的背后吗？”

“在你疲惫或不论什么事情的背后。你知道，她追你追得很紧，这大体上感觉得到。”

斯特雷瑟直来直去的性格从来都压不了很久。“噢，你一直以为我的确是在逃避纽瑟姆太太？”

“唉，我*确实*不知道你在干什么。你是个很有魅力的人，斯特雷瑟。楼下那位女士对这点的看法，”韦马什说，“你自己已看到了。除非实际上，”他以一种介于讥讽和焦急之间的口吻信口聊下去，“是你在追求*她*。纽瑟姆太太*就*在这边吗？”他说的样子似乎很怕她，很滑稽。

这使他那位朋友——尽管很不明显——露出了笑容。“哎呀，不在；她平平安安的，谢天谢地——我觉得自己这种感觉越来越强了——她在家。她原先想来的，但还是打消了这个念头。可以说是我代她来了；甚至可以说——因为你的推断是对的——来办她的事。这样你就明白了，确实有许多关联。”

起码对目前的所有事情，韦马什逐步理解了。“那么也包括我所提到的那种特殊关系咯？”

斯特雷瑟在房间里又转了一圈，拉了拉他同伴的毯子，最后走到门口。他的感觉就像一个护士在一切收拾停当后自己终于可以休息了。“包括的事情很多，我认为有的现在还不能透露出来。但别担心——你一定会从我嘴里知道那些事情的：你或许会发觉，事情多得让你疲于应付。我将会——如果我们待在一起——十分看重你对其中某些事情的印象。”

韦马什对这种恭维话的回答属于典型的拐弯抹角。“你的意思是说，你相信我们绝不会待在一起？”

“我只是隐约看到这种危险，”斯特雷瑟慈父般地说道，“因为我听到你抱怨说要回去时，好像就看见你打开了做这种傻事的可能性。”

韦马什听着——有一小会儿没吱声——像个受了斥责的大孩子。“你会拿我怎么办呢？”

这正是斯特雷瑟自己曾向戈斯特雷小姐提过的问题，而他就琢磨起自己当时听上去是否这个样子。但他起码可以更明确。“我将直接带你去伦敦。”

“噢，我已去过伦敦了！”韦马什抱怨的声音更轻了。“对那儿的任何事情，斯特雷瑟，我都毫无用处。”

“嗯，”斯特雷瑟说，心情很好，“我想你对我有些用处。”

“那么我非得去咯？”

“哦，你总得往前走啊。”

“哼，”韦马什叹了口气，“你干你的去吧！不过你带我上路前会告诉我——的吧？”

我们这位朋友又高兴又后悔，又专心地琢磨着自己当天下午质问时是否也这样显得很可笑，结果一时没听明白对方的问题。“告诉你——？”

“哎呀，你已经知道的事。”

斯特雷瑟犹豫了。“唉，这种事嘛，即使我极想对你保密，我也办不到。”

韦马什沮丧地凝视着他。“那么这只能说明，你跑这趟只是为了她咯？”

“为了纽瑟姆太太吗？噢，当然是的，我说过。就是的。”

“那么你干吗还说那是为了我呢？”

斯特雷瑟失去了耐心，使劲地拨动门闩。“这可够简单的。就是为了你们两个人。”

韦马什终于呻吟一声转过身去。“好啦，我可不会嫁给你！”

“说到这个，她也不会——！”但客人已大笑着溜走了。

第三章

他已对戈斯特雷小姐说过，他大概要乘下午的某趟火车和韦马什一起走，因此，到早上，看来这位女士自己已定下计划要坐早一点的火车走。斯特雷瑟走进咖啡厅时，她已吃过早饭；但是，由于韦马什还没露面，他便及时地向她提起他俩达成谅解的那几点，并指出她过于谨慎了。她肯定不会在引起人家某种需求之际突然离去。他碰到她时，她正从窗口小桌旁站起身，身边放着几张晨报，这时他告诉她，这让他想起彭登尼斯少校[①]在自己的俱乐部用早餐的情景——对此恭维，她深表感谢；他恳求着挽留她——显然想到了昨夜带来的压力——仿佛他已意识到没有她便无法办成事。无论如何，她走以前，一定要教他像欧洲人预订早餐那样地预订早餐，她尤其必须帮他解决为韦马什订饭的问题。后者曾隔着房门高声赋予他那位朋友以可怕而又神圣的职责，要订牛排和橘子——那些职责戈斯特雷小姐马上就接了过去，其行动之敏捷与她机敏的才智相称。此前她已使这位身在异国的人摆脱了传统的束缚，与传统相比，早晨的牛排只不过是一个钟头的果腹之物，而凭她的某些记忆，她可不能中途动摇；不过经过思索，她十分直率地承认，在这样的情况下总是有相反的对策可选。“有的时候你就听任他们去吧，你知道——！”

他们一起上花园去等着备好早饭，这时斯特雷瑟发觉她从未那么充满暗

① 彭登尼斯少校：英国作家威廉·萨克雷最具自传色彩的小说《彭登尼斯》（1848—1850）中一个乐于助人的人物。

示。“嗯，怎么办？”

“要给他们造成错综复杂的关系——除非我们确实称它为简单！——那样的话这种局面必然会自行结束。他们就要回去。”

“而且你要他们走！”斯特雷瑟快乐地下了结论。

“我总是要他们走，而且尽快地把他们送走。”

“噢，我知道——你送他们去利物浦。”

“暴风雨时任何港口都行。我嘛——除了其他各种职能外——还代办回国事务。我想我们这个多灾多难的国家重新有人居住。否则它会变成什么样子呢？我要劝阻别人。”

在清新的早晨，那井井有条的英格兰式花园让斯特雷瑟感到欢愉，他喜欢脚踩在长年潮湿的细密沙砾上的声音，他那再闲散不过的目光落在又平又厚的草皮和整洁蜿蜒的小径上。“别人？”

“别的国家。别国的人——是的。我要鼓励我们自己人。”

斯特雷瑟纳闷了。“劝他们别来？那你干吗‘接待’他们呢？——既然这么做并不像会阻止他们啊？”

“啊，到目前为止要他们不来可是过分的要求。我一心做着的是，他们来得快去得更快。我接待他们，是要使之尽快结束，而我虽然没有阻止他们，却自有办法让他们结束行程。这就是我的小手段；要是你想知道，”玛丽亚·戈斯特雷说，“这就是我真正的秘密，我内心深处的使命和作用。你知道，我表面上好像只顾讨人欢心附和他人，但这一切我都是经过精心考虑的，一直暗自进行着呢。我也许无法向你说明我的做法，但我觉得自己实际上成功了。我把精疲力竭的你送回去。你就会在那边待着。经过我的手——”

“我们就不会再来了？”她越往深处说，他总是发觉自己越能理解她。“我不需要了解你的做法——你的深邃，正如我昨天暗示过的，我体会得相当充分。精疲力竭！”他重复着她的说法。“如果你就是这么巧妙地安排要送我走的话，我就谢谢你这么警告我啦。”

一时间，他俩沉浸在愉悦之中——逐条标价之中不乏诗意，但对已有负罪感的客人来说，更是在挑逗他们消费——他俩相视而笑，一副已确立交情的样子。“你说这是巧妙？这是个平淡蹩脚的故事。而且，你是个特例。”

“噢，特例——这是软弱！”然而，她还有更软弱的呢，居然推延行程，同意陪伴这两位独处的先生，可能要坐在另一节车厢以示独立；不过，尽管如此，午饭后发生的却是，她一个人走了，而在约定由她陪伴伦敦一日游后，他们又多逗留一夜。上午的时候，她把各种各样的事情都和斯特雷瑟说了个明白——那种过法，他后来将会想到，正是他预先尝到的那种高潮，近乎种种预感，近乎他会称为崩溃的感觉；她说的当中就有一点，虽然她一生中从未有过未能“如期”到某地的时候，不过为了他，她却可以失信于他人。她进一步解释说，她不论碰巧到什么地方，都会发现有断线要续，有急事待救，潜伏着的某种熟悉的食欲，在她临近某地时会突然冒出来，不过临时吃块饼干也就得以缓解了。她暗中安排了他的早饭，冒着风险硬是让他尝新鲜，这样一来，让韦马什在这方面得到更大的享受，也就成为她为了脸面必须做的事；后来她向斯特雷瑟夸口说，她已让他们那位朋友吃过饭了——而且他自己还完全不知道是怎么回事呢——吃的就像彭登尼斯少校在梅格瑟里姆[①]吃的那样。她已让他像个绅士那样用了早餐，可她又强调，与她将要让他去做的事相比，那算不上什么。她使他加入又一次慢悠悠的漫步，对斯特雷瑟来说，这新的一天里漫步可实在够多的；而由于她的手段，他不知怎么的，在城墙上，在步行街[②]，都觉得是在表明己见。

三个人散着步，到处看看，闲聊着，或者说起码那两个人是这样；要是加以分析，那情景对他们那位同伴来说，其实只不过造成了难受的沉默环

① 梅格瑟里姆：彭登尼斯少校常去的俱乐部之一。原文 Megatherium 字面意思指一种已灭绝的哺乳动物，与中南美洲林地里动作迟缓的树懒相似。

② 步行街：切斯特城的著名步行街区，其二楼皆为盖有屋顶的步行通道，通往通道后的商店和其他经营场所；在其地面的街道层也是商店和经营场所，通常都要下几级台阶后进店。切斯特城的四条主要街道都有步行街区，它们在世上堪称独一无二，无处相仿。

境。实际上，斯特雷瑟觉得，那种环境里仿佛充满了听得见的低声嘀咕，然而他意识到应该谨慎而明确地视之为令人愉快的宁静的迹象。他不愿过多地提要求，因为那样会造成难堪；不过他又不愿过分地缄默不语，因为那就意味着撒手不管。韦马什本人则一直保持一种模棱两可的一声不吭，那可能意味着要么一种看法在逐步形成，要么一种看法已令他绝望；而在某些时候某些场所——其中低矮的走廊里光线最暗，相对而立的三角墙最怪，各种引人注目之处最多——其他两个人会发现他紧盯着某样不大值得关注的东西，有时甚至盯着什么也辨别不清的地方，仿佛他在发呆。每当这种时候他与斯特雷瑟的目光相遇，他就会流露出内疚又鬼鬼祟祟的神情，紧接着就会开始显出某种退缩的态度。我们这位朋友不能把值得看的东西指给他看，因为担心引起全盘否定，甚至极想把不值得看的东西指给他看，好让他得意地提出异议。有的时候，他自感羞于承认尽享悠闲的滋味，而在另外一些时候，他情不自禁地感到，似乎自己与身边那位女士交谈的言辞落在他们的第三个成员耳里，其影响可能很像伯切尔先生在普里姆罗斯博士家壁炉旁听伦敦来客夸夸其谈[①]。那些最无关紧要的事让他十分着迷十分开心，以致他差不多连连辩解——重新解释时提起了他以前请求去做的一件苦差事。与此同时他也清楚，他那件苦差事与韦马什的相比简直不值一提，而他还反复坦言，为弥补自己的轻薄，他正在尽力保持以前的美德。不论他做什么，他以前的美德仍在那儿，而且似乎还透过和伍莱特的商店不一样的商店的橱窗盯着他，还要他买自己不知该如何处置的东西。它眼下正以那些最古怪、最不合理的法则在使他意乱心迷；而它所大胆采用的方式会使他产生更多的需求。在欧洲最初的这几次散步，实际上是在对一个人在欧洲旅程结束时可能会发现的结果的一种十分可怕的暗示。他在多年以后，在已经很像人生的黄昏之际，回这

① 第三个成员：见英国作家奥利弗·戈德史密斯（1730—1774）的小说《威克菲尔德的牧师》（1766），指伯切尔先生。他对假冒“女士”的粗俗宾客之间虚情假意的闲聊的评论，便是不断重复“胡说”这个词。

儿来，只是为了接受这样的结果吗？反正是在观看商店橱窗时，他和韦马什都感到完全无拘无束了；不过，要不是后者极为明显地只对实用的手工艺感兴趣，那就会更加心情舒畅了。他神情严肃又漠然地透过小五金商和马具商的橱窗平板玻璃往里看，而斯特雷瑟则炫耀着与印花信纸和漂亮领带商人的交情。实际上斯特雷瑟一再站在裁缝店前不知羞耻，尽管他那位同胞则恰恰极为蔑视裁缝。这让戈斯特雷小姐抓到了机会去支持韦马什来反对他。那位让人讨厌的律师——这点错不了——有穿戴之道，但是，就其产生的效果的某些特点来看，那恰恰就造成了坚持其穿戴之道的危险。斯特雷瑟想知道，此时他是否认为戈斯特雷小姐不大时髦，或者说兰伯特·斯特雷瑟更加时髦；后两个人之间就路人、身材、面孔、个人类型交谈着，其中多数的言辞似乎可能都说明，处在他们的身份喜欢像“上流社会”交谈的那样交谈。

那么，他自己正在经历的，就是**确实**已经发生的情况，真的是一个时髦的女人正把他引入社交圈而一位被抛弃在河岸上的老朋友在观察着这种潮流的力量吗？当那位时髦的女人准许斯特雷瑟——她最多只准许他——买一双手套时，她就此定下的条件，在她得以领他逛完伯林顿市场[①]之前不许买领带及其他物品，落入一个敏感者的耳里，完全就像对正当指责的挑战。戈斯特雷小姐就是这么一个时髦的女人，不用粗俗地挤眉弄眼就能约定上伯林顿市场去。因此，仅仅区别对待一双手套的事无论如何可以说明——就所谈到的那双敏感的耳朵听来总能说明——斯特雷瑟如果可能反对什么，那显然只能当作放肆的冒险行为。他的确意识到了，对他们的那位同伴来说，他的这位新朋友可能是穿裙子的耶稣会信徒，天主教会发展教徒的代表。在韦马什看来，天主教会——那就等于是仇敌，是长着凸出的眼睛和伸得老远的颤乎乎的触角的怪物——恰恰就是社交圈，恰恰就是与日俱增的习文俗语，恰恰就是人的类型与语调的区别，恰恰就是邪恶而古老的切斯特步行街，与封

① 伯林顿市场：伦敦的一个时髦购物中心，与以时髦的商店、俱乐部、旅馆和住宅著称的皮卡迪利大街相通。

建主义并列，总之，恰恰就是欧洲。

然而，就在他们回去吃午饭前出了件值得关注的事。韦马什已有一刻钟一声不吭极为冷漠，而他的两个同伴倚靠在护住步行街街边的旧栏杆上，对着一幕特别杂乱拥挤的街景，站在那儿观看了三分钟之后，某一点，或别的什么——斯特雷瑟永远也弄不清究竟是什么——好像让他感到受不了了。“他觉得我们老于世故，他觉得我们流于俗气，他觉得我们居心邪恶，他觉得我们种种怪异无所不沾，”斯特雷瑟反省起来；短短两天工夫，我们这位朋友就养成了方便而又明确地把两人并在一起考虑的习惯，其中难言深浅，令人称奇。而且，看起来这样的推论与韦马什突然朝街对面直冲过去有着直接联系。这一举动极其突然，他的两个同伴起初会以为他突然看到一个熟人，追上去了。不过，他们接下来就会发现，他已匆匆进了一扇敞开的门，然后他们就明白他是进了一个珠宝商开的店里，在珠光宝气的店面后消失了。这一举动多少有示威的意味，使另外两个人顿时露出近乎惊恐的脸色。但戈斯特雷小姐却突然大笑起来。“他是怎么啦？”

“唉，”斯特雷瑟说，“他受不了了。”

“可是，受不了什么啊？”

“一切。欧洲。”

“那么那个珠宝商会怎么帮他呢？”

斯特雷瑟从他们站的位置，在排列着的手表，在密密悬挂着晃荡着的小饰品的缝隙之间，似乎看明白了。“你会看明白的。”

“啊，那正是——要是他买点什么——正是我所担心的：我肯定会见到相当糟糕的东西。”

斯特雷瑟打量着那些更顺眼的门面。“他什么都可能买。”

“那你不觉得我们该跟着他吗？”

“决不能。而且我们也没法跟着。我们惊呆了。我们交换着惊愕的脸色，我们当众发抖。事情在于，你也知道，我们‘意识到了’。他在争取自由。”

她感到惊讶，但还是大笑起来。“啊，要付出多大的代价啊！可我还在为他准备很小的代价呢。”

“不，不，”斯特雷瑟接着说，这时真给逗乐了；“别这么说：你所营造的那种自由是昂贵的。”接着好像要为自己辩护：“我不也是在以我的方式尝试这种自由吗？就是这样。”

“你是说，和我一起待在这儿吗？”

“对，还有像我这样和你交谈。我认识你才几个钟头，而我认识他一辈子了；因此我跟你谈到他时的那份自在如果算不上绝妙，”——想到这一点他停顿了一下——“嗯，也是相当卑鄙的。”

“是绝妙的！”戈斯特雷小姐说着让他打住了话头。“你也该听一听，”她补充说，“我和韦马什先生谈的——也是我最想谈的——情况。”

斯特雷瑟想了想。“谈到我？哎呀，那可不一样。一样的是，韦马什本人谈到我的情况——他对我作无情的剖析。而他绝不会这么做。”——他清醒得令人伤心。“他绝不会无情地剖析我。”他说这话的决断口吻完全镇住了她。“他绝不会向你提到我。”

她听信这点；她欣赏这点；可不一会儿，她的理智，她那无休止的挖苦，又分析起了这点。“他当然不会啦。对什么都能说长道短，都能无情剖析的人，你会怎么看他们呢？像你我这样的人并不多。那只能因为他太愚蠢了。”

此言令她那位朋友心生疑问，同时也是多年的信赖引起的抗议。“韦马什愚蠢？”

“跟你相比嘛。”

斯特雷瑟的双眼仍然望着珠宝店的门面，他等了一会儿才回答。“他那种成功，我还不能及。”

“你是说他赚到钱了？”

“他能赚钱——我相信。而我呢，”斯特雷瑟说，“尽管背都驼了，可至今一事无成。我是个完完全全的失败者。”

有一会儿他担心她会问他，他是不是说自己很穷；他很高兴她没问，因为他真的不知道与这个讨厌的问题相关的真相会使她作何反应。而她呢，只不过肯定了他的说法。“谢天谢地你是个失败者——这正是我这么看重你的原因！如今别的一切都太令人讨厌。看看你的四周——看看那些成功者。用你的名誉担保，你愿意成为那种人吗？另外呢，”她继续说，“看着我。”

于是他们的目光相遇片刻。“我明白了，”斯特雷瑟回答说。“你也不是那种人。”

“你在我身上察觉到的优越感，”她赞同地说，“是我无用的表现。我青年时代的种种梦想，”她叹息道，“你要是知道就好了！是我们的现实促使我们走到了一起。我们是历经失败的战友。”

他十分友好地对她笑了笑，但又摇了摇头。“这并没有改变你很昂贵这一事实。你已经花去我——！”

但他犹豫不说了。“花去你什么？”

“好啦，我的过去——一下子全花掉了。但不要紧，”他大笑着说，“我愿付出最后一个子儿。”

可惜的是，此刻她的注意力已被他们那位同伴的归来吸引住了，因为韦马什走出那爿店进入了他们的视野。“我希望，”她说，“他还没付出他的最后一个子儿；不过我相信他一直很好，一直对你很好。”

“啊，不——不是这样的！”

“那么是对我好咯？”

“一样不大可能。”这时韦马什已近得脸上的表情都能让他那位朋友分辨出来了，尽管他看上去小心翼翼的似乎并未特意地看着什么。

“那么是为他自己咯？”

“不为谁。不为什么。为了自由。”

“但自由和这有什么关系呢？”

斯特雷瑟没有直接回答。“要像你我一样好。但又有所不同。”

她已有过时间看清他们那位同伴的脸色；这种事儿对她来说很容易，而她看清了脸色，就看清了一切。“有所不同——是的。但是更好！”

假如说韦马什脸色阴郁的话，他还确实显得似乎高高在上。他什么也不跟他们说，没解释他走开的事，而他们尽管确信他已买了什么异乎寻常的东西，但永远也弄不清其真相。他只是傲然怒视着那些旧山形墙的顶部。“那是神圣的愤怒，”斯特雷瑟又找到了时间说道；为了便于领会，这种神圣的愤怒，将成为他俩之间对他定期必现的情形的描述。斯特雷瑟最后竟然声称，这点确实使他比他俩好。但到那时，戈斯特雷小姐已拿定主意，她不想比斯特雷瑟好。

第二部

第一章

斯特雷瑟从米尔罗斯来的客人身上看到若隐若现的神圣的愤怒，那样的场景无疑会有周期性，但我们这位朋友同时还得为其他许多事情理出头绪来。据他回忆，他这辈子恐怕还没有一个晚上像他在伦敦短暂停留时的第三个晚上那样，得付出那么多；那个晚上他是在当地一家剧院里戈斯特雷小姐的身边度过的，而他不费举手之劳，只是带着一副实在好奇的表情，就被送到了那里。她熟知那家剧院，她熟知那场戏，就像她连续三天来扬扬得意地熟知别的一切那样，而对她那位同伴来说，那会儿可是充满了有趣的感觉，而不论他那位导游是否碰巧也感到有趣，反正那种有趣感当时就把他那短暂的机会推向了极致。韦马什没跟他们一起来；他表示，斯特雷瑟与他会合之前，他就看够了戏——当他的朋友询问后弄明白他看过两场戏一场马戏时，那种说法便具备了充分的说服力。实际上，对他来说，问他看过什么，倒不如问他没看过什么。他喜欢对前者加以区别，但斯特雷瑟询问那位一直陪着他们的顾问，不对后者加以区别，又怎么能区别前者呢?

戈斯特雷小姐在他住的旅馆和他共进晚餐，两个人在一张小餐桌旁相对而坐，桌上点燃的支支蜡烛罩有玫瑰色的灯罩；那玫瑰色的灯罩，那小餐桌，还有那位女士的幽香——他何尝闻到如此幽雅的味道呢？——都是他几乎一无所知的那类真正高雅的美景中的大量细节。在波士顿，他和纽瑟姆太太一起去看过戏，甚至还去看过歌剧，不止一次地单独陪她去看，但没有过对坐共餐，没有过粉红的烛光，没有过一缕似有似无的芳香，来作为前奏：其结果之一是他眼下略感悔恨，他尽管带有刺耳的口音，但还是真的问自己为什么一直就没有过呢。对于所注意到的他那位同伴的状况，他的印象也同样大不相同：她的礼服，就双肩和胸部而言，是“大低开领”，他相信行话就是这样说的，其风格大大有别于纽瑟姆太太；他的同伴在颈部戴着一条红色宽丝绒带，有一颗古董宝石——他颇为自得地确信那是古董——别在丝绒带的前面。纽瑟姆太太的礼服绝对不会有丝毫“开领”的，她在颈部也从来不戴红色宽丝绒带：而且，即使她戴了，究竟会不会起到他眼下似乎感觉到的效果，吸引住他的视线让他眼花缭乱呢？

要是他当时并未纵情沉湎于毫无节制的想象的话，那么，对于戈斯特雷小姐的廉价珠宝别在那条丝带上所产生的效果，他那么追根究底就滑稽可笑了。不知怎么的，他那位朋友的丝绒带使她外表的其他每个方面——她的微笑及她头部的姿态，她的肤色，她的双唇，她的牙齿，她的双眼，她的头发——全都增添了魅力，这除了毫无节制的想象还能是什么呢？当然，一个清楚男人在世界上该干什么的男人，与红丝绒带又有什么相干呢？他无论如何也不愿过分袒露自己，决不会告诉戈斯特雷小姐他有多么喜欢她那条丝绒带，然而，他竟然不仅当场就发现自己——毫无疑问，是轻率又愚蠢，尤其是出乎意料地——喜欢它，此外，他还视之为思前想后、左思右想的一个起点。他突然意识到，纽瑟姆太太颈部打扮的风格大为不同，却体现出和戈斯特雷小姐的风格几乎一样多的特征。纽瑟姆太太，在看歌剧的时候，穿一袭黑色丝绸礼服——十分端庄，他知道那就是“端庄”——还有一种装饰，他进一步回忆才得以确定为褶饰。他确实有与褶饰相关的联想，但那几乎就谈不上浪漫。有一次，他曾对穿褶饰者说——那句话说得跟他平时对她说过的话一样“无拘无束”——她戴上环状皱领及其他饰品，看上去像伊丽莎白女王；实际上，他此后便一直有这样的想法，那句话那么温柔又被接受了，其结果就是，对那条“皱边”的那种特殊赞美形式已变得略趋明显。他坐在那儿听任自己的想象漫游着，这样的联想让他略感怜悯；但实情便是这样，而毫无疑问的是，怜悯便是在那样的情形下所能出现的最理想的结果了。无论如何，怜悯确实一直存在；因为他此时似乎突然想到，在伍莱特，从未有过一位像他这种年纪的先生，能对一位像纽瑟姆太太那种年纪并不比自己小多少的女士，用上那么一个明白的比喻。

实际上，此时他似乎突然想到了各种各样的事情，其中他的记录者可望有篇幅提及的就相当少了。比如他突然想到戈斯特雷小姐可能长得像玛丽·斯图亚特[1]：兰伯特·斯特雷瑟的想象直来直去，对这么一种对比也会得意一下。他想到，以前从未有过——对，确实从未有过——一位女士和他一起去看戏前在公共场所吃饭。对斯特雷瑟来说，这种场所的公开性正是这件事当中稀奇古怪的地方；这点对他的影响，几乎就像取得私密性可能会对一个无此经历的男人的影响。在许多年前，他年纪轻轻地就结了婚，结果错失了本来应该在波士顿带少女们去参观博物馆[2]的时机；对他来说千真万确的是——即使在人到中年有意离群索居时期，他妻子的死以及十年后他儿子的死这两次亡故带来的那段阴郁荒凉的中年时期结束后——他从未带任何人上任何地方去过。他尤其想到——尽管这种征兆早就已经以其他形式断断续续地隐约闪现过——看到他周围的那些人，就更使他想到自己出来要干的差事。她，也就是他那位朋友，一开始就给他道出了她的印象，比他本人所得的印象更直接——干脆就随口说白了："噢，是的，他们是各色人等！"——但他得到这个印象后，他自己就充分利用起来；无论是他在四幕戏演出期间闭口不语还是在幕间休息他说话的时候都这样。这是一个充满各色人等的夜晚，这是一个充满各色人等的世界，而尤其是，这是一种联系，其中正厅前座区的人与舞台上的人的体态和面容可以互换。

他觉得仿佛那场戏本身和他邻座那裸露的肘部一起都深入了他的内心，

---

① 玛丽·斯图亚特：苏格兰女王，她曾是法国女王，1587年被伊丽莎白女王处死。
② 博物馆：指波士顿美术博物馆，建于1876年。

他邻座是个个子高大、袒胸露臂、相貌标致的红发女子，她用少见的双音节词与坐在她另一侧的一位先生交谈，可那些词在他听来却有着以世上最古怪的方式发出的过响的声音，使他怀疑它们并无更多的意义；依同样的道理，他透过舞台上的脚光，认识到了他乐于视为英国生活激情的东西。他时不时地因为无法说清最真实的是演员还是听众而走神，而其结果，则每次都有了新的联想。不论他如何看待自己的任务，他非得对付的还是“各色人等”。在他眼前在他周围的那些人可不像伍莱特的类型，因为在伍莱特，在这一点上面，他已开始觉得，一定一直都只有男人和女人。即使有个体差异，也恰好形成两类。而在这里，除去个体和性别范畴——可能更大或者更小——可以说，一系列外来的强烈印记，都起到过作用了；他观察着玩味着那些印记，就像在桌上一个玻璃盒前，一枚枚勋章，有铜有金，逐个观察。事又凑巧，剧中正好有一个身着黄袍的坏女人，逼一个永远穿着晚礼服的讨人喜欢却性格懦弱的英俊小伙子去干种种最可怕的事情。斯特雷瑟觉得，自己总体上并不怕那黄袍女，但他不知不觉地有点同情起剧中的受害者来，对此隐约感到焦虑。他提醒自己，他出来，并不是要来对查德威克·纽瑟姆过于同情，实际上根本就不能同情。查德也会永远穿着晚礼服吗？不知怎么的，他很是希望如此——这样好像使**那个**年轻人总体上更加顺从；不过他又寻思起来，为了以其人之道还治其人之身，他本人（一个几乎令人吃惊的想法）是否也得要同样的穿着。而且和查德相比，从看上去的可能性来说，那个小伙子对付起来一定会容易得多——至少对**他**来说。

他想到了戈斯特雷小姐，有些事她或许真的终究还是已听说过了；稍加追问时她才承认，她实在说不大清楚究竟哪些事情是她听说的，哪些事情只是像目前这种场合里她信马由缰的猜测。“你知道，我似乎有这种自由对查德先生作过猜测吧。他这个年轻人，伍莱特那边对他寄予很高的希望；这个年轻人落入了一个坏女人的掌控之中，而那边他的家人派你出来挽救他。你已接受使命，要把他和那个坏女人分开。你们十分肯定她对他来说很不利吗？”

他的神情表明这话让他很惊讶。“我们当然很肯定。难道你不能肯定？”

“噢，我不知道。谁都无法事先就肯定——不是吗？人们只能根据事实来判断。你们的事情对我来说倒是很新鲜；你看得出来，我其实一点也不了解你们的事：所以听你说出来会是极其有趣的事。只要你确信，那就行了。我的意思是，假如你肯定你们确实很肯定：肯定那不行。”

“他不能过那么一种生活？完全肯定！”

“啊，但我不了解他的生活呀，你也知道；你还没跟我谈过他的生活呢。她可能很迷人呢——他的生活！”

“迷人？”——斯特雷瑟瞪大眼睛望着前方。“她下贱，可以用钱买——是在街头混的。”

“我明白了。那他呢——？”

“查德，可怜的小伙子？”

“他是什么类型什么脾气的呢？”斯特雷瑟一时语塞，她便接着问道。

“嗯——固执。” 他一时似乎有更多的话要说，可接着克制住了。

那可绝不是她所希望的。“你喜欢他吗？”

这次他答得挺快。“不，我怎么可能呢？”

“你是不是说，是因为他让你背上了沉重的包袱呢？”

“我在想他母亲，”过一会儿后斯特雷瑟说。“他已给她那美好的生活抹了黑。”他严肃地说。“他可让她愁死了。”

“哦，那当然可恶。”她停顿了一下，仿佛要重新强调这一事实，但最后却是另一种口气了。“她的生活非常美好吗？”

“特别美好。”

那语气极有分量，戈斯特雷小姐不得不又停下来去琢磨它。“他只有她一个人吗？我指的不是巴黎的那个坏女人，”她赶快补充说——“因为我向你保证，我无论如何也不愿让他有一个以上。可他只有他母亲吗？”

“他还有一个姊妹，年纪比他自己大，已婚；而且她们两个都是十分优雅的女人。”

“你是说，长得好看吧？”

问得这么急——就像他可能会想到的那样，几乎是突如其来了，这让他一时语塞，但他又回过神来。“纽瑟姆太太嘛，我想，是长得好看，不过，她有个二十八岁的儿子，有个三十岁的女儿，当然不是正当青春妙龄。可是，她结婚时，年纪小得很。”

“在她那把年纪，”戈斯特雷小姐问道，“是非同凡响了吧？”

斯特雷瑟有些心神不定，好像这话让他感到窘迫。“我并不是说她非同凡响。确切地说，”紧接着他又说道，“我就是这么说的。她确实就是这样的——非同凡响。但我刚才想到的并不是她的容貌，”他解释道——“她的容貌无疑很出众。我刚才想到了——嗯，许多别的东西。”他看上去就看着那些东西，好像要提到其中的几样，然后打住，又换了话题。“至于波科克太太，人们的看法可能不同。”

“这是女儿的姓吗——‘波科克’？”

“这是女儿的姓，”斯特雷瑟坚决地坦承。

“你是说，对她的美貌，人们的看法可能不同吧？”

“对一切。”

“但你却爱慕她？”

他瞥了那位朋友一眼，以此表明他对这句话的感受。“我也许有点怕她。”

“哦，”戈斯特雷小姐说，“我从这儿就把她看明白了！你听了可能会说，我看得很快很远，但我已向你表明我就是这样的。那个小伙子和那两位女士，”她接着说，“不管怎么说就是全家人了吧？”

“全了。他父亲去世十年了，没有兄弟，也没别的姊妹。她们哪，”斯特雷瑟说，“愿意为他去做世上任何事。”

“而你愿意为她们去做世上任何事吧？”

他又转过脸去；也许她这话说得有点过于肯定，让他的神经受不了了。“噢，我不知道！”

“你无论如何都会这么做，而她们会去做的‘任何事’就体现在她们让你去做的这件事上面。”

“啊，她们没法来——她们两个人都没法来。她们都是很忙的人，尤其是纽瑟姆太太得日理万机呢。再加上她还高度神经质——身体一点也不好。”

“你是说她是个美国的体弱多病的人？”

他小心翼翼地加以区分。“她最不喜欢被称为这么一个人，但她会乐于成为一个那样的人，我觉得，”他大笑着，“如果那是成为另外那种人的唯一途径。”

“乐于成为一个美国人，以便成为一个体弱多病的人？”

“不，”斯特雷瑟说，“恰恰相反。总而言之，她体弱多病，多愁善感，高度紧张。她事事都十分投入——”

啊，玛丽亚知道这些事！“她就不可能再顾及别的事了？她当然不可能了。你这是对谁说话呢？高度紧张？我这辈子，不都在为他人拼命忙碌吗？而且我还看出来你也是这个样子。”

斯特雷瑟对这话没太在意。“噢，我也拼命忙碌啊！”

“好啦，”她明确地回答，“从现在起我们必须竭尽全力共同应对这事。”她继续往下谈。“她们有钱吗？”

但是，看起来她那充满活力的形象仍然吸引着他，而她的问话他却没听到。“另外，”他一心想再作解释，“纽瑟姆太太在交往的问题上并不具备你的勇气。要是她来了，那就是要亲自看看那个人。”

“那个女人吗？啊，但那可是勇气哦。”

“不——那是得意，那完全是另一码事。勇气，”不过，他又迎合着来了一句，“是你才有的。”

她摇了摇头。“你这么说只是为了安慰我——为了掩饰我赤裸裸地渴求得意的心情。我既无勇气也无得意。我有的只是历经打击后的冷漠。我明白你的意思是说，”戈斯特雷小姐继续说，“假如你那位朋友*真的*来了，她一定会观赏美景，而简单地说，观赏美景她会受不了的。”

斯特雷瑟看上去被她那种简单的看法逗乐了，但他还是接受了她的说法。“她什么都受不了。”

“啊，那么像你眼下的这种任务——”

“对她来说比别的事更受不了？对——要严重得多。但只要*我*受得了——！”

“她的状况就没关系吗？当然没关系；我们不考虑她的状况；就是说，我们视之为当然。我看哪，她的状况对你来说已成过去，不在话下；不过，与此同时，我看正是她的状况支撑着你。”

“噢，那确实支撑着我！”斯特雷瑟大笑道。

“好啦，既然你的状况支撑着*我*，别的什么都不需要了。”说罢她再次提出了那个问题。“纽瑟姆太太有钱吗？”

这回他注意到了。“哦，多得是。那正是邪恶的根源。那家公司里有钱，数额巨大。查德一直可以随心所欲地花大把的钱。但要是他今后振作起来回家，他照样会得到属于他的那一份。”

她一直全神贯注地听着。“我真心希望你会得到属于你的那一份！”

“他会收到实实在在的物质上的报酬，”斯特雷瑟对此未置可否。“他正站在十字路口。他现在还可以加入那家企业——他再迟就不行了。”

“有家企业吗？”

“天哪，有啊——一家轰轰烈烈、生机勃勃的大企业。一家兴旺发达的企业。”

“一家大厂？”

“对——一家工厂；大生产，大产业。那家公司属于制造业——那种制造业只要经营得当，完全可以逐步发展成为一种垄断企业。他们制造的是一样小东西——看上去，比其他人能制造的，或者说，至少比其他人制造的，要造得好。纽瑟姆先生嘛，作为一个有思想的人，至少在那个特殊的方面，”斯特雷瑟解释说，“把那些思想运用得卓有成效，他在的时候，使那个地方整体上得到了极大的振兴。”

“那企业本身就是个地方？”

“嗯，一大批建筑；几乎称得上一个小工业区。但最要紧的是一样东西。所生产的物品。”

“那所生产的物品究竟是什么呢？”

斯特雷瑟望着四周，似乎有点不情愿说；这时，还是他看见的就要开启的幕布帮了他的忙。“我下次告诉你。”但等下次到来时他只是说，他以后会告诉她的——应该在他们离开剧院以后吧；因为她马上就重提他们的话题，因而对他本人而言，舞台上的画面此刻已盖上另一个景象。不过，他一再拖延，使她纳闷起来——她想知道所提到的那种物品是否什么不对头的东西。她解释说，她指的是不体面或荒唐或不正当的东西。但就这一点来说，斯特雷瑟倒是能满足她。“说不出口？哦，不，我们不断地谈到它；我们对它十分熟悉又无所顾忌。只是，作为一种小小的、微不足道、相当可笑的最普通的家用物品，它确实缺少——我该怎么说呢？嗯，缺少高贵感，或者说毫不耀眼。因此，在眼下，我们周围的一切都如此豪华——！”他干脆就打住了。

“那不协调？”

“说来遗憾。那很粗俗。”

“但肯定不会比这更粗俗。”这时他像她自己刚才那样纳闷起来，她就此说：“跟我们周围的一切相比。”她看上去有点生气了。“你把这都看成什么了？”

“嘿——相比之下——挺神圣！”

“这家可怕的伦敦剧院吗？这不可能，要是你真想知道的话。”

“哦，那么，”斯特雷瑟笑道，“我就不真的想知道！”

这造成他俩之间的谈话停顿下来，不过，她仍然对伍莱特产品的秘密很感兴趣，不一会儿便打破了沉默。“‘相当可笑’？是晒衣服用的夹子？小苏打？鞋油？”

这话使他转过头来。“不——你还没‘沾上边’呢。你知道，我觉得你猜不到的。”

“那我怎么能判断出它有多粗俗呢？”

“我真的告诉你的时候你就会判断出来了。”——接着他劝她要有耐心。但即使现在也可以坦率地提一下，他后来是绝对**不会**告诉她的。事实上他也从未这么做，而且事情也很奇怪，出于她身上某种难以捉摸的本能，她也不再有探听这一消息的欲望了，她对这个问题的态度则渐渐转变为故作无知。在无知时她可以纵情于自己的想象，而事实证明这种自由很有用。她可以把那种不知名的小物品当作确实无法命名来对待——她可以使他们对它的回避极其明确。她下面所说的话里，对斯特雷瑟来说，可能确实有着这种预兆。

“那么也许是因为它太不对头了——因为你们的产业，正如你所说的，**实在**太粗俗——查德先生就不愿回来了吧？他感受到那种污点了吗？他待得远远的，是为了避免搅和进去吧？”

“噢，”斯特雷瑟笑道，“绝不会有他感受到‘污点’这种事！——会有吗？由此而来的钱让他够高兴的，而他的一切正是建立在钱的基础上。他对钱怀有感激——我指的是到目前为止他母亲给他的零用钱。她当然有办法不再给他这笔零用钱；但不幸的是，即使那样，他仍有独立的经济来源，而且绝不是小数目——他的外祖父，即她自己的父亲留给他的钱。”

“那么，你提到的这个情况，”戈斯特雷小姐问道，“不是正好使他更容易挑剔了吗？可以想象，对于自己的收入来源——明显而公开的来源——他不就很苛求了吗？”

斯特雷瑟倒是能十分愉快地对待这种说法。“他外祖父的财富——其中也有他自己的份额——其来源并非特别体面。”

“那是什么来源呢？”

斯特雷瑟斟酌起来。“嗯——手段。”

“生意当中？不光彩的勾当？他是个老骗子？”

“哦，”他与其说是在表明态度，倒不如说是为了强调，“我既不会谈**他的为人**，也不会谈他的成就。”

“天哪，真是深不可测啊！那么已故的纽瑟姆先生呢？”

“嗯，他又怎样呢？”

“他像外祖父吗？”

“不——他是家里另一边的。他不一样。”

戈斯特雷小姐接过了话头。“好些？”

她那位朋友迟疑了一会儿。“不。”

他这么犹豫，她虽然未加评论，但态度再明显不过了。“谢谢。**现在**你难道还不明白，”她继续说，“那孩子为什么不回家来呢？他是在洗刷耻辱。”

“耻辱？什么耻辱呢？”

“什么耻辱？**怎么会这样呢**[①]？就**那种**耻辱嘛。”

“但时至今日，”斯特雷瑟问道，“何时何地还会有‘**那种**耻辱’呢——哪里还有什么耻辱呢？我谈到的那两个人——他们的所作所为和每个人都一样；而且（除了已是日长月久的历史之外）那只不过是个怎么看的问题。”

她表明了自己的理解。“纽瑟姆太太有过看法吗？”

“啊，我可不能代她说话！”

“她置身于这类事情当中——而且按我对你的话所作的理解，还从中获益，她起码保持着高雅吧？”

“噢，我可不能谈论**她**！”斯特雷瑟说。

---

① 怎么会这样呢：原文是法语 *Comment donc*。

“我还以为她总算是你可以谈论的人啦。你不信任我，”一会儿后戈斯特雷小姐表了个态。

这话起了作用。“唉，她的钱花在一个大善举上面，她的生活就围绕着它来过——”

“那就是为过错进行的一种赎罪吗？啊呀，”她抢在他说上话来前又说道，“你使我把她看得多么透彻啊！”

“要是你看透了她，”斯特雷瑟不想说下去，“那就够了。”

她仿佛真的看到她了。“这点我感觉到了。别的都不说，她确实颇有风韵。”

这话起码让他又想说话了。“你说别的，是指什么呢？”

“嗯，我指的是你。”说罢她又来了一次快速变换话题。“你说那家公司需要照管；难道纽瑟姆太太不照管公司吗？”

“尽其可能吧。她出奇地能干，但那不是她的事，而且她的生活大大地超负荷了。她有许多许多事。”

“你也是的吧？”

“哦，是的——你要是这么说，我也有许多事。”

“我明白了。但我的意思是，”戈斯特雷小姐纠正说，“你也照管那家企业吗？”

“哦，不，我不碰那家企业。”

“只碰别的所有的事？”

“嗯，对——有些事情。”

“比如说——？”

斯特雷瑟顺从地考虑起来。“嗯，《评论》。”

“《评论》？——你们有一份《评论》？”

“当然有。伍莱特有一份《评论》——纽瑟姆太太慷慨地为这份杂志出了大部分费用，而我呢，不怎么称职地主编着。我的名字就在封面上，”斯特雷瑟继续说道，“你好像从未听说过这份杂志，我真的感到相当失望相当伤心。”

她一时对这种抱怨未加理睬。“那是一份什么样的《评论》呢？”

此时他完全恢复了平静。“嗯，它是绿色的。”

“你指的是不是像这里的人说的政治色彩——思想色彩呢？”

“不；我指的是，封面是绿色的——用了最悦目的色度。”

“纽瑟姆太太的名字也在那上面吗？”

他等了一下。“噢，至于这点，她是否抛头露面，你必须作判断。她是整件事的后盾，但她为人细腻而谨慎——！”

戈斯特雷小姐完全理解这点。“我敢肯定。她一定是那样的。我并不轻视她。她一定是个了不起的头面人物。”

“哦，是的，她是个了不起的头面人物！”

“伍莱特的头面人物——好[①]！我喜欢伍莱特的头面人物这个叫法。而你与她过往甚密，一定也是位了不起的头面人物咯。”

“哦，不对，”斯特雷瑟说，“实际上情况并非如此。”

但她已经当他是了。“实际上的情况——你不必告诉我——当然是你埋没自己咯。”

“我的名字不是在封面上吗？”他明确表示反对。

“啊，但你并非为你自己印上去的。”

“对不起——那正是我上封面的原因。我无奈为自己所做的恰恰就是这件事。你知道，这么做，似乎就从种种破灭了的希望与雄心中，从种种失望与失败的垃圾堆中，抢救出一点点，抢救出还算体面的一鳞半爪的自我。”

听到这番话，她望着他，似乎有许多话要说，但她最后所说的只不过是：“她喜欢在那上面看到你的名字。你是两个人当中更大的头面人物，”她随

① 好：原文是法语 *bon*。

即继续说道，“因为你认为自己不是头面人物。她认为自己**当然是**头面人物。不过，”戈斯特雷小姐又说道，“她认为你也是头面人物。反正你是她所能控制的最大的人物。”她渲染着，吹捧着。“我说这话，并不是想挑拨你们之间的关系，但到她控制了一个更大的人物的那一天——！”斯特雷瑟早已仰着头，暗自欣喜于她那无忌直言或得当妙语中让他印象深刻之处，而此时她的奇思妙想已更进一步。“所以亲近她——！”

“亲近她？”她似乎突然犹豫起来，他便问道。

“在你失去机会之前。”

说罢他俩四目相遇。“你说的亲近是什么意思？”

“还有我说的机会是什么意思呢？你把**你**不告诉我的所有事情都告诉我时，我就告诉你。那是她**最大的**兴趣所在吗？”她马上追问下去。

“《评论》吗？”他似乎在寻思如何才能最确切地描述这点。不过其结果只是草草的一句。“那是她对理想的贡献。”

“我明白了。你们做的是大事。”

“我们做的是还没普及的事——我们敢做的也就是这一步。”

“那你们**究竟**敢做到哪一步呢？”

“嗯，她胆子很大。我就胆小多了。我一开始并不具备她那种信心。信心的四分之三，”斯特雷瑟说，“都从她那里来。正如我已透露给你的，她还提供**所有的**钱。”

不知怎么的，这话让戈斯特雷小姐一时间产生了满目金子的幻觉，看上去她仿佛听见了金光闪闪的钱币哗哗地涌进来。“那么我希望你大有收获——”

“我**从没**大有收获！”他立即回答说。

她正等着呢。“有人爱，难道你不叫它大有收获？”

“噢，我们没人爱。我们也没人恨。只是完全没人理我们罢了。”

她又停顿了一下。“你并不信任我！”她再次重复说。

"我揭开了最后一层面纱——把狱室中的秘密[1]都告诉你了，难道还不信任你吗？"

她再次与他的目光相遇，但结果却是过了一会儿她便不耐烦地把自己的目光移开了。"你不出卖人？哦，这点真让我高兴！"不过，说罢此话，他还没来得及提出抗辩，她又说开了。"她只是个道德方面的头面人物。"

他高高兴兴地接受了这种定义。"对——我觉得这么描述她确实恰如其分。"

但这却让他朋友产生了最古怪的联想。"她的发型做得怎么样？"

他哈哈大笑起来。"很漂亮！"

"啊，这可没跟我说清楚。不过，这没关系——我知道。她的头发整齐极了——真是令人汗颜；浓密得十分引人注目，至今见不到一缕白发。就这样！"

她逼真的描述让他脸红，而她讲出了实情则令他大为惊讶。"你真是魔鬼。"

"我应该是别的什么呢？我就像那个突然搭扑上来抓住你的魔鬼。可别让这点让你烦心，因为除了魔鬼之外的一切——到了我们这把年纪——都令人讨厌，都是幻想，而即使是魔鬼自己，说到底，也只是半份快乐。"说着，她掸了一下裙侧，又说了下去。"你帮她赎罪——在你自己没有罪孽时，这可真不容易。"

"没有罪孽的是她，"斯特雷瑟回答说。"我犯下的罪孽最多了。"

"啊，"戈斯特雷小姐冷笑起来，"她的形象多高大啊！你抢劫那孤儿寡母了吗？"

"我的罪孽够多的，"斯特雷瑟说。

"对谁来说够多的？在什么上面够多的？"

---

① 狱室中的秘密：见莎士比亚戏剧《哈姆莱特》第一幕第五场第十四行，指最内心深处最见不得人的秘密。

“嗯，多得走到了我今天的地步。”

“谢谢！”此刻他们的交谈被打断了，有位绅士要从他们的膝盖和他们前面座位的后背之间挤过去，他在演出过程中有一阵子不在，现在回来等剧终；不过他这样打扰，却还是让戈斯特雷小姐有时间在随后闭口不语之前，以一句尖锐的结论来表述她对他们全部谈话意义的看法。“我早就知道你留了一手！”然而，这个结论，却在剧终之时，使他们都踌躇着不想走，仿佛他们仍有许多话要说；因此他们自然就同意让大家都在他们前面先走——他们发觉等待也有趣。他们在大厅里就看出来，夜里已下雨了；不过戈斯特雷小姐却又让她那位朋友明白，他不用送她回家。他只要送她一个人上一辆四轮马车；在伦敦她就喜欢这样，纵情欢乐后的雨夜，回家路上，独自坐在四轮马车里，细想些事情。她暗示，这可是让她自己冷静下来的绝妙时机。天气造成了耽搁，人们在门口争相拦车，这又给了他们机会坐在门厅后面的一张长椅上，正好避开了从街上刚扫进来的阵阵雨气。在那里斯特雷瑟的同伴继续对前面的话题进行自由发挥，而他自己对那个问题的想象也大大归功于她的发挥。“你在巴黎的年轻朋友喜欢你吗？”

这么一阵间歇之后，这一问几乎让他吃了一惊。“噢，我希望不！他干吗*要*喜欢我？”

“他干吗不喜欢呢？”戈斯特雷小姐问道。“你来找他，想必和这点毫无关系。”

“比起我来，”他过一会儿回答说，“你从中看到的更多。”

“当然，我从中看到了*你*啊。”

“嗯，那么你在‘我’身上看到更多！”

“和你在自己身上看到的相比吗？很有可能。这永远是一个人的权利。我刚才在考虑的，”她解释说，“是他的*周围环境*可能对他产生的特殊影响。”

“哦，他的*周围环境*——！”斯特雷瑟真的感到，自己此刻比起三个钟头前在这点上的想象力更丰富了。

"你是说那只能很低劣吗？"

"嗨，这正是我的出发点。"

"没错，但你的出发点也太落后了。他那些信说什么了？"

"什么也没说。他简直就不理我们——或者说放过了我们。他不写信。"

"我明白了。但尽管这样，"她继续说，"还是有两种截然不同的情况——考虑到他所在的那个美妙的地方——可能已出现在他的身上。一是他可能已变残酷了。另一便是他可能已变优雅了。"

斯特雷瑟瞪大了眼睛——这**绝对是**新奇之事。"变优雅了？"

"哦，"她平静地说，"优雅**确实**存在。"

他端详着她说这话的神态，然后禁不住放声大笑起来。"**你**就很优雅！"

"作为标志之一，"她以同样的口气继续说道，"优雅也许是最不体面的。"

他琢磨着这句话，恢复了一本正经的神情。"不回他母亲的信是一种优雅吗？"

她显得有所顾虑，但还是说了出来。"哦，我该说那是再优雅不过的了。"

"嗯，"斯特雷瑟说，"我知道，他相信他对我可以为所欲为，而**我现在**十分情愿让它作为一种标志，视为最不体面的事。"

这话似乎打动了她。"这你是怎么知道的？"

"哦，这点我敢肯定。这是我打心眼里感觉到的。"

"感觉到他**可以**这么做？"

"感觉到他相信自己可以这么做。结果可能是一样的！"斯特雷瑟笑道。

然而，她可不赞同这话。"你的任何事都绝不会产生与别的事一样的结果。"看起来，她明白自己说了些什么，完全可以径直说下去。"你说他要是真的回心转意了就会接手家里的事？"

"完全肯定。他就会抓住一个特别的机会——任何身心正常的年轻人都会急切抓住的一个机会。那家企业发展迅猛，在三年前还不大看得出有个好机会呢，但他父亲的遗嘱中就考虑到在某些条件下可能出现这种机会，而根据那份遗嘱，只要查德利用了这个机会，随之而来的就是一大笔视情况而定的好处——如今，这个好机会，那些条件都已产生，正等着他。他的母亲顶着强大的压力，一直为他保留着这一机会，尽可能等到最后一刻。由于随之而来的是一笔可观的‘份额’，利润上的一大笔分成，它自然要求他人在其位并为大结果作出大努力。这就是我所说的他的机会的意思。就像你所说的，假如他错失这一机会，那么他就会一无所获。一句话，保证他不错失这个机会，是我出来的目的。”

她充分地领会这番话的意思。“那么你出来的目的，只不过是要帮他一个大忙咯。”

嗨，可怜的斯特雷瑟乐于这么看。“啊，你喜欢这么说也行。”

“按他们的说法，假如你劝他劝成功了，那么他一定会得到——”

“噢，大量的好处。”斯特雷瑟对这些好处很有把握。

“你这当然是指大量的钱咯。”

“嗯，不光是钱。我在做的对他还有其他方面的意义。敬重，舒适，安心——由一条牢固的纽带维系起来的总体安全感。在我看来，他需要得到保护。我指的是免遭生活的伤害。”

“啊，*那就是了*[①]！”——她的想法嘀嗒一下就冒出来了。“免遭生活的伤害。你们把他弄回家去的*真实*目的是要让他结婚。”

“嗯，差不多就这回事。”

“当然咯，”她说，“这是基本的道理。但有具体的结婚对象了吗？”

听到这话他笑了笑，显得更清醒了点。“你把什么都翻出来了。”

他们又四目对视了一会儿。“你把什么都藏起来了！”

他感激她的赞美，便告诉了她。“是玛米·波科克。”

---

① 那就是了：原文为法语 *voilà*。

她琢磨起来；接着显出严肃、甚至敏锐的表情，仿佛想让这一怪事也变得合理。“他自己的外甥女？”

“哦，你必须自己给这种亲戚关系找出个称呼来。他姐夫的妹妹，吉姆太太的小姑子。”

这话似乎对戈斯特雷小姐产生了某种坚决起来的效果。“吉姆太太到底是谁？”

“查德的姐姐——名叫萨拉·纽瑟姆。她已嫁人——我前面没提到这点吗？——嫁给了吉姆·波科克。”

“啊，对了，”她知趣地答道，可他早就提到过许多事了——！然而，接下去，她把嗓门扯得不能再高了，“吉姆·波科克到底是谁？”她问道。

“嗨，萨利的丈夫。这是我们伍莱特辨别人的唯一办法，”他好声好气地解释着。

“当萨利的丈夫——是很大的荣耀吗？”

他想了想。“我想恐怕不可能有更大的——除非到将来，谁成了查德的妻子，那还可以算一个。”

“那人们怎么把*你*辨别开来呢？”

“人们*不辨别*——除非，像我跟你说过的，通过绿封面。”

说到这里，他们的目光再次相遇，而她则凝视了他一会儿。“绿封面——*任何*封面——在*我*面前都对你没用。你属于严重表里不一的人！”不过，她由于很大程度上掌握了实情，能容忍这点。“玛米是个出众的*理想配偶*[①]吗？”

“哦，我们那里最出众的——我们那里最漂亮最聪明的姑娘。”

戈斯特雷小姐似乎盯上了那个可怜的姑娘。“我知道她们*会*是什么样子。还有钱吧？”

---

① 理想配偶：原文为法语 *parti*。

“钱倒也许不是很多——但我们不会忽视的其他的一切却多得很。你知道，一般说来，在美国，对于漂亮的姑娘来说，”斯特雷瑟补充说，“我们想钱想得并不多。”

“是的，”她让步了；“但我也知道你们有时确实会忽视的东西。那你本人，”她问道，“你爱慕她吗？”

他表示，这个问题嘛，可以从好几个角度去看，但过了一会儿他决定采取幽默的角度。“我是如何爱慕任何一位漂亮姑娘的，我向你表现得还不够充分吗？”

此刻她对他这个问题的兴趣实在强烈，简直使她欲罢不能了，她紧紧地盯住事实。“我原来以为你们伍莱特要求他们——我该怎么说呢？——清清白白的。我指的是配你们的漂亮姑娘的你们的小伙子。”

“我以前也这么想！”斯特雷瑟坦言。“但你的话触及到了一个古怪的事实——事实上，伍莱特本身也在顺应时代精神和日益温和的风俗。一切都在变，而我认为，我们的情形恰恰标志着一个时代。我们当然喜欢他们清清白白，但我们只能按我们所见他们的情况来加以充分利用。既然时代精神和日益温和更多地让他们拥向巴黎——”

“他们来时，你得把他们送回去。他们真的来时。好！”她再次全盘接受了他的话，但她考虑了一会儿。“可怜的查德！”

“啊，”斯特雷瑟兴高采烈地说，“玛米会挽救他的！”

她望着别处，仍然沉浸在自己的想象中，而她说话显得不耐烦，仿佛他一直未听懂她的话。“你才会挽救他呢。你才是会挽救他的人。”

“噢，要有玛米的帮助才行。除非你的意思的确是，”他补充说，“在你的帮助下我会起到大得多的作用！”

这话终于使她重新看着他。“你将会起到——由于你现在大有长进——大于我们大家加在一起的作用。”

“我觉得自己是认识你以来才有所长进的！”斯特雷瑟大胆地回答说。

门厅里空起来，人群变小了，这时最后一批人也相对安静地离去，他们俩已随人流走得距大门更近并与一个听差搭上了话，斯特雷瑟请他叫戈斯特雷小姐的马车。而这又给了他俩几分钟，对此她显然无意不加以利用。“你已对我说过——如果你成功了——查德先生一定会得到什么。但你还没对我说过你会得到什么。”

“噢，我没别的可得了，”斯特雷瑟很简单地说。

她觉得这么回答实在太简单了。“你是说你已全部得到‘预付’？你事先已得到报酬？”

“啊，别谈报酬的事！”他叹息道。

这话的口气中有点什么引起了她的注意，但由于他们的听差耽搁了，她又有了机会，于是她用另一种方式来说。“你——要是失败了——一定会失去什么呢？”

然而，他还是不愿说。“没什么！”他大声叫道，就在这时，听差又露面了，他俩便迎上前去，他因此得以搁下这个问题。在街上走了几步，到了一盏路灯下，他扶她上了她那辆四轮马车，而她则问他听差是否没为他叫第二辆车，他在车门关上前答话。“你不带我跟你一起走？”

“决不。”

“那我就步行。”

“在雨中？”

“我喜欢雨，”斯特雷瑟说。“晚安！”

他的手扶着车门，而她并不答话，这样就留住了他一会儿；接着她以重复她的问题作答。“你一定会失去什么呢？”

为何此刻这个问题和别的问题一样令他感动，他说不清；这一回他只能以另外的方式来回答。“一切。”

“我刚才也这么想。那么你一定会成功的。为了这个目标我任你差遣——”

“啊，亲爱的女士！”他亲切地低声说道。

“至死而终！”玛丽亚·戈斯特雷说。“晚安。”

第二章

在巴黎的第二天上午，斯特雷瑟去拜访了斯格里布街[①]的几位银行家，他的信用证就是开给他们的。他这次拜访由韦马什陪同前往，两天前他就是在韦马什的陪伴下从伦敦过来的。他们抵达巴黎的翌日便匆忙前往斯格里布街，但斯特雷瑟当时并未收到他跑这一趟希望收到的信件。他当时连一封信也没收到；在伦敦没指望收到信，但在巴黎则肯定会有好几封的，因此他当时就惶然失措了，过一会儿怀着受伤的感觉逛回林荫大道，可他自己又视之为再好不过的开端。他驻足于这条大街的街头，上上下下地打量着这条著名的外国大道时，心里想着，这种受伤感，这种对他精神上的刺激，一定会有益的，一定会有益于开始办事。他的想法是立即开始办事，而这天余下的时间里，等着他开始办事的想法紧紧缠绕着他。直到夜晚，他几乎没干别的事，只是不停地自问，要是自己不是有幸有那么多事要做的话该怎么办；但他又让自己把这个问题置于许多不同的情形和关联之中。让他前前后后想个不停的是一种绝妙的分析，即他所能做的事没有一件不会以某种方式与他手头主要在做的事有关系，或者，对那件事来说——要是他碰巧有所顾虑的话——没有一件**真的会**白费。他确实碰巧有个顾虑——顾虑在他收到信前无法采取明确的步骤；但上述分析轻松地消除了这种顾虑。有一天工夫可以

① 斯格里布街：在巴黎的美国人群集之地。

独自行动——他至今似乎只有在切斯特和伦敦时才可以独自行动过——他可以认为，那绝不算过分；正如他过去经常私下说过的那样，他眼下还有巴黎得好好认识一下呢，因此他就有意识地把初来乍到的这点时光专门用来认识它。这点时光不断地使巴黎变得更伟大，但假如巴黎真有什么了不起的话，那它最好就是这样，而在剧院时以及看完戏后沿着灯火通明、熙熙攘攘的林荫大道回去时，直到深夜，他一直沉浸在体会巴黎变伟大的心绪之中。这次是韦马什陪他去看戏的，两个男人首先从杰姆纳兹剧院①一起步行到富豪酒家②，进了那个拥挤的“露天平台”，而挤进那个地方——夜晚，或者不如说清晨了，因为子夜的钟声已经响过，空气温和，人也多了——他们是要吃东西。韦马什与他的朋友讨论了一番，结果明显地放松下来；而他们喝了半个小时的淡啤酒，其中有些给人印象的因素给了他表现的机会：他这种与较为固执的自我的妥协已渐达极致。他表现这点的方式，便是一本正经地不吭声——因为，在露天平台上耀眼的灯光下，他那较为固执的自我，毕竟仍然隐约闪现；至于两位同伴夜间前行的性质，甚至等他们到歌剧院广场③的时候，两人之间，从各方面来说，确实有过大量的沉默以示不满。

这天早上倒是有几封信——显然，斯特雷瑟启程的那天，那些信就到了伦敦，是一起到的，因此又慢慢地跟他过来；银行的接待室让他联想到伍莱特的邮局，使他感到很像某座大西洋彼岸大桥的桥墩，他抑制住了就在接待室好好地看看信的冲动，怀着一种收到它们的幸福感，把它们匆匆塞进了他那件宽松的灰大衣口袋里。韦马什昨天就已收到过几封信，今天又收到了几封，而韦马什看上去对这种冲动尤其不加以抑制。无论如何，他最不愿意让人看到的，显然就是让哪次对斯格里布街的造访匆匆结束。斯特雷瑟昨天

① 杰姆纳兹剧院：原文为 the Gymnase，是法语 Théâtre du Gymnase 的简称，1820 年底落成，位于巴黎第十区博纳－努韦勒大道 38 号。1962 年悲剧女演员玛丽·贝尔接任该剧院导演，并因主演拉辛的剧作《费德尔》一炮走红。从此，该剧院的名字也叫“玛丽·贝尔·杰姆纳兹剧院”。

② 富豪酒家：巴黎的一家著名酒家。

③ 歌剧院广场：位于巴黎市中心，数条大街在此汇聚，杰姆纳兹剧院坐落其中。

就把他留在那里了；他想看看信，而他用来看信的时间，在他朋友算来，有一连好几个钟头。他强调说，这家银行就像一个极佳的观察哨；这正如他笼统地说他那实际上该诅咒的厄运就像个不让他知道正在发生什么事的诡计一样。在他看来，欧洲可以最恰当地描绘成一件精心制作的工具，用来把封闭的美国人与那种必不可少的知识相隔绝，因此只有在这种偶然可见让人轻松的场所，用来捕捉弥漫着的西方气氛的环境中，才变得可以忍受。而在斯特雷瑟那方面来说，他自己又迈开了脚步——他的口袋里有了宽慰自己的东西；说实话，虽然他一直渴盼着那些信，但自从他看清了口袋里大部分信件上的姓名地址的那一刻起，他的内心显然越来越焦躁不安。这种焦躁不安感因此还成了他的临时定律；他知道，自己一旦看见最理想的看他那位主要通信人的信的地方，就应该认得出来。接着的一个小时里，他仿佛不经意地在一家家商店的橱窗里寻找这样的地方；他沿着阳光下的和平街[1]逛下去，穿过杜伊勒利花园和塞纳河，不止一次地——似乎在让自己下定决心——面对对岸码头上的书摊突然纵情驻足。在杜伊勒利花园里，他在两三个景点流连观赏；仿佛在他漫步时美妙的巴黎春色挽留了他。及时到来的巴黎的早晨奏出了自己欢快的音符——一阵微风吹来，飘起一阵细雨后的气息；没戴帽子的少女们背着扣紧了皮带的长方形盒子轻盈地掠过公园的地面；与古时候节俭的人们酷似的一群人早早地便在暖融融的露台墙旁晒太阳；卑微的搂草工和铲运工规规矩矩地穿着蓝色长工装戴着黄铜标牌；一个踱步直行的神父在沉思冥想，而一个白靴红裤的士兵则目光锐利。他望着一个个轻快的小身影，那些身影走动起来就像那个著名的巴黎大钟嘀嗒作响，使其对角线从一点平稳地移向另一点；空气中大有一种似融合了艺术的味道，它使自然貌似戴白帽子的高级厨师。那座宫殿已不复存在，斯特雷瑟记得那座宫殿；当他凝望着它的旧址上那片无法弥补的空白时，他的思古之情可能就在尽情地活跃着——

① 和平街：巴黎市中心的一条街，从杜伊勒利花园通往歌剧院广场。杜伊勒利花园在杜伊勒利宫的旧址上，该宫始建于1564年，巴黎公社期间的1871年被焚毁。

在巴黎，在这种情况下，情绪确实会频频地像触动一根神经那样抽搐。他在一块块空地上填进了模糊的景点标记；他隐约看见了一座座的白色雕像，而他可以仰坐在雕像底座旁的一把草垫椅上，打开信来看。但出于种种原因，他的漫步却是朝对岸去，不知疲倦地上了塞纳河街[①]，直到卢森堡花园。

在卢森堡花园他停住了脚步；在这里他终于找到了隐蔽的地方，也就在这里，坐在一把小椅子上望去，一个个露台，一条条小径，一片片远景，一处处喷泉，一个个绿桶里的一棵棵小树，头戴白帽的娇小女人和玩耍中尖叫着的小女孩，在阳光下尽数“入画”，他就这么过了一个钟头，其间他感想多多，似乎心里真的装不下了。但自他下船已过去一星期，而他脑海里装着那么多事，并非这么短短几天就能解释得了。在这段时间里，他曾不止一次地认为自己受到过警告，但今天上午的警告则严厉得令人生畏。它采取了前所未有的问题形式——问的是他为何会有这么一种异乎寻常的逃避感。他看过那些信之后，那种感觉就再强烈不过了，但那恰恰也就是那个问题紧迫的原因。有四封信是纽瑟姆太太写来的，其中没有一封是短信；她争分夺秒，他前脚刚走，她后脚就跟上了，把自己的意思表达得一清二楚，以至于他现在都可以算出可能会收到她的信的频率。看起来，它们，即她的信，将以每周数封的频率到来；事实还有可能是，每份邮件中他还完全可以指望不止一封信呢。假如说他昨天是以小小的委屈开始的，那么他今天就因此有机会以与之相反的心情开始了。他一封接一封地慢慢看着这几封信，而把其他信放回口袋里，看完后又把这几封信一起放在大腿上好长时间。他就让它们放在那儿，陷入了沉思，仿佛是要延长它们带给他的感受；或者说仿佛起码要保证它们在洞彻某些事理的过程中起到作用。他那位朋友写得令人钦佩，而她的语气更多的是通过她的文体而非她的声音体现出来——就眼下来说，他似乎非得跋涉如此遥远的距离才能充分理解其内涵；不过他既充分意识到了差

① 塞纳河街：流经巴黎的塞纳河左岸的一条街，通往卢森堡花园和卢森堡宫，后者在本书故事发生的年代是法国国家现代艺术博物馆。

异，又深知联系之紧密，两者毫无矛盾。形成逃避的，正是这种差异，这种他眼下正好所在之地和**正好像**他眼下的情况的差异——这种差异比他梦想所及的情况要大得多；而他最后坐在那儿反复琢磨的，则是他发觉自己自由极了的古怪逻辑。他觉得，弄清自己的情况，认可其过程，在某种程度上来说，是自己的职责，而当他真的逐渐追踪起一个个步骤并把各个部分聚合起来时，它们就足以说明最后的结果了。他可从未指望——这是实情——发现自己青春再现，而他眼下盘算的恰恰就是造成他这种感觉所耗费的所有岁月及其他东西。他得把这些吃准了，以便消除自己的顾虑。

实际上，这一切都起源于纽瑟姆太太的美意，她要求他不要担心与他的任务无关紧要的任何事情；她坚持他应该完全中断工作，她为了他的自由居然提供了休息，那她以后好像也只有怪她自己了。斯特雷瑟此时确实不可能完全想到她可能会为什么怪她自己的那种样子：最多也只能想到他自己的样子——可怜的兰伯特·斯特雷瑟被这一天的波涛冲上了阳光明媚的海滩，可怜的兰伯特·斯特雷瑟为有时间喘息而心怀感激，在大口喘气时让自己坚强起来。他就在那儿，神态或姿势都毫无令人反感之处：说实话，假如他看见纽瑟姆太太走过来，他一定会本能地跳起身来走开一点。他一定会勇敢地转身朝她走回去，但他首先一定得让自己镇静下来。她的信里尽是有关家中情况的消息，向他说明他不在时她如何安排得无懈可击，告诉他就他放下的事情来说谁将接手这个谁将接手那个，实际上给了他详细的举例说明：一切都无妨。对他来说，她的这种语调充满在空气中；与此同时他又感到那就像毫无意义的嗡嗡声。这后一种情况是他努力要想清楚的——而他想清楚这点后，尽管表面严肃，却终于浮现一种欢快的情绪。他之所以产生这种情绪，是因为他必然意识到，自己两周前还一直属于那种极度疲倦的人。假如有个人真的累了，那么兰伯特·斯特雷瑟就是那个人；而他在家的那位了不起的朋友那么体谅他并作此安排，显然不就是因为他疲劳了吗？在眼下，不知怎么的，他好像觉得，假如他有足够的把握认准自己所领会的这一事实，那它就可能会以某种方式成为他的指南针、他的舵轮。他最需要的是会让事情简单化的某种想法，而在这点上，什么也不可能像他不中用完蛋了的事实起到那么大的作用。假如事情处于这么一种状态，他刚刚在自己的人生遭际中察觉到青春的余烬，那么这只是他的计划中一个表面的瑕疵。很明显，他真的累坏了，而这一定恰恰对他有益，因为他只要能顶住一点点时间，他就可以干他想干的一切。

再说，他想要的一切全包含在一项恩惠中——在平常学不到手的让一切顺其自然的本领中。他觉得，自己最宝贵的年华好像都扑在了热衷于逆其自然上面；但也许——就像在这里表面上看起来的那样，一切完全是另一回事——长期以来的这种痛苦可能终将结束。他很容易想明白，自从他接受自己注定要失败的念头的那一刻起，他最不缺乏的东西便是理智与记忆。噢，假如他*真要*算总账，那么没有一块石板写得下那些数字啦！按他的考虑，用他喜欢铺张的话来说，在每件事情上，在每种关系中，在六七个行当里，他都已失败，而这一事实，可能已造成，可能仍在造成一个一事无成的现在；但它却实实在在地代表着一个充实的过去。过去并未取得多少成就，但担子一直都不轻，路也不短。正是在目前，仿佛倒回过去的图像才挂在那儿，那漫长曲折的道路，在他那孤寂的身影下灰蒙蒙的。那是一种可怕又令人愉快的社会生活中的孤寂，一种人生或选择的孤寂，社群中的孤寂；只是虽然其四周人一直都不少，可*在其中的*却只有三四个人。韦马什便是其中之一，而他感到眼下这一事实是上记录了。纽瑟姆太太则是另一位，而戈斯特雷小姐突然之间显露出了成为第三位的种种迹象。此外，在他们后面的是他真正青春年华时暗淡的身影，那身影的怀里紧紧抱着那两个比身影本身更加暗淡的鬼魂——他早年失去的少妻及他稀里糊涂丧失的幼子。他一次又一次地老对自己说，如果他那些年不是那么疯狂地光是沉溺于思念小男孩的母亲，他就有可能保住他那个小男孩，那个患急性白喉死在学校的愚钝的小男孩。他悔恨痛苦的是，那孩子完全可能并非真的愚钝——由于放任自流没人照管，所以显得愚钝，而这主要是因为当父亲的无意间自私的缘故。毫无疑问，这只是长留心间的伤痛，会慢慢地被时间冲淡；不过，时不时地看着某个英俊小伙子在长大成人，一想到失去了一次机会，总还有一种十分强烈的痛苦使得精神上萎靡不振。他终于老是自问，难道有人失去那么多还那么大干却得到那么微乎其微吗？不论其他日子，光是昨天一整天，他为何该听到这个冷酷的问题，就尤其有理由了。他的姓名上了绿色封面，他是为了纽瑟姆太太才放上去的，而他这样露脸，无疑正好让世人——或多或少，是伍莱特以外的世人——要问他是谁。他已招致非得把自己的解释再解释一通的荒唐事。他是兰伯特·斯特雷瑟，因为他在封面上；至于引以为豪的情况，就应该是，他在封面上，因为他是兰伯特·斯特雷瑟。他为了纽瑟姆太太什么都愿意干，可以更为荒唐——就这点来说，他可能还有机会呢；这就是说，他到了五十五岁，如此认命是他唯一可以示人的了。

他断定其数量很小，因为*确实*很小，而且小得惊人，因为按照他对此事的看法，不可想象它有可能更大。他并不具备充分利用他过去的努力的天赋，而假如他再三努力——除了他自己没人知道努力了多少次——看起来就像是，他也许要表明，除此之外，还有别的什么*可以*利用。过去的种种尝试又浮现在他的脑海里，过去的苦差与幻想，还有厌恶，过去的好好坏坏，过去的冷冷热热，偶怀真诚，其余的时候则更生怀疑；那种大胆的尝试，多半堪称教训。前一天不断撩拨着他的那种特别的活力便是——频频令他感到意外——认可了他在另外那次游览后就从未信守过的对他本人所作的那些诺言。今天最触动他的回忆是他在那次远游的旅程中立下的那个誓约：他新婚之际，战争[1]刚刚结束，尽管如此，无奈他还年轻，鲁莽地与那个还要年轻得多的人立了誓。那可是大胆而又鲁莽之举，为此他们把存着以备急用的钱都取出来了，但在当时却百般地奉为神圣之举，尤其是，凭着他自己这种私

① 战争：此处指 1861 年至 1865 年间的美国内战。

底下的誓约视此行与较高的文化形成了关系，并料定，正如伍莱特人所说，此举定会大有收获。在归航中，他相信自己已得到某种重大的收获，而他当时的想法——有一个精心制订的阅读、吸收，甚至每隔几年就要重来的天真计划——就是要保存它，珍视它，使之得到扩展。然而，说到更宝贵的收获，这样的计划一直毫无结果，因此他竟至于忽略了那几粒种子无疑也就不足为奇了。不管怎么说，就那几粒种子在阴暗的角落里埋没了长年累月后，在巴黎四十八个钟头便重新发芽了。昨天的进程其实就是感受到很久以前就已逐个丢弃的生活中的各种联系全面萌动的进程。在这方面，斯特雷瑟甚至已时有阵阵遐想——突然就会想到卢浮宫的一个个画廊，贪婪地透过一块块明净的玻璃往里凝视，玻璃后面柠檬色书籍①像树上的水果那么鲜艳。

有些时候，他会问，既然从根本上说他一直什么都留不住，那么归根到底他注定的命运是否只是要**给人**留着。假如那样，就是要为某种东西，为某种他并未自以为是、至今都不可能有胆量去猜度的东西留着；那东西让他又犹豫又疑惑又好笑又可叹，让他进进退退，为猛然投身其中的冲动而略感羞愧，更为突然又想坐等观望而担心。比如他想起了六十年代②自己回去时是如何脑子里存有一整套柠檬色书籍，与此同时，大旅行箱里装着十几本书——也是为他妻子挑选的；当时绝无他举可比这一追求更优雅趣味之举体现出更强的信心。它们，就是那十几本书，仍在家里的某个地方——已破旧污损，从未送去再加装订；可它们所代表的那个锐意追求的开端后来的结果如何呢？它们如今只不过象征着他曾梦想创建的那座趣味殿堂的大门上发黄的油漆——那座建筑他实际上从未进一步造下去。斯特雷瑟眼下最大的奇思妙想恐怕就是，这种失误在他心里可视为一种象征，象征着他长期的辛劳，他渴望空闲，他更渴望金钱、机遇、实实在在的尊严。他记忆中的青年时代的誓言，要重现生机，肯定得等到他认为的所有意外遭遇中的最后这次——这自然足

---

① 柠檬色书籍：平装本法国小说，封面为黄色。

② 六十年代：此处指十九世纪六十年代。

以证明他的良心受到了怎样的拖累。假如还需要什么证明，那就肯定要到他现在看得一清二楚的那个事实中去找了：他都已经不再斟酌自己的贫乏了，现在回想起来，这种贫乏隐隐约约地四处蔓延，像荒凉的海边新建区外面某块地图上未标明的偏僻之地那样连绵延伸。在这四十八个小时里，他的良心禁止他买书，以此自慰；他拖延着不去买书，拖延着不去干任何事；他还没见到查德的时候绝对不会采取任何别的步骤。然而，至于那些柠檬色书籍实际上如何影响他的这一证据，他仿佛看到了那柠檬色封面，下意识中便承认，即使在那荒废的岁月里，他心里一定仍然存有那些书。家里的绿封面杂志，按其出版宗旨规定，无关文学；那只不过是经济学、政治学、伦理学方面丰富的精髓，那些绿封面上过光，因为纽瑟姆太太完全不顾他的意见坚持认为，如此则令人极为赏心悦目，实则形成华而不实的外表。因此，由于一直缺乏必要的知识，对于在巴黎阳光灿烂的大道上会发生什么一无所知，所以此刻他心里不止一次地涌出一阵猜疑：要不然他此刻不可能感到那么多的担心都得到了证实。有些“运动”他是没赶上：它们，包括它们带来的乐趣，岂非都已过时不候？他错过了有些事情，整个过程中也有很大的间断：他可能一直眼看着它全都隐没在一团黄黄的尘雾中。如果说那家剧院还没关门，那么至少他的座位已归属别人。头一天夜里他就有过一种坐立不安的感觉：假如他要上剧院——尽管从某种特殊的意义上来说，他还荒诞地想象过，他上剧院确实是因为他欠可怜的韦马什某种情分——他就应该和查德一起去，而且可能会说，就应该为查德去。

这就引出了他能否真的带查德去看这么一出戏的问题，还有，在他对娱乐的选择上——这是个突然冒出来的问题——人们会认为他肩负的特殊责任总体上会产生什么影响。在杰姆纳兹剧院，事情对他来说确实很清楚——而且人在那里该是比较安全的——把他那位年轻朋友带在身边会让挽救工作带上古怪的色彩；尽管事实上这样的景象，相对于查德自己的个人舞台来说，看上去很可能就是合乎礼仪的典范了，但这仍然显得十分古怪。他以合乎礼仪的名义而来，显然不是要独自一人去看可疑的演出；不过他更不可能和那个堕落的青年一起看那样的演出，因此削弱自己的权威。为了那称心的权威，他就要放弃一切娱乐吗？而这种放弃肯定会在查德面前赋予他一种道德上的魅力吗？由于可怜的斯特雷瑟不加避讳地总感到万事弄人，这个小问题就愈发难办。那么，他的困境有没有在哪些方面令他显得可笑呢？他是否得假装——或对自己或对那个坏小子假装——相信存在着能使后者更加堕落的事呢？另一方面，假设有些处理方法可能会使他变好，难道其中就不包含此类假装吗？在巴黎，几乎稍稍入乡随俗，都可能失去权威，这种令他极为坐立不安的感觉似在朝他逼近过来。这天上午，这个庞大而绚丽的罪恶之都就展现在他面前，它像某个巨大的奇光异彩的物体，一颗光彩夺目的坚硬的宝石，其中各部分未加区分，其差别也未充分显示。它闪烁着，晃动着，融为一体，一时看上去尽在表面的东西紧接着看上去就全在深处了。错不了，这是个查德喜欢的地方；因此假如他，斯特雷瑟，也过分地喜欢这个地方，假如有了这么一种黏合剂，那么他们两个各自到底会变成什么样子呢？当然这完全要看——这是一线光明——如何衡量那个“过分”；不过，我们的朋友在久久地沉湎于我描述的思绪的同时，竟然还确确实实地意识到，就他本人而言已达到某种衡量的尺度。那样就会足以看出，他可不是会忽视任何思考良机的人。比如说，十分喜欢巴黎而又不过分地喜欢它，究竟是否有可能呢？然而，幸运的是，他并未向纽瑟姆太太保证自己绝不会喜欢它。到眼下，他倾向于承认那样的保证定会捆住他的手脚。毋庸置疑，卢森堡花园此时时刻能无可争议地如此迷人，原因——除了其固有的魅力外——就在于他未曾作出那种保证。假如他从表面上来看这件事，那么他唯一作过的保证，便是合情合理地尽力而为。

过了一会儿，他自己才终于想起自己那联想的思绪眼下漂到哪里了，不过这让他略感不安。对拉丁区[①]种种陈旧的想象涌入了他的脑海，他自然就回想起，这个区总是和相当不祥的传说中的那种场面相伴，而就像小说里和现实中的许许多多年轻人那样，查德就是在这里起步的。按斯特雷瑟的推测，他的“家”在马勒塞布大道[②]，他现在对那地方毫不避讳；还应不失公道地说，这或许就是为什么我们的朋友在前往故地时，会感到自己可以容忍那惯常的自古就有的环境，而不会心生烦乱。他至少不用担心看到那个年轻人与某人一起招摇而过；不过他正处于这样的气氛中——恰恰感受到了早期的自然情调——他极想与人商量。对他来说，事情马上就变得很清楚了，原来他几天来一直对那小家伙的浪漫特权怀有一种近乎嫉妒的想法。在家里，忧郁的米尔热[③]，加上他笔下的弗朗辛、米塞特和鲁道夫[④]，就和那些破书为伍，是书架上那十几本未再装订的平装本中的一本——假如他不是一个人就两三本的话；五年前，查德在当时已拖延至长达六个月的旅居之后，写信说，他已决定从事经济和实实在在的事，那时，斯特雷瑟在幻象中就十分深情地陪伴他移居过去，就像伍莱特人不知怎么地就知道的那样，让他经过一座座桥后爬上圣热讷维耶沃山[⑤]。就在这个区里——查德对这点说得很清楚——最标准的法语，还有其他许多东西，都可用最低的费用学到，而且形形色色的聪明人，怀着某一目的待在那儿的同胞，形成了极为令人愉快的一群人。那些聪明人，那些友好的同胞，主要是青年画家、雕塑家、建筑师和医学学生；但是，查德明智地指出，比起歌剧院附近美国酒吧和银行里那些“可怕的粗人”来（斯特雷瑟想起了那种颇有教益的区别），和他们那群人待在一起要有益

① 拉丁区：巴黎塞纳河左岸学生和艺术家聚居区。

② 马勒塞布大道：巴黎塞纳河右岸时髦之地。

③ 米尔热（路易·亨利·米尔热，1822—1861）：第一个描绘放荡不羁生活的法国小说家，曾任俄罗斯作家列夫·托尔斯泰的秘书。

④ 此处指米尔热最著名的作品，浪漫传奇小说《波希米亚人的生活场景》（又译《放浪形骸》），书中的主人公鲁道夫是个艺术家，是作者本人的化身，弗朗辛和米塞特都是鲁道夫的情妇。意大利作曲家普契尼的歌剧《波希米亚人》即取材于这部小说。

⑤ 圣热讷维耶沃山：靠近巴黎拉丁区中心的一座小山，山上有圣热讷维耶沃修道院，守护巴黎的圣女圣热讷维耶沃（422—500）葬于该修道院。

得多——尽管还处于未完全成为他们中一员的情况下。此后的通信中，查德曾表示——因为当时他确实每隔一段时间就通信——一位伟大艺术家门下一群热心肠的人中有好几位马上就接纳了他，让他每天夜里在他们的住所吃饭，几乎分文不收，甚至还非要他别忽视“他身上”与他们当中随便哪位身上存在着同样的潜能。确实有过一阵子看起来他身上可能真的有点什么；不管怎么说，是有过一阵子他写信说，尽管他不清楚，但再过一两个月他可能就会被某画室录用了。在那个时期，纽瑟姆太太会因为小小的收获而感动庆幸；这一消息对他们大家来说就像喜从天降：他们那流落在外的人儿或许还有点良心——他终于对游手好闲厌腻了，雄心勃勃地要有所改变了。这样的表现无疑还算不上出色，但斯特雷瑟本人，即使在当时全心全意听命于两位女士的情况下，也是站在两位女士的角度果断地略表赞许，而事实上，他现在回想起来，那已颇显某种热情了。

但紧接着发生的却是大幕紧闭。那个为人子为人弟的并未在圣热讷维耶沃山上看书看多久——他有效地用了一下这个名字，就像他提了一下最标准的法语一样，看来只不过是他那种并不到家的狡诈的一种表现。因此，这些虚荣的表面文章所带来的轻微的清新感让她们当中的哪一个都没感动很久。然而，它却让查德赢得了时间；它给了他一个机会，可以不受约束，让自己扎下根来，为更直接更深入的行动铺平了道路。斯特雷瑟相信，在那第一次侨居前查德还比较纯洁无邪，而且即使侨居在外，假如没碰上某一糟糕的事故，那么其最初的影响也不会令人深感遗憾。当时曾有三个月——他早就算出来了——查德一直很想努力一番。他**确实**努力了，尽管不是十分卖力——他确曾有过一小段诚信的时光。他身上这一天性的弱点是，几乎事实证明够糟糕的任何事都比它强。无论如何，突如其来的一连串特别的联想显然就是这种情况。事实相继地证实，那些联想——全都与米塞特和弗朗辛有关，却是经过那号人更大的演变后粗俗化了的米塞特和弗朗辛——敏锐得不可抗拒：根据当时私下里的猜测，就像略有提及的那样，他与那种极其“有兴趣的”小人物一个接一个地“鬼混上了”。斯特雷瑟在什么地方读到过一句拉丁语格言，说的是在西班牙的一个旅行者在一个时钟上看到的对钟点标示；这使他在想到查德的第一个、第二个、第三个时用上了那句格言。Omnes vulnerant，ultima necat——她们都败德，最后一个则灭德[①]。最后一个控制的时间最长——就是说，控制那个可怜的小伙子所剩无几而终有一死的命运。而第二次侨居，花大把的钱回来又故态复萌，像完全可以料定的那样吹嘘以最标准的法语再次换来某种最可恶的改变，其决定性的人物，并不是她，而是早于她的一个前任。

这时他终于打起精神往回走；他并不觉得这次散步徒劳无益。他从椅子上起身后，在邻近的地方，又散了一会儿步；这整个上午对他的结果是，他的行动开始了。他一直想把自己放在关联的位置上，假如他不在关联的位置上，他就该死了。在奥德翁剧院[②]的旧拱门下，他流连于迷人的露天排放着的经典和休闲文学面前，这时，那种感受强烈得无与伦比。他发觉，长桌和架子上堆得满满的书所透出的情调色彩的效果，又雅致又对胃口；给人的印象——如果把一种廉价消费品换成另一种——可能就像在遮篷下搭到人行道上去的舒适的咖啡馆；但他双手紧紧地背在身后，挨着一张张桌子挤过去。他上那儿不是要去浏览，去消费——他上那儿是为了改造。他上那儿并非为了自身的利益——就是说，不是直接为自己；他上那儿多少指望着能感受到迷失的青春精神的翅膀轻轻掠过。事实上他感受到了，他就让它在他身边；他的心灵在倾听的时候，那古老的拱廊，确实发出了微弱的声音，那声音似乎来自远方，是翅膀在猛烈地拍动。那些翅膀现在叠合在已被遗忘的一代代人的胸膛上面，但在头发蓬乱、帽子耷拉的懒散闲人翻动书页中又响起一两

① 此句句首的拉丁文即“尽有伤害，终者杀害”那句拉丁语格言，亨利·詹姆斯是在他推崇的《西班牙之行》（1845）那本书中读到的，其作者狄奥菲勒·戈蒂埃（1811—1872）是法国文学从早期浪漫主义向十九世纪末的唯美主义和自然主义过渡时期产生过深远影响的诗人、小说家、评论家、新闻记者。

② 奥德翁剧院：法国第二国家剧院，专门上演法国古典戏剧，其走廊里置有书架。

声振翅的响动，他们那种青春激情，趋于暗淡而又强烈，深化了他对种族差异的观察，甚至还加深了他对它的了解，然而，他们裁开毛边书，往往只似在紧闭的门旁偷听。他再现了一个三四年前可能在探索的查德，那个查德，说到底——因为这点只能这么看——因为有自己的特权而太粗俗了。当然，在那里，年轻又幸福*确实是*一种特权。对了，斯特雷瑟了解的他最好的事情，是他曾有过这么一个梦想。

但半个小时后他自己实际要做的事情却是在马勒塞布大道一处四楼上——这是确确实实的；四楼一扇扇窗户外有一个相连的阳台，从窗口望出去会很开心，知道这点帮了他的忙，实际上，他在街对面逗留了五分钟大概与这有点关系。有些问题上他已完全拿定主意，其中之一恰恰与他突然作出了明智判断有关：种种事件终于把他卷进去了，而他现在看着手表在琢磨，他很高兴自己对这一决断毫不动摇。他*早就*通报过自己要来——六个月前；他写信说了，至少查德如果将来有一天看见他露面了不要吃惊。查德于是就回信说了几句相当谨慎又平淡的话，向他表示泛泛的欢迎；而斯特雷瑟因此懊悔地想到，查德可能把通报理解成暗示要款待他，要求他请客，因此就不再吱声，因为这是最合自己口味的纠正法。而且他曾要求纽瑟姆太太别再通知他了；如果他真要处理这件事，他就要用自己的方式来处理，对此他的观点非常明确。对他来说，那位太太的主要优点中有一条，就是他可以完全相信她的话，这并非无足轻重。即使在伍莱特，她也是他认识并完全确信的唯一没本事撒谎的女人。比如，她的亲生女儿萨拉·波科克，尽管像人们所说，具有社会理想，但在某些方面却有所不同——萨拉呢，*确实*自有审美情趣，但在人际交往上决不死扣那种苛严之道；在有些场合他显然看到她有所放松。因此，不管怎样，既然他已从纽瑟姆太太那里得知，在让查德有所准备这件事上，她将不惜任何代价放弃自己更热心的观点，完全顺从他的条件，所以，他现在仰望着那相连的漂亮阳台就很有把握地想到，假如这件事办糟了，那起码错也在他自己。他眼下驻足于马勒塞布大道边上沐浴在宜人的阳光下，是否可能就有了一点这样的想法了呢?

在这里，许多事情都涌上他的心头，而其中一点便是他无疑很快就会知道自己过去是浅薄还是深刻。另一点则是上述的阳台不知怎么的看上去并非一个易于放弃的便利之处。此时此刻，可怜的斯特雷瑟不得不承认这么个事实：人在巴黎不论驻足于何处，想象力就会活动起来，根本就来不及阻止。只要愿意，这种无休止的活动，便使驻足有了一种价值，但它又积累起种种结果，直至多得让人在其中无处落脚。比如，此时此刻，究竟是什么让他喜欢上查德的住处的呢？高大宽敞又整齐——他很内行，马上就看出，这幢楼造得漂亮极了——就像我们的朋友会说的那样，它那显赫的气势朝他“扑来”，令他颇为不安。要是有个幸福的意外，有人从洒满三月阳光的四楼窗户往下看到他了，那样的开始可能会对他有利，但是，他已放弃这样的幻想，他自己过一会儿后就明白了，“扑来”的那种显赫气势，那种由匀称和均衡所形成的显赫气势，部分与部分及空间与空间之间的巧妙关系，或许——再加上装饰的风格既低调又雅观，还有石块的色调，本来是冷暗的纯灰色，由于日久天长已略转暖色并发亮——恰恰就卓尔不群了，而他则只能认为这种情况是出人意料地发起了一种挑战，发现这些有什么好处呢？然而，与此同时，他所想到的那种运气——让人及时从阳台上看到的运气——已成为现实。其中两三扇窗户朝散发着紫罗兰芳香的户外敞开着；斯特雷瑟打断思绪穿过街去之前，一个小伙子走出来四下张望，点上一支烟，扔掉火柴，然后，倚靠在栏杆上，边吸烟边饶有兴致地观看着楼下的车来人往。他的到来现身，自然就使斯特雷瑟站在原地不动了；而其结果是，斯特雷瑟马上就意识到自己被注意到了。那小伙子开始朝他望着，同时也清楚有人在观察自己。

这事儿到目前为止还挺有趣，但由于小伙子并非查德，这种兴趣便受了影响。斯特雷瑟起先还寻思他会不会有可能是变了样的查德，接着便看清了，要这样变是不可能的。那小伙子又聪明又机灵——那神态太讨喜了，不可能是装出来的。斯特雷瑟曾设想查德装的情形，但不至于认不出来。他觉得，他已有足够多的改进；假如楼上那位先生是查德的朋友，那就是个充分的改进了。楼上的那位先生，他也年轻——他非常年轻；显然年轻得对一个在看他的长者也感兴趣，年轻得好奇心十足，连这个在看他的长者在发现有人在看自己时会怎么办也想看看。这当中就有青春活力，沉浸在阳台上观景就有青春活力，此刻对斯特雷瑟来说，除了他自己的事，事事都有青春活力；因此查德显然与青春活力不可分，这一点紧接着便迅速拔高了青春活力。在斯特雷瑟的想象中，那阳台，那高雅的正面，突然之间就证明有的事情正越来越好；它们使整件事都实在起来，仿佛呈现一种绝妙的形象，他发觉再过一会儿自己就会欣喜地想到或许伸手可及了。那小伙子仍然望着他，他也望着那个小伙子；眼前的问题很快就成为，知道这么一个栖身之处对他来说似乎就是最大的享受。这个栖身之处对他也开放，而他现在仅以一种眼光看待它——把它看作这座伟大又颇具讽刺意味的城市里他似有权涉足的唯一住所，唯一温暖的家。戈斯特雷小姐有个温暖的家；这点她跟他说起过，而它无疑在等着他；但戈斯特雷小姐还没到——她可能好几天都到不了；唯一能淡化他无家可归状态的，是想到和平街旁侧街上那家显然是二流的小旅店，她为他的钱包着想替他订了那家旅店，不知怎么的那家旅店给他的印象就是室内很冷、玻璃顶院子和滑滑的楼梯，而且，出于同样的原因，就连可以肯定韦马什上银行去了时，旅店里仍然能体现出韦马什的存在。在他迈开脚步前，他就想到，韦马什，光是韦马什，不仅没有淡化反而确实强化了的韦马什，是让他觉得眼下可以取代阳台上的小伙子的选择。他真的迈开脚步时，简直就是为了逃避这种选择。他终于走过街去，穿过那幢房子的大门廊[①]，那就像有意要把韦马什丢在门外似的。不过，他会把这一切都告诉他的。

① 大门廊：原文为法语 *porte-cochère*，特指宽到足以让马车出入庭院的门廊通道。

第三部

第一章

就在当天晚上，在旅馆一起吃饭的时候，斯特雷瑟把这一切都告诉了韦马什；他一直都清楚，事情本来不必这么做，假如他不想在这一场合牺牲更为难得的机会的话。再说，对他的同伴提起这种牺牲，恰恰就引起他的叙述——或者说，由于对与他交谈的人更有信心了，他就会称之为他的坦白。他的坦白是，他被迷住了，而事情的一个要点恰恰并没让他自己当场答应共进晚餐。他那么放任的话，韦马什就会见不到他了，所以他还是顺从了韦马什的顾忌；而且他也顺从了另一个顾忌——那与他自己带一个客人来的问题有关。

汤喝完了，韦马什对那一大堆顾忌显得又严肃又热心；斯特雷瑟对自己造成的印象的结果竟让人那么意外还不大习惯。然而，比较容易解释的是，他还没把握他的客人会感到高兴。那人是个小伙子，是那天下午他在颇费周折地打听另一个人的过程中才结识的——实际上正是他那位新朋友才使他那番打听未成徒劳。"哦，"斯特雷瑟说，"我有各种各样的事情要告诉你！"——他这么一种说法，实际上是给韦马什一种暗示，要让他听得津津有味。他等着鱼上桌，他喝着酒，他抹了抹长胡子，他仰靠在椅子上，他看到两位英国女士刚从他们旁边挤过去，假如她们没让他颇为扫兴，他一定会真的打招呼了；因此他能做的只有——算是做点事吧——在鱼端上来时非常大声地说"谢谢，弗朗索瓦”[①]！他想要的一切，能使此时成为难忘一刻、将会称心如意的一切，都在眼前——只是不知韦马什会作何反应。打过蜡的小餐厅[②]光线幽暗，气氛融洽；弗朗索瓦满面笑容，在里面轻快地走来走去，既是侍者又是兄弟；制服肩部衬得高高的女经理，高举的双手常在摩搓，好像老是在兴高采烈地对未说出口的什么话表示赞同；总之，对斯特雷瑟来说，巴黎的夜晚就在汤的美味中，就在他又天真又兴奋地想到的酒的香醇中，就在餐巾舒适的粗纹和咀嚼厚皮面包时发出的嘎吱声中。这一切都与他的坦白相配，而他坦白的是——只要韦马什处之得当，那事马上就会显得妥当了——他已经答应，明天，十二点整，出去吃早饭。他不大清楚在哪里吃；事情的微妙之处恰恰就在于他记得他的新朋友说过：“我们看着办吧；我会带你上一个地方去的！”——因为毕竟，要让他一起去，这句话也就够了。面对面地与他真正的朋友在一起，他不一会儿就产生了想要渲染一番的冲动。他知道在有些事情上自己已经受到这种任性的诱惑。假如韦马什认为那些是坏事，那么他感到不安至少有他自己的理由；因此斯特雷瑟就把它们说得更坏。尽管如此，他现在还是真的有点困惑。

查德没在马勒塞布大道——眼下根本就没在巴黎；这点他是从看门人那里得知的，但他还是上楼了，而上楼去——别无办法——是出于一种难以遏制的、一种真正邪恶的（假如人会邪恶）好奇心。看门人对他提起过，四楼[③]那位房客的一位朋友暂时住着；而这便成了斯特雷瑟进一步探究的借口，在查德家里在他不知道的情况下所作的一次试探。“我发现他朋友在那里，按他的话来说，其实是替他住在那地方；看来，查德本人是在南方。他一个

① 谢谢，弗朗索瓦：原文为法语 *Merci, François*。

② 餐厅：原文为法语 *salle-à-manger*。

③ 四楼：原文是法语 *troisième*，是第三的意思。在英、法等许多国家，我们说的一楼被称为地面层，而他们说的一楼其实是我们说的二楼，依此类推。因此，本书译文里的四楼，在小说原文里都是英语 the third floor 或法语 *troisième*。

月前上戛纳[1]去了，虽然他回来开始有指望了，但那也不可能是几天之内的事。你知道，我本来完全可以等上一星期；我一得知这个重要消息就可以走人了。但我没走人；我所做的恰恰相反；我留下了，我瞎转悠，我闲聊；尤其是，我东张西望。最后，我有所发现了；而且——我不知道该怎么说——我闻了闻。那是个细节，但好像有什么东西——很好的东西——可以闻一闻。”

韦马什的表情在他朋友面前一直明显地心不在焉，后者略感惊奇地发现此刻他却能跟上自己的话。“你指的是一种气味吗？什么味呢？”

“迷人的香味。但我不知道。”

韦马什似有所悟地咕哝一声。“他和一个女人住在那里吗？”

“我不知道。”

韦马什等了一会儿，想听到更多的话，然后才重新开口。“他带她一起走的吗？”

“他会带她回来吗？”——斯特雷瑟也问起来。但他最后的回答与刚才一样。“我不知道。”

他就那么回答着，同时又一次仰靠起来，又一次品尝了利奥维尔酒[2]，又一次抹了抹胡子，又称赞了一句弗朗索瓦，这似乎引起他同伴有点生气了。“那你到底知道什么呢？”

“嗯，”斯特雷瑟不无快乐地说，“我想我一无所知！”他那种快乐可能来自这么一个事实：他所处的状况对他来说再次起到了在伦敦那家剧院里他和戈斯特雷小姐谈论此事时所起到的作用。不知怎么的他越来越快乐；这种十足快乐的神态此刻无疑或多或少地——而且全都可以让韦马什感受到——表现在他进一步的回答中。“这就是我从那个小伙子那里弄清楚的。”

“但我以为你刚才说你什么也没弄清楚。”

---

① 戛纳：法国东南部港口城市，十九世纪起就是国际度假胜地，现在是戛纳电影节的举办地。
② 利奥维尔酒：法国西南部港口城市波尔多生产的一种红葡萄酒。

“除此之外——除了我一无所知之外。”

“这对你又有什么好处呢？”

“这恰恰就是，”斯特雷瑟说，“我来找你要帮我搞清楚的。我指的是这边有关一切的一切。在那边楼上，我**感觉到**这点了。它常常明显地浮现在我面前。而且那个小伙子——查德的朋友——几乎就等于这么跟我说过。”

“几乎就等于跟你说过你对一切都一无所知？”韦马什好像看着某个几乎就等于跟**他**说过的人。“他多大了？”

“嗯，我想不到三十。”

“可你却得接受他说的这句话？”

“噢，我接受的要多得多了——因为，正如我告诉你的，我接受了**吃早饭**[1]的邀请。”

“那你**要去**吃那鬼饭咯？”

“只要你和我一起去。他也要你去，你知道。我对他谈到过你。他给我名片了，”斯特雷瑟继续说，“他的名字挺好玩。他叫约翰·利特尔·比尔汉姆，而他说，由于他个子矮小，他的两个姓必须一块儿用。[2]”

“哎，”韦马什当然不理这些细枝末节，问道，“他在那楼上干什么？”

“他自己说，他‘只是个小艺人’。在我看来，这恰如其分地形容了他的情况。但是他仍在求学阶段；你知道，就是那所著名的艺术学校——在其中度过一定的年份，他都熬过来了。他是查德的挚友，如今住着查德的寓所，因为那里很舒适。**他确实**很讨人喜欢也很稀奇，”斯特雷瑟补充说——“不过他不是波士顿人。”

韦马什看上去已经相当讨厌他。“他**究竟是**哪里人？”

---

① 吃早饭：原文是法语 *déjeuner*。

② 约翰·利特尔·比尔汉姆：是英语原文 John Little Bilham 的音译，其中利特尔的英语原文 Little 是“小”的意思，所以这个姓名中作为姓的后两个部分 Little Bilham 放在一起，就是“小比尔汉姆”的意思，正好可以表明他个子矮小。翻译中，人名一般音译；本书中，首字母小写的 little 置于 Bilham 之前时，就译为“小比尔汉姆”。

斯特雷瑟想了想。“这我也不知道。但用他自己的话来说，他不是波士顿人真是‘臭名昭著’了。”

“哎，”韦马什枯燥乏味地说教起来，“也不可能谁都臭名昭著地是波士顿人。他啊，”他继续说，“怎么个稀奇法？”

“可能就稀奇在**那个**——稀奇在一件事！但说真的，”斯特雷瑟又说，“什么都稀奇。你见到他就会明白的。”

“哦，我不想见他，”韦马什不耐烦又气冲冲地说。“他干吗不回国？”

斯特雷瑟犹豫了。“嗯，因为他喜欢这儿。”

这好像特别让韦马什难以容忍。“那他应该为自己感到害臊，而且，既然你承认你也这么看，那干吗还把他扯进来呢？”

斯特雷瑟又过了一会儿才回答。“也许我自己确实是这么看的——不过我还没怎么承认这点。我有点吃不准——这又是我想弄清楚的一件事情。我当时喜欢他，而你**能不能**喜欢人啊——？但没关系。”他站起身来。“毫无疑问，我要你来申斥我镇住我。”

韦马什吃起了下一道菜，然而，那实际上并非他刚才注意到的上给那两位英国女士的那道菜，结果使他暂时走神了。但想着想着他很快便软下心肠。“他们在那边楼上的住所漂亮吗？”

“噢，迷人的住所；尽是漂亮值钱的东西。我从没见过这么个住处。”——斯特雷瑟的思绪回到了那里。“对一个小艺人来说——！”实际上他简直无以言表。

但他的同伴这时似乎有了想法，盯住不放。“嗯？”

“嗯，生活中不可能拥有更美妙的东西了。而且，它们都是他掌管着的东西。”

“因此他就为你那对宝贝看门了？难道，”韦马什问道，“生活中不可能拥有比**这**更美妙的东西了？”这时，斯特雷瑟一声不吭，好像还在寻思着，韦马什便继续问道：“他难道不知道**她**是干什么的？”

“我可不知道。我没问他。我没法问。那不可能。你也不会问。而且我也不想问。你也不会想问。”总之，斯特雷瑟一下子就说清楚了。“你在这儿没法弄清人们究竟知道什么。”

“那你大老远地干什么来了？”

“嗯，我想就是要自己看看——不用他们帮忙。”

“那你要我帮忙干什么？”

“噢，”斯特雷瑟大声笑着，“你不是他们中的一员！我完全清楚你知道什么。”

然而，最后那句断言使韦马什再次狠狠地盯着他——后者怀疑其含意导致了这么回事——因此他感到自己的辩解站不住脚。韦马什过一会儿说：“听着，斯特雷瑟。别再这样。”这时他感到情况更是如此了。

我们的朋友心怀疑虑地微笑着。“你说的是我的口气吗？”

“不——去你的口气。我说的是你在到处探听。整件事儿都停下。让他们自作自受吧。你被人利用在干一件你不适合干的事。人们可不拿细齿梳子刷马。”

“我是把细齿梳子吗？”斯特雷瑟大声笑着。“我可从来没有这么称呼自己！”

“尽管这样，你就是把细齿梳子。你不像从前那么年轻了，但你的齿都还在。”

他对他朋友的幽默作出了回应。“当心别让我的齿戳到你喔！你一定会喜欢她们，喜欢我家里的朋友的，韦马什，”他断言，“你真的会特别喜欢她们。我还知道，”——这有点离题了，但他突然对此大加强调——“我知道她们一定会喜欢你的！”

“噢，别把她们往我身上推！”韦马什抱怨道。

不过斯特雷瑟仍然双手插在口袋里磨蹭着。“就像我说的，真的必须把查德弄回去。”

“对谁来说是必须的？对你吗？”

“是的，”斯特雷瑟过一会儿说道。

“因为要是你把他弄回去了，你也就把纽瑟姆太太弄到手了吧？”

斯特雷瑟正视这点。“是的。”

“而要是你不能把他弄回去，你也就不能把她弄到手了？”

这话可能是不留情面，但他仍然没有退缩。“我认为这可能对我们的个人理解有些影响。对那家企业来说，查德确实很重要——或者说要是他愿意就能轻易地变得很重要。”

“而那家企业对他母亲的丈夫来说确实很重要吧？”

“嗯，我未来的妻子需要的东西我自然都需要。要是我们有自己人在里面，事情就会好得多了。”

“换句话说，要是你们有自己人在里面，”韦马什说，“你——你本人——就会娶到更多的钱。我是这么理解你的话的，她已经很有钱了，但要是能使那家企业按照你已制定的某些思路蓬勃发展起来，她还会更有钱。”

“我可没制定那些思路，”斯特雷瑟赶紧回答。“纽瑟姆先生——他对自己着手的事了如指掌——十年前就制定了。”

哎呀呀，韦马什甩了一下他那又长又密的头发，似乎在表示这不相干！“不管怎么说，你强烈希望蓬勃发展。”

他朋友默默地对这一指责的合理性掂量了一会儿。“我认为，我在某种意义上有违于纽瑟姆太太的个人情感，甘愿有可能要冒受他人影响的危险，这种时候恐怕不能说我强烈。”

韦马什就此论点好好琢磨了一番。“我明白了。你是担心自己被说服了。但是，”他又说道，“你仍然是个骗子。”

“噢！”斯特雷瑟马上就抗议了。

“对呀，你向我请求保护——这让你变得很有意思；而接着你又不愿接受保护。你说你需要我来镇住你——”

“啊，但没这么容易！我的利益在哪里，”斯特雷瑟问道，“已给你说过了，难道你还不明白？就在于我不被说服。要是我被说服了，那我的婚姻还上哪里找呢？要是我完不成使命，我就结不成婚；而要是我结不成婚，我就什么都没了——我就一事无成。”

韦马什——毫不留情——听着这番话。“要是你完蛋了，我干吗还管你会落到什么境地呢？”

说着他俩对视了一会儿。“非常感谢，”斯特雷瑟最后说。“可你难道不觉得**她**对那的看法——？”

“应该让我满意？不。”

这话又让他们面面相觑，其结果是斯特雷瑟又大笑起来。“你要公平待她。你真的**必须**认识她。晚安。”

第二天他和比尔汉姆先生共进早餐，而不合情理的是，韦马什竟然也加入进来了。后者在十一点钟时，令他朋友大为惊讶地宣布说，真该死，他要像干别的事一样迅速地和他一起去；因此他俩便一起前往，怀着一种对他们来说几近奢侈的超然心态朝马勒塞布大道溜达过去，两个人那天沉浸于巴黎的强大魔力，其情其景仿佛清晰可见，就像平常易受其影响的成千上万对人儿那样。他们漫步着，闲逛着，感到好奇，有点出神了；斯特雷瑟已经多年没有感到时间如此充裕——就像有一袋金子，他可以不断伸手进去掏一把出来。他明白，与比尔汉姆先生的那件小事结束时，他仍然会有大好时光可以完全按自己的意愿去支配。在拯救查德的这个过程中根本还用不着火急火燎的；半小时后他双腿置于查德的饭桌下坐着时，这种匆忙感也一点也没有明显起来，当时，比尔汉姆先生坐在他一边，比尔汉姆先生的一位朋友在他另一边，韦马什则突兀地坐在他对面，巴黎那美妙的嗡嗡声隐约而柔和地——对斯特雷瑟本人来说确实已经是极其悦耳地——透过阳光照耀下的一扇扇窗户飘上来，而前一天，他的好奇心曾展开翅膀从楼下朝那些窗户飞去呢。他当时最强烈的感受已迅速结出了果实，他还没来得及品味呢，而在目前，斯特雷瑟真的感到自己的命运有了个突如其来。他昨天站在街上时还一无所知谁也不熟；但现在他的目光不是朝着每个人每件事飞跃而去了吗？

“他搞什么名堂，他搞什么名堂？”——他的脑际对小比尔汉姆一直有类似的疑问，但与此同时，在他弄清楚前，每个人每件事对他来说几乎就是由他的主人和他左边的那位女士之间一唱一和来体现的。他左边的那位女士，那么及时而巧妙地请来“见一见”斯特雷瑟先生和韦马什先生的那位女士——这是她自己对此事的说法——是个非常引人注目的人，我们的朋友自问这一场合本质上是否最有诱惑力、最具欺骗性的陷阱，就与这个人大有关系。早餐如此美味可口，称其有诱惑力可谓恰如其分，而巴勒斯小姐——这是那位女士的名字——用凸出的巴黎人眼睛、透过玳瑁柄显然很长的单片眼镜望着他们，这时，周围的物品似乎不可避免地必具欺骗性。为什么巴勒斯小姐成熟瘦削挺直，戴金挂银，欢天喜地，十分亲切，还能言善辩，让他想起上世纪某个聪明伶俐、不施粉黛的人物的画像——为什么巴勒斯小姐会特别让人想到是个“陷阱”，斯特雷瑟当场还无法解释；他满怀信心地忽然想到，以后他会明白的，而且会十分明白——其实，他突然强烈地感到，他完全应该明白的。他想知道自己对这两位新朋友会各有什么真实的看法；因为那个小伙子，那个查德的至交与代理人，在布置眼下的场面时，比他料想的可要干得巧妙得多了，尤其是巴勒斯小姐，她周围的一切显然都是费尽了心思，一直毫无顾忌地摆出一副熟人的姿态。他饶有兴趣地想到，自己面临着新的尺度，不同的标准，一种不同尺度的关系，而且显而易见，眼前这对幸福的人儿看待事物根本就不像他和韦马什那样。现在对他来说，他和韦马什相比之下居然完全就是一个人似的，这事儿事先可怎么也想象不到的。

后者很有气势——这至少是巴勒斯小姐私下让他安心的话。“噢，你这位朋友是个典型人物，美国元老——该怎么称呼呢？希伯来先知，以西结[1]

---

① 以西结：公元前六世纪以色列先知、祭司，相传《圣经·旧约》中的《以西结书》为他所作。

啊，耶利米[1]啊，当我还是个小姑娘住在蒙田街[2]时常来看我父亲，通常就是驻杜伊勒利宫或其他某个宫廷的美国公使。从那时起这么多年，这种人我一个也没见过；见到这种情景总能温暖我这颗可怜、衰老、冰冷的心；那种人好极了；只要生活在适合的区域里，你知道，他就会取得**极大的成功**[3]。”斯特雷瑟就像要求自己定下心来适应他们计划中的这一变化那样，并未忘记问适合的区域会是什么。“噢，艺术家区之类的；比如，就像你们看到的，**这里**就是了。”他正要应声说“‘这里’？——**这**就是艺术家区？”但她已挥了一下她那副玳瑁柄眼镜并随意说了句“带他来见**我！**”就把那问题打发了。他当场就明白，由于可怜的韦马什对此发表的意见，他觉得当时的气氛凝重而又紧张，因此他几乎不可能带他去见她。韦马什比自己的同伴陷得还要深，而与他同伴不一样的是，他并没有尽力加以适应；这恰恰就是他满脸阴郁的原因。巴勒斯小姐并不知道，其背后是他对她本人不检点颇有看法。我们这两位朋友原先大体上达成的假定是，可能会发现比尔汉姆先生已准备好要带他们去这个或那个名胜，去经常会带那些热心而富有审美趣味的游人去的巴黎风景区。就这点来说，他们一再坚持自己付账倒是有道理的。韦马什到最后唯一的条件便是谁也别为他付账；但随着事情的进展，他发现有人为自己付账，至于其数目之大，斯特雷瑟私底下查清了，它已使他老是想着要回报了。斯特雷瑟在桌子对面都感觉到了他脑子里在想什么，在他们走回到头一天晚上他还再三提及过的小客厅时也感觉到了，在他们走出去来到阳台上时尤其感觉到了，非得是个吃人妖魔才会意识不到那阳台是悠闲回味的理想之地。对巴勒斯小姐来说，一支接一支地抽高档香烟——她承认，她称赞，这是查德走时留下的绝妙储备中的一部分——使那些东西更有吸引力了，而斯特雷瑟竟然也不知不觉中几乎是狂抽起来，其热衷的程度几乎与

---

① 耶利米：公元前七至六世纪希伯来先知，相传《圣经·旧约》中的《耶利米书》为他所作。

② 蒙田街：位于塞纳河右岸附近的巴黎外交使馆区的一条街。

③ 极大的成功：原文为法语 *succès fou*。

她相当。他可能会产生难以收拾的后果，而他也清楚，自己以罕见的过分之举怂恿了那位女士，这在她全部的放纵行为中——因为韦马什会很容易把它算出来——一定可以忽略不计。韦马什从前是抽烟的，抽得很厉害；但韦马什现在却一口也不抽，这就使他在人们面前有了优越感，因为就在别人好不容易戒掉时他们却轻易地抽上了。斯特雷瑟以前从未抽过烟，而他似乎很想对他朋友吹嘘一番，这只是因为一个原因。那个原因嘛，现在似乎连他自己也开始明白过来了，就是他以前从未有过一位女士可以一起抽烟。

然而，让人感到古怪又自在的事，恰恰就是那位女士在场；也许，就因为她**在**场，她抽烟倒是她放纵行为中最不值一提的了。要是斯特雷瑟每次都确实明白她说的话——尤其是与比尔汉姆的谈话，他就可能会推想出别的事情并心生畏缩，也会感到韦马什心生畏缩，但实际上，他经常感到茫然，他对所涉范围只能理解得很空泛，在好几个不同的场合他连猜带蒙的，只不过产生了疑团。他想知道他们的言下之意，但有些事他觉得不大可能是他们的意思，而他绞尽脑汁的结果多半都是“哦，不——决不会**那样！**”这正是他某种状态的开始，以后，人们将会看到，他找到了在这种状态下振作起来的原因；他将会回忆起此刻正是一个过程的第一步。这个地方的关键事实，要是分析起来，不多不少——表面的压力就够了——就是查德的处境根本不正经，因此他们似乎就玩世不恭地聚集在这样的处境周围。相应的是，既然他们把查德的处境视为当然，那么与此有关的一切——就是他一直在纽瑟姆太太面前真的被迫闭口不提的那些事情——凡是在伍莱特视为当然的，他们就都视为当然。它们太不体面而不能谈及，其结果便是如此，而出于同样的原因，根深蒂固地认为它们不体面，伴之而来的也是如此。因此就出现了这样的情况：斯特雷瑟暗自想到，它们那种不体面，从根本上说，甚或还能厚颜无耻地说，可谓像他眼前这一幕所赖以形成的基础，这时，他简直无法逃避这么一种困境，即碰到任何事，几乎都要和它们牵强附会上去。他十分清楚，这是可怕而又迫不得已的事，但他只能推想，这就是与不正经的生活相关联的严峻而必然的结果。

这种不正常的生活影响比尔汉姆和巴勒斯小姐的方式，真可谓不知不觉又十分微妙的奇迹。他急于承认他们与它的关系完全是间接的，因为若非如此，他就会体现出极为不当的举止，但那种间接性与欣然享受查德拥有的一切并不矛盾——这点显而易见。他们反复地谈到他，谈到他的好名声和善良本性，而斯特雷瑟心里最弄不明白的是，他们提到他好像都是为了赞颂他。他们称赞他慷慨，赞许他的情趣，而在斯特雷瑟看来，他们这么谈着时仿佛就坐在培育出那些品质的土壤中。我们这位朋友最后的窘境是，他自己当时正和他们坐在一起，而且还有最要命的一点，与自己的堕落相比，韦马什却岿然挺立着，这让他感到实在是高。有一点是肯定的——他意识到自己必须下定决心了。他必须同查德联系上，必须等他，对付他，控制他，但他不可以剥夺自己客观认识事物的能力。他必须让他到他这边来——而不是某种程度上他自己到他那边去。无论如何，对于他仍要容忍的事情——假如他为了方便起见继续那么做——他必须更加明确。正是在这种分量的细节上——事实上除了神秘难解还能怎样呢？——比尔汉姆和巴勒斯小姐几乎未加说明。就是这么个情况了。

第二章

到周末，戈斯特雷小姐抵达时，便通知了他；他马上就去见她，直到这时他才能再度抓紧改邪归正的念头。无论如何，幸运的是，从他跨过马尔伯夫区[①]那低矮**夹楼**[②]门槛的那一刻起，那个念头便再次完整地浮现在他面前，而她把营造一个最终的安乐窝所必需的物品都已集聚到那夹楼里，按她所说，它们是经过一千次跑来颠去加上兴致所至搜寻来的。他马上意识到，真的就在那儿，只有在那儿，他才会找到自己第一次登上查德的楼梯时想到的益处。要不是他朋友一直在场掂量他的趣味的分量，他知道自己在这个地方“沉迷”的程度一定会严重得多，想到这样的情景，他还会有些害怕呢。她那个小巧又摆满物件的单人套间，一开始给他的印象是，由于有大量收藏品，似觉阴暗，不过显然是充分考虑到了各种机缘与情况来摆设的。他不论往哪儿看，都会看到一件旧象牙制品或一块织锦，他简直不知道该往哪儿坐，生怕坐错了地方。他突然想到，其主人的生活所拥有的甚至比查德或巴勒斯小姐的生活所拥有的更加丰富；近来他在“事物”王国里的眼界已逐渐开阔起来，但他眼前的情景仍进一步开阔了这种眼界；因此，眼睛的欲望与生活的得意还真有其圣殿。这里就是神殿最里面的角落——就像海盗的洞穴那么黑暗。在黑暗中有金子在闪光；幽暗中又有缕缕紫色；低矮的窗口进来的光，透过薄

① 马尔伯夫区：巴黎塞纳河右岸的一个住宅区。
② 夹楼：原文为法语 *entresol*，指一楼（底层）与二楼之间的夹层，也叫中二楼。

纱，落在那些极为稀罕的奇珍异宝上。他对它们别无所知，只知道它们很珍贵，它们轻蔑地嘲笑他的无知，就像一朵花随便地在他鼻子底下一拂而过。但是，在对女主人全面审视一番后，他还是明白了自己最关心的是什么。他们一起置身其中的那个圈子生活得很温暖，他们之间的每个问题都只会留存在这里，而非别的什么地方。他们一开口就会冒出一个问题，而他则会大笑着，飞快地回答："唉，他们难倒我了！"他们这头一次会面的谈话很大程度上便是他在详述这一事实。见到她，他格外地高兴，坦率地向她表达了多半是她让他明白的道理：一个人缺少一种未知的福祉也可以生活多年，但最终认清它后不出三天，就会永远需要它或者对它念念不忘了。她就是现已成为他的需要的福祉，而没有她时他就迷失了自我，还有什么能更好地证明这点呢?

"你是什么意思？"她并无惊慌地问道，仿佛他把她的一个物件的"时段"搞错了而她在加以纠正，这再次让他感到她能从容地穿行于他刚开始踏入的迷宫。"你以波科克全家的名义干了什么事？"

"唉，完全是错事。我交上了小比尔汉姆这么个疯朋友。"

"啊，这种事就你的情况来说是必然的，而且一开始就要考虑到。"说完这点后，她才问起小比尔汉姆究竟会是谁，仿佛这完全是件小事。她了解到他是查德的朋友，眼下查德不在，他就住在查德的寓所里，好像完全在按查德的意志行事并为查德的利益效力，这时她反而显出更大的兴趣。"你介意我见见他吗？就一次，你知道，"她补充说。

"噢，见得越多越好：他很有意思——他很独特。"

"他不会让你震惊吗？"戈斯特雷小姐问道。

"绝对不会！我们一点也没吃惊——！我觉得，毫无疑问，这主要是因为我对他连一知半解也谈不上，但即使这样，我们的**临时妥协**[①]也没遭到破

① 临时妥协：原文为拉丁语 *modus vivendi*。

坏。你一定要和我一起吃饭，好见见他，”斯特雷瑟继续说。“那么你就会明白了。”

“你要请客？”

“是的——我请客。这就是我的意思。”

她满怀体贴地疑惑起来。“你花钱太多了吧？”

“哎呀，不——吃饭好像花不了什么钱。但是，是我请他们。我该拖延一下。”

她又思索起来——她大笑着。“你一定觉得便宜才会去花那钱！但我必须置身事外——别直接让人看见。”

他一时的神情，仿佛她真的在让他失望。“那么你不见他们了？”几乎就像她自己已出乎意料地变得谨慎起来。

她犹豫着。“首先——他们是谁？”

“哎呀，首先是小比尔汉姆。”他暂时不提巴勒斯小姐。“还有查德——他来时——你绝对应该见见。”

“那么他什么时候来呢？”

“当比尔汉姆有时间写信给他谈到我并收到他回信的时候。不过，比尔汉姆嘛，”他继续说，“会作出有利的汇报——对查德有利。这会使他不怕来。你看，这么一来，我要虚张声势，就更需要你了。”

“哦，你自己就可以虚张声势。”她一副悠闲自得的样子。“照你现在的样子，我没话要说。”

“啊，可我，”斯特雷瑟说，“还没提过一个主张呢。”

她仔细想了想。“你一直都没发现有什么可以提主张的吗？”

不管有多懊恼，在这一点上，他还是把实情全都告诉了她。“我一件事都还没发现呢。”

“那么就没人跟他*在一起*？”

“我出来调查的那种人？”斯特雷瑟想了一下。“我怎么知道呢？我管这个干吗？”

“哦，哦！”——她大声地笑个不停。他的玩笑对她产生的影响真的令他感动。他现在明白，他那可真的是在开玩笑。然而，她却看到了别的情况，尽管她马上就把它们掩饰起来。“你什么事实也没发现吗？”

他搜肠刮肚地想着。“嗯，他有个舒适的家。”

“啊，这点嘛，在巴黎，”她立刻回话，“证明不了什么。这更不能证明什么是错的。你知道，这很可能是他们，就是你的使命所牵涉的那些人，替他张罗的。”

“一点没错。当时我和韦马什正是坐在他们的活动现场大饱眼福的。”

“哦，要是你不在这里的活动现场大饱眼福，”她回答说，“你就可能很容易饿死。”说着她朝他笑了笑。“你前面还有更糟糕的事呢。”

“啊，我前面**什么都有**。但按我们的猜测，你知道，它们一定很美妙。”

“**肯定是的！**”戈斯特雷小姐说。“这么说来，你也知道，”她又说道，“你并不是全无事实。实际上，它们**一直**都很美妙。”

抓到一点比较确切的东西，看来最终还是有点益处——而且，紧接着，这一阵波涛便冲开了记忆。“我那个小伙子还确实承认过，它们是我们那位朋友极感兴趣的。”

“这是他用的措辞吗？”

斯特雷瑟更确切地回忆着。“不——不完全是。”

“表达得更生动？没这么生动？”

他戴着近视眼镜，一直弯腰观赏着一个小架子上的一组物品；听到这话他便直起身来。“那只不过是一种暗示，但是，像我当时那么留心，那句话就给我印象很深了。‘很糟糕，你知道，像查德那样’——这就是比尔汉姆的原话。”

“‘很糟糕，你知道’——？噢！”——戈斯特雷小姐反复思忖着。不过，她好像满意了。“好了，你还想要什么呢？”

他再次朝一两件小古玩[1]看了看，可他什么都没看懂。“但还是真的好像他们存心要让我捉摸不透似的。”

她纳闷了。“什么[2]？”

“哎呀，就是我提到的呗。舒适宜人。不谈别的，就凭这点，他们就能让你昏了头。”

“哦，”她回答说，“你会醒过来的！我必须见他们每个人，”她继续说，“亲自见。我指的是比尔汉姆先生和纽瑟姆先生——当然先见比尔汉姆先生。就见一次——每人一次；那就行了。但要面对面地见——半个小时。查德先生，”她马上接着说，“在戛纳干什么？正派的男人上戛纳去可不会带着——嗯，带着你说的那类女士的。”

“是吗？”斯特雷瑟问道，对正派男人很有兴趣，这让她很开心。

“是的；可以上别处去，但不会上戛纳去。戛纳可不一样。戛纳更高雅。戛纳最高雅。我指的是，那儿全是你认识的人——在你确实认识他们的时候。而要是他也认识，呃，那也就不一样了。他一定是独自去的。她不可能跟他在一起。”

“我啊，”斯特雷瑟弱弱地坦白说，“一点也不明白。”似乎她说的话中含意颇深，但过了一小会儿他便得以使她产生更亲近的印象。经过毫不费力的安排，与小比尔汉姆的会面便在卢浮宫的大画廊里进行；他和同去的那位游客一起站在提香[3]的一幅杰作——戴一只奇形怪状的手套、长一双蓝灰色眼睛的小伙子光彩夺目的肖像——之前，回头看见他们一行中的第三个成员从打过蜡又描过金的狭长通道的尽头走上前来，这时，他便有了一种终于有把握的感觉。他早就和戈斯特雷小姐说好——时间甚至可追溯到在切斯特

---

① 小古玩：原文为法语 *bibelot*。

② 什么：原文为法语 *Quoi donc*。

③ 提香（1477/1488/1490—1576）：意大利文艺复兴时期的威尼斯画家，在肖像画、宗教和神话题材画方面都取得了惊人的成就，在世界艺术史上占有崇高的地位。这里指的是他的作品《戴手套的男人的肖像》。

的时候——在卢浮宫度过一个上午，而小比尔汉姆一提出同样的想法，他便自作主张欣然接受了，他此前已陪比尔汉姆去过卢森堡宫[①]。合并这两项计划毫无困难，而他再次想到，有小比尔汉姆做伴，一般就不会有矛盾了。

“哦，他很好——他跟我们是一路的！”戈斯特雷小姐在初步交谈后，很快就找了个机会对她的同伴低语道；而斯特雷瑟呢，见他们走走停停，讲了五六句话后两人之间似乎便已迅速地体现出某种一致性——斯特雷瑟明白，自己几乎立刻就明白了她的意思，并视之为已把握自己的工作的又一个迹象。他可以认为，他现在的理解能力绝对是新得到的，这对他来说就开心了。就连前一天他还明白不了她的意思——那就是，她的意思是否像他所假定的那样，认为他们都是热情的美国人。他刚刚——经过前所未有的努力——得出了美国人就像小比尔汉姆那样热情的观念。这个小伙子是他的第一个样本；这个样本一直令他极为困惑；然而眼下却有了启发。最初触动他的正是小比尔汉姆那惊人的从容，但他出于谨慎，不可避免地视之为欧洲的诱惑、堕落的迹象，就像他会轻易说出的那样；然而戈斯特雷小姐马上就视之为只是他们熟知的最古老的东西的一种小小的特殊形态罢了，这用他自己的眼光来看，同时也证明了其合理性。他希望能完全问心无愧地去喜欢他那个样本，而这便使之完全不成问题。本来令他困惑不解的恰恰就是那个小艺人的作风——那可是彻头彻尾的——比谁都更美国化。但眼下这样看待这种新作风了，这使斯特雷瑟一时大为心安理得。

就像斯特雷瑟最初得到的印象那样，这个可爱的小伙子当时在观望一个他未持偏见的世界。我们的朋友当时所没有的偏见是对所接受的一份职业常有的那种偏见。小比尔汉姆是有一份职业，但那只是人们会拒绝的职业；对于这点，他一般既不惊恐，不焦虑，也不悔恨，由此给人他很从容的印象。他出外来巴黎画画——就是说，是要详尽探究这一奥秘；但是，假如有什么

① 卢森堡宫，建于1615年，原为法国皇家后殿，近两百多年来一直是法国的政治机构所在地，现为法国参议院。宫内至今还保存着欧仁·德拉克卢瓦和若尔登创作的艺术作品。

可以成为灾难的话，求学对他来说就是灾难，而他随着知识的增长，生产力却相应地衰减了。斯特雷瑟从他身上得出了想法，发现他在查德寓所的那会儿，除了他那出色的才智和习以为常的巴黎习性外，他已破落到一无所有。他以同样深情而亲切的口吻谈及这些事，因此事情够清楚的了，作为一种素养，它们对他仍然有益。在卢浮宫度过的时光里，它们对斯特雷瑟始终颇具魅力，它们对他来说确实就是那里多姿多彩的气氛、那个名字的魅力、那空间的壮观和大师们的色彩不可分割的一部分。不过，那小伙子不论往哪里引路，它们也都在，而在游完卢浮宫的第二天，在另一次散步时，它们还徘徊在我们这行人的步履周围。他邀请了他这两个同伴随他过河，主动要他们去看看他自己那个寒碜的住处；而他自己那个寒碜的住处，那是非常寒碜的，可在斯特雷瑟看来，却给他的怪癖——那种细小而高贵的漫不经心与独立自主给后者的印象倒是新鲜——增添了一份奇特而动人的尊严。他住在一条小巷的尽头，小巷通往一条古老的鹅卵石铺就的短街，而短街则通往一条新建的又长又平坦的大道——然而短街、大道和小巷却都共有一种社会破败感；他领他们去那间冷飕飕空荡荡的小画室，他体面地外出期间把它借给了一位同行。那位同行也是一个纯真的同胞，他已给他打过电报，“无论如何”都要备好茶点等他们，而这种不顾一切准备招待，第二个纯真的同胞，远离尘嚣临时凑合的生活，加上其中的笑话与争论，精心的涂鸦与三四把椅子，弥漫的品味与信念，此外几乎什么都缺——这些事物都围绕这一场合交织出一种令我们的主人公完全沉浸其中的魅力。

他喜欢纯真的同胞——因为很快另外两三个也聚拢来了；他喜欢精心的涂鸦和无拘无束的争辩——当然包括旁征博引，包括热衷和憎恨的事，用他们的话来说，是令他端坐聆听的事；他尤其喜欢那传奇般贫困中的乐天态度，它简直上升到了浪漫的互帮互谅，他很快便从眼前的景象中看出来这点。他觉得，这些纯真的同胞表现出一种坦率，它甚至超过了伍莱特人的那种坦率；他们红发长腿，他们奇特古怪可爱滑稽；他们使这个地方充满了乡音，他从来不知道，他们的乡音在他一定以为被有意用作当代艺术的特选语言时，居然那么显著。他们狠命地猛拨着优雅的里拉琴[①]——他们由此弹出美妙的旋律。他们生活中的这一面有一种令人赞叹的天真无邪；他时而望望玛丽亚·戈斯特雷，想看看这种因素在多大程度上打动了她。然而她此时让他看到的，就像她前一天让他看到的那样，只不过表现出她是如何应付小男孩的；她依次以自己身上那种老巴黎人对待每个人、每件事所惯有的神态对待他们。精心的涂鸦妙极了，沏茶的方法很熟练，椅子腿挺牢靠，自然而然地回想起往日的那些人，那些或声名显赫、或屈指可数、或受过讽刺的人，或发达或失败、或了无踪迹或功成名就的人，总之，她以最欣喜的姿态接受了她与小比尔汉姆的第二次交往，而前一天下午他离开他俩时，她曾对斯特雷瑟说过，由于她的印象将获更新，她将等到有新的证据后再作判断。

事实证明，新的证据一两天后就会到来。他不久便收到玛丽亚的一封信，大意是说，法国剧院[②]里一个极好的包厢已给她第二天夜里享用；看来，在这样的场合，她总会有这样的办法，这是她的一大优点。在斯特雷瑟看来，她总是在设法提前为一些事情付款和她总是在设法收到报酬的感觉，恰恰相当；这一切就他的意识来说会在更大的范围内形成一种活跃忙乱的交易，这类价值交换非他所能办到。他清楚，她看法国戏剧时只喜欢包厢——就像看英国戏剧时只喜欢正厅前排座位那样；而包厢正是现阶段他已经准备不惜血本要她去的。但在这件事上她和小比尔汉姆如出一辙：在重大问题上，她也总是显出已及时知道的样子。这就使她老是比他抢先一步，并大致上仅给他有机会自问他们结账的那天账会是怎么个付法。他此时就在尽力使之理顺一点，准备着要是他接受她的邀请，那她就该先和他一起吃饭；但这一顾虑的结果却是，次日八点钟他和韦马什一起在圆柱门廊下等她。她并没有和他一

① 里拉琴：古希腊的一种拨弦乐器，琴弦固定在U形框架内。

② 法国剧院：原文为法语 Français，是法国剧院的法语 Théâtre Français 的简称，法国国家剧团和古典保留节目轮演剧团的活动基地。

起吃饭，而她让他在毫不知情的情况下便欣然接受了她的拒绝，这是他俩关系的典型体现。她总是让他感到她的重新安排是她最温柔的手法。比如，正是根据这一原则，为了给他机会对小比尔汉姆再次表示友好，她才建议他主动为那小伙子在他们的包厢里留一个座位。斯特雷瑟为此发了一封小蓝信[1]给马勒塞布大道，但直到他们走进剧院的那一刻，他都未收到那封信的回音。不过，就连他们已舒适地坐了一段时间之后，他仍然认为，他们那位朋友能随机应变，一定会在他自己适当的时刻进来。而且，他暂时缺席，对戈斯特雷小姐来说，似乎成了前所未有的绝妙时机。斯特雷瑟一直等到这天晚上，总想从她那里以某种明确的方式得到她的想法和结论的反馈。按他们说的，她曾决定见小比尔汉姆一回；但如今她已见过他两回却未置一词。

与此同时，韦马什坐在他对面，而他们的女主人则坐在他俩之间；戈斯特雷小姐自称为青年导师，引导受她照顾的小青年看一部作品，那可是一部辉煌的文学名著。那辉煌之作幸好不致招人反感，而受她照顾的小青年也率直；就她自己而言，她一直在那条路上跋涉，她只是保护他们的天真无邪。但她最后还是提到他们那位没来的朋友，事情明摆着，他们只好不指望他了。“要么他没收到你的信，”她说，“要么你没收到他的信：有什么事把他给耽搁了，当然咯，一个人碰到那种事，你也知道，是绝对不会为来包厢的事写信的。”她说话时的那种神情，仿佛写信给那小伙子的可能是韦马什，而后者的脸上则显露出严厉与痛苦相交织的神情。可她还是往下说，好像就是针对他那种神情的。“你知道，他无疑是他们当中最出色的。”

“什么人当中最出色的，小姐？”

“哎呀，整个的那一长溜人当中——少男，少女，或者有时其实是老男老女；就像有人会说的那样，他们就是我们国家的希望。年复一年，他们全都走开了；可是从来就没有哪个人，我特别不想让他走的。我觉得——你不

① 小蓝信：当时在巴黎市内通过气压输送管传递的一种蓝纸快信。这种在市内通过气压输送管快速传送邮件或小物品的方式在十九世纪末二十世纪初风行于欧美许多城市。

觉得吗？——我很想留住小比尔汉姆；照现在的样子他实在是好极了。”她继续对韦马什说着。“他太可爱了。他要是不会糟蹋这点就好了！但他们总是**要**糟蹋的；他们总是糟蹋；他们总是在糟蹋。”

“我觉得，”过了一会儿斯特雷瑟说，“韦马什并不大清楚对比尔汉姆来说有什么可糟蹋的。”

“那就不可能是个好美国人，”韦马什十分明确地回答说，“因为给我的印象是，小伙子在**这**方面并无多少长进。”

“啊，”戈斯特雷小姐叹了口气，“好美国人的名声给得容易去得也一样容易！首先，**要成为**好美国人，**究竟是**什么样子呢？干吗这么匆忙得不得了呢？可以肯定，这么急迫的事却这么模糊不清，是从来没有过的。实际上，次序应该是这样的，我们为你烧菜之前起码得拿到你的食谱。另外，可怜的小家伙们有的是时间！我经常看到的糟蹋了的东西，”她继续说，“是欢快的态度本身，信仰的状态，还有——我该怎么叫它呢？——美感。你对他的看法是对的，”这时她把斯特雷瑟拉了进来。“小比尔汉姆拥有这些，很有魅力；我们必须让小比尔汉姆保持下去。”接着她又专门对着韦马什说话。“别的人全都太想做点事情了，而在太多的情况下他们也确实做了。这么一来，他们就再也不是从前的样子了；那种魅力总是一定程度上遭到破坏。至于**他**嘛，我想，你也知道，他确实不会。他连最不可怕的小事也不会做。我们将继续欣赏他的本色。不——他十分出色。他什么都懂。他一点也不害羞。他丝毫不缺要求一个人具备的勇气。就想想他**可能会**做的事吧。一个人确实想——因为担心某种意外——一直能看到他。也许就眼下这会儿，有什么他做不了的事呢？我有过种种失望——那些可怜的家伙实际上从来就靠不住；除非最起码你把他们置于自己的眼皮底下。一个人绝不能完全信任他们。一个人会坐立不安，而我想这就是我现在最想念他的原因。”

她渲染了一番自己的观点，最后发出一阵开心的大笑——那份开心是她的脸色传递给斯特雷瑟的，而斯特雷瑟此刻几乎仍然情愿她别去打搅可怜的韦马什。他多少也知道她的意思，但这一事实并非让她不在韦马什面前假装他不知道的一个理由。这在他来说也许是胆小，但在这么个极其惬意的场合里，他倒宁愿韦马什别那么相信他的机智。她承认这点，就把他出卖了，而且，在她说完他或者那家伙之前，一定会让他更难堪。尽管如此，他该怎么办呢？他朝包厢那边他的朋友望去；他俩四目相遇；某种古怪而又强烈的念头，某种与眼前的情景有关但又最好别去碰它的念头，在两人之间无声地交流着。嗯，它对斯特雷瑟的影响是一个突如其来的反应，最终对他自己的拖延倾向感到不耐烦。这对他究竟会有什么结果呢？这是那么一种沉默的时刻，它有时比陷入历史性的沉思所解决的问题还要多。这种沉默的唯一条件就是一声假想的“噢，该死！”它是由斯特雷瑟的那份沉默无声地演变而成的。它，那无声的叫喊，代表着让他破釜沉舟的最后动力。那些“舟”，就历史性的沉思而言，自然可能只是海扇壳而已，但他一会儿对戈斯特雷小姐说起时，至少也有准备用火炬烧船的感觉。“那么这是个阴谋吗？”

“那两个小伙子之间？嗯，我不想装扮成一个先知或者女预言家，”她立刻回答说，“但假如我真的是个有头脑的女人，那他今天晚上是为你在忙着。我不大清楚在忙什么——但这是我的直觉。”她终于看了看他，好像尽管她告诉他的情况少得可怜，但他一定会真正理解的。“说一种看法，*这可是*我的看法。他把你看得太透了，不会不这样。”

“今天晚上不会不为我忙吗？”斯特雷瑟琢磨着。“那么我希望他别在干什么很坏的事。”

“他们已把你抓在手里，”她的回答很可怕。

“你的意思是说他*在*——？”

“他们已把你抓在手里，”她只是重复着。尽管她否认有先见之明，但此刻她就是他碰到过的寻找传达神谕的女祭司的最便捷的途径。她的眼里闪闪发光。“你现在必须面对这点了。”

他立即面对这点。“他们*早就*安排了——？”

“这场游戏中的每一步。而且他们一直以来都有安排。他天天都收到戛纳发来的小电报。”

这话让斯特雷瑟睁大了双眼。“你知道这个？”

“我还要厉害呢。我亲眼看到电报的。在我见到他前，我究竟会不会看到，正是我感到疑惑的问题。但我一见到他就不再疑惑了，而我们的第二次会面使我确定下来。我把他看透了。他当时在——他现在仍然在——按他每天收到的指示行事。”

“这么说来整件事都是查德干的？”

“噢，不是——不是整件事。我们也干了其中的一部分。你和我还有‘欧洲’。”

“欧洲——是的，”斯特雷瑟若有所思。

“亲爱的老巴黎啊，”她好像要解释。但不止于此，她又话锋一转，冒险了。“还有亲爱的老韦马什。你，”她宣称，“一直起着很大的作用。”

他坐在那儿一动不动。“对什么起着很大的作用啊，小姐？”

“哎呀，我们这儿这位朋友的绝妙意识嘛。你也以自己的方式帮他逐渐走到今天这一步。”

“那他究竟到哪一步了？”

她大笑着往下说。“斯特雷瑟，你究竟到哪一步了？”

他说话的样子仿佛自己刚刚才弄清这个问题。“嗯，已完全落在查德手里，看来一定是这么回事。”这么说着他又想了一想。“那会不会——全都通过比尔汉姆——就是他操纵这件事的手法呢？你知道，对他来说，这一定是个点子。而查德有了个点子——！”

“嗯？”他一心想着这个景象时她问道。

“唉，查德是不是——我该说什么呢？——很可怕？”

“哦，你说多可怕就多可怕！但你提到的那个点子，”她说，“不会是他一直以来最好的点子。他会有个更好的。他办这件事不会全都通过小比尔汉姆的。”

这听起来几乎已经像希望破灭了。“那么还会通过谁呢？”

“这正是我们要弄明白的问题！”但她正当说着话时突然转过头去，斯特雷瑟也转过头去；因为随着**剧院服务员**[1]咔嗒一声，包厢的门便从过道上往里打开，一位先生，一个他们不认识的人，疾步走进来。门在他身后关上，虽然他们的脸色向他表明他搞错了，可他那副引人注目的姿态，则完全是信心满满。帷幕刚刚再次开启，全场集中注意力因而一片寂静，斯特雷瑟无声地发出疑问，未经通报的来人迅速满不在乎地招一下手，微微一笑，也无声地打着招呼。他默默地表示他愿意等待、愿意站着，而这些情况加上他的神情，戈斯特雷小姐看上一眼，就顿有所悟。她从这一切当中得出了斯特雷瑟最后那个问题的答案。这个纯粹的陌生人恰恰就是答案——她此刻朝她朋友转过脸去，所示意的就是这点。她立即对他说了出来——这就介绍了那位不速之客。“嗨，通过这位先生！”与此同时，那位先生几乎就相当于作了解释，尽管事实上让斯特雷瑟听起来只是个很短的名字。斯特雷瑟喘着粗气重复了一遍那个名字——这时只有他已明白过来。戈斯特雷小姐道出了她所不知道的情况。他们面对的正是查德本人。

我们的朋友事后将会一遍又一遍地回想这件事——他们在一起的大量时间里他都在回想这件事，而他们一连三四天都待在一起：开头那半个小时定下的调子给人的印象太强烈了，以至于随后发生的一切相比之下都成了微不足道的事态。事实上他察觉这个小伙子是谁——很快就完全看准了——确实是一生中数得上的激动人心的感觉；他自然从来也不知道还会有一种他可以说是蜂拥而来的感觉。而这种蜂拥而来，尽管既模糊又繁杂，却持续了好长一段时间，可以说，与之同时出现的那一阵有礼貌的沉默环境促成并强化了它。他们要谈话就不可能不打扰就在他们下面的楼厅部分的观众；就这点来

---

① 剧院服务员：原文为法语 *ouvreuse*。

说，斯特雷瑟想到——这么一件事确实会让他想到的——这些都是一个高尚的文明社会里会碰到的事；迫使你举止得体，经常置身其中的通常耀眼夺目的环境，得等到合适时机才能放松。对于国王、王后、喜剧家和其他这类人物来说，放松绝非唾手可得，虽然你自己也许并非真的就是其中的一员，然而你在经历高压生活时，却也可以估猜到一点他们有时的感受。在那幕戏漫长的紧张气氛中，斯特雷瑟坐在那儿，紧挨着查德，仿佛感到自己所经历的实实在在就是高压生活。他所面对的一个事实令他全神贯注，在那半个钟头里占用了他的全部感官；但他不能无所顾忌地流露出什么——而且这也许真的可以算作运气。假如他已流露出一点什么来，那么他可能流露出来的，恰恰就是这么一种情绪——困惑的情绪——即他从一开始就提醒过自己，不管出什么事都尽量别流露出来的那种情绪。他眼前突然遭遇的现象是发生了根本变化的现象，以至于他原先想象力十分活跃，但就这件事来说，他也自感没有活动余地或空间了。他什么可能性都想到过了，唯独没有想到查德绝不该*就是*查德，而这正是眼下他强作笑容又难受地红着脸得去面对的情况。

他自问，也许，在他应该以某种方式表态以前，他会不会有可能感到自己已安心于新景象，可以说，会不会有可能习惯于这个触目惊心的事实。但是，噢，这个事实，那可是太触目惊心了；因为还有什么能比这样与一种身份突然决裂更触目惊心的呢？你可以把一个人当作他本人来对付——你无法把他当作另外某个人来对付。此外，只好在那儿琢磨，在这么一件事当中他对你持什么看法，他自己几无所知，这倒使人内心略感平静。他不可能一无所知，因为你不可能让他一无所知。那么这的确是个*案例*，一个有说服力的案例，就像人们如今对这类事情的叫法，一个难以超越的转变的案例，而仅按一般规律来说，希望就在于有说服力的案例往往会从外部得以控制。或许他，斯特雷瑟本人，竟是唯一明白这点的人。就连戈斯特雷小姐，纵有满腹学问，也不会明白吧？——他可从未见过谁会像对查德怒目而视的韦马什那样什么都不明白。他的老朋友缺乏社交上的洞察力，这再一次，而且几乎以一种丢脸的方式让他意识到，从他这边得到直接的帮助必然有限。然而，在某件具体的事情上比戈斯特雷小姐知道的还要多，这种优越感他尚未体验过，他又吃不准是否不应该从中得到一点补偿。就这点来说，他的情形也是一个案例，而他眼下对此饶有兴趣，内心又极为兴奋，以至于他已对事后要告诉她的它会带来的乐趣留意起来。他在那半个小时里并未得到她的帮助，而必须坦白的是，光是她不与他的目光相遇这一事实，就令他更添一分为难。

在开头的几分钟里，他低声介绍了查德，而她绝对没有对这个不认识的人显得拘谨；但她起初看上去只看着舞台，偶尔从中找出一个值得欣赏的借口，这时她就拉上韦马什同赏。后者的参与能力，从各方面来说，都从未遇到如此的挑战；按照斯特雷瑟的推断，她有意采取这种不理查德和他本人的态度，让他们俩自然交流，就使得韦马什身上的压力更大了。其间的这种交流限于小伙子坦率而友好地望了一眼，显然像微笑，但远未到开口笑，也限于斯特雷瑟轻松愉快的表情下暗自思量着自己的举止是否像个傻瓜。他不大明白自己怎么能明明觉得像个傻瓜却不知怎么的能表现得不像个傻瓜。而且这个问题最糟糕之处是在于，他知道惹恼他的那种感觉是一种征兆。“要是我会可恶地意识到我可能会给这小伙子留下什么印象，”他反思着，“那我出来的目的就微不足道了，我不妨在开始之前就可以不干。”这一明智的考虑，看起来显然仍未触及他定会意识到的那个事实。除了会对他有用的东西，他一切都意识到了。

后来，在夜里睡不着时，他会认识到，本来，对他来说最现成的，是一两分钟后向查德提议跟他一起到大厅里去休息。他不仅没有这样提议，连想也没想到这种可能性。他就像个中学生似的待在那儿，巴望别错过一分钟的戏；不过对于当时在演的那段戏，他一刻也没有真的用心看过。落幕的时候，他一点也说不出究竟戏里发生了什么事。他并未因此当场就进一步承认，查德的耐心因这样容忍了他的尴尬而更添礼貌。他不是当时就知道——傻乎乎地毫无反应地知道——小伙子在容忍着什么吗？他，这个小伙子，又谦虚又和善——这起码是他能够优先看出的自己的机会所在；而一个人真正把握了自我，就不会去干超出自己能力的事。假如我们要探究我们这位朋友那天夜里睡不着时脑子里的所有想法，那我们就得写秃我们这支笔了，但一两个事例就可以向我们表明，他可以栩栩如生地回想起来。他想起了那两件荒诞的事，假如他*真的*乱了方寸，关系最大的就是那两件事。他有生以来从未见过一个小伙子夜里十点钟走进一个包厢，而且假如有人事先对这个问题提出质疑，他也绝对说不出这么做的不同方法。但尽管如此，对斯特雷瑟来说有一点是肯定的，查德一直有一种绝妙的方法：事实上带有这么一种含意，正如人们可能会想象到的那样，他知道，他已学会该怎么办。

这就已经有了丰硕成果：他当场完全无意之中教育了斯特雷瑟，即使对待这么一件小事，也有不同的方法。他以同样方式所做的远不止于此；他就摇了一两下头就使他的老朋友注意到，就眼见而言，他身上变化最大的，也许要数他那头浓密的黑发中已醒目地夹杂着绺绺灰白，这在他的年纪不寻常；还有，这副新模样在他看来正古怪地变成性格刻画，对他起到了某种作用，甚至还——就世上一切事物而言——体现了优雅，这可是一直大大缺少的。然而，斯特雷瑟觉得，他将不得不坦白，眼下，在这个或其他方面，在现有的条件下，要对过去一直缺什么一清二楚绝非易事。比如说，坦率的评论家过去可能得出的想法是，儿子看上去更像妈妈就会过得更幸福，但眼下可绝对不会产生这样的想法。产生这种想法的理由已完全不存在，不论哪方面像妈妈的情况都没有出现。就脸庞和神态来说，哪个小伙子都很难比此刻的查德与一位新英格兰母亲哪个认得出、想得到的方面还要毫无关联。那当然本来就是明摆着的，但它仍然让斯特雷瑟产生那么一种常见的心理联想现象，他的所有判断其实都受其影响。

随着日子一天天过去，他一次又一次地感到必须迅速与伍莱特联系——那种迅速的联系只有电报才办得到；这其实是他精心设想要把事情安排妥当、要开开心心避免出错的结果。必要时没人能解释得更充分，也没人能在叙述或汇报中融入更多的良心；良心的重负或许正是需要解释的阴云集聚之时他心里总是沉甸甸的原因。他最拿手的好戏是让生活的天空毫无这种乌云。不论他有没有一个有关清晰易懂的大构想，反正他认为事实上至今一切——对任何别的人来说——都尚未得到解释。人们毫无意义地走过场，但那多半是浪费生命。私人关系，只有在要么人们能完全理解，要么最好即使人们不理解也无所谓的时候，才是一种关系。从人们要是不理解就有所谓的那一刻起，就要累得满头大汗过日子了；而累得满头大汗正是一个人可能会通过不让地上长出误会的野草去求得的脱身之道。这种野草易于长得太快，而只有如今大西洋的海底电缆能与之赛跑。那家电报公司每天都会向他证明有些事情不是伍莱特所主张的。此刻他并无十分的把握，明天——或者不如说当天夜里——对这一紧急情况分析的结果就不会定下发封简报之类的。“终于见了他，可是哎呀！”这种暂时松口气的情形好像浮现在他面前。不知怎么的，那浮现的情景仿佛要让他们大家有所准备——不过让他们准备什么呢？假如他可以表达得更加清楚而又便宜，那他一定会打出四个字：“显老——灰发。”在他们默不作声的半小时里，查德外貌中的这一特别之处，他不断地思来想去；仿佛其中的含义远非他说得清道得明。他能说得出来的至多只会是：“如果他要让我觉得年轻——！”不过，其言外之意确实也完全够了。这就是说，假如斯特雷瑟会觉得年轻，那一定是因为查德会觉得老了；而一个上了年纪、头发灰白的罪人不可能参与到这种阴谋里去。

戏演完后，两个人进了歌剧院大道[①]上的一家酒馆，坐定之后，最快提出来的，毫无疑问，是有关查德威克的人生紧要关头的问题。戈斯特雷小姐已适时地为这一步作了妥善安排；他们想要的——想马上找个地方谈谈——她早就一清二楚了；斯特雷瑟甚至觉得，她早就知道他想说什么，知道他在安排马上开始谈。这点她倒没有装，可另一方面，她曾假装早就猜到韦马什

① 歌剧院大道：巴黎起始于法国剧院通往歌剧院的一条中心干道。

很想单独护送她回家；但斯特雷瑟仍然发觉，查德在灯火通明的厅堂里马上就选中了显而易见就与其他桌子区别开来的一张小桌子，他让这位同伴与自己在桌旁相对而坐，这时，他心里便真切地感到，似乎她在听他讲话；似乎她在一英里之外，端正地坐在他知道的那个小套间里，十分用心地要听明白他说些什么。他还发觉，自己喜欢这种想法，并且希望，出于同样的原因，纽瑟姆太太可能也会听明白。因为他心里首先已定下的头等重要的事，就是别又浪费一个钟头，一分一秒也别浪费；而要迅速取得进展，要制伏他。他将这样提前行动——有可能的话，通过夜间的一次进攻——来对付加速的成熟，因为十足的巴黎意识可能会自然而然地助长小伙子的声势。根据刚从戈斯特雷小姐那里得到的情况，他完全清楚查德有了戒备的迹象，但这些迹象更是不能浪费时间的理由了。此外，假如是他本人被当作年轻人对待，那他在挥出至少一拳之前是无论如何也不会受到如此对待的。挥出一拳后他的双臂可能会被绑起来，但他已年届五十这一点一定会记录在案。这一点的重要性在他们离开剧院之前他就确实已开始意识到了；它已变成极度的躁动不安，迫使他去抓住机会。他们走着时他简直等不及了；他差点儿就要失礼地在大街上提出那个问题；他突然清楚地意识到自己在往前走——事后他令人反感地提到这点——仿佛丢了眼前的机会，那他就绝不会再有第二次机会。直到他坐在紫色长椅上，面前放着敷衍叫来的一杯啤酒，禁不住说出那些话来时，他才就此确信，眼下的机会保住了。

第四部

第一章

“你知道，我来，是要让你不折不扣地摆脱一切，把你直接带回家去；所以你就要立即好好考虑这个问题！”斯特雷瑟看完戏后和查德面对面时，几乎屏住呼吸说出了这些话，其结果起先确实只是让他本人惊慌起来。当信使在尘土飞扬中跑了一英里路终于到一个人面前时，这个人往往会显得优雅而平静，而查德对待他的正是这么一种态度。斯特雷瑟说话后的几秒钟里便觉得，仿佛他刚费了一番这样的力气；他甚至不敢肯定自己的脑门上没有冒汗。他有这种念头，还得归因于持续的紧张气氛中小伙子的双眼看他的神色。那双眼睛流露出——倒霉的是，那双眼睛真的流露出一种友善而又羞怯的神色——他一时处于心慌意乱的状态；这一事实反过来又使我们这位朋友开始担心查德可能会干脆因为为他感到难过而“不提它”——什么都不提。这么一种担心，任何一种担心，都令人不快。但一切都令人不快；真奇怪怎么一切都突然变成这样了。然而这绝非对哪怕最微不足道的事情放任自流的理由。斯特雷瑟接着便继续说个透，仿佛胜利在望。“当然咯，如果你想在这件事上拼死相争，那我就是爱管闲事，但终究主要是因为在你穿夹克衫灯笼裤的时候就已蒙你好心恩准而认识你并十分关心你。对——就是灯笼裤，我可真爱管闲事，连这也记得；你啊，在当时的年纪——我说的是那遥远的幼年时期——一双腿肥得要命。唉，我们要你摆脱。你母亲对这点可是铁了心的，但她有的是除此之外令人信服的论点和理由。我并没有让她接受那些理由——用不着我来提醒你，她是个根本就用不着这样的人。但那些理由是存在的——你必须接受我说的这句话，因为我既是她的也是你的朋友——对我本人来说也一样。它们并不是我编造出来的，也不是我最先想出来的，但我理解它们，我想我能对它们作出解释——我这话的意思是，要让你积极而公正地对待它们；而这正是你在这儿看到我的原因。你最好马上就知道最糟糕的事情。这是个立刻决裂立刻回家的问题。我一直十分自负地梦想着自己能让你轻易地接受这一痛苦的事。不管怎么说，我对这个问题怀有极大兴趣。我离家前就已对它感兴趣；我并不介意对你说，尽管你变了，我现在见过你了，却对它更感兴趣了。你年纪大一点了，而且——我不知道该怎么说！——大得多了，但我似乎看出来了，你也大大地更符合我们的目标了。”

“我给你的印象有长进了吗？”斯特雷瑟将会回想起来，查德这时问过话。

他还会回想起来——这可得算作一段时间里他最大的安慰了——按他们在伍莱特说的，他“得到了灵感”，颇带几分镇静地回答：“我一点也不知道。”他一时的确愿意想着，自己很冷酷。他正要承认查德在外表上是有改进了，尽管这话必须限定在外表的问题上，但他连这句折中的话也忍住不说，表明了自己的保留态度。为此，不仅他的道德感，而且还可以说，他的审美观，都略受损失，因为查德显然——这不又是那讨厌的灰头发的问题了吗——比他预想的还要帅气。这倒是与斯特雷瑟说过的话完全相符。他们无意阻止他正当的发展，而他只要别像过去过多表现的那样，只会显得鲁莽而放荡不羁，就不会不适合他们的目标了。其实有个迹象尤其表明他在这方面显然会更为突出。斯特雷瑟在说着时，并不十分清楚自己在说些什么；他只知道他抓住了自己的线索，时不时地还抓紧一点；那短短几分钟里他一个人讲个不停，正好有助于他这么做。在眼下这个场合他该说些什么，他经常反复考虑一个月了，可考虑好的那些话到头来他似乎一句也没说出口——一切都截然不同了。

但尽管这一切，他仍然旗开得胜了。这是他取得的成就，有一会儿，他仿佛感到自己已完全当着他同伴的面，使劲地挥舞过那面旗，让它猛烈地呼啦啦飘舞过了。这几乎真的给了他已尽到职责之感。这种一时的轻松感——好像是因为知道至少这一切既成之事都无法退回去——来自一个特殊原因，那个原因还是在戈斯特雷小姐的包厢里时，以直接的领悟，以惊人的辨别力，突然形成的，而且从那时起涉及他意识上的每一次波动。由于要对付的是一个全新的因素，一个人简直就不知道它所产生的结果。查德已经变了，这一事实就代表着这种新因素。情况就是这样；不论它是什么，它就是一切。斯特雷瑟以前从未见过事情会变成这样——这或许是巴黎的一个特别之处。假如一个人经历了这一过程，那他还有可能逐步地把握其结果；但就目前的情况而论，他所面临的却是既成之事。他自然早就注意到，他受到的对待，可能会像九柱游戏[①]中闯进去的一条狗那样不受欢迎，但那还是在旧因素的基础上。他原先考虑过对待各种情况的思路和语气，但那些可能性如今已完全消失。根本就无法推算他面前的这个小伙子针对无论什么问题究竟会想到什么、感觉到什么或者说些什么。这点认识是斯特雷瑟事后解释他紧张的原因时还原出来的，就像他也还原了查德迅速地消除了他那种犹疑不定。消除仅需极短的时间，而一旦经过消除，他同伴的面容与风度当中便不再有任何消极的因素。“那么你和我母亲订婚已成为这儿的人们所说的一个**既成事实**[②]咯？”那确定无疑的口吻，包含的完完全全就是这个意思。

嗯，这就够了，斯特雷瑟拖延未答的时候觉得。不过，他同时还觉得，他也绝不可能拖延得太久。“对，”他笑嘻嘻地说，“这要靠圆满地解决我提出的问题了。所以你就可以看出我在你家里的情况了。而且，”他又说道，“我一直在猜想，你一定猜到这点了。”

---

① 九柱游戏：用重十磅的木质或橡胶质球撞击二十一英尺外布成菱形的（通常是）九根椭圆形木柱，以最少次数撞倒所有木柱者为胜。一条狗闯进九柱游戏现场，自然是要去捣蛋或搞破坏的，因此，“九柱游戏中闯进去的一条狗”就是不受欢迎会被赶走之意。

② 既成事实：原文是法语 *fait accompli*。

“噢，这点我已猜了好长时间了，你告诉我的话帮我明白，你一定很想做点事。我的意思是，做点事，”查德说，“用来纪念一件十分——他们把它叫什么来着？——十分吉利的大事。我看出来你心里明白，而且很自然，”他继续说，“成功地把我带回家去当作一件结婚礼物献给母亲，比任何别的东西都更有纪念意义。你实际上想燃起一堆篝火，”他大笑着，“而且你要把我扔到篝火上去。谢谢，谢谢啦！”他再次大笑起来。

他对此十分坦然，而这使此刻的斯特雷瑟意识到，从根本上说，尽管他显出实际上丝毫无损于自己的些许腼腆，他一开始就对一切都感到坦然。那些许腼腆只是优雅品味罢了。举止优雅的人，作为其绝招之一，显然也会有这样的些许腼腆。他说话时身体略微前倾，双肘支在桌上；因为这个动作，他不知从哪里怎么形成的那副神秘莫测的陌生面容就更靠近对他评头论足的人面前了。这副成熟的面容，已不是，起码看起来已不是他原先从伍莱特带走的那张脸庞，这让那个评头论足的人着迷。就斯特雷瑟而言，他似乎很想斗胆称之为一个阅历丰富的人的面容——这个想法此刻似乎真的在某种程度上令他宽慰；这副面容属于一个经历过许多人所共知的事情的人。隐隐约约之中，匆匆忙忙之际，过去或许还真的会从中闪现出来；但这样的闪现模糊不清稍纵即逝。查德如今是棕色皮肤身体壮实，而在过去，查德一直很不讲究。那么这一切差别就因为他实际上很文雅吗？有可能；因为他确实文雅，就像他品尝调味汁和擦手时那么明显。其作用很全面——它修整了他的相貌，使之更加端正。它洗清了他的双眼，调和了他的血色，擦亮了他那口整齐漂亮的牙齿——他脸上主要的动人之处；与此同时，它还赋予他一种形态和一种外表，几乎可以说是一种设计，它调和了他的嗓音，确立了他的口音，鼓励他多用微笑而少用其他动作。他以前呢，动作频繁，可的确表达得很少；而他现在呢，几乎不用什么动作，不论什么必要的意思都能表达出来。简言之，仿佛他本来或许量很足却无定形，真的曾被放进一个坚固的模子里，成功地铸造出来了。这一现象——斯特雷瑟一直视之为一种现象，一个引人注目的事件——完全是看得见摸得着的。他终于从桌面上伸过一只手去，把手搭在查德的胳膊上。“要是你给我保证——就在这儿马上用名誉给我担保——立刻决裂，你将使未来对我们大家来说都真的称心如意。你将缓和我的紧张心理并让我转而得以休息，我可是体面却又提心吊胆地等了你这么多日子了。要是那样，我就会向你祝福后离开你，安安心心地上床睡觉。”

查德听罢这番话，身体又往后一靠，双手插在口袋里，稍稍调整了一下坐姿；他调整好姿势后，尽管相当急切地露出笑脸，却只不过显得愈发认真罢了。这时斯特雷瑟似乎看出来，查德是真的紧张了，而他就把这当作一种有益的前兆，他自己一定会这么说的。其迄今唯一的迹象是，他不止一次地把自己那顶宽边软毡帽脱下又戴上。此刻他又动手要脱下帽子，但只是把帽子往后推了推，于是帽子就随便地搭在他那浓密的开始泛白的短发上了。这一举动给了他俩那轻声的谈话以亲近的意味——亲密又为时已晚的意味；而与此同时，斯特雷瑟确实是得益于这种小事才知道了别的事情。他的这一观察至少确定下来了，从某种角度来说细微得无法与许多别的观察区别开来，但还是清楚地确定下来了。在这样的时刻，查德明显地——嗯，按斯特雷瑟心里想的来说，真相毕露。我们这位朋友突然明白在某些方面他的真相会是什么。他一下子就看明白，查德是女人们看中的小伙子；有那么一小会儿，他不无滑稽地想象着，这个人物的高贵，他相对而言的严肃，都几乎让他感到敬畏。在与他谈话的人那方面来说，从歪戴着的帽子下面向他体现出一种经验，而且这种经验是通过其自身的一种力量，其数量和质量方面深奥的事实，而不是通过查德有意的虚张声势或趾高气扬体现出来的。那么男人就是凭这种方式让女人看中的咯——而且反过来女人无疑也是凭着这样的男人便足以与众不同了。有三十秒钟，斯特雷瑟觉得这便是这方面的真相；不过，紧接着，这一真相便要开口说话了。查德问道：“你难道就想象不出来——你陈述事情的方式固然迷人，让人印象很深——人家总有些问题很想先问问你啊？”

“哦，对了——没事儿。我来这里就是要回答所有的问题。我想我甚至可以告诉你让你最感兴趣的事，你了解不够问不出来的事。你愿意花多少日子我们就花上多少日子来问答。但现在嘛，”斯特雷瑟最后说，“我想上床睡觉去。”

“真的？”

查德说话的口气那么惊愕，这倒把他逗乐了。“你难道无法相信？——你可是让我领受了这么多了啊？”

小伙子似乎考虑起来。“噢，我没让你领受多少——还没有。”

“你是说接下去要来的还要多得多？”斯特雷瑟大笑着说。“那就更是我应该作好准备的理由了。”仿佛是要表明他觉得此刻可以依靠什么，他已站起身来。

查德却仍然坐着，在斯特雷瑟要从他们那张桌子和邻桌之间走过时，用一只手去拉他，止住了他。“噢，我们会处得好的！”

查德那语气，可谓让斯特雷瑟别无他求了；说话的人抬头望着他并好心地留他时的脸部表情也同样令他称心。所有这些事情当中缺的是，其中并未体现出多少经验的果实。是的，假如查德并未采取什么粗野的反抗，那么经验便是他用来对付斯特雷瑟的东西了。当然咯，经验从某个角度来说便是反抗；但是，无论如何，这并非粗野——其实还恰恰相反呢！这点是很大的进步。斯特雷瑟心里在分析着，认为他变得相当老练了。接着，他周到地拍了一下访客的胳膊，也站了起来；至此这一切已足以使访客感到某件事得以解决了。他起码有证据表明查德本人相信某件事已得到解决，这不就是解决了吗？斯特雷瑟发觉，自己把查德所说的他们会处得好的表白当成了可以上床睡觉的充分根据。不过此后他并未直接上床睡觉；因为当他俩再次一道出来进入温暖明亮的夜色中时，从原先可能只会当作十足的静谧的不起眼的情形当中，确实冒出了一个因素让他不急着去睡了。外面仍然有人，有意味深长的声响，有交相辉映的灯光，而有那么一会儿，他们透过这一切观看着建得井井有条的大街，然后，他们才默契地一起拐向斯特雷瑟住的旅店的街区。“当然，”查德这时突然开口说，“当然，母亲在和你商量着我的事情，是很正常的——你们自然也有大量的事要做。不过，你们一定过得很充实。”

他打住了话头，让他那位朋友去琢磨一下他究竟想作何高论；正是这使斯特雷瑟同时得以发表一个观点。“噢，我们可从来没想详细讨论。我们以前根本不必**这么**做。像我们俩那样想念你，就够‘充实’的了。”

但相当奇怪的是，查德并不改口，尽管在他们停住脚步的那个拐角处高高的路灯下，斯特雷瑟提及他们在家乡对他背井离乡的长期思念时，他起先看上去似乎大受触动。“我的意思是，你们一定想象到了。”

“想象到了什么？”

“嗯——可怕的事情。”

此话倒让斯特雷瑟有所触动：在这个身强体壮又富有理性的化身身上，可怕的事情可不大看得出来——至少表面上如此。但他此刻仍然诚实坦言。“是的，我想我们**确实**想象到了可怕的事情。但要是我们没想错，那又有什么害处呢？”

查德仰起脸来望着路灯，他有时会以自己那异乎寻常的方式，有意地尽量让自己的神态进行自我表白，此时便是这样的时刻。仿佛在这样的时刻，他只是展示自己，他极其丰富的个性，他醒目的仪态和充沛的方刚血气，就像实际上可视为一种展示链条上的一环。这就好像——除了反常还能怎样呢？——他终究情不自禁地把这些事情想得十分美好，就让它们各行其是。对斯特雷瑟来说，这当中除了暗示着受到古怪地扭曲的某种自尊、某种权力感以外，还能有什么呢？还能有什么不易觉察又难以触及、有预兆性或许又令人羡慕的东西吗？转眼间，这种暗示接着便有了一个名称——这个名称是我们这位朋友在自问会不会自己在打交道的或许真的是一个难以回头的年轻异教徒时突然想到的。这个称谓——他急切地欣然接受——让他心里觉得十分悦耳，因而突然之间他便已采用了。异教徒——对，正是它，难道不是吗？

查德按理就是异教徒。他一定就是这样。他就是这样。这个想法是条线索，它并未使前景显得暗淡，反而使之一定程度上明朗起来。斯特雷瑟在这缕闪光中看出，异教徒，就他们目前面临的情形而言，或许正是伍莱特最急需的。他们可以有一个—— 一个好的异教徒；他一定会找到一个机会—— 一定会的；即使在眼下，斯特雷瑟的想象当中甚至预见到并陪同这个惊世人物在那儿首次露面。那小伙子的视线从路灯那里转过来时，斯特雷瑟才略有不安，觉得在短暂的沉默中他的想法或许被猜到了。“嗯，我毫不怀疑，”查德说，“你们差点儿就想到实情了。详情细节嘛，可以说，无关紧要。大体上情况一直就是，我放纵了自己。但我在回头——我现在并不太坏。”说着他们又朝斯特雷瑟的旅店走去。

“你是不是说，”他们走近门口时，后者问道，“眼下没有女人和你在一起了？”

“但是，请问这和我变好变坏又有什么关系呢？”

“唉，这是整个问题所在。”

“就是我回家的问题吗？”查德显然感到惊讶。“噢，没多大关系！你认为我想回家时有人能——”

“阻止你，”斯特雷瑟立即抢过他的话头，“不让你按自己的心愿办事？嗯，我们一直认为，到目前为止一直有个人——或许是许许多多人——很是能让你不‘想’。这就是——如果你在什么人的手里——可能会再次发生的事。你不回答我的问题，”他继续谈这个问题，“但如果你不在什么人手里，那就更好了。那样的话，除了帮你走，就没别的了。”

查德仔细琢磨起这番话来。“我不回答你的问题？”他对此毫不生气地说。“嗯，这样的问题总有言过其实的一面。人家搞不大清楚你说在女人的‘手’里是什么意思。那也太含糊了。不在人家手里时就在人家手里。在人家手里时就不在人家手里。这么说来倒是不可能完全摆脱他人的。”他似乎好心好意地解释起来。“我从未陷入困境——陷得太深；比起任何时候任何真正更美好的事物来说，我认为自己从未担惊受怕过。”这话当中有让斯特雷瑟可以琢磨的东西，而这给了他时间可以谈下去。他仿佛有了更有益的见解，突然说开来。“你不知道我对巴黎本身有多喜欢吗？”

最后这一问确实会使我们这位朋友大吃一惊。“哦，如果**这就是**你的全部问题所在——！”差点儿流露出火气来的竟然是**他**。

查德真诚的微笑化解这点是绰绰有余。“可这难道还不够吗？”

斯特雷瑟犹豫起来，但话又脱口而出。“对你的母亲来说还不够！”然而，话一出口，听上去却有点怪——其结果则是，查德禁不住大笑起来。对此，斯特雷瑟也忍俊不禁，不过他笑得极其短促。“允许我们仍然持有自己的看法。但要是你**真的**这么自由又这么坚强，那你就不可原谅了。早上我就写信，”他坚决地补充说。“我要说我找到你了。”

这话看来为查德打开了一种新的兴趣。“你多久写一封信？”

“喔，不断地写。”

“写得很长吗？”

斯特雷瑟已变得有点不耐烦了。“我希望不会让人觉得太长。”

“哦，我肯定不会。你也一样不断地收到信吗？”

斯特雷瑟又顿住了。“我该收到多少信就收到多少。”

“母亲的信，”查德说，“写得挺有趣的。”

斯特雷瑟站在关着的**大门廊**前，注视了他片刻。“孩子，那可比**你**写得有趣！但我们的猜测倒无关紧要，”他又说，“只要你实际上没让人缠住。”

然而查德的自尊心似乎有点伤到了。“我以前从未**让人**缠住过——我必须强调。我总是随心所欲。”说到这里，他又继续说：“我现在仍是这样。”

“那你在这儿干吗？要是你**一直**都走得开，”斯特雷瑟问道，“又是什么把你绊住了呢？”

这话让查德先是瞪大了眼睛，然后反问起他来。“你以为只有女人才会把人绊住吗？”在寂静的大街上，他的惊讶之情和他强调的口吻突然清清楚楚地响起来，斯特雷瑟吓得浑身一缩，直到他想起来他们在讲英语还是挺安全的。“在伍莱特，”小伙子问道，“人们就是这么想的吗？”他问得那么诚心诚意，斯特雷瑟脸色都变了，因为就像他一定会说的那样，他觉得自己说错话了。他刚才好像傻乎乎地歪曲了伍莱特人的想法；但他还没来得及纠正过来，查德又冲着他来了。“那我必须说，你们的思想显得很粗俗！”

对斯特雷瑟来说，不幸的是，此言与他自己由马勒塞布大道上愉快的气氛所引起的感想完全一致，它令人窘迫的影响大得相当惊人。那是一种讽刺，如果由他自己发出——哪怕针对可怜的纽瑟姆太太而发——也是有益无害的；但是如果由查德发出——完全合乎情理——那就十分近乎伤人了。他们的思想**可不**粗俗——连粗俗的边也沾不上；不过，不可否认的是，他们做事的原则带有某种自以为是，可能会对自己不利。至少查德已责备了他的访客；他甚至已责备了自己那令人仰慕的母亲；他手腕一转，把甩得老远的套索猛地一拉，便整个地把自鸣得意的伍莱特给拽过来了。毫无疑问，伍莱特**确实**一直认为他言行粗俗；而他此时站在这沉睡的大街上，为的是通过自己体现出另一种特征，让死抱住这种看法不放的人首先受其所害。事情恰似他们把粗俗归咎于他，而他则只是一挥手就使之与自己脱了干系。事情烦就烦在，正是那一挥手之间，斯特雷瑟感觉到那种粗俗正径直朝自己身上落下来。一分钟前他还在琢磨小伙子是不是异教徒，而此刻他则发觉自己在琢磨他会不会碰巧是个君子。他当时丝毫也没有想到，一个人不可能同时两者皆是。此刻的气氛当中决无反对集两者于一身的因素；反之，一切倒大有使之成为一个亮点的意思。它使斯特雷瑟觉得可以做点什么来对付诸多问题中最棘手的那个问题，尽管也许实际上只是由另一个问题取而代之罢了。学会了做一个君子，他就掌握了随之而来的显得无可挑剔以致使人简直无法直接对他说话的窍门，这话难道不准确吗？但是这么一个复杂的主要原因的线索究竟是什么呢？说到这里，斯特雷瑟尚未找到的线索也太多了，而这些线索的线索便在其中。因此，对他而言，这就等于说，他得当面接受又一次被归因为无知。时到如今，他已渐渐习惯了有关自己所不知道的事情的提示，尤其是出自自己之口的提示；但他都忍受下来了，因为首先它们秘不可传，也因为其次它们实际上体现出了称赞的意味。他并不清楚什么是坏的，而且——由于别人不知道他这方面所知甚少——他对自己的状况能够容忍下去。但假如在一个如此重要的细节上他竟然不知道什么才是好的，那么查德最起码此刻已意识到他并不知道；而这点呢，出于某种原因，让我们这位朋友觉得很奇怪地就众所周知了。其实，情况明摆着，那小伙子久久地让他处于一种暴露状态，足以使他感到其寒意——直到他觉得时机合适了，才又慷慨地用一句话把他掩盖起来。最后这一手，查德的确做得很漂亮。但他这么说时怀有应付整件事的单纯想法。“哦，我没事！”这句话，斯特雷瑟上床睡觉时还在稀里糊涂地琢磨呢。

第二章

再说，从此后查德的表现来看，这点也确实不假。他对他母亲的专使殷勤备至；尽管如此，相当明显的是，后者的其他关系老是要冒出来。斯特雷瑟坐在自己房间里一次次执笔给纽瑟姆太太写信老是被打断，不过内容却更丰富了；其中比以往更多地插入向玛丽亚·戈斯特雷汇报的时间，汇报的方式不同了，但热情与充实感却分毫未减。就像他会表述的那样，既然他真的有事要谈，对于那双重关系中对他来说可能存在的任何古怪之处，他发觉自己立刻就会有更深的认识，也更加不在乎。他一直细致地向纽瑟姆太太谈自己那位有益的朋友，但他的脑子里已开始萦绕起这么个想法，即查德为了她的缘故而重新拿起一支搁置太久的笔时，可能会谈得更细致。他意识到，查德的笔下要是提到特别**非要**提到的事之外他的什么事，那是绝对不行的；对此最大的分歧恰恰就在于他俩轻率的交往当中任何起润滑作用的因素。因此，为了阻止这样的意外，他把有关他那奇妙的亲近关系中的好几个事实，完全按照其本来面目，在那小伙子面前和盘托出。他把那些事实当作“整个故事”来讲，说得娓娓动听又情真意切，同时感到，假如他对那亲近关系保持足够严肃的态度，那么他就可能视之为奇妙了。他自以为，连他初次邂逅那位美妙无比的女士时的毫无节制，他也夸大其词了；他们俩相识——他俩几乎是在大街上偶然相遇的——当时荒谬的情形他说得一清二楚；他（最最美妙的灵感！）计上心来：因对敌人的无知表示惊讶而把仗打进敌国去。

他向来有种看法，上述最后一计是绝妙的战法，因而也是采用它的更大的理由，因为他记不起来自己以前曾以这种绝妙之法战斗过。据此，人人都认识戈斯特雷小姐：查德怎么会不认识她呢？难的事，不可能的事，其实就是不认识她；斯特雷瑟按自己想当然的方式，把提出相反证据的负担强加在查德头上。这种调子到目前为止是成功的，因为查德似乎明确承认，她这个人的名声他早有耳闻，但多有不幸，使他未能与她相识。他同时指出，他那些所谓的社交关系，恐怕并非如斯特雷瑟以为的那样包括他们越来越多的同胞。他暗示，自己越来越倾向于一种不同的选择原则；其寓意仿佛是，他很少在“同胞聚居区”来往。眼下，他的确另有兴趣。按他的理解，那兴趣还很深；而斯特雷瑟呢，就他本人而言，只能这么看待它了。他到目前为止还无法看出有多深。但愿他不要太快就看出来！因为他们的问题当中，查德已经表示喜欢的实在太多了。首先，他喜欢他未来的继父；这显然并非意料之中的事。查德恨他，倒是斯特雷瑟作过最充分准备的棘手难题；他并未料想到小伙子的实际情形比他设想过的情形让他对付起来更费事。这令他想到，他因为拿不准自己是否十分难相处而必须以某种方式为自己再加努力，由此让他更费事。这确实是他想到的他拿得准的他处事够细心周到的唯一方法。问题在于，假如查德对他这种细心周到的宽容并非出于真心，而只不过是赢得时间的最佳手段，那也仍然使一切都心照不宣地了结了。

这看来就是十天就要过去时那大量的、反复进行的谈话的结果了，通过这些谈话，斯特雷瑟把查德需要知道的情况全都告诉他，让他充分掌握事实与数据。查德对这些谈话从未打断过一分钟，从他的举止、表情与言谈上看，他自在之中又显得相当沉闷，或许还有点忧郁，但仍然基本上令人欣慰。他并未不加掩饰地流露出急于退让，但他提出最巧妙的问题，时而突然探究起来，其深度超过了他那位朋友提供的信息层面，通过这些手法来辨明故乡对自己潜在能力的估计，并在各方面都体现出想要生活在令人心满意足的生气勃勃的景象中的气氛。他在这样的气氛中来回踱着步，在斯特雷瑟停下来时就友善地扶着他的胳膊，就此反复左考虑右思量，朝这边或那边挑剔地点一下头，而当他更为挑剔地吐出一口烟时，则是在对他同伴批这段或那段。斯特雷瑟为了能松口气——他有时需要松口气——就重复自己的话；实际上查德很有一套，这点不可轻视。到目前为止的主要问题在于那一套是**针对**什么的。这使得粗俗的问题也不再能轻易提了；但是，当除去他自己提出的问题外的所有问题都按下不表时，这点就无关紧要了。他是自由的，这回答便足够了，而这种自由最后竟然呈现出很难移动的情况，那也算不得十分荒谬。他那种改变了的状态，他那可爱的家，他那些漂亮的物件，他那随和的谈吐，他对斯特雷瑟表现出的永不满足的兴趣，而当一切都说白了时，就是奉承——这么些明摆着的事物除了是他自由的表现外又能是什么呢？他给他那位访客的印象是，就在这些美观的形式当中他的自由作出了牺牲；而这正是他那位访客目前内心略感不安的主要原因。斯特雷瑟在这段时间里反复感到急需以某种方式修改自己的计划。他仿佛发觉自己竟然朝那个颇具影响力的人，那个明确的对手，不断地在探寻中投去沮丧的眼色、畏缩的目光，可那个对手却一直以她特有的手法令他失望，而他在纽瑟姆太太的鼓励下，完全按照一种想入非非的她显然存在的理论行事。暗暗地，曾有一两次，他还真的气呼呼地表达过这么个愿望，即**她**会出来找到她。

他还无法完全说服伍莱特接受，这么一种经历，这么一种堕落的年轻人的生活，毕竟表现出了某种貌似有理的一面，而就他们面前的这个例子来说，**确实**像在炫耀社交的人可以免受惩罚；但他起码可以让自己准备好那么一个说法，以应对最剧烈的反响。这种反响——在彼岸干燥而稀薄的空气中就像报纸专栏上方某个尖锐的“标题”那么引人关注——甚至就在他写信时就好像已传入他的耳中。“他说没有女人，”他可以听见，纽瑟姆太太用几乎是报纸上那么大的大写字体那样明确地向波科克太太强调；他也可以在波科克太太身上清晰地看到杂志读者的反应。他可以在那位较年轻太太的脸上看见热切关注的神情，并捕捉到她抱着完全怀疑的态度却又略为迟疑后问“那还能是什么”。就这样他就不大可能听不到那位当母亲的明确决定：“假装没有的做法肯定多的是。”自己的信寄出后，斯特雷瑟把这情景全都琢磨出来了；在这么一个情景里进进出出的过程中，他对那个女儿的关注并不少。他有种敏锐的感觉，波科克太太一定会找机会重申她的定论——那种定论与斯特雷瑟先生本质上无能有关，就像他一开始就深深察觉到的那样。甚至在他登船起程前，她就已打量过他那怯生生的目光，而她不相信他会找到那个女人，这点分明就写在她的脸上。难道她不是充其量也只有一丁点相信他找到女人的能力？甚而仿佛她母亲就不是他找到的——更有甚者，在她的歧见中，费心去找的是她母亲。波科克太太的母亲私下里的判断对她的判断力一直起着教育的作用，而在这件事情当中，是她母亲找到了这个男人。这个男人把自己那无可挑战的地位总体上归功于这么一个事实，即纽瑟姆太太的发现总能为伍莱特接受；但他，亦即我们这位朋友，在内心深处也明白，眼下的情形又会如何几乎难以抗拒地使波科克太太表明自己对他的发现的看法。让她放开手脚去干，才是正事，那样的话那个女人很快就会找到啦。

与此同时，在戈斯特雷小姐介绍给查德之后，斯特雷瑟对她的印象，是对那种简直很不自然地怀着戒心的人的印象。他觉得一开始就无法从她身上获得自己想要的东西；不过，说实在的，在那特殊的时刻他想要什么，他肯定只能粗略地说一说。像她常说的，**非常愚蠢地**[1]去问她：“你喜欢他吗，嗯？”那会一无所获一无所成——多亏他觉得事实上根本就不想罗列一大堆有利于那个小伙子的证据。他再三敲她的门，让她了解最新的情况，查德的事情——不论它可能不怎么让人大感兴趣——首先几乎堪称巨大的奇迹。那是完全换了个人，是极为显著之事，对睿智的观察者来说，决无他事能——能吗？——体现出来。“这是场阴谋，”他宣称——“它比表面所能看到的要复杂得多。”他纵情想象着。“这是个骗局！”

---

① 非常愚蠢地：原文为法语 *tout bêtement*。

他的想象看来让她很高兴。“那么是谁的骗局？”

“嗯，该负责任的，我想啊，就是等着人的命运，飞奔而来的隐秘的厄运。我的意思是，面对这样的劫数，人无法抗拒。我仅有自己可怜的个体，仅有普通人的手段。这可不是在玩游戏要激活离奇怪诞。人的全副精力都用来对付它，追踪它。人想要，该死的，难道你看不出来？”他脸色古怪地表白说——“人想要享用如此稀罕的东西啊。那么就称它为人生，”他终于推敲出来了，“干脆就称它为会突然勾起惊讶的倒霉该死的人生。这种惊讶令人呆若木鸡，或者至少令人全神贯注，什么也改变不了这一事实——该死的，这差不多就是人所看到的、人所能看到的了。”

她默不作声的时候绝不显得无聊，甚至连乏味也谈不上。“这就是你写信回去说的？”

他的话脱口而出。“噢，天哪，正是！”

她又停顿了一下，而他则在她房间的地毯上，又踱了一会儿步。“你要是不当心，就会让她们直接过来的。”

“噢，可我说了他会回去的。”

“那他会吗？”戈斯特雷小姐问道。

这句话的特殊口吻使他停下脚步，久久地望着她。“我花费了那么宝贵的耐心与心计——在发生了这一切以后——让你亲眼见到他，给了你所有的便利，要你回答的不就是这个问题吗？我今天上这儿来要从你嘴里问个清楚的不就是这事吗？他会回去吗？”

“不——他不会，”她最后说。“他身不由己啊。”

此话的态度引起了他的注意。“那么你一直都知道——？”

“除了我看到过的，我什么也不知道；而我感到疑惑的是，”她带着某种不耐烦的口气断然说道，“你居然没看到那么多。跟他一起待在那儿就足以——”

“在包厢里吗？是吧，”他十分茫然地追问道。

“嗯——足以确信。”

“确信什么？”

听到这话，她从自己坐着的椅子上站了起来，以她前所未现的一种更为亲近的态度对他那么迟钝表示失望。她竟然还因此停顿了一下，然后说话时带着些许怜悯的口吻。“猜吧！”

显然，正是那些许怜悯，使他不禁脸红起来；因此有那么一会儿，他俩都等着的时候，两人之间显然有别。“你是说你就跟他一起待那么一个钟头就让你明白了他那么多的情况？很好；就我来说，我还不至于傻到不了解你，或者说傻到过去对*他*没有某种程度的了解。他做了他最喜欢做的事，这对我们当中不论谁来说，都不是件值得一丁点争议的事情。在眼下，他真正最喜欢的是什么，同样也不存在什么问题。但我在谈的，”他合理地解释说，“并不是他仍有可能结交的哪个十足的坏人。我在谈的是，在他目前的情形下仍然可以坚持自己的意见、真的可能值得考虑的某个人。”

“这恰恰就是*我*在谈的！”戈斯特雷小姐说。但她又同样迅速地道出自己的观点。“我原以为你们都认为——或者说他们在伍莱特都认为——这就是十足的坏人必然要干的。十足的坏人*才不*这么干呢！”她志高气扬地说道。“在所有相反的表象背后，肯定还有某个人——某个并非十足坏的人，因为我们认可这个奇迹。这么一个奇迹除了这么一个人还能是别的什么呢？”

他理解了话中的含义。“因为事实上*就是*那个女人吧？”

“*一个*女人。某个这样那样的女人。这是件*必定无疑*的事。”

“但你的意思起码还是个好女人。”

“好女人？”她大笑着双臂一扬。“我该称她优秀呢！”

“那他干吗否认她的存在呢？”

戈斯特雷小姐想了一会儿。“因为她太出色了，不能承认！她如何说明了他的情况，”她接着说，“难道你看不出来？”

显然，斯特雷瑟确实看得越来越清楚了；不过这也使他看出别的事情。

“可我们所要的难道不就是他应该可以说明她的情况吗？”

“嗯，他是可以的。你面前看到的便是他的做法。如果这种做法不是十分坦率，那你必须原谅他。在巴黎欠这种情是心照不宣的。”

斯特雷瑟想象得到，但还是——！“即使那是个好女人的时候也这样？”

她又笑出声来。“对，而且即使那是个好男人的时候也这样！在这类情形当中，”她更认真地解释道——“对表面上可能会出现的情况总是持有一份谨慎的。在这里，人们认为，突如其来、不合乎常情的善良当中表露的情况最多。”

“啊，那么你现在谈到的，”斯特雷瑟说，“不是好人咯。”

“你这么分类，”她回答说，“我很高兴。但是你要不要我，”她问道，“就这一问题，在这种情况下，给你我力所能及的最明智的忠告呢？千万别在她自己身上推敲她，对她下判断。只能在查德身上推敲她，对她下判断。”

他至少敢于采用他同伴的逻辑。“因为那样的话我就会喜欢她了？”他敏捷地想象着，几乎显出一副已经喜欢她的神态，不过同时马上就完全明白过来，这并不适合自己的要求。“可我出来就是为了这个吗？”

她确实不得不承认不是为这个。但还有别的呢。“别作决定。有各种各样的事情。你看他还不全面呢。”

这点斯特雷瑟自己也意识到了；但他那敏锐的头脑仍然使他看到了危险性。“不错，但要是我看到的越多，他就会显得越好呢？”

好，她找出点名堂来了。“那也有可能——可他否认她的存在，仍然谈不上完全出于关心。有个问题在那儿。”她把它说白了。“是要极力甩掉她。”

听到这话，斯特雷瑟皱起了眉头。“要‘甩掉’——？”

“嗯，我是说得费一番劲，而其中一部分就是他所要掩盖起来的。不要急——要想不犯你会后悔的某些错误，这是唯一的办法。到时候你就会明白。他确实很想摆脱她。”

我们这位朋友此时大有身临其境之感，他几乎喘起粗气来。“在她为他做了那一切之后？”

戈斯特雷小姐看了他一眼，紧接着又绽开一脸赏心悦目的笑容。“他并没有你想的那么善良！”

它们，这些话，令他念念不忘，以其警告的性质，预示着会对他颇有帮助；他很想从中获得某种帮助，但每当重新与查德接触，这种帮助本身便会因别的东西而落空。他自问，那种令人心烦意乱的力量，除了不断出现的那种认识，即查德确实——事实上完全坚持不懈地——像他认为的那么善良，此外它还能是什么呢？不知怎么的，似乎自从他不那么坏的那一刻起，他也就只能那么善良了。不论怎样，接连有好多天，与他接触——这点立竿见影，仿佛它产生不了别的作用——斯特雷瑟的脑海里只有这种认识，不容他想。其间又随处可见小比尔汉姆，但小比尔汉姆比起他原先作为那无所不包的关系中无数形态之一，又上了更高的层次；在我们那位朋友看来，这个结果是由两三件还有待于我们去了解的小事促成的。韦马什本人临时也被卷进了这个漩涡；这个漩涡尽管只是暂时地却完完全全地把他吞没了，还有那么些日子，斯特雷瑟仿佛撞上了他，就像往下沉的游泳的人会擦到水下的东西那样。他们被深不可测的漩涡裹住了——查德的举止就是那深不可测的漩涡；我们这位朋友感到，仿佛他们沉入水底深处时，像默默无语的鱼睁着冷冷的圆眼睛，迎面而过。他们之间仿佛表明，韦马什当时正在给他机会；斯特雷瑟从这种默许中体味到的些许不安，很像他所熟知的自己还是个孩子在学校时家里人来看表演的那种窘迫感。他可以在陌生人面前表演，但亲属就要命了，而此刻的韦马什仿佛就比较像个亲属。他似乎听见他说“那就开始吧”，似乎也很喜欢先听听家里人细心的指点。他已经开始了，尽他实际能力而为；事到如今，他想要什么，查德已知道得一清二楚；他真的已把自己的心思和盘托出，这种时候他那同在异邦的游客还指望他说出什么粗俗狂野之语呢？不知怎的，想来想去，可怜的韦马什的意思就是“我早就跟你这么说过——你定会丧失你那不朽的灵魂”，但同样相当明确的是，斯特雷瑟有他自己的难题，而且既然他们必须追根究底，他观察查德根本就不是浪费精力，就像查德观察他也不是浪费精力那样。他出于责任心在探究——这比韦马什他自己的探究又差到哪里了？因为照此下去，他用不着放弃抵制与拒绝，用不着和对手谈判。

因此，在巴黎溜达溜达，看点什么或上哪儿观光，也就是不可避免又自然而然的了，还有在那奇妙的四楼上，那可爱的家里，一次次持续到深夜的辩论，其间男人们不知不觉地便融入那透过弥漫的烟雾更让人浮想联翩的情景，其音乐或多或少算得上美妙，其谈话或多或少混用了多种语言，这样的辩论原则上并非要与上午和下午的辩论区别开来。斯特雷瑟仰靠在椅背上吞云吐雾时不得不承认，即便是其中最热烈的场合，也丝毫不像激烈争吵的场面。虽说如此，它们仍属讨论的场合，而斯特雷瑟这辈子从未听到有关这么多问题的这么多观点。在伍莱特也会有些观点，但仅论及三四个问题。分歧在那里是等着较量的；假如说分歧尽管不多，却无疑很深，它们倒也很平静——可以这么说，它们有点羞于示人，仿佛人们一直以之为耻。然而，在马勒塞布大道，人们对这类事情却表现得很有自信，远远谈不上以它们——或者实话实说，为任何别的事情——为耻，因此，他们似乎还经常制造分歧以避开会破坏谈话趣味的一致意见。在伍莱特可从未有人这么干，尽管斯特雷瑟能回想起来，他自己曾时不时地很想干这种事却又不大清楚为什么。眼下他明白为什么了——他只不过想促进交流罢了。

然而，这些只不过是间杂的回忆；他的事总体上完全变了：要是他的神经绷紧了，那是因为他想大吵。他在自问与之相关的事根本就不会发生时，可能差不多就在琢磨如何挑起这种事来。假如得靠挑起**那么**一种情景以求放松，那就太荒谬了；实际上，他居然一开始就因为去吃人家一顿饭而激动不安又要不失体面，这已是同样荒谬得够明显的了。不管怎么说，他指望查德会是何等粗野之辈呢？——斯特雷瑟曾有机会打听此事，却小心翼翼地私底下去打听。他自己就可以，这相对说来是最近的事——说实话只是近几天来的事——可以注意到他最初的粗野表现；但是，身边有人看着时，他就会像处理一件非法财产那样，收起这种回忆让人看不出来。纽瑟姆太太的信里仍会谈到这种回忆，有时候，那些话使他惊呼她有失得体。当然咯，他马上脸红起来，与其说是因为找到了理由倒不如说是有了解释：她使出浑身解数也不可能像他那么迅速地变得得体起来，他及时想到这点，才没乱了手脚。她的得体非得考虑到大西洋、邮政总局和地球那过于漫长的弧线。

有一天，查德挑了几个人，请他们在马勒塞布大道吃茶点，其中又包括那个引人注目的巴勒斯小姐；出来时斯特雷瑟是和一个熟人一起走开的，他在写给纽瑟姆太太的信中总是把那熟人称作小艺人。他曾有过充分的机会提及作为另一方的他，因为十分古怪的是，这另一方，据这位唯一的亲密个人同盟的观察，迄今一直在窥探查德的生活。小比尔汉姆这天下午要走的路并非斯特雷瑟要走的路，但他仍然好心地陪他走，而糟糕的是，天已下起雨来，他们突然之间只好进了一家咖啡馆避雨，坐下来交谈，不知怎的，这也成了他的一份好心。刚结束的这一个小时，是斯特雷瑟经历的查德的交际中最忙碌的；他和巴勒斯小姐谈过话，她责怪了他不来看她，而他尤其突然想到一个开心的念头，可以让韦马什缓和紧张的心理。他和她处得很好，而她很快就明白什么可能让她自己高兴，这使斯特雷瑟可以放手去干，而从这样的想法当中，也许可以为韦马什琢磨出点什么。假如她不问自己能否帮他照料他那极好的累赘，是否可以在他朋友的心中，哪怕在一个毫不相关的世界里，由此开创某种相关的可能性，因此，那神圣的怒火多少可以稍稍搁置一下，那她是什么意思呢？这种关系可视为完全是装饰性的，尤其是，在此基础上，斯特雷瑟也看得出来，在一辆垂挂着深蓝色锦缎的双座四轮轿式马车里荷叶边和羽饰当中急驰而去的关系，还会是什么呢？他自己可绝对没有急速离去——起码绝对没有坐在那样的马车里马车夫后面急驰而去；他和戈斯特雷小姐坐过出租马车，有几次与波科克太太坐过敞篷轻便马车，和纽瑟姆太太一起坐过四座大马车，偶尔还在山里坐过平板马车；但他那位朋友真实的奇遇超出了他的个人阅历。他此时确实十分迅速地向他那位同伴表明，身负全面监督的重任，最后这点再次深感不适。

“他究竟在玩什么把戏啊？”紧接着他便示意，他指的并非自己的目光刚落上去的那个专心在玩多米诺骨牌的胖胖的先生，而是前面那一个小时里为他们做东的人，而一谈到他，坐在丝绒长椅上的斯特雷瑟，终于一反常态，听任自己出言轻率起来。“上哪里才能看到他现形呢？”

小比尔汉姆思索着，以近乎慈父般亲切的目光望着他。“你难道不喜欢上这儿来？”

斯特雷瑟哈哈大笑起来——因为这句话的语调实在滑稽；他纵情大笑着。“这和那事有什么关系呢？我该喜欢的唯一的事情，就是感到我在推动他。这就是我问你是否相信我**正在**推动他的原因。那家伙”——他竭力显出一副只想确定一下的样子——“诚实吗？”

他那位同伴看上去挺可靠，但对这个问题只露出淡淡一笑。“你说的是哪个家伙啊？”

就此他们确实稍作了一番无言的交流。“他不是真的自由的吧？那么，”斯特雷瑟疑惑不解地问道，“他是怎么安排生活的呢？”

“你说的那家伙就是查德本人吗？”小比尔汉姆说。

斯特雷瑟听罢，陡升希望，只是心想：“我们每次只能谈其中一个。”但他又失去了条理性。“**究竟**有没有某个女人？当然，我的意思是，他真的怕她——或者说，她对他可以随心所欲？”

“你以前没这么问我，”比尔汉姆过了一会儿说，“实在是好极了。”

“哦，我办事不称职啊！”

这句感叹，我们这位朋友是脱口而出，却使小比尔汉姆出言更为谨慎。“查德的情况可谓罕见！”他明明白白地指出。“他的变化可大了，”他又说道。

“那么你也看出这点咯？”

“他变好的情况吗？哦，是的——我想每个人都一定看出来了。但我不能肯定，”小比尔汉姆说，“我是否大概同样不喜欢他以前的另外那种样子。”

“那么目前确实就是一种全新的样子咯？”

“嗯，”小伙子过了一会儿回答说，“我说不准他天性是否真的就这么善良。这就像一个人一直喜爱的一本旧书的新版本——经过修订，使之刷新，但并不完全是你熟悉和喜爱的东西了。不过，不论那会是什么情况，”他继续说，“你也知道，我认为，他并不是像你所说的那样，真的在玩什么把戏。我相信，他真的想回去开创一番事业。你也知道，他有能力干一番事业，那将使他更加出色而充实。到那时，”小比尔汉姆继续说，“他根本就不是我这本讨人喜欢的、磨损得厉害的、老式的书。但是，当然咯，我太不正经了。恐怕世界就会非常滑稽可笑——要是世界上的事情都是我喜欢的样子。我想啊，我自己也应该回家去从商。只是我说实话还不如去死——说实话。而我下决心不干，确切知道其原因，在所有人面前为自己的立场辩护，都没有丝毫困难。尽管这样，”他最后说，“我向你保证，我不对查德说一句反对这么做的话——我是说，为他自己着想。我似乎觉得，这对他来说是再好不过的事了。你知道，他并不开心。”

“我*知道*？”——斯特雷瑟瞪大了眼睛。“我一直认为，我看到的恰恰相反——他达到并可以保持平静的心态，一个令人称奇的事例。”

“哦，那背后还有许多情况呢。”

“啊，你可说对了！”斯特雷瑟大叫起来。“这正是我想弄清楚的。你谈到你所熟悉的书卷变得无法辨认了。哎，谁编辑的？”

小比尔汉姆默默地朝眼前望了一会。“他该结婚。*那样*问题就解决了。而且他想结婚。”

“想和她结婚？”

小比尔汉姆又打住了，而斯特雷瑟意识到他了解情况，可根本不知道他会说出什么来。“他想要自由。你清楚，”小伙子以他那种明了易懂的方式解释着，“表现这么出色，他还不习惯呢。”

斯特雷瑟犹豫起来。“那么你可以向我保证他确实出色咯？”

他那位伙伴也停顿了一下，只不过平添了一份平静中的充实感。“我完全保证。”

“嗯，那他为什么还不自由呢？他总向我发誓他是自由的，但同时可证明他自由的事一件也不做——当然除了他待我很好；即使他不自由，他的所作所为也实在只能那样了。我刚才向你提的问题，恰恰就与他待人处事给人的那种古怪印象有关：他的思路好像并不是真的在让步，而是要把我留在这儿并给我树立一个坏榜样。”

半个钟头就这么过去了，斯特雷瑟付了账，侍者马上就数钱找零。我们这位朋友把零钱的一部分推回给侍者，侍者郑重道谢后，拿了钱退下。“你给得太多了，”小比尔汉姆情不自禁地善意说道。

“哦，我总是给得太多！”斯特雷瑟无奈地叹了口气。“但你呢，”他紧接着说，仿佛想迅速摆脱对那种厄运的思考，“却不回答我的问题。他为什么不自由呢？”

仿佛和侍者的那笔交易就是一个信号，小比尔汉姆已站起身来，而且已经从桌子和长椅之间侧身走出来。此举的结果是，他们立刻就离开了这个地方，那个心满意足的侍者又机灵地站在敞开的门口。斯特雷瑟不知不觉间把同伴的突然举动当作一种暗示，即一旦他俩到了没人的地方，他的问题就会得到回答了。这事就发生在来到屋外走了几步后他们转过下一个拐角的时候。在那儿，我们的朋友便旧话重提。“假如他很出色，那他为什么不自由呢？”

小比尔汉姆正视着他的脸。“因为那是一种纯洁的爱慕。”

这在当时——也就是在随后的几天里——就十分有效地解决了那个问题，几乎还给了斯特雷瑟一段新生活。不过还必须说上一句，他习惯于摇晃装着生活交给他的经验之酒的瓶子，多亏了这种持续不断的习惯，他不久便发觉自己像平常那样喝上一口时尝到了泛起的酒渣味。换句话说，他的想象中已思考过他那位年轻朋友的断言；他想象中已由此得出某种结论，而这种结论在他下次见到玛丽亚·戈斯特雷时便充分表达出来。而且，这次见面是由一种新情况仓促决定的——这种情况他必须马上告诉她，一天也不能耽搁。“昨天夜里我对他说，”他立即开口说，“如果他不能现在就给个明确的说法，使我可以向那边的人谈我们这次远航——或者起码说我的这次远航，给她们某个日期——那我的职责就会令人不安，我的处境也会很难受了；我这么跟他说时，你猜他是怎么回答的？”由于这次她并未作答，他便接着说：“哼，说他有两位特殊的朋友，两位女士，一对母女，快要到巴黎了——是外出回来的；他强烈要求我去见见她们，认识她们，喜欢她们，我也就只好答应他，在他自己有机会再见到她们之前，不让我们的事引发危机。这，”斯特雷瑟问道，“会不会是他设法溜走的手段呢？那两个人，”他解释说，“一定就是我到来前他南下去见过的人。她们就是他在世上最贴心的朋友，而她们对与他相关的事情比任何人都感兴趣。由于我是仅次于她们的他最要好的朋友，对于我们应该舒心会面一事，他可以找出一千条理由来。他没有早点提出这个问题，是因为她们回来的事还没定——事实上目前看来还不可能。但他就等于明说了——你要是能相信的话——她们希望认识我，所以一直在克服种种困难。”

“她们太想见你了吧？”戈斯特雷小姐问道。

“太想了。当然咯，”斯特雷瑟说，“她们就是那种纯洁的爱慕。”他已对她说过这点——与小比尔汉姆谈话后的第二天他就见过她；他们当时就一起商讨了这一新披露信息的意义。其中小比尔汉姆还略有保留的逻辑，她也帮斯特雷瑟分析出来了。斯特雷瑟并未追问他十分意外地说出来的那个偏爱的对象；他怀着一种难以抑制的顾忌，感到面对这个问题有点棘手，而他在探索另一个问题时倒是完全摆脱了棘手的情形。他出于一种自尊心的小小原则，就是不让他那位年轻朋友提及名字；指望凭此表明一大要点：查德纯洁的爱慕根本不关他的事。他从一开始就想着别把自己的尊严作过多考虑，但那并非不许自己的尊严产生哪怕一丁点益处的理由。他经常在斟酌自己介入到何种程度会被视为感兴趣了；因此，他只要可能的时候都要让人明白自己并未介入，这样做并不乏乐趣。当然咯，与此同时，这并未剥夺他私下里大感惊讶的更大的乐趣；不过，他总是把它先理出些头绪来再说出他知道的情况。他终于这么做了时，就指出，戈斯特雷小姐一开始可能会像他本人那样感到吃惊，但她经过深思后可能会赞同他的看法，即如此解释那件事毕竟与已得到证实的那些表象完全相符。根据所有的迹象来看，对查德来说，最大的变化当然莫过于纯洁的爱慕，而且既然他们一直在搜寻法国人描述这种变化的"密码"，小比尔汉姆的说法——尽管这么奇怪地耽搁了这么久——和另一个密码一样顶用。实际上，一阵停顿后，她要斯特雷瑟确信，她越是去想它，它就确实越顶用；不过她那么信誓旦旦，在他看来并没有多大的分量，结果在他俩分手之前，他竟敢对她的真诚提出质疑。难道她不相信那种爱慕**是**纯洁的吗？——借助于这个问题，他就再次弄清了她的想法。他这第二次透露给她的消息，更是那种会帮他弄得更清楚的消息。

她起先仍然只是显出给逗乐了的样子。"你说有两个？同时爱慕她们两个人，我看哪，几乎必定是清白的啦。"

我们这位朋友接受这点，但他自有想法。"他不大清楚母亲和女儿自己更喜欢哪个，难道他仍处于这个阶段就不可能吗？"

她对此又考虑了一番。"噢，那一定是女儿啦——在他那种年纪。"

"有可能。不过女儿的年纪，"斯特雷瑟问道，"我们又知道什么呢？她可能年纪够大了。"

"够大干什么呢？"

"嗨，嫁给查德啊。你知道，这可能就是她们想要的事。假如查德也要这样，小比尔汉姆也要这样，就连**我们两个**，在必要的时候，也可以将就这事——就是说，只要她不阻止他回国——嗨，那可能就一帆风顺咯。"

在这样的讨论当中，对他来说情况总是：他的每句话，一说出来，就好像掉入一眼更深的井里。他无论如何都得等一会儿才会听到刚才这句话溅起小小水花。“我不明白，假如纽瑟姆先生想要和那位年轻小姐结婚，他干吗到现在还没结婚，还没就这件事给你准备好一个说法。假如他既想和她结婚又跟她们母女俩都处得很好，那他为什么还不‘自由’呢？”

斯特雷瑟听罢还真的纳闷起来。“也许姑娘本人不喜欢他。”

“那他干吗还那样对你提起她们呢？”

斯特雷瑟心里重复着这个问题，而且又有了答案。“也许他处得好的是那位母亲吧。”

“是和女儿比吗？”

“嗯，假如她在努力劝女儿答应他，那还能有什么能使他更喜欢那个母亲呢？只是，”斯特雷瑟随口说道，“那女儿为什么就不答应他呢？”

“噢，”戈斯特雷小姐说，“并不是每个人都像你那样极为看重他，难道不可以吗？”

“你是说并不把他看作那么一个‘中意的’小伙子？我竟然到了这种地步？”听得出来，他相当认真地很想弄个明白。“不过，”他接着说，“他结婚是他母亲最期盼的事——就是说，只要他结婚有助于他。哪场婚姻会无助的呢？她们一定想要他，”他已经想出来了，“要他境况更好。他可能会娶的姑娘几乎哪一个都会对他把握自己的各种机遇有直接的兴趣。他错失机遇至少不会称她的心。”

戈斯特雷小姐盘算起来。“对——你分析得有道理！可是，当然咯，另一方面呢，总是有可爱的老伍莱特在啊。”

“哦，对啊，”他仔细想了想——“总是有可爱的老伍莱特在啊。”

她等了一会儿。“那位年轻的小姐可能会发觉自己受不了那么多。她可能认为这样付出的代价太大了；她可能拿一件事与另一件事进行对比权衡。”

斯特雷瑟在这样的讨论中总是动个不停，这时略微转了个身。“这完全要看她是什么人了。当然咯，这一点——她已证实的应付可爱的老伍莱特的能力，因为我肯定她确实能应付——正是玛米极为明显的特点。”

“玛米？”

他听到她那种语气，在她面前停住了脚步；接着，尽管他也明白那并不代表她记不起来，而是一时尴尬所致，他还是发出了惊叫。“你肯定还没忘掉玛米吧！”

“对，我没忘掉玛米的事，”她微笑着。“无论如何，一提起她总有说不完的话，这是毫无疑问的。玛米是我喜欢的姑娘！”她坦率直言。

斯特雷瑟接着又走了一会儿。“她真的是可爱极了，你也知道。比我在这儿见过的任何一位姑娘都漂亮多了。”

“也许我的想法的最大依据恰恰就是这点。”她像她那位朋友那样仔细想了一会儿。“我真想指导她呢！”

他先是想迎合这种想象，不过到头来却仍然不赞成。“噢，你可别满腔热情地跑到她那里去！我最需要你，你也知道，可不能撇下我啊。”

但她不改口。“但愿她们会把她送到我这儿来！”

“要是她们知道你，”他回答说，“她们一定会的。”

“啊，可难道她们不知道？——按我的理解，你不是把我的情况告诉过她们那么多了吗？——”

他又在她面前站住，但他又继续走动起来。“她们会送来的——像你说的，在我完事之前。”然后他说出了一直以来他最想表达的观点。“现在好像要公开他的把戏了。他一直在做的就是——把我一直耽搁下去。他一直在等她们。”

戈斯特雷小姐咬了咬嘴唇。“你看得很明白啊！”

“我怀疑自己看得没你那么明白。你啊，”他继续说下去，“是不是假装没看出来——？”

“嗯，什么？”——他打住话头时她追问道。

“唉，就是他们之间一定有许多来往——从一开始就来往不断；甚至在我来之前就有来往了。”

她花了点工夫才回上话来。“那她们是谁呢——要是事情这么严重的话？”

“事情可能并不严重——可能很愉快呢。但不论怎样，事情是明摆着的。只是她们的情况，”斯特雷瑟不得不坦白，“我一点也不知道。比如她们的姓名，在听了小比尔汉姆说的情况后，我感到，不必去追问了，倒是一种爽快的事。”

“哦，”她回答说，“要是你认为可以撇开不管了——！”

她的笑声使他一时心情忧郁起来。“我并不认为可以撇开不管了。我只是想，我要喘息五分钟左右。我想啊，我充其量*肯定*还得继续下去。”他俩就此对视一眼，紧接着，他又恢复了愉快的心情。“同时，对她们的姓名我没有一丁点兴趣。”

“对她们的国籍也没有兴趣？——美国人，法国人，英国人，波兰人？”

“我连最微乎其微的‘一点儿’也不在乎，”他微笑着说，“不在乎她们的国籍。如果她们是波兰人[①]，那也很好啊！”他随即补充说。

“确实很好。”他这么一改口让她提起了兴致。“那么你看你确实在乎呢。”

他对待这一论点还算实在。“如果她们*真是*波兰人，我觉得我会在乎的。不错，”他心想——“*那样*的话可能就有趣了。”

“那就让我们盼望这样吧。”但她说罢又进一步推敲这个问题。“当然咯，要是女儿年龄合适，那么母亲就不可能了。我的意思是就纯洁的爱慕来说。要是女儿二十岁——而她也不可能再小——那么母亲一定至少四十岁了。这么一来就把母亲排除在外了。对他来说，*她*年纪太大了。”

斯特雷瑟又不走了，思考着犹豫起来。“你是这么看的吗？你认为会有

① 波兰人：十九世纪中叶在被俄罗斯、德意志和奥匈帝国瓜分的波兰爆发过几次起义，但均被镇压，数千起义者流落西欧（包括法国），其中许多人出身于上层社会。

什么人对他来说年纪太大了吗？我有八十岁了，可我还年纪太小呢。但是，也许那姑娘，”他继续说道，“没到二十岁。也许她才十岁——只是这么个小可爱，查德才情不自禁地把她算作认识的有吸引力的人。也许她才五岁。也许母亲才二十五岁——一位迷人又年轻的寡妇。”

戈斯特雷小姐考虑起这条意见来。“那么她是个寡妇咯？”

“我一点也不知道！”尽管这话很含糊，他俩再次交换了一下眼神——或许是迄今为止最长的眼神。事实上，接下来的事情，仿佛就要求对这眼神本身作出解释；而解释也尽可能地做了。“我只是感觉到我告诉过你的事——他有某种原因。”

戈斯特雷小姐不由得展开了想象的翅膀。“也许她不是寡妇。”

斯特雷瑟似乎有所保留地接受了这种可能性。不过他毕竟是接受了。“那么，这就是那种爱慕——如果是爱慕她——很纯洁的原因咯。”

但她看上去似乎没怎么听明白。“如果——既然她是自由的——那种爱慕根本就不用强加任何条件，那它为什么是纯洁的呢？”

他听了她的问题大笑起来。“哦，也许我说的并没有纯洁到那种地步！你的想法是，只有在她不自由的情况下，那种爱慕才可能是纯洁的吧——从堪称纯洁之名的任何意义来说的吧？但那么一来，”他问道，“事情对她来说又怎样了呢？”

“啊，那是另一码事。”他一时不置一词，而她很快便往下说。“不管怎么说，有关纽瑟姆先生的小小计划，你大概没错。他一直在试探你——一直在向那些朋友汇报你的情况。”

与此同时，斯特雷瑟则有时间考虑得更多。“那么他的坦诚到哪里去了？”

“哎，可以说，它竭力在挣扎，在摆脱，在体现出来。你也知道，我们可以支持他坦诚这一面。我们能帮他。但他已看出来，”戈斯特雷小姐说，“你会行的。”

“行什么啊？”

"嗨，对她们来说啊——对那两个女人[1]来说啊。他一直在观察你，研究你，喜欢你——并意识到她们一定也会这样的。这对你来说可是一大恭维啊，我的亲爱的先生；因为我敢肯定她们都很挑剔的。你出来就是要成功。好了，"她乐滋滋地宣布，"你现在成功了！"

他一时还耐心地听她说这番话，接着却突然转身走开。她房间里有许许多多美妙的东西可看，而这对他来说总是很方便。但是很快，他仔细观赏了其中两三件后，似乎促使他讲出了与之没多大关系的话来。"你不相信！"

"不相信什么？"

"那种爱慕的性质。它是清白的。"

但她为自己辩护起来。"我不会装作了解它的什么情况。一切都有可能。我们必须看一看。"

"看一看？"他哼哼着重复道。"我们看得还不够吗？"

"我还不够，"她微笑着。

"但这么说来，你认为小比尔汉姆撒了谎？"

"你必须搞清楚。"

此话令他几乎脸色苍白。"还要搞清楚？"

他沮丧地跌坐在沙发上；而她则站在他身边，好像下了定论。"你出来难道不就是要搞清楚一切吗？"

① 那两个女人：原文为法语 *ces dames*。

第五部

第一章

接着那一周的星期天是个美妙的日子，而查德·纽瑟姆事先就已让他那位朋友知道，他早就为这天安排好了。一直都有个问题，即查德要带他去见见了不起的格洛里安尼[①]，而格洛里安尼每逢星期天下午总是在家，在他家，遇到令人讨厌的人通常要比别的地方少；但这个计划，由于某种意外，并未马上实施，如今在更令人愉快的情形下得以重现。查德曾提及，这位著名雕塑家有个奇妙而古老的花园，眼下的天气——终于到了春光明媚之际——让它尽显魅力；查德的另外两三点暗示更是让斯特雷瑟期盼着发生点特别的事。此时此刻，对于所有那些介绍和奇遇，斯特雷瑟都放心地随遇而安，只是觉得，不管小伙子让他看什么，他至少是在展示自己。此事发展到目前的地步，他倒确实会希望，查德别像一个纯粹的导游；他并非没有这样的印象——既然眼见着他的把戏，他的计划，他那圆滑的交际手段，确实一再地发挥作用——他是利用慷慨地给予我们这位朋友心里所说的**吃喝玩乐**[②]，来逃避他们交往的现实。我们这位朋友不断感到在花丛中透不过气来，不过在别的时候他又

① 格洛里安尼：亨利·詹姆斯笔下为数很少的几个在一部以上的小说中出现的人物之一，在《罗德里克·哈德森》（1875）中是个重要人物，该小说在《专使》后经全面修订的版本中，格洛里安尼是“法国人，或许还有很疏远的意大利人血统的美国雕塑家”，具有无限的智慧，自己的事全力以赴，事不关己则高高挂起，他的作品一般被视为奢华型，但也有人认为属堕落型。

② 吃喝玩乐：原文为拉丁语 *panem et circenses*，语出古罗马讽刺诗人尤维纳利斯（55/60—127，拉丁语全名为 Decimus Junius Juvenalis）的一首诗，其中提到，以前曾威震四方的罗马人当年唯一需要的东西是“面包和马戏”，泛指“吃喝玩乐”，也可指统治者用来笼络人心的小恩小惠。

几乎生气地得出结论，这只是因为自己可恶地像个苦行僧似的，对任何形式的美都持怀疑态度。他时而提醒自己——因为他的反应总是很强烈——他最起码得祛除这点，否则绝不可能弄清任何事情的真相。

他事先就知道，德·维奥内夫人和她女儿可能会露面，而查德再次提到他那些从南方来的好朋友时的暗示，也只能是这个意思。斯特雷瑟与戈斯特雷小姐谈起她们时，那意思完全就等于清高地表示自己不愿去打听；查德沉默不语的态度中的某种因素——按那次交谈来判断——告诉他，他显然也可以同样有所保留。这给她们蒙上了一层他简直不知为何的色彩，一种体贴，一种优待；不管怎么说——既然他置身于那样的场合——他毕竟是在夫人们面前；就他而言唯一可以肯定的一点是，他自己应该尽责地在她们面前体现出绅士风度。这是因为她们都很美、很聪明甚或很善良吗——可以说，是因为其中的一个原因，查德才心存此念的吗？按伍莱特的说法，他是否想以更全面的力度突然推出她们呢——想用某种完全难以估量的值得赞扬的形式来打乱他那个至今很少发表评论的评论者的阵脚吗？不论怎样，那个评论者问过的至多也就是，谈到的那两个人是否法国人；而这一询问只是专门针对她们姓名发音的议论。“是啊。那就是说，不是！”查德当时回答说；但他立即补充说，她们讲的英语是世界上最悦耳动听的，这么一来，假如斯特雷瑟由于不想跟她们打交道而需要找个借口，那他至少是找不到一个借口了。可实际上，斯特雷瑟就他自己来说——那地方很快就使他进入那种心境——感到此时正是他最不需要借口的时候。他可能找到的那些借口，最坏也全是为了别人，为了他面前的那些人，处在像他们所处的那种无拘无束的心境中，他意识到自己确实感到高兴。和他一样前来做客的人越来越多，他们无拘无束，他们热情洋溢，他们各具特色，他们境况各异，这一切，以眼前的优美场景为媒介，显得水乳交融。

那地方本身就给人极好的印象——一个小亭子，造型简朴，环境僻静，拼花地板擦得发亮，白色镶板很精巧，灰黄描金略布其中，装饰精美而令人称奇，位于圣日耳曼区[1]中心，在附属于富丽堂皇的古老华宅的一连串花园的边上。亭子远离热闹的大街，不为大众注意，走过一条长长的小道和一个宁静的院子才能到达，他马上感到，对于无心理准备的人来说，它惊人的程度无异于挖到了一座宝藏；也比别的一切都更让他体会到这座高深莫测的城市博大的特征，还仿佛通过最后的大笔一挥，扫尽他平常的界标与界限。在花园里，在这个开阔而令人珍爱的遗迹中，已走出十几个人来，查德的主人眼下正是在此迎接他们；那高大的常有鸟儿出没的树林，在春光和煦中是一片叽叽喳喳声，那高高界墙的另一边，则悄然挺立着一幢幢庄严的豪宅[2]，而树林和界墙体现着生存、传递、交往，一种牢固、冷漠、持久的秩序。天气温和宜人，这一小群人干脆就转到露天里，而露天在如此情形下完全就是个豪华的会议厅。斯特雷瑟不一会儿就有一个大修道院的感觉，一个他不知何以出名的布道的修道院，一个培养年轻牧师的场所，内有零落阴影，笔直小径和教堂钟声，呈其庞大规模于一处；他感到空气中就有一个个名字，窗口都有一个个幽灵，还有种种征兆和神迹，在他的四周，各种表达应有尽有，因过于密集而难以马上加以辨别。

在那位杰出的雕塑家的谈吐当中，有一会儿，这种不断袭来的印象简直令他难以抵挡：在查德介绍格洛里安尼时，后者以那种无可挑剔的自信展现给斯特雷瑟的，是一张精致、憔悴而又俊美的脸，就像一封已打开的用外语写的信那样令人难解的一张脸。他眼里透露出天才，谈吐很有涵养，背后有漫长的艺术生涯，四周有各种荣誉及奖品，那位了不起的艺术家盯着他的目光久久未移开，还说了几句令人愉快的话欢迎他，这给我们这位朋友的印象是个耀眼而又典型的天才。在许多博物馆里——在卢森堡，还有更令人肃然起敬的，是后来在亿万富翁云集的纽约——斯特雷瑟都已见过他创作的作品；

---

① 圣日耳曼区：巴黎左岸古老的贵族聚居区，许多外国使馆也建在其中，该区起先属市郊，后逐渐成为市区的一部分。

② 豪宅：原文为法语 *hôtel*。

斯特雷瑟还知道，他早年在自己的故乡罗马度过，尔后在艺术生涯的中途移居巴黎，在那儿凭着几近强烈的个人光彩，闪耀在群星之中：对他的那位客人来说，所有这一切，要赋予他荣耀的光辉、荣耀的传奇，完全绰绰有余了。斯特雷瑟从未和这种环境这么亲近地接触过，在这令人愉快的时刻，意识到自己在其中敞开了每一扇心灵的窗户，让那相当灰暗的内心吸收一回他原先的地理中未曾标出的一个地带里的阳光。他又将反复回忆起那张奖章般的意大利人的脸庞，脸上的每根线条都是一位艺术家所固有的，其中流逝的光阴仅仅体现为色调和圣化；他尤其会回忆起，当他们站在那儿，简短地面对面地致以欢迎问候时，那位雕塑家的双眼凝视着他时的神态，就像富有穿透力的阳光，就像那杰出的灵魂本身在传播。他并不会很快就忘却那双眼睛，尽管它们完全是无意识的、并非刻意的、心不在焉，他仍会把它们当作自己曾碰到的最深厚的智慧源泉而忆及。实际上他将十分珍视自己看到了它，会在闲暇时光里玩味它；只是对谁也不会提及它，心里很清楚，他要想谈起它而又看起来不是在胡说八道，是办不到的。它告诉他的，还是它问他的，属于更大的疑团呢？它就是那美的火炬的最奇特的火焰，无与伦比，至高无上，永远照耀着那个奇妙的世界吗？还是说，它首先是由生活磨炼成钢的一种个人的敏锐感挖掘出来的又长又直的矿井？世上不可能有更古怪的事了，而且毫无疑问，谁也不可能比那位艺术家本人更感到吃惊了，可这对当时的斯特雷瑟而言，则完全就像他自己确确实实地在所接受的使命这件事情上经受考验。格洛里安尼那富有魅力的微笑中显露出的老到为人之熟练——噢，其背后可怕的生活！——突然让他想到是对自己的素质的一种考验。

与此同时，查德在从容地说出他同伴的姓名后，更为从容地转身离去，已在招呼其他在场的人。机灵的查德，他和那位了不起的艺术家在一起就像和他那位不知名的同胞在一起一样从容，和每个别的人在一起都像和他们两个人中随便哪个在一起那么从容：这对斯特雷瑟来说一清二楚，几乎给出了一种新的启示，作为连锁反应，又给了他能够欣赏的东西。他喜欢格洛里安尼，但绝不会再见到他了；这一点他十分肯定。查德呢，他与他们两个都相处得极好，对令人绝望的幻想来说就是一种纽带，各种可能性的一种暗示——噢，要是一切都不是这样该多好啊！不管怎么说，斯特雷瑟意识到自己因此与名人搭上关系了，而且——对，显然——他丝毫也没有因此而自大。我们这位朋友上这儿来并非仅仅为了艾贝尔·纽瑟姆的儿子的这位杰出人物，但这位人物恐怕会在观察者的心目中处于最中心的地位。事实上，格洛里安尼想起了某件事，道了歉后便追上查德与他说话去了，留下斯特雷瑟在思考许多事情。其中之一，是既然他受到了考验那他是否通过了考验这个问题。那位艺术家离他而去，是否因为他已看出来自己根本不行呢？他真的是今天才意识到，自己有可能比平常表现得更出色。就这点来说，他恰如其分地深表赞叹，却又像自己差不多相信的那样，也并未完全向主人隐瞒自己意识到了后者的探询，他的这些表现够格了吗？突然，他看见花园对面小比尔汉姆走近过来，而当他们的目光相遇时，他也猜到**对方**知道了什么，而这使他有点惊慌起来。假如对方当即跟他说起最要紧的事，他就会说："我通过考验**了**？——因为我自然明白在这儿一个人非得通过考验不可。"小比尔汉姆就会安慰他，就会说他小题大做了，还会高兴地举出小比尔汉姆自己就在场为由；说实话，他看得出来，小比尔汉姆在这儿，就像格洛里安尼本人或查德在这儿一样从容自在。如此看来，或许过一会儿他本人就不再会担惊受怕，就会对他已开始观察的某几张脸——其类型大不相同，与伍莱特人不同——形成看法。那一群群一对对散处的人，女士们比先生们更不像伍莱特人，他们都是些什么人呢？——这是他那位年轻朋友跟他打过招呼后他不由自主地提出的问题。

"哦，他们什么人都有——各种各样，大大小小；当然咯，我的意思是有限度的，不过也许下限更甚于上限。总会有艺术家——他对亲密的同行[①]来说是出类拔萃难以模仿的；还有许多种类的显贵大亨[②]——大使，内阁部

---

① 亲密的同行：原文为法语 *cher confrère*。

② 显贵大亨：原文为法语 *gros bonnets*。

长，银行家，将军，我知道什么呢？甚至还有犹太人。尤其是，总有一些极为可爱的女人——也不太多；有时是个演员，艺术家，了不起的表演家——但只有在她们不是怪物的时候才可爱；而且尤其是那种**世故女人**[①]。你可以想象得出他这方面的经历——我相信那一定令人难以置信：她们对他**绝不**放过。不过他一直没让她们得手：谁也不知道他是怎么办到的；那一手太漂亮太温和了。从来不太多——还是非凡的妙招；实在是完美的选择。但无论如何这里也没有许多无聊之辈；情况总是如此；他有某种诀窍。那很特别。而且你搞不清楚它。他对每个人都一样。他不提问题。”

“啊，他不问？”斯特雷瑟大笑道。

比尔汉姆竭尽坦诚地面对这个问题。“再说，**我**怎么会在这儿呢？”

“哦，原因你告诉我了。你就是完美选择的一部分。”

好了，小伙子环顾了整个场面。“看来今天的情况相当不错。”

斯特雷瑟循他的目光望去。“这一次，她们全是**世故女人**吗？”

小比尔汉姆大显才干。“相当不错。”

这倒是我们这位朋友有感觉的一个类别；对女人的一种眼光，带有浪漫气息和神秘色彩，他喜欢这样对女人观察一番。“有波兰人吗？”

他那位同伴加以考虑。“我想我认出了一个‘葡萄牙人’。但我看到过土耳其人了。”

斯特雷瑟琢磨着，很想显得公正。“她们看上去——所有的女人——都很和谐。”

“噢，靠近点就能看出她们的实情了！”这时，斯特雷瑟明白自己怕靠近过去，却又一次津津乐道于和谐的场面，“哎，”小比尔汉姆接着说道，“即使最坏的情况下也**还是**相当好的，你知道的。如果你喜欢这样的情况，感觉到这样的情况，那就表明你一点也不落伍。但你总是了解情况，”他大

---

① 世故女人：原文为法语 *femmes du monde*。

方地补充说，“反应迅速。”

斯特雷瑟喜欢并感觉到这样的情况了，只是太过分了；于是他相当无奈地咕哝道：“哎呀，千万别给我设陷阱啊！”

“嗯，”他的同伴回答说，“他对我们好得出奇。”

“你是说对我们美国人吗？”

“噢，不是的——这点他一无所知。在这里这是最重要的——你绝不可能听到有人谈政治。我们不谈政治。我指的是对各种各样的可怜又苦命的小年轻不谈。不过事情总是这么充满魅力；仿佛通过空气中的什么东西，我们就不会显露出贫困。它把我们全部带回——回到上一个世纪。”

“恐怕，”斯特雷瑟说道，觉得很有趣，“它把我很是往前拽：哦，拽得很远！”

“拽进下一个世纪了？但这难道不就是，”小比尔汉姆问道，“因为你其实生活在上上个世纪吗？”

“上上个世纪？谢谢！”斯特雷瑟大声笑着。“假如我问你其中几位女士的情况，那么就不可能是我这么个洛可可式的标本[1]，会指望去取悦她们。”

“恰恰相反，她们崇拜——我们这儿全都崇拜——洛可可式，这亭子，这花园，所有这一切，对洛可可式来说，哪里还有更理想的环境呢？许多人都搞收藏，”小比尔汉姆微笑着环顾四周。“你可以放心的！”

这番话使斯特雷瑟一时又陷入了沉思。有些面孔是怎么形成的，他简直看不明白。它们是很迷人呢抑或仅仅陌生呢？他也许不谈政治，不过他怀疑有一两个波兰人。结果却是他那位朋友来与他做伴的那一刻起一直萦绕在他心头的那个问题。“德·维奥内夫人和她女儿到了吗？”

“我还没见到她们呢，但戈斯特雷小姐已经来了。她在亭子里看摆设着

① 洛可可式：十八世纪初起源于法国、十八世纪后半期盛行于欧洲的一种建筑装饰艺术风格，其特点是精巧、烦琐、华丽。“洛可可式的标本”在此指过时、旧式的怪人。

的物品。看得出来，她是个收藏家，”小比尔汉姆毫不见怪地补充说。

“哦，对，她是个收藏家，而且我早就知道她要来。德·维奥内夫人是个收藏家吗？”斯特雷瑟接着说。

“当然是的，我相信；差不多出了名的。”那小伙子说着与他那位朋友的目光相遇了一下。“我碰巧知道——从查德那儿，我是昨天夜里见到他的——她们俩已回来了；但只是昨天才到。他直到最后——才敢确定。所以嘛，”小比尔汉姆继续说，“这将是——如果她俩确实在这里的话——是她俩回来后的第一次露面。”

斯特雷瑟呢，很快地把这些事情考虑了一下。“查德昨天夜里告诉你的？在我们来这儿的路上，对这件事，他跟我可是只字未提啊。”

“可是你问过他吗？”

斯特雷瑟倒没冤枉他。“我想没有吧。”

“嗯，”小比尔汉姆说，“对你这样的人，要把你不想知道的事情告诉你可不容易。不过事情又实在很容易，我承认——让人十分惬意，”他好心地补充说，“当你想知道的时候。”

斯特雷瑟怀着与其才智相称的一种宽容心望着他。“你自己对这两位女士的事一直闭口不谈，这就是深层原因吗？”

小比尔汉姆琢磨着他的原因的深度。“我并没有一直闭口不谈。那天我对你谈到过她们俩，就是查德的茶会后我们坐在一块儿聊的那天。”

斯特雷瑟终于绕到了这个问题上。“那么她们就是纯洁的爱慕咯？”

“我只能告诉你，他们看上去是这样的。但难道这还不够吗？我们当中最聪明的人，除去浮浅的外表之外，还能知道些什么呢？我请你注意，”小伙子以愉快的强调口吻说道，“浮浅的外表。”

斯特雷瑟朝四周更开阔的地方望了望，而他从一张张面孔上所见，则加深了他那位年轻朋友所言的效果。“事情有那么好吗？”

“妙极了。”

斯特雷瑟停顿了一下。“丈夫死了？”

“呵，没有。活着。”

“噢！”斯特雷瑟说。然后，他那位同伴大笑着，这时他又问道：“那么事情又怎么能那么好呢？”

“你自己会看出来的。肯定看得出来。”

“查德爱上了那个女儿？”

“这就是我的意思。”

斯特雷瑟纳闷了。“那么难在哪里呢？”

“嗨，你和我不是——有我们更崇高更大胆的主意吗？”

“哦，我的——！”斯特雷瑟的声调相当古怪。但接着他似乎想缓和下来：“你是说她们不愿听到伍莱特的事？”

小比尔汉姆微微一笑。“这不正是你必须弄清楚的事吗？”

巴勒斯小姐听到了他们的最后几句话，因而也加入了他们的交谈，而斯特雷瑟则早已注意到她——他以前可从未见过一位女士在聚会中——一个人在走动。她走到能听见他们讲话时就已经开口了，她还通过她那长柄眼镜，把她自己感兴趣和能让别人感兴趣的东西尽收眼底。“可怜的斯特雷瑟先生，看来你得弄清楚的事还真多啊！但你可不能说，”她乐滋滋地声明，“我没有尽我所能帮你呀。韦马什先生已安排好了。我把他留在屋子里和戈斯特雷小姐在一起。”

“斯特雷瑟先生，”小比尔汉姆大声说，“让女士为他办事可真有办法！他正准备再拉上一个；要去抓——你难道没看出他来吗？——抓住德·维奥内夫人。”

“德·维奥内夫人？噢，噢，噢！”巴勒斯小姐的叫声由弱渐强，美妙动听。我们这位朋友听出来了，那叫声除耳里听到的之外，还另有含义。他对一切都很顶真，到头来竟成为笑话了吗？他羡慕巴勒斯小姐无论如何都有本事不当一回事儿。她凭着轻呼小叫，轻嗔小怪，左一声好右一声行，像某种漂亮的、长着高高的羽毛、随意啄食的鸟儿那样敏捷的动作，面对生活就像面对某个摆满商品的商店橱窗。你完全可以听见，她在挑选指点时，她那玳瑁壳柄敲打窗玻璃的声音。“我们确实需要查清楚，这点是肯定的；不过我高兴的是，得去调查的人不是我。毫无疑问，确实要这么开始；然后突然就会发现已放弃调查了。那太过分，太困难了。你们真好，你们这些人，”她继续对斯特雷瑟说，“没感觉到这些情况——我这里指的是种种不可能性。你们从来也没感觉到过。你们坚韧不拔地面对它们，看着你们这么做就成了很好的一课。”

“啊，但是，”小比尔汉姆以泄气的口吻说，“我们到底得到什么了？我们观察你们并汇报——我们甚至都走到汇报这一步了。但一事无成。”

“哦，你嘛，小比尔汉姆先生，”仿佛是不耐烦地敲了一下窗玻璃，她回答说，“你一文不值！你过来要转化野蛮人——因为我知道你确实这么干过，我记得你——而野蛮人简直把你给转化了。”

“连这样也不是呢！”小伙子可怜地坦言：“他们并没有经过这一套。他们干脆——这些食人生番！——把我吃了；你要是愿意可以说把我转化了，但却是把我转化成食物了。我不过是一个基督徒的白骨。”

“那么，这就是了！只是，”巴勒斯小姐再次恳求斯特雷瑟，“别让这事泄你的气。你很快就会垮掉，但你又会有自己得意的时候。**一定会有的**[1]。我总是喜欢在你坚持着的时候看到你。我还会告诉你谁会坚持下去。”

“韦马什？”——他已经明白她的意思。

对他那惊慌的口吻，她大声笑起来。“他连戈斯特雷小姐都会保持距离：不理解人真有意思。他真是妙不可言。”

“他实在是妙，”斯特雷瑟也承认。“这件事他不肯告诉我——只是说他有个约会；但他那么一副愁眉不展的样子，你一定得让我强调一下，好像

① 一定会有的：原文是法语 *Il faut en avoir*。

那是个上绞架的约会。然后他不声不响地悄悄和你一起在这里露面。你把这叫作‘坚持下去’吗？”

“噢，我希望这就是坚持下去！”巴勒斯小姐说。“但他充其量也只是能容忍我。他并不理解——丝毫也不理解。他真讨喜。他真是妙不可言，”她又说了一遍。

“米开朗琪罗风格！”——小比尔汉姆说全了她的意思。他**确实是**个有成就的人。摩西，原来在天花板上，却移到了地板上[①]；庞然大物，但不管怎么说可以移动了。”

“如果你说的是可以移动的话，”她回答说，“在马车里当然很好看啦。他在那个角落里坐在我身边太滑稽了；他看上去像个要人，一个外国著名的要人，**在流亡中**[②]；所以人们想知道我在和谁谈话——这很有趣。我带他看巴黎，带他看一切，而他从来毫无表示。他就像书里看到的印第安人的酋长，上华盛顿来见总统时，身上裹着毡子站在那儿不露声色。我大概就是美国总统了——从他对待一切的态度来看。”她俏皮地把自己比作那么一个人物，对此很是得意——这太符合她的性格了；她宣称，她打算从此就采用这个头衔了。“还有他坐在我房间的角落里的样子呢，只是拼命地盯着我的客人看，好像他很想闹点事似的！他们想知道他究竟想闹什么事。但他真是妙不可言，”巴勒斯小姐再次强调。“他还从未闹什么事呢。”

这番话还是向她眼前的朋友道出了他的真情，他俩会意地对视了一下，就比尔汉姆来说是不加掩饰地饶有兴味，而在斯特雷瑟那方面则是些许悲伤。斯特雷瑟的悲伤来自——因为那形象自有壮观之处——来自他自己的思绪：他自己是不大会裹在毡子里的，他站在大理石厅堂里，全然无视总统，也太不像一个真正威严的土著了。但他还有另一种想法。“你们这儿的人全都视

---

① 此处暗指米开朗琪罗（1475—1564）在罗马的两件名作：西斯廷教堂天花板上的湿壁画《创世记》及雕塑《摩西》。

② 在流亡中：原文为法语 *en exil*。

觉太强了，你们全都莫名其妙地‘有赖’于视觉了。有的时候给人的印象是，你们没有其他感觉了。”

“没有道德感，”小比尔汉姆一边解释，一边平静地观察着花园那头好几个**世故女人**。“但巴勒斯小姐道德上很优秀，”他和颜悦色地继续说道；他这样说似乎是为了斯特雷瑟好，但同样也是为了她本人好。

“你**有**吗？”斯特雷瑟简直不明白他在说什么，于是几乎迫不及待地问她。

“噢，不能说是优秀，”她对他的语调极感兴趣。“比尔汉姆先生真是太好了。但我觉得我可以说够得上。对了，够得上。你有没有想到过我古怪的事情呢？”——她透过她那玳瑁柄眼镜，又盯着他看，显得又滑稽又有趣。“你们确实全都太好了。我一定会让你们大失所望。我坚持自己够得上的说法。但我坦白，我，”她继续说道，“认识古怪的人。我不知道怎么会出这种事的；我并不是有意这么做的；仿佛这就是我的命——好像我总是他们习惯的一种人：那妙极了！而且很可能，”她以又关注又严肃的口吻继续说道，“我确实过分地仅仅注重眼睛所见，我们这儿的人全是这样。但还能拿它怎么办呢？我们都在互相观察——而按巴黎人的眼光来说，人之所见，物之所似。按巴黎人的眼光似乎总是仅仅知道这个。这正是巴黎人的眼光的缺点——可爱的老眼光！”

“可爱的老巴黎！”小比尔汉姆附和说。

“每件事，每个人都显露出来，”巴勒斯小姐接着说。

“显出他们真实的本来面目？”斯特雷瑟问。

“哦，我喜欢你们波士顿的‘真实的’！但有时——也是的。”

“那么，可爱的老巴黎啊！”斯特雷瑟顺从地叹了口气，他们对视了一会儿。然后他突然问道：“德·维奥内夫人也是这样的吗？我的意思是，真的显露出她的本来面目？”

她的回答很干脆。“她妩媚动人。她十全十美。”

“那么刚才你听到她的名字时为什么说‘噢，噢，噢’呢？”

她毫不费事地想起来了。“啊，只是因为——！她妙不可言。”

“啊，她也是？”——斯特雷瑟差不多哼了一声。

但巴勒斯小姐这时已想到了解脱之道。“干吗不拿你的问题直接去向能最完满地回答它的人去提呢？”

“不，”小比尔汉姆说，“别提任何问题；等着，宁可你自己去判断——那会有趣得多。他来带你去见她了。”

第二章

听罢此言，斯特雷瑟便看见查德又到了眼前，而且，似乎很荒谬的是，随后迅速发生的事情，他到事后也不大清楚。他觉得，这一刻对他影响的深远程度，非他能够解释，而他后来还琢磨过一段时间，自己与查德一道走开时，脸色是否既不苍白也不通红。他唯一清楚的一点是，很幸运，实际上并未说出不慎之语，而依巴勒斯小姐那了不起的判断力来说，查德本人的表现则是前所未有的好。这是一种他身上的蜕变体现得最为显著的场合——尽管究竟缘何如此，终究是一片模糊。他们走近屋子时，斯特雷瑟回想起来，初次见面的那天夜里他给自己的印象是，他知道如何进包厢。嗯，他眼下给自己同样深刻的印象是，他知道如何介绍人。这有点影响到斯特雷瑟本人的身份——按估计标出了等级；因此我们这位可怜的朋友感到又难过又被动，好像真的感到自己完全被交出去送人了；像他会说的那样，完完全全被当作一件礼物送掉了。他们走到屋前时，一位年轻女子独自出现在台阶上，正要出来的样子；查德和她交谈了一两句，斯特雷瑟马上就意识到，她是很热情很友好地在那儿迎候他们呢。查德本来把她留在屋里，但她后来迎出了半程，紧接着便和他们一起进了花园。她身上透出的青春气息，对斯特雷瑟而言，起先几乎令人尴尬，而他的第二印象，也是同样地强烈，那是一份宽慰，因为当着其他人的面，他并未对她有随便之举。一接触，他就想到，她决不是可以随便对待的人，而与此同时，查德一介绍他，她就和他说话，说得简洁而柔和，所讲的英语对她来说显然极为轻松，然而与他听到过的任何人讲的都不一样。看起来她并不做作；他们在一起几分钟后，他就看得出来，她毫无做作的迹象；可她的言语动听、准确又奇特，好像有意在提防人家把她当作波兰人。他好像真的看出来了，提防是有的，但只有在确实有危险的时候。

后来他将感觉到更多的提防性的言行，但到那时他也会感觉到别的东西。她穿了一身黑，但那种黑色让他觉得又淡又透明；她的皮肤白极了，而且，尽管她的身材纤细得同样显眼，她的脸倒是圆圆的，两只眼睛分得很开，有点儿怪。她的微笑自然而朦胧；帽子朴素无华；他或许只有一种感觉，觉得她那漂亮的黑袖子里面叮当有声，所戴的金手镯和金臂镯比他见过的哪位女士都多。查德对他们的会面显得极为自在而轻松；在这么一种场合，斯特雷瑟极希望他自己也可以表现得如此从容如此幽默："看哪，你们二位终于面对面在一起了；你们为对方而生——**你们会明白的**[1]；我为你们相聚祝福。"在他走开之后，他这句话，确实好像还是有点当真的。他走开这一举动是由他问及"让娜"所决定的；让娜的母亲就此回答说，她可能仍然和戈斯特雷小姐一起待在屋里，她最近把女儿交给她了。"啊，可你知道，"那小伙子又加入了他们的谈话，"他必须见她；"说罢，当斯特雷瑟竖起耳朵来听时，他却已举步走开，好像要去把她找来，而把他感兴趣的另两个人留在了一起。斯特雷瑟想搞清楚戈斯特雷小姐是否已经介入，觉得自己疏忽了一个环节；但他还想到，待稍后，在这一证据的基础上他该和她就德·维奥内夫人的事谈到什么程度。

实际上证据到目前还不充分；而且，这也许就是他的期望值下降的一小部分原因。不知怎么的，她好像并不怎么富有；而在他单纯的脑子里，唯一曾明确预想过的，便是她很富有。不过，现在就肯定她很穷，也太过分了。他们从屋里走出去，他两眼望着一段距离外的一张长凳，提议他们该坐下来。

---

① 你们会明白的：原文为法语 *vous allez voir*。

“我听说过许多你的事情，”他们走过去时她说道；但他对此的答复令她立刻停下脚步。“嗯，你的情况嘛，德·维奥内夫人，我应当说，我几乎什么都没听说，”——他觉得他自己能清楚地说出口的只有这一句话；因为他意识到，而且更有理由意识到，要下定决心对余下的任务绝对真诚坦率单刀直入。无论如何，他完全无意窥探查德应有的自由。然而，可能就在眼下特定的时刻，而且是在德·维奥内夫人止步的印象之下，单刀直入开始显得是件须审慎对待的事。毕竟，她只需对他微微笑一笑，就会让他自问是否言行有所不当了。突然清清楚楚地感到她十分明确地想要对他作出他会称为友好的表示，那可能就是不当了。这就是他们又静立片刻时两人之间内心的想法；至少他事后想不起来还可能有过别的什么。确确实实错不了的事情是，在难以估量又不可想象的情况下，他已成为讨论的对象，事情就像一阵波浪卷过他的头顶。在某些与她有关的方面，已有人代他发表过意见；这就给了她一种他绝对无法相比的优势。

“难道戈斯特雷小姐，”她问道，“没为我说过一句好话吗？”

首先让他想到的是，他就这样与那位女士扯到一起了；他还很想知道查德会如何解释他们相识的情形。不管怎么说，目前还看不出来的某件事，显然已经发生。“我连她认识你也不知道。”

“哦，现在她会把一切都告诉你的。我很高兴你和她有来往。”

考虑到目前令斯特雷瑟全神贯注的事，这一点——戈斯特雷小姐现在会告诉他的那“一切”——就是他们坐下来后对他来说最重要的一件事了。另一件最重要的事，则是过了五分钟后，她——噢，无可争辩，就是的——也没多少**区别**；也就是说，简直完全没有区别——嗯，表面上看来，与纽瑟姆太太，甚或与波科克太太都没区别。她比这一位年轻得多，又不如另一位年轻；但如果她身上**真有**什么东西使他不可能在伍莱特见她，那究竟是什么呢？他们一起坐在长凳上的那段时间里，她的谈话究竟在哪方面与人们觉得适合于伍莱特游园会上的谈话不一样呢？——除非或许真的还不够美妙动听。她对他说，据她所知，纽瑟姆先生对他的来访感到极为愉快，但伍莱特有教养的女士肯定最起码都会把话说到这份儿上。说到底，查德的内心深处，是否碰巧有一种古朴的依恋乡土的观念，使他出于感情上的因素，会亲近愉快地邂逅的令他回忆起旧情故土的人呢？那么干吗对这位**世故女人**这种陌生的现象感到忐忑不安呢？——斯特雷瑟甚至都可以把它说成这样了。就这些条件而言，纽瑟姆太太本人同样可以算一个。小比尔汉姆确曾说明，她们这类女人，靠近了就显出真面目了；但正是在这样的位置——眼下比较近——他体会到了德·维奥内夫人的普通人性。她倒是确实显出真面目了，也自然令他宽慰，但她显露出的是自己很平常。背后可能怀有动机，但即使在伍莱特也经常会有动机的。唯一的问题是，假如她向他表明自己愿意喜欢上他——可以想象，背后的动机可能就想这样——那么，要是她更为清晰地表现出外国人的特性来，就可能会令他更加紧张激动。唉，她既不是土耳其人也不是波兰人！——这确实又会让纽瑟姆太太和波科克太太感到平淡无味。不过，一位女士和两位先生这时走近了他们坐着的长凳，此事暂时就没有进一步发展下去。

他们，就是那几个气度不凡的陌生人，马上就向他那位同伴打招呼；她站起来和他们说话，而斯特雷瑟则注意到，那位由先生们陪着的女士，虽然已不年轻又绝对谈不上美丽，却显出那么一副更高傲自大的表情，更多地令人联想到奢华的范畴，也许可以这么说，对这些他是有过准备的。德·维奥内太太称她为“**公爵夫人**[①]”，而在开始用法语交谈的时候，被对方称为“**我的大美人**[②]”；细小的环节自有其意义，对斯特雷瑟来说就有强烈的兴趣。德·维奥内夫人还是没有为他作介绍——他意识到，这点相对于伍莱特的衡量标准和伍莱特的人情来说是不对的；不过，那位公爵夫人给他的印象是自信而无拘无束，很像他曾经模模糊糊地假想过的公爵夫人，未作介绍并不妨

① 公爵夫人：原文为法语 *Duchesse*。
② 我的大美人：原文为法语 *Ma toute-belle*。

碍她直直地紧紧地盯着他看——因为那就是紧紧地盯着他看——好像她照样很想认识他。“哦，对呀，亲爱的，没关系，是我啊；那么你，一脸有趣的皱纹，还有那个最惹人注目的鼻子（它是最漂亮呢，还是最丑陋呢），你是谁呢？”——她似乎朝他抛去了那么一把未扎好的芳香四溢的鲜花。斯特雷瑟有点想知道——他的反应竟然也这么快——是否一定程度上预见到了双方的感应，使德·维奥内夫人决定不作介绍了。无论如何，其中一位先生已与我们这位朋友的同伴套上了近乎；这位先生相当胖又矮得很，戴一顶奇特的宽卷边帽子，穿一件礼服大衣[①]，似乎刻意扣上了纽扣。他讲的法语很快变为同样流利的英语，斯特雷瑟这时才想到他很可能也是个专使。他的意图显然是想明确表示要独占德·维奥内夫人的容颜，而且这点他在一分钟之内便成功了——三言两语一哄就把她带走了；这手段玩得颇有社交艺术，斯特雷瑟望着那四个人转身离去的背影，自感不善此道。

他再次坐在那张长凳上，一边眼睛跟着那几个人走，一边像以前那样，思考着查德古怪的交际圈。他独自在那儿坐了五分钟，要想的事够多的；特别是他突然被一个迷人的女子抛弃的感觉，这会儿已被其他感想淹没，而且实际上已完全被驱散不挂在心上了。他还从未这么悄无声息地放弃过；如果再也没人和他说话，他也毫不在乎。看这种态度，他仿佛在参加一次盛大的游行之类的，他刚才受到的非礼可以说仅仅属于其中一个微不足道的事故。此外，事故一定还会多的是，而就在他想到这里时，这一段的沉思被迫终止了，因为小比尔汉姆又露面了，在他面前站了一会儿，暗示性地说了声：“嗯？”他发现这反映出自己心乱神迷，也许惊呆了。他回应了一声：“嗯！”意在表明他丝毫也没有惊呆。确实没有；小伙子在他身边坐下时，他的表现是，即使他最坏的情况下被人推倒过，那也是推倒在高空中，那种更崇高的环境让他有一种亲近感，并可望在其中漂浮一会儿。过了一会儿，他对那种暗示

---

① 礼服大衣：十九世纪一种双排扣、长及膝部的男式外衣。

继续作出反应，说道：“你确定她丈夫还活着？”这么说并非降落到地面了。

“噢，亲爱的，是啊。”

“啊，那么——！”

“啊，那什么？”

斯特雷瑟毕竟需要想一想。“嗯，我为他们感到惋惜。”但这点在眼下的影响也不过如此。他让那位年轻朋友放心，自己已心满意足了。他们不要走动了；就眼下这样已很不错。他不想让人作介绍；已经被介绍到差不多他力所能及的地步了。而且他已大开眼界；比如格洛里安尼，就像巴勒斯小姐老是说的那样，此人妙不可言；他肯定还认出了其他六七个人，他们都是名人，有艺术家、评论家，噢，还有那位了不起的戏剧家——**他**是容易认出来的；但他不想——不了，谢谢，说真的——不想和他们当中的任何一位交谈；根本就无话可说，觉得像现在这样就挺让人高兴的了；挺让人高兴是因为现在这种情况——嗯，绝对是太迟了。听完这番话，小比尔汉姆显得顺从又机敏，只是就便找出几句安慰话来，随口说了“迟来总比不来强啊”之类的，而他就此随即得到的只是一句“早来总比迟来强”！实际上，这句话随即让斯特雷瑟平声静气地打开了话匣子流露心声，而他一旦让自己说开来，他就感到真的如释重负。话语之流一直有意识地往脑海里汇聚，但脑海里积满的速度比他知道的要快，而他的同伴那么轻轻一碰就使话语的浪涛奔流而出。有些事情如果要来就要来得及时。它们如果没有及时来就永远来不了了。正是对它们的总体认识使他不紧不慢地来了这么一通长篇大论。

“对你来说，无论从哪方面看，都不算太迟，而且凭我的感觉，你并没有赶不上趟的危险；此外，人们总的来说——他们的自由之钟在本地似乎嘀嗒嘀嗒地走得很响啊——当然咯，基本上都是会留意飞逝的时间的。尽管如此，也别忘了你还年轻——年轻得很呢；你反而要为这点高兴，要活得年轻。你能怎么活就怎么活；不这么活就是个错误。只要你有自己的生活，你具体做什么倒问题不大。如果你从未有过自己的生活，那你**有过**什么呢？这个地方和这些印象——你可能会发觉都平平淡淡的，难以让人非常兴奋；我对查德和对在**他的**住处见到的人们的种种印象——嗯，对我来说全都自有其丰富的启示，使我刚刚才意识到**这点**。我现在明白了。我以前没有尽情地这样生活——而现在我老了；至少对我所明白的道理来说，是太老了。哦，最起码，我**确实**明白过来了；明白得你不会相信，或者说，明白得我无法表白。为时晚矣。这就像火车按时在车站等我，而当时我却糊里糊涂地不知道它就在那儿。现在我听到火车沿铁路几英里几英里渐渐远去的微弱的汽笛声。一个人失去什么就失去了；别犯这样的错。这回事——我指的是生活这回事——毫无疑问，对我来说也不可能是两样的；因为它至多是个马口铁铸模，要么凹凹凸凸，带有装饰性的凸纹，要么光溜溜的极其平整，把一团没用的糊糊，即人的观念意识倒进去——就像大厨师说的那样，以便‘形成’那种形状，而且或多或少都要受它有力地定型：总之，人尽其所能地生活。尽管这样，人还是抱有自由的幻想；因此别像我这样，连这种幻想的记忆也没有。在该有这种幻想的时候，我要么太笨，要么聪明过头了，总是没有幻想；我不大清楚究竟是哪种情况。当然咯，目前我的情况是在对这种错误进行反思；而这种反思的声音，毫无疑问，总是应该打个折扣来对待的。但这并不影响该有这种幻想的时候如今正属于你这一点。一个人仍然能十分幸运地拥有的**任何**时候都是该有这种幻想的时候。你还有的是；这可是了不得的事；像我说的，你啊，你真该死，年轻得让人十分高兴又十分可恨。千万别因为犯傻而错失事情。当然咯，我并没有把你当傻瓜，否则我决不会这么苦口婆心地在跟你讲。你想干什么就干去吧，只要不犯**我的**错误就行。因为那就是错误。生活吧！”……缓缓地，很动听，有时充分地停顿，有时一口气往下讲，斯特雷瑟就这样畅所欲言；他一步步地抓住了小比尔汉姆的注意力，使他专心严肃起来。到头来那小伙子变得一本正经，而这与讲这番话的人原本想达到的那种纯洁快乐恰相矛盾。他观察了一会儿自己这番话所产生的结果，然后，把一只手放在他那位听众的膝盖上，似乎想用一句恰当的笑话来收尾：“现在当心啦，我会一直关注你的！”

“噢，但我可不知道我到了你这个年纪时想和你太不相同啊！”

“啊，你快到这个年纪的时候要准备，”斯特雷瑟说，“更加有趣。”

小比尔汉姆继续思考着，但最后微笑了。“嗯，你确实有趣——对我来说。”

“滑稽可笑[①]，就像你说的，毫无疑问。但对我自己来说，我又算什么呢？”斯特雷瑟说着站了起来，这时注意到一次正在发生过程中的碰面，那是在花园中央，碰面的双方是他们的主人和那位女士，而德·维奥内夫人正是为了陪她而离开他的。就是那位女士，似乎不出几分钟就离开她的朋友们，等着格洛里安尼急乎乎地走上前来，她嘴里说着的话斯特雷瑟无法听到，但她那张有趣的会说话的脸倒好像让他听到了回声。他敢肯定，她敏捷而细腻，他还肯定她遇到对手了，而且他喜欢——因为他十分肯定，公爵夫人傲慢得不易察觉——喜欢那位大艺术家与她针锋相对时的那份好脾气。他们这一对，是属于“上流社会”的吗？——而他自己，眼下因为在观察而和他们相关，是否也身处其中了呢？那样的话，这种上流社会中就暗藏着老虎的气息，就像从林里飘来一股气味，越过草地进入这醉人的空气里让他闻到了。不过这使他极其羡慕这两只老虎，使他嫉妒，而那只虎毛发亮的雄虎，极其引人注目。这些乱了方寸的荒谬想法，此刻刚成熟起来的联想的成果，全都反映在他紧接着对小比尔汉姆的讲话中。“我知道——要是我们谈的是这个——我会乐于像谁那样！”

小比尔汉姆循着他的目光望去；但接着便带着一丝会意中的惊讶说：“像格洛里安尼？”

我们这位朋友其实已经在犹豫了，不过并非出于他那位同伴的疑问，那疑问中含有深深的重大的保留。在眼下完整的景象中，他刚刚辨认出了别的

---

① 滑稽可笑：原文为法语 *impayable*。

事情别的人；另一种印象又涌现了。一个身穿白色连衣裙、头带饰有柔软羽毛的白帽子的少女突然映入眼帘，而且马上就清楚的是，她正朝他们走来。更为清楚的是，她身边的那个帅气小伙子是查德·纽瑟姆，而最为清楚的则是，她因此就是德·维奥内小姐，她长得实在是漂亮——又聪慧又温柔羞答答喜洋洋的妙不可言——而此刻的查德，则给人一种经过完美计算的感觉，正要把她带给他的这位老朋友看。其实再清楚不过的，是比这重要得多的某样东西，只要它动一动——这难道不就是连带着的吗？——所有的含糊不清就会消失。那是弹簧弹了弹——他看到了真相。到此时他也碰到了查德的目光；那目光中含有更为意味深长的东西；因此，就比尔汉姆所问而言，答案中自可见到这种真相。“哦，查德！”——他该乐于“像”的是这个万里挑一的小伙子。那种高尚的感情就要完全展现在他眼前了；那种高尚的感情就要当场请他祝福了；让娜·德·维奥内，这个迷人的尤物，将是——此刻又高雅又热烈——将是祝福的对象。查德带她直接朝他走来，而查德，噢，对了，此时此刻——为了伍莱特或不论什么的骄傲——甚至比格洛里安尼还要出色。他采到了这朵花；他把花儿插在水里过夜；到他终于把它拿起来端详时，他确实喜爱自己用心的效果。这就是为何斯特雷瑟起先感到了计算的迹象——而且还有，就像他此刻所明白的，为何对那小伙子来说，他凝视那个少女，就是小伙子成功的一个标志。哪个小伙子曾经没有个理由就这样拿一个花季少女四处招摇呢？目前他的理由中毫无费解之处。她的类型足以说明这点——他们决不会，他们不可能要她去伍莱特。可怜的伍莱特，它会失去什么！——虽然其实还有勇敢的查德，可它会得到什么！不过勇敢的查德刚刚说得好极了。“这是我的一个好小朋友，她知道你的一切，而且给你带了个口信。这位呢，亲爱的，”——他朝那孩子本人转过身去——“是世上最好的人，他有能力帮我们的大忙，我要你尽可能像我一样地喜欢他，尊敬他。”

她站在那儿，面色桃红，略显惊怯，越来越漂亮了，一点儿也不像她母亲。在最后一点中，除了青年之间的相像外，毫无相像之处；事实上斯特雷瑟突然产生的最明确的印象正在于此。他的印象是惊讶、惶惑又尴尬，自己的思绪居然回到了刚才一直在与之交谈的那个女人；这是个新发现，据此他已明白，她会变得更有趣。那么苗条，那么清新，那么白皙，她此刻展现出如此的完美；若要真的相信她身上的完美，要看到她达到一位母亲那样成熟的地步，那就急需比较了。唉，此刻除了清清楚楚地推到他面前的，还能是什么呢？“妈妈要我在我们走以前告诉你，”那少女说，“她非常希望你很快就会来看我们。她有件重要的事要对你说。”

“她很是自责，”查德帮忙解释说，“你讲的话让她很感兴趣，可她却只能听任你的讲话突然意外地被打断了。”

“啊，没关系！”斯特雷瑟一边轻声说着，一边亲切地看看一个，又看看另一个，心里琢磨着许多事情。

“我自己也要问你，”让娜仍然十指交叉握在一起，好像是在背某句学来的简短祷词——“我自己想问你是不是肯定会来。”

“交给我吧，亲爱的——我来办这件事！”这么回答时查德显得可高兴了，而斯特雷瑟自己则几乎连气也不敢出一口。那少女的性格确实太温软太陌生了，不可直接打交道；因此人们只能像端详一幅画那样去端详她的性格，切不可动手。但他现在是和查德在谈问题——查德他是可以应付的；在这方面和所有事情上这个小伙子都尽情地体现出一种令人愉快的信心。在他的同伴听来，他讲话的语气中便包含着全部的真情，他说话实在像已经是那家的人了。这使斯特雷瑟越发迅速地猜到德·维奥内太太那么着急的事情究竟会是什么。她见过他之后，发现他随和顺从；她希望跟他把事情说白了：必须为年轻人找出个办法来，别让她女儿移民为条件的办法。他仿佛已看到自己与这位女士讨论着伍莱特作为查德的伴侣的居住地的种种吸引力。那个小青年现在在这件事上面是要信她了——而他母亲的使者到头来只好与他的一个“女朋友”去交涉了吗？一时间两个男人似乎就这个问题互相对视着。但查德对展示这么一种关系颇感自豪，这点绝对不会有错。这正是令他如此表现的因素，而三分钟前，他让人看到的也是这样；这也是他那位朋友第一眼看到他时对他的神态大受震动的原因。总之，正如他曾对小比尔汉姆所提到的，恰恰就在他终于如此感到查德一下子就把事情展演给他看时，他最钦羡他了。然而整个表演过程也只不过是三四分钟的事，主事者很快就解释说，由于德·维奥内夫人“有事”马上要走，这回让娜只能匆匆露一面。他们大家很快就会再见面的，而这段时间斯特雷瑟要留下来自己玩玩——“到时候我再来接你。”他就像带那位少女来那样把她带走了，而斯特雷瑟呢，耳边听着几乎从未听到过的她那句轻轻甜甜的外国话“Au revoir, monsieur!”[①]双眼望着他俩肩并肩地离去，再次感到她那位同伴与她的关系如何因此得以强调。他俩消失在人群中，显然进屋去了；于是我们这位朋友转身想对小比尔汉姆倾吐他已确信的看法。但小比尔汉姆已不在那儿了；小比尔汉姆已在刚才短短的片刻，出于自身的原因，干别的事去了：这种情况照样令斯特雷瑟大有感慨。

① 法语：意即“再见，先生”。

第三章

实际上，查德这回并未遵守他会回来的诺言；但戈斯特雷小姐倒是很快就来解释他为何没来。他临时有些原因得和**那两位女士**一起走了；他再三请求她出来照料他们的这位朋友。她在他身边坐下时，斯特雷瑟感到，她照料他的方式，令他无可奢望了。他刚才坐回到那张长凳上，又剩孤零零一个人了，更强烈地感到小比尔汉姆不该不听他未说出口的想法；然而，就此而言，后来的这位与他交谈的人倒是更忠实的听众。“是那个孩子！”几乎她刚一露面，他就对她叫起来；尽管她耽搁了一段时间才作出直接的反应，可他同时却能感到这一真相在她身上所起的作用。她就那么拖延不答，仿佛他们此刻一起面对着的真相犹如洪水般四处泛滥，而非一时只是一杯一杯地端给她；因为她发现，事实证明——一旦这样面对面地与她们在一起——她从一开始就可以对他把与之有关的几乎一切都和盘托出的人，除了**那两位女士**，还能是谁呢？假如他事先就采取简简单单的步骤，把她们的名字告诉她，这一点早就已水到渠成。不可能有更恰当的例子了——而她看上去饶有兴趣地注意到了这点——他已经为自己搞清了那么多问题，到头来却偏偏就这样把该小心的事抛到了九霄云外。说来也巧，她们，她和那孩子的母亲，却是老校友——多年未见面的朋友了，但这个不期而遇的机会一下子又使她们相聚。戈斯特雷小姐暗示，想到自己不再是暗中探索了，真是如释重负；她不习惯于暗中探索，而且他可能已看明白了，通常，她总是直奔线索而去。就她现在手头所抓到的这一线索而言，起码不必多费疑惑了。“她要来看我——那可是为了你，”斯特雷瑟的顾问继续说，“但我并不需要这件事来弄清自己的地位。”

多费疑惑也许大可不必；但直到此刻，斯特雷瑟甚至还完全摸不着边际呢。“你这话的意思是，你知道她现在在哪里？”

她略加犹豫。“我的意思是，要是她来看我——由于我震惊之余已经有点缓过神来——我就不会在家了。”

斯特雷瑟僵住了。“你把这——你弄清她的身份——称作震惊？”

她忽然闪现出少有的不耐烦的神色。“这是一种惊讶，一种情绪。别这么咬文嚼字。我可不过问她的事。”

可怜的斯特雷瑟脸拉长了。“她很让人讨厌——？”

“她比我过去记得的还要有魅力。”

“那么问题是什么？”

她得想一想该怎么说出来。“唉，我很让人讨厌。这件事很让人讨厌。一切都很让人讨厌。”

他注视了她一会儿。“我明白你的意思了。一切都可以接受。”实际上，就这话他俩还四目相对了好一阵子；此后他继续说：“难道不就是那个漂亮的孩子的事吗？”可她仍然一声不吭，他又说：“你干吗不想接纳她呢？”

她马上清清楚楚地作了回答。“因为我不愿介入这件事。”

这使他略微有些抱怨起来。“你现在就要丢下我了？”

“不，我只是要丢下她。她会要我帮她对付你的。可我不愿意。”

“你只会帮我对付她的吧？好，那么——！”原先聚在一起的人们，由于想用茶，多半都已进了屋，整个花园基本上就剩他们两个人了。斜阳投下长长的影子，从别的花园里，从那家古老的修道院和古老的宾馆的花园里高大的树林中，也传来了在美妙的空隙之处筑了窝的鸟儿发出的这一天最后的欢唱；仿佛我们这两位朋友一直在等待着这尽显魅力的时刻。斯特雷瑟的种种印象仍在心头；仿佛发生了什么事把它们“钉住了”，使它们愈见强烈；但事后不久，就在那天晚上，他将自问究竟真的**发生了**什么事——无论如何他还能保持清醒的头脑：一个绅士被带入，而且是第一次被带入“上流社会”，由大使和公爵夫人们构成的社会，对他而言，这些事总体上还不够丰富多彩。然而，正如我们所知，一个人——尤其是一个像他这样的人——所拥有的经验总体上可能会与他的经历完全不相称，这对他来说毫不足奇；因此，尽管和戈斯特雷小姐坐在那儿商量，听到德·维奥内夫人的事，无疑都绝对算不上了不得的经历，但此时，此景，眼下、最近、可能的情况——还有交谈本身，字字句句都必有反响——反而赋予这时时刻刻更丰富的历史的意味。

从头说起，这确是历史：二十三年前，让娜的母亲在日内瓦时与玛丽亚·戈斯特雷是同学，也是好朋友，而且，尽管时断时续，尤其是最近已有一段长期的间隔，戈斯特雷倒也有幸见过她几回。二十三年的时间，无疑使她们两人都历经世事；德·维奥内太太——虽然她一出校门马上就结了婚——今天三十八岁是一个钟头也绝对不可能小了。这就使她比查德大十岁——不过，假如斯特雷瑟愿意的话，也可以说比她自己看上去大十岁；无论如何，这是一个将要当丈母娘的人指望够得上的最小的年龄了。她将是所有丈母娘中最有魅力的；除非到时候出于某种至今还猜想不到的反常情况，她在那种关系上要完全自我掩饰。按玛丽亚所记得的她来说，绝对没有她不该显出魅力来的人际关系；而且即使在总是最常见失败的关系中有失败的耻辱，这点仍无例外。这决不是那种关系中的考验——其实在那种关系中这何时**会成为**考验呢？——因为德·维奥内先生从来就是个粗野之辈。她和他已分居多年——这自然在任何时候都是个极糟糕的处境；但戈斯特雷小姐对此事的印象却是：假如她有意表现得和蔼可亲，那她就能从中得出再好不过的结果。她和蔼可亲至极，谁也无话可说；幸好她丈夫的情况不是这样。他极其令人讨厌，使她所有的优点都占据优势。

对斯特雷瑟来说，这仍然是历史：德·维奥内伯爵——他们谈论着的那位女士是位伯爵夫人，这也是历史——经过戈斯特雷小姐的辛辣描述，此刻在他脑海里的形象，伯爵是个高傲自大地位显赫处事圆滑莽撞无礼的恶棍，一种神秘秩序的产物；这更是历史：他那位同伴那么直爽地简介过的那个迷人的少女，竟然马上就会被一个当母亲的，又一个外表引人注目、内心却充满阴暗的个人动机的人嫁出去；最要紧的是，这或许也是历史：这几个人嘛，不用说，都受到用不着考虑离婚这样的动机的支配。“**这些人**[①]不离婚，你也知道，就像他们不移居国外或发誓不放弃那样——他们认为那样做又邪恶又粗俗”；因为这一事实，他们只不过显得更为丰富而特别罢了。这是特别得彻底了；在斯特雷瑟的想象中，这多少也是迭经沧桑了。当年在日内瓦上学的那个少女，是个孤独、有趣又有依赖感的人儿，其时既敏感又狂躁，鲁莽却总能得到原谅，是个法国父亲和英国母亲的女儿，其母早早便成寡妇，又结了婚——重新和一个外国人努力了一回；在与那个外国人的共同生活中，她显然未给那个孩子以舒适生活的榜样。所有那些人——那位英国母亲一方的人——多少都算是家境显赫的；不过仔细考虑起来，有种种奇行怪事和悬殊差异，自当年至今都经常令玛丽亚纳闷他们真正完全协调一致之处究竟在哪里。不管怎么说，她认定了一点，即那个当母亲的，私心很重又喜欢冒险，不讲良心，只想着尽快摆脱一个可能的、实际的累赘。据玛丽亚的印象，那个当父亲的，是个有名的法国人，情况有所不同，她清楚地记得，他给自己的孩子留下的尽是爱的记忆，还有一小笔保了险的财产，不幸的是，后来那笔财产多少使她成为被人追逐的对象。她在校时出奇地聪明，聪明得光彩夺目，不过完全不是聪明在书本上；像个犹太小姑娘（她并不是，哦，绝对不是！）那样会多种语言，滔滔不绝地讲法语、英语、德语、意大利语、人讲的任何语言，她那阵势，在拉上帷幕又化过装的学校保留剧目轮演中，尤其

---

① 这些人：原文为法语 *Ces gens-là*。

是在来自四面八方的同学当中，种族和背景都是一笔糊涂账，全在自吹自擂“家乡”的时候，不论是背诵台词还是即兴发挥，她都要大包大揽，即使不是包奖品证书，起码也要包下每一个“角色”。

今天，要称呼她确认她为法国人或英国人，无疑将是困难的；戈斯特雷小姐觉得，就知识而言，她自然会表现为那种不会让你解释个不停的适合打交道的人——心灵的门户多得无以数计，就像圣彼得教堂[1]里那一个个可以讲多种语言的忏悔室。你可以放心地用罗米利亚[2]语向她忏悔，连罗米利亚人也会违反教规。所以嘛——！但是，在给斯特雷瑟讲述的人哈哈一笑没有说出她的含意；通过这一笑，他对她描述的对象所流露出的恐惧感或许也得到了充分的掩饰。他那位朋友继续往下说的同时，他有那么一会儿在琢磨何种罪恶会是罗米利亚人特别会犯的。不论怎样，她接着提到自己遇到过年轻时的她——又是在瑞士某湖畔——她当时初为人妇，那期间的几年看上去起码没有大的烦恼。那会儿她很可爱，深得她戈斯特雷小姐喜爱，富有同情心，欣喜地相认旧友，风趣地忆及旧事；此后，再次相遇，是后来隔了很久的事，同样很迷人，可味道不同了——那次在一个**乡下的**[3]火车站邂逅五分钟，她显得令人同情又颇具神秘色彩，其间可以看出她的生活已完全变了。戈斯特雷小姐当时自然完全理解，心里明白她出了什么变故，不过又梦想着那不是她本人的过错。她身上确有难解之处，但她还是不错的；如果她这个人不行，斯特雷瑟会看出来的。然而她已是另一个人了——这点一看就明白了——不再是日内瓦学校里那个小巧纯真的孩子了；一个可爱的人完全被婚姻改变了（与美国人相比，外国女人**都会**这样）。她的处境显然已经明朗；势必要——有可能的路仅此一条——依法分居。她已定居巴黎，养着女儿，独自谋生。如此谋生——尤其是在巴黎——可不大惬意；但玛丽·德·维奥内却迎难而

---

① 圣彼得教堂：此处指在梵蒂冈城的天主教教堂。

② 罗米利亚：中亚巴尔干半岛上归属土耳其的那部分。

③ 乡下的：原文为法语 *en province*。

上。她会有朋友的，当然咯——而且是很好的朋友。无论如何，她就在巴黎了——这十分有趣。她认识查德，丝毫也不能证明她没有朋友；它所证明的是他这个人拥有何等的好朋友。“我看出这点，”戈斯特雷小姐说，“是在法国剧院的那天夜里；我三分钟就看出来了。我当时看见她了——或者说像她的某个人。而且，”她立即补充说，“你也看见了。”

“噢，没有——根本就没看见像她的人！”斯特雷瑟大笑起来。“但你的意思是，”他也同样迅速地接着说，“她对他一直有那么一种影响吗？”

戈斯特雷小姐已站起身来；是该他们走的时候了。“她一直在为自己的女儿而培养他。”

正如在坦率交谈中频繁发生的那样，说到这里，他们透过各自戴稳了的眼镜，四目对视良久；接着，斯特雷瑟再次把整个地方收入自己的视野。此刻那地方只有他们两个人了。“难道她——在那样的时候——不是太操之过急了吗？”

“啊，她当然不愿虚掷一寸光阴。但这才是称职的母亲——称职的法国母亲啊。你必须牢记她的这点——作为母亲来说，她是法国式的，而对她们来说则别有远虑。然而事情——她无法像自己希望的那么早就动手——恰恰又使她对得到帮忙心怀感激。”

他们慢步离开花园朝屋里走去时，斯特雷瑟领会了这番话的含意。“那么她指望我去办成这件事咯？”

“对——她指望你。噢，当然首先呢，”戈斯特雷小姐又说道，“指望她自己——嗯，能说服你。”

“啊，”她那位朋友回答说，“查德年纪轻轻就被她盯上了！”

“是啊，但有的女人对你的‘人生各阶段’都合适。她们才是最美妙的那种呢。”

她大笑着说出话来，但此话随即使她那位同伴停下了脚步。“你的意思是不是说，她是想把我当傻瓜？”

“嗯，我捉摸不透她究竟会——要是有个机会的话——把你当什么。”

“你说的机会，”斯特雷瑟问，“是什么呢？我去见她吗？”

“啊，你一定会去见她，”戈斯特雷小姐有点模棱两可。“你不可能不这么做。你一定会先去见过另一个女人。我是说假如有那么个女人——另一种女人。这是你出来的目的嘛。”

这也许是，但斯特雷瑟分得清。“我出来不是要见这种人。”

她这时好好地看了他一眼。“她没有更坏，你失望了吗？”

他考虑了一会儿这个问题，然后为之找到了最为坦率的回答。“对。要是她更坏，她对我们的目的来说会更有用。那就会更简单了。”

“也许吧，”她承认。“但现在这样不是更让人开心吗？”

“啊，你知道，”他立即回答说，“我出来，可不是为了开心——这不正是当初你指责我的话吗？”

“一点没错。所以我再说一遍我一开始就说过的话。事情发生了你就必须接受。而且，”戈斯特雷小姐又说，“我并不为我自己担心。”

“为你自己——？”

“因为你要去见她呀。我相信她。我的事她决不会说起的。事实上她无话可说。”

斯特雷瑟纳闷了——这他可没去想过。接着他突然开了口。“唉，你们女人啊！”

他话中有话，她为之脸红起来。“对——我们就是这样。我们都深不可测。”终于，她笑了。“但我拿她作冒险！”

他抖动了一下身体。“好啊，那我也要这么做！”但他们走进屋子时，他又补充说，到早上他头一件事就是要见见查德。

这事第二天倒是更容易办到，因为碰巧的是，在他下楼之前，那小伙子就到他住的旅馆了。出于习惯，斯特雷瑟在公用餐厅里喝咖啡，但当他为此而下楼时，查德马上提出到他称为更私密的地方去。他自己当时也还没吃东西——他们要一起找个地方坐下来吃；他们走了几步拐上大道，为了更私密，在二十来个人中间坐了下来，这时，我们这位朋友才明白，他那位同伴的此举是担心韦马什会来。这是查德第一次像这样“撇开”这个关键人物；而斯特雷瑟发觉自己在琢磨此举意味着什么。他不一会儿就想到，小伙子那郑重其事的样子他以前还没见过呢；这或许又有点令人吃惊地对他们各自至今都郑重相待之事略有反映。不过，真正的大事——假如这终于就是真正的大事了——就像表面上的那样，竟然不折不扣地是由斯特雷瑟重要性的上升所决定的，这就够让人高兴的了。查德一大早起来，急忙赶过来，趁他早上神清气爽之际让他知道，前一天下午他确实给人印象极佳——由此便可迅速得出上述结论。德·维奥内太太假如不能从他那里得到他会同意再度见她的某种保证，是决不会，也不可能放下心来的。说这层意思时，他们对坐在大理石桌面的桌旁，热牛奶的泡沫仍浮在杯中，倒牛奶的溅泼声仍残留在空中，查德的脸上挂着最自在而礼貌的微笑；他的这种表情使我们这位朋友心中的怀疑当即变成口头的质疑。“喂”——仅此而已；此刻他只不过又说了一遍“喂”。查德以其全副机智来应对它，而斯特雷瑟则又回想起对他的初次印象中的想象，那个快乐的不信教的年轻人，相貌英俊，个性坚强，但奇怪的是，生活放纵，他那神秘的程度，自己曾在街灯下暗自努力思量过。他们之间对视良久，这时那个不信教的年轻人便完全懂了。斯特雷瑟最后简直用不着说出余下的话了——“我想知道自己的处境。”但他还是说了，还在对方接话前补充了一点。“你订婚了吗——这就是你的秘密吧——是要和那位年轻小姐结婚吧？”

查德缓缓地温和地摇着头，这是他表示一切都还有时间的方式之一。“我决无秘密——尽管我可以有秘密！无论如何我没有这么个秘密。我们没有订婚。没有。”

“那么是什么把你拴住了？”

“你是说我干吗还没和你一起动身？”查德开始喝咖啡，给面包卷涂黄油，十分乐于作出解释。“至今还没什么能使我——而且将来也不会有什么能使我——不去设法让你尽量在这儿久留。这对你有好处是太明显了。”斯特雷瑟自己对此大大地有话可说，但揣摩揣摩查德口气中的动向也十分有趣。他从未表现得如此深谙世故，而且总是在有他相伴时，我们这位朋友就会意识到，深谙世故的人在接连不断的关系中如何应付自如，是会看到的。查德照样很动听地讲下去。“我的想法——我们来看看[①]——只不过是你应该让德·维奥内夫人认识你，只不过是你应该答应认识她。我毫不介意地告诉你，由于她又聪明又迷人，她完全值得我信赖。我要求你的，只是让她和你谈谈。你问过我你所谓的拴住我的东西，到目前为止的情况，她都会向你解释的。她本人就是拴住我的东西，见鬼——如果你真的一定要弄个水落石出。但从某种意义上说，”他以最令人愉快的态度急忙补充说，“你完全可以自己搞清楚。她真是个太好的朋友了，真该死。太好了，我是说，我无法离去而没有——没有——”这是他第一次犹豫不语。

“没有什么？”

“嗯，没有以这样或那样的某种方式对我牺牲的那些该死的条件作出安排。”

“那么那就是一种牺牲咯？”

“那将是我曾经受过的最大的损失。我亏欠她太多了。”

查德说这些话的方式，真是悦耳动听，而他的请求此刻也很坦白——噢，显而易见又完全公开——很是有趣。此刻确实让斯特雷瑟感到极为激动。查德对德·维奥内夫人亏欠太多？那么这不就解开整个谜团了吗？他的种种改变都受惠于她，因此她就处在要按单收取重塑他所花掉的费用的地位。这不就是实际上可以得出的结论吗？斯特雷瑟坐在那儿津津有味地咀嚼烤面包片，搅着第二杯咖啡的时候，得出了这一结论。再说，在查德那讨喜又热切

---

① 我们来看看：原文为法语 *voyons*。

的表情帮助下得出了这一结论，自然还会得出更多的结论。不，以前他可从未这么心甘情愿地接受查德的本来面目。突然间变得这么一清二楚的究竟是什么呢？那只不过是每个人的性格；那是每个人的性格但——在某种程度上说——他本人的除外。斯特雷瑟觉得，**他的**性格此刻受到了他一直怀疑或相信的所有那些坏事的玷污。查德确实可以成为一个令他人感到很容易相处的人，而查德把它归功于那个人——这么一个人由其工作的本质及那年轻人稳重的表现而足以超越任何“非议”。这一切都栩栩如生地来去匆匆；不过实际上这当中斯特雷瑟倒是能提一个问题。“要是我听德·维奥内夫人的，你就会听**我**的，你能向我保证吗？”

查德紧紧抓住他那位朋友的手。“我亲爱的，我向你保证。”

他的快乐之中最后却有点令人窘迫和压抑的味道——斯特雷瑟在这种气氛下不安起来，很想透透气站直身。他朝侍者示意，自己想付账了，而办这件事费了点时间，在此期间他一边记下钱的数目并假装——此举显得十分虚伪——在估算找头，一边充分感到，查德更为欢乐的情绪，他的青春，他的所作所为，他不信教的态度，他的快乐，他的自信，他的放肆，不论是什么，都有意地取得了成功。唉，事到如今，这倒也没什么不好；他对所讨论问题的看法一时像块面纱一样把我们这位朋友罩住了，透过面纱——仿佛他真的被蒙住了头——他听见与他谈话的人问他可否在五点左右带他过去。“过去”是过河去，而过河去则是德·维奥内夫人住的地方，五点则正是在当天下午。他们终于出了那家餐馆——在他作出回答前就出来了。在街上，他点上一支烟，这又给了他更多的时间。但拖时间也没用，这点对他来说已很明显。“她打算对我怎么办？”过了一会儿他问道。

查德毫不拖延。“你怕她吗？”

“哦，怕极了。难道你看不出来？”

“好啦，”查德说，“她决不会对你使坏，只不过要让你喜欢她。”

“我怕的正是这个。”

“那么这对我就不公平了。”

斯特雷瑟寻思着。“这对你母亲就公平。”

“哦，”查德说，“你怕她吗？”

“一样怕，或许怕得更过分呢。可那位太太是不是反对你在家乡的利益呢？”斯特雷瑟继续说道。

“没有直接反对，毫无疑问；但她极为赞成我在这边的利益。”

“那么——‘在这边’——她认为什么是你的利益呢？”

“嗯，好关系！”

“和她自己的？”

“和她自己的。”

“是什么使得这种关系这么好的？”

“什么？哎，只要你像我在恳求你的那样，去见见她，你会弄明白的恰恰就是这一点。”

斯特雷瑟脸色略显苍白，目不转睛地看着他，毫无疑问，可以“弄明白”更多问题的前景也起不了什么作用。“我是说，关系究竟有多好呢？”

“哦，好极了。”

斯特雷瑟又犹豫起来，但时间不长。一切都很好，但此时已没有他不愿冒险的事了。“对不起，但我真的必须——就像我开始时对你说的那样——知道自己的处境。她坏吗？”

“‘坏’？”——查德重复道，但并无震惊之感。“暗示的含义就是——？”

“当关系好的时候？”斯特雷瑟觉得有点傻，甚至意识到了一声傻笑，因为他觉得似乎非这么说不可。他真正在谈的是什么呢？他不再盯着查德；此刻他在环顾四周。但他心里有件事使他收回了思绪，尽管他还不大清楚怎么把它悦耳地说出来。他想到了两三种说法，尤其是其中有一种，甚至毫无顾忌，都不堪入耳。然而他最后还是找到了说法。“她的生活无可指责吗？”

一俟找到这种说法，他就感到它显得自负而又傲慢；太自负傲慢了，幸亏查德没有因此生气，这使他颇为感激。小伙子说得极为中肯，其效果简直是十足的和蔼。“绝对无可指责。一种完美的生活。**那就去看吧**[1]！”

在他们放松知心的交谈中，最后那句话就像一道命令，斯特雷瑟根本就用不着表示同意；但在他们分手前，必须在五点差一刻来带他走，这一点倒是敲定了的。

---

① 那就去看吧：原文为法语 *Allez donc voir*。

第六部

第一章

时间肯定有五点半了——两个男人一起在德·维奥内夫人的客厅里待了十来分钟之后——查德看了一眼手表，然后又看了一眼他们的女主人，亲切而又快活地说："我有个约会，我也知道，如果我把他交给你，你是不会抱怨的。他会让你大感兴趣的；而至于她嘛，"他对斯特雷瑟说，"如果你感到有点儿紧张的话，那我向你保证，她绝无危险。"

他留下这一保证，让他们因此难堪也好，不难堪也好，任他们去尽力应付，而难堪倒是斯特雷瑟起初吃不准的德·维奥内太太能避免的一件事。令他惊讶的是，他自己并未感到难堪；但事到如今他已渐趋习惯地自认厚脸皮了。他那位女主人，她住在贝尔萨斯街[①]上一幢老房子的二楼，我们这两位访客经过一个老旧而整洁的庭院后才得以进屋。庭院宽敞，是露天的，对我们这位朋友来说，充分体现出独居的习惯、间隔的宁静、距离与进路的庄严；就他焦躁不安的感觉来说，这幢房子是旧日华贵住宅的风格，而他一直在找寻的古巴黎——时而强烈地感受到，时而更强烈地思念着——就在那打过蜡的宽大楼梯展现出的古色古香的优雅之中，就在他被带进去看过的灰白色客厅里精致的**细木护壁板**[②]、圆形雕饰、装饰线、镜子和大块大块的空处之中。他似乎一开始就看见她置身于许多物品之中，其数目众多但并不粗俗，而是

① 贝尔萨斯街：在法国巴黎圣日耳曼区。
② 细木护壁板：原文为法语 *boiseries*。

祖传下来值得珍视的可爱之物。过了一会儿，他的目光避开了女主人的目光，而查德则无拘无束地谈着——与他斯特雷瑟毫不相关，而是谈别的人，他不认识的人，又俨然一副他确实认识他们的样子——这时，从房主的摆设布置当中，他发觉自己辨认出了第一帝国[①]时期的某种荣誉、某种富足、某种拿破仑时代的魅力、那段伟大传奇的一抹淡淡的光辉；这些因素依然附着于所有的执政官[②]椅子、神话中的黄铜饰物、狮身人面像的脑袋和织有丝条纹的退色的缎子表面上。

这地方本身则可追溯到更久以前——他猜想着，旧巴黎又是如何在某种程度上在此继续发出回声的；但是，革命[③]后的那段时期，他模模糊糊地认为就是夏多布里昂、斯塔尔夫人，甚至是年轻的拉马丁[④]的天下，留下了其竖琴、缸和火炬式灯的痕迹，铭刻在各种各样的小物件、装饰品和纪念品上的痕迹。据他所知，他以前从未置身于独具尊严、属于个人的纪念品——古旧可爱的微型画像、大奖牌、图画、书籍；皮革封面的书籍，有粉红色的，有绿色的，书脊上有烫金花饰，与别的各色杂物一起，陈列在嵌铜柜子的玻璃门后。他含情脉脉地注意到了这一切。它们也成了德·维奥内夫人的公寓与戈斯特雷小姐的那个便宜货小博物馆和查德那个可爱的家大不相同的因素；他意识到，这一切的基础，要说是什么现时的搜取方法或奇特方式，更应该说是长年累月的积累，尽管这种积累可能会时增时减。查德和戈斯特雷小姐是一边搜寻、购买、收集和交换，一边又筛选、挑拣和比较；而他眼前景象的女主人，则完全顺从于传承的魔力——他完全肯定，是从她父方家系传承下来的——只管接收、接受并无动静。她有动静时，至多也不过对某些

---

① 第一帝国：指拿破仑·波拿巴当法国皇帝时间（1804—1815）。

② 执政官：法国第一共和国 1799—1804 年间由三个执政官组成执政府，拿破仑任第一执政官。

③ 革命：此处指 1787 至 1799 年间的法国大革命。

④ 夏多布里昂（1768—1848）、斯塔尔夫人（1766—1817）和拉马丁（1790—1869）：前两位是当年法国重要文坛人物，其作品对法国浪漫主义文学运动的发展起了很大作用；后者是当年法国极受欢迎的浪漫主义诗人，后成为杰出的外交家和历史学家。

家道中落者做些隐秘的善举。甚至可以想象，曾有一些物品，她或她的先人可能应急割舍了，但斯特雷瑟无法料想，他们卖掉旧物是为了买“更好”之物。就更好或更差而言，他们决无不同感受。他只能想象他们感受到了——或许在迁移他国时，在放逐他乡时，因为他的想象不可靠，颠三倒四的——感受到应急的压力或者是牺牲的义务。

应急的压力——不论另一种压力的情形如何——不管怎么说，目前大概并不存在，因为高雅悠闲的迹象毕竟仍比比皆是，一处趣味体现出许多的印记，其独特性也许可称为古怪。他猜想到强烈的小偏好和明确的小排斥，那是对粗俗的由衷疑拒和对高贵的个人观点。其大致结果是，他当场尚无现成语汇来形容它，但说起它的话，他一定会极类似于称之为极体面的气氛，个人荣誉的意识，这种意识并不显眼，也不张扬，有所节制，却不同寻常，不断弥漫着。极为体面的气氛——这正是他此番冒险中令他撞破鼻子的一堵古怪空虚的墙。他现在才意识到，实际上，这墙堵死了所有的途径，他经过庭院时它挡在院里，他上楼时它悬在楼梯上，为尽量少用电仍在用着的旧门铃低沉的响声中也有它的份，那是查德在门口拉门铃上颇有些年份却仍保存完好的流苏；总之，它形成了他曾置身的最清新独特的生活环境。只消一刻钟时间他就会担保，有些玻璃柜中放的是古代上校将军用过的刀剑肩饰；有些是曾佩戴在久已停止跳动的心口的勋章；有些是授予大臣使节的鼻烟盒；有些是现已成为经典的作家亲笔签名赠送的作品。其根源在于，对他而言一切都是这么一种感觉：她不像他所认识的那些女人，这实在难得。这种感觉，自前一天起，他越是想到她，就越强烈，尤其是早晨他与查德谈话后得到了特别的加强。说到底，一切都使她无限新奇，而且什么也比不上这幢旧房子和这些旧物品来得新奇。他椅子近旁的一张小桌子上放着书，两三本，但它们并非柠檬色封面，自他初抵欧洲起他的目光就已开始游移其上，两周来至今一直心痒痒地盼着这么个进一步了解的机会。房子的另一头，在另一张桌子上，他认出了了不起的《评论》[1]；但即使是这一熟悉的封面，在纽瑟姆太太的客厅里定会显眼，在此却算不上现代标记。他当场就肯定——事后他知道自己是对了——这是查德的手笔。对于查德所感兴趣的“有影响力的人”把自己的裁纸刀夹在《评论》里的情景，纽瑟姆太太会怎么说呢？无论如何，这位感兴趣的有影响力的人可以说是直截了当地谈起了这一点——实际上很快把它置于脑后了。

她坐在火炉旁一把柔软的饰有流苏的椅子上，那是厅内少数几件现代物品之一；她靠在椅背上，双手相握置于膝头，整个人纹丝不动，只有那张深沉而又年轻的脸上现出优雅而快速的变幻。低矮的白色大理石下面，已揭去盖子的传统型炉火，眼下已燃成银色灰烬；远处有扇窗户，朝温暖寂静的室外敞开着，透过窗口，时断时续地传来庭院对面有个马车房里**马蹄**[2]轻微的嗒嗒声，令人颇感愉快，有如回家，几近置身乡居。斯特雷瑟坐在那儿时，德·维奥内夫人是丝毫也不会变动姿势了。“我想，你并不是当真赞成你正在做的事情，”她说，“但是无所谓，你知道，我会完全像自己也赞成的那样对待你。”

“你这话的意思，”斯特雷瑟直截了当地回答说，“完全就像你不赞成！我向你保证，对我来说，你怎么对待我，事情都会毫无区别。”

“嗯，”她说，勇敢而泰然自若地接过了这番威胁之言，“唯一真正要紧的事情是，你得和我相处下去。”

“啊，但我不和你相处！”他随即答道。

这使她再次住口；不管怎样，她又愉快地开口了。“你可不可以同意和我相处一下——暂时性的——就像你能和我相处，行吗？”

这时他才明白她是如何一路坚定地走过来的；随之还伴有一种异乎寻常的感觉：她正在他脚下的地方朝他抬起她那漂亮、哀求的双眼。他可能是驻

---

① 《评论》，指《双世纪评论》，十九世纪下半期法国公认的最重要的文学期刊。
② 马蹄：原文为法语 *sabots*。

足于自家门口或窗口，而她则站在路上。一时间，他就让她站着，而且也不可能开口。忽然，这令人难过起来，难过得就像一阵冷气吹到他脸上。“除了听你说，”他最后问道，“就像我答应过查德威克的那样，我还能做什么？”

“啊，但我在求你的，”她很快说道，“并不是纽瑟姆先生心里想的。”他发现，她此刻说的，仿佛是要无所畏惧地去冒一切风险了。“这是我自己的想法，是另一回事。”

说真的，这番话给了斯特雷瑟——在使他感到不安的同时——近乎一种大胆猜想得以验证的兴奋感。“嗯，”他十分友善地回答说，“刚才我就断定，你已想出一些自己的主意。”

她似乎仍在仰视着他，但此刻更显沉着。“我刚才看出来你已断定——而这有助于我坚定起来。由此可见，”她继续说道，“我们的确可以相处。”

“哦，但在我看来，我根本就没有满足你的要求。我不理解时怎么能满足你的要求呢？”

“你根本就没必要理解呀；只要你记住它，就完全可以了。只要感到我信任你——而且这毕竟不是什么大不了的事。只是，”她嫣然一笑，说道，“为了平常的礼貌嘛。”

斯特雷瑟久久地不开口，与此同时他们就又面对面地坐着，就像那位可怜的夫人开口交谈以前他们坐着的那样，同样很不自在。此刻对斯特雷瑟来说，她是可怜的夫人，因为显然她碰到什么麻烦了，而她向他那么恳求，只能说明她的麻烦可大了。他可帮不上忙；这不是他的错；他什么也没干；但不知怎么的，她举一举手，就使他们的会面变成了一种关系。而大量不包含其中或与之无关的事物促成了这种关系；这就是他们坐在那儿的气氛啦，高高的清冷雅致的客厅啦，室外的世界和庭院里轻微的嗒嗒马蹄声啦，第一帝国和稳固的陈列柜里的纪念品啦，像这么些离得很远的东西，还有别的离得很近的东西，例如她那双放在膝头的手紧握不放，你越是紧盯她的双眼她脸上的表情就越显得自然。“你指望我的，自然是某种实际上比听上去要紧得多的东西。”

“噢，那听上去也够要紧的了！”她对此大笑起来。

他终于发现自己想要告诉她，正如巴勒斯小姐所说的，她妙不可言；但他还是忍住了，改口说了点别的事。“那么你该对我说说，查德的主意是什么呢？”

“啊，他的主意只不过是男人总会有的主意——把一切努力都推到那个女人身上。”

“那个‘女人’——？”斯特雷瑟缓缓重复了一遍。

“他喜欢的那个女人——而且正好与他喜欢她的程度相称。也和——就转嫁麻烦而言——和她喜欢**他**的程度相称。”

这点斯特雷瑟是听懂了；接着他自己突然发问：“你有多喜欢查德呢？”

“就**这样**多啦——我自己能承受一切，包括你。”但她又马上避开这个话题。“我一直忐忑不安，好像我们的成败就看你对我的想法了；而且就连现在，”她和颜悦色地说了下去，“我也在深抽一口气——哎，是的，鼓起巨大的勇气——希望我实际上给你的印象并不是无法忍受。”

“无论如何，显然，”过了一会儿他才说道，“这不是我给**你**的印象。”

“好了，”至此她表示赞同，“由于你还没有对我说过你对我**不会**有我恳求的那一小点儿耐心——”

“你得出极合心意的结论了？太妙了。但我不理解那些结论，”斯特雷瑟继续说着。“在我看来，你所要求的大大超出你的需要。我所能办到的，说到底，对你最坏的能是什么，对我自己最好的又能是什么呢？我无法使用我未曾用过的压力。你的要求确实是来迟了。我已经为自己做了这件事所容许的一切。我要说的话都说了，我就这样了。”

“对，你就这样了，真幸运呀！”德·维奥内夫人大笑着。“纽瑟姆太太，”她换一种语调补充说，“她可没想到你只能做这么一点点。”

他犹豫了一下，但还是把话说出口了。“嗯，她现在就这么想了。”

“你的意思是不是——？”但她也犹豫起来了。

“我的意思是什么？”

她仍然很是踌躇。“假如我提到它了，就请原谅，但假如我说的是惊人的事呢，唉，也许吧，难道不可以吗？而且，难道这事不该让我们知道吗？”

“知道什么？”他追问着，好像她就这么转弯抹角地提一下后又丢开不说了。

她鼓足了劲。“她对你不抱希望了吗？”

事后想起自己是如何简单而平静地面对这个问题时，他自己也感到吃惊。“还没有。”仿佛他有点失望——原本指望她会放肆得多。但他马上就说下去。“这就是查德告诉你的会落到我头上的结局吗？”

她显然对他处理这一问题的态度感到高兴。“假如你指的是我们是否谈过这一点——那是理所当然。而问题并非与我想见你无丝毫关系。”

“要判断我这个男人是否那种女人能——？”

“一点没错，”她叫了起来——“你这位妙不可言的先生！我确实作判断——我*已经*判断过了。女人不能。你很安全——完全有权这样。你只要相信这一点，就会幸福得多了。”

斯特雷瑟沉默了一会儿；接着他发觉自己在用一种充满自信的挖苦腔调说话，即使在说话的当儿，这种腔调缘何而来，连他自己也觉得古怪。“我努力去相信这一点。但令人惊奇的是，”他叫道，“*你*居然已经了解这点！”

“哦，”她还能说呢。“记得通过纽瑟姆先生，我对这点就了解不少了——在我见到你之前。他想起了你的一切长处。”

“好啦，我几乎能忍受一切！”我们这位朋友尖刻地打断了她的话。对此她又微笑起来，那是由衷的令人愉快的微笑，其效果是要让他听到他自己刚说过的话，就像她已听到的那样。他轻轻松松地意识到，此言无意中泄露了自己，但说真的，一切不都是恰恰泄露了自己吗？偶尔想想他让她抬不起头了，他压制住她了，这固然感觉很好：他此刻所为其实不就是让她明白他接受了他们的关系吗？而且他们的关系是什么样——尽管至今形式上还十分短暂又微不足道——还不是任凭她来选择吗？什么也无法阻碍她——他自然不能——使之变得愉快。在他的脑海深处，在最隐秘之处，有这么一种感觉，即她——就在那儿，在他面前，离他很近，以逼真的权威的形式出现——她就是他频频听到、读到、想到但又从未遇到过的那种罕见的女人，而这种女人一出场，她的眼神，她的嗓音，只要是同时发生的与她相关的**事实**，自展现的那一刻起，都会形成一面之交的关系。他从来都认为纽瑟姆太太不是这种女人，要别人注意到她在场的一个细节慢极了；而眼下，面对着德·维奥内太太，他感到自己对戈斯特雷小姐的第一印象真是单纯。她自然确实在快速成长，但世界很广阔，每天都越来越成为新的一课。无论如何，甚至在更陌生的人之间也有各种各样的关系。“当然咯，我适应查德周到的做法，”他马上补充说。“他让我配合，向来没多少困难。”

她扬了扬眉，仿佛要为那小伙子对曾有意做不体谅人的事略作否认。“你必须知道，假如你会有任何损失，那他会有多伤心。他相信你能使他母亲保持耐心。”

斯特雷瑟双眼望着她，心里琢磨着。“我明白了。那么**这才**是你真正想从我身上得到的。可这我如何去办到呢？也许你会告诉我这点。”

“干脆告诉她真相。”

“你说的真相是什么？”

“嗯，**任何**真相——有关我们大家的——你自己见到的。这就看你的了。”

“非常感谢。我喜欢，”斯特雷瑟略显刺耳地大笑着，“我喜欢你交代事情的方式！”

但她仍友好而温和地坚持着，仿佛情况并不怎么糟糕。“实话实说。告诉她一切。”

“一切？”他怪怪地重复着。

"告诉她纯粹的真相，"德·维奥内太太再次恳求道。

"可什么才是纯粹的真相呢？纯粹的真相恰恰就是我正在设法找的。"

她朝四周看了一会儿，但马上就把目光回到他身上。"把我们的情况告诉她，要充分而又明确。"

与此同时斯特雷瑟瞪大了眼睛。"是你和你女儿吗？"

"对——小让娜和我。告诉她，"她的话音略略颤抖，"你喜欢我们。"

"可这对我会有什么好处呢？或者不如说"——他自己忍住了——"这对你会有什么好处呢？"

她神情更严肃了。"你相信，什么好处也没有，真的吗？"

斯特雷瑟盘算着。"她可不是派我出来'喜欢'你们的。"

"噢，"她可爱地争辩说，"她派你出来是要面对事实。"

过了一会儿，他承认此话有点道理。"但我还不知道事实是什么时，怎么能去面对它们呢？你想要他，"这时他鼓起勇气问道，"与你女儿结婚吗？"

她马上优雅地摇了摇头。"不要——不要这样。"

"而且他本人也真的不想？"

她又摇了一下头，但这回脸上却有一种古怪的容光。"他太喜欢她了。"

斯特雷瑟纳闷了。"你是说，愿意考虑带她去美国的问题？"

"只要是体贴她、待她好的事，什么都愿意干——真的温情待她。我们照管她，而你一定要帮我们。你一定要再见见她。"

斯特雷瑟感到尴尬。"啊，很高兴见——她迷人极了。"

做母亲的心急，德·维奥内夫人赶紧作出判断，后来他回想起来，觉得其风度算是优美的。"可爱的小东西确实讨你喜欢吧？"接着，在他报之以一声最热情的"啊"时，她又说道："她无可挑剔。她就是我的欢乐。"

"嗯，我敢肯定——要是一个人接近她，更经常地见到她——她一定会是我的欢乐。"

"那么，"德·维奥内夫人说，"把这点告诉纽瑟姆太太！"

他更纳闷了。“这对你会有什么好处呢？”不过，当她看上去无法马上回答时，他又提出了别的问题。“你女儿爱上我们这位朋友了吗？”

“啊，”她很是惊讶地回答说，“我希望你会弄明白！”

他表示吃惊。“我？一个陌生人？”

“哦，你不会是陌生人了——要不了多久。我向你保证，你见到她时，一定会完全不像个陌生人了。”

不过这对他来说仍然是个反常的怪念头。“在我看来，自然而然地，要是她母亲不能——”

“啊，今天的小姑娘和她们的母亲！”她用毫不相干的话插了进来。但她赶紧打住，说了点听起来总算更切题的事。“告诉她，我一直对他有益。难道你不这么想吗？”

这话对他起到了作用——大于此刻他所能估量的作用。不过他十分清醒地意识到，自己受感动了。“哦，如果这就是你全部——！”

“嗯，可能不是‘全部’，”她打断了他，“但很大程度上是的。实实在在，”她补充说，那口气将令他难以忘怀。

“那就太妙了。”他朝她笑了笑，同时自觉脸上的表情不自然，那是她的表情令他一时这样的。最后她也站起身来。“好啦，你难道不觉得为了这个——”

“我就该救你？”因此他突然想到了对付她的办法——而且，从某种意义上说，还有摆脱她的办法。他听见自己用了这个过分的字，这个字的发音倒是有助于拿定自己逃脱的主意。“我要是办得到就会救你的。”

第二章

不过，十天后的一个晚上，在查德那可爱的家里，他觉得自己在场时，让娜·德·维奥内那羞怯的秘密突然不成问题了。他和那位年轻小姐及其母亲，还有其他人，一起在那儿吃饭。应查德的要求，他已进了小客厅[①]，以便和她谈话。小伙子把这事当作求他帮忙——“我极想知道你对她的看法。这对你来说确实是个机会，”他曾说过，“可以看看这个年轻姑娘[②]——我指的是她这类人——看看她的真实情况，我认为，作为一个观察行为举止的人，这个机会你不该错失。你将会得到一种印象——不论你带上别的什么——你可以把这种印象带回家去，在家里你又会找到大量的东西与它作比较。”

斯特雷瑟十分清楚查德希望他拿什么与之作比较，尽管他也完全赞同，但不知怎么的，他从未如此深刻地感到，正像他不断默然无声地表达的那样，自己正在被人利用。他至今仍然弄不明白究竟出于什么目的；但他却不断伴有一种为他人提供着服务的感觉。他只是想到，这种服务对那些从中受益的人来说惬意极了；他确实仍在等待那么一种时刻，他能当场发现这种服务对他自己来说实在讨厌，在某种程度上实在难以接受。他一点也搞不清楚，除了事态出现某种转变会给他以讨厌的借口之外，自己的情形何以能得到合情合理的解决。他在日复一日地形成讨厌的可能性，但与此同时每天都产生崭

---

① 小客厅：原文为法语 *petit salon*。
② 年轻姑娘：原文为法语 *jeune fille*。

新而更加迷人的迂回曲折。那种可能性比起他抵欧前夕相距遥远得多了，而他完全感觉得到，那种可能性假如会出现，至多也得不合情理急剧而降。唯有他自问在这么一种功利性的生活中自己究竟给纽瑟姆太太提供着什么服务时，他才自感离那种可能性近了一点点。他希望让自己相信自己仍然没问题时，想到了——实际上很惊讶——他们的通信频率丝毫未减；就此而言，随着他们的问题变得日益复杂，他们的通信也该越加频繁，难道还有比这更自然的事吗？

无论如何，现在他自然而然地念念不忘昨天的信，经常如此自问聊以自慰："唉，此外我还能做什么呢——除了告诉她一切，我还能做什么呢？"为了说服自己确实告诉她，已经告诉她一切，他总是绞尽脑汁地想着还有什么事没有告诉她。极个别的时候，在夜深人静的时候，他会突然想起一件事，一般说来——经过进一步考虑——它实际上无关紧要。当他觉得什么新的事情发生了，或者什么已注意到的事情再现时，他总是马上写信，仿佛担心假如他不写就会漏掉什么事；而且这样他就可以不时地对自己说"她*现在*知道这事了——尽管我在担心"。总的说来，别把过去的事情提出来加以解释，对他而言是莫大的安慰；不必在这么迟的阶段引发什么当时未曾引发的事，甚或掩饰淡化了的事。她现在知道这事了：这就是今夜有关查德结识这两位女士的新发现的事实——不用提他自己更新鲜的事实——他对自己说的话，换言之，就在当夜纽瑟姆太太在伍莱特就知道，他自己认识德·维奥内夫人，他尽心尽责地去看她了；而且他还发现她极为迷人，也许还会有大量的情况要说。但她还知道，或者说很快就会知道，他同样地尽心尽责，没有再去拜访；而当查德代表伯爵夫人问他——斯特雷瑟脑海深处早有主意，清清楚楚地认定她为伯爵夫人——他能否确定一个日子和她吃饭，那时，他就会明确答复："非常感谢——不可能。"他请求小伙子代为致歉，相信他会理解，这事确实让人觉得不甚妥当。他没有向纽瑟姆太太汇报过，自己曾答应"救"德·维奥内夫人；但是，就他对此事的记忆而言，他无论如何未曾答应常去她家。查德所了解的，实际上，只能从他的举止来推断，在这一点上这么做，和别的每件事一样容易。他理解时，总是容易看出来；他不理解时，会更容易看出来，只要有可能；他回答说，他会使之顺当起来；而且他已开始这么办了：以眼下的场合——由于他已准备好替代别的场合——替代他这位老朋友会怀有可笑的顾忌的任何场合，每个场合。

“噢，但我不是外国小姑娘；我已尽可能有英国味了，”在小客厅里，他一进去，格洛里安尼夫人便让出靠近让娜·德·维奥内的位置，而他十分羞怯地在那儿一入座，让娜就对他这么说。格洛里安尼夫人穿一身黑色天鹅绒，镶有白色花边，头发上扑了粉，她那略显高大壮实的体态，一经与人接触，就化为某种难以理解的语言中的慈祥。她先是和善地招呼他，他相信，她那带有不易听懂口音的话中表明，还有点认得两三个星期前见过的他那张面孔，然后她便走开为这位一脸茫然的先生让出位置来。这时他说道——完全是倚老卖老——发觉自己要专门来哄一个外国小姑娘玩，真令他惶恐万分。也有他不怕的姑娘——在美国小姑娘面前他便敢作敢为。因此她就自卫到底了——“噢，但我差不多也是美国人了。妈妈一直要我这样的——我的意思是像美国人；因为她希望我拥有许多自由。她知道自由会产生很好的结果。”

在他看来她相当美——就像一个椭圆形画框中一幅淡淡的粉笔画：他已经把她认作一个长画廊里某个隐而不见的形象，一个从前的小公主的画像，除了年纪轻轻便离开人世外，人们对她一无所知。毫无疑问，小让娜并不会年纪轻轻便离开人世，但是，照样不可对她掉以轻心。在她面前关心起一个小伙子的问题来，这可是太轻率了，实在轻率，这么做，无论如何，他是绝对受不了的。一个小伙子的问题实在可恶；不能把她这么一个人儿当作被人疑心有个“追求者”的女仆来对待。这么一来，小伙子，小伙子——嗯，这就完全是他们的事，或者说，不论怎样都是她自己的事。她心绪不宁，她热血沸腾——激动得双眼不时地放出点光亮来，激动得双颊留着一对红晕——因为有外出赴宴的美妙奇遇，还因为可能有更美妙的奇遇，会发现一个她一定会觉得很老很老的先生，一个戴着眼镜、长满皱纹、蓄着花白长髭的先生。我们这位朋友认为，她讲的英语最悦耳动听，他从未听人讲过，就像几分钟前他相信她嘴里讲的是最悦耳动听的法语一样。他不无渴望地寻思着如此美妙动听的言语是否会触动灵魂；他还不知道呢，实际上他的想象已开始大大离题大加渲染，以致他最后发觉自己心不在焉无所事事地和那孩子友好地不声不响地一起坐着。直到此刻他才感到，她那份紧张幸好已消失，她显得更自在了。她信任他，喜欢他，而且他事后还会回想起来，她告诉他事情了。她最后触碰了一下等候中的境地，发觉既无汹涌波涛，又不寒冷刺骨——唯有她自己在舒适宜人的温馨中可以碰溅起来的小小水花，唯有碰了又碰的安全感。到了他将要与她一起度过的那十分钟结束时，他的印象——已经过取取舍舍——已很完整。由于她懂得自由，她一直是自由的，部分地是要向他表明，与她认识的别的小孩不同，她已吸收了这种理想。她觉得自己很有趣，这倒是令人高兴，但最令他关注的却是想到她所吸收的东西。他很快就会意识到，其实那仅仅在于一件重要的小事，在于那么一个事实，即不论她本性如何，她受到了良好的——他不得不绞尽脑汁想那个词，但它还是浮现了——教养。当然咯，相识如此短暂，他无法论及她的本性，但教养的概念是此刻她令他脑海里所想到的。他以前从来不知道能让人这么强烈地感受到这个概念。毫无疑问，这是她母亲给的；但她母亲呢，为了使之不怎么易于觉察，此外还给了那么多别的东西，而且在先前的两个场合中，斯特雷瑟觉得，那个非同寻常的女人，都未曾给过什么她今夜所给的东西。小让娜是个例子，一个近乎完美的教育实例；而伯爵夫人，一想到这个称呼就令他感到十分有趣，她同样是个例子，也近乎完美——唉，他不知道是哪方面的例子。

“我们的小伙子[①]，他的鉴赏力好极了”，格洛里安尼审视了挂在客厅门口近旁的一小幅画后转过身来对他说了这么一句。我们提到的这位大名人

① 我们的小伙子：原文为法语 *notre jeune homme*。

刚刚进来，显然是在找德·维奥内小姐，但斯特雷瑟从她身边站起身来时，他们这位同来做客的人的目光被紧紧吸引住了，停下脚步看了好久。那是一幅风景画，画不大，但正如我们这位朋友高兴地认为他所知道的那样，此属法国流派，而且属于精品——这点他也乐于认为自己也该猜到了；画框大得与画布不成比例，而且他还觉得，他从未见过一个人像格洛里安尼那样看东西的：鼻子靠得很近，脑袋上下左右快速移动着，仔细端详着查德收藏的这件迷人的上品。这位艺术家紧接着便用上了上面那句话，一面彬彬有礼地微笑着，擦着他那副夹鼻眼镜，进一步环视左右——总之，他对这个地方表示赞许时，体现出他业已光临的姿态，体现出斯特雷瑟想象的能从这种环视中辨别出来某种态度，而那种赞许呢，在斯特雷瑟看来，则一劳永逸地解决了许多问题。此刻，就此而言，斯特雷瑟前所未有地意识到，即使绕过他，完全没有他，那些问题一贯都会得到解决的。格洛里安尼的微笑，他觉得极具意大利风味，真正地神秘莫测，在用餐期间，对他来说是一种对象不明的招呼，而用餐时他们并非邻座；但在另一场合他的微笑中曾流露出来的令斯特雷瑟激动不已的那种特色此时却不见了；仿佛连他们之间因怀疑而产生的暂时的联系啪地绷断了。这是他意识到了最终的现实，这就是根本就不存在像差异那样严重的疑问；尤其是，这位著名的雕塑家似乎隔着一大片平静的水面朝那种差异发信号，显得不无同情，不过，噢，却又多么无聊啊！他搭出了这么一座诱人而虚伪的客气之桥，而斯特雷瑟一时不敢相信那座桥能承受他自身的全部重量。这个念头尽管转瞬即逝，或许还姗姗来迟，却起到了使斯特雷瑟自在起来的作用，而那种模糊的印象已经消失——伴随着说另一件事的讲话声，还有他迅速转身的时候，发现格洛里安尼此时正坐在沙发上与让娜交谈，而他本人的耳朵里则又听到了那熟悉的、令人愉快的、难以说清含义的“噢、噢、噢”，两周前，这种“噢、噢、噢”还曾使他去向巴勒斯小姐问个究竟，但劳而无功。她总是带有那么一种神态，这位如画般美丽的独特的小姐，十分古怪地令他觉得既陈旧又新颖——她总是带有那么一种神态，能把别人已对她说出来的笑话接下去。其意思本身，毫无疑问，是陈旧的，而她利用它的那种用法则是新颖的。他此刻觉得她那种善意的讽刺确实另有所指，而令他略为不安的是，她不肯说个明白，只是显然怀着她旁观的愉悦心情向他保证，她绝对不会再对他多说的了。他只得转而问她把韦马什怎么打发了，不过必须附带说明的是，她回答说，此人在另一个房间，正和德·维奥内夫人谈着话呢，他听罢便觉得自己快要得到点线索了。他琢磨了一下正在发生的那么一番景象；然后，为讨好巴勒斯小姐，他道出了疑问。“那么她是否也迷恋——？”

“不，一点也没有”——巴勒斯小姐马上答道。“她一点也不喜欢他。她厌倦了。她不会在他的事情上帮你。”

“噢，”斯特雷瑟大笑着，“她不可能什么都干。”

“当然不可能——尽管她妙不可言。而且，他对她一点都不喜欢。她不会从我手上把他接过去的——不过，她自然手头有别的事，但即使她办得到，她也决不会这么办。我呢，”巴勒斯小姐说，“以前从未见她和谁闹得不愉快过。今晚，在她那么优美动人的时候，对她来说就显得古怪了——假如她介意的话。所以无论如何，他完全是我的事。我并不担心[①]！”

事情到这一步，斯特雷瑟是理解的，但他在摸索他那条线索。“她今晚让你觉得特别优美动人吗？”

“当然。我几乎从未见过她这样呢。难道你没觉得吗？嗨，这可是给你看的呀。”

他照样直来直去。“‘给’我看——？”

“噢，噢，噢！”巴勒斯小姐叫了起来，照样是反其道而行之。

“唉，”他敏感地承认道，“她可不一样。她很快乐。”

“她很快乐！”巴勒斯小姐大笑着。“而且她的双肩很美——不过这没

① 我并不担心：原文为法语 *Je suis tranquille*。

什么两样。”

“对，”斯特雷瑟说，“人们对她的双肩是有把握的。问题并不在她的双肩上。”

他那位同伴，一边一口口地抽着烟，一边重又喜上心头，大感事情来得离奇有味，仿佛发觉他们的交谈极其令人开心。“对啊，问题并不在她的双肩上。”

“那么问题在哪里呢？”斯特雷瑟急乎乎地问道。

“嗨，问题就在她身上——很简单。在于她的情绪。在于她的魅力。”

“当然在于她的魅力，但我们在说的是差别。”

“嗯，”巴勒斯小姐解释说，“她确实才华横溢，就像我们常说的那样。仅此而已。她多才多艺。她顶得上五十个女人。”

“啊，但是一次，”——斯特雷瑟把话说白了——“只能顶一个。”

“也许吧。但可以来五十次——！”

“噢，我们别谈这个了，”我们这位朋友表明了态度；紧接着他便转入另一个方向。“你能回答我一个简单的问题吗？她会不会离婚？”

巴勒斯小姐透过她那副玳瑁壳眼镜望着他。“她干吗要离婚？”

他表示，这并非他所要的答案，但他很有兴致地作了回答。“好和查德结婚嘛。”

“她干吗要和查德结婚？”

“因为我确信她非常喜欢他。她在他身上创造了奇迹。”

“嗯，那么，她怎么还能更进一步呢？和一个男人或一个女人结婚，”巴勒斯小姐聪明地继续说下去，“都绝对算不上奇迹，因为这种事任何男女都办得到。奇迹在于他们干了这类事却不结婚。”

斯特雷瑟就此琢磨了一下。“你是说，我们的两位朋友就这么下去就非常美妙了？”

但他不论说什么都会引她大笑。“是美妙啦。”

可他仍不松口。“这是因为不带私心？”

然而，她这时却突然烦这个问题了。“对，那么——就这么说吧。此外，她决不会离婚。而且，”她还说，“你听说有关她丈夫的一切，都别去相信。”

“那么，”斯特雷瑟问道，“他不是个恶棍咯？”

“噢，是的。但很讨喜。”

“你认识他吗？”

“我见过他。他非常和蔼可亲[1]。”

“对除他妻子外的每个人都这样？”

“噢，据我所知，对她也一样——对任何女人、每个女人都一样。我希望不管怎样，”她来了个急转弯，“你会欣赏我对韦马什先生的关照。”

“哦，欣赏极了。”但斯特雷瑟尚未就范。“无论如何，”他坦率地指出，“那种情感是一种纯洁无邪的情感。”

“我和他的情感？啊，”她大笑着，“别一笔抹掉其中的私心！”

“我指的是我们在这儿的朋友——指的是我们一直在谈到的那位小姐。”这就是有关自己对让娜的印象他所得出的一个间接却密切相关的结论。他想要坚持的正是这一点。“它纯洁无邪，”他重复道——“我明白了整件事情。”

他这么突然地下了结论，令她大惑不解，她朝格洛里安尼望去，把他当作斯特雷瑟提到了却未指名道姓的那个人，但紧接着她就明白了；不过说实话，此前斯特雷瑟就已注意到她这个一时性的差错，而且还琢磨过其背后可能会是什么原因。他已经知道那位雕塑家仰慕德·维奥内夫人，但那种仰慕是否也代表着一种谈得上纯洁无邪的情感呢？他实在是在一种陌生的气氛中如履薄冰。他盯着巴勒斯小姐看了一会儿，但她已经往下说了。“和纽瑟姆先生处得好吧？嗨，她当然处得好！”——她高高兴兴地扯回到她自己那位好朋

① 非常和蔼可亲：原文为法语 *bien aimable*。

友的问题上去。“大概你会感到奇怪，凭我所见的坐牛[①]的一切——所见很多很多——我竟然没有筋疲力尽。但我并没有筋疲力尽，你知道——我对他不介意；我挺得住，而且我们相处得好极了。我很古怪；我喜欢这样；而我常常无法解释。有的人据说很有趣，很出色，或者很什么的，却让我烦得要死；而另外有些人，谁都可以在他们身上看到的特征却谁也理解不了——我却在他们身上看出数不完的东西来。”这时她又吸了一会儿烟，“他令人同情，你知道，”她说。

“‘知道’？”斯特雷瑟重复道——“我真的知道？我们一定让你感动得流眼泪了。”

“噢，可我说的不是你啊！”她大声笑着。

“那么你应该说我，因为最糟糕的迹象——我必须让你明白这点——就是你无法帮我。这就是女人起同情心的时候。”

“啊，可我确实帮你！”她兴冲冲地坚持说。

他再次盯着她看，停顿了一下才说：“不，你没帮我！”

她那副系有长链的玳瑁壳眼镜，唰啦啦地掉下来。“我帮你关照坐牛。这是笔好交易。”

“哦，这个，倒也是的。”但斯特雷瑟犹豫着。“你的意思是他谈到我了？”

“这么说来我就得为你辩护咯？不，绝对没有。”

“我明白，”斯特雷瑟若有所思。“他的话太深奥。”

“这是他唯一的毛病，”她回答说——“他的事，件件都太深奥。他老是沉默不语——等了很久很久以后才会打破沉默说上一句。而终于说出一句来时，他的话总是他自己的所见所感——绝无一丁点陈词滥调。这正是人们

---

① 坐牛（约 1831—1890）：印第安名为塔坦卡·约塔克，美国达科他州特顿印第安人首领，曾领导苏人部落为捍卫大平原上的生存权而斗争，智勇超群，为人骄矜自恃，终生不信任白人，坚决反抗外族统治。此处以坐牛指韦马什。

可能会害怕的东西，也正是会要我命的东西。但是绝对没有。”她又抽起烟来，同时还因此兴味盎然、沾沾自喜地欣赏着自己的收获。“绝对没有谈到你。我们避而不谈你的情况。我们妙不可言。但我要告诉你他确实做的事，”她继续说，“他想给我送礼物。”

“礼物？”斯特雷瑟重复道，猛然意识到他尚未试着给任何人送礼物呢。

“唉，你知道，”她解释说，“他在维多利亚马车[1]里确实很好；因此，到店门口时，我会把他留下，我经常会一去就差不多几个小时——他喜欢就这么等着——到我出店时，看到他在车里，就让我知道自己的马车还在远处停着。但有的时候，为了换换花样，他和我一起进店去，那种时候我就使出浑身解数阻止他给我买东西。”

“他想‘款待’你了吧？”斯特雷瑟喘着粗气，差点漏出了他自己从未想到的事。他颇感羡慕。“噢，他在恪守讲究实际的传统方面比我要强得多。对了，”他若有所思；“这是神圣的激情。”

“神圣的激情，一点没错！”——巴勒斯小姐以前从未听人用过这一说法，戴着宝石的双手一拍，明白了它的意思。“现在我完全明白他为什么不陈腐了。但我确实还是阻止他买东西——你要是能看见他有时选中的物品就好了。我替他省下了成百上千的钱。我只接受鲜花。”

“鲜花？”斯特雷瑟又一次重复道，一边懊悔地考虑着。此刻与她交谈的人送出过几束芳香四溢的鲜花呢？

“毫无恶意的鲜花，”她接着说，“他愿送多少都成。他送我赏心悦目的花；他知道所有最好的地方——那些地方他是自己找出来的；他妙不可言。”

“他可没把那些地方告诉我，”她这位朋友微笑着；“他有自己的生活。”但斯特雷瑟的思路突然转了回来，就他自己来说，归根到底，这是绝对办不到的。韦马什根本就没有韦马什太太需要考虑，而兰伯特·斯特雷瑟呢，在

---

① 维多利亚马车：一种双座四轮折篷马车。

他内心深处的道义感来说，还得时刻考虑到纽瑟姆太太。而且他也喜欢想到他那位朋友是多么恪守讲究实际的传统。不过他自有结论。“这是*怎样的*激情啊！”他已经想出来了。“这是一种对立。”

她循着他的思路去理解，但还有段距离。“这正是我想到的。不过和什么对立呢？”

“唉，你也知道，他认为，*我有*自己的生活。而我却没有！”

“你没有？”她显出疑虑，她的笑声证实了这点。“噢，噢，噢！”

“没有——不是为我自己活着。我好像只是为别人活着。”

“啊，为了别人，还*陪着*别人！比如刚才就和——”

“嗯，和谁啊？”她还没来得及说出口他就问道。

他的口气竟使她犹豫不定起来，而且照他的猜想，甚至还改了口。“就说是戈斯特雷小姐吧。你为*她*做了什么？”

这倒真的让他动了番脑筋。“什么也没做！”

第三章

话说到这里，德·维奥内夫人已走进来，此刻已走近他们，于是巴勒斯小姐没敢加以反驳，而是专心地透过那副颇具欣赏力的长柄玳瑁壳眼镜，显出一副从头到脚打量她的神情。她刚一露面，就让我们这位朋友觉得，她是为一个重大场合盛装而来，而且比另外两个场合中的随便哪个都更符合他内心重又唤醒的在她们的游园会上的那个观念，**世故女人**自有其生活习惯的观念。她那裸露的双肩双臂白皙而美丽；她那礼服的料子，按他的猜想，属于丝绉混纺，其银灰的色调调配得极为巧妙，给人一种悦目华贵之感；她的脖颈上戴着大颗的旧翡翠串成的项链，上面的绿色在她服饰的其余部分，在刺绣中，在瓷釉中，在缎子中，在似觉贵重的材料和织物中，都得以隐约再现。她的头部极为赏心悦目，洋溢着喜庆气氛，像是个令人愉快的幻觉，似珍贵的旧纪念章上、文艺复兴时期某枚银币上的那种古色古香；而她那样苗条轻盈光彩照人，那么兴高采烈，那种表情，那份果断，都促成了一种诗人有可能感觉到的半神话半世俗的效果。他会把她比作仍然部分地裹在一片晨霞中的女神，或者比作夏日波涛中显出上半身的海仙。她尤其令他想到，**世故女人**——这类女人在其登峰造极的阶段——就像剧中的克娄巴特拉[①]，确实变化多端。她有外貌，有性格，有喜，有悲——或者说起码拥有这些，通

---

① 克娄巴特拉（约公元前69—前30）：莎士比亚的浪漫历史剧《安东尼和克娄巴特拉》中的人物，埃及著名女王，马克·安东尼的情妇，高贵优美，又狡黠任性，充满诱惑力，富于变化无穷的伎俩。

过她独特的神秘法则把它们表现出来，在这一切之外，她碰巧还是一个天才的女人。她一天是个默默无闻的人，封闭压抑的人，可第二天就是个引人瞩目的人，开放舒畅的人。他认为德·维奥内夫人今晚就引人瞩目开放舒展，不过他又觉得其表现方式不够讲究，因为，由于一条天才的捷径，她使他的一切感受都觉意外。吃饭期间有两次他与查德久久地对视；但这些交流其实只不过再度引起原有的模棱两可的心情——那是恳求抑或警告，从中看不大清楚。“你看我的处境，”这似乎就是其中传达的信息；然而他的处境恰恰就是斯特雷瑟所看不明白的。不过，也许他现在应该看明白了。

“你能不能大发慈悲地去让纽瑟姆暂时卸下陪伴格洛里安尼夫人的重大职责？在这期间如蒙斯特雷瑟先生恩准，我就跟他说句话，我有个问题要向他请教。我们的主人应该和另外那些女士谈一谈，而我不一会儿就会回来救你的急。”她向巴勒斯小姐作此提议，仿佛她脑子里忽然意识到一项特殊的职责，可斯特雷瑟听罢——就像听见讲话的人流露出一种恋家心态一样——并不怎么惊讶，而那位小姐对此的认识，就像他本人的反应一样默不作声；过了一会儿，当他们那位同为来宾的小姐和善地离他们而去时，他又有别的事可想了。“玛丽亚为什么这么突然地走了呢？你知道吗？”这是德·维奥内夫人带来的问题。

“恐怕我没别的原因可以告诉你，只是从她的短信中我知道了简单的原因——在南方一位生病的朋友病情突然恶化，她得去陪伴。”

“啊，那么她一直给你写信？”

“她走后就没写过——我只是在她起程前得到了简短的解释。我当时去看她，”斯特雷瑟解释着——“那是我拜访你之后的第二天——但她已经上路了，她的旅馆服务员告诉我，假如我来了，就要告知我，她给我写信了。我到家时就发现了她的短信。”

德·维奥内夫人饶有兴趣地听着，双眼凝视着斯特雷瑟的脸；接着她那精心修饰过的头沮丧地轻轻一摇。“她没写信给我。我去看她的，”她又说道，“我见过你之后几乎马上就去的，因为我在格洛里安尼府上见到她时向她保证过，我一定要去的。她当时并没有告诉我她会不在，而我站在她门口时觉得，好像自己理解了。她外出——有关她那位生病朋友的事，我确实也知道她有许多朋友——她外出是为了让我见不到她。她不想再见到我。唉，”她用一种悦耳动听、刻意温和的口气继续说，“从前我比谁都喜欢她，钦佩她，这点她也知道——也许这正是促使她走开的原因——很可能我还没有永远失去她。”斯特雷瑟仍然一声不吭；他现在自忖起来，很担心在两个女人之间受到怀疑——实际上已经不折不扣地陷入那种状态；而且他还想到，可以觉察到，这些影射和表白的背后另有文章，假如他对之信以为真，那只会不大符合他眼下要把事情简单化的决心。对他来说，好像她的温柔和伤感仍然是发自内心的。她不久就接着说：“她很幸福，我高兴极了。”他觉得此言同样发自内心。但此言还让他无法开口——尽管它所表达出的责难之意又尖锐又强烈。其言外之意是，他斯特雷瑟就是玛丽亚·戈斯特雷的幸福，在极短暂的一瞬间，他很冲动地想驳斥这种想法。不过，他即使那么做了，也只能说：“那么你认为我们之间有些什么呢？”不一会儿他就极为庆幸自己没那么说。他任何时候都宁可显得不知所措，也不愿显得呆头呆脑，而他想到女人——尤其是那种极为成熟的女人——相互间会怎么看的问题，不禁胸口发闷不寒而栗，也赶紧收回这种思绪。不管他为何出来，他并非来钻研这个的；因此，与他谈话的女人此刻提到任何事情，他都完全不去接话。不过，虽然他避开她已有数天，把他们再次相见的任务全都推在她本人身上，她却并未对他显露丝毫的怒气。“好啦，现在该谈谈让娜了吧？”她微微一笑——其中带有她刚刚进来时的那种兴高采烈。他当即觉得它代表了她的动机和真正的使命。但他实实在在地一直在培养她在他不怎么说话时多说话。“你是不是看出来她有份情意呢？我是说对纽瑟姆先生。”

斯特雷瑟似乎上火了，终于破口而出。“我怎么看得出这种事情呢？”

她依然十分温和。“啊，但这是令人开心的小事呀，而你——别装啦——

看得出世上的一切。难道，”她问道，“你不是一直在和她交谈吗？”

“是啊，但没谈查德。起码谈得不多。”

“喔，你不需要‘多’！”她鼓励似的指出。但她又立即改了话题。“我希望你还记得那天作出的保证。”

“就像你当时说的，‘救’你？”

“我现在还是这么说。你会吗？”她追问道。“你没有反悔吧？”

他琢磨着。“没有——但我一直在想我当时是什么意思。”

她不松口。“一点也没想想我当时的意思？”

“没有——没那必要。要是我知道自己当时是什么意思，那就够了。”

“难道，”她问道，“你到这会儿还不知道？”

他又停顿了一下。“我想这个问题你应该交给我。不过，”他又说道，“你给我多少时间？”

“在我看来，这倒更是一个你给我多少时间的问题。至少，这里的我们这位朋友本人，”她继续说道，“难道没有不断地让你了解我吗？”

“没有，”斯特雷瑟答道，“从来没有对我谈到过你。”

“他从来没谈到过吗？”

“从来没有。”

她思忖着，假如这一事实令她窘迫，她也完全掩饰住了。实际上紧接着她就缓过神来。“对，他决不会谈到的。但你需要他谈吗？”

她这么一强调，倒是妙极了。尽管他的目光一直游移不定，此刻他注视她的时间却长了点。“我明白你的意思了。”

“你当然明白我的意思。”

她不失文雅地喜形于色，而她讲话的口气真能让正义女神流下泪来。“我面前就有他欠你的东西。”

“那么就承认这是有用的东西，”她说道，不过自豪的口气中仍带有同样的谨慎。

他听出了这点，但仍径直往下说："你已把他塑造成我所见到的样子，但我不明白的是，你究竟是如何办到的。"

"啊，这是另一个问题啦！"她微笑着。"关键在于——承蒙你帮我发现了他——当认识纽瑟姆先生就等于认识我的时候，你却拒绝认识我，这有什么用呢。"

"我明白了，"他寻思着，双眼仍然凝视着她。"我今天晚上不该见你。"

她把自己握在一起的双手举起又放下。"这没关系。假如我信任你，你干吗就不能也信任我一点点呢？而且，"她换了另一种口气问道，"你干吗就不能也信任你自己呢？"可她又不给他时间作出回答。"哦，对你来说，我会很容易相处的！不管怎么说，我很高兴你见过我的孩子了。"

"我也很高兴，"他说；"但她对你没用。"

"没用？"——德·维奥内夫人明显瞪大了眼睛。"嗨，她可是个光明天使哦。"

"这恰恰就是原因所在。随她去吧。别想法子追查清楚啦。我指的是，"他解释说，"关于你对我谈到的事情——她的感受。"

他那位同伴纳闷了。"因为人们其实不会去查的？"

"嗯，因为我请求你，就算帮我个人一个忙，别去追查了。她是我见过的最迷人的人儿。所以别碰她。别知道——别想知道。而且——对了——你不会知道。"

忽然，事情成了恳求，而她也就接受了。"就算帮你一个忙？"

"嗯——既然你问我了。"

"那么，你要求的任何事，每件事，"她微笑着，"我都不会知道——永远不会。谢谢，"她转身离去时又特别温柔地说道。

此话余音缭绕，令他完完全全地体会到仿佛自己被绊倒跌了一跤。正要与她商定他要独立行事时，他在某种观念的支配下，竟前后矛盾、十分愚蠢地作茧自缚，而她则凭自己的敏锐，当即感到有机可乘，用小小的金钉子般的一句话，就把他明显感受到的那种强烈意向钉了进去。他并未独立开来，他反而让自己绑得更紧了，而在他颇有些紧张地思量着这一情形时，他的双眼注意到了另一双眼睛，那双眼睛刚刚进入他的视野，使他觉得其中反映了他对自己所作所为的感受。他同时也认出它们是小比尔汉姆的那双眼睛，他显然有意走近过来要跟他说话，而在目前的情形下，小比尔汉姆可不是他会对之紧闭心扉的人。不一会儿，他们就一起坐在了客厅的角落，斜对着格洛里安尼仍在和让娜·德·维奥内交谈的一角，起初他们默默地、善意地把注意力放在她身上。“我死也弄不明白，”斯特雷瑟后来说道，“不论什么脾气的小伙子——比如像你这么一个人——怎么能有幸目睹那位年轻小姐却不会产生正中下怀的感觉。你干吗不去竞争啊，小比尔汉姆？”他想起了在那位雕塑家的招待会上坐在花园长凳上时他曾无意间流露出来的口气，这下通过对一个值得给予忠告的小伙子说说更为合乎时宜的话，或可弥补当时之误。“总会有什么理由吧。”

“干什么的理由啊？”

“嗨，耗在这儿呗。”

“是要向德·维奥内小姐求婚吗？”

“唉，”斯特雷瑟问道，“你能向哪个更可爱的尤物求婚呢？她是我见过的最甜蜜的小东西了。”

“她自然是绝了。我是说，她是珍品。我相信上面的粉红色花瓣卷在那儿是在等待迟早会到来的奇妙的开花期；这就是说，要朝金色的大太阳开放。我不幸只是一支不值钱的小蜡烛。在这么一个场所，一个可怜的小小的画画的能有什么机会呢？”

“噢，你够出色的了，”斯特雷瑟轻描淡写地说道。

“我自然是够出色的了。我认为，我们，**像我们这样的人**[①]，干什么都

① 像我们这样的人：原文为法语 *nous autres*。

够出色的了。但她却是太出色了。有这种差别啊。她们一定不会看我一眼的。”

斯特雷瑟斜倚在长沙发上，仍然醉心于那个少女，而她的目光曾不由自主地有意转到他身上来，在他的想象中，还略带笑容呢——斯特雷瑟对此情此景心满意足，俨然潜伏的激情终于唤起，尽管新材料摆在了面前，他仍然推敲着他那位同伴的话。“你说‘她们’是指谁？她和她母亲吗？”

“是她和她母亲。她还有个父亲，不论他会怎样，他自然不可能对她所代表着的种种可能性无动于衷。另外，还有查德呢。”

斯特雷瑟缄默了一会儿。“啊，但他并不喜欢她——我的意思是，看上去，说到底，从我所说的意义上，并不喜欢。他并没有爱上她。”

“没错——但他是她最好的朋友；仅次于她母亲。他非常喜爱她。能为她做些什么，他自有主张。”

“唉，这很怪啊！”斯特雷瑟过了一会儿颇为感慨地说。

“确实很怪。事情妙就妙在这里。那天你对我妙不可言大加激励的时候，”小比尔汉姆接着说，“你心里装着的难道不就是这种美妙吗？你难道没有用我永远忘不了的口音嘱咐我，碰到机遇时要经历我能经历的一切吗？——而且是真正地经历，因为你当时的意思一定只会是这样的。好了，你让我受益无穷，而我正在尽力而为。我确实从中理解了一种处境。”

“我也是的！”过了一会儿斯特雷瑟才接口说。但紧接着他却提了个毫不相关的问题。“不管怎么说，查德怎么会这么糊涂？”

“啊，啊，啊！”——小比尔汉姆往背后的椅垫上靠去。

这使我们这位朋友想起巴勒斯小姐，而且再次隐约感到自己的意识陷入一个神秘又不为人知的暗示的迷宫之中。不过他仍然把握住了自己的思绪。“当然我是真正理解的；只是这种彻底的转变偶尔让我惊讶得喘不过气来。在解决一个小女伯爵的前途问题上，查德竟有这么大的发言权——不，”他断言，“这需要更多的时间！而且你说了，”他继续说，“我们，像你我这样的人，必然无法介入。事情仍然很奇怪，查德他自己却可以介入。那种处境并没有促成这点，但换一种处境，他要是愿意就可以拥有她。”

“是的，但这只是因为他有钱，而且存在着他会更有钱的可能性。她们会考虑的只有显赫的门第和巨额的财产。”

“哼，”斯特雷瑟说，“照这样下去，他决不会有巨额的财产。他必须赶紧走。”

“这，”小比尔汉姆问道，“就是你刚才和德·维奥内夫人讲的吗？”

“不是——我没对她说多少话。不过，当然咯，”斯特雷瑟继续说，“他要是愿意，可以作出牺牲嘛。”

小比尔汉姆停顿了一下。“噢，他可不太想作出牺牲；或者更确切地说，他可能认为自己作出的牺牲够多的了。”

“哎，这是很高尚，”他的同伴颇有些果断地说。

“这个嘛，”小伙子过一会儿后漏出一句来，“正是我的意思。”

此言让斯特雷瑟自己沉默了一会儿。“这是我自己想明白的，”然后他继续说着；“其实，我也是在过去半小时内掌握这点的。总之，我终于理解这点了；起初——你最早对我说的时候——我并不理解。查德最早对我讲的时候我也不理解。”

“哦，”小比尔汉姆说，“我认为当时你不相信我。”

“不——我相信；我也相信查德。要是我不相信，那就又可恶又无礼了——还有悖常情。你欺骗我又有什么好处呢？”

小伙子动开了脑筋。“我有什么好处？”

“对。查德可能有。但你呢？”

“啊，啊，啊！”小比尔汉姆惊叫着。

他又来了一遍，就此搪塞过去，这可能使我们这位朋友略为恼怒；但正如我们所见，他这次仍然明白自己的处境，而他抵制一切，只不过是他打算维持那种处境的又一个证明。“没有我自己得出的印象，我是无法体会到的。她是个极为聪明、伶俐、能干的女人，除此之外还有一种非凡的魅力——这种魅力我们大家今晚自然都知道该怎么看。这种魅力并非每个聪明、伶俐、能干的女人都具备。事实上对任何女人来说，它都是罕见的。情况就这些了，”斯特雷瑟好像不光是说给小比尔汉姆听似的继续说道。“我了解与这么一个女人的关系——这么一种高尚美好的友谊——会是怎样的。不论怎么说，那不可能是粗鄙庸俗的——而这才是关键。”

“对，这才是关键，”小比尔汉姆说。“那不可能是粗鄙庸俗的。而且，哎呀，我的天哪，那*不是的*！我敢保证，那是我这辈子见过的最美好的事情，而且是最高贵的。”

他倚向椅背，这时坐在他身边的斯特雷瑟也随他向后靠去，趁机注视了他一小会儿，而他看他的那短短一会儿，他却没注意到。他只是专心致志地凝望着自己的前方。“当然咯，这种关系对他的影响，”不管怎样，斯特雷瑟过一会儿又说开了，“当然咯，这种关系对他的影响——这就是说，它究竟*如何*起到如此美妙的作用——并不是我自称理解的问题。我得发现了才能理解。他就是这样了。”

“他就是这样了！”小比尔汉姆重复道。“这真真实实也就是她。我即使有更长时间更亲密接触的机会，也理解不了。但我就像你，”他又说道；“即使在还有点不明白的时候，我就会赞赏欣喜。你知道我对这种关系已观察近三年，尤其是过去这一年。在这之前他并不像我似乎看出来你想到的那么糟糕——”

“我现在什么也不想！”斯特雷瑟不耐烦地打断了他：“这是我现在唯一*确实*想到的！我的意思是，当初，她喜欢上他——”

“他身上一定有什么能耐？哦，有啊，确实有能耐，而且我想，比在家里已表现出来的能耐要强得多。不过，你知道，”小伙子十分公正地进一步说，“她有空子可钻，而她正是钻了空子。她发觉有机可乘并抓住了机会。这就是让我觉得很漂亮的一手。但是，当然咯，”他最后说道，“是他先喜欢她的。”

“那是自然，”斯特雷瑟说。

“我是说，他们先在某处以某种方式相遇——我相信是在某个美国人家里——而她当时完全无意之中给他留下了印象。然后得益于时间与机遇，他也给她留下了印象；从那以后她就和他一样糟糕了。”

斯特雷瑟隐约地注意到了。“一样‘糟糕’？”

“这就是说，她开始喜欢上了——非常喜欢。孤身一人，处于她那种可怕的地位，她发现，这种关系自己一旦建立起来，就是一种利益。它过去是，现在仍然是一种利益；它还在过去——现在也继续在——为她本人起到不小的作用。所以她仍然喜欢着。实际上，”小比尔汉姆谨慎地说，“她更喜欢。”

斯特雷瑟的那种这不关他的事的理论，不知怎么的并未因他对待这番话的方式而受到损害。“你是说，比他更喜欢吗？”听罢，他那位同伴转过头来看着他，这时他们四目对视了一会儿。“比他更喜欢？”他又问道。

小比尔汉姆呢，久久地犹豫不决。“你决不会告诉任何人吗？”

斯特雷瑟考虑着。“我会告诉谁呢？”

“唉，我以为你定期报告——”

“给家里的人？”——斯特雷瑟懂他的意思了。“好吧，这点我不会告诉她们的。”

小伙子终于把目光移开了。“那么她现在确实比他更喜欢。”

“噢！”斯特雷瑟怪叫一声。

但他那位同伴立刻接上话来。“对这一点你自己难道就没有印象？你就是这样才了解他的。”

“啊，可我还不理解他！”

“噢，哎呀！”但小比尔汉姆只说了这么多。

“不管怎样，这不关我的事。我的意思是，”斯特雷瑟解释说，“除了了解他之外，别的都不关我的事。”不过，看起来，他觉得补充一句倒是关他的事：“她救了他，仍然是事实。”

小比尔汉姆等个正着。“我以为这是你要做的事呢。”

但斯特雷瑟早就有话回答。“我说的——与她有关的——是他的礼貌和品行、他的性格和生活。我是把他作为一个可以打交道、可以交谈、可以一起生活的人来说的——作为一个社会动物来说的。”

“你不是也想要他作为一个社会动物吗？”

“当然；这么一来，好像她替我们救了他。”

“所以你就觉得，”小伙子脱口而出，“你们大家都应该救她咯？”

“噢，是我们‘大家’——！”对此斯特雷瑟不禁大笑起来。然而，这又把他拉回到他真正想要证明的观点。“他们已接受了自己的处境——尽管处境艰难。他们并不自由——起码她不自由；但他们接受了留给他们的东西。那是一种友谊，属于一种美好的友谊；而这便是使他们十分坚强的东西。他们觉得，自己很正直；他们互相打气。不过，毫无疑问的是，正如你自己所暗示的，这一点她的感触最深。”

小比尔汉姆似乎搞不清自己暗示过什么。“对他们很正直感受最深吗？”

“嗯，感觉到她很正直，以及由此产生的力量。她为他打气——她支撑着整件事。人们有能力支撑住的时候，事情就很顺利。她妙极了，妙不可言，就像巴勒斯小姐说的那样；而他呢，也自有妙处；然而，作为一个男人，他有时可能会反抗，可能会觉得自己不明白那件事对自己有什么好处。她只不过给了他一种巨大的精神上的鼓舞，而这点所能解释的也十分惊人。这就是我称它为一种处境的原因。如果真有处境的话，这确实就是一种。”说罢斯特雷瑟仰着头，双眼盯着天花板，俨然全神贯注地望着那种处境。

他那位同伴一心一意地倾听着。“这一点你讲的比我所能讲的透彻得多。”

“噢，你知道这点与你无关。”

小比尔汉姆考虑着。“我觉得你刚才说过，这与你也无关。”

“嗯，作为德·维奥内夫人的事来说，它与我毫无关系。但就像我们刚才再次说过的那样，我出来不就是为了救他吗？”

“对——把他弄走。”

“**通过**弄走他来救他；要说服他，让**他自己**觉得自己最好着手做生意——觉得因此他必须立即采取这一目标的必要步骤。”

“嗯，”小比尔汉姆过一会儿说，“你**已经**说服他了。他确实认为这样做最好。他一两天之内已再次对我说过同样的话。”

“而这一点，”斯特雷瑟问道，“就是你认为他没有她那么喜欢的原因吧？”

“没有像她喜欢他那样地喜欢她？对，这是原因之一。但其他事情也给了我这种印象。难道你不觉得吗？男人嘛，”小比尔汉姆不一会儿继续说，“在这种情形下，是**不可能**像女人那样牵肠挂肚的。要让男人这样，需要不同的情形，到那时男人可能会更往心里去。查德嘛，”他最后说道，“他面前自有可以预见的前途。”

“你是在说他生意方面的前途吗？”

“不——正相反；是另外那种，你十分恰当地称为他们的处境的那种前途。德·维奥内先生可能会长生不老呢？”

“那样一来他们就无法结婚了？”

小伙子等了一会儿。“他们唯一有把握指望的就是无法结婚。女人——特殊的女人——可能忍受得了这种痛苦。可男人受得了吗？”他提了个问题。

斯特雷瑟迅即回答，好像他早已独自解决了这个问题。“没有非常高尚的行为准则是受不了的。但这正是我们认为查德所具备的。而就这点来说，”他若有所思地说，“他到美国去又怎么能减少这种痛苦呢？那不是反而会增加痛苦吗？”

“眼不见，心不烦！”他那位同伴大笑着说。接着他更胆大起来，“距离不是会减轻痛苦吗？”可斯特雷瑟还没来得及回答，他又说道，“你知道，问题在于，查德应该结婚！”他最后说道。

斯特雷瑟似乎考虑了一下这个问题。“要是你谈到痛苦，你可没减少我的痛苦！”他接着突然说道。他随即站起身提了个问题。“他应该和谁结婚？”

小比尔汉姆则缓缓地站起来。“嗯，他*可以*结婚的某个人——某个极好的姑娘。”

他们一同站着的时候，斯特雷瑟的目光又转到了让娜身上。“你指的是*她*吗？”

他那位朋友突然做了个怪脸。“在和她的母亲恋爱过之后？不是的。”

“但他*并没有*爱上她母亲，这难道不正是你的想法吗？”

他那位朋友再次停了一下。“嗯，他无论如何没有爱上让娜。”

“恐怕没有。”

“他怎么能爱上别的什么女人呢？”

“噢，这点我承认。但是，你知道，在这里，严格地说”——小比尔汉姆友好地提醒说——“结婚并不一定非要恋爱。”

“要说痛苦，和这样的女人在一起，还可能会有什么痛苦呢？”好像是出于对自己那个问题的考虑，斯特雷瑟不听回答便说了下去。“她把一个男人培养得这么出色，难道也只是为了某个别的人？”他似乎在强调这点的重要性，而这时小比尔汉姆注视着他。“当人们为了彼此的利益而放弃一些东西时，他们并不会因此感到遗憾。”接着他似乎有意颇为大方地甩出一句，“让他们一起面对未来吧！”

小比尔汉姆实实在在地注视着他。“你的意思是他终究不该回去？”

“我的意思是如果他放弃她——！”

“怎么样？”

“唉，他应该自感惭愧。”但斯特雷瑟说话时发出的声音，可能会被当作笑声。

第七部

第一章

斯特雷瑟并非第一次独自坐在阴暗的大教堂里——更不是第一次一旦条件许可便沉浸于教堂对自己的神经的有益作用。他和韦马什去过巴黎圣母院，他和戈斯特雷小姐去过那儿，他和查德·纽瑟姆去过那儿，发觉即使有人做伴去，那地方仍是个可以让自己暂时摆脱问题困扰的避难所，而从那方面有了新生的压力，他自然而然就想出一个解决问题的良方，毫无疑问，是暂时的、间接的，却能大大缓解压力的良方。他十分清楚，那只是暂时的，却是愉快的时刻——假如他可以称之为愉快的话——这种时刻，对一个此时自觉生活得很不体面几乎仅能糊口的人来说，仍自有其价值。认熟了路之后，他近来独自不止一次前往——完全是利用不受人注意的机会溜出来的，回到朋友当中去时也不觉得有提及这种活动的必要。

其实，他那位了不起的朋友，仍然不见踪影，也杳无音信；甚至在三个星期后，戈斯特雷小姐仍没回来。她从芒通[1]写信给他，承认他一定断定她完全不通情理——事实上眼下或许该说可恶而不守信用；但她请求他保持耐心，缓下结论，总之是仰仗他的大度。她可以向他保证，对她来说，生活也是复杂的——比他想象得到的更为复杂；而且她已在自己消失之前弄清他的情况——确保她回来时不会完全找不到他。此外，如果说她没有经常写信拖

---

① 芒通：法国地中海沿岸靠近意大利边界的一个城镇，是冬季避寒、夏季避暑的胜地。

累他，那确实是因为她考虑到他得进行别的重大交往。他自己呢，则在两周内写过两次信，以表明他的大度是如何可靠，但他每次都联想到纽瑟姆太太避开微妙问题时用的纽瑟姆太太书信体。他掩盖自己的问题，他谈韦马什和巴勒斯小姐，谈小比尔汉姆及河那边的人，他又和他们一起喝茶了，他为了方便，对查德、德·维奥内夫人和让娜谈得很少。他承认，自己继续去拜访他们，事实上他确实经常光顾查德的住所，不可否认，这个小伙子与她们实质上的关系极为亲密；但他为戈斯特雷小姐考虑，自有理由不想汇报最近这些天来的印象。那就会等于过多地告诉她他自己的情况——目前他竭力想逃避的正是他自己。

这个小小的难题，某种程度上与此刻促使他过河去巴黎圣母院的同一动机很有点因果关系；那种动机是要顺其自然，给事情以自我证明或至少消失的时间。他心里明白，来这么个地方并没有任务，只是此刻不愿待在别的什么地方罢了；这儿有一种安全感，单纯感，他每次沉浸于这种感觉时，都视之为私底下让步于怯懦，以此自娱。这个大教堂没有供他顶礼膜拜的圣坛，听不到针对他心灵的指示，但它仍然起到圣洁的抚慰作用，因为在那里他能体会到在别处体会不到的心绪，他是个在休着应有假期的疲惫而单纯的人。他疲惫了，但他并不单纯——这正是遗憾和麻烦所在；然而，他却能把自己的问题丢在门口，仿佛那就是他在门口扔进瞎眼老乞丐罐子里的铜币。他走过长长的阴暗的中殿，坐在庄严的唱诗班席上，驻足于东头那排私人祈祷室前，这座宏伟古迹的魅力深深攫住了他。他就像迷醉于一个博物馆的学生——这恰恰就是他后半辈子情愿在一个外国小镇上无拘无束地去做的事。这种献祭方式无论如何既适用于眼下，也适用于另一场合；这使他非常充分地理解到，在教堂范围内，对于真正的避难者来说，尘世俗事是如何暂时搁置起来的。大概，这就是怯懦吧——躲避尘世俗事，回避问题，不在外面光天化日的现实中去解决问题；但他自己的解脱太短暂，太没用，只能伤害他自己，他还对碰到的某些人隐约怀有空洞的善意，那是些神秘而焦虑的人，按他消遣时的观察，他把他们归入逃避公正的那类人。公正在外面，在光天化日之下，而不公正亦然；但在长长的过道及许多亮闪闪的祭坛所形成的气氛中，公正也好，不公正也罢，都不存在。

反正就这样，德·维奥内夫人偕女儿出席在马勒塞布大道的那顿晚餐十来天后的一天早晨，他不由自主地在一次偶遇中发挥了作用，这次偶遇令他大发奇想。在这种敛心冥想过程中，他习惯于隔着相当的距离到处观察来教堂的人，留意其举止、忏悔、俯伏、获得赦免解脱状态的某种特征；这便是他那种隐约的温情正常体现出来的方式，而体现的程度自然仅限于此。他在教堂里缓步绕一圈，接着又绕一圈，其间他注意到了两三次，在其中一个私人祈祷室的阴暗中，有位女士出奇地安静，这下他忽然思量起这种安静所暗示的含义，而他以前确实未曾如此强烈地感受到那种温情的必要性。她并没有俯伏在地——连头也没低一点点下来，但她却古怪地直挺挺地坐着，他从旁边经过止步注目时，发现她那么久久地一动不动，表明她完全沉浸在促使她上这里来的需求之中，不论那种需求是什么。她只是坐在那儿凝视前方，就像他自己经常坐着的那样；但她的思想集中于神龛之中，这点他从未做到，而且他还很容易看出来，她已入忘我之境，而这正是他求之不得的。她不是闲逛进来的，内心流露得少、隐讳得多的外国人，而是个常见的、令人感到亲切的幸运的人，对这样的人来说，做这些事情有某种方法和意义。她使我们这位朋友回想起——因为他此时印象中十有八九都起到使他忆及想象之事的作用——使他回想起一个古老的故事里某个漂亮、坚强、全神贯注的女主人公，他听说过、读到过的某个人，要是他有本事写剧本就可能会写的某个人，他会在超然物外的苦思冥想中重新鼓起她的勇气，还她清醒。她坐在那儿，背对着他，但他的印象完全认定她该是又年轻又引人注目，而且她头部所保持的姿势，即使在圣洁的昏暗之中，仍看得出自信来，暗示着一种对坚强、安全、解脱的信心。但是，这么一个女人要不是来祈祷的，那她又是来干吗的呢？必须承认，斯特雷瑟对此事的认识模糊不清；但他很想知道她的态度是否符合宽恕、“赦免”的某种结果。他只是隐约知道在这么一个地方赦免会意味什么；不过，他似乎轻轻一挥手，就看清了赦免何以确实会增加人们对积极的宗教仪式的热情。一个完全躲在那儿与他毫不相干的人竟令他联想到这一切，确实不少了；但是，他离开教堂前还有最意想不到的事，他碰到了一件更为激动的事。

他随便坐在中殿中间的一个座位上，又以进博物馆的心情，抬头仰望，努力回忆一件往事，实际上也就是想起了维克多·雨果作品里的现成话[①]，而就在几天前，他可以说是纵情享受了一回生活的乐趣，购买了七十卷版的雨果作品，那店主向他保证，便宜得出奇，仅卖红封面烫金的价钱。毫无疑问，他透过那副从不取下来的夹鼻眼镜，在哥特式建筑的幽暗中，敬畏地全神贯注地看着；但他最后想到的问题却是，早已累积堆满了那么多书，这一大堆书还能塞到哪里去。难道红封面烫金的七十卷书可能成为他在伍莱特作为这次使命的成果来展示的最有分量的东西吗？这种可能性一时吸引了他的注意力——直到他偶然感到有人在他不注意时走到他身旁站住了。他转过头去，看见一位太太站在那儿正要打招呼，紧接着他认准了她就是德·维奥内夫人时，赶紧站起来，而她看样子是往门口走去经过他身边时才认出他来的。她迅速又欢快地制止了他必然会产生的慌乱，凭自己特有的本领，来面对它，阻挡它；他一知道她就是刚才他一直在观察的那个人，便慌乱起来。她就是躲在昏暗的私人祈祷室里的那个人；她吸引了他那么多的注意力，是她猜想不到的；但他及时想到，幸亏他不必把这告诉她，而且此事毕竟无妨。其实，她自己马上就表示，她觉得他们不期而遇是最快乐的事，给他来了句“你也上这儿来”，就消除了所有意外而来的尴尬。

“我经常来，”她说。“我喜欢这个地方，但总的说来，是教堂我都很喜欢。老待在教堂里的老太婆都认得我；实际上我自己也已是那种老太婆的

① 雨果（1802—1885）：法国浪漫主义文学代表人物，诗人、戏剧家、小说家。此处提及的作品是《巴黎圣母院》。雨果并非詹姆斯最喜爱的作家之一。

一员了。不管怎样，我预见自己将会这样了却此生。”她看看周围找椅子，他马上就拉一把过来，而她随着一句“哦，我真高兴你也喜欢——”，又和他一起坐下。

他坦陈自己的体会，尽管她并没有明说喜欢什么；他受她那种含糊其词中的圆滑和趣味所触动，心里只是想当然地视之为对美好事物的一种感觉。他意识到这种感觉在多大程度上受到她为自己的特殊目的及早晨散步而准备的柔和素雅的打扮所影响——他相信她是步行来的；她戴着略显厚了点的面纱的样子——小小的装点，却尽显美妙；她的裙服显得宁静而庄重，在黑色中偶尔闪出一种隐隐约约的紫红色；小巧简洁的头部显得迷人而又谨慎；她坐在那儿时，戴着灰手套的相握的双手透出娴静的气氛。在斯特雷瑟的脑海里，仿佛她是坐在自家的地方，在敞开着的大门口，就这样从容而愉快地对他尽主人之谊，而那整片广阔而神秘的领地则在她身后伸展开去。人到了如此完全占有的时候就会极有礼貌了；此时我们这位朋友确实对她的世袭继承有了某种新发现。她在他心目中的那份传奇色彩，远非她所能猜想得到，而且他再次觉察到自己那份小小的欣慰，因为他确信，虽然她很敏锐，但他的印象对她而言一定仍然是个秘密。总体上说，又使他对守住秘密感到不安的，就是她对他自己单调乏味特别能忍；尽管如此，另一方面，他尽可能单调乏味，同时又尽可能应答自如，就这样过了十分钟，他的不安感便完全消失了。

其实，他一看出他此刻的同伴就是在灯光闪烁的祭坛前其姿态给他以深刻印象的那个人，他的内心便激起特殊的兴趣，使得眼下的时光显得意味无穷。那种姿态与他最近那次见到她和查德在一起时他私底下对他俩的关系所持的看法极为吻合。这促使他要牢牢坚持自己当时所得出的观点；正是在此地，他拿定主意*一定要*坚持自己的观点，而且看起来自得出观点以来，眼下很易于坚持。一种关系能使其中一方做出像她那样的举止来，那就清白得无可置疑了。假如这种关系不清不白，那她干吗常上教堂去呢？——进了教堂，拿他确信自己辨认出来的这个女人来说，她绝对不至于会厚颜无耻地无视罪过。她常去教堂为的是不断得到帮助，得到力量，得到安宁——她日复一日地找到崇高的安慰，假如人们能够如此看待的话。他俩交谈着，语调低沉而平和，抬头凝望四周，谈论着这一名胜古迹、它的历史和瑰丽——德·维奥内夫人表示，从另一面，即从外面看，她最能领略所有这一切。“过一会儿，我们出去以后，”她说，“如果你喜欢，我们就再绕它走一圈。我不是特别急，和你一起观赏它将是很舒心的事。”他曾谈到那位伟大的浪漫主义作家和那部伟大的浪漫主义小说[①]，谈到在他的想象中作家及这部作品的总体影响，同时还对她提及他自己那过分之举，即买下了那七十卷赏心悦目的作品，那也太不相称了。

“和什么不相称？”

“嗯，和任何别的冒险都不相称。”不过就在他话出口的当儿，他便已感到此刻自己有多冒险。他已下定决心，急着想到教堂外面去；因为他的决心是要到外面去才能说出来的决心，而他担心，一拖延，那份决心可能还是会悄然离他而去。然而她却不慌不忙的；她拖长了两人之间心平气和的闲聊，仿佛她本来就指望从两人的会晤中有所收获，而这就完全证实了她的举止、她的神秘的一种解释。当她用他的话来说是在应付维克多·雨果的问题时，她的话音本身，她考虑到四周庄严的气氛而低声细气的颤音，似乎使她的话含有某种未曾公开表达过的意义。帮助，力量，安宁，崇高的安慰——这些东西她并未找到多少，其分量决不会明显大于哪怕他对她多少表现出令她可以实实在在感觉得到的一丁点儿信任。在长时间的紧张状态中，每一丝每一毫都是有益的，如果他碰巧又被她视为她可以紧抓不放的牢固之物，那他决不会赶紧闪开令她远不可及。危难中的人总是抓住最近的东西，而他或许说到底并没有比更为抽象的能给她安慰的东西离得更远。他正是就这一点下定了决心；就是说，他已拿定主意要给她一个表示。那个表示将是——尽管那

① 此处指法国作家雨果的《巴黎圣母院》。

是她自己的事——他也能理解；那个表示将是——尽管那是她自己的事——她也可以随意抓紧他。既然她视他为牢固之物——很像他有时会自觉坚如磐石——那他就要尽力去做到。

其结果是，半小时后，他俩在左岸一家令人称心愉快的娱乐酒店里一起坐下，早早地共进午餐——他们俩都清楚，那是个消息灵通人士光顾之地，由于此地名声极大，那些消息灵通人士不惜忙里偷闲，从本城的另一头远道而来。斯特雷瑟已来过三次——先和戈斯特雷小姐来，然后和查德来，又和查德与韦马什及小比尔汉姆来，他们全由他精明地加以款待；此刻他得知德·维奥内夫人尚未来过，真是高兴极了。当他俩在河边绕教堂漫步时，他终于按自己在教堂里时下定的决心说道："你要是有时间，能不能去个地方和我一起吃早饭？比如说，在河对岸，你知不知道，走过去挺方便的"——接着说出了那个地方；他的话一出口，她便突然停下脚步，仿佛急于回答，却又难以开口。她对这个建议的反应，似乎它太美妙了，不可能是真的；而对她那位同伴来说，或许迄今从未有过如此意外又颇感自豪的时刻——不管怎么说，这件事太妙了，太怪了，因此他才发觉自己竟能给这么一个无所不有的人提供一种新鲜而又稀罕的乐事。她听说过那个令人愉快的地方，但她在回答另一个问题时，却反问他怎么会以为她已到过那地方的。他心里以为早就想到过，查德可能带她去过，而她随即猜到了这点，这令他颇为不安。

"啊，我来解释一下，"她笑道，"我并不和他公开到处走；我从未有过这样的机会——也没有别的机会——而这恰恰又是我这种久居巢穴的安静的东西极为喜欢的事情。"他想到这种事，真是再好心不过了——可是，坦率地说，假如他问她是否有时间，那她就连一分钟也没有。然而那也没什么两样——她会把什么事都撇开的。家里的一切职责，什么家务啦，当母亲啦，社交啦，都在等着她；但眼下可是高出一等的事情。她的那些事情会完蛋的，但一个人难道就无权在准备好要付出代价的情况下丢一回脸吗？因此，正是基于这种代价昂贵的反常的愉悦心理，他俩终于在看得见繁忙的码头和波光粼粼、驳船遍布的塞纳河边的一扇窗旁，坐到了一张小桌的两边；在那儿，有那么一个钟头，斯特雷瑟可谓谈得尽情，谈得深入，他会觉得自己已弄得水落石出。这一回他会领悟到许多事情，而其中首先是，在伦敦的那个晚上，上剧院前，他和玛丽亚·戈斯特雷在玫瑰色光晕的烛光中共进晚餐，当时他就觉得需要作出太多太多的解释，而自那晚以来，他已有颇多的经历。他当时就把它们，把那些解释想好了——他把它们留存心底；但此时此刻，他仿佛要么超越于它们之上，要么淹没于它们之下——他也说不准究竟是哪种情况；不知怎么的，他就是想不出有什么能比清醒的头脑使他看起来更容易面对突然失败和冷嘲热讽。他怎么能指望别人，指望任何人对此清楚明了呢？因为在眼下，仅仅从敞开的窗口映入眼帘的欢快、顺畅、有序的河滨生活中，他便看到了充足的理由——还有德·维奥内夫人，就着雪白的桌布、番茄炒鸡蛋[①]和那瓶浅黄色夏布利酒[②]坐在他对面，用近乎孩子般的微笑为这一切向他道谢，与此同时，她那双灰色的眼睛在他们谈话的过程中转来转去，时而转向窗外已开始跳跃着早夏气息的暖融融的春光，时而又转回到他的脸上和他们人世间的问题。

在他们谈完之前，他们人世间的问题变得很多很多——一个接一个地冒出来，比我们这位朋友纵情想象所预见到的要多得多。他以前早就有过的那种感觉，他反复有过的那种感觉，情势在令他失控的那种感觉，从未像此刻这么强烈过；更有甚者，他完全可以指出它任性发作的时刻。此事的确就发生在前些天的那个晚上，查德住处吃过晚饭后；正如他完全明白的，此事发生在他介入这位夫人及其女儿之间的时候，他费尽心机去和她讨论一个与她们密切相关的问题，可她却很精明，竟凭一声意味深长的“谢谢”，顷刻之间便使那个场合有利于她自己。他又拖了十天，但尽管如此，情况还是无法控制；事情发展得太快，这个事实恰恰就是他拖延的原因。他在教堂的中

① 番茄炒鸡蛋：原文为法语 *omelette aux tomates*。
② 夏布利酒：原产法国夏布利的一种无甜味的白葡萄酒。

殿认出她来时脑子里想到的是，自从她不仅受益于自身的精明，还受助于命运之手的那一刻起，拖延只能是一场失败的游戏。假如所有的偶然事件都帮她的忙——而事实也表明这忙帮大了——那他只能认输。这就是他私下决定当场提议她和自己共进早餐的结果。他的提议成功了，实际上不就像平常脱缰奔逃的野马总是以猛撞而告终吗？那猛撞就是他们的散步，他们的早餐，他们的炒鸡蛋，那瓶夏布利酒，那地方，那景色，他们目前的交谈和他目前由交谈而来的愉悦之情——奇中之奇，更不用说她本人的愉悦之情了。因此，起码就这种心情而言，他确实已投降了。这种心情至少足以显现出拖延之失策。在他们的交谈声中，在他们酒杯相碰的叮当声中，在城市的嗡嗡声中，在河水的溅泼声中，他脑子里回荡起古代谚语。宁为玉碎，不为瓦全。一不做二不休。

“玛丽亚还没回来吗？”——这是她问他的第一件事；尽管他明白她给戈斯特雷小姐不在本地所赋予的那种含义，他仍然对她的提问坦率地显得很高兴。这时，她接着又问他是否非常挂念她。他有种种理由吃不准这一点，然而他却回答“非常挂念”；她对此的反应，仿佛这正是她自己想要证实的答案。“碰到麻烦的男人*必然*以某种方式受到女人的影响，”她接着说；“女人总是以这样或那样的方式在起作用。”

“你为什么叫我为碰到麻烦的男人？”

“啊，因为这就是你给我的印象。”她说得再温柔不过了，仿佛她坐在那儿吃他的喝他的就极怕刺伤他。“你*没有*碰到麻烦？”

他自感这个问题令他脸红，接着又为此而气恼——气恼自己在别人眼里笨得如此易受伤害。易受查德的女人伤害，而对这个女人，他出来时心里是很不在乎的——他已经到这种地步了吗？然而，他偏偏暂不开口，结果造成了她的看法不假的古怪气氛；实际上，留给她的印象恰恰就是他最不愿给她的印象，他不就是对此仓皇失措吗？“我还没碰到麻烦呢，”他最后笑道。“我现在没碰到麻烦。”

“唉，我可老是碰到麻烦。但这点你是充分了解的。”她这种女人，在等着上菜时，只要双肘往桌上一摆，也能显出优雅来。那种姿势纽瑟姆太太是不知道的，但对一个**世故女人**来说就轻而易举了。“对了——我‘现在’就碰到了！”

“在查德那里吃晚饭的那天夜里，”他一会儿回答说，“你向我提了个问题。我当时没回答，从那以后，你一直没找机会追问我那个问题，真是太客气了。”

她立即聚精会神起来。“我当然知道你指的是什么。我当时问你的是，那天你来看我，就在离开我之前，你说你会救我的，那话是什么意思。你当时说——就在我们那位朋友那儿——你还真得自己等着看看自己究竟是什么意思。”

“对，我需要时间，”斯特雷瑟说。“可现在听起来，就像你说的，那话讲得很可笑。”

“噢！”她轻声细气地说——她显出一副弱不禁风的样子。但她又有了另一个想法。“如果那话听起来确实可笑，那你干吗否认自己碰到了麻烦呢？”

“啊，即使我碰到了麻烦，”他回答说，“那也决不会是怕人嘲笑的麻烦。我可不怕这个。”

“那么你怕什么呢？”

“现在嘛——什么也不怕。”他又仰身靠在椅背上。

“我喜欢你的‘现在’！”她冲着他大声笑着说。

“好了，确实到现在我才完全想起来，我让你等得够久的了。不管怎样，此时此刻，我明白自己当时说的话的意思；其实，在查德那儿吃饭的那天夜里，我就明白了。”

“那你当时干吗没告诉我？”

“因为当时很困难。当时我已经帮过你一点忙了，因为我去见你的那天我已讲过一些事情；但我当时吃不准我会把那看得有多重要。”

她一副迫不及待的样子。“那你现在吃准了吗？”

“吃准了；我明白，实际上，我已为你做了——你向我提出那个问题时就已为你做了——对我来说有可能做到的一切。我现在觉得，”他接着说，“事情可以比我以前想到的更进一步。我去拜访你以后所做的，”他解释道，“是马上给纽瑟姆太太写信谈你的事，而我最后就是一天又一天地在等她回信。我相信，会体现出结果的，是那封回信。”

耐心和优雅表明了她的兴趣。“我明白——你替我美言的结果。”她等着，好像是为了不催他。

他马上往下说，以示谢意。“你知道，当时的问题是我该*如何*救你。嗯，我在努力的，就是让她知道，我认为你值得一救。”

“我明白——我明白。”她迫不及待的心情溢于言表。

“我怎么才能谢你谢个够呢？”不过，他可没法告诉她这个，而她很快就继续说下去。“你自己，真是这么想的吗？”

起先他没回答，只是帮她取刚送到他们面前的菜。“自那以来我又给她写过信——我已让她对我的想法毫不怀疑。我把你的一切全告诉她了。”

“谢谢——不太多。我的‘一切’，”她接着说——“是的。”

“在我看来你为他做过的一切。”

“啊，你可能还加上了在*我*看来的那一切！”她再次大声笑起来，同时拿起刀叉，好像听了这些令人宽慰的话很高兴。“但你吃不准她会有什么反应。”

“对，我不会假装我吃得准。”

“*这就是啦*[①]。”她等了一下。“我希望你会告诉我她的情况。”

“噢，”斯特雷瑟略显紧张地笑着说，“需要劳你知道的只有，她确实是个大好人。”

---

① 这就是啦：原文是法语 *voilà*。

维奥内夫人显得迟疑起来。“需要我知道的她的情况就这点吗？”

但斯特雷瑟没理会这个问题。“查德还没和你谈过吗？”

“有关他母亲？谈过，谈了很多——太多了。但不是从你的观点谈的。”

“他不可能，”我们这位朋友回答说，“说过她什么坏话。”

“一个字坏话也没有。他和你一样，让我放心，她实在是好人。但她实在是好人，不知怎么的，恰恰就是我们的问题一直没有简单起来的原因。”她继续说，“我心里最不情愿说她一句坏话；但我自然感觉得到，她不大可能喜欢听人说她欠我什么。没有哪个女人会喜欢欠另一个女人这么一份情。”

这个论点斯特雷瑟无法反驳。“可我还能有什么别的方式来向她表达我的感受呢？你的情况最值得说的就是这点。”

“那么你的意思是她会待我好咯？”

“这是我要等着看的事情。但她会的，我几乎没有怀疑，”他补充说，“假如她能够舒心地见到你的话。”

好像她觉得这是个令人愉快的、有益的想法。“哦，那么这事难道办不成吗？她难道不愿出来吗？如果你向她提出这事，难道她不愿意吗？你是否有可能这么做过了？”她的话音略显颤抖。

“哦，没有”——他随即说道。“没这么做。更要紧的倒是，我该先回家，谈谈你的情况——既然并不存在你要去拜访的问题。”

这话立即使她更加严肃起来。“那你在想这个问题吗？”

“哦，当然咯，一直在想。”

“和我们待在一起——和我们待在一起！”她大叫着这么说。“这是你能确保的唯一途径。”

“确保什么？”

“唉，他不断绝关系。你出来并不是要让他这么做。”

“这个嘛，”斯特雷瑟过了一会儿回答说，“难道不是要看你说的断绝关系是什么意思？”

“噢，你完全知道我的意思！”

他的沉默再次显得略表理解。“你把不寻常的事情想当然了。”

“是这样的——可有分寸，不至于把粗俗的事情想当然。你完全可以明白，你出来的目的，其实根本就不是做你现在非得去做的事。”

“啊，那再简单不过了，”斯特雷瑟愉快地辩白说。“我一直只有一件事可做——把我们的情况摆在他面前。以在这里当场所能摆出来的唯一方式——通过个人压力——把它摆出来。我亲爱的夫人，”他明确地继续说，“我的工作嘛，你看，其实已经完成了，而我即使想再多待一天，理由都不大令人信服。查德已掌握了我们的情形，并表示会完全合情合理地对待它。余下的就是他自己的事了。我已得到休息、娱乐和恢复；用我们伍莱特的话来说，我过得挺愉快。其中最愉快的莫过于这次与你幸会——你这么兴高采烈地赞许这些奇妙的情景。我有一种成就感。这正是我想要的。我得到这一切益处，正是查德在期待的事情，我想，如果我准备好要走的话，他也一样。”

她摇摇头，显出一种更敏锐更深刻的智慧。“你还没准备好。如果你已准备走，那你干吗还用你向我提到的那种意思写信给纽瑟姆太太呢？”

斯特雷瑟思忖着。“我要等收到她的信才会走。你太怕她了，”他又说道。

这话使他俩久久地面面相视，互不退让。“我觉得你不会相信的——不会相信我确实有怕她的理由。”

“她会非常宽宏大量，”斯特雷瑟过了一会儿说。

“嗯，那么让她信任我一点儿。我只要求这点。尽管有别的一切，让她承认我已做到的事。”

“啊，要记住，”我们这位朋友回答说，“她不是亲眼所见就不可能彻底承认。让查德回去给她看看你已做到的事，让他在那边为这事，也可以说，是为你，向她恳求。”

她琢磨着这个建议的奥妙之处。“你是否以名誉向我担保，要是她真把他弄到那儿，她不会极力逼他结婚？”

这一问，使她的同伴再次朝窗外的景致看了一会儿；然后他平声静气地说开了。“当她亲眼看到他现在的情形——”

但她已经打断了他。“正是她亲眼看到他现在的情形之际，是她最想要他结婚之时。”

斯特雷瑟的态度，对她讲的话给予应有尊重的态度，使他得以暂时用心吃饭。“我怀疑这事是否办得到。要办到这事可不容易。”

“要是他留在那边，事情就容易了——而为了钱，他会留在那边的。有一种可能性，钱似乎多得可怕。”

“嗯，”过了一会儿斯特雷瑟得出了结论，“除了他结婚，没什么能真的伤害你。”

她发出一声古怪的轻轻的笑声。“除了会真的伤害他的事。”

但她那位朋友看着她的神态，仿佛他也想到过这点。“当然咯，你本人为他安排的前途问题，就会提出来了。”

她这时仰靠在椅背上，但她却是正面对着他的。“好吧，就让它提出来吧！”

“关键是查德要去办他能办到的事。他要是能顶住结婚的事，就会表明他确实办得到的事。”

“要是他**确实**顶得住，倒也是的，”她接受了这种看法。“但就我本人来说，”她补充道，“问题却是**你**办什么。”

“啊，我什么也不办。这不关我的事。”

“对不起。问题就在这里：既然你一直在处理这件事而且答应要处理好，它就完完全全成了你的事。我觉得，你要救我，并不是你关心我本人，而是你关心我们那位朋友。不管怎么说，一方完全依赖于另一方。你在道义上不能不帮我渡过难关，”她最后说，“因为你在道义上不能不帮**他**。”

她那文静温柔之中透出的敏锐，对他而言既怪异又美妙。令他感触最深的，其实是她那极为正经的态度。她决无自命不凡的姿态，但让他想到的却是，他从未碰到过如此灵敏的头脑带来的令人信服的力量。天知道，纽瑟姆太太是一本正经的，但那与此相比就不值一提了。这一切他全都明白，这一切他全都理解。“是的，”他若有所思地说，“我在道义上不能不帮他。”

他觉得她脸上好像发出一种令人赏心悦目的光来。“那么你会帮咯？”

“我会的。”

听到这句话，她把椅子往后一挪，紧接着站起身。“谢谢！”她说着，一只手隔着饭桌朝他伸过去，而这声“谢谢”，其含义并不亚于在查德那儿的晚饭后她嘴里那么特意吐出的那声“谢谢”。她当时钉进去的那枚金钉子，又钉进了整整一英寸深。不过，他觉得，他自己此时只不过做了当时就已下定决心要做的事。就这件事的本质而言，他仅仅是坚定不移地站在了自己当时采取的立场上。

第二章

此事三天后，他收到了美国来的消息，那消息形式上是一张折叠后用胶水封好的蓝色的纸，不是通过他打交道的银行到他手里，而是由一个穿制服的小男孩送到他住的旅馆，小男孩按饭店服务员的指点，朝在小院子里慢悠悠地踱步的他走来。当时是傍晚时分，但那会儿白天长了，巴黎是前所未有地赏心悦目。大街上弥漫着鲜花的芳香，他的鼻子里不断地闻到紫罗兰的香味；他迷恋于各种各样的声响和联想，还有空气的颤动，它们富有人情味，惹人注意，在他的想象中，在别处可没有，而随着温暖的下午愈来愈长，它们也愈来愈丰富多彩——远处的嘈杂声，近旁柏油路上刺耳的咔嗒声，某处一声呼唤，一声应答，其抑扬顿挫的音调恰似演员在演戏。他将和平常一样，和韦马什一起在住处吃晚饭——他们决定这么办，为的是节俭省事；此刻他在闲荡着等他那位朋友下楼来。

他在院子里看了那份电报，就在他拆开电报的地方一动不动地站了许久，后来又用上五分钟重新细看一遍。最后，他快速把它揉成一团，好像想把它扔掉；然而，尽管如此，他还是留着——又转一圈后，他坐在了置于一张小桌旁的一把椅子上，仍然留着电报。就这样，他手里紧握着那团纸，还紧抱双臂以便进一步遮掩住，坐着思考了一段时间，两眼直直地呆望着眼前，结果连韦马什露面向他走过来，他也视而不见。韦马什突然看到他那副样子，紧盯着他看了一下，然后，仿佛那副样子中蕴含着某种特殊活力似的，拿定了主意，连招呼也不跟他打就折回到阅览室[1]。但这位米尔罗斯来客仍然可以从他退避进去的阅览室清澈透明的玻璃窗后面观察他的情况。坐在那儿的斯特雷瑟，最后把揉成一团的那份电报又小心翼翼地弄平，放在桌上，重新仔细看一遍。就这样过了几分钟，直到最后他抬起头来，看见韦马什正从屋里在观察他。恰恰此时，他们四目相遇——对视了一会儿，谁也没动一动。但一会儿后，斯特雷瑟一边站起身来，一边更加小心地把电报折好，放进背心口袋里。

几分钟后，这两位朋友坐在一起吃晚饭；但吃饭期间斯特雷瑟对电报的事只字未提，而且在院子里喝过咖啡，他们最后分手时，双方都未置一词。此外，我们这位朋友还意识到，这次两人之间说的话比平时少得多，差不多就像两人都一直在等对方说点什么出来。韦马什老是多少总有点怪他的意思，而过了这么多个星期后，沉默便逐渐在他们的协调当中起了作用。在斯特雷瑟看来，这种调子近来确实已日益加强，而在他今晚的想象中，他们从未把这个调子拉得这么长。不过，实际上，当他那位同伴最后问他是否有什么特别的问题时，他仍然守口如瓶。“没什么，”他回答说，“没有不平常的事。”

可是，第二天一大早，他却找到机会作出了与事实较为一致的回答。现在的问题头一天整个晚上都一直是个问题。头天晚饭后紧接着的几个小时，在自己的房间里，他专心于写一封长篇大论的信。他为此目的离开韦马什，不顾平常的礼数让他自己打发时光去，但最后信没写好就又下楼来，也不问问他那位忠实的朋友就动身上街去了。他漫无目的地走了很久，等他回来时已过一点钟。旅馆服务员小屋外的搁架上为他留着蜡烛头，借助于摇曳的烛光，他重新上楼进自己的房间。关上房门后，他拿起好多张那封未写完的散乱的信，然后看也不看，就把它们撕成碎片。随后他就安然入睡——好像这睡着在某种程度上还多亏了撕信——而且比平时习惯还睡过了好久。因此，

---

① 阅览室：原文为法语 *salon de lecture*。

到九点钟十点钟之间，当一根手杖的球形头的敲门声响起时，他还没完全准备好见人呢。查德·纽瑟姆那深沉而又响亮的声音随即令他决定让客人进来。头天晚上那张小蓝纸，显然因逃脱了过早被毁的命运而成为更珍贵之物，此刻正放在打开的窗口的窗台上，又已弄平，用他的手表压在上面以免被风吹走。查德无论走到哪里，都会用漫不经心却一切尽收眼底的目光扫视一番，此刻他望了望，马上就注意到了那张蓝纸，便紧紧地盯住它望了一会儿。然后他把目光转向主人。“那么终于来了？”

正在打领带的斯特雷瑟停住手。“那么你知道——？你也收到了一份？”

“不，我什么也没收到，我只知道我看见的东西。我看见那张东西便猜了猜。嗨，”他又说道，“它就像戏里那样来得真凑巧，因为我正好今天早上来了——而我昨天就该过来了，但没来成——来带你走。”

“带我走？”斯特雷瑟又转过脸去照镜子。

“回去啊，终于像我保证的那样了嘛。我准备好了——这个月我真的准备好了。我只不过是一直在等你——这完全是应该的。但现在你的情况更好了；你没问题了——这点我亲眼看见了；你该得到的好处都得到了。今天上午，你的气色好极了。”

斯特雷瑟在镜子前穿戴完毕；听到最后那句话，他又问起眼前的目击者。他的气色是否**真的**好得不可思议？或许在查德那了不起的眼光看来，他的气色中是有点名堂的，但数小时来，他一直觉得自己就要垮了。不过，这样的判断，说到底还是有助于他下定决心；它无意之中证明了自己的智慧。显而易见，既然它像他心中的一盏明灯，那么他要比自己原先以为的坚强得多。当他转身面对他那位朋友时，他的那份坚强还确实因眼前的堂堂仪表而略打折扣——不过，要不是一表人才的诀窍时时刻刻都是查德取之不尽的财产，当然咯，那情况就会更糟糕。查德此时浑身充满赏心悦目的朝气——精力充沛，容光焕发，生气勃勃，潇洒自如，令人愉快，又深不可测，喜气洋洋的健康脸色，惹人喜爱的银灰色青春浓发，纯棕色的双唇透出红色，讲话句句恰到好处。他的仪表从未令斯特雷瑟如此折服；仿佛此刻他明确要投降了，便集聚起全部的生机。显而易见又不可思议的是，这就是他要呈现给伍莱特的模样。我们这位朋友再次打量着他——他总是在打量查德，可总是觉得查德的某些部分仍然看不透；而尽管如此，他的形象仍能在一大堆模糊不清的东西中凸现出来。"我收到了一份电报，"斯特雷瑟说，"你母亲发来的。"

"我想也是的，我亲爱的。我希望她很好。"

斯特雷瑟犹豫起来。"不——她不太好，很抱歉，我不得不告诉你。"

"啊，"查德说，"我对这事一定是有直觉了。那我们就更有理由应该马上起程了。"

斯特雷瑟这时已拿好帽子、手套和手杖，但查德却一屁股坐在了沙发上，好像是要表明他喜欢在那里发表自己的观点。他一直在观察他那位同伴的东西；他可能一直在估算整理它们要多久。他甚至可能很想暗示，他会派自己的用人来帮忙。"你说'马上'，"斯特雷瑟问道，"是什么意思？"

"哦，坐下星期的一班船。眼下的时节，每班船出发时都空得很，哪里都容易买到舱位。"

斯特雷瑟戴上手表后就一直把电报拿在手上，这时把它递给了查德，可查德却做了个古怪的动作，婉拒不接。"谢谢，我宁可不要。你和母亲的通信是你自己的事。不管上面说什么，我只会*支持*你们两个。"斯特雷瑟听到这话时，正好他们四目相视，他便慢慢折起电报，放进口袋里；此后，在他再次开口之前，查德又提出了新的问题。"戈斯特雷小姐回来了吗？"

但一会儿后斯特雷瑟开口时，并没有回答问题。"我想啊，并不是你母亲身体病了；今年春天，总的说来，她的健康状况看上去一直比往常好。但她心烦，她焦虑，而且最近这些天里似乎心烦焦虑到了极点。我们之间的事已让她失去了耐心。"

"噢，那可不是*你*的缘故！"查德宽厚地提出异议。

"对不起——那*就是*我的缘故。"斯特雷瑟显得温和、忧郁，但又很坚决。

他高瞻远瞩地看到这点，超出他那位同伴的想象。“尤其是我的缘故。”

“嗯，那就更有理由了。**让我们前进吧，让我们前进吧**[①]**！**”小伙子快活地说。然而，听到这话，他的主人却只是站在那儿出神地呆望着；接下来他重新提出一会儿前的问题。“戈斯特雷小姐回来了吗？”

“回来了，是在两天前。”

“那么你见过她了？”

“没有——我今天会见到她。”但斯特雷瑟此刻不愿多谈戈斯特雷小姐。“你母亲给我发来了一份最后通牒。要是我无法带你走，那我就该离开你；无论如何，我要自己走了。”

“啊，但你现在**可以**带我走，”查德在沙发上保证似的回答说。

斯特雷瑟顿了顿。“我觉得我不了解你。一个多月前，你那么迫不及待地让德·维奥内夫人在我面前为你说话，那是为什么？”

“‘为什么’？”查德思忖着，但他对此明白得很。“唉，不就是因为我知道她干这事会有多出色吗？当时只有那样才能让你保持缄默，而且就这点来说，对你有好处。再说，”他愉快而又令人欣慰地解释说，“我当时确实想让你认识她，得到有关她的印象——你也明白这**已经**带给你的好处。”

“嗯，”斯特雷瑟说，“不过，她为你说话的方式——就我已经给她的那个机会来说——只不过让我感受到她多么想留住你。如果你从中一无所获，我不明白你当时为什么要我听她讲话。”

“嗨，我亲爱的，”查德叫了起来，“我从中得到了一切！你怎么能怀疑——？”

“我有怀疑只是因为你今天上午来我这里表示要起程了。”

查德吃了一惊，然后大笑一声。“可我要起程的表示难道不就是你一直在期待的吗？”

---

① 让我们前进吧，让我们前进吧：原文为法语 *Marchons, marchons*，出自法国国歌《马赛曲》。

斯特雷瑟盘算着；他又换了个话题。“我想，过去这个月里，我一直在等待的，不是别的什么，而是我身上的这份电报。”

“你是说，你一直担心会来这份电报？”

“嗯，我在以自己的方式干我的事。我想，你现在来通知我的事，”斯特雷瑟继续说，“并不仅仅是你意识到我一直在期待什么的结果。否则，你就决不会让我去搭上——”但他打住了，没说下去。

听到这里，查德站起身。“啊，*她*要我别走与这事毫无关系！那只是因为她担心——担心在那边我会被以某种方式拴住了。但她的担心没有根据。”

他再次遭遇他同伴专注地搜寻着的目光。“你厌倦她了？”

查德对此的回答是，动一下头，对斯特雷瑟微微一笑，那是他从他脸上见过的最古怪的缓缓的微笑。“从来没有。”

这立即对斯特雷瑟的想象产生极为深刻而又和缓的效果，使我们这位朋友一时只能在他面前重复起来。“从来没有？”

“从来没有，”查德礼貌而平静地重复着。

这使他的同伴又走了好几步。“那*你现在*不担心咯。”

“担心走？”

斯特雷瑟又打住。“担心留下。”

小伙子显出又欢快又惊奇的神色。“你现在要我‘留下’？”

“要是我不马上乘船走，波科克一家就会马上出来。这就是，”斯特雷瑟说，“我说的你母亲最后通牒的意思。”

查德表现出更为浓厚但并不惊恐的兴趣。“她已用上萨拉和吉姆了？”

斯特雷瑟和他一起考虑了一下这一情况。“噢，你可以肯定有玛米。*那才是*她要用的人。”

查德也看清了这点——他大声笑起来。“玛米——来引诱我？”

“啊，”斯特雷瑟说，“她很迷人的。”

“这一点你已经对我说过不止一次。我该很想见见她。”他说这话的情形当中，有某种欢快而又平静的感觉，某种超乎一切潜意识之上的感觉，使他那位同伴再次深切地体会到他灵活的态度和令人羡慕的状况。“那么无论如何要见见她。还要考虑考虑，”斯特雷瑟继续说，“让你姐姐上你这儿来，你其实是帮了她的忙。你让她在巴黎待上两个月，而要是我没搞错的话，她从结婚以来，还没见过巴黎呢，而且我敢肯定，她只需要来玩玩的借口。”

查德听着，但对一切世事自有理解。“这好几年来，她一直都有借口，可她从未用过。”

“你说的是你吗？”斯特雷瑟过了一刻问道。

“当然——我这个孤独的流亡者。那你说的是谁？”查德说。

“噢，我说的是我。我才是她的借口。就是说——因为结果都一样——我是你母亲的借口。”

“那么，”查德问道，“母亲干吗不自己来呢？”

他那位朋友久久地望了他一眼。“你喜欢她来吗？”由于查德一时没吭声，他又说：“你完全可以发电报叫她来嘛。”

查德继续思忖着。“要是我发电报去，她会来吗？”

“很可能。但试试嘛，你就会知道的。”

“你干吗不试试？”过了一会儿查德问道。

“因为我不想试。”

查德想了想。“不愿她出现在这里？”

斯特雷瑟直面这个问题，回答更见坚定。“老弟，别把这事推到我身上来。”

“嗯——我明白你的意思。我肯定你会干得漂漂亮亮的，但你不想见到她。所以我也不跟你开这个玩笑了。”

“啊，”斯特雷瑟表了态，“我不该称它为玩笑。你完全有权利那样，而且也完全是对的。”接着，他以一种不同的语调又说道：“而且，就德·维奥内夫人来说，你会为她准备好一种十分有趣的关系。”

一提出这个话题，他们继续四目相视，而查德的目光是又快乐又大胆，丝毫也未退缩。最后他站起身，而他说的话则令斯特雷瑟惊诧。“她决不会理解她的，但那也没什么两样。德·维奥内夫人倒愿意见她。她很想让她高兴。她相信自己办得到这点。”

这话打动了斯特雷瑟，他想了一会儿，但最后还是放弃了。“她办不到！”

“你很肯定？”查德问道。

“嗯，你要是愿意就冒险试试嘛！”

斯特雷瑟平静地说出这句话，他早就催过要马上到外面去，可小伙子仍然拖延着。“你发回电了吗？”

“没有，我什么也没做呢。”

“你刚才是等着要见我吗？”

“不，不是这样的。”

“只等着”——说这话时，查德朝他笑了笑——“要见戈斯特雷小姐？”

“不——连戈斯特雷小姐也不等。我刚才并不是在等着见什么人。我只是一直在等着，等到现在，等着拿定主意——要在完全独自一人的情况下；而且，当然咯，我完全应该把这消息告诉你，我刚才已拿定主意，正要出门去。因此对我多一点忍耐吧。别忘了，”斯特雷瑟继续说，“当初是你要求我要有点耐心的。你看哪，我一直有耐心，你也看得出耐心的结果了。和我一起留下吧。”

查德显得很严肃。“还要多久？”

“嗯，直到我对你有所表示。你知道，我自己好歹都不可能永远待下去。让波科克一家来吧，”斯特雷瑟又说了一遍。

“因为那能为你赢得时间？”

“对——那能为我赢得时间。”

查德似乎仍然对此迷惑不解，等了一会儿。“你不想回到母亲身边去？”

“只是现在还不想。我还没作好准备。”

“你感受到了，”查德以自己独有的一种语调问道，“感受到了这边的生活魅力啦？”

“十分强烈。”斯特雷瑟正面作了回答。“你一直大力帮我去感受它，因此，这肯定不会让你奇怪的。”

“对，这没让我奇怪，我还很高兴呢。可是，老兄啊，”查德有意怪腔怪调地继续说，“这一切会给你带来什么呢？”

两人相互间地位与关系的变化，在这句问话中极为古怪地显露出来，结果查德一说完话便大笑起来——这引得斯特雷瑟也大声笑了。“唉，我有过某种自信，它已经受了考验——它已经历了火的洗礼。但是，噢，”他禁不住脱口而出，“要是我来这里的第一个月内你愿意和我一起走的话——！”

“呃？”他因为有所顾虑突然打住，这时查德说道。

“嗯，到现在我们就该在那边了。”

“啊，但你就会享受不到乐趣了！”

“我命该享受一个月的乐趣；如果你想知道的话，我现在享受到的乐趣，”斯特雷瑟继续说，“足够我这辈子剩下的日子用了。”

查德看上去给逗乐了，饶有兴趣，不过还是有点不明白；部分原因可能是，斯特雷瑟对乐趣的看法从一开始就需要他去作出大量的解释。“如果我留下你——那是绝对不行的吧？”

“留下我？”斯特雷瑟茫然不解。

“只是一两个月——一去一来的时间。德·维奥内夫人，”查德微笑着说，“在这段时间里她会照料你的。”

“你自己回去，我留在这里？”他们又四目相视了一会儿，这个问题便明白了；然后，斯特雷瑟说：“荒唐！”

“但我想见见母亲，”查德过一会儿回了话。“别忘了我已有多久没见母亲了。”

“确实很久了；而这恰恰就是我当初那么热心地要你走的原因。用不着那样，你就能干得有多漂亮，这一点你在那以前给我们表现得还不够吗？”

“哦，但是，”查德欢快地说，“我现在更好了。”

话语中带有轻而易举地得胜之感，这使他那位朋友再次大笑起来。“噢，要是你变糟糕了，我就会知道该拿你怎么办。那样的话，我相信，我就会让人塞住你的嘴，把你捆起来，把挣扎着乱蹬乱踢的你抬上船去。你啊，”斯特雷瑟问道，“究竟有多想见你母亲呢？”

“究竟有多想？”查德好像觉得这实际上很难说。

“究竟有多想。”

“嗨，就像你让我感到的那么多。我愿意付出一切代价去见她。至于她有多想我去见她，”查德继续说，“你已让我几乎没什么怀疑了。”

斯特雷瑟想了一下。“嗯，那么，如果这些事情真的就是你的动机，那就赶上法国轮船明天起航吧。当然咯，说到这件事的时候，你完全可以按自己的选择去做。一旦你无法自制，我也就只能任你逃走了。”

“那我马上就要跑了，”查德说，“只要你会留在这儿。”

“我会在这儿留到下一班轮船——然后我就跟你去。”

“你把这叫作，”查德问道，“任我逃走？”

“当然——只能这么叫它了。所以，唯一能把我留在这儿的办法，”斯特雷瑟解释说，“就是你自己留下来。”

这点查德认了。“这样我真的更是毁了你啦，呃？”

“毁了我？”斯特雷瑟面无表情地重复道。

“嗨，要是她派出波科克夫妇来，那就是她不信任你，而要是她不信任你，那就影响到——唉，你知道会影响到什么。”

过了一会儿后，斯特雷瑟断定自己确实知道是什么，而他说的也与此一致。“那么你就更加明白你欠我什么咯。”

“嗯，要是我真的明白，我怎么才能还你呢？”

“别离弃我。站在我一边。”

“哦，哎呀——！”但就在他们下楼的时候，查德一副要作出保证的样子，一只手用力拍了拍他的肩膀。他们一起慢腾腾地下楼梯，在旅馆的院子里又谈了些话，结果是他们不一会儿就分手了。查德·纽瑟姆走了，留下斯特雷瑟一个人在往四周看看，心不在焉地找着韦马什。但看起来韦马什还没下楼来，而我们这位朋友最后没见到韦马什就动身走了。

第三章

那天下午四点钟，他还是没见到韦马什，但是，作为对此的补偿，他当时却正在和戈斯特雷小姐谈论他。斯特雷瑟一整天都没回家，沉浸在市景和自己的思绪之中，漫步，沉思，同时一直焦躁不安又全神贯注——而一切都以目前在马尔伯夫区受到的意味深长的小小欢迎为高潮。“我相信，韦马什在我‘不知道’的情况下”——因为戈斯特雷小姐曾问起过——“一直在和伍莱特联系：结果是，昨天晚上，我收到了最强硬的命令。”

“你是说一封让你回去的信？”

“不——一份电报，这会儿正放我口袋里呢：一句‘乘头班船速归’。”

也许旁人看出来了，斯特雷瑟的女主人差点儿大惊失色。只是及时想到了，便暂时表现出一种平静的神色。或许恰恰因此才使她口是心非地说：“那你要走——？”

“你就这么抛弃我，差不多就该是这样了。”

她摇摇头，仿佛这个话题不值得谈下去。“我不在反而对你有好处——这我只要看看你就知道了。我以前就是这么估计的，现在证明是对的。你现在不是以前的你了。而问题是，”她笑着说，“我也不是以前的我了。你可以自己走路了。”

“噢，但我今天觉得，”他轻松地说，“我还是需要你。”

她再次完全接纳他。“好吧，我向你保证不会再离开你，但只会跟着你。

你有了自己的动力，可以一个人走路了。”

他明智地接受了这点。“对——我想我可以学着走路了。事实上，正是看到这点，才使韦马什感到不安。这点——我给他印象中走路的样子——他再也无法容忍。这只不过是他最初的感觉达到了高峰。他要我止步；他一定给伍莱特写了信，说我有遭毁掉的危险。”

“啊，好啊！”她低声说。“可这会不会只是你的猜测呢？”

“是我想出来的——这说得通。”

“那么他否认了？——要么你还没问过他？”

“我还没时间，”斯特雷瑟说；“我是昨天夜里把各种各样的事情凑到一起，才想出来的，而从那时起，我还没跟他照过面。”

她思索着。“因为你太气愤了？你无法相信自己？”

他把眼镜架在鼻子上。“我看上去是气愤极了的样子吗？”

“你看上去挺讨喜的！”

“没什么，”他继续说，“没什么好气愤的。相反，他帮了我一个忙。”

她想出来了。“使事情发展到摊牌的地步？”

“你的理解力真好！”他差不多发牢骚了。“无论如何，我要是去和韦马什把它讲个明白，他最起码也不会否认或狡辩。他做事都依据根深蒂固的信念，凭着最慈善的良心，经过一个个不眠之夜的思考。他会承认由自己负全部责任，还会认为自己已大获成功；那么一来，我们有可能进行的任何讨论，都会使我们重新完全和解——连接起使我们彻底隔开的暗流。他行动的结果，使我们终于会有可以明确谈论的话题。”

她沉默了一会儿。“你对待这件事的态度真是妙不可言！不过你总是妙不可言。”

他也像她那样顿了顿；接着，他以足够的勇气完全承认了。“一点不假。我眼下确实是妙极了。我想，实际上，我极为出色，而且要是说我发疯了，我丝毫也不该感到奇怪。”

"那就告诉我吧！"她急切地催促道。然而，他一时默不作答，只是用她在观察他的那种目光回望着她，因此，她便换了个更易于回答的角度。"韦马什先生究竟会做出什么事来呢？"

"只是写封信。一封信就会完全够了。他告诉了她们，我需要有人照料。"

"那你真的需要吗？"——她兴趣十足。

"太需要了。我会得到照料的。"

"你这话的意思是你不让步咯？"

"我不让步。"

"你发过电报了？"

"没有——我已让查德去发。"

"说你不肯回去？"

"说他不肯。我们今天上午把这事讲明白了，我说服了他。我还没下楼，他就进了我房间，告诉我，他已准备好——我指的是，准备好回去。和我一起待了十分钟后，他就走了，去说他不愿回去。"

戈斯特雷小姐专注地听着。"那么你阻止了他？"

斯特雷瑟重新在椅子上坐好。"我阻止了他。这只是暂时的。这"——他更加生动地对她说出这句话——"就是我现在的情况。"

"我明白了，我明白了。但纽瑟姆先生的情况怎么样呢？他本来已准备好，"她问道，"要走了？"

"完全准备好了。"

"还很诚心——因为相信你肯定准备好了？"

"我想，绝对是的；所以，当发现我原先抓着他要拽他回去的手突然变成使他就地不动的工具时，他大为惊讶。"

对这件事的这段叙述，戈斯特雷小姐掂得出分量。"他觉得这一改变突然吗？"

"嗯，"斯特雷瑟说，"我不能完全肯定他想些什么。与他有关的事，我全都吃不准，只有一点例外，即他的情况我见得越多，我发现他身上我原先期望的东西就越少。他真令人费解，这就是我在等待的原因。”

她琢磨着。“但在等什么特别的吗？”

“等他那份电报的答复。”

“那他那份电报的内容是什么？”

“我不知道，”斯特雷瑟回答；“他离开我的时候，电报是要按他自己的心意发的。我当时只对他说：‘我想留下来，而我留下来的唯一途径就是你留下来。’我居然想留下来，这似乎令他感兴趣，于是他就这么办了。”

戈斯特雷小姐反复琢磨着。“那么他是自己要留下。”

“他一半想留下。就是说，他一半想走。我原先的请求对他就起到这种作用。不过，”斯特雷瑟继续说，“他不会走的。起码，只要我在这儿时不会。”

“但是，”他那个伙伴指出，“你总不能永远留在这儿。我倒但愿你能。”

“决不可能。不过，我想进一步多看他一会。他一点也不像我以前想象的情况；他完全是另一种情况。而正是他的这种情况让我感兴趣。”事情几乎就像我们这位朋友凭着自己的聪明头脑，有意清楚地如此表述了这个问题。“我不想丢下他不管。”

戈斯特雷小姐只想帮他表述得更清楚。不过，她得轻松乖巧。“你指的是，丢给——啊——丢给他母亲？”

“唉，我现在考虑的倒不是他母亲。我在考虑的是我充当传声筒的那个计划。我们一见面，我就把计划以据我所知最具说服力的方式让他考虑，可以说，制定那个计划时，根本就不知道最近一大段时期中他发生的一切。不论我在这儿当场马上会开始从他身上得到什么印象，它都不加考虑——我觉得可以肯定，各种印象正源源不断向我涌来。”

戈斯特雷小姐露出怀有最友好批评的笑容。“所以你的主意就是——或多或少——出于好奇留下来？”

“你爱怎么说都行！我不在乎怎么说它——”

“只要你确实能留下来？那当然就不在乎。我照样称它为乐趣无穷，”玛丽亚·戈斯特雷表了态；“看着你解决这个问题，将是一生中令我激动的大事。显而易见，你可以一个人学着走路了！”

他听到这种称赞并无得意之情。“到波科克夫妇来的时候，我就不是一个人了。”

她扬起了眉毛。“波科克夫妇要来吗？”

“我的意思是，查德那封电报的结果，就是将会发生这件事——而且会尽快发生。他们只要上船。萨拉将过来代表她母亲说话——那效果和**我这么**一团糟可不一样。”

戈斯特雷小姐更认真地琢磨起来。“那么**她**会把他带回去咯？”

“很有可能——我们会看到的。不论怎么说，她一定有这种机会，她可能得到了信任，可以尽力而为。”

“那你**希望**那样吗？”

“当然，”斯特雷瑟说，“我希望这样。我希望办得公平。”

但她一时跟不上他的话。“要是事情移交给波科克太太，那你干吗留下来？”

“就是要看到我**确实**办事公平——同时，毫无疑问，也有点想看到他们办事公平。”斯特雷瑟从未表达得这么清楚易懂过。“我出来后发现自己接触到新的事实——不断使我感到越来越无法用我们旧的道理去判断的事实。问题简单极了。需要新的道理——与事实本身一样新的道理；这一点一开始就明确告诉了我们在伍莱特的朋友——查德的朋友和我的朋友。如果能产生什么新道理，波科克太太就会提出来的；她会把全部新道理带过来。它们嘛，”他挂着一丝忧虑的笑容补充说，“就会是你说到的‘乐趣’的一部分。”

她现在已经完全卷进来，而且站在他一边。“照我听你嘴里说的，恰恰是玛米将成为他们的大牌。”接着，由于他一声不吭地沉思着并没有否认，她又意味深长地说："我想，我为她难过。"

"我想我也是！"——斯特雷瑟突然站起来，稍微走动几步，而她的眼光则跟着他。"但这无可挽回。"

"你是说她要出来的事无可挽回？"

他又转一圈后解释了自己说的意思。"要想她不来，唯一的办法就是我回家去——我相信，我可以当场阻止这件事。说到这点，困难在于要是我真的回家——"

"我知道，我知道"——她毫不费劲就理解了。"纽瑟姆先生也会这么做，而那样"——她这时大笑起来——"是不予考虑的。"

斯特雷瑟可笑不出来；他只是显出一种平静的相对温和的神色，也许是表明他不怕让人取笑。"很奇怪，是吗？"

在令他们如此关注的这个问题中，他们谈到这一步却仍然一直未说出另一个人的名字——然而，他们目前暂时的沉默倒完全是有所指了。斯特雷瑟的问题就足以表明，在他的女主人不在时那个名字已经带给他的分量；仅仅因为这个原因，她只要做一个手势，他就会当作明确的回答。不过，她过一会儿后给了他更加明确的回答："纽瑟姆先生会把他姐姐介绍——？"

"介绍给德·维奥内夫人？"斯特雷瑟终于说出这个名字。"要是他不介绍，那我会极感意外。"

她似乎亲眼见到了这种可能性。"你是说，你已考虑到这件事，也已作好准备。"

"我已考虑到这件事，也已作好准备。"

她这下要加以考虑的，是眼前这位客人了。"好！你真了不得！"

"唉，"停顿了一下后他回答说，虽略觉疲倦，但仍在那儿站在她面前——"唉，我想，这正是我希望在自己一概死气沉沉的日子里能达到一次也好的境界啊！"

两天后，他从查德那里听说伍莱特有消息来了，答复他们那份作出了决定的电报，来电是发给查德本人的，通知他说，萨拉、吉姆和玛米立即动身奔赴法国。与此同时，斯特雷瑟自己发了份电报；他一直拖到会过戈斯特雷小姐后才去办这事，和以往经常发生的那样，通过那次会面，他觉得自己对事物的看法得以理清和确定。为了回答纽瑟姆太太的电报，他发给她的电报中包含这样的话："认定最好再待一月，十分感激一切增援。"他还说自己在写信，不过他当然总是在写信；也够奇怪的，写信的做法仍然令他感到宽慰，比任何别的做法都更易使他感到是在做事情；因此他经常寻思，在最近的紧张状态下，自己是否真的养成了某种虚伪的习惯，一种华而不实的装假之道。他仍然那么大量地通过美国邮政寄发一页页的信，难道不是等同于一个爱卖弄的记者，通过舞文弄墨来教训人的那门了不起的新学科的某位大师？他难道不是在争分夺秒地写信，主要就为了表明自己的善意吗？——因为不愿自己从头到尾看一遍，已完全成为他的习惯。他在那字里行间仍然可以宽容大度，不过那充其量也只能是在黑暗中吹口哨壮胆罢了。而且明确无误的是，在黑暗中的感觉现在更强烈地压迫着他——因此造成更响亮更活泼地吹口哨之需。他发出电报后长时间使劲地吹着口哨；为庆祝查德收到消息，他又一吹再吹；在一段为期两周的时间里，这种做法都有益于他。萨拉·波科克当面会有什么好说的，他没有明确的概念，不过倒是确实有些理不清的不祥预感，但是她可不能说——无论是谁在哪里都不能说——他在疏远她母亲。他以前可能信写得多些，但从未写出现在这么丰富的内容；他还直率地给了伍莱特一个理由，即他希望填补由于萨拉外出而在那边造成的空虚。

然而，他的黑暗感的加剧，还有我所说的他口哨曲调的加快，都起因于他几乎没收到什么音信。一段时间来，他已经意识到，他收到的信比以前少了，而他目前显然正趋向一种境地，纽瑟姆太太的信必然会停下来。许多天了，他一行字也没见到，而在收到促使她决定发出那份电报的暗示后，她是绝不可能落笔于纸了，这点他不需要证据——不过他迟早会有充足的证据。在萨拉见到他并汇报过他的情况之前，她是绝不会写信了。这很奇怪，不过，比起伍莱特人眼中他自己的行为来，这根本就没那么奇怪。无论如何，这事关重大，而确实值得注意的是，通过这一示范性的行动，他那位朋友的性情和态度，给他施加了一种更强烈的紧张感。实际上，他感觉到，自己从未像她沉默不语的这段时期里如此紧密地与她生活在一起；沉默是一种圣洁的宁静，一种更精致更清晰的媒介，其中体现了她的癖性。他与她一起四处走动，和她同坐，随她驾车出行，面对面地跟她共餐——“他这辈子”难得的乐事，他或许会情不自禁地这么说；假如说，他从未见她如此不声不响，那么从另一方面说，他也从未感受到她本人有如此高贵，如此近乎严厉：纯净，俗人看来又“冷淡”，却深沉、忠诚、精明、敏感、高尚。对他而言，她在这些方面栩栩如生，在特殊条件下，简直成了萦绕心头的思绪；虽然这种思绪激活了他的生机，确实增添了生活的激情，但也有些时候，他并不怎么紧张，而径直寻求遗忘。由于那次最古怪的奇遇——只有对兰伯特·斯特雷瑟来说才能起到那种作用的一个场合——他知道，在所有的地方中，只有在巴黎这个地方，他才会发现伍莱特这位太太的影子比任何别人的影子都更纠缠不清。

他回去找玛丽亚·戈斯特雷时，目的是要把注意力转到别的事情上去。不过，转变终究没有发生，因为这些天来，他已经前所未有地对她大谈纽瑟姆太太。他在这件事上一直坚持审慎又坚守规则；种种考虑到目前都弃之不顾，完全就像关系已经改变。他心里想，就到目前的地步而言，关系并未**真的**发生变化；因为假如说已经发生的事当然就是纽瑟姆太太已不再信任他，但从另一方面来说，并无任何迹象可以证明他无法重新赢得她的信任。他眼下的想法很坚定，就是一定要千方百计地做到这点；事实上，假如说他此刻把自己以前从未说过的有关她的事都告诉玛丽亚，这主要是因为，这么做能使他意识到，获得这么一个女人的尊重多有面子。也够奇怪的，他和玛丽亚的关系也不再完全一样；这一事实——虽然并没有过于令人窘迫——在他们重新会面时便已出现在两人之间。它全都包含在她当时几乎马上就对他说的话里；它表现在她只需十分钟就可以说出来而他还没打算否认的话里。他可以一个人蹒跚学步，而其中表现出来的差异真是异乎寻常。他们谈话话题的转变已很快证明了这种差异；他在纽瑟姆太太方面有了更大的自信则证实了其余的问题；他把自己的小空杯递过去凑到她那个大桶的嘴上去，似乎已是很遥远的事了。如今她那个大桶很少去碰了，因为别处的泉水也会为他流出来；她显然已成为他的一个支流而已；她接受这种变化了的地位，其中有一份怪异的温柔——一种令他动情使他忧虑的温情。

对他本人而言，这表明了时光的飞逝，或者至少表明，随着经历的激增，他怀着讽刺与怜悯的心态所喜欢想到的事情；他拜倒在她的脚下，紧紧拽住她的衣服，由她亲手喂他，那还只是前天的事。现在改变了的是大小，而按他的推论，不论什么时候，大小恰恰都是感知的前提，思想的条件。事情仿佛就是，凭她那给人印象深刻的小**夹楼**和她广泛的交游，她的众多活动、丰富多彩、杂乱无章，她花十分之九的时间于各种职责和热心之事，而他则小心翼翼地仅得其间接影响——事情就好像她已降为次要因素，并以完美的乖巧接受了这种贬低。她总是拥有这份完美；它原先就大于他最初估量的完美；它一直使他完全与众不同，使他置身于她所称的她那广大的泛泛之交的那行人之外，使他们的交易平静得完全就像家务事一般——与那一行正好相反——仿佛她从未有过另一位顾客。起先，对他而言，她真是妙不可言，他念念不忘她的小**夹楼**，那段时期的大多数早晨，他一睁开双眼就会看到它的形象；但如今，在他看来，她大体上只是缤纷世界中的部分——不过，当然咯，永远是个他应该感激不尽的人。他自然决不会得到一份更大的好意。她为别人把他打扮好，至少此刻他知道，她永远也不会要求什么。她只是寻思，询问，静听，向他表达一种又留恋又思念的敬意。她反复表达这一点；他已远远走在她的前面，而她自己必须作好失去他的准备。对她来说只有一个小小的机会。

通常，她提到这点时，他就会给予满足——因为这是他喜欢的一种手法——每次都一样的手法。“我要吃亏了呢？”

“对——那样我也许可以帮你弥补。”

“噢，我真的受到沉重打击，要是发生那样的事，那就没法弥补了。”

“但你当然不是说，那会要了你的命。”

“不——会更糟糕。那会使我衰老。”

“啊，那绝对办不到！你奇妙而特别之处在于，在眼下的时光，你正值青年。”接着，她总是进一步说句她完全不再犹豫或道歉的话，而且，那种话尽管极为直率，也不会再让斯特雷瑟产生一丁点的难堪。她使他相信那种话，那种话也因此就变得像真理本身那样不受个人的影响。“这恰恰就是你的特殊魅力。”

他的回答也总是一样。“我当然是青年——踏上欧洲之旅的青年。自从我在切斯特遇到你的那一刻起，我就开始变年轻了，或者至少开始得到年轻的好处，这就是一直以来在发生的事。我从来没有在该得到的时候得到这种好处——这就是说，我以前从未得到过这种好处。这会儿我正在享有这种好处；那天我对查德说‘等着’时也享有它；萨拉·波科克到来时，我还会再次享有它。这种好处会让许多人表现不好；坦率地说，我不知道，除了你我之外，还有别的什么人能开始从其中看出我的体会。我不酗酒；我不追女人；我不花钱；我连十四行诗也不写。但我到如今晚年仍在弥补早年未曾享有的东西。我以自己微不足道的方式在培养我那种微不足道的好处。这比我一生中经历的任何事情都更令我愉快。他们爱怎么说就可以怎么说——这是我对青春的屈服，对青春的颂扬。一个人在办得到的地方就会这么办——它总得有个出处，即使是出自别人的生活、条件、感情。查德使我感受到它，他尽管满头灰发，那只不过使它在他身上显得牢固，显得稳当而宁静；她也起到同样的作用，尽管她年纪比他大，有个到结婚年龄的女儿，有个分居的丈夫，令人争论不休的历史。我的那一对，虽然他们够年轻的，但我并不是说，他们以最新的眼光来看完全处于自己十足的青春年华，因为那与这点毫无关系。关键在于他们是我的。是的，他们是我的青春；因为，不知怎么的，目前正值青春年华之际，别的也一无所是。所以我刚才的意思是，青春会尽然消逝——在起到其作用前消逝——假如他们令我失望的话。”

听到这番话，戈斯特雷小姐当即固执地问道：“你说的作用，特指什么？”

“嗯，帮我度过去。”

“可是度过什么呢？”——她喜欢让他和盘托出。

“唉，度过这段经历。”他就说了这么多。

这话照常还是给了她定论。“你难道不记得了，在我们刚认识的那些日子里，要想法帮你度过去的是我吗？”

“记得？体贴、深深地记着呢”——他总是热烈回应。“你让我就这样朝你闲荡过去，你只不过在这方面起到作用。”

“啊，别说得好像我的作用很小，因为不论别的什么让你失望——”

“你永远、永远、永远不会的？”——他用这话打断了她。“噢，对不起，你必然，你不可避免地**会的**。你的种种情况不许我为你做任何事——这就是我的意思。”

“我知道你的意思——我老得可悲老得可怕——可别管它。我**确实**老了，但照样有一个忙——你倒是有可能帮得上的——这我知道，我会考虑的。”

“那会是什么忙呢？”

然而，说到底，她是永远不会告诉他的。“只有你遭受沉重打击的时候，我才会告诉你。而那其实不可能，所以我可不愿自我暴露”——对这个问题，出于自身的原因，斯特雷瑟没再追问下去。

在她面前，他接受了他**不可能**遭受沉重打击的看法——这是最容易的事情，而这使原本可能对之接下去的讨论毫无必要了。随着日子一天天过去，他对波科克一家的到来看得格外重要；对于既不诚恳也不恰当地等待一事，他甚至有一种羞愧感。他指责自己力图在内心相信，萨拉的出面，她的印象，她的判断，必将使事情简单化并协调起来；他指责自己那么害怕他们**可能会**做的事情，竟徒然骚动不安地寻求躲避，想回避整个问题。他在家里时可是看够了他们做事的习惯，因而他眼下没有一丝一毫的理由。他最明确的看法是，他想明白了，他最渴望的，是对纽瑟姆太太的心理状态，能有更全面更无拘束的描述，远胜过他觉得此刻可望从她自己那里得到的情况；这种算计，至少与他祈盼向自己证实他不怕当面探究自己的行为的强烈意识相一致。假如说按照某种无情的逻辑他要为此付出代价，他简直是迫不及待地想知道代价是什么，而且他已作好分期偿付的准备。第一次付出的恰恰就是款待萨拉；而且，作为由此产生的一个结果，他应该更为清楚自己的处境。

第八部

第一章

上周那件事的影响，已使斯特雷瑟和韦马什之间的复杂关系明显简化，所以最近这几天里，斯特雷瑟都是一个人走来逛去。关于纽瑟姆太太的召唤，两人之间什么也没说，只是我们这位朋友向他自己的那位朋友提到过，实际上那一行人已由海路起程——因此给了他机会去坦承自己把暗中插手的事归咎于他。然而，在这件事上，韦马什什么也不承认；虽然这在某种程度上证明斯特雷瑟的预言失实，他却愉快地从中看到那位老兄同等程度上问心无愧，而那位老兄之所以如此傲慢，追根究源，正在于这种问心无愧。他现在对这位老兄很有耐心，很高兴看着他明显长胖起来；他觉得自己的假期时间充裕、自由自在又收益多多，以致对那些受禁锢受束缚的人都充满了体谅宽容之心：对于像韦马什那样精神上受到束缚的人，他本能地就想悄悄绕着走，担心让这种人意识到此时已无可挽回的种种损失。他知道这十分可笑，正如他经常想到的，这不过是两个双胞胎之间微乎其微的差别——完全是相比较而言的开化，就像是门口由刮泥垫到蹭鞋垫，也好不到哪里去[①]；不过目前这个紧要关头却要因此而欣然获益，而这位米尔罗斯来客比之前更明白自己做得对。

斯特雷瑟觉得，韦马什听说波科克一家即将到来时，内心除了得意之感，

① 中国人一般在家门口放一块门垫，用来擦去鞋底的泥巴或脏污。英国一些人家在入户门口放两块门垫，他们穿着套鞋或靴子在乡间泥泞道上散步回到家门口时，先在比较粗糙的垫子（scraper，刮泥垫，置于台阶）上把鞋上较厚的泥巴刮掉，再在纹理更细的垫子（door-mat，蹭鞋垫，置于门前）上把鞋底上的脏污尽量蹭擦干净。

还涌上了强烈的怜悯之情。恰恰因为这点，韦马什望着他时的目光中才含有那种加以节制和掩饰的正义感。他当时紧紧盯着他，仿佛情真意切地为这位朋友——这位五十五岁的朋友——感到难过，因为他那轻浮之举是非得记下来了；然而，他又只是含含糊糊地讲了讲，让他那位同伴去猜想出指责的确切含义。他最近完全以这种笼而统之的态度来作挡箭牌；他们两个不再讨论，只是一本正经又令人难过地表面上敷衍着；斯特雷瑟在他身上辨认出那种预示未来的沉思，而巴勒斯小姐曾经喜气洋洋地形容自己安排出自家客厅的一角供那样的沉思。事情完全就像他知道自己私底下采取的步骤已被人猜到，而且好像他还错过了解释其动机的纯洁性的机会；但他这样心情得不到宽慰，恰恰就是他应得的小小惩罚：他要是发觉自己因落到这种地步而心怀不安，对斯特雷瑟来说，这也没什么不对头。假如他因管闲事而受到过质疑或指责、训斥，或以别的方式受到过责备，那么他或许早就会以独有的方式表现出完全的高度前后一致和彻底的极度诚心诚意。对他的做法明确表示强烈不满，一定会促使他站出来辩解，而他的拳头在桌面上捶击出的砰砰声则会证实他既清醒又正直。此刻真正说服了斯特雷瑟的，难道只是担心那砰砰声——担心那砰砰声可能表露出对他不利的情况而使他不无痛苦地畏缩不前吗？无论如何，不管这一点情况会怎样，这个紧要关头有一个标志很明显，即韦马什有意不流露出关注之情。仿佛是要让那位同伴从因他替天行道而受到的打击中得到补偿，他现在明显地不管同伴的行动，不再要求参与同伴的行动，麻木自己对遭人忽视的感受，两只空空的大手十指交叉地紧握着，停不下来的大脚晃荡着，显然往别处寻求公道了。

这倒促使斯特雷瑟那方面独立自主起来，事实上，他留在本地期间还从未这么来去自由过。初夏涂上了一种色彩，除了近在眼前的，一切都模糊不清；这就形成了一种广阔、温暖、欢快的生活环境，其中各种要素都按最佳条件一起循环流动，其中奖赏都即刻兑现，而惩罚则会往后推迟。查德又出城去了，自他那位客人初次会过他后，还是第一次；他解释过此行的必要性——没有细说，不过也未显出难堪；这种情况以前也有过，它表明这个小伙子的生活中有各种各样的关系。斯特雷瑟对此感兴趣的不是别的方面，而是它太能说明问题——令他感到宽慰、愉悦的一个意蕴丰富的形象。通过同一件事，看着查德的钟摆本来已摆向另一个方向，急剧地摆向伍莱特，但他亲手使之摆回来保持了现状，他也从中得到安慰。他饶有兴味地想到，假如说他那一刻停下了查德的钟，那是为了使那个钟下一刻摆动得更欢快。他本人也做了自己以前未曾做过的事；有两三次他整天整天地走开去——不管别的人，两三天和戈斯特雷小姐在一起，两三天和小比尔汉姆在一起：他去了沙特尔[①]，在该城大教堂前酝酿出一种泛泛的轻松的祝福；他去了枫丹白露[②]，想象着自己上了去意大利的路；他带了只小手提包去鲁昂[③]，放纵地过了一夜。

一天下午，他做了件截然不同的事；他发觉自己来到河对岸一座漂亮的老房子附近，便从宽敞的拱形大门廊下面走过去，在门房说要找德·维奥内夫人。他已不止一次犹犹豫豫地想到这种可能性，在看似散步的过程中，意识到这种可能性虽像隐而不见却又近在眼前。只是在他去巴黎圣母院的那天上午之后，事情便有了反转，他又想坚守下去了，就像他现在考虑并打算的那样；借此他认为，上述的邂逅决非他造成的；于是他又极力坚持自己有利的立场，那恰恰就是，其中对他无一丝好处。从他积极追寻那次奇遇中那位迷人伙伴的那一刻起，从那一刻起他的立场便不那么坚定，因为那样一来，他做事便带有私心了。也就是几天的工夫，他为自己定下一个期限：他决心坚守到萨拉到来为止。要是认为这件事会给他带来自由行动的权利，那就说对了。假如到时候还要来干涉他，而他还会谨小慎微地做事，那就只能是个傻瓜了。假如他得不到信任，那他起码可以悠闲自在。假如他还要被置于控

---

① 沙特尔：法国厄尔－卢瓦尔省省会，位于巴黎西南厄尔河左岸，有建于十三世纪的法国最著名的哥特式的沙特尔大教堂。

② 枫丹白露：位于法国巴黎东南，是法兰西岛最大的市镇，比巴黎市还大，有许多著名的宫殿，是文艺复兴时期建筑。其中的枫丹白露宫是法国最大的王宫之一。

③ 鲁昂：法国北部港口城市。

制之下，那他也会得到许可去试一试自己的立场究竟会给他带来什么惬意的东西。典型的严谨姿态可能会把这种试验推迟到波科克一家表明态度之后；而他已下决心要采取的正是典型的严谨姿态。

然而，恰恰就在那个特殊的日子里，他忽然感到一种特殊的恐惧，在这种恐惧中一切都崩溃了。他突然明白过来，他害怕自己——不过与他和德·维奥内夫人又共度一个钟头对他情感上的影响无关。他害怕的是和萨拉·波科克待上一个钟头的影响，那一个个睡不安宁的黑夜里，那一场场奇里古怪若睡似醒的梦中，总要让他去见萨拉。她站在他面前时比真人高大；她走得越近，她的体形就越大；她紧紧盯住他的眼睛，以致她迈出第一步后，他便想象出了她大步迈出的所有的、一步不漏的步伐，他已感觉到她在责骂他，他已在她的谴责下羞愧无比，已经出于懊悔而同意立即放弃一切。他看到自己在她的监督下重新回到伍莱特，就像少年犯被关进管教所那样。当然咯，并不是说伍莱特真的是个惩罚人的地方；但他事先就知道，萨拉所在旅馆的客厅一定会是的。无论如何，在这样提心吊胆的情绪中，他的危险是因此作出某种与现实截然脱节的让步；所以，假如他坐等脱离那种现实，他可能就会完全失去机会。他的机会正无比清晰地体现在德·维奥内夫人身上，总而言之，这就是他不再等待的原因。转眼间他意识到，他必须先于波科克太太动手。所以，现在从看门的女人那儿得知他要找的夫人不在巴黎，他便大为失望。她到乡下去已有些日子。这事也是再自然不过；可这却使得可怜的斯特雷瑟信心俱失。突然之间，仿佛他永远也见不到她了，而且，仿佛这是由于他一直待她不大好而造成的。

他听任自己的幻想稍稍沉迷于沮丧之中，倒也有好处，好像有了反作用力，从伍莱特来的那一行人踏上车站站台的那一刻起，前景便真的开始光明起来。他们从纽约坐船到勒阿弗尔[1]，然后从那个港口直接过来，而且由于

① 勒阿弗尔：法国北部港口城市，濒临大西洋。

一路顺风，迅速到岸，结果使本来想在码头迎接他们的查德·纽瑟姆没赶上。就在他要坐火车去勒阿弗尔时，他收到了他们的电报，电报通报了他们紧接着的下一步行动，这么一来，他可以做的就只有在巴黎等他们。为此他匆匆来旅馆叫上斯特雷瑟，还轻松随和地提议韦马什也一起去——他的出租马车嗒嗒嗒过来时，按斯特雷瑟的想法，韦马什应该正在熟悉的院子里一脸严肃地散步。他的同伴已收到过一张查德派人送来的便条，而韦马什就从他那儿得知波科克一家就要到了，听到这件事时对他沉着脸，那表情尽管难以捉摸，但仍一如既往地给人以深刻印象；对他摆出的这副架势，斯特雷瑟现在可是了如指掌了，知道他对上述情况还吃不准该采取何种最佳态度。他希望采取有把握的唯一态度，是一种完美的态度——这在不知详情的情况下必然难以做到。波科克一家人还难下定论，而实际上是他把她们弄过来的，所以就此而言，这一证据已把他自己暴露了。他想对此感到理所当然，但眼下充其量也只能感到糊涂。“你知道，我可要大大地仰仗你，”我们这位朋友说过，“来帮我与她们打交道。”而他也十分清楚，这句话，还有别的这类话，对他那位同伴闷闷不乐的情绪会有什么影响。他坚持认为，事实上，韦马什一定会十分喜欢波科克太太——可以肯定他一定会：他一定会与她事事意见一致，而她也一定会与他意见一致，总之，巴勒斯小姐的鼻子一定会气歪了。

他俩在院子里等查德时，斯特雷瑟编织起了这么一种令人快活的情景；他一直坐在那里抽烟，好让自己保持平静，而他的旅伴则像困在笼中的狮子，神经质地在他面前走来走去。查德·纽瑟姆到来时，对他俩在这一特殊时刻截然相反的表现，无疑会留下印象；他会记得其中的一部分是，韦马什如何随他和斯特雷瑟来到街上，又如何带着半是期盼半是懊悔的神情站在那儿。另外那两个人坐在车上时谈论着韦马什，斯特雷瑟还把许多自己对事物牵强附会的认识都告诉了查德。几天前，他就已对查德道出，他确信他们那位朋友在暗中搞了名堂——就小伙子那方面来说，这种信任激起了极大的好奇心和兴趣。而且，斯特雷瑟看得出来，此事的作用就是打动人心；就是说，他看到了，对于韦马什一直在其中起着决定性作用的一股势力，查德是如何判断的——这是刚才重新冒出来的印象；这一事实完全影响了小伙子对自己亲属的看法。两个人都谈到，他们现在也许可以把他们这位朋友视为近来企图从伍莱特对这边施加控制的一部分，因此，斯特雷瑟确实感到，半小时后，在萨拉·波科克的眼里，他浑身上下一定都会显示出，就像韦马什可能已描述过的那样，完全站在了查德“一边”。他此刻是放任自我；这点无可否认；这可能是绝望，也可能是自信；他应该让将要到来的旅客看到自己已养成十分清醒的头脑。

他把在院子里时一直对韦马什说着的那些话又对查德说一遍；如何绝对毫无疑问，他姐姐一定会发觉韦马什是志趣相投的人，毫无疑问，在交流观点的基础上，这一对一定会成功地开始结盟。他俩的关系将会变得非常亲密——而且这种想法只不过是斯特雷瑟记得的在与他的伙伴起先的一次谈话中曾说过的话的展开，他当时就已经对那个人物与纽瑟姆太太本人之间有那么多相像之处有深刻的印象。“有一天，他向我问起你母亲的情况，我就告诉他，她这个人嘛，如果他认识了她，我敢肯定，会在他身上唤起一种特殊的热情；这与我们现在所确信的一致——即确信波科克太太会让他与自己同舟共济。因为她在划的船就是你母亲自己的那艘船。”

“啊，”查德说，“母亲抵得上五十个萨拉！”

“是一千个；但等会儿你见到她时，你见的可是你母亲的代表——跟我要见到的情况一样。我觉得就像个离任的大使，”斯特雷瑟说，“在向奉命继任的人致敬。”这话说完一会儿后，他觉得自己一时疏忽在纽瑟姆太太的儿子面前把她贬得不轻；这种印象起先可在查德迅速表示出的异议中看出来，其反应清晰可闻。他近来不大能理解小伙子的态度和脾气——最重要的是，仍然明白，至少他没怎么白白地担心过；在这关键时刻，他重起兴趣琢磨着他。查德不折不扣地做到了两周前答应他的事——没再问一声就答应了他要求推迟的请求。他愉快而客气地等待着，但也等得不可思议，而且他业已养成的极佳修养中原先就有的刚强或许还略有加强。他既不激动也不沮丧，显得温和、敏锐而从容——不慌不忙不急不躁不忧不愁，至多只比平常略少了点愉悦。斯特雷瑟那荒谬的脑海里一直在经历着这种异乎寻常的过程，他前所未有地感觉到，查德恰恰证明了这是有道理的；他们的马车在前行时他就知道了，他以前还不知道可现在知道了，完全是查德一贯以来的所作所为导致了他目前的表现。就是那些造就了现在的他，而这事并不容易；它费时费事，尤其还付出了代价。无论如何，其结果现在要交给萨利了；就此而言，斯特雷瑟倒是很高兴目睹这一场面。对于这一结果，她多少会理解会接受吗？或者说，假如她会那样，那她是否多少会喜欢它一点点呢？他抓着下巴，思忖着受到责问时——因为他肯定自己会受到责问——他可以对她如何解释这种结果。哦，这些都是必须由她自己来下的结论；既然她那么想看到，那就让她看吧，还欢迎呢。她出来时自以为极其能干，不过斯特雷瑟内心里却老是觉得她实际上会看不出来。

而且，紧接着查德嘴里冒出的一句话也清楚地表明，他已敏锐地猜疑到这点。“他们都是孩子；他们游戏生活！”——这句感叹意味深长又令人放心。它说明，这时，在他那位同伴看来，他好像还没有出卖纽瑟姆太太；这使我们这位朋友过一会儿可以方便地问他，波科克太太和德·维奥内夫人应该相互认识，是否他的主意。查德回答得很明确，更令斯特雷瑟留下极为深刻的印象。“嗨，这个嘛——看一看我交的朋友——不正是她出来的目的吗？”

“对——我怕是的，”斯特雷瑟未加防备地回答说。

查德很快反问了一句，显示出斯特雷瑟的轻率。“你为什么说你怕呢？”

“唉，因为我感到有某种责任。我想，我说的话才是引起波科克太太好奇的根本原因。我的那些信，我想你一开始就该理解，信中一直无所不谈。对于德·维奥内夫人，我自然是说了我该说的话。”

这一切，对查德来说，再明显不过了。“是啊，但你一直都只说中肯的话。”

“对女人来说是再中肯不过了。但正是那种语调——！”

“那种语调，”查德说，“是那种语调把她叫来的？很有可能，但这一点我决不怨你。德·维奥内夫人也不再怨你。难道到现在你还不明白她有多喜欢你吗？”

“噢！”——斯特雷瑟呻吟一声，的确透露出一阵愁思之痛。“因为我为她所做的一切！”

“啊，你为她做了许多。”

查德的客套话使他感到相当难为情，而他此刻正迫不及待地想看看萨拉·波科克面对他想象中对自己描述的某件事时会显露出来的脸色，那件事尽管他屡加警告，但她肯定会在并无充分预兆的情况下碰到的。“我做的就是这个！”

“哎，这没什么不好的。她啊，”查德惬意地说，“可喜欢有人喜欢她啦。”

这话令他那位同伴思索了一会儿。“她还肯定波科克太太会——？”

“不，我这说的是你。她喜欢你喜欢她；可以说，”查德大声笑了，“这大有好处。不过，她也没对萨拉失去希望，而且就她自己来说，已作好竭尽全力的准备。”

“要表示重视？”

“对，还要表示别的一切。要表示一般的亲切、好客和欢迎。她正严阵以待，”查德又大笑了；“她已作好准备。”

这点斯特雷瑟总算懂了；接着，仿佛空中响起巴勒斯小姐的一声回音：“她真是妙不可言。”

“你还没开始明白怎么个妙法呢！”

在斯特雷瑟听来，这话里含有一种极为惬意的色彩——近乎一种下意识的身为主人的傲慢之态；不过如此流露出来的影响此刻倒不是引人推测：这话说得那么得体那么大度那么有把握，也就颇有说服力了。其实那是一种新的召唤；这种召唤没过多久就有了另一种结果。“好啦，现在我要更多地去看看她。我高兴去看她多少次就去看她多少次——请允许我这么说；到现在为止我还没这么做呢。”

“这个嘛，”查德说道，但并无责怪的口气，“完全是你自己的错。我曾经设法让你们俩亲近起来，而她呢，老兄啊——我从未见她在谁面前显得那么可爱过。可你却一直抱着你那套异乎寻常的想法。”

“嗯，我是有过，”斯特雷瑟咕哝道；这时他既想到了那些想法过去如何左右着自己，又想到了它们此刻已如何失去了威力。他无法就这一结果寻根究底，但这都是波科克太太的缘故。波科克太太也许是纽瑟姆太太的缘故，但那还有待证实。他突然感到自己傻乎乎的，竟然未能得益于会有宝贵利益之处。他完全可以更频繁地去看她，却一直白白地让好时光流逝。他几乎是痛下决心，不再错失好时光，而他坐在查德的身边，离目的地更近了，这时他却古怪地想到，归根到底，会促成他的机遇的人竟是萨拉。她这次来调查，在别的方面可能会有什么结果，至今还是一片模糊——唯一清楚的是，此行定会极力促成两位热心人走到一起。此刻他只需听听查德说的话便可感觉到这点，因为查德就在对他说，他们俩——他本人和另一位热心人——当然都仰仗他打气和支持。对斯特雷瑟来说，听他那样谈话，仿佛他们坚决地依计行事，就会使波科克一家感到事情令人陶醉似的，那也真够勇敢的。不，要是德·维奥内夫人竟然图谋**这一点**，图谋让波科克一家陶醉，那么德·维奥内夫人就非同寻常了。假如这一点成功了，那可真是个妙计，而那完全就要看萨拉是否真的可以收买。斯特雷瑟本人的先例，或许倒没怎么促使他去考虑到她实际上大概是可以收买的；显而易见，她的性格反而更倾向于截然不同。他自己可以被人收买的这种想法，使他考虑起自己来；再往前想，实际上他的情况已完全得到证实。就他兰伯特·斯特雷瑟相关的事情而言，他总是想知道最坏的情形，而他此刻就仿佛知道，他不仅可以被人收买，而且已经彻底被人收买。唯一的难点在于，他不大说得清是被什么收买的。仿佛他已经出卖自己，但不知何故尚未收到现金。然而，这正是专门会发生在他身上的事。这自然而然就是他的那种交易。他在思索这些事情的同时，提醒查德一件他们不该忽视的事实——事实上，必须充分考虑到她对新兴趣的敏感性。萨拉一定是怀着一个崇高、坚定、明确的目的出来的。“你知道，她出来可不是为了来受人迷惑的。我们全都可以显出令人陶醉之态——这对我们来说也许是最容易不过的事；但她出来可不是来陶醉的。她出来只不过是要带你回家。”

“哦，好啊，我要跟她走，”查德愉快地说道。“我想你会准许这样的。”接着有一会儿斯特雷瑟没吱声，所以他又说道：“要么，你的意思是不是我见过她后就会不想走了？”不过，由于这个问题再次令他那位朋友沉默不语，过一会儿他接着说：“无论如何，我自己的想法是，他们待在这儿期间一定会玩得再开心不过的。”

听到这话，斯特雷瑟才开口。“啊，你又来了！我想，如果你真的想走——！”

“嗯？”查德想问个清楚。

“唉，那你就不会为我们是否玩得开心去操心了。你就不会在乎我们会玩得怎样了。”

查德总是能以世上最轻而易举的方式领会任何巧妙的暗示。“我明白了。但我有什么办法呢？我太乐于助人了。”

“对，你是太乐于助人了！”斯特雷瑟重重地叹口气。此刻，他感到仿佛这便是他此次使命的荒谬结局。

查德未作回答，这在此刻倒是促成了他这种临时的想法。但到他们能看见车站时他又开口了。“你的意思是，要把她介绍给戈斯特雷小姐？”

对此，斯特雷瑟是有准备的。“不。”

“可你不是对我说过她们了解她吗？”

“我想我对你说过你母亲了解她。”

“那她难道不会告诉萨利吗？”

“这正是我想搞清楚的一件事情。”

“那要是你发现她已经——？”

“你是说，那样的话我会让她们在一起？”

“对，”查德高兴地迅速说道，“让她明白其中并没什么。”

斯特雷瑟犹豫着。“我并不知道自己还很关心她会认为其中有什么呢。”

“假如那代表母亲的想法，也不关心吗？”

“啊，你母亲究竟怎么想的？”话音中带有某种困惑。

但他们的车刚好开到了，无论如何，某种意义上恰好帮了忙。“我的老兄啊，这不正是我们两个都想弄清楚的问题吗？”

第二章

半小时后，斯特雷瑟换了个伴离开车站。在去饭店的途中，查德负责照顾萨拉、玛米、侍女和行李，全都安顿得舒适稳当；直到这四个人的车子走开后，他那位同伴才和吉姆一起上了一辆出租马车。一种奇怪的新感觉袭上了斯特雷瑟的心头，他的情绪也随之振作起来；这就好像来对他评头论足的这些人下车而产生的结果一直就不是他所担心的事，尽管他至今担心的并非立刻冲突起来的场面。他的印象只是不可避免的事——他如此想道；不过轻松和放心之情还是悠然涌上他的心头。这些情感的产生都得益于，用他可能会说的话来说，得益于他多年来熟悉透了的那些脸庞的神态和嗓子的声音，这事再古怪不过了；但此刻他照样也明白，自己刚才曾感到多么心神不安；他目前心情上的缓解感使他深切地体会到这点。而且这种心情看上一眼就来了；它来自车厢窗口萨拉的笑容。他们热情奔放地在站台上朝萨拉打招呼，萨拉很快便带着那副笑容急忙下车朝他们走来，在凉快的六月穿过这片迷人的土地后显得精力充沛又端庄健美。这只是一个征兆，但足够了：她会亲切而又坦率，她办事会更有远见——这一点在她和查德拥抱过之后，在她直接向那位自家敬重的客人致以问候时，体现得更为明显。

斯特雷瑟当时仍然是她家十分敬重的朋友；这一点是无论如何他都可以保持下去的；他对此作出反应的态度表明，就连对他本人而言，他根本就不乐意见到这种现象消失。他见到的萨拉总是和蔼可亲的——老实说，难得见过她羞答答或冷冰冰的；她那独具特色、合唇闭嘴的微笑，热情而不刺眼，就像安全火柴似的一擦就着；她那相当显眼的长下巴向前伸一伸，在她来说是表示热情相邀和彬彬有礼，而不像多数人那样是表示好斗和蔑视；她的声音能穿透到远处，她的举止总体上表示鼓励和赞许，这一切在以前的交往中他都已熟悉，但他今天注意到这些时，仿佛她还是个新交。这回刚见到她，就给了他一个短暂而鲜明的印象，即她酷似她母亲；在火车进站时，她与他的目光相遇，他真会把她当作纽瑟姆太太了。那是个转瞬即逝的印象；纽瑟姆太太的体态要好看得多，萨拉已开始发胖，而她母亲呢，虽然已到一定的年纪，却仍然是少女的腰身；而且她母亲的下巴很短，一点也不显长，她的微笑，也幸而要可喜地含蓄得多，大大地含蓄得多。斯特雷瑟见过纽瑟姆太太缄默不语；他确实见过她默不作声，不过他从来也不知道她会令人不快。而波科克太太的情况呢，他已知道她会令人不快，尽管他也从来不知道她会令人难以接近。她有种种极为自信的令人易于接近的办法；比如，她让吉姆感到易于接近，就是最显而易见的事了。

无论如何，火车的窗口里显露出来的是她那高高的无遮无挡的前额，出于某种原因她的朋友总是视之为一种“面容”的那个前额；她那深远的目光——那一刻她射出目光的样子真够奇的，竟还使他想起韦马什的目光；她依母亲那精致的样子梳了妆戴着帽，那头黑发的光泽非同寻常，绝对不显得过分，以致在伍莱特总是被称为“她们独有的装扮”。虽然她一踏上站台，这种相像感就消失了，但它持续的时间却已足以令他感受到，可以说，感受到自己宽心的所有好处。在家里的那个女人，他所依恋的那个女人，似在他面前匆匆闪现，也足以使他重新意识到，如果他们不得不承认两人之间已形成一道“裂痕”的话，那他就该感受到其不幸，其实是真正的羞耻。他在独处沉思时已有过这种感受；但其悲剧性的结局，由于萨拉的促动，在那么数秒钟内就显得空前可怕——或者更准确地说，就已显得完全难以想象；因此，他一旦发觉点可以附和的自然而熟悉的情景，便立刻随之重续忠诚之心。他突然探得了整件事的深浅，为自己险些造成的损失而倒抽一口冷气。

好啦，这时，在他们逗留的这一刻钟里，他可以镇定自若地守候在这几位旅客的身旁，仿佛他们直接带给他一个口信，说他毫无损失。他不想让萨拉当天夜里就写信给她母亲，说他有什么变化或显得反常。一个月来，有好多回他都感到自己完全显得反常，完全变了；但那是他自己的事；他起码知道那**不**是谁的事；无论如何，那可不是萨拉没人帮忙仅凭自己的眼光能应付得了的那种事情。即使她这次出来显得比迄今的表现更有眼光，她也决不会在一团和气中看出多少名堂来。他自恃能够一团和气到底，即使是出于无法进一步想出点别的什么也罢。他甚至都无法向自己说明自己的变化和反常；这种变化与反常的过程已发生在内心深处的某个地方；玛丽亚·戈斯特雷曾看到过一眼；可即使他很想，他又如何掏出来给波科克太太看呢？他就是以这种心境守候在她们身旁的，而且，玛米马上就使他产生一个漂亮姑娘素有的非常得体的印象，他因此更觉得轻松自在。他曾隐隐约约地想到过——在起伏不定的思绪中翻来覆去地想着许多事情——玛米是否**真的**像伍莱特到处在说的那么漂亮；眼下再次看到她，这个问题就被伍莱特的看法扫得一干二净，其结果实际上是纵情想象起一大堆别的事。足足有五分钟，最后这句话似乎必然和一个以玛米为代表的伍莱特相连。这是那个地方本身必定会体会到的那种实情；它必定会悄悄地推出她来；它必定会扬扬得意地指向她；它必定会对她满有把握；它必定意识到，没有要求她满足不了，没有问题她无法回答。

好，就该这样，斯特雷瑟平平静静自然而然地乐于这么说：假如某个社区最理想的代表**有可能**是位二十二岁的年轻女子，那么玛米就完全可以担当这一角色，仿佛她一直习惯于担当这一角色，外貌、言谈、穿着都符合这一身份。他不知道，在巴黎的强光下，照在一种强烈却又变得失真的摄影室冷光下，她是否会显得过分注重这些事情；但紧接着，他就感到满有把握，她的头脑实际上毕竟还很空，与其说太复杂倒不如说太简单了，与她为善的做法不是要从中取出许多东西，而是要尽可能多地放东西进去。她身体结实，身材高挑得恰到好处；或许略显苍白，但有一种令人赏心悦目的不经意间焕发出来的容光仍透现出她的勃勃生机。她不论身在何处，可能一直都在代表伍莱特“做接待工作”，而她的神态、语调、举止，她那双漂亮的蓝眼睛，那口漂亮完美的牙齿，还有那个很小的、太小的鼻子，都有点什么会使人在想象中马上就把她置于亮堂热闹人声喧哗的一个房间的窗口之间——就在房间的尽头，人们被带到那儿得到“引见”。那些想象中的人是到那里去道贺的，而就这一线索，斯特雷瑟接下去看见的，便续完了这种想象。玛米所想象的正是个快乐的新娘，进过教堂后正准备离去的新娘。她并非十足的少女，不过结婚也仅仅走到那一步。她正处于得意的接受欢呼的喜庆阶段。嗯，但愿她能长久地这样过下去！

斯特雷瑟在这些事情上为查德高兴，查德正全身心地关照着自己的亲友，还事先安排了用人帮自己的忙；女士们自然都令人赏心悦目，而玛米则无论何时何地让人看了都讨喜。假如他带她四处转转的话，那她一定会极像他年轻的妻子——度蜜月中的妻子；但那是他自己的事——或许那是她自己的事；无论如何，那是她无能为力的事。斯特雷瑟回想起自己在格洛里安尼的花园里看到查德和让娜·德·维奥内一起迎面走来的情景，回想起自己曾就此所作的想象——那种想象如今已模糊不清，已被一些别的想象盖得很严；这点回忆是这几分钟内唯一令他感到烦心的事。他经常情不自禁地琢磨起来，让娜是否极有可能默默地对查德怀有掩而不露的激情。那孩子**很可能**已深陷情网，而且尽管他不愿想到这种信念，尽管它在一种复杂的情形下显得更为复杂，尽管玛米身上有某种难以言状的东西，某种一定是他自己心里直接赋予她的东西，某种给予她价值、给予她深情和目标使之成为一个对手的象征的东西，此刻，这种信念并未出现丝毫的动摇。其实此刻根本就不是在说小让娜——怎么**可能**在说她呢？——不过，自从波科克小姐在站台上抖了抖自己的裙子，轻轻碰了碰帽子上漂亮的环状装饰结，理妥了肩上搓纹革镀金小旅行包的背带，自从那一刻起，小让娜便有了对手。

和吉姆一起坐在出租马车里时，斯特雷瑟的脑子里才真的浮想联翩，令他极古怪地感到与自己生活其中多年的人们久违了。因此让他们出来找他就好像是他回去找到了他们；吉姆果断中带有滑稽的思想反应顿时使他自己当初的情形成了遥远的过去。他们当中正在发生的事，谁都可能感到满意或不满意，但拿吉姆来说，他是肯定会感到满意的：他迅即认识到——既坦率又离奇——认识到此事对**他**的意义，令斯特雷瑟一阵狂喜。“我说，你也知道，这**确实**对我的胃口，要不是**你**——”他一边这么脱口而出，一边让一条条迷人的大街满足自己的好胃口；他意味深长地捣了一下同伴后，拍了一下同伴的膝头，最后说了句“哦，你，你——你**就在**这么干啊”，话中尽显弦外之音。斯特雷瑟感到话里有着敬意，但是，他另有所思，暂时没有就此接话。此刻他在自问的是，萨拉·波科克在已经得到的机会中对弟弟作何评判——由于他们最后上了不同的车，在车站就分手了，她弟弟曾朝他望了一眼，而他从中感受到较为复杂的意味。无论萨拉如何评判弟弟，查德对姐姐，对姐姐的丈夫和姐姐丈夫的妹妹的结论，最起码是不会得不到交心的。斯特雷瑟感觉到了这种交心，而当他俩之间以那种目光作为交流时，他自己所给出的回应比较含糊。不过，这种交换意见的事还可以等等；他觉得一切都要看查德所产生的效果。无论萨拉还是玛米，在火车站——她俩在那儿毕竟有充裕的时间——都未曾就此说过一句话；我们这位朋友曾指望，一旦他们待在一起，吉姆就会对此做出补偿。

他感到奇怪的是，他和查德进行了那次无声的接触；出乎意料地与这个小伙子就他亲戚的问题交换意见，这种交流就在他们面前进行，还可以说，对他们不利——这么一件事再次有力地向他表明他已经过多少个阶段；尽管如此，假如数目看起来很大，最后那个阶段所花的时间只不过是一转手的事。此前有许多时候他在纳闷，即使查德变了，他自己是否可能并未随之改变。只是查德身上有了明显进步——唉，对于他自身的机体中比较之下羞于说出口的那点作用，他还没法说出来。他真该先看看这个作用究竟会有多大。至于他和那小伙子之间的隐秘交流，说到底，小伙子对待那三位游客的态度表现得那么快活，前者那么直率并不比后一事实更奇怪。斯特雷瑟当场就因此而空前地喜欢他；这点打动了他，还一直像他已被某件精巧的令人赏心悦目的完美艺术品所打动一样：打动到令他思忖起他们是否真的配受这种态度，是否理解它，是否充分赞赏它；打动到假如在车站行李房，他们在等自己的行李时，萨拉拽了拽他的衣袖把他拉到一边说："你是对的；我们，我和母亲，一直不大明白你的意思，但现在我们明白了。查德真棒；还能再要什么呢？如果**这**就是那种事——！"说着他们好像就会拥抱起来，并开始携手合作，假如发生那种事，那也算不得什么奇迹了。

唉，实际上，由于她一副高高在上聪明机灵的派头——那只不过是笼统的对一切视而不见——他们又**会**在多大程度上进行合作呢？斯特雷瑟知道自己不切实际；他把这归结为自己心情紧张：一刻钟内人们不可能什么都注意到，什么都说到。毫无疑问，还可能，他对查德的表现评价过高了。不过，话虽这么说，在出租马车里待五分钟后，吉姆·波科克也是什么也没说——更确切地说，是没说斯特雷瑟要他说的话，尽管他已说了许多别的话——这时问题突然之间便回到了他们要么是脑子笨要么是存心不说。总的说来，问题更可能是前者；因此，那就是高高在上聪明机灵的障碍了。对了，他们会显得高高在上又聪明机灵的；他们一定善于处理自己面前的问题，但他们的观察能力不济；那在他们的能力之外；他们根本就不懂。那么，他们来了又有什么用呢？——假如他们没能聪明到**那**一步的话：除非他自己确实完全是骗人又放肆？在有关查德进步的这个问题上，他是在想入非非脱离实际吗？难道他是生活在一个虚幻的世界里，一个完全为迎合他而发展起来的世界里，难道他目前略感气恼——尤其是眼下面对吉姆的沉默时——只不过是虚幻事物受到现实触动的威胁所发出的警报吗？现实的这一作用是否有可能就是波科克一家的使命呢？——由于**他**一直在进行观察，那他们来难道是要使这种观察工作土崩瓦解，使查德降格到平凡的地位以便普通人都可以对付他吗？简言之，难道他们来是要保持清醒的头脑，而斯特雷瑟则注定会感到自己一直傻乎乎的吗？

他脑海里闪过这种可能性，但它并未久存于他的脑海，因为他早就想到过，这样一来，他就一直和玛丽亚·戈斯特雷及小比尔汉姆，和德·维奥内夫人及小让娜，和兰伯特·斯特雷瑟，最终，尤其是和查德·纽瑟姆本人一起在犯傻了。和这些人一起犯傻，难道不比和萨拉及吉姆一起保持清醒的头脑更合乎现实吗？不久，他就拿定主意，吉姆实际上是置身事外的；吉姆并不在乎；吉姆既非为查德也非为他才出来的；总之，吉姆把道德方面的问题留给萨利处理，出于娱乐的考虑，此刻完全利用着几乎把一切都留给萨利处理的事实。他和萨利比就微不足道了，与其说是由于萨利的脾气和意志，倒不如说是因为她更成熟的个性和对世界更广泛的了解。他和斯特雷瑟坐在车里，十分直率而平静地坦白说，他感到他这种人远远地跟在他太太后面，假如有可能，还会落得更远地跟在他妹妹后面。他很清楚，她们那样的人，是受到认可和称赞的；而伍莱特首屈一指的企业家，从社交上来说，其实也可从实业上来说，可望实现的最大愿望，就是能在某种程度上自由自在地流露出这种最诱人的魅力。

他给我们这位朋友留下的印象，则是我们这位朋友的又一个路标。那是个奇特的印象，尤其是印象产生得那么快；斯特雷瑟认为，自己就是在那二十分钟里得出那个印象的；给他的感觉至少仅在很小程度上属于长年生活在伍莱特的结果。波科克是正常又心甘情愿地不值一提，尽管并非完全蓄意而为。这就不管他是正常的了；这就不管他是乐意的了；这也不管他是位伍莱特首屈一指的企业家了；他命定就是这么完全平常——恰如在他看来，此事别的一切都显然同样平常。他仿佛说了，生活中有着完整的一面，其中首屈一指的伍莱特企业家不值一提是完全平常的事。这点他不多加追究了，而就吉姆而言，斯特雷瑟并不想了解更多。只是斯特雷瑟的想象力又一如既往地活跃着，他自问，生活的这一面，对那些考虑到它的人而言，是否以某种方式与婚姻事实有关。假如他十年前就结了婚，那现在他与生活这一面的关系是否会变成和波科克一样呢？假如他在几个月内结婚，情况会不会仍然变成一样的呢？那他会不会知道自己对纽瑟姆太太而言同样不值一提，就像吉姆知道——隐隐约约地知道——他自己对吉姆太太而言不值一提呢？

从这个角度来看倒是令他个人放心；他与波科克不同；他已经用不同的方式使自己得到了确认，而且毕竟极受敬重。不过，此时仍对他很有触动的是，那边的社会，萨拉和玛米——说得更明显些，还有纽瑟姆太太本人——为其中典型的那个社会，从本质上说，是个女人的社会，可怜的吉姆并不在其中。他兰伯特·斯特雷瑟本人，到目前为止倒是某种程度上仍在其中——这对男人来说是个奇怪的情形；但有个念头不断古怪地出现在他的脑海中，即他或许该设法结婚，但那将以他的地位为代价。不论这一想象意味着什么，眼下的场合确实不是让吉姆感到排除在外的时候，因为他显然正在体会这次不寻常经历的魅力。他又矮又胖，老是一副滑稽相，面色浅黄，无醒目之处，要不是他老爱穿浅灰色衣服，戴白帽子，抽很大的雪茄，讲琐碎的事，因此而形成自己的个性特征，那他就几乎没什么区别于他人之处。他身上有总是为别人付出代价的种种迹象，尽管没有哪个迹象让人伤心；而最主要的迹象或许正是这种不入类。他是以此，而不是以疲劳或消耗为代价的；当然也设法显出点幽默来——永远也不会与他所了解的情形、关系不相干。

他们穿行在欢快的街道上时，他兴奋地咯咯笑着；他表示，此行完全是意外的收获，他还急切地指出，他在此地什么都要尝试一番：他不大清楚萨利来干什么，但他来是要玩个痛快。斯特雷瑟任他纵情地说着，同时心里在琢磨着，萨利要她弟弟回去的目的，是否要让他成为她丈夫那样的人。他相信，为他们全体安排的计划绝对会玩个痛快；吉姆提出，既然无拖累又没责任——他的东西和其他人的东西一起在那辆公共马车上——他们在上旅店前应该再兜一圈，对这一建议，他也慨然应允。对付查德并不是他的事——那是萨利的事；他觉得，她那样的人会当场开火，所以他们拖延一下给她时间，就绝对错不了。从斯特雷瑟这方面来说，他只会要求给她时间；所以他和同伴一起颠簸在大大小小的林荫道上，竭力想从贫乏的材料中推断出一点自己那场灾难的预言。他很快就看出，吉姆·波科克不愿作出判断，老是在讨论和焦虑的外围兜圈子，把分析他们那个问题的事完全留给了女士们，此刻只是谨小慎微地说几句无关紧要滑稽可笑的挖苦话。那种挖苦话——已经露过一下——仅仅稍有停顿后，又冒了出来："唉，我要是他，我死也不肯！"

"你是说，你要是在查德的位置上就不肯——？"

"丢掉这些而回去管广告！"可怜的吉姆，他两臂交叉抱在胸前，短小的双腿伸在敞开的小马车外，正陶醉在令人眼花缭乱的巴黎正午之中，双眼看看身边的一侧，又看看另一侧。"嗨，我想马上就出来，亲身在这里享受生活。我在这里期间也想享受生活。我同情你的看法——哦，你一直很好，老兄，我懂——来烦查德是不对的。我并不想来缠他；我凭良心也不可能的。无论如何，我来这里多亏了你，我确实非常感激。你们是很好的一对。"

这番话中有些事斯特雷瑟暂且不去管它。"那么，你难道不觉得广告的事该完全管起来，是很重要的吗？就能力而言，查德嘛，"他继续说道，"会是做这件事最合适的人。"

"他是在哪里得来这种能力的呢？"吉姆问道，"在这边吗？"

"他没有在这边得来，可叫人高兴的是，在这边他并没有不可避免地丧失这种能力。他有经商的禀赋，有非同寻常的头脑。他得到这种能力，"斯特雷瑟解释说，"完全是正当的。在这方面，他不愧为他父亲的儿子，同时——由于他母亲也自有其令人惊叹之处——也不愧为他母亲的儿子。他有别的兴趣别的倾向；但纽瑟姆太太和你的太太认为他有这种能力，是完全正确的。他十分出色。"

"嗯，我想他是出色！"吉姆·波科克欣慰地叹了口气。"但是，要是你一直坚信他会让我们兴旺起来，你干吗把讨论的事拖这么久呢？难道你不知道我们一直对你很着急吗？”

这些问题听上去并不十分急切，但斯特雷瑟意识到，他还是必须作出选择，表明态度。“因为，你也知道，我很喜欢这样。我喜欢巴黎。我大概是太喜欢了。”

“哦，你这个老淘气！”吉姆快活地叫道。

“但一切都还没有定论，”斯特雷瑟继续说道。“问题比从伍莱特那边看起来更为复杂。”

“噢，嗯，从伍莱特那边看可是够糟的！”吉姆说。

“我写了那么多信后还那样？”

吉姆想了想。“不就是你写的信让纽瑟姆太太打发我们上路的吗？起码是你的信，查德又不露面吧？”

斯特雷瑟自己作了一番思考。“我明白了。毫无疑问，她该有所行动，这是必然的，因此你太太出来当然是行动来了。”

“哦，对，”吉姆赞同说——“来行动。但萨利每次离开家，你知道，”他明明白白地补充说，“都是要行动的。她一出来就肯定要行动。而且她这次是代表她母亲行动，这就确定了事情的分量。”这时，他要说的都说完了，又全神贯注地重新欣赏起令人愉快的巴黎来。“我们在伍莱特根本就还没这些。”

斯特雷瑟继续考虑着。“我决心为你们一家说说话，你们给我的印象，是怀着一种十分温和十分通情达理的心情到来的。你们并没有咄咄逼人。刚才在波科克太太身上，我丝毫也没感受到这种迹象。她并不凶，”他继续说。“我是个紧张的大傻瓜，还以为她会很凶呢。”

“噢，难道你对她还不够了解？”波科克问道，“还没注意到她从来都不露声色，不会比她母亲多一份自我暴露吗？她们，她们两个都不凶；她们让你靠得很近。她们的外表显得柔和——内心却很温暖。你知道她们是什么样的人吗？”吉姆一边问，一边朝四周望着，让斯特雷瑟感到他的心思并不完全在这个问题上——“你知道她们是什么样的人吗？她们的生活能多紧张就多紧张。”

“对，”——斯特雷瑟附和着，显得极为仓促；“她们的生活确实能多紧张就多紧张。”

“他们不横冲直撞摇笼子，”吉姆说道，似乎很为自己的比喻而得意；“在进食时她们最平静。但她们总能达到目的。”

“她们确实是这样——她们总能达到目的！”斯特雷瑟大笑着回答道，这一笑印证了他刚才承认的紧张心情。他不愿和波科克真心谈论纽瑟姆太太；他本来可以虚情假意地谈的。但他想要知道点事情，由于她最近中断了联系，由于他从一开始就付出那么多，如今他前所未有地强烈感受到这点，而得到的却那么少，这使他急切地想知道。仿佛他同伴的比喻中有个怪诞的真相突然令他浑身震颤。她在进食时*总是*很平静；她，还有萨拉和她一道，一直从盛满他最近坦率的书信、他的生动和愉悦、他的智谋甚至还有他的雄辩的大碗里津津有味地品尝着，与此同时，她的回音却持续减少。不过，这时的吉姆，说真的，从他不再凭当丈夫的经验来说话的那一刻起，便回落到浅薄的本色。

“但是，当然咯，查德现在有比她先到的优势。要是他不把这一点的作用充分利用起来——！”他对小舅子可能会缺智少谋竟然同情地叹息起来。“他在*你*身上倒是利用了这点，利用得很好嘛，呃？”紧接着他问起了杂耍剧院是否有什么新玩意，而他是用美国发音说剧院的名字的①。他们谈论着杂耍剧院——斯特雷瑟承认对该剧院有所知，这又引得波科克来了一番含沙射影，如儿歌般空洞，像胳膊肘捣在他肋部那样撩人；他们在轻松自在的话题中结束了车上的行程。吉姆已看出查德变了，斯特雷瑟指望吉姆会对此有所表示，但一直等到最后，仍是徒劳；由于得不到这种验证而导致泄气，他简直难以解释。鉴于他已采取一个立场，而这就是他所持立场的基础；假如

① “杂耍剧院”中的“杂耍”，法语为 *Variétés*，波科克按英语 Varieties 来发音。该剧院是巴黎著名的通俗音乐厅，以杂耍表演节目著称。

他们全都什么也看不出来，那他只不过是浪费时间。他指望着他那位朋友，直到最后一刻，直到他们看见旅店；当可怜的波科克只顾一味地开心、羡慕、逗人发笑时，他就逐渐讨厌他，觉得他太粗俗了。要是他们**全都**什么也看不出来！——这个念头回到他脑海里时，斯特雷瑟明白，他同时是在让波科克帮他表明纽瑟姆太太会看不出来的东西。由于吉姆粗俗，他继而也讨厌与之谈论那位太太；不过，恰好在马车要停下来时，他明白了自己究竟有多想知道来自伍莱特的真实消息。

“纽瑟姆太太究竟垮了没有——？”

“‘垮了’？”——吉姆应声重复道，实际上是在嘲笑他对长期往事的看法。

“我是说，希望迟迟不能实现，屡屡失望因而越来越失望，在这样的压力下。”

“哦，你是说，她是不是筋疲力尽了？”——他自有现成的描述。“嗨，她是筋疲力尽了——就像萨利那样。但你也知道，她们筋疲力尽的时候，恰恰是她们最敏锐的时候。”

“啊，萨拉筋疲力尽了？”斯特雷瑟含含糊糊地咕哝道。

“正是在她们筋疲力尽的时候她们最警惕。”

“纽瑟姆太太也警惕起来了？”

“整夜都警惕着呢，老兄——为了**你**！”吉姆粗俗地笑了一下来吸引他的注意力，此举缓和了眼前的局面。但他已经得到他所想要的。他马上就意识到这**才是**来自伍莱特的真实消息。“所以你千万别回去！”吉姆边下车边又说道，而此时，他那位朋友则一边听任他给车夫慷慨付费，一边继续坐在车里略作沉思。斯特雷瑟也在寻思这是否就是真实消息。

第三章

第二天，还没到中午，当波科克太太会客室的门为他打开时，一阵悦耳动听的说话声传入他耳中，使他在跨过门槛前犹豫起来。德·维奥内夫人已经上场，这使这出戏的节奏加快了，他感到——尽管他的悬念已加剧——凭他自己任何行动所产生的作用都办不到。头一天晚上，他是和他所有的老朋友一起度过的；不过，就预见他们对他的处境之影响而言，他仍然要说，自己完全是一无所知。现在看来仍然很奇怪，由于德·维奥内夫人这么意外地露面，他感到她就是那种处境的一部分，而她以前却从来不是。他发觉自己在假设，她是单独和萨拉在一起，而这里面——不知怎么的他难以控制——便有着对他个人命运的认识。然而她只是在说些很轻松又不相关的事情——她作为查德的好朋友特意要来说的事情。“什么事都没有——？我真的十分乐意。”

当她们就在那儿，就在他面前时，她受到了怎样的接待就够清楚的了。这一点，他是在萨拉起身迎接他时，从萨拉脸上颇为激动的神色中看出来的。他还看到，她们并不像他起先想到的，是单独待在一起；他轻而易举地认出了离门最远的窗口斜面中呈现给他的那宽阔高大的后背。韦马什，他今天还没见过，只知道他先于自己离开了旅店，头天夜里，应由查德转达的波科克太太的好意邀请，他也参加了由那位太太匆忙举行的非正式而热情的款待——韦马什竟也像德·维奥内夫人那样先于他到了，他双手插在口袋里，他的姿势并没有因为斯特雷瑟进来而受到影响，正以明显超然的态度，望着窗外的利沃里街[①]。后者在空气中便感觉到——韦马什表明态度的能力实在是妙——我们已记录下来的德·维奥内夫人一方对他们的女主人作出的主动姿态，他一直完全置身事外。他除了总体上看法顽固外，显然也有圆通的一面；因此他才会让波科克太太去独自对付。他会比那位来宾逗留的时间更长；他显然会等下去；过去几个月来，他不就是在等吗？因此，她会想到，她有他在充当后备军。萨拉由此获取何等支援还得等着看，因为，她虽然极为聪颖，但暂时热衷于一种态度暧昧又满面喜色的形式主义。她得比自己的预计更快地做出判断；但首先她关心的是，要表明她决不会措手不及。斯特雷瑟来得不早不迟，恰好是她在如此表示之际。“噢，你太好了；可我想，我还没感到无依无靠。我有弟弟——还有这些美国朋友。另外你知道，我来过巴黎。我熟悉巴黎，”萨利·波科克说道，那口吻让斯特雷瑟的心里顿起一阵寒意。

“啊，可是女人嘛，在这个一切总在变的累人的地方，善意的女人嘛，”德·维奥内夫人脱口而出，“总是能帮女人的。我肯定你‘熟悉’——但我们熟悉的也许是不同的东西呢。”看得出来，她也很想不出差错；但那是对一种不同风尚的担心，而且更加隐而不露。她微笑着欢迎斯特雷瑟；她招呼他时比波科克太太显得更亲近；她没从座位上起身，伸出一只手给他；足足一分钟后，他极古怪地想到——对，毋庸置疑——她是一心要毁了他。她一片好意，一身自在，但她情不自禁地要这么待他；她令人赏心悦目，而她只要自然而然，就为萨拉在他自己那些模棱两可的话中突然倾注了大量丰富的含义。她怎么会知道她在如何伤害他呢？她想表现得单纯而又谦逊——恰好体现出迷人的魅力；但正是这一点看上去把他置身于她那一边。她给他的印象是，穿着、安排、准备完全是为博得好感——她审时度势一早来访，则体现了富有高尚趣味的诗意。她乐于就裁缝和商店提供意见；她让自己完全听

① 利沃里街：位于法国巴黎中央的一条极长又笔直的大街，与杜伊勒利花园和卢浮宫平行，以众多纪念品商店闻名。

从查德家人的使唤。斯特雷瑟注意到桌上她的名片——她的小冠冕和“伯爵夫人”——他突然想象起萨拉的内心会进行某些调整。他可以肯定，她以前还从来没和一位“伯爵夫人”坐在一起过，而这便是他一直交往着的那个阶层的代表，可以用来哄她。她横渡大西洋就是专门来看一看她的；但在德·维奥内夫人自己的目光中，他看得出来，这种好奇心尚未得到充分的满足，因为她本人此刻需要的是他，从未有如此强烈的需要。她此刻看上去很像那天上午在巴黎圣母院时他眼里她的那副样子；其实他还注意到会引起联想的同样朴素淡雅的衣着。这似乎在说明——也许过早了点，也许太含蓄了——她要帮波科克太太逛商店是有道理的。而且，那位太太待她的态度，加深了他对戈斯特雷小姐据他们的一致意见避开之事的感想。要不是及时多长了个心眼，他就会引介玛丽亚来当向导和榜样了，想到这点，他皱了皱眉头。到目前为止他所看到的萨拉的情形，倒是令他有了些许安慰。她“熟悉巴黎”。就此而言，德·维奥内夫人马上接过了话。“啊，你这方面真能干，你们家的人生来就这样。你弟弟吧，我承认，尽管他长期的经历应另当别论，但他已奇迹般地成为我们中的一员。”她引起斯特雷瑟注意的神态，俨然出自一个总能得心应手地悄然转向另一个话题的女人。他不是对纽瑟姆先生把此地当家的做法印象很深吗？他所处的地位，不是一直受益于他那位朋友的神奇老练吗？

她这么快就自己说出这种话来，斯特雷瑟至少感到了其中的勇气，不过他又自问，从她露面的那一刻起，她究竟还能说出别的什么话来呢？她只能以显而易见的事为理由来对付波科克太太，而在查德的情形中，还有什么比他已为自己创造了一整套新的境遇这一事实更引人注目呢？除非她干脆躲起来，否则，她只能以那些境遇之一的面貌出现，只能是他安定的现状、他得以确立的现状的一种说明。所有这一切，在她那迷人的双眼中显得十分清晰而细致，以致她如此公然拉他上她的船时，他的内心竟默默产生一种极大的焦虑感，他事后定会责之为懦弱。“啊，别在我面前显得太迷人了！——因为这会让我们亲近，毕竟，我一直在大加提防而且才见过你五六次，我们之间又能是什么关系呢？”他再次意识到极其顽固地左右着他可怜的个人命运的那条有悖常情的法则：假如他让波科克太太和韦马什以为他已形成某种实际上根本就从未形成过的关系，那倒恰像总会落到他头上的事情。此时此刻，他们在认定——他们只能认定——他已完全形成那种关系，而且都是因为她对他用那种口气的结果；可他唯一敢做的是紧紧地扒着边缘，决不让脚趾浸入水中。但可以补充说，这一回他的恐惧感并不会重复闪现；这种感觉闪现了一下，便渐渐平息，然后一去不复返。如果要满足那位一起在访的客人的要求，并在萨拉那敏锐目光的注视下作出回应，那就完全等于上了她的船。她在访的余下时间里，他感到自己相继担当起船上每个特定岗位的工作，以帮助那艘冒险小船一直航行下去。船在他脚下颠簸，但他稳稳地守在自己的岗位上。他拿起桨来，既然他会有划桨的名声，就划吧。

“如果我们*真的*见面，那事情就更令人愉快了，”由于波科克太太提到自己已有初步了解，德·维奥内夫人便进一步说道；她还马上补充说，说到底，她的女主人有斯特雷瑟先生在身旁出色的照应，是不可能有困难的。“我想啊，是他，在那么短的时间里，比以往任何人都更熟悉巴黎，更喜爱巴黎；所以嘛，有他和你弟弟在，到了紧要关头，你怎么可能还要好向导呢？斯特雷瑟先生会让你明白，重要的，”她笑着说，“就是要放任自己。”

“哦，我可没太放任自己，”斯特雷瑟回答说，他强烈感受到，仿佛自己应邀向波科克太太示意巴黎人会如何说话。“我唯恐表现出自己放任得还不够。我已花了大量时间，但我一定颇有站在一个地点没挪步的感觉。”他看了看萨拉，他那神态，他认为她可能会觉得动人，可以说，在德·维奥内夫人的保护下，他还提出了第一个个人观点。“实际情况是，自始至终，我一直在做我出来要做的事。”

不过，一开始，这只不过给了德·维奥内夫人机会立即打断他的话。“你和你的朋友续上了旧情——你重新认识了他。”她说得那么令人高兴又那么肯帮忙，他俩倒有可能是为了共同目标一起来访并保证过相互帮忙。

韦马什听罢此言，好像自己就是谈到的人，马上从窗口转过身来。“哦，是啊，伯爵夫人——他是和我续上了旧情，我想，他已经对我有了些了解，尽管我不清楚他对了解到的有多喜欢。得由斯特雷瑟自己来说，他是否认为这说明他的路走对了。”

“噢，但是，”伯爵夫人愉快地说，“他出来根本就不是为了你——真的是为他吗，斯特雷瑟？而我刚才心里根本就没想到你。我刚才在想纽瑟姆先生，我们经常想到他，而且波科克太太也正是一直在找机会要和他接上关系。这对你们二位来说真够开心的！”德·维奥内夫人双眼望着萨拉，大胆地继续说着。

波科克太太机敏地应答，但斯特雷瑟很快就发觉，她决不愿接受出自他人之口的自己的行动或计划。她不需保护也不需支持，那只不过是不如意处境的别称；她要以自有的方式表达自己想要表达的意思，而这点她是以一种冷淡的口气表明的，令他回想起伍莱特晴朗的冬日上午。“见弟弟的机会我从来就不缺。我们在家有许多事情要考虑，负有重大责任和事务，而我们家也不是个让人受不了的地方。我们做什么事，”萨拉略为刺耳地继续说道，“都有充足的理由”——简言之，她哪怕是一丝一毫也不愿暴露自己。但她像个总是和蔼可亲又可以让步的人那样补充说：“我来了是因为——嗯，因为我们确实要来。”

“啊，那是万幸！”——德·维奥内夫人随口低声说道。五分钟后，她要告辞了，她们都起立，站在一起，在亲切友好的气氛中又交谈一阵子；只有韦马什明显摆出一副在反复思考的样子，似乎出于本能或心怀戒备，随时都会迈开脚步，回到敞开的窗前那个对他有利的位置。这个金碧辉煌的房间里全是红色锦缎、镀金铜器物、镜子、时钟，房间坐北朝南，一扇扇百叶窗在夏日早晨低着头；透过窗缝可见的，就是整个旅店紧挨着的杜伊勒利公园及公园那头的景致；就这样，映入眼帘的巴黎向远处延伸着，清凉、朦胧、诱人，栅栏镀金的桩尖闪闪发光，砾石路上传来马车的嘎吱声，马蹄的嗒嗒声，鞭子的啪啪声，像是马戏团在游行似的。“我想也有可能，”波科克太太说，“我会有机会上我弟弟那儿去。我完全相信，那确实会很舒适。”她好像是对斯特雷瑟说话，却春风满面地望着德·维奥内夫人，有那么一会儿，当她就这么面对着夫人时，我们这位朋友还指望听到她加上一句：“你邀请我上那儿去，我真的很感激。”足有五秒钟他都在想，这句话就要说出来了；他都清晰地听到了，仿佛这话真的已经说出来了；但他马上就明白，话恰恰没说出来——从德·维奥内夫人短促而敏锐的一瞥中明白了这点，那一瞥告诉他，她也感觉到这句话可能会说出来，但所幸的是，这句话并未以任何要求给予关注的方式表达出来。这就使她只需回答已说出来的话。

“马勒塞布大道可能成为我们都要去的地方，我想，这就提供了有幸再次见到你的最美好的前景。”

“哦，我会来看你的，既然你这么好心，”波科克太太紧紧盯住她那个对手的眼睛。至此，萨拉双颊上的红晕已变成一小点显眼的绯红[①]，这本身不无华丽感；她把头昂得高高的，斯特雷瑟不禁想到，此刻，在她们两位当中，她才是最能体现伯爵夫人作派的人。不过，他完全明白，其实，她一定会给她这位客人还以礼节的：她起码也得有像已掌握的那么多拿得出手的材料，才会再次向伍莱特报告。

“我非常想让你见见我的小女儿。”德·维奥内夫人接着说；“要不是我想先求得你的许可，我就会带她一起来了。我本来希望也许会见到波科克小姐，我从纽瑟姆先生那儿听说她和你在一起，我倒是很愿意我的孩子结识她。要是我有幸见到她而你又允许，我要斗胆请她待让娜好。斯特雷瑟先生可以告诉你”——她就这样巧妙地往下说——“我那可怜的姑娘温柔乖巧可相当孤寂。他们，就是他和她，非常愉快地交上了朋友，我相信，他对她的

① 这句话原文似有问题：既然是“双颊上的红晕”，变恐怕也该变成两小点显眼的绯红，而不该是“一小点显眼的绯红（a small definite crimson spot）”，参见 287 页脚注。

看法并不坏。就让娜那方面而言，他在她身上获得了同样的成功，就像我所知道的，他在这儿无论往哪方面都获得了成功。”她好像在求他准许说这些事，或许更像又轻松又愉快，透出亲密之中的随意，想当然地可以这么说，而他此刻充分意识到，如果不在较大程度上迁就她，那就等于可憎而又可鄙地抛弃她。是的，他是支持她的，即使在这种掩蔽的、这种半保险的方式下也反对不支持她的人，因此体会到自己对她的支持有多大多深，这使他既觉得古怪困惑，又感到兴奋鼓舞。事情就像他一直在坚决又焦急地等她有所表示，会让他涉入更深，以便他可以表现给她看看他完全受得了。她把告别稍微拖长了点，其实际的结果足以达到这一目的。“他成功的事，我肯定他是绝不会自己提起的，所以，你知道，我就少点顾忌；顺便说一句，你知道，我说这些完全是好心，”她对他说着，又补充道；“考虑到从你在我身上取得的成功中我几乎没得到什么直接的好处。一个人什么时候见得到你啊？我在家里等，在苦苦地思念。你至少会帮上我的忙，波科克太太，”她最后说，“让我看上一眼这位极难得见到的先生。”

“要是剥夺了任何像你所形容的看起来完全属于你自然应有的权益，那我自然感到抱歉。斯特雷瑟先生和我是很长久的朋友，”萨拉说道，“但与他交往的特权并不是我会与任何人争吵的一样东西。”

“不过呢，亲爱的萨拉，”他随便地插了话，“听见你说这话，我感到，你没有充分重视一个重要的事实，即在多大程度上——就像你是属于我自然应有的权益那样——我也是属于你自然应有的权益。要是看到你为我而争吵，”他大笑着说，“我会喜欢得多。”

对于他的这番话，她，波科克太太，说不出话来了——他马上想到，由于对他说话这么随便没什么准备，她必然喘不过气来。他突然说得这么随便——他由此而有意造成伤害——因为，恼人的是，就像他不愿因德·维奥内夫人而害怕那样，他也不愿因她而害怕。在家里，他自然从来都只喊她萨拉，虽然他或许从未如此引人注目地把她喊作“亲爱的”，从某种角度说，其部分原因是，迄今尚未有哪个场合为此设下了如此有效的陷阱。但此刻似有什么在告诫他，这已为时太晚——除非实在有可能这还为时太早；他无论如何也不该以此去进一步取悦波科克太太。“唉，斯特雷瑟先生——！”她低声说道，话音含糊却不失严厉，与此同时，她脸上那两点绯红[①]显得更加红了点，他意识到她暂时一定只能有此反应了。然而，德·维奥内夫人已经来帮他忙了，韦马什似乎要进一步加入进来，又回到他们中间。说真的，德·维奥内夫人所帮的忙是成问题的；它表明，不论一个人对她坦白多少，也不论她抱怨多没意思，她却仍然可以暗中表示他们之间已积累了多少谈资。

“你知道，事实真相是，你为了可爱的玛丽亚而毫不留情地牺牲了人家。她容不得你的生活中还有别人的位置。可爱的玛丽亚的情况，”她询问波科克太太，“你知道吗？最糟糕的是，戈斯特雷小姐真的是个妙不可言的女人。”

“哦，确实知道，”斯特雷瑟替她回答，“波科克太太知道戈斯特雷小姐的情况。萨拉，你母亲一定已跟你说过她的情况；你母亲什么都知道，”他坚定地往下说。“我还衷心地承认，”他又大胆而快活地说道，“她是个你喜欢的那种妙不可言的女人。”

“啊，亲爱的斯特雷瑟先生，并不是‘喜欢’就和这件事有关系！”萨拉·波科克立即提出异议；“我决不敢肯定我——从母亲或别的什么人那里——想得出来你们在说的是谁。”

“嗯，他不会让你见她的，你知道，”德·维奥内夫人颇为同情地插话说。“他从来不让**我**见她——我们是老朋友了：我说的是我和玛丽亚。他留着她为自己过最愉快的时光；把她完美无缺地留给他自己；只给我们其他人一点残羹剩饭。”

“唉，伯爵夫人，**我尝过**一点残羹剩饭，”韦马什郑重其事地说道，并用毫不避讳的目光注视着她；这使她在他还没来得及往下说时就打断了他

① 此处“她脸上那两点绯红（her crimson spots）是接着285页上“显眼的绯红”说的，由此可见，285页上的“一小点”确系作者笔误。

的话。

“他和你一起分享她，到底怎么回事[①]？”她叫了起来，一副滑稽的目瞪口呆样。“当心别走得太远哟，别把这些女人[②]全搞到手了，结果多得你都不知道该怎么应付哟！”

但他只顾正正经经地往下说。“我可以帮你了解那位女士，波科克太太，只要你有心听。我已见过她好多次，而且他们认识时我其实就在场。后来我一直注意着她，但要说她身上真有什么害人的东西，我倒是不知道。”

“‘害人’？”德·维奥内夫人应声重复道。“嗨，她是所有聪明可爱的人中最可爱最聪明的。”

“嗯，你和她也不相上下啊，伯爵夫人，”韦马什大胆地回道；“不过她处事自然是很精的。她知道自己走遍欧洲之道。最重要的是，毫无疑问，她确实喜爱斯特雷瑟。”

“啊，可我们大家都这样——我们都喜爱斯特雷瑟：这不算优点！”和他们一起的那位来宾大声笑着，心安理得地坚持她自己的意见，对此，我们这位朋友感到惊讶，不过，当他遇到她那极为意味深长的目光时，他又相信这件事以后会得到解释的。

然而，她这种腔调的主要影响——他自己的目光以忧郁而又充满讽刺的意味回敬给她的，正是这么一个事实——只能使他感到，一个女人当众对一个男人说这种事情，那她实际上一定是把他当作九十岁的人了。他知道，自己一听到她提起玛丽亚·戈斯特雷，便随之尴尬地脸红了；萨拉·波科克在场——其中蕴含的特殊性——使他难免脸红；而且由于他不情愿流露出什么，脸就变得更红了。他确实感到，自己居然难堪地、几乎痛苦地把脸红给韦马什看，是流露很多了，而真够奇怪的是，韦马什此刻似乎正以某种期望得到解释的目光望着他。某种深藏不露的东西——靠他们当年老关系建立起来的东西——

① 到底怎么回事：原文为法语 *Comment donc*。
② 这些女人：原文为法语 *ces dames*。

在这错综复杂之中，得到了交流；他隐隐感觉到眼前所有古怪问题背后的一片忠诚。韦马什不加掩饰的冷面幽默——给人的感觉是这样的——隐约中流露出要人欣赏。“嗯，如果你要谈谈巴勒斯小姐，我也有我的机会。”那种幽默像是生硬地点头说道，还承认无意中出卖了他，但又竭力补充说，这么做只是为了救他。那阴沉的目光盯着他，简直就等于说出来了——“为了救你，可怜的老兄，为了救你；不论你自己怎样都要救你。”然而不知怎么的，恰恰是这种交流使他在自己眼里显出前所未有的强烈的失落。而且它的另一个结果也会前所未有地摆到他的面前：在他的这位同伴和萨拉所代表的利益之间已经有了个基本原则。对，现在是毫无疑问了：韦马什一直暗中在和纽瑟姆太太联系——这都在他的脸色中逐渐显露出来。“对，你感觉到我在插手了，”他简直就是在这样宣布；“但仅仅因为这是我从那该死的旧世界最起码该学到的东西：那个旧世界已经使你分崩离析，我就应该收拾残局。”总之，片刻之后，事情就像是斯特雷瑟不仅从他身上感受到了这点，而且还意识到，一旦感受到这点，这片刻之间便消除了疑虑。我们这位朋友理解了，也赞同了；他想到，不然的话，他们决不会谈及此事。仅此而已，而在他的内心，这将标志着一种明智的雅量。那么，韦马什是和令人生畏的萨拉——萨拉尽管极为宽厚但仍令人生畏——一起从上午十点钟就开始救他了。唉——可怜的老兄，假如凭他那一大片无望的好意就能办到该多好！想法多多的结果是，就斯特雷瑟自己来说，他还是若无绝对必要就不作任何表示。隔了一会儿（比我们匆匆一瞥他脑海里反映出的这番情景要短促得多），他尽可能少作表示，对波科克太太说：“哦，他们高兴怎么说都是真的！——戈斯特雷小姐只为我而存在——别人一丁点儿也看不到。我把她留给我自己了。”

“嗯，你告诉我真是太好了，”萨拉答话时并没看着他，而从她目光所示的方向看，听到这番分辨后，她有那么一会儿倒是只好指望与德·维奥内夫人的某种隐约无望的渺小共同点了。“希望我不会过于想念她。”

德·维奥内夫人立刻帮忙了。“你也知道——虽然有的人可能会那样——

但他丝毫也不为她难为情。她真的——可以这样说——漂亮极了。”

“啊，绝对漂亮极了！”斯特雷瑟一边大声笑着，一边琢磨着不知不觉地就这么落到自己身上的古怪角色。

德·维奥内夫人的一言一行都持续产生这种效果。“哎，我说啊，你也知道，我真希望你会把我也多留点给你自己。你难道就不能给我说定哪天哪个时间吗？——而且要赶早不赶迟。什么时候对你最方便，我都会待在家里的。好啦——我无法说得更明白了。”

斯特雷瑟想了一会，同时感到韦马什和波科克太太都专心地等着。“最近我确实曾经去拜访你。上星期——查德出城的时候。”

“对——碰巧，我也不在家。你真会选时间。可别等我下次出门了，因为波科克太太在这里的时候，”德·维奥内宣布说，“我是不会再次出门的。”

“幸好，这句誓言不会拖住你很久，”萨拉重新以温和的口吻说。“我目前只是短期待在巴黎。我还计划去别的国家。我遇到许多迷人的朋友”——而她的嗓音似乎对如此描述那些人很得意。

“啊，这么一来，”她那位来宾快活地回答说，“就更有理由啦！比如明天，或者后天吧？”她继续对斯特雷瑟说。“星期二对我是再好不过了。”

“那么很乐意就星期二。”

“那就五点半？——还是六点？”

真荒唐，可他感觉到波科克太太和韦马什还恰恰在等他答复呢。事情确实很像他们是安排好的，聚到一起就为了一场演出，由他的盟友和他自己出演的这出“欧洲”。唉，演出是只能继续下去了。“就定在五点四十五分吧。”

“五点四十五分——好。”这下德·维奥内终于必须向他们辞别了，不过，她自己又让演出延长了点。“我本来非常希望也能见到波科克小姐。我还能见到吗？”

萨拉犹豫了，但并不示弱。“她会和我一起回访你的。眼下她随波科克先生和我弟弟出去了。”

“我明白了——当然咯，纽瑟姆先生什么都要带他们去看看。她的情况他告诉我的可多啦。我强烈希望给我女儿结识她的机会。我总是为她留心寻觅这样的机会。要是说我今天没带她来，那只是为了先确定你会让我这么做。”说罢，这位迷人的女子斗胆提出一个更急切的恳求。“要**你**也提出最近的某个时间，好让我们肯定不会错过你们，这一定不合适吧？”斯特雷瑟这方面等待着，因为说到底，萨拉同样也得表演；这又使他一心想到，她待在家里——而且是她到巴黎的第一天上午——而查德却带上其他人出去了。噢，她正忙得不可开交呢；要是说她待在家里，那她待着是出于头天晚上达成的默契，韦马什要来单独见她。这个开端不错——对于在巴黎的第一天来说；事情还可能很有趣。但德·维奥内夫人的急切之情真是美妙动人。“你可以认为我欠考虑，可我**十分**渴望我的让娜能认识一位真正可爱的美国姑娘。你看，这件事我全靠你发慈悲了。”

她说这番话的样子令斯特雷瑟强烈地感到，其背后有一种他尚未领受过的深切感——以某种几乎令他害怕的方式激发他隐隐约约地估猜着原因；但是，尽管如此，假如萨拉仍在犹豫，那正是他有时间对向她提出请求的人表示同情的原因。“亲爱的夫人，那就让我来说句话支持你的请求：玛米小姐是最可爱的那种人——是可人中的可人。”

就连韦马什也能适时插进话来，尽管他就这个话题可以有更多的提示。“是啊，伯爵夫人，美国姑娘啊，可是你们国家起码要允许我们国家有特权说我们**可以**向你们展示的一样东西。但她十足的美只对那些知道如何欣赏她的人才存在。”

“哦，那么，”德·维奥内夫人微笑着说，“这正是我想做的。我肯定，她可以教给我们许多。”

说得真妙，但几乎毫不逊色的是，斯特雷瑟由于敏感地受之影响，却往另一个方向去了。“噢，那有可能！但你要知道，别把你自己那个赏心悦目的女儿说成好像并非十全十美似的。这一点起码**我**是不会听你的。德·维奥内小姐啊，”他以郑重的口气向波科克太太解释道，“确实十全十美。德·维奥内小姐确实赏心悦目。”

这番话或许有点自命不凡，但萨拉只是刺耳地“啊？”了一声。

在这件事上，就相关事实而言，韦马什自己显然意识到需要得到更为公正的对待，便朝萨拉转过身去。“简[①]小姐端庄健美是显而易见的——十足的法国风格。”

不知怎么的，这番话让斯特雷瑟和德·维奥内夫人都哈哈大笑起来，不过就在那一刻，在望着他说话的萨拉的目光里，他捕捉到了一句茫然却又明确无误的“你也这样？”实际上，那目光使韦马什特意望了望她的头顶。然而，这时，德·维奥内夫人以她自有的方式发表了看法。“我确实希望能把我那可怜的孩子以耀眼动人的面貌呈现在你面前：那会使情况够简单得多！她是在尽力学好，但她当然有所不同，而现在的问题是——从事情进展的情况看——归根到底，她是否**过于**不同了：我是说，和人人都完全赞同的你们那美妙的国家养育的那种美妙的类型相比，过于不同了。另一方面，当然咯，纽瑟姆先生对这些很了解，作为好朋友，他那么个好心人，一直在为我那羞怯的小东西做他能做到的一切——让我们避免了过于愚昧无知。好啦，”波科克太太仍然有点生硬地小声表示，她会就这个问题与她自己照管着的姑娘谈谈，此后，德·维奥内夫人终于把话说完——“好啦，我们，我的孩子和我，将会坐等，等啊等，等候你们。”但她最后的话锋却巧妙地转到斯特雷瑟身上。“谈到我们时务必就这样——！”

“好像这样就不可能没有点结果了吧？噢，这样就**一定会**有点结果的！我非常感兴趣！”他又断言；为证明这点，紧接着，他便随她一起下楼朝她的马车走去。

---

① “简”是英语 Jane 的音译，即法语中的“让娜”（Jeanne）。此处韦马什称呼法国小姐用的是其名字的英语拼写发音。

第九部

第一章

“难的是，”两三天后斯特雷瑟对德·维奥内夫人说，“我无法让她们不知不觉地做出一丁点表示，认为他已不是过去三年来她们一直在大洋彼岸怒目而视的那个原来的查德了。她们就是不肯有所表示，而且作为一种策略，你也知道——你们称它为预先就有的想法[①]，一种藏而不露的把戏——这确实非同寻常啊。”

这实在太非同寻常了，以至于我们这位朋友一想到这点，竟在他的女主人面前站了起来；他是在椅子上坐了十分钟后站起身来的，为缓解焦虑不安的心情，还开始在她面前来回踱起步来，完全就像在玛丽亚面前那样踱着步。他一分钟不差地赴了她的约，还一直极为烦躁，不过，实际上是既感到要把一切都告诉她，又感到根本就无话可说。他们面对着复杂的处境，使那段短暂的间隙大大加深了他的种种印象——而且，同时还值得注意的是，他已经坦率地，已经几乎是公开地把这种复杂处境视为他俩共同的处境了。假如说德·维奥内夫人当着萨拉的面把他拖上了她的船，那么到此刻决无丝毫疑问的是，他一直待在那艘船上，而且好多个小时以来他脑子里最清楚的其实就是船本身在颠簸动荡。此刻他俩一起待在船上，这是从未有过的事，而他在旅馆时到了嘴边又未出口的忧虑或抱怨，到现在他也未曾说出只言片语来。

---

① 预先就有的想法：原文为法语 *parti pris*。

除了她把他推入了某种处境外，他还有别的事情要对她说；他的那种处境很快便使他感到是不可避免的，使他十分激动，回味无穷。然而，这种前景——假如展现出来——其明朗程度还不及他曾设想到的一半，这是她自他到来后得到的第一个警告。她宽容地回答说，他太性急了，还安慰说，假如她知道如何耐心点，**他**自然也就可能会耐心点了。他当即感受到她的存在，他感到她的语调及与她有关的一切，都有助于尽量耐心点；他们交谈时他看上去非常放松，这恐怕就是她在他身上取得成功的一个证据了。等到他向她解释了为何他的感想尽管越来越多，却仍然令他困惑时，就像他已经无拘无束地谈了好几个钟头了。那些感想令他困惑，是因为萨拉——嗯，萨拉很深沉；比她以前有机会表现出来的更深沉。他并没有说，这部分地是她可以说秉性上完全与她母亲直接相通的结果，考虑到纽瑟姆太太那么深奥，由此去深究萨拉就完全可能颇有深度了；但他并非没有一种无奈的忧虑，在这两个女人之间这么密切交流之下，他不久就可能会感受到，对他而言，仿佛他有时是在直接与纽瑟姆太太打交道。可以确定，萨拉本人也会开始从他身上感觉到这点——而这自然就使她得以更多地折磨他。一旦她明白他**可以**受折磨——！

“可是你**为什么**可以受折磨呢？”——他的同伴对他用这个词感到惊讶。

“因为我生来就这样——我什么事都要去想。”

“唉，一个人可千万别这样，”她笑着说。“一个人必须想的事越少越好。”

“那么，”他回答说，“一个人必须把事情挑对了。但我只是想说——因为我表达时言辞激烈——她处在观察我的地位。我有一种不确定的因素，而她可以看着我挣扎。但我挣扎并不要紧，”他继续说。“我受得了。而且，我会挣扎出来的。”

这幅景象至少令她产生一份感激，觉得他真诚起来了。“我看不出男人对女人还怎么能比你对我更体贴了。”

嗯，体贴正是他想做到的；不过，就连她那迷人的双眼流露出这点望着他时，他却仍然有心坦白。“当我说不确定时，我的意思，你也知道，”他笑着说，“我自己的事情也不确定！”

“哦，是的——你自己的事情也不确定！”这使他没刚才那么宽厚了，但她却反而更温柔地看着他。

“不过，”他继续说，“我并不是想要对你谈这个。这是我自己的小事，我只是把它作为波科克太太的部分优势提到的。”不谈，不谈；尽管眼下奇怪地很想谈，而且他不确定的感觉真切到连烦躁不安也是一种缓解，但他决不会对她谈纽瑟姆太太，决不会靠她来消除因萨拉有意不提及纽瑟姆太太使他产生的焦虑感。她造成的代表她母亲的那种效果，是在她没提及那位太太的情况下造成的，而这正是事情的绝妙、超常之处。她没带口信来，没暗指什么问题，只是不给人希望又不失礼貌地回答了他的询问。她设想出了一种应答他询问的方式——好像他是个出于礼貌要敷衍的穷亲戚，关系隔得很远了——这使他心里觉得他的问题近乎荒谬。而且在他那方面，他要是不想看上去是在公开自己近来消息如何匮乏，就无法多问；对于这种情形，萨拉的深奥之策是不流露一丝的怀疑。同样，这些事情，他也决不会吐露给维奥内夫人——尽管它们会令他坐立不安。而他没说的话——还有*她*没说的话，因为她也是很要面子的——到了他和她在那儿待了十分钟后，在救她的基础上更增强了亲近的效果，他以前未曾有过这样的机会。事实上，其结果是，两人之间颇为愉悦，他们心里都很清楚有许多事情没有说。他倒是很想跟她谈谈波科克太太的事，但他严守自己感到事关面子和体谅问题的那条界线，甚至都没怎么问她个人的印象。就此而言，他不用麻烦她就知道了：她很想知道萨拉具备了那么些要素怎么会仍然没有魅力，这是她闭口不谈的主要问题之一。斯特雷瑟本来倒是有兴趣听她评价那些要素的——其中有些无疑是存在的，有待于根据品味作出评析——但他连这点消遣也不给自己。今天德·维奥内夫人打动他的方式本身便是乐用天禀的一种表现。一个女人给人的印象是她自己通过完全不同的途径形成了魅力，她怎么可能认为萨拉有魅力呢？另一方面，当然咯，萨拉也不是非要有魅力不可。他觉得好像德·维奥内夫人不知怎么的**倒是的**。与此同时，重要的问题是查德对他姐姐的看法如何；这个问题自然是由萨拉对查德的看法问题引起的。**这个问题**他们可以谈，而且既然他们在别的方面谨小慎微，在这个问题上便可无拘无束了。然而，困难在于到目前为止他们还只是在推测。这一两天里查德和萨拉一样几乎没给他俩什么线索，而德·维奥内夫人提到，自他姐姐到达后她就没见到过他。

"这就让你感到日子难过了？"

她老老实实地回答了这个问题。"噢，我不会假装我不想念他。有时候我天天见到他。我们的交情就是这样。随你怎么想它吧！"她古怪地笑了笑；就是她脸上偶尔会闪现的那一丝微笑，曾使他不止一次地想知道自己对**她**最好应作何看法。"但他完全是对的，"她赶紧补充说，"我目前绝不想让他遭遇任何失败。我宁可三个月不见他。我曾恳求他待他们要周到，而他自己也完全有这种想法。"

斯特雷瑟在急有所想之下转过脸去；她十分古怪地集透明与神秘于一体。她时而与他最珍视的对她的看法相吻合，时而似乎又使他的那种看法无影无踪。她这会儿说起话来好像她的手段无非是一种纯真，然后又好像她的纯真无非是一种手段。"噢，他在顺从他们，而且会一直这样做到底。既然已近在手边，他怎么会不想要自己的全面印象呢？——你知道，那可比你的或我的印象重要得多。但他一心沉浸其中，"斯特雷瑟边转回脸来边说道，"他力争实实在在地浸个透。我必须说他**确实**很出色。"

"啊，"她轻声回答道，"你对谁这么说的？"接着更细声细气地说："他什么都行。"

斯特雷瑟再次强调——"哦，他挺优秀的，我越来越喜欢，"他反复强调，"喜欢看到他和他们在一起；"不过，就连他们说着话的时候，他们之间这种古怪的腔调就让他感到越来越刺耳。这把那个小伙子作为她关心的结果和她影响的产物明显地摆在了他们面前，明确承认了她在这种现象中的作用，使这种现象显得十分稀罕，以致他前所未有地差点就要求她讲述整个事态，讲得比他已从她那儿得到的更详尽些。此刻差点使他问出诸如她是如何办到的，以及从她自己那独有的近距离观察，这种奇迹表现得如何。不过，实际上，此时此刻只不过谈了更现实的事情，而他也只是不断地表达对令人愉快的事实的赞赏。“感到可以多么信任他，是个极大的安慰。”由于她有一会儿没吭声——仿佛**她的**信任毕竟可能有个专门的限度——于是他又说道：“我指的是在他们面前好好表现。”

“是的，”她若有所思地回答说——“但要是他们闭眼不看呢！”

斯特雷瑟一时心有所思。“嗯，也许那也不要紧！”

“你是说，因为他或许——不论他们会怎么办——他都不会喜欢他们？”

“哦，‘不论他们会怎么办’——！他们办不了多少的；尤其是如果萨拉没有更多——嗯，比目前看得到的更多——可拿出来的话。”

德·维奥内夫人掂量着这番话。“啊，她有一身的优雅呀！”就这一说法，他们倒是可以相互略加一番直视的，虽然斯特雷瑟并未就此提出异议，不知怎么的，其效果却是好像他把它当玩笑看了。“她可能会劝服他爱抚他；她可以有难以用言语形容的说服力。她可以左右他，”她最后说道——“唉，那可是你我都未曾做到的。”

“对，她**可能会**——”这时斯特雷瑟笑了。“但他每天所有的时间都和吉姆一起过。他仍在陪吉姆游玩呢。”

看得出她在寻思。“那么吉姆又怎样呢？”

斯特雷瑟拐了个弯后才回答。“他没对你谈吉姆？之前他没为你‘处理’过他？”他有点迷惑不解了。“他没把情况告诉你？”

她犹犹豫豫的。“没有，”说罢他们再次四目交流起来。“不像你。你多少让我看见他们了——或者说至少感觉到他们了。我并没有问太多，”她又说道，“我最近很不情愿让他烦心。”

“啊，说到这点，我也一样，”他边鼓励边赞同说；这样一来——仿佛她已回答了一切——他们可以就此略作交流。这使他回想起另一件事，他随之又拐了个弯；然而，不一会儿他又站住，似颇为兴奋。“你看吉姆真是绝了。我想会办到这一点的人将是吉姆。”

她纳闷了。“左右他？”

“不——恰恰相反。抵消萨拉的影响。”此时，他，也就是我们这位朋友，表露了自己已在这件事上想得有多远。“吉姆完全无所顾忌。”

“噢，可爱的吉姆！”德·维奥内夫人淡淡地笑了笑。

“对，确实是——可爱的吉姆！他很糟糕啊。上天宽恕他吧，他想的，是要帮助我们。”

“你的意思是”——她急不可耐了——“帮*我*？”

“嗯，首先是帮查德和我。但他把你也加上了，尽管他见你还不是很多。只是，就他所见到的你来说——假如你不介意的话——他觉得你很糟糕。”

“‘很糟糕’？”——她要知道一切。

“一个十足的坏人——不过当然属于极为出色的那种。可怕，讨喜，不可抗拒。”

“啊，可爱的吉姆！我真想认识他。我*一定要*认识他。”

“对，那是自然。但那样行吗？你知道，”斯特雷瑟指出，“你可能会让他失望。”

对此她显得谦恭而又滑稽。“我只好试试啦。可是我的邪恶之处，”她继续说，“对他来说就是我的可取之处咯？”

“你的邪恶之处，还有他像你那样和它高度联系在一起的魅力。你知道，他认为，查德和我首先是想尽情地玩，他的观点简单而尖锐。什么也不会让他相信——就是说，以我的行为来看——我其实并不是完全像查德那样，在为时太晚之前过来玩乐一番。他绝不会料想到我会这样；但在伍莱特，人们注意到，像我这种年纪的男人——尤其是看起来最不可能的人——往往会突然做出一些古怪的事情，为时已晚却不可思议地追求非同寻常的、理想的东西。可以充分注意到，在伍莱特过上一辈子就有这么个结果；我就这样把它告诉你，不论它有什么道理，都是吉姆的观点。如今他太太和岳母，”斯特雷瑟继续解释说，“从道义上来说，不能容忍这种现象，不论是迟是早——这就使吉姆处于和他的亲属对立的另一边了。而且，”他还说，“我认为他并不是真的要查德回去。如果查德不回——”

“他就会”——德·维奥内夫人很是理解——“更加少受约束？”

“嗯，查德的地位更高。”

“所以他现在就要**暗中**[①]活动，让他保持安静？”

“不——他根本就不会‘活动’，他不会暗中做任何事情的。他很正派，不会成为自己阵营的叛徒的。但他有限的视野看到我们表里不一，会感到好玩，他会从早到晚地享受他心目中的巴黎，至于其他事情，对待查德，他嘛——嗯，本来怎样就怎样。”

她仔细想了想。“是个警告吗？”

他听闻此言似乎高兴起来。“你**确实**像大家说的那样妙不可言！”接着解释了他的意思：“他到后的头一个钟头，我陪他坐车逛，你知道他——完全无意识地——在我面前表现得最多的是什么吗？嗨，实质上是**这样**的，作为对他的现状的改善，实际上作为对现状的真正的补救，他们认为要造就我们这位朋友可能还不算太迟。”她听闻此言，似又担心起来，但还是勇敢地正视着这种可能性，于是他把自己的话说完。“但**真的**太迟了。多亏了你啊！”

这又从她嘴里引出一句她那种含糊其词的话。“噢，‘我’——到底是的！”

他站在她面前，因自己的表现而备感兴奋，竟然也能打趣一下了。“一

---

① 暗中：原文为法语 *en dessous*。

切都是相比较而言。你可比这强啊。”

“你，”她只能回答他说，“你比什么都强。”但她有了别的想法。“波科克太太会不会上我这儿来啊？”

“噢，会的——她会这么做的。就是说，一旦我的朋友韦马什——现在是她的朋友了——给她空闲。”

她表现出了兴趣。“他是她那种地步的朋友了？”

“嗨，你在旅馆里难道没看见这一切？”

“哦，”她感到有趣，“‘一切’说起来可多啦。我不知道——我忘了。我当时一心注意着她。”

“你那时妙极了，”斯特雷瑟回答说——“但‘一切’说起来并不多：那只是一点点。不过那一点点到目前为止挺让人高兴的。她想要一个属于她自己的男人。”

“那她不是有你吗？”

“你觉得她当时看着我——甚或看着你——像是她占有的样子吗？”斯特雷瑟轻而易举地摆脱了这种讽刺。“你知道，在她看来，每个人都一定有个什么人。你有查德——查德有你。”

“我明白了，”她尽量领会着。“你有玛丽亚。”

嗯，就他而言，他接受这点。“我有玛丽亚。玛丽亚有我。就是这样。”

“但吉姆先生——他有谁啊？”

“哦，他有——或者说好像他有——这整个地方啊。”

“但对韦马什先生来说，”她回想起来了，“巴勒斯小姐不是在任何人之前了吗？”

他摇了摇头。“巴勒斯小姐是位有教养的女子[1]，她的乐趣不会因波科克太太而减少。它反而会增加的——尤其是假如萨拉得胜而她来看一看的

---

① 有教养的女子：原文为法语 *raffinée*。

话。”

“你对我们了解得真透啊！”对此，德·维奥内夫人不加掩饰地感叹道。

“不——在我看来，我了解的是我们。我了解萨拉——这点或许是我唯一有把握的地方。韦马什将陪着她转，而查德陪着吉姆——我向你保证，我会为他们两位高兴的。萨拉将得到她要的——她可以向理想迈进了；而他也可以大致这样做了。在巴黎时兴这样——所以谁还能少走一步吗？如果说有哪一点是萨拉最想证明的，那就是，她出来可不要小气。我们至少会感觉到这点。”

“哦，”她叹息道，“我们好像有可能‘感觉到’很多啊！但在这些情况下，那姑娘会变成什么样呢？”

“玛米吧——假如我们大家都配齐的话？啊，这个嘛，”斯特雷瑟说，“你就信查德的吧。”

“你是说，会待她好的？”

“他一旦把吉姆处理掉，就会无微不至地关照她的。他想要吉姆能够给他的——还有吉姆真的不愿给的——尽管他已从我这儿得到那一切，还不止那一切。总之，他想要自己个人得出的印象，而他会得到的——会很强烈。但他一旦得出印象，玛米就不会遭罪了。”

“噢，玛米一定不能遭罪！”德·维奥内夫人温和地强调说。

但斯特雷瑟可以让她放心。“别担心。他一跟吉姆了结，吉姆就会来找我的。到那时你就会明白了。”

仿佛片刻之间她就已经明白了；不过她仍然等待着。然后她才问道：“她真的十分迷人吗？”

他刚才说话时已站起身，收拾好自己的帽子和手套。“我不知道；我在观察。可以说，我在研究这个问题——我想我将来能够告诉你。”

她感到惊讶。“这是个问题吗？”

“是的——我想是这样。无论如何我会弄明白的。”

“但你以前难道不认识她吗？”

“认识，”他笑了——“但不知怎么的，在家里她不成问题。出来以后她就成了问题。”仿佛他是为自己搞懂了这点。“她在这儿成了问题。”

“这么快啊？”

他一边大笑，一边估量着。“不比我当时快。”

“你当时也成了——？”

“非常非常快。我到的当天。”

她那双聪颖的眼睛表明她在想这点。“啊，可你到的那天碰到了玛丽亚。波科克小姐碰到谁了呢？”

他又停了停，但还是想出来了。“她不是碰到查德了吗？”

“当然——但不是第一次碰到。他是个老朋友了。”对此，斯特雷瑟缓缓地摇了一下头，显得饶有兴味又意味深长，使她继续说道：“你的意思是，至少对**她**来说，他成了另一个人——她认为他不一样了？”

“她认为他不一样了。”

“那她对他怎么看？”

斯特雷瑟没再往下说。“你怎么能说得清一个深沉的姑娘怎么看一个深沉的小伙子呢？”

“人人都这么深沉吗？她也是？”

“给我的印象是这样——比我以前想到的深沉。但稍等——我们两个人可以把它搞清楚。这个问题你可以自己作出判断。”

德·维奥内夫人视此刻为她一心期盼的时机。“那么她会和她一起来咯？——我是说玛米和波科克太太一起？”

“当然。如果没别的，光是好奇心就无论如何会让她来。但这一切就交给查德吧。”

“唉，”德·维奥内夫人边叹息边有点厌烦地转过脸去，“我交给查德的那些事啊！”

她说话的口气使他用一种体贴的目光看着她，那目光表明他看出了她的焦虑。但他还是信心满满。“噢，好啦——相信他吧。自始至终相信他。”其实，他话一出口，就应声感到他的观点再次出现古怪的移位，这使他短促地笑了一声，又立即止住。他进一步出起主意来。“她们真的来时，让她们多看看让娜小姐。让玛米好好看看她。”

有一会儿她看上去仿佛她已让她们面面相对了。“好让玛米恨她吗？”

他又摇了一下头以示纠正。“玛米不会的。相信**她们**吧。”

她凝视着他，然后好像她总是必定要说回来的那样说：“我相信的是你。但是在旅馆的时候，”她说，“我是真心的。我当时，现在都确实要我的孩子——”

“嗯？”——她看上去在犹豫着该如何措词，而斯特雷瑟则恭敬地等候着。

“唉，尽她的能力帮我。”

斯特雷瑟就此与她四目相视了一下；然后，一句她可能未曾料想到的话从他嘴里冒了出来。“可怜的小宝贝儿！”

她的应声回答完全可能是他自己同样未曾料想到的。“可怜的小宝贝儿！但她极想亲眼，”她说，“见见我们那位朋友的表妹。”

“这就是她心目中她的身份？”

“我们是这样叫那位年轻小姐的。”

他又思考起来；然后他大笑一声说：“嗯，你女儿会帮上你的。”

此刻他终于向她告别，而他想告辞已有五分钟了。但她随着他走了一段路，陪他走出房间经过隔壁的一个房间又进了一个房间。她那套上等的老公寓有一连串三个房间，进门的前两间确实比最后一间小，但每个房间具备的依稀可感、颇为讲究的气氛，增强了前厅的作用，加深了登堂入室之感。斯特雷瑟羡慕它们，喜欢它们，眼下正和她一起更缓慢地穿过它们时，他原先的印象又强烈地重现出来。他停住脚步，回头看去；一整串房间形成了一个狭长的景观，令他感到极其忧郁而又甜蜜——再度充满了依稀可见的历史阴影，充满了伟大帝国隐约可闻的遥远的大炮的吼叫。毫无疑问，这一半是他的心思的投射，但是，置身于打蜡的古旧镶木地板、粉红与绿色相间的浅色窗帘、拟古大枝形吊灯之中，他的心思便是他总有必要去对付的一样东西了。它们很容易使他去想不相关的事。查德的朋友那种奇特、别致、诗意——他不知道该叫它什么——再次为他确认了其浪漫的一面。“她们应该看看这个，你知道。她们*一定要*看看。”

“波科克一家吗？”——她不屑地看看四周；她好像看到了他没看见的不足之处。

“玛米和萨拉——尤其是玛米。”

“我这个破旧的地方吗？可*她们的*财产——！”

“噢，她们的财产！你谈的是会帮上你忙的东西——”

“所以你觉得，”她打断了他的话，“我这个破地方就可以？哦，”她沮丧而细心地说，“这*一定是*孤注一掷了！”

“你知道我希望什么吗？”他继续说。“我希望纽瑟姆太太能亲自来看一看。”

她目不转睛，有点不理解他话中的逻辑。“那就会让事情不一样了？”

她的口气那么急切，使得他在继续环顾四周的时候大笑起来。“有可能！”

“但是你已告诉她，你告诉我——”

“有关你的一切？是的，精彩的报告。但是还有那些无法描述的情况——只有身临其境才能了解到的情况。”

“谢谢你！”她迷人而凄然地笑了笑。

“都是我在这儿的情况，”他坦率地继续说。“情况纽瑟姆太太感受得出来。”

但她好像注定总是要再怀疑一番。“没人有*你*感受得那么多。没有——没有任何人。”

“那对大家来说就更糟了。这很容易。”

这时他俩已在前厅，仍然没有别人，因为她没有拉铃叫用人。前厅又高又方，还显得阴暗而引人遐想，即使在夏天仍然有点阴冷湿滑，墙上有几幅在斯特雷瑟看来很珍贵的旧版画。他站在厅中央，有点留恋不舍，目光茫然地透过眼镜望着，与此同时，她倚着前厅门柱，一边面颊轻贴在壁凹处边上。“你本来是可以成为一个朋友的。”

“我？”——这令他略感吃惊。

“因为你提到的那个原因嘛。你并不傻。”接着，突然地，好像说出来某种程度上就是基于这个事实：“我们要让让娜嫁人了。”

他马上感到这是棋局中的一步，就是在当时，他也并非没有感到让娜不该以这种方式嫁出去。但他很快表示感兴趣，尽管——随后同样快地感到——脑子里是一片可笑的慌乱。“‘你们’？你和——呃——不是查德吧？”当然咯，构成“我们”的是孩子的父亲，但要提到孩子的父亲却要费他一番劲儿。不过，紧接着不就表明德·维奥内先生根本就没谈到吗？——因为她接下去说，她指的确实是查德，在这整个事情当中他一直就是仁慈的化身。

“要是我一定要告诉你一切，那么，就是他自己让我们走上这条路的。我指的是有了这么一个机会，就我目前所能看到的，是我有可能梦想得到的唯一机会。即使德·维奥内先生会不辞辛劳也罢！”这是她第一次向他提及自己的丈夫，他无法表达这一点突然令他感到自己与她已如何更加亲近了。其实，这算不了什么——她说的话中还有别的远远深得多的东西；但是，当他们这么随便地一起站在这些昔时阴冷的房间里时，单单这一点就已表明她对他的信赖程度。“但是这么说来，”她问道，“我们这位朋友还没告诉你咯？”

“他什么也没告诉我。”

“唉，事情来得相当匆忙——全在短短几天之内；而且还没有定局，不能宣布。只有对你——完全对你一个人——我才说的；我很想让你知道。”

自从他下船的第一个钟头起，他就十分频繁地会有那种越来越深地“陷进去”的感觉，此刻这种感觉再度令他产生又一阵内疚；但她让他在这儿陷进去的这种美妙的方式，依然是令人赏心悦目又不必悔恨的事情。“德·维奥内先生会接受他**必须**接受的东西。他已提出五六件事情——一件比一件荒唐；他就是活到一百岁也绝不可能找到这个机会。查德找到这个机会，”她继续说道，脸上容光焕发，微微泛红，有意显得亲密，“用的是世上最不事张扬的方式。确切点说，是机会找到了**他**——因为什么都找上他；我是说发现他合适。你会觉得我们做这种事情做得古怪——但到了我的年龄，”她笑了笑，“就得接受自己的种种限制。我们这位小伙子的家人见过她；他的一个姊妹，一个迷人的女子——她们的情况我们都知道——在某个地方曾看到她跟我在一起。她对她的兄弟说了——把他说动了；我们哪，可怜的让娜和我，又被观察过一次，而我们自己一点也不知道。那是在初冬；那事持续了一段时间；我们不在时也没断；我们一回来它又开始；幸运的是，它看起来没出问题。那个小伙子早就见过查德，他让一位朋友来找他——说是对我们颇有诚意。纽瑟姆先生在作出反应前很是留神；他巧妙地不露声色，又充分满足了自己的心思；然后他才说话。这是过去一段时间一直让我们忙着的事。这看起来好像是行得通的事；真的，真的也只能希望这样了。现在只有两三个问题有待解决——那些问题取决于她父亲。但这回，我想我们是保险的。”

斯特雷瑟细心地听着她说话，感到有点目瞪口呆了。“我全心全意地希望是这样。”接着他又斗胆问道：“就没有什么取决于**她**吗？”

“啊，那是自然；一切都取决于她。但她**非常**[①]满意。她一直有充分的自由；而他呢——我们那位年轻朋友——则实在是无所不备。我十分崇拜他。”

斯特雷瑟只想搞准了。“你说的是你未来的女婿吧？”

“要是我们大家促成这事的话，就会是了。”

---

① 非常：原文为法语 *comme tout*。

“啊，嗯，”斯特雷瑟说得很得体，“我衷心希望你们能办成。”他似乎没什么别的话可说了，尽管她的这番交流对他有着最古怪的影响。他隐隐约约又糊里糊涂地对此感到忧虑；他感到仿佛连他自己也牵扯到某件又深奥又不明不白的事情中去了。他早就估计到会很深奥，但像这样就更不寻常了：仿佛他们现在披露出来的情况要由他来负责，真令人烦恼——其实是荒唐可笑。这就是——通过其中古老而又阴冷的意味——他会称为真正的问题之所在。总之，他的女主人透露的消息，尽管他还无法解释其原因，却给了他明显的震动，而他的烦恼则成了一种负担，他觉得必须立即以这样或那样的方式摆脱掉。脱节的地方太多了，容不得他去做别的什么事。他准备着为查德而——在自己的内心深处——受煎熬；他甚至也准备着为德·维奥内夫人而受煎熬。但他并没有准备为那位小姑娘受煎熬。所以，现在既然已说过得体的话，他就想走了。然而，她又提了个问题，耽搁了他一会儿。

“在你看来我是不是很糟糕啊？”

“糟糕？为什么会这样呢？”但就在他这么说的同时，他心里已称之为他迄今最不诚实的话。

“我们的安排和你的大不相同。”

“我的？”哦，这点他也可以不加考虑！“我没有任何安排。”

“那你就必须接受我的；尤其是因为我的安排好极了。它们是根据一种**古老的智慧**[①]作出的。如果一切进展顺利，将会有多得多的事情让你听到，让你知道，相信我吧，样样事情都会让你喜欢。别担心；你会满意的。”这么一来，她就可以对他谈她心底里的事——因为那正是事情的归结所在——他必须“接受”的事；这么一来，她可以异乎寻常地说起，仿佛在这么一件事情当中，他感到满意颇为重要。这完全是想不到的事，使整个事件显得更为重大。在旅馆时，当着萨拉和韦马什的面，他自己已有上了她的船的感觉；

---

① 古老的智慧：原文为法语 *vieille sagesse*。

但他此刻究竟身在何处？这个问题萦绕在他的心头，直到她亲口用另一个问题消除了它。“那你认为他——他可是很爱她的——会做出什么草率或冷酷的事来吗？”

他搞不清自己的想法。“你说的是你那位小伙子——？”

“我说的是你那位。我说的是纽瑟姆先生。”此言马上在斯特雷瑟眼前闪出一道更为悦目之光，而她继续说下去时，那道光便越发强烈了。“感谢上帝，他对她怀有最真诚最温柔的爱。”

那光确实更强烈了。“噢，这点我敢肯定！”

“你刚才谈到，”她说，“人们信任他。那么你明白我是如何信任他的了。”

他等了片刻——完全醒悟过来。“我明白——我明白。”他觉得自己确实真的明白了。

“他无论如何绝不会伤害她，也不会——假如她当真结婚的话——冒险去做任何可能有碍于她的幸福的事。而且——起码从他乐意的来说——他也绝不会伤害*我*。”

凭他至此所领会的来看，她的脸部表情比她的话告诉他的还要多；不论是那表情中还有点别的含意，还是只不过他看得更清楚了，反正她的整个故事——至少当时他如此看待——从中向他展现出来。她刚才说主动权在查德手上，那么这一切也就合情合理了，而这种情理——一道光，一条线索，是突然出现在他眼前的。有了这些，他又一次想要离去；这次终于变容易了，因为一个用人听到前厅里讲话的声音后刚好走上前来帮他的忙。当用人打开门表情冷漠地等着时，斯特雷瑟所认识到的一切，都总结在他最后那句话中。“你知道，我认为查德是什么都不会告诉我的。”

“不会——恐怕还不会。”

“我也还不会跟他谈。”

“啊，那是照你认为最合适的办。你必须作出判断。”

她终于向他伸过一只手去，他握了一会儿。“我得判断的事可真多啊！”

“每件事嘛，”德·维奥内夫人说：其实，这句话——加上她那一脸娴静又掩而不露忍而不现的激情——是他带走的最主要的东西了。

第二章

现在，这个星期就要结束了，就直接接触来说，萨拉一直对他不加重视，老是表现出一种不失礼貌的冷淡，让他更强烈地意识到她的社交策略，使他回想起女人总能令人吃惊的那种普遍说法。他感到肯定的是，在这段时间里她也一直让查德的好奇心得不到满足，这确实略微使他感到安慰；不过，另一方面，为了宽慰自己，查德至少可以通过各种各样的活动——他使活动出奇地多——来保证她过得愉快。在她面前，没有一项活动是可怜的斯特雷瑟可以斗胆一试的，他插不上手的时候所能做的，也只有走过去和玛丽亚聊聊。当然咯，他上她那儿去比平常要少得多了，但在某次的半个小时里他找到了特殊的补偿，那是在一个忙碌、空虚、花费颇多的日子就要结束的半个小时当中，他那几个同伴似乎完全不管他了，以致他那些虚礼套话都用不着了。他上午就跟他们在一起，不过下午又去登门拜访波科克一家人；但接着他发现，他们整群人分散出去了，那种分散的方式让戈斯特雷小姐听到了一定会觉得有趣。他再次感到遗憾，遗憾中又有快意，因为她完全置身事外——其实是她让他进去的；但幸而她总是喜欢听听新闻。无私的纯净火焰在她那珍宝洞中就像拜占庭式宝库里的灯盏那样燃烧着。碰巧，就是现在，有了像她那样敏锐的头脑，就近一看就会开始发挥效用了。不多不少，三天之内，他要汇报的情况便已表露出平衡的种种迹象；他顺道过访旅馆的结果将证实这种现象。要是这种平衡会流行下去就好了！萨拉和韦马什出去了，玛米和查德出去了，而吉姆则是一个人出去了。其实晚些时候他自己也预约给吉姆了，当天晚上要带他上杂耍剧院去——斯特雷瑟小心翼翼地按吉姆的发音来说杂耍剧院。

戈斯特雷小姐如饥似渴地听着。“那么其他人今天夜里干什么？”

“嗯，这已有安排。韦马什带萨拉上比格侬酒家[①]吃饭。”

她琢磨着。“那饭后他们干什么？他们不可能直接回家的。”

“对，他们不可能直接回家——至少萨拉不可能。那是他俩的秘密，但我想我已猜出来了。”她等着的时候他接着说：“马戏嘛。”

这使她的眼睛又瞪大了一会儿，然后又大笑得近乎放肆了。“没人像你！”

“像**我**？”——他只想弄清意思。

“像你们全体——像我们大家：伍莱特、米尔罗斯和它们的产品。我们可惨了——但是祝愿我们永远这样！同时，”她继续说道，“纽瑟姆先生带波科克小姐——？”

“一点不错——上法国剧院：去看**你**带韦马什和我去看过的，一出家庭戏。”

“啊，那么祝愿查德先生像**我**当时那样好好享受！”但她看问题看得很深。“他们，就是你那两位年轻人，都像这样单独在一起度过一个个夜晚吗？”

“嗯，他们是年轻人——但他们是老朋友了。”

“我知道，我知道。**他们**吃饭——为了换换花样——会在布雷邦酒家[②]吗？”

“哦，他们吃饭的地方也是他们的秘密。但我看哪，会静悄悄地在查德自己的家里。”

“她会一个人到他那里去吗？”

他们对视片刻。“他从小孩时起就认识她了。而且，”斯特雷瑟强调说，

---

① 比格侬酒家：路易·比格侬是巴黎著名的富豪酒家的业主。

② 布雷邦酒家：巴黎的另一家著名餐馆。

“玛米很出色。她好极了。”

她思忖着。“你是说她指望办成这件事？”

“左右他？不——我想不是的。”

“她还不很想要他？——要么是不相信自己的力量？”对此他没吭声，她继续问：“她发觉自己不喜欢他？”

“不——我想，她觉得自己喜欢他。但是我这么形容她，就是这个意思。这就是说，假如她喜欢他，她就是好极了。但我们会看到，”他总结说，“看到她的结果的。”

“她是如何着手的，”戈斯特雷大笑着说，“你好像让我看得够细的了！但是，她那位孩提时代的朋友，”她问道，“是在放任自己毫无顾虑地和她调情吗？”

“不——不是那样。查德也是好极了。他们都好极了！”他突然用一种又渴望又羡慕的怪腔怪调断言。“他们至少是快乐的。”

“快乐？”——因为他们有各种各样的困难，这话似乎令她惊讶。

“唉——我觉得我好像是他们当中唯一不快乐的人。”

她不赞成。“你不是在不断追求理想吗？”

他对自己追求理想大笑起来，但过了片刻他解释了自己的感想。“我的意思是，他们在生活。他们在四处奔忙。我已经奔忙过了。我在等待。”

“但是你不是在，”她出于鼓励问道，“不是在和我一起等待吗？”

他十分亲切地看了看她。“是的——假如不是因为那样的话就好了！”

“而且你帮助我等待，”她说。“不过，”她继续说，“我还真的有件事要告诉你，那将帮助你等待，过一会儿你就知道了。只是还有件事我想先听你说。我对萨拉着迷了。”

“我也这样。假如不是，”他再次显得愉快地感叹道，“不是因为那样——！”

“哎，你应该感谢女人的地方比我以前见过的任何一个男人都要多。看来我们女人确实是在不断推动你往前走。不过萨拉嘛，依我看来，一定是了不起的。”

“她啊，”斯特雷瑟完全赞同，“**确实**了不起！不论发生什么情况，有了这些难以忘怀的日子，她都不会白活了。”

戈斯特雷小姐顿了一下。“你是说她坠入情网了？”

“我是说她不知道自己有没有坠入情网——而这完全符合她的需要。”

“确确实实，”玛丽亚大笑着说，“这在以前就满足了女人的需要！”

“对——因为顺从了。但我怀疑，如果要把持得住，这个主意——作为一个主意来说——到目前为止是否也起到了颇为有效的作用。那是**她**对理想的追求——我们各有自己的追求。这是她的浪漫史——在我看来，它总体上比我的强。还让它发生在巴黎，”他解释说——“在这个古雅的地方，在这种充满激情、富有感染力的氛围中，突然来得这么强烈：嗨，这出乎她的意料。总之，她已不得不承认，对她而言突然出现了真正的亲密关系——而且事事都会增强戏剧性。”

戈斯特雷小姐听懂了。“比如吉姆？”

“吉姆。吉姆大有贡献啊。吉姆生来就是要作贡献的。还有韦马什太太。那可是点睛之笔——使事情增光添彩。他确实分居了。”

“而她自己不幸还没分居——这也增光添彩。”戈斯特雷小姐完全理解。可不知怎么的——！“**他**在恋爱吗？”

斯特雷瑟久久地看着她；然后环视了整个房间；接着又更加靠近了一点。“你有生之年是不是绝不会告诉世界上的任何人呢？”

“绝不会。”好极了。

“他认为萨拉是真的。但他不怕，”斯特雷瑟赶紧补充说。

“不怕她受这事的影响？”

“不怕**他自己**受影响。他喜欢这件事，但他知道她能把持得住。他在用仁爱帮她，让她渡过去。”

玛丽亚相当滑稽地考虑着这点。“是在香槟酒里把她渡过去吗？是在全巴黎都蜂拥着去寻欢作乐的时光，在人们听说过的快乐大殿里，亲密地请她吃饭的仁爱吗？”

“正是这样，他们两个人都是的，”斯特雷瑟强调说——“还一副极其清白的样子。在巴黎这个地方，在这种狂热的时光，在她面前摆上价值一百法郎的佳肴美酒，他们几乎都不会去碰一下的酒菜——这一切就是这个可爱的人儿独特的浪漫法；那种昂贵的做法，用几法郎几分算很贵，但他有的是法郎。而随后的马戏——那便宜些，但他会找出些手段来使之尽可能变得珍贵——这也是他对理想的追求。这样做能满足他的需要。他会帮她渡过难关的。他们谈话的内容最乏味的也不过是你和我了。”

“嗯，我们也许是够乏味的，谢天谢地，”她大笑着说，“实在让他们倒胃口！韦马什先生无论如何都是个可怕的老风流。”紧接着她便甩开一切另有所图了。“你看来还不知道，让娜·德·维奥内已经订婚了。她要嫁给——事情确实已安排就绪——嫁给年轻的德·蒙布昂先生。”

他满脸通红。“那么——如果你知道这事——它就已经‘公开’了？”

“我不是经常知道些未公开的事情吗？不过，”她说，“这事将在明天公开。但我看出来了，我过分地指望你可能不知道。你抢在我前面了，我并没有像原先希望的那样让你吓一跳。”

他因她的眼力倒抽了一口气。“你从来不会失算的！我是吓了一跳。我第一次听说时吓了一跳。”

“那么，如果你早就知道，你干吗不一进来就告诉我呢？”

“因为我是从她那儿听说的，这件事还不能说出去。”

戈斯特雷小姐感到惊讶。“从德·维奥内夫人自己那儿？”

“是一种可能性——不十分肯定：查德一直在努力的一件好事。所以我一直等着。”

“你不必再等了，”她回答说。“这事昨天传到我这里——是间接、偶然传来的，但说这事的人是从那个小伙子自己家的一个人那儿听说的——事情已经完全定了。我是专门留着告诉你的。”

“你以为查德不会告诉过我了？”

她犹豫了。“嗯，要是他没有——”

“他没有。不过看来这件事实际上一直是他在做。这就是我们面对的情况。”

“我们面对的情况！”玛丽亚应声重复道。

“这就是我吓一跳的原因。我吓一跳，”他继续解释说，“是因为这事，即这样处置女儿，就意味着，现在没别的问题了：只有他和那位做母亲的了。”

“不过——事情简单化了。”

“事情是简单化了”——他完全赞同。“但这恰恰就是我们面临的情况。这标志着他的关系中的一个阶段。这一行动就是他对纽瑟姆太太示威行动的回答。”

“它表明，”玛丽亚问道，“最坏的情形了？”

“最坏了。”

“但是，是他想要萨拉知道的最坏的情形吗？”

“他不在乎萨拉。”

戈斯特雷小姐听了双眉扬了扬。“你是说她已经自己败下阵来了？”

斯特雷瑟转了一圈；此前他已把这个问题再三细加考虑；但是其前景似乎每次都更加漫长。“他想要自己的好朋友知道最好的情形。我指的是他爱慕的程度。她要求表示一下，而他就想到了这么表示。情况就是这样。”

“对她的妒忌的一种让步？”

斯特雷瑟停住脚步。“对——就这么说吧。让它耸人听闻吧——因为这样就使我的问题更加丰富多彩了。”

“当然，我们就让它耸人听闻吧——因为我十分赞同你的意见，我们希望我们的问题没有一个是单调乏味的。但让我们也来把它搞清楚。在这么倾心的过程中，或者在这么倾心过后，他还能当真把让娜放在心上吗？——我是说，能像一个无牵无挂的小伙子那样放在心上？”

哎，斯特雷瑟想通这点了。“我觉得他可能想到过，要是他真能放在心上，那就好极了。那样会更好。”

“比拴在玛丽身上更好？”

“对——比苦恋一个除了灾难外他永远不能指望结婚的人更好。他做得很对，”斯特雷瑟说。“那样当然会更好。即使一件事情已经很好的时候，多半还有另外一件事情会更好——或者有件让我们想知道会不会更好的事情。但他的问题仍是一场梦。他不可能那样地放在心上。他确实拴在玛丽身上了。那种关系太亲密走得太远了。这就是根本所在，而他最近起劲地帮让娜找好终生的归宿，就是他在对德·维奥内夫人作出明确的最后的表白：他不再坐立不安了。同时我怀疑，”他继续说，“怀疑萨拉有没有直接抨击过他。”

他的同伴思忖着。“难道他不会为了自我满足而想让自己的情况合她的心意吗？”

“不——他会把这事交给我的，他会把一切都交给我的。我‘有几分’感觉到，”他琢磨出来了，“这整件事情都会落到我头上。是的，每一丝每一毫都将是我的事。这件事上我会受利用的——！”说着，斯特雷瑟沉浸在这样的前景中。然后他又富有想象力地说起这件事。“直到我流完最后一滴血。”

不过，玛丽亚断然反对。“哎，你可千万给我留一滴啊。我也会有用处的！”——然而她却没有顺着往下说。她随即又说起另一件事。“波科克太太，对于她弟弟，只靠自己一般的魅力吗？”

“看上去是这样的。”

“而那种魅力不顶用？”

嗯，斯特雷瑟换了种说法。“她在谈家——这是她能谈的最有用的内容了。”

“对德·维奥内夫人最有用？”

“对家本身最有用。自然的内容；最合适的内容。”

“家破散时，”玛丽亚问道，“还是最合适的吗？”

斯特雷瑟顿了一下。“难的是吉姆。吉姆代表着家。”

她争辩起来。“哦，肯定不代表纽瑟姆太太。”

可他这一切都知道。“纽瑟姆太太想要他代表的那个家——那个做生意的家，吉姆叉开他那两条小腿，站在**那个**住所的门口；坦率地说，吉姆**确**实讨厌极了。”

玛丽亚瞪大了眼睛。“而你呢，可怜的人儿，你晚上却要跟他待在一起吧？”

“噢，他对**我**来说倒没什么！”斯特雷瑟大声笑着。“对**我**来说，谁都是够好的。但尽管这样，萨拉还是不该带他来。她并没有看透他。”

他的朋友觉得这种说法很有趣。“你是说，不知道他有多糟糕吗？”

斯特雷瑟坚定地摇了摇头。“其实不知道。”

她感到疑惑。“那么纽瑟姆太太也不知道？”

这一问又使他坦率地摇了摇头。“唉，不知道——既然你问我了。”

玛丽亚又问了一遍。“其实也不知道？”

“根本就不知道。她对他的评价还相当高呢。”说罢，他立即继续往下说。“嗯，从他自己那方面来说，他也**确实**不错。这要看你想要他干什么。”

然而，戈斯特雷小姐不愿让它看任何东西而定——不想要它，无论如何也不想要他。“让我正中下怀的是，”她说，“他一定让人受不了；而更让我正中下怀的是，”她更富有想象力地补充说，“纽瑟姆太太居然不知道他让人受不了。”

结果，斯特雷瑟只好听她说出这些话，但他却回过头去谈别的事。“我会告诉你其实真正知道的人。”

“韦马什先生吗？绝对不是！”

“的确绝对不是。我并没有总是在想着韦马什先生；事实上我现在发觉，我根本就不想他。”接着他提到了那个人，仿佛其中分量极重。“玛米。”

“他自己的妹妹？”够奇怪的是，这只不过令她沮丧。“那会有什么好处？”

“也许没一点好处。但这就是——像往常——我们面对的情况！”

第三章

于是，又过去两天后，他们面对的情况还是那样；在波科克太太的旅店里，斯特雷瑟被领进这位太太的客厅时，起先不禁以为领他进去后退出的那个仆人搞错了。这里的主人还没进来，因为室内显得空荡荡的，这种情景只有巴黎的客厅里才会有，每每晴朗的下午，一扇扇门外响着的庞大群体生活的细弱嘈杂声，消散在室内散置的物件之间，恰如一股夏日的微风弥漫在一个冷清的花园里闲荡。我们这位朋友看看四周犹豫起来；从堆满新购及其他物品的一张桌子上来看，他察觉萨拉已然——未经他帮助——拥有了最近一期浅橙色的《评论》；他还注意到，玛米看来已收到一件查德送的礼物，弗罗芒坦著的《从前的大师》[1]，查德已在封面上写下她的名字；当看到以他熟悉的笔迹写的一封厚厚的信时，他停住了脚步。这封信由一位银行家转来，是波科克太太不在时送到的，一直放在显眼处，从信未拆阅这一事实中便可令人突然感到一种能强化信的作者的势力范围的奇怪力量。这使他深切地感受到纽瑟姆太太——这回她可真是写得够长的——一边让他杳无音信，一边又在以怎样的规模写信给自己的女儿；这封信对他的影响如此强烈，以致使他有几分钟一动不动地站在那儿几乎喘不过气来。在他住的旅馆，在他自己的那个房间里，他有几十封用那种笔迹写的鼓鼓囊囊的信；实际上，重新看

---

① 《从前的大师》（1876）：法国画家兼作家尤金·弗罗芒坦（1820—1876）研究荷兰和佛兰芒人绘画的著作。本书作者亨利·詹姆斯对此著大为赞赏，曾加以评论。

到久违的那种笔迹，某种程度上还直接触动了他频频涌上心头的问题，即他是否已经不容申诉遭丢弃了。这种决定，她笔下那醒目的笔触尚未有时机对他表明；但不知怎么的，在目前的危机中，这种笔触却代表着写的人的任何判决中都可能包含着的绝对专制。总之，他看着萨拉的姓名地址，就像一直在死死地盯着她母亲的脸，然后似乎因那张脸一直拒不放松下来而移开了目光。但是，由于某种程度上，仿佛纽瑟姆太太就在这个房间里的感觉因此更强烈而非更微弱了，而且她注意到，严厉而又痛心地注意到了他本人，所以他感到既受控制又难以开口，被叫来至少要待着领受惩罚。所以，他就待着，领受惩罚——轻轻地茫然地在厅内走来走去，等待萨拉进来。只要他待得够久，萨拉**一定会**进来的，而他此刻有了一种前所未有的强烈感觉，她任他在遭受焦虑不安的折磨是成功了。不可否认的是，从伍莱特的观点看，在如此主动地使他听任她摆布这点上，她有一种巧妙的天分。尽量说他不在乎，就很好——她愿意时就可以打破这种局面，假如不愿意也可以一直维持现状，他可绝对没什么要等着向她坦白的：他日复一日地呼吸着一种极需澄清的空气，有的时候，他渴盼促成此事。他毫不怀疑，她只要肯让他就在眼下这种样子时吃上一惊，这样的震动就会产生某种澄清的场面。

他怀着这种情绪郁闷地来回踱步，可突然又停住脚步。客厅的两个窗户都朝阳台敞开着，但直到此刻，他才在其中一个窗户那扇往外开着的窗玻璃中看到一个映象，他很快就认出那是女人衣服的颜色。那么有人一直在阳台上，而不管那会是谁，那人恰好位于两个窗户之间，他是无法看见的；而在另一方面，街上许许多多的嘈杂声又盖住了他进屋及走动的声音。假如那人是萨拉，那么因此他当即就会感到正中下怀。他使出一两招就可能促使她来帮他摆脱徒劳的紧张心态；就此而言，他即使从中别无所获，起码可以跟她大吵一番，得以缓解。幸好旁边没人在看——在观察他的勇气——他即使考虑得这么周全了，也仍然犹豫不决。他一直在等待着波科克太太，等待着圣言之声；但他得重新作好准备——他对着斜撑开的窗口准备着，既不前进也不后退——然后才能引出真相。这显然是要等萨拉再走过来一点；那样一来他在那儿就是为听她差遣。不过，此时发生的是，她还真的走近了一点；只是到头来她幸而恰恰不是萨拉。站在阳台上的人竟然完全是另一个人，再一看，那人背影迷人，略微转动了一下身姿，居然是漂亮、聪慧、未察觉有人在的玛米——玛米一个人在家，玛米在以自己天真无邪的方式消磨时光，简言之，玛米颇受冷落，但玛米却深深地自我陶醉着，也令人颇感兴趣。她双臂倚在栏杆上，注视着下面的街道，这让斯特雷瑟可以观察她，考虑几件事情，而她不会转过头来。

但奇怪的是，他经过这么观察思考后，只是退回到屋里来，而没有进一步利用自己的有利条件。他在那里又沉思了好几分钟，很像有什么新的问题要考虑，仿佛可能是萨拉所具有的意义已被取而代之。因为，坦率地说，就这样发现那姑娘一人独处，确有意义。他隐约觉得，其中有某种因素他事先未曾想到过，有某种因素在轻轻地却又十分急迫地向他表示，而且每次他走近阳台止步、发现她仍然毫无察觉时，便表示得更多。她的同伴们显然分散而去了；萨拉一定是和韦马什上哪里去了，查德和吉姆上哪里去了。查德和他的“好朋友”待在一起，斯特雷瑟心里一点也不责怪他；他帮他往好处想，认为他是在装装样子，假如他非得讲述这种装样子——比如是对玛丽亚讲述——他一定会方便地将之说成更微妙的事情。接下来他确实想到的是，在这样的天气里让玛米独自一人待在这楼上，或许算近乎高雅至极了；然而，事实上她可能是在利沃里街的魅力的感召下，即兴想象出了一个充满奇迹与幻想的巴黎的小小的临时替代。无论如何，我们这位朋友此刻意识到了——而且，好像一意识到这点，纽瑟姆太太那种强烈而执着的意志，便随着一声清楚可闻的深深的叹息而突然变得微弱而模糊——他日复一日地意识到他这位年轻小姐身上有某种古怪而又难以捉摸的东西，然而他终于可以解读出其中的意义来了。这个谜，它至多是一种顽念——哦，一种令人愉快的顽念；它刚刚就像碰了一下弹簧突然清晰起来。它代表着他俩之间因事故或耽搁而受阻的某种交流的可能性——甚至是尚未得到确认的某种关系的可能性。

他们之间的老关系总是存在的，那是在伍莱特多年的成果；但那种关系——而这是最奇怪之处——与眼下感觉到的关系毫无共同之处。作为孩子，作为“花蕾”，尔后又成为开放的花朵，在家里几乎不断敞开着的门道里，玛米一直无拘无束地为他绽放；他记得她那时起先名列前茅，后来又大大落后——他一度曾在纽瑟姆太太的客厅里（噢，纽瑟姆太太的和他自己的各个不同阶段啊！），开过一门英国文学课，辅之以考试和茶点——而到最后她再度遥遥领先。但他一直没有明显感到有多少接触；在伍莱特，最鲜嫩的花蕾居然会与最枯槁的冬日苹果置于同一个篮子里，那是不成体统的。这孩子尤其使他强烈地感受到光阴的飞逝；他被她玩的铁环绊倒还只是前天的事，可他对非凡女人的体验——看来注定要非凡地增长——今天下午自感准备就绪，鼓足干劲，要把她包括进来。总之，她有许多话要对他说，他从未梦想到眼下这位美貌少女能有这么多话要对他说；这种情况证明，显而易见，明确无误，她无法对别人说这些话。这种事她既无法和自己的哥哥，和自己的嫂子提起，也无法向查德开口；不过他倒想象得到，要是她仍待在老家，出于年龄、威信和见解上的极大敬重，她可能会向纽瑟姆太太说出这事。而且这是他们全都感兴趣的事情；事实上，他们极感兴趣，正是她慎言的原因。而这一切，斯特雷瑟想了五分钟便一清二楚了，事情在他面前明摆着，可怜的孩子，她此刻唯有以慎言自娱了。他忽然觉得，对于在巴黎的一位美貌少女来说，这是可怜的境地；所以在这种印象下，他迈着故作敏捷的步伐朝她走出去，好像他刚刚走进客厅来似的。她听见他说话，猛地转过头来；虽然她可能是全神贯注地想着他，但她此时却显得有点失望。“噢，我还以为你是比尔汉姆先生呢！”

此言起先令人颇感意外，受此影响，我们这位朋友内心的思绪竟一时受挫；然而，我们还能补上一句，他很快便恢复了内心思绪的活力，在这样的气氛下，想象的鲜花将会一朵又一朵地竞相开放。小比尔汉姆——既然小比尔汉姆在有点不合时宜地让人等着——看来是拖拉迟到了；斯特雷瑟就可以从这种情形中得益了。两个人在阳台上稍待一会儿后，便一起回到屋里，在绯红与金色相交映的优雅客厅里，别的人还都不在，斯特雷瑟度过了四十分钟，即使在当时他就认为，在前后整个古怪的过程中，这段时间远非他最悠闲的时光。确实，既然那天他完全赞同玛丽亚所说的耸人听闻的事会带来灵感，那么他的问题就又有了点启发，它无疑不会使问题变小，它就像一股突发的洪水漂冲到了他面前。毫无疑问，他要在事后经反复琢磨，才会明白他的这种印象是由多少种因素形成的；但他和这位迷人的少女一起坐着时，仍然感到一种信任关系在显著加强。因为说到底，她确实迷人——而且尽管她显而易见有自由又连续不断的习惯和言行，仍然很迷人。他清楚她是迷人的，尽管事实上假如他没有发觉她迷人，那他一定会发觉她类似于他该会斗胆称为“稀奇”之类的。对，她是稀奇，妙不可言的玛米，而且做梦也想不到这点；她为人温和，她像个新娘——他还从未认出个新郎来证明这点；她又健美又丰满又随和又健谈，又温柔又可人，还亲近得几乎令人窘迫。假如我们到如今还可以区别开来的话，那么她的穿着与其说像少女，倒不如说更像老妇人——如果斯特雷瑟想象得到一个竟至于如此爱慕虚荣的老妇人的话；而且她的发型也烦琐复杂，缺乏年轻人的随意性；她身体略略前倾，颇似欲鼓励与奖赏，同时一双惹人注目的玉手优雅地相握于身前，显出一种成熟的姿态：这一切相结合，在她身上形成了她“在接待”的魅力，再次把她不断置于两窗之间冰淇淋盘碟声中，使人想到在列举所有的姓名，所有的布鲁克斯先生们和斯努克斯先生们，一群同一类型的爱交际的人，她都乐于“会见”。

但假如这一切便是她的稀奇之处，假如比其余一切更稀奇的，是她那慷慨大方充满爱心的资助——这么一串多音节词可能就使她听上去像个已近中年令人讨厌的人了——还有她那相当细小微弱的嗓音，那十五岁少女自然、毫不做作的嗓音之间的对比反差；因此，过了十分钟后，斯特雷瑟还是在她身上感受到了一种毅然协调事物的藏而不露的尊严。假如藏而不露的尊严，几乎超越了主妇式的威严，加上宽大的、过于宽大的衣服，正是她想要产生的效果，那么人们一旦交上了关系，还是会喜欢她身上体现出的这种理想的。此刻让她的来宾高兴的是，他恰恰已这么喜欢上了；这使得这个小时既短促又丰富，显得极不寻常。它标志着一种关系，他开始很快地发觉自己已确信，她可以说是所有人当中站在纽瑟姆太太最早派出的使者一边并与之为伍的。她对他有利，而不是对萨拉有利；最近这些天来，他在她身上感觉到即将表现出来的，正是某种这样的迹象。最后，在巴黎，直接面对这种形势及其主角——此人斯特雷瑟指的只能是查德——她便以自己确实完全未曾料到的方式，实现了阵地转换；她的内心已悄悄地发生了深刻变化，而到她渐渐确认这些变化时，斯特雷瑟也已逐步明白这一小小的戏剧性变化。总之，到她明白自己的态度时，他也已弄清楚了；而眼下他就弄得更清楚了；尽管在他自己的处境这个问题上，他们两人之间始终从未直接交换过一句话。他和她一起坐在那儿，起先倒有那么一会儿，他在琢磨她是否有意开口谈及他的主要任务。那扇门十分奇怪地半开着，因此他倒是有所准备，随时留意着她，留意着任何人会真的猛闯进来。但她却是友好，亲切，点到即止，应答巧妙，机敏地避而不入；因此，这完全就像是要表明她能应付他而不至于被轻视为——嗯，什么也不是。

他们除了查德以外无所不谈，由此他们充分意识到，玛米可不像萨拉，也不像吉姆，她完全清楚他斯特雷瑟所起的变化。这充分表明，她已对他身上所起的变化明察秋毫，她想让斯特雷瑟知道她打算视之为何等的秘密。他们适逢其时地——仿佛他们一直还没有过机会——谈起了伍莱特；而这实际上起到了使他们把秘密守得更严的效果。这个钟头对斯特雷瑟来说，渐渐地有了一种奇异而又伤心的甜蜜感；他的心情突然变得对玛米有利，这种转变反映了她的社会价值，可能是出于对早先某种不公的悔恨。她使他仿佛在一阵似有似无的西风轻拂之下思念起家乡，并新生不安；此时此刻他真的可以幻想自己和她与海船失事后一群离奇古怪的人在一起，处于不祥的平静之下，受困于一处遥远的海岸。他们短短的交谈就像珊瑚海滩上的野餐；他们面带着忧郁的微笑和颇有意味的神色，相互传递着节省下来的一杯杯淡水。此时斯特雷瑟尤其强烈地坚信，正如我们已暗示过的，他那位同伴其实很清楚她自己走到了哪一步。那是个十分特别的处境——只是她绝对不会告诉他**这一点**；这尤其是他自己该去费脑筋的事。这也正是他所希望的，因为不这样的话，他对这位姑娘的兴趣就会有所缺憾了。她应得的赞赏也不再会完整无缺了——他感到极有把握，越是看她的表现，他就越能看出她的自尊来。她自己便能看清一切；但她清楚自己不想要什么，而正是这点一直以来帮了她的忙。她不想要什么呢？——她这位老朋友至今还不知道，因而失去了一份乐趣，因而窥其一斑无疑必可带来一阵兴奋。她温文尔雅、彬彬有礼地对此隐而不宣，仿佛她以别的方式安慰着他，哄着他，以作补偿。她提到了她对德·维奥内夫人的印象——这位夫人的事她“听到的可多了”；她提到了她对让娜的印象，她一直“渴望见到”让娜：有件事她是满不在乎地谈起来的，可听着的人却真的坐不住了，那就是，当天下午早些时候，她和萨拉在一起，因为各种各样的事情，主要地，永远地，总是因为买衣服——可惜衣服不可能永远是原来的样子——多有耽搁之后，才去贝尔萨斯街拜访。

一听到这些名字，斯特雷瑟就几近脸红地意识到，自己竟然未能先讲起来——可又找不出自己对此不安的正当理由。由于他未能先讲起来，玛米讲起这些名字来倒是轻松自如，不过，比起他可能得花费的代价来，这只会使她付出更大的代价。她说起她们，是作为查德的朋友的，特殊、高贵、令人向往、值得羡慕的朋友，她令人愉快地说，尽管她们的情况她听说过许多——不过她没说是如何又是在哪里听来的，这是她自有的一种作风——她仍然发觉她们超出了她的推测。她对她们大加赞美，而且是按伍莱特的方式来赞美——这再次使斯特雷瑟感到伍莱特方式之可爱。他那位花季同伴宣称，贝尔萨斯街两位女士中年长的那位是迷人得难以言状，又宣告那位年轻的女士绝对理想，是个真正的充满魔力的小妖，他从未像此刻这样真切地感受到伍莱特方式的真谛。“什么事，”她谈起了让娜，“都绝不该发生在她身上——她现在这样子绝对是恰到好处。再碰一碰都会有损于她——所以**不该**去碰她。”

“啊，可在巴黎这儿，”斯特雷瑟指出，“事情难免要发生在小姑娘身上的。”接着既想开开玩笑，又考虑到了当时的情形说：“难道你自己还没发现这点？”

“事情会发生——？哦，我不是个小姑娘。我是个受尽折磨、邋邋遢遢的大姑娘。**我**才不在乎，”玛米大笑道，“发生**什么事**呢。”

斯特雷瑟踌躇了一下，心里思忖着该不该发生这样的事，该不该让她高兴地知道，他发觉她比他实际上曾想到过的还要惹人喜爱——他心里想到，只要这与她有一点点关系，她实际上也许就已经猜到了，这时他便不再踌躇。于是他大胆提出了另一个问题——不过等话一说出口，他便意识到，自己提的问题似乎与她刚才说的话有关。“但德·维奥内小姐要结婚了——我想你该听说过**这件事**了吧。”

接着他便发现，他根本就用不着担心！“哎呀，是的；那位先生就在那儿：就是蒙布昂先生，德·维奥内夫人把他介绍给我们的。”

“那他可爱吗？”

玛米容光焕发，昂着头，显出最得体的接待姿态。“恋爱中的任何男人都可爱。”

这话让斯特雷瑟大笑起来。“可是难道蒙布昂先生爱上——已经爱上了——**你**吗？”

“噢，那倒未必——他要是这样待**她**，事情就好多了：谢天谢地，这一点我自己及时发现了。他神魂颠倒了——要是他没那样，那我真会为她受不了的。她实在太可爱了。”

斯特雷瑟犹豫着。“也表现在恋爱过程中吗？”

她听了微微一笑，这让他感到，妙不可言的玛米自有妙不可言的答复。

"她并不知道她自己是否在恋爱。"

这再次使他笑了出来。"噢，可你知道！"

她愿意接受这种说法。"噢，是的。我什么都知道。"她坐在那儿摩挲着自己那双玉手尽量摆出一副泰然自若的样子——只是双肘或许摆得太朝外了一点——这时给斯特雷瑟的印象是，别的每个人，在所有他们自己的事情上，都显得愚蠢。

"知道可怜的小让娜不知道她自己怎么了？"

这差不多就等于他们在说，她可能是爱上查德了；但就斯特雷瑟想要的来说，这几乎足够了；这将在他的自信中得到证实。他确信，不论是否在恋爱，她向往他眼前这位姑娘身上某种大度又随和的东西。到三十岁时，玛米会很胖，会太胖了；但她将永远是在眼下的时光一直表现出无私地亲切的这个人。"要是我多见见她，我希望我会多见她的，那么我觉得，她会很喜欢我——因为她今天看起来喜欢我——会要我告诉她的。"

"那你会吗？"

"绝对会。我会告诉她，她的问题在于她只是过分地想做得合适。对她来说，做得合适，"玛米说，"自然就是要取悦。"

"她母亲吧，你指的是？"

"首先是她母亲。"

斯特雷瑟等待着。"然后呢？"

"嗯，'然后嘛'——纽瑟姆先生。"

她提到那个人时显得这么平静，真让他感到有点了不起了。"最后才是德·蒙布昂先生？"

"最后才是，"她紧接着愉快地说。

斯特雷瑟思考着。"这样一来，归根到底人人都会觉得合适了？"

她犹豫起来，那可是少见的，但也只是一会儿的事；接着便是最接近于对他道明他们之间问题的话了。"我想我能代表我自己说话。我会觉得合适的。”

此言实际上含意颇多，表达的意思是她乐意帮他，把这一实情完全交给他，简言之，他可能会出于他个人的种种目的而利用它，而她与他的目的毫无瓜葛，却很有耐心又充满信任——此言充分表达了这一切，以致他心里觉得只能以其中的精神，通过刚才那种坦率的赞赏来回报它。赞赏本身又几近指责，但舍此无以向她表明他理解的程度。他伸出一只手去握别，嘴里连说“好极了，好极了，好极了”。他走了，留下光彩照人的她仍然在那儿等待小比尔汉姆。

第十部

第一章

在和玛米·波科克见面三天后的晚上，斯特雷瑟坐在了小比尔汉姆身边，在马勒塞布大道的那套公寓里我们这位朋友第一次与德·维奥内夫人和她女儿相见时他们两人一起享用过的同一张深软的长沙发上，他坐的位置再次证明它有助于轻松地交换看法。眼下的这个晚上有个不同的特点；假如说来宾人数要多得多，那么不可避免的是，在谈论的意见也多得多。不过，另一方面，此刻十分明显的是，谈话者在谈及这类问题时，总是在一个排外的圈子里进行。他们不管怎样都知道今天夜里与他们真正相关的事情，而斯特雷瑟一开始就让他那位同伴紧扣那事。查德的客人中只有少数人参加了晚宴——只有十五或二十人，比起十一点钟时所见的庞大人群来是少数人；但人数与规模、数量与质量、灯光、香气、声音，到处洋溢着的好客气氛得到盛情的响应，这一切从一开始就深深触动斯特雷瑟的意识，不知怎么的，他感到自己可以说是有生以来曾参与其中的这一最欢乐场面中不可或缺的部分。他也许在七月四日[1]，在国内亲爱的母校的毕业典礼上见过更多的人欢聚在一起，但他从未在这么大小的地方见到过这么多人，或者说，无论如何从来不知道人员如此庞大混杂又显然表明是经过挑选的。尽管来宾人数众多，但众多的来宾仍是挑选过的，而对斯特雷瑟来说尤其稀罕的是，在他自己并无不当行为的

① 七月四日：美国独立纪念日。

情况下，他就掌握了挑选所采用的原则。他没去打听，他掉头不管，但查德向他提出了两个问题，问题本身便扫清了障碍。他并未回答那两个问题，他回答说，它们是那小伙子自己的事，而他当时就已看得一清二楚，那小伙子该怎么办的问题已经解决了。

查德曾征询过意见，只不过是暗示他知道该怎么办罢了；他此刻向他姐姐介绍他的整个社交圈子，显然表明他此时对这个问题已极有把握了。这都体现在那位夫人到来时他所采用的声调的含意和态度之中，他在火车站时就已采取了一条路线，那条路线不断地引导着他，使他能够领着波科克一家子——尽管使他们想必会有点茫然，想必会心惊肉跳，还会不知所措——走向他们必定感到愉快的那条路的尽头。他使他们在那条路上愉快之至，充实至极；在斯特雷瑟看来，其结果是，他们走完全程，却没有发现其实此路根本就不通。那是一条美妙的死胡同，要想走过去是不可能的，而且，除非他们站着不动，否则他们就得——那总是很难堪的——当众走回头路。今晚他们一定会明白真相了；这整个场面就代表着死胡同的终点。事情是可以这样进行下去的，只要有一只手使之协调起来——一只巧妙地暗中操纵着的手，这位较年长的人对此越来越感到惊奇了。这位较年长的人感到负有责任，但他也感到了成功，因为所发生的事只不过是六个星期前他自己的主张，即他们就应该等着看看他们这些朋友实际上会说些什么。他使查德决定等待，他使查德决定看看；因此他不会抱怨花费在这事上的时间。如今两周已过，一如既往，相应地，为萨拉而造成的情形，她对之并未提出异议的情形，是她已使自己适应自己的历险，犹如适应了一场狂欢晚会，甚或某种程度上过分沉湎于喧闹和“节奏”。假如她弟弟在哪一点上有那么丝毫可以挑剔的话，那可能就要以他调酒味道太浓把杯子倒得太满为理由了。他确实把他的亲戚们到来的整个场合当作消遣娱乐的机会，自然就使之少有余地当作干别的事的机会了。他又是建议，又是编造，不一而足——不过始终把握得极为放松较为自在。斯特雷瑟在他自己过的这几周里，有了一种了解巴黎的感觉；但他以新的眼光，新的感情，用向他的同事提供知识的方式，来审视巴黎。

有了这些观察，千百种未曾言说的思绪涌入了他的脑海；其中一个有些常见的想法是，萨拉其实很可能不太清楚她自己在漂向何方。她不可能不指望查德盛情待她；然而她给我们这位朋友的印象是，她每次错失指出其中重要的*细微差别*[①]的时机，都会暗自变得古板一点儿。那重要的*细微差别*，简单地说，就是她弟弟理所当然地必须盛情待她——她倒情愿看到他不这样做；而盛情待她还不是头等大事——盛情待她并不中用；总之，有时她感到他们那令人钦佩的不在场的母亲凝神盯视的目光螺旋般地钻入她的后背。斯特雷瑟按自己的习惯观察着，深思着，有时心里确实为她感到难过——这种时候，他感到她仿佛就是个坐在一辆失控的车里反复思考着能否跳下来的人。她*会*跳吗？她能跳吗？*那*会是个安全的地方吗？——在她陷入脸色苍白、嘴唇紧闭、眼色异样之际，这个问题便已浮现在他的脑际。这又回到了尚无定论的主要问题：她会不会，说到底会不会改变主意呢？他相信，总的看来她是会跳的；不过，他在这个问题上反反复复的想法倒是他的悬念中更为特殊的因素。有一点对他来说始终肯定无疑——实际上会从今晚的种种印象中得到增强的一种信念：假如她*真的会*提起裙子，闭上双眼，跳离跑动中的车子，那他立刻就会明白了。她就会从头向前的方向，几乎直接落在他身上；毫无疑问，那就会由他来承接她全身的重量。因此为他保留的这种经历的种种迹象征兆，碰巧又经查德的这个耀眼炫目的晚会得到了强化。这种前景令他感到不安，而正是部分地出于这个原因，他把几乎所有的人都丢在另外两个房间，把他已经认识的那些来宾，还有一大堆男男女女的、操好几种语言的令人瞩目的生客，都丢下不管，求得了与小比尔汉姆一起安安静静地待上五分钟，他总是觉得小比尔汉姆令人心平气和，甚至还有点鼓舞人心，而且其实他还有点明确又重要的事要对他说。

---

① *细微差别：原文为法语 nuance。*

从前——因为似乎已是很久以前了——在与一个比自己小那么多的人讲话时居然能吸取有关心安理得方面的教训，他曾经为此感到相当丢脸；但如今，他对此已习惯了——不论是否因为这种事与别的丢脸的事搅在一起已使之显得微不足道了，不论是否直接以小比尔汉姆为榜样，甘愿默默无闻、敏锐犀利的小比尔汉姆那个榜样。斯特雷瑟仿佛明白了，这对小比尔汉姆十分行之有效；而他自己呢，多活了这么多年后，仍然在寻找某种行之有效之道，我们这位朋友在独处的时光想到这一情况，就会惨然一笑。然而，正如我们已说过的那样，找个略为隔开的角落，此刻对他们俩都同样行之有效。尤其使之起到隔离作用的是这么一种情况：客厅里的音乐美妙极了，加上两三个美妙的歌手，正是私下的场合里才听得到的。他们的出场使查德的款待上了个档次，而估量他们对萨拉的影响实在很是有趣，事实上有趣得几近痛苦。显而易见，她按本次聚会的动机，穿着耀眼的深红色服装，给斯特雷瑟的印象恰似听见撞破天窗坠落下来的声音般惊愕。她此刻一定独自一人坐在听众席最前排，目不转睛地凝神听着。在美妙的晚餐期间，他未曾与她四目相视；因为他坦承——或许有点怯懦——曾与查德商定，他应该和她坐在桌子的同一边。但是，此刻与小比尔汉姆达到了前所未有的亲密程度也无济于事，除非他能把一切都搞清楚。“你刚才坐在能看到她的位置，她对这一切有什么看法？我说这话的意思是，她对这表现出什么态度？”

“噢，我判断哪，她的态度是，这证明他家的主张比以往显得更为合理。”

“那么她对他目前所表现的不满意咯？”

“恰恰相反；对于他有能力做这类事情，她很满意——长期以来她还没对任何事情这么满意过。但她要他*在那边*表现这种能力。他不该在我们这类人身上浪费这种能力。”

斯特雷瑟感到惊讶。“她想要他把这一整套搬过去？”

“这一整套——有一个例外很重要。他‘无意中学到’的一切——还有他所知道的学习方法。她认为这毫无困难。她可以自己办这种演出，她会大方地承认，伍莱特在某些方面总体上更适合这种演出。并不是说这种演出在某些方面也不会更适合伍莱特。那儿的人也同样适合。”

“像你和其他这些人一样适合？啊，这倒有可能。但无论如何，像这样的场合，”斯特雷瑟说，“不是人的问题。是使人们可以涉足这种场合的因素。”

“嗯，那么，”他那位朋友回答说，“你这就有了；我还是应该告诉你我的印象。波科克太太已经**明白了**，这就是她今晚坐在那儿的样子。假如你能看一眼她的脸色，你就会懂我的意思了。她已拿定主意——在昂贵的音乐声中拿定了主意。”

斯特雷瑟情愿信了这番话。“啊，那么我就会有她的消息了。”

“我并不想吓唬你，但我想这是可能的。不过，”小比尔汉姆继续说道，“要是我对你坚持下去有丝毫用处——！”

“你可不止是丝毫用处！”——斯特雷瑟感激地把一只手放在他身上，说出了这句话。“谁也不止是丝毫用处。”说着，为了表明他能如何乐于接受天命，他拍了拍同伴的膝头。“我必须独自面对自己的命运，而且我将——噢，你会看到的！不过，”他紧接着说，“你还是能帮我的。你曾经对我说过，”他顺此话题进一步说道，“你认为查德应该结婚。我当时不大明白，不像现在很清楚，当时你指的是他应该和波科克小姐结婚。你现在还认为他该结婚吗？因为要是你还这么想，”他继续往下说，“我想要你马上改主意。你可以这样帮我。”

“认为他不该结婚就是帮你了？”

“无论如何不和玛米结婚。”

“那么和谁呢？”

“啊，”斯特雷瑟答道，“这我不必说。但应该和德·维奥内夫人结婚——我建议——到他办得到的时候。”

“噢！”小比尔汉姆的话音有点刺耳。

"哦，一点没错！但他根本就不必结婚——至少我不必为这做准备。但你的情况嘛，我深感*有必要*。"

小比尔汉姆觉得有趣。"有必要为我结婚做准备？"

"对——在我打扰你那么多之后！"

小伙子斟酌了一下。"你打扰了我那么多吗？"

"嗯，"斯特雷瑟说道，这么刺了他一下，"当然咯，我必须牢记你也打扰过*我*的地方。我们也许可以算作扯平了吧。但尽管这样，"他继续说道，"我非常希望你自己能和玛米·波科克结婚。"

小比尔汉姆大笑起来。"嗨，就在那天夜里，就在这个地方，你向我提议的可是完全不同的一桩婚姻啊。"

"德·维奥内小姐吗？"唉，斯特雷瑟从容地坦白了。"我承认，那是个空想。*这*可是切合实际的策略。我想做一件对你们两个都有益的事情——我希望你们各自都很好；过一会儿你就会明白，一下子把你们两个解决掉会省去我什么麻烦。她喜欢你，你也知道。你能给她安慰。而她令人称心如意。"

小比尔汉姆瞪大了眼睛，就像一个胃口挑剔的人盯着一盆堆得过满的菜。"我干吗要安慰她？"

这只不过使他那位朋友不耐烦。"哦，得啦，你知道！"

"你凭什么证明她喜欢我呢？"

"嗨，事实就是，三天前我发现她整个宝贵的下午都独自一人留在家里，就因为也许你会来找她，就站在她那个阳台上指望看见你坐着马车过来。我不知道你还想要什么。"

小比尔汉姆过了一会儿才找出他想要的东西。"只是想知道你凭什么证明我喜欢*她*。"

"噢，要是我刚才提到的情况还不足以让你动心，那你就是一个铁石心肠的小魔鬼了。而且，"——斯特雷瑟让自己的想象纵情翱翔——"你那样让她等着，刻意让她留下，想看看她是否对你十分在意，这就表明了你的意向。”

他那位同伴停顿了一下，以此表示对他足智多谋的敬佩。“那天我没有让她等着。我是按时到的。我绝对不会让她等的，”小伙子光明磊落地说。

“那就更好啦——那事情就好办了！”斯特雷瑟兴高采烈，把他抓得更紧。“而且，即使你还没同样地喜欢她，”他继续说，“我还是坚持要你立即这样去做。我太想办成这件事了。我想，”——我们这位朋友此刻怀着情真意切的渴望说道——“至少要办成*这件事*。”

“让我结婚——不花一分钱？”

“嗯，我来日不长了；我现在就在这儿向你保证，我会把自己的每分钱全留给你。不幸的是，我的钱不多，但我的钱将都是你的。我想，波科克小姐有点钱。我一直想，”斯特雷瑟继续说道，“至少这方面有些用处——甚至赎罪。我一直就这么祭奉着一些陌生的神，以致我感到，需要以某种方式记录下来，我始终坚信我们自己的上帝——毕竟从根本上我并未改变信仰。我仿佛感到自己的双手沾满了完全来自另一种信仰的奇形怪状的圣坛的血。情况就这样啦——就这些。”接着他又进一步作了解释。“我无法摆脱这种想法，是因为帮查德把她的事情彻底解决了，有利于扫清我的道路。”

闻听此言，小伙子跳了起来，这么一来，两个人便都颇觉有趣地面面相对着。“你要我结婚是为了方便查德？”

“不，”斯特雷瑟辩解道——“*他*才不在乎你结不结婚呢。这只是为了方便我自己*为*他所作的打算。”

“‘只是’！”——小比尔汉姆那么一重复，本身便是生动的反应了。“谢谢你。但我原先以为，”他继续说道，“你根本就*没有*‘为’他作过打算。”

“好吧，那就把它叫作为我自己所作的打算吧——按你说的，那可能完全是毫无打算。你难道看不出来吗？他现在的情况已是人人易见的简单明了的事实了。玛米不要他，而他也不要玛米：这一点这些天来已经很清楚了。这条线索我们可以卷起来收好了。”

但小比尔汉姆仍要发问。“你可以去收——因为你似乎很想去收。可我干吗要去收？”

可怜的斯特雷瑟细加考虑，不过自然也只好承认自己的一番口舌看来确实没起到作用。“当真说来，毫无理由。那是我的事——我必须独自去做。我只是异想天开地需要加强我的药剂的药力罢了。”

小比尔汉姆纳闷了。“你说的你的药剂是什么？”

“唉，我得咽下肚去的东西。我要使我的状况不会恶化。”

他是以那种为说话而说话的语气说的，不过随意之中又隐含着某种模糊不清的事实；这种情形眼下对他那位青年朋友并非没有影响。小比尔汉姆的双眼凝神注视了他片刻；接着，突然，仿佛一切都想清楚了，他高兴地大笑一声。那好像是说，如果假装，甚或力图，更甚或希望能喜欢上玛米会有用的话，那他肯定愿意这么做。“我会为你去做世上任何事！”

“嗯，”斯特雷瑟笑道，“我要的，就是世上任何事。我不知道她身上还有什么比那天的表现更令我欣喜的了，”他接着说，“就在我发现她独自一个人在那楼上，在她毫无察觉之下进来，深感她颇为无聊之际，她却当即兴高采烈地提到了下一个小伙子，这样便粉碎了我心里不切实际的幻想。不知怎么的，这正是我当时所需要的情景——她待在家里接待他。”

“当然是查德，”小比尔汉姆说，“是他请下一个小伙子去拜访的——我很喜欢你提了我的名！”

“当时我也这么想——谢天谢地，这一切都符合我们纯真自然的习惯。但你知道不知道，”斯特雷瑟问道，“查德是否知道——？”这时，由于对方似乎一头雾水，他便接着说：“哎，她的结果如何呢？”

闻听此言，小比尔汉姆用一种心中有数的眼神望着他的脸；仿佛其言下之意比以往说的哪句话都更说明问题。“你自己知道吗？”

斯特雷瑟轻轻摇了摇头。“我就知道这么多了。哦，虽然你可能会感到奇怪，但有些事情我确实不知道。我当时只是从她那儿感觉到了某种很强烈又很高深的东西，她正完全闷在肚子里。这就是说，我一开始相信，她把那事一直闷在肚子里；但与她面对面地在那儿待着，我很快就发现，有一个人，她倒是愿意与之分享那个秘密的。我曾经以为她可能会与我分享的——但随后我就明白了,我并没有得到她的充分信任。当她转过头来跟我打招呼时——因为她站在阳台上，而我是在她不知道的情况下进屋的——她向我表明，她一直在等你，因而感到有点失望，这时我便开始有了那个信念。半小时后，我就已经深信不疑了。你知道随后发生的事情。”他牢牢盯着他这位年轻朋友——然后他感到有把握了。“不管怎么说，你可是深陷其中啊。所以情况就这样了。”

过了一会儿，小比尔汉姆半转过身来。“我向你保证，她什么都没告诉我。”

“她当然没有。你觉得我认为她把你当什么了？但你每天都和她在一起，你随时都可以见她，你一直都极喜欢她——我坚信这一点——而且你已经从中获益。你知道她所经历的，你也知道她今晚在这儿吃饭了——这一定顺便使她的经历大有增加。”

小伙子直面了这番轰炸；此后，他完全转过身来。“我根本就没说她一直对我不好。但她傲慢。”

“说得恰如其分。但这件事上并没有过分傲慢。”

“正是她的傲慢造成了她目前的情形。查德呢，”小比尔汉姆忠心耿耿地继续说道，“实在是一直在尽可能地对她好。一个姑娘爱上一个男子，这种事对男子来说就尴尬了。”

“啊，可她不爱——现在不爱了。”

小比尔汉姆坐在那里，凝视着前方；接着，他突然站起身，仿佛他那位朋友反复不断的深入辨析真的终于令他过于紧张不安了。“对——她现在不爱了。这件事上，”他继续说道，“查德丝毫没错！他确实没问题。我是说，他本来是愿意的。可她来时就有主意了。她在家时就有的那些主意。那些主意一直是她随哥哥嫂嫂同行的动机和根据。她要*挽救*我们的朋友。”

“啊，可怜的东西，就像我？”斯特雷瑟也站起身来。

“一点没错——她可不好受啊。她很快就看明白了，他既可以让她高兴，也可以让她沮丧，哎呀，他早就，他*已经*得救了。他没什么可让她做的了。”

“连爱他也不行？”

“她倒是会更爱她原先所想象的他。”

斯特雷瑟感到好奇。“当然咯，一个人会自问小姑娘有什么看法，这里说的是对有这种经历和这种地位的小伙子的看法。”

“嗯，那小姑娘自然认为这些都令人费解，但她认为它们几乎都是错误的。对她来说，错就错*在*令人费解。不管怎么说，查德其实是个正直、善良又让人不知所措的人，而她所作的一切准备，费尽心思所作的准备，却是把他当作一个完全相反的人来对付。”

“可她的观点不就是，”——斯特雷瑟斟酌着——“他将会，他*可以*得到改善，得到拯救吗？”

小比尔汉姆对此思索了一会儿，然后轻轻摇了摇头，显出一份温和。“她太迟了。太迟了，不会出现奇迹了。”

“是啊，”——他的同伴完全领会了。“不过，要是他的情况中最糟糕的缺点就是这个，那么就很可能让她有利可图——？”

“哦，她可不想用这种直露的方式来‘图利’。她不想通过另一个女人的工作来获利——她要那个奇迹始终是她自己的奇迹。*这才是*她为时已晚的事情。”

斯特雷瑟觉得此言完全合情合理，不过似乎仍有一点不明确。“我得说，你知道，在这些事情上，她给人的印象是爱挑剔——你们这里称它为*难以伺候*。”

小比尔汉姆往上努了努嘴。“她自然*难以伺候*——在任何事情上都难以伺候！我们的玛米们——真实的、正确的玛米们——*还能是*别的什么样子呢？”

“我明白，我明白，”我们这位朋友连声说着，对他最后以如此意蕴丰富之语作答所表现出的智慧颇为高兴。“玛米就是个真实、正确的人。”

“就是这么一个化身。”

“那么这样的结果是，”斯特雷瑟继续说道，“可怜的糟糕的查德对她来说简直是太好了。”

“啊，太好了说到底是他原先会发展到的前景；但那也要她自己，而且只有她自己，才会使他变成那个样子。”

这话巧妙地使前言后语圆了起来，可仍有一处不明确。“难道他就满足不了她的要求了，即使他最终彻底摆脱——”

“摆脱目前对他的影响？”哦，小比尔汉姆对这个问题表现得最激烈了。“他显然已被宠坏了，这种时候，不论是什么条件，他怎么能‘满足’呢？”

斯特雷瑟对这个问题的反应欣慰倒是欣慰，但不免显得被动，显得只能接受了。“唉，谢天谢地，*你没被宠坏！*你还等着由她来拯救，而根据如此完美又充分的论证，我重提我刚才的论点——你表现出了明显的迹象：她已经开始动手了。”

他可以进一步告诉自己的——此刻他那位青年朋友转身离去——至多也就是，这番指责眼下并未重新遭到否认。小比尔汉姆呢，走回去听音乐了，只是抖了抖听话的双耳，就像一只淋湿了的小狗那样；而斯特雷瑟则再度沉浸在那种感受里——这些天来这给了他最大的舒适感——他可以随意相信一时间能使他往前走的任何东西。他确实有过这种自知是暂时的举动和躁动，暂时纵情于讽刺，纵情于幻想，频繁地凭本能抓住成长中的观察的玫瑰，自己感到玫瑰的气味和色彩越来越强烈，他甚至可以埋鼻狂嗅。就此而言，最后这种享受，正是以他下一个清晰的念头的形式，呈现给他的——看到聪慧的巴勒斯小姐正要进来而小比尔汉姆正要离去，两人在房间门口匆匆相遇。她显然问了他一个问题，而他则以回头指了指他刚刚谈过话的人作答；这位亲切的女士，借助那眼镜对他作了进一步审视，那眼镜看起来就像她的其他装饰品，显得古怪而陈旧，这样一来，她就让她面前的这位客人比原先更要联想起那幅古老的法国版画，那幅历史上著名的肖像，而她走过来的意图，斯特雷瑟马上就想到了。斯特雷瑟事先就知道她会说出口的第一句话，而当她走近过来时，他也明白了她说那句话的急迫性。他们之间还从未有过如眼下的场合这么“美妙”的事；而她在有些场合会特别感受到这种“美妙”，所以她就会去，就像她去大多数地方那样，去吸收。这种感受已经由他们周围的环境得到了极为充分的满足，因此她离开了另外那个房间，放弃了音乐，退出了玩乐，总之，背弃了活动场所，为的是可以私下和斯特雷瑟站上一会儿，以便如有位著名的占卜师所答，背着神使，也许能领悟到对方的眼色示意。她此刻坐在斯特雷瑟身边刚才小比尔汉姆坐过的地方，如实地回答了许多事情；他一跟她说——他希望自己说得不傻——“你们女士个个都对我格外地好”，她就开始答话。

她摆动着眼镜的长把手，因而变动着视角；她立刻看到四周无人，因而他们可以无拘无束。“我们怎么可能是别的什么呢？但这难道不正是你的难处吗？‘我们女士’——噢，我们都很好，而你一定受够我们了！作为我们女士中的一员，你知道，我并不假装我爱死我们自己了。但至少今晚戈斯特雷小姐没来烦你吧，是不是？”说着她又四周看看，好像玛丽亚还是会埋伏着似的。

“哦，是啊，”斯特雷瑟说。“她只是在家里坐着等我。”此话随即激起他那位同伴“噢，噢，噢！”地欢叫起来，这时，他解释说，他指的是在焦虑和祈祷中坐等他的消息。“我们认为总的来说她还是不要到场为好；当然到不到场对她来说都是非常揪心的事。”他的话语中充满了向女士求助的感觉，而她们可能会乐于认为，他这种表现要么出于谦恭要么出于自豪。“不过她总是相信我会走出来的。”

“噢，我也总是相信你会走出来的！”——巴勒斯小姐大笑着说，她可不愿落后。“问题只是走**到哪里**，是吧？不过，”她快活地继续说道，“如果能走到哪里，那一定很远，是吧？说句公道话，我想，你也知道，”她大声笑着，“我们大家，所有人，都要你走得相当远。是的，是的，”她以她那急促而古怪的方式重复着；“我们要你走得非常、**非常**远！”说罢这番话，她又很想知道为何他认为玛丽亚最好别到场。

“噢，”他答道，“其实那是她自己的主意。我本来希望那样的。但她怕承担责任。”

“难道这对她来说不是件新鲜事吗？”

“怕承担责任？毫无疑问——毫无疑问。但她的神经扛不住。”

巴勒斯小姐望了他一会儿。“她的心悬得太厉害了。”接着她又略微轻松地说：“对我来说很幸运，我的神经扛得住。”

“对我来说也很幸运，”斯特雷瑟回到了这一点。“我自己的神经不是很坚强，**我的**想负责任的欲望不是很强，因此我还没感受到这个场合的原则是‘人越多越快乐’。如果我们**确实**很快乐，那是因为查德一直理解得很充分。”

“他的理解力一直很惊人，”巴勒斯小姐说。

“这真是美妙啊——”斯特雷瑟抢先为她说。

“这真是美妙啊！”为了迎合他的话，她强调说；就这样，他们面对面地说着，纵声大笑着。但她过了一会儿又说：“噢，我明白那条原则了。如果谁不明白就会迷失。但一旦把握住了——”

“那和二加二一样简单！从他非要做点什么起——”

“一群人，”——她直接打断了他的话——“就是唯一的问题了？当然，当然：众声喧哗嘛，”她大声笑着，“或者说毫无问题。波科克太太挤进来了，或者说挤出去了——不论你怎么说吧；她被挤得紧紧的，动都动不了。她处于华丽的孤立之中。”——巴勒斯小姐给这个话题添油加醋了。

斯特雷瑟顺接着她的话，但又很想显得公正。“不过在场的人都一个个地介绍给她了。”

“妙极了——但正是这样做把她挤出去了。她被堵住了。她被活埋了！”

斯特雷瑟似乎看了一会儿那样的景象；可结果只是发出一声叹息。“噢，可她没死啊！光这样可没法让她死。”

他的同伴一时没吱声，也许是出于同情。“不，我不能假装我认为她已完蛋了——或者说不会今夜就完了。”她还是那么忧郁，好像是出于同样的内疚。“才埋到她下巴呢。”接着又就此开起了玩笑：“她还能呼吸。”

“她还能呼吸！”——他以同样的兴致重复了一遍。“你是否知道，”他接着说，“这段时间我实实在在的感受？——通过音乐之美、人声之乐、我们的狂欢喧嚣和你的风趣妙语得到的感受？我向你保证，波科克太太的呼吸声，盖住了其他所有声音。我只能听到她的呼吸声。”

她晃动链子发出叮当声，好让他集中注意力。“哎——！”她说话的声音颇为友善。

“哎，什么？”

“她下巴以上确实还是自由的，”她颇似体贴地说，“而这对她来说就足够了。”

“那对我来说也足够了！”斯特雷瑟伤心地大笑着。“韦马什真的，”他接着问道，“带她来看你了？”

“是的——但那可是最糟糕的了。我什么忙也帮不了你。不过我努力过。”

斯特雷瑟纳闷起来。“你是怎么努力的？”

“唉，我没提到你。”

“我明白了。那样会好些。”

“那么怎样会糟一些呢？说还是不说，”她有点呜咽着说，“我有点‘拖累人’了。而这从来都只是为了你。”

“这表明，”他显得大度起来，“问题不在于你，而在于人的自我。那是我的错。”

她沉默了一会儿。“不，那是韦马什先生的错。他错在带她来了。”

“啊，那么，”斯特雷瑟好声好气地说，“他干吗**非要**带她来呢？”

“他没法不带她来啊。”

“噢，你当时是件战利品——征服后的一件掠物？但那样一来，既然你确实‘拖累人’了，为什么——”

“我不是也拖累**他**了吗？我确实也拖累他了，”巴勒斯小姐露出了笑容。“我尽我所能地拖累他。但对韦马什先生来说，那并不要紧。那样——就他与波科克太太极好的关系来说——还很有好处呢。”由于他看上去还是有点不知所措，她便接着说：“与**我**处好了的男人，你难道没看出来吗？她从我手上把他夺走，是件格外刺激的事。”

斯特雷瑟明白了，但仿佛他的道路上仍然布满惊讶。“那么她是‘从’你手上把他夺走的？”

他这么一时糊涂，倒把她给逗乐了。“你可以想象一下我跟她斗的样子！她相信她是赢了。我想这是她高兴的一个原因。”

“噢，她高兴了！”斯特雷瑟不无怀疑地嘟哝着。

“嗯，她觉得她已经随心所欲了。今天夜里对她来说除了尊奉为神还能是什么呢？她的斗篷真讲究。”

“讲究到可以上天堂了？因为在真的尊奉为神之后，”斯特雷瑟继续说道，“就**只有**上天堂了。对萨拉来说，只剩下明天了。”

“而你的意思是，她会发现明天可不是天堂？”

“嗯，我的意思是，不知怎么的，我觉得今天夜里——从她的角度来说——好得不真实了。她该得到的已得到了；这就是说，她现在正拥有着她该得到的，正在享受着最大最美的部分。不会还有别的留给她了。当然**我**还一点也没得到呢。那充其量也只能是查德。”他继续说着的样子，就像为了他们俩都乐一乐。“他很可能留有一手；不过这让我想到如果他有——”

“他才不会，”——她很理解——“不会费**这么**大的周折？我敢说不会，而且，要是我可以口无遮拦斗胆地说，那我倒是十分希望他不会再费什么周折了。当然我现在也不会假装，”她又说道，“假装不知道这是个什么样的问题。”

“噢，现在一定每个人都知道了，”可怜的斯特雷瑟若有所思地承认说。“一个人竟然感到此时此地每个人都知道都在观望都在等待，这实在是够奇怪够滑稽的。”

“是的——这不是真的很滑稽吗？”巴勒斯小姐赶紧附和说。“我们在巴黎**就是**这样。”能够新添一份那种古怪的感觉，她总是很高兴。“这妙极了！但是，你知道，”她断言，“这全都要看你了。我不想在你的要害处动刀子，但你刚才的意思，自然就是我们全都压在你的头上。我们知道你是这场戏的主角，而我们聚在一起就是为了看你会做些什么。”

斯特雷瑟用一种也许略显迷茫的目光看了她一会儿。“我想那一定就是主角躲在这个角落里的原因。他被自己的主角身份吓坏了——他从自己的角色上退缩了。”

“啊，但尽管这样，我们还是相信他会扮演这个角色的。这正是，”巴勒斯小姐温和地继续说道，“我们对你大感兴趣的原因。我们觉得你会扮演好这个角色。”由于看上去还没把他完全鼓动起来，她接着说：“别让他那么干。”

“别让查德走？”

“对，把他控制住。有了这一切，”——她指了指整个场面——“他做的就够了。我们喜欢他在这里——他很可爱。”

“事情很漂亮，”斯特雷瑟说，“你们愿意的时候就能把事情简单化。”

但她就此回敬了他。“你必要时就要采用那样的方式，这没什么。”

他听闻此言，就像听到预言之音一般，心里退缩了，这使他沉默了一会儿。然而，她看上去就要把他一个人丢在他们的交谈造成的相当冷清的境地中，这时，他又把她留住。“今天夜里显然没有主角的踪迹；主角在躲藏逃避，主角感到惭愧了。因此，你知道，我认为，你们大家*其实*应该把注意力集中到女主角身上。”

巴勒斯小姐思索了一会儿。“女主角？”

“女主角。我一直对待她，”斯特雷瑟说，“一点儿也不像个主角。噢，”他叹了口气，“这点我的表现不好！”

她安慰了他。“这点你是尽力而为。”又犹豫了一下后她接着说：“我想她是满意的。”

但他还是感到内疚。“我还没接近她。我还没看过她。”

“啊，那你的损失可大了！”

他表示他明白这点。“她比以往更美妙了吧？”

“是更美妙了。和波科克先生在一起。”

斯特雷瑟纳闷了。“德·维奥内夫人——和吉姆在一起？”

“德·维奥内夫人——和‘吉姆’在一起。”巴勒斯小姐就像在陈述历史一般。

“她和他在一起干什么？”

“啊，你必须问*他*啊！”

想到那种情景，斯特雷瑟容光焕发。“那样做*一定会*很有趣。”不过他感到纳闷。“但她一定有什么主意了。”

“她当然有——她有二十个主意。首先，”巴勒斯小姐一边说，一边摆动着她那玳瑁柄，“她有尽好职责的主意。她的职责就是帮*你*。”

此话像是毫无结果；关联脱节，关系未提，但突然之间，仿佛他们就在他们所谈主题的中心。“是的；她所做的，”斯特雷瑟心情沉重地思索着，“比起我帮*她*的要多得多啊！”这一切，伴随着最近展现在他面前的美丽、优雅，还有正如他自己所说的他此前拒不接触的那种强烈又加以掩饰的态度，都浮现在他面前。“*她*有勇气。”

“啊，她是有勇气！”巴勒斯小姐十分赞同；仿佛有那么一会儿他们在彼此的脸上看到了那勇气有多大。

但是其实，整个问题还是存在的。“她一定是操了太多的心啊！”

“啊，确实是的。她是非常操心。但是，好像，”巴勒斯小姐又体贴地说，“这并不是说，你曾经怀疑过这点，不是吗？”

斯特雷瑟似乎突然很想觉得自己确实从未怀疑过。“嘿，当然，事情完全就是这样。”

“**那就是了**[①]，”巴勒斯小姐微笑着说。

“这就是一个人出来的原因，”斯特雷瑟继续说道。“而且这也是一个人待这么久的原因。这还是，”——他都来不及说了——“一个人回家的原因。这还是，这还是——”

“这是一切的原因！”她赞同说。“这是今天夜里——她那神情，她那表现，还有你朋友‘吉姆’的所有举动——她可能会看上去就二十来岁的原因。那是她的另一个主意；就为了他，表现得十分轻松又迷人，年轻得像个少女。”

斯特雷瑟略显疏远地帮了腔。“‘为了他？’为了查德——？”

“为了查德，多少是的，很自然，总是这样。但今天夜里尤其是为了波科克先生。”由于她那位朋友仍然瞪大着眼睛，她接着说：“是啊，这**确实**与勇气有关！但她拥有的正是：她那高度的责任感。”这在他们面前再清楚不过了。“当纽瑟姆先生手忙脚乱地应付他姐姐——”

“最起码，”——斯特雷瑟接着她的话说——“她该拿下他姐姐的丈夫吧？当然——完全是最起码的了。所以她拿下了他。”

“她拿下了他。”巴勒斯小姐就是这个意思。

话说到这里已经够了。“那一定很有趣。”

“噢，那**确实**有趣。”这话自然就会跟上来。

---

① 那就是了：原文为法语 *voilà*。

但是这话又把他们绕回来了。“那么，她一定真的有多操心啊！”斯特雷瑟的主人对此报以一声意味深长的“啊！”也许是对他花费那么长时间才习惯这点略表不耐烦。她自己很早以前就习惯这点了。

第二章

这个星期的一天上午，斯特雷瑟意识到整件事真的终于落到他身上时，他当即感到彻底放松了。那天上午他知道有事要发生了——当他在那个难以捉摸的小餐厅里一边匆忙地就着咖啡吃面包卷一边深深地陷入沉思期间，韦马什出现在了他面前，韦马什当时的态度，让他马上就知道有事要发生了。斯特雷瑟常常很迟才去那儿不胜寂寞又心不在焉地吃饭；即便已是六月底，他还是在那儿感受到了一阵似有若无的寒意，空气中似有过去的碎片混杂着过去的气味， 他那么多的印象坚定地成熟起来；与此同时，那地方因为他一人独处的情景把它的信息重新传达给他。他此刻坐在那里，老是在轻轻地叹气，而想到韦马什要忙得开心得多的情景时，他茫然地倒了一下咖啡瓶。按通常的标准来看，一步一步地带着这位同伴往前走，实在是他取得了成功。他还记得当初几乎就没有一个供人落脚的地方他能诱骗他过而不入；其最终的现实的结果是，几乎就没有一个地方能阻止他匆忙的脚步。 他匆忙的脚步——按斯特雷瑟栩栩如生又兴高采烈地想象出来的样子——继续全程伴随着萨拉，而且也许包含着整个难解之谜的密码，那谜团好也罢坏也罢，以其美好的令人向往的想象，催生出了有关他的、斯特雷瑟的命运的原理。归根结底，到最后，事情可能只不过是他们联合起来拯救他，而就韦马什来说，其实，那只能是行动的起点。无论如何，关于此事，斯特雷瑟很高兴，他需要的拯救并不少；那真是有趣极了，从某些方面来说简直就是光天化日之下潜藏在那里。有时候他会很认真地琢磨起来，韦马什因为老交情和一种想象得到的宽容，实际上是否就会像为他自己那样为他创造那么好的条件。他们的条件当然不会一模一样；但是，他们可能会有那种他自己也许根本无法办到的有利条件。

他早上从来不会起得很迟，但韦马什却已经出去过了，而他朝灰暗的餐厅里看一眼后，便走了进来，并没有平时那副大为放松的神态。透过朝向庭院的那面大玻璃，他已经断定，餐厅里只会有他们两个人；而此刻其实他的气势完全充溢着整个餐厅。他穿着夏天的服装；除了他那件白背心显得突出而多余之外，他那身衣服倒是有利于衬托也决定了他的表情。他戴了顶他那位朋友还没在巴黎见过的草帽，他的一个纽扣眼里凸显一朵刚佩戴上去的高贵的玫瑰。斯特雷瑟当即就看出了他的情况——早一小时起床，迎着小雨后清新的一天，巴黎的这个季节多么令人心旷神怡啊，他的心分明是在随着探险的脉搏跳动啊，没错，他和波科克太太一起上**花墟**[①]去过了。斯特雷瑟在对他的这种想象中，真的明白了一种类似于羡慕的快乐；他站在那里的时候，他们原有的地位就好像完全相反了；命运之轮急转弯了，伍莱特来的这位游客的心态此刻就显得比较阴沉了。他这位游客很想知道，他原先在韦马什看来是否如此气宇轩昂，如此生机勃勃，就像如今后者有特权表现出来的样子。他回想起早在切斯特的时候他这位朋友就曾向他指出，他的容貌并不像他自己再三强调的那样疲惫；但是，从某一点来看，说到衰老的威胁，自然不可能有比韦马什更扯不上关系的容貌了。斯特雷瑟无论如何也绝不会像辉煌时期的南方种植园主——他的客人那张黑褐色的脸和那顶宽大的巴拿马草帽之间的和谐搭配，让人想到的正是这种清晰如画的形象。这还使他高兴地想到，从韦马什方面来说，这种类型正是萨拉一直喜欢的目标；他深信，她的品味还不至于让她从来也没想到过买这顶帽子，那朵玫瑰更应该是她亲手送的。

---

① 花墟：巴黎著名的花卉集市。

事情来得挺奇怪，他的思绪居然想到，他从未早早起来陪一位光彩照人的女子上花墟去；这样的事情既无法让他联想到戈斯特雷小姐也无法让他联想到德·维奥内夫人；早早起床去找奇遇的举动实在无法跟他有丝毫的关联。实际上他想到的是，他通常的问题就出在这里：正是出于他错过事物的大天才，他永远都在错过事物，而出于一种相反的倾向，别人永远都在抓住事物。而且，看上去节食有度的是别人，而看上去贪吃贪喝的总是他；不知怎么的，最后付账的总是他，而跟着吃饭的总是别人。是啊，他该上断头台，可他根本就不知道是为谁去上的。就此而言，他仿佛感到此刻就在断头台上而且还真的很是享受着呢。事情就像是因为他急切地要上断头台——事情就像正是因为这个原因韦马什才这样容光焕发的。正是他的这种健康之旅，这种改变之旅，证明了这种成功——而这也正是一直在计划并竭尽全力的斯特雷瑟一直希望事情应该有的情景。这种真相在他那位同伴的嘴里已充分体现出来；慈心善意就像积极锻炼所呼出的暖气一样从他的嘴里流露出来，而且好像还有点匆忙急促。

“波科克太太，我一刻钟前在她住的酒店同她分手，她请我跟你说一下，她希望大约再过一小时后能在这儿的家里找到你。她想见你；她有话要说——或者说，我相信，她认为你可能有话要说：因此我就亲口问她了，她干吗不马上到这边来。她还没到过这一带——来看看我们这个地方；于是我自作主张地说了，我敢肯定，有她到来，你一定会很高兴的。因此，你看哪，现在的事情是，就待在这里等她来。”

这样通报符合社交礼仪，尽管按照韦马什的习惯，显得有点郑重其事，但斯特雷瑟很快就从中感受到了这些轻松表面之外的别的东西。这是来自那方面的对业已公认的意识的第一个反应；这加快了他的脉搏；这最终只不过意味着，假如他不知道自己身在何方，那他只有怪他自己了。他已吃完早餐；他推开餐盘站起身来。可惊讶的因素够多的，但可怀疑的因素只有一个。“你的事情也是要待在这里吗？”韦马什一直有点模棱两可。

然而，这么问过后，他就不再模棱两可了；而斯特雷瑟的理解使一张嘴或许从未张得那么大那么彻底，好像接下去的五分钟都要那么张着似的。看起来，他这位朋友根本就不愿意帮着接待波科克太太；他非常理解她将要表现出来的情绪，但他与她来访的关系仅限于他——嗯，就像他可能会说的那样——曾略加推动。他想到过，也让她知道了，斯特雷瑟可能会认为她也许以前早就到过这一带了。无论如何，实际情况是，有好一阵子了，她自己一直想来。“我跟她说过，”韦马什说道，“要是她以前早就把这想法付诸实施，那就是个漂亮的主意了。”

斯特雷瑟把它说得那么漂亮，简直让人惊羡。“但她为什么以前没有付诸实施呢？她每天都见到我了——她只需说个时间啊。我一直在等啊等啊。”

“嗯，我告诉她你一直在等。而她也一直在等。”以世界上最古怪的方式表现出这种语调，这可是一个崭新的和善恳切、好言相劝的韦马什；这个韦马什意识到了一种与他迄今流露出来过的任何意识都不同的意识，实际上通过这种意识几乎表现出了曲意奉承。他只是没时间来完全说服，而斯特雷瑟过一会儿就会明白其原因。然而，与此同时，我们这位朋友意识到，他在通报的是波科克太太方面颇有点宽宏大量的一步，这样一来他就可以回击一个尖锐的问题了。实际上，平息尖锐的问题正是他自己的崇高目标。他非常坚定地直视着他那位老朋友的眼睛，而他还从未以如此无声的方式向他传递如此亲切的信任以及如此善意的劝导。他俩之间的一切又一次显露在他脸上，但已熟透了搁置不用了最后扔掉了。“无论如何，”他又说道，“她现在要来了。”

考虑到多少个片段都得理顺了，在斯特雷瑟的头脑里，这一切就都迅速排列成一种紧密相连的秩序。他马上就明白发生过什么，或许还会发生什么；而这就够有趣的了。或许正是这种品评的自由促使他情绪高涨。“她为什么要来呢？——来杀我？”

“她来是要非常非常友善地待你，而你一定要让我说，我非常希望你会同样友善地待她。”

此言韦马什是以十分严肃的忠告的口气说出来的，而斯特雷瑟站在那里也明白，他只能做出一个举动，表现出一个温文尔雅地接受了一件礼物的男子汉的态度。那件礼物就是亲爱的老韦马什自以为从他身上推断出他因为还没有完全享受而略感痛苦的那个机会；所以他就这样把礼物带给他了，就像放在一个小小的银质早餐盘上，显得熟悉而巧妙——并无盛气凌人的炫耀；他会鞠躬会微笑会答谢，会接受会利用会感激。不会——事情妙就妙在这里——不会要求他过多地失去尊严。难怪这老伙计在他自己净化过的清静的空气里容光焕发了。斯特雷瑟有一会儿感到仿佛萨拉真的就在外面来回踱步。当她朋友就这样仓促地在开道时，难道她不是就在大门廊附近徘徊吗？斯特雷瑟只要接受这点就可以见她，而在可能的最美好的世界里一切就都会是最美好的。他从未如此充分地了解任何人的意思，就像由于有了这种推论他便了解纽瑟姆太太的所作所为那样。这是从萨拉那里传到韦马什那里的，但又是从她母亲那里传到萨拉那里的，而传到他这里的传动链并没有断。“发生了什么特别的事情，”他过了一会儿问道——“使她这么突然就下定了决心？她得到了家里什么出乎意料的消息吗？”

在他看来，听到这话，韦马什便用前所未有的严厉目光注视着他。“‘出乎意料’？”他迟疑了一下；然而，接下来他就很坚定了。“我们要离开巴黎了。”

“离开？这确实突然。”

韦马什却表达了不同的意见。“没有看上去那么突然。波科克太太来访的目的，其实就是要向你解释这不突然。”

斯特雷瑟一点也不清楚自己是否真的占有优势——差不多可以算作优势的任何东西；但他眼下很享受——他有生以来第一次——享受占尽优势的感觉。他很想知道——这很有趣——他的感觉是否就是厚颜无耻之徒的感觉。

“我向你保证，听到任何解释，我都会非常高兴的。我会很高兴地接待萨拉。”

那种忧郁之色恰恰在他那位同伴的眼里加深了，但这种眼色再次退去的样子让他印象很深。它还严重地混杂了另一种意识——可以说，它彻底窒息在花丛中了。他一时真的为之惋惜——可怜的亲切的忧郁之色！某种直接而简朴的东西，某种沉重又空虚的东西，随之消失了；他借以最了解他这位朋友的东西消失了。不知怎么的，没有偶尔以那种神圣的愤怒的点缀，没有那种神圣的愤怒的权利，韦马什就决不会**成为**他的朋友，而那种愤怒，就斯特雷瑟的博爱之心来说，是宝贵得难以估量的，但是，某种程度上，在波科克太太身边，他好像也已丧失了。斯特雷瑟还记得他们住下来不久时的情景，当时就在这个地方他喊出了他那恳切的、他那不祥的“放弃吧！”——而想起这点，他感到自己此刻差一点就要喊出同样的心声。韦马什过得愉快着呢——这正是让他感到难堪的事实，而且他此时此地就过得很愉快，他在欧洲过得愉快，他在他丝毫也不认可的环境的庇护下过得很愉快；这一切把他置于一个虚幻的境地，不可能做什么——至少不可能以庄重的方式去做什么。实际上那可以是任何人的方式——那只是除了可怜的斯特雷瑟自己的方式——并不是真的要着手干什么事，他只是极力要让自己解释得清楚。“我并不是要直接去美国。波科克夫妇和玛米小姐在考虑他们回国前做一次小旅行，而过去的几天里我们一直在商量结伴同行。我们已谈妥，我们确实要结伴同行，下个月底一起乘船走。但我们明天就出发去瑞士。波科克太太想要看些风景。她还没看过多少呢。”

以他自己的方式来说，他也很勇敢了，毫无保留，把所有情况和盘托出，只让斯特雷瑟去作某些联系。“纽瑟姆太太给她女儿发的电报是一道立即中止的命令吗？”

听到这话，那庄重的方式就略微抬头了。“我对纽瑟姆太太的电报一无所知。”

他们就此略感紧张地四目相遇——就在这几秒钟里发生了与这点时间完

全不成比例的事情。事情是这样的，斯特雷瑟就这样看着他那位朋友，认为他的回答不是真话——而且因为*这一点*又发生了一件事。是的——韦马什*确确实实*知道纽瑟姆太太的电报的情况：他们在比格依咖啡馆一起进餐，除此之外还能有别的什么目的呢？斯特雷瑟此刻简直觉得，那个饭局就是为纽瑟姆太太本人而设的；而且，就此而言，他完全认为她一定对此非常清楚，按他可能想到的，她还对之加以保密并促成此事。他匆匆忙忙地浏览每天的电报、问题、回答、信号：他对费用的看法倒是够清楚的，即到了紧要关头，在家里的那位贵夫人是准备认账的。他同样非常清晰地记得，在他对她长期观察期间，她达到这样的高调让她付出了多大代价。确定无疑的是，她现在的调门已扯到最高，而韦马什呢，他想象着自己是在独立行事，其实是硬要自己那优美自然的老嗓门过分卖力地在一旁帮腔。他这件差事的整个的情形看起来是在向斯特雷瑟表明，她到此时对他来说是知根知底的，已经没有什么能剥夺她得到些许特别的关心。“你难道不知道，”他问道，“萨拉是否已接到家里的命令，在我也要去瑞士这件事上考验我？”

“有关她的私事，”韦马什尽可能果断地说，“我一无所知；不过我相信，她在做的都符合我最敬重的事情。”话是尽可能果断了，但仍然是虚假的调子——因为要表达令人十分遗憾的说法也只能这样了。斯特雷瑟越来越感到，他如此否认的这一切，他都知道，而他得到的小小的惩罚只不过就这样注定要撒第二个小谎。就这个人来说，即使是报复心最强的人，还能把他推到什么更尴尬的境地呢？他终于挤出了一条通道，而在三个月前，他肯定是动弹不得。“波科克太太本人也许会乐意回答你可能会向她提出的任何询问。但是，”他继续说道，“*但是*——！”他支支吾吾起来。

“但是什么？别向她提太多问题？”

韦马什一副宽宏大量的样子，但伤害已经造成；他尽管随心行事，仍然禁不住脸红起来。“别做任何你会后悔的事。”

这话嘛，斯特雷瑟猜想着，是要把本来已到他嘴边的别的什么话缓一下；

这是突然转而直率起来，因此话音就真诚起来。他已开始用恳求的语调，而这对我们这位朋友来说立即有所不同，使他恢复了原态。他们就像那第一个早上，在萨拉的客厅里当着她的面也当着德·维奥内夫人的面时那样交谈起来；同样认可一种伟大美好的愿望终究又是可能的了。只是韦马什当时曾经想当然会有的反应此刻加倍了，增加到十倍了。这点表现在他过会儿说的话里："当然我不必安慰你说，**我**希望你会来和我们会合。"接下来便是，他的暗示和期望，对斯特雷瑟来说，都略显粗俗，简直令人悲哀。

斯特雷瑟拍拍他的肩膀，一边向他道谢，而对于与波科克一家结伴同行的问题置之不理；他表示，看到他又要如此勇敢又无拘无束地出发了，他感到很高兴，而实际上，他几乎立刻就要跟他告别了。"当然你走以前我还会再次见到你的；但同时，你告诉我的事情，你安排得如此方便，我对你非常感激。我会在那里的庭院里来回走走——小巧可爱的老庭院啊，最近这两个月里，伴随着我们的起起伏伏，伴随着我们的犹豫奋进，我们各自都在那里这么走过：请让萨拉知道，我会满怀焦急与兴奋地在那里等待，直等到她仁慈地现身。放心地让我和她在一起吧，"他大声笑道；"我向你保证，我不会伤害她的。我认为她也不会伤害**我**的：我的处境中，不计较伤害已经有些时日了。而且，**这**并不是你担心的事情——但是，不要，不要解释！我们这样很好：这一步是我们的探险必然会让我们每个人达到的成功。看起来，我们以前那样并不好；从各方面来考虑，我们都已很快有了进展。我希望你们将在阿尔卑斯山脉度过愉快的时光。"

韦马什仿佛是从山脚下抬头仰望他。"我不知道是否真的**应该**去。"

这是以纯正的米尔罗斯嗓音表达的米尔罗斯的良心，但是，噢，听上去还是微弱乏力！斯特雷瑟突然为他感到十分惭愧；他发出了更大胆的声音。"恰恰相反，**让**你自己去——朝所有令人愉快的方向去。这些都是宝贵的时光——在我们这把年纪这样宝贵的时光不可能再来了。别到了明年冬天在米尔罗斯的时候对自己说，你没有勇气享受这样的时光。"由于他那位同伴怪怪地睁大了眼睛，他接着说：“别辜负波科克太太。”

“别辜负她？”

“你能帮她的大忙。”

韦马什看待这句话，就像看待一件确实是真的而说出来却具有讽刺意味的让人不舒服的事情。“这么说来我这点可比你强啊。”

“这完全是你自己的机会和优势。而且，”斯特雷瑟说，“我以我的方式也作出了贡献。我知道我在做什么。”

韦马什一直戴着他那顶宽大的巴拿马草帽，而此刻他站得离门更近了，在帽子的阴影下，他最后那一眼再次变得阴郁并带有警告的意味。“我也知道！听着，斯特雷瑟。”

“我知道你要说什么了。‘别来这一套？’”

“别来这一套！”但是这话缺少了原先的力度；原先的力度荡然无存；那种力度随他离开了餐厅。

第三章

真够奇怪的，大约一小时后，斯特雷瑟发觉，自己当着萨拉的面做的差不多第一件事，就是明确地谈到他们那位朋友表面上一直拥有的那个显著特点就这样失灵了。事情好像是——他指的当然是那副了不起的架势——那可爱的人儿因为别的某种好处把它牺牲了；那当然只能由他自己来权衡。事情很可能只是他身体要比第一次出来时健康得多；这完全平淡无奇，比较让人高兴而又显得粗俗。幸运的是，假如一个人走到这一步，那么他身体状况方面的改善本身，其实比能够想象得到的让他付出过的任何架势都要了不起。“在我看来，光是你本人，亲爱的萨拉，”斯特雷瑟斗胆说，“在这三个星期里，带给他的益处，就和他有生以来所得益处的总和一样多。”

说这是斗胆，是因为不知怎么的，它所涉及的范围，在当时的条件下显得很“奇怪”，而且由于萨拉的态度，由于她的到来而使这个场合发生了显著变化后，就变得更加奇怪了。她的到来其实确实比别的一切都要奇怪——她一到那里，他就感觉到她到那里的气氛，他在那个小演讲厅[①]里和她一起一坐下来，他就感到那一丝阴暗感消散了，而它在这几个星期里，总的来说，陪伴着他刚开始和韦马什之间的活泼讨论渐渐减少。她大驾光临，是一件盛大的事，一件十分惊人的事：尽管他自己早已对此事得出了相当清晰的看法，

---

① 演讲厅：原文是法语 *salon de lecture*。

她到来这个事实还是让他大开眼界。他确确实实地做了他对韦马什说过的事情——在庭院里走来走去等她到来；这么走动着的时候，得到了一些启发，这对当时的他来说大有豁然开朗之感。她早就定下了这一步，为的是让他有怀疑的便利，为的是能够对她母亲说，她甚至不惜卑躬屈膝，为他铺平了道路。怀疑牵涉到他是否会以为她还没铺平路——而忠告则可能来自韦马什更为超然的心态。当然啦，无论如何，韦马什是竭尽全力了——他指出了让他们那位朋友不再感到委屈的重要性。她妥善地应对了这一恳求，而实际上这为她自己庄重地坐在那里赋予一种崇高的理想。她把高高的阳伞柄一动不动地撑得笔直，离身体一臂的距离，算计得真准，恰似她捣着那地方要插旗呢；她格外谨慎地不表现出紧张来；她在盛气凌人的镇静中一言不发，只是等他开口。从他意识到她来这里根本就没带什么建议来的那一刻起，就不可能有什么怀疑了；她关心的只不过是要表现出她来要得到什么。她来是要接受他的顺从，而韦马什要向他明确，这是她期待的最低条件。他作为她的东道主，在这个便利的场所看明白了许多事情，但他看得最真切的一件事就是，他们那位心急的朋友还没完全具备所需要的掌控他的手段。然而，韦马什早就提出过要求，说她可能会发现他很温和，而在她到达前他在院子里闲逛时，他已热切地反复琢磨过他可以表现得温和的种种不同的方法。难的是，如果他显得温和，对她来说，他就是不明白。如果她希望他明白——因为有关她的一切都显然表明她希望这样——那她就必须相应地付出代价让他这样。就他自己来说，他是明白的——但只是明白的事太多；因此她必须挑出她要求的那件事。

然而，实际上，那件事最终还是提出来了，而一旦出现这种情况，他们就完全身处局面的中心了。事情还真的是一件又一件地做成了；斯特雷瑟提到韦马什要离开他，而这必然带出波科克太太相似的打算，这时事情就突然清晰起来了。此后事情确实变得极为明朗，而斯特雷瑟在明明白白之下无疑是不太分辨得清楚，事实上究竟是两者中的哪件事造成了这个问题。在他们狭小的住处，这个问题也同样存在于他们之间，仿佛是什么东西突然碰撞了一下洒出来溅在地板上了。他顺从的表现是二十四小时内让他自己免责。“假如你们给他这话，他很快就会走——他以名誉向我保证，他会那样做的。”这是在发生了碰撞之后，正常又反常地说到查德的话。有那么一阵子，斯特雷瑟反复感到，他一直表现得比原先料想的要严谨得多——她弟弟居然如此说出这样的话来，让他够惊讶的，而他此时并非不想通过告诉她这点来再添一丝严谨。她最终根本就不奇怪——她确实令人愉快；他很容易感受到她强硬的地方——为她自己而强硬。他还没有完全意识到，她好管闲事时也显得高高在上又身负使命。她代表的利益，比起她自己这个可怜的小人物，可怜的默默无闻的巴黎小人物的利益，都要更为显赫更为明确，而这表明她母亲道德上的压力是有力量在支撑的，这样又帮助他充分意识到那种压力。她会有人撑腰的；她会得到力挺的；他丝毫也不必为她感到焦虑。假如他真想这样的话，那么对他来说就会再次显而易见的是，由于纽瑟姆太太实质上代表着全部的道德上的压力，因此，这种因素的存在几乎就等同于她本人现身。也许并非他感到他在直接和她打交道，但肯定就像她一直在和*他*直接打交道。不知怎么的，她正通过加长的精神之臂把手伸到了他面前，而他因此不得不考虑她的因素；可他并没有反过来把手伸到她面前，并没有使她考虑*他*的因素；他只是把手伸到了萨拉面前，而萨拉则似乎对他不大理解。“你和查德之间显然交流着什么事，”他过了一会儿说道，“那件事我认为我应该了解得更多。他是不是把一切，”他微笑着，“都推到我身上了？”

“你出来，”她问道，“是要把一切都推到*他*身上吗？”

但他过了一会儿才对此作答，只是说：“噢，没问题。我是说，查德对你说了是没问题的——嗯，不论他说过什么。我全部*接受*——他推到我身上的一切。只是我再次见你之前必须先见到他。”

她犹豫着，但她说了出来。“你再次见我是完全必要的吗？”

“当然，如果我要对你就任何事情说什么明确无误的看法的话。”

“那么，”她回敬说，“我还要继续见你，只是为了遭受新的羞辱，这是你的主意咯？”

他又多注视了她一会儿。“你从纽瑟姆太太那里得到的指令，是不是到最坏的情况下你要彻底地绝不回头地和我决裂？”

“如果你愿意的话，我从纽瑟姆太太那里得到的指令，应该是我的事。你完全清楚你自己得到的指令，你自己可以从导致你得到那些指令的因素来判断我得到的指令会对你有什么影响。无论如何，我还是要说，你完全可以明白，如果我自己不想受到羞辱，我就一定希望更不想她受到羞辱。”她已经说了比她原先预期的多了，不过，尽管她已经打住不说了，她的脸色向他表明，他还是会逐步了解到全部情况。他此刻确实感到了他了解全部情况的高度重要性。“你还能有什么行为？”她突然说道，好像是要解释——“除了羞辱像我们这样的女人，你还能有什么行为？我是说，你的所作所为就像——我们和另外那个人之间——可能对他的职责有疑问？”

他想了一会儿。这个问题要马上对付可不容易；不仅是问题本身，还有它所暴露出来的令人极为痛心之处。“当然那是截然不同类型的职责。”

“你以为，他对另外那个人负有什么——？”

“你说的是对德·维奥内夫人吧？”他说出名字并不是要冒犯她，而是要再次赢得时间——他需要时间来理解与她刚才的要求不同的更大的事情。他并不能马上就看出她明确的质问中所包含的一切，但是当他看出来时，他发觉自己拼命在压住一声低低的模糊不清的声音，那声音也许最接近他的声带会发出的低沉的咆哮。波科克太太没有表露出她在查德身上认出了转变的每一个细节——导致这种刻意不表露的一切——在他看来，仿佛裹成了一个松松的大包，通过她的话，朝他脸上甩过来。这一打击竟至于让他屏住了呼吸；不过没一会儿他就从中缓过来了。“哎呀，当一个女人既非常迷人又非常仁慈的时候——”

“你可以毫不脸红地把母亲和姐妹都出卖给她，可以让她们远渡重洋以便更多地感触，更直接地从你这儿体验，你怎么做得出来的？”

是的，她就对他如此步步紧逼一针见血，但他极力不被她掌控。“我认为，我并没有做过像你描述的那样精心算计的任何事。每一件事看起来都像是另一件事不可区分的部分。你出来，就完全应该归入我先于你出来，而我出来则是我们总体思想状态的结果。我们总体思想状态本身，来自我们令人费解的无知，我们令人费解的错觉与困惑——从那时起，其中有一股不可阻挡的光束把我们载入了我们或许更令人费解的知识中。你难道不**喜欢**你弟弟现在的样子？”他继续说道，“你难道还没有把所发生的一切都清清楚楚地说给你母亲听过？”

毫无疑问，他自己的语气也对她表达了太多的含义；情况起码也是这样了，即使他最后的问题没有直接帮到她。在他们已到达的这个阶段，一切都直接帮了她，因为他身上的一切都泄露出这么一个意图的基础。他明白了——事情也真是奇了怪了！——他以前只要稍微多一点脾气，人家也就不会觉得他有那么荒诞了。使他遭受责难的只不过是他那可怜的安静内向的老习性，使他遭受责难的是他**想到了**这种令人讨厌的事。然而，他丝毫也没有萨拉归咎于他的要惹怒他人的想法，而对于她愤愤不平的看法，他眼下也只能敷衍过去。她的火气比他料想的要大得多，到他了解到她和查德之间发生的事情的时候，他或许就会更好地理解这点了。直到那时，她对他这种阴郁的看法，她对他没有抓住她伸过来的援手所表现出的十足的惊讶，一定都会被视为过分了。“我就让你恭维你自己吧，”她回答说，“你所说的正是**你**干得漂亮的事情。当一件事情已经以这么动听的方式描述过之后——！”但她突然打住了，而她对他的描述的议论说得可是够响的。“你是否考虑过对她这么一个体面的女人该说声道歉？”

啊，终于暴露了！她把事情说得比他出于各种各样的目的而不得不说的还要直露，但本质上那都是一回事。这太过分——太过分了；而她呢，可怜的夫人啊，却根本就对之不在意。他渐渐察觉一丝古怪的微笑，此刻他就会这样了，接着，他发觉自己在像巴勒斯小姐那样说话。“她一开始就给了我绝佳的印象。而且我还一直在想，说到底，即使对你本人来说，她可能也代表着相当新鲜、相当美好。”

然而，他说这话，只不过是给了波科克太太绝佳的机会来一番嘲笑。“相当新鲜？我全心全意希望这样！”

“我是说，”他解释道，“她也许会以她那份优雅亲切来感染你——一种真正的启示，在我自己看来是这样；她高尚而稀罕，她事事卓尔不群。”

他意识到说这些话时有点“矫揉造作”，但他就得这样——他不说这些话就不可能告诉她此事的真相；而且此刻在他看来，他也不在乎了。无论如何，他都没有达到自己的目的，因为她突然攻击起其表面的意思。“‘启示’——对**我**来说：我来找这么个女人要启示来了？你跟我谈‘卓尔不群’——**你**，一直蒙恩的你？——而我们两个在这世上见过的最杰出的女人却孤零零地坐在那里，由于你这种难以置信的比较而蒙羞！”

斯特雷瑟努力克制着不想到别的事情上去，但他还是四面张望着。“你母亲自己说了她坐在那里蒙羞的话吗？”

你真可以说，萨拉的回答直截了当，极为“干脆”，使他当即就想到了其起因。“她信赖我的判断和温柔的性情，让我表达她对所有事情的个人观感，维护她的个人尊严。”

这些正是伍莱特那位夫人的话啊——在千百个人中他也分辨得出来，就是对她女儿的临别嘱咐啊。波科克太太照本宣科地说到这个程度，这一事实使他大为感动。“如果她的感受确实像你说的那样，那当然是非常非常糟糕的。我已提供了充分的证据，应该会让人想到，”他补充说，“我对纽瑟姆太太深深的敬慕之情。”

“那就请问想到什么证据你会**称为**充分呢？认为这儿的这个人远比她要好呢？”

他又琢磨起来；他等着。“啊，亲爱的萨拉，你一定**别再**向我**提**这儿的这个人了！”

他一心想避免粗俗地反驳她，想表明他即使违心也要坚守他那脆弱的理性，因此他几乎是带着哭腔说出了这一请求。不过，他明白，这也许是他这辈子做出过的最积极主动的宣言了，而事实上，他的来宾对此的反应也表明了这样的重要性。“这恰恰就是我乐于做的事情。上帝知道，我们才不想要她呢！你谨小慎微，”她提高调门说道，“避而不答我关于他们的生活的问题。如果你确实认为这是一件可以谈及的事情，那我就要恭喜你的品味了！”

她所指的生活当然就是查德的生活和维奥内夫人的生活，她就这样把它们归在一起，让他略感不快，对他来说别无他法，只有领受她完整的意图。然而，让他感到矛盾不解的是，他数周来一直欣喜地目睹那个杰出女人的具体行动，与此同时，听到别人的嘴来描述她的行动，他总是感到难受。“我对她大为赞赏，与此同时，我似乎又觉得，她的‘生活’其实根本就不关我的事。就是说，只有当查德的生活受它影响时，它才关我的事；可难道你没看出来吗？发生的事情是，查德的生活已经受到了非常美妙的影响。要知道布丁的味道，就得先尝一尝。”——他尝试带点幽默地缓解这件事，但不大成功，而她则听任他继续说，好像在让他不断地往下沉。然而，他继续说得够好的，而且他不需再征求意见就可以说下去了；他觉得，到他需要与查德重新建立联系之前，他确实不需要有非常坚定的立场了。不过，他始终可以为他曾经非常明确地承诺过要“拯救”的那个女人说话。这对她来说还不大像拯救的气氛，但是当那种冰冷的态度越发加剧时，那不就是在暗示一个人在最坏的情况下可能和她同归于尽吗？这可够简单的——这是基本的：不能，决不能放弃她。“我在她身上发现了很多的优点，你或许没有耐心听我一一细数。你是否知道，”他问道，“你用这样的话来说她，对我产生了什么影响？那就像你有某种动机不想承认她为你弟弟所做的一切，那就对这事的每一面都闭上你的眼睛吧，那样一来，不论事情的哪一面出现了，都可以摆脱另一面。我啊，你必须允许我说，不明白你怎么能有什么借口坦然地摆脱离你最近的那一面。”

“离我近——**那**类事情？”萨拉的脑袋往后一甩，那样似乎就可以完全抵消任何主动靠近她的努力。

这使她那位朋友保持应有的距离，而有一会儿他也尊重那距离。接着，他用最后的劝说努力拉近那距离。“用你的人格说话，你并不欣赏查德幸运的发展吧？”

“幸运？”她又一次重复道。而实际上她是有准备的。“我称它为丑陋。”

有好几分钟了，她看上去显然是要走了，而她此刻已站在朝院子开着的那扇门旁，从门槛上发表了这一判断。此话说得响亮极了，以致一时使别的一切都显得一片寂静。受其影响，斯特雷瑟连大气也不敢喘了；他可以承认这点，但只是略提一下。“哦，如果你**那样**想——！”

“那么一切都结束了？结束了最好。我确实这么想！”她边说边走出去，径直穿过院子走去，院子的那头，把他们分隔开来的**大门廊**深深的拱门的那边，早先把她从她住的旅馆送过来的那辆低矮的四轮大马车停了下来。她坚决地走向马车，她那决绝的姿态，她答复时尖锐的口吻，都包含着一种力量，斯特雷瑟一开始被震慑住了。她好像是在对他拉弓射箭，而他要从被射穿的感觉中缓过来还要花点时间。那并不是被吃惊穿透；那更应该说是被确定的事实穿透；他的情况放到了他面前，就像他迄今所为只不过把它放到他自己面前那样。无论如何她已经走了；她已和他拉开距离——终究是以颇为自负的方式，以傲慢而悠闲的姿态拉开距离的；他能追上她以前，她就上了自己的马车，而此刻马车已经动起来了。他半路上停了下来；他就站在院子里，只有看着她离去，注意到她没再看他一眼。他自己意识到，眼前的情景是，完全**可能**一切都结束了。在这次彻底决裂中，她的每一个动作，都再次证实，再次强化了这一念头。萨拉在阳光灿烂的大街上走出了视线，与此同时，他却杵在相对比较灰暗的院子的中央，只是继续望着前方。也许一切**真**的都结束了。

第十一部

第一章

那天晚上，他迟迟才去马勒塞布大道，因为他有印象，早去了也没用，而且在白天的时候他已不止一次地咨询过旅馆的门房了。查德没进来过，也没留下过只言片语；在这个关头，他显然有事——斯特雷瑟想到，他完全可能有事——让他久久地耽搁在外。我们这位朋友在利沃里街的那家旅馆为他问过一次，但那里提供的唯一信息就是每个人都出去了这么个事实。因为想到他总得回来睡觉，斯特雷瑟便上楼到他的套间去，不过他还是不在，虽然过了一会儿，他的访客就在阳台上听到十一点的钟声敲响了。这时，查德的仆人来看看他是否回来了，访客了解到，他*曾经*匆匆回来换上晚餐礼服便又走了。斯特雷瑟花了一个小时等他——充满奇怪的联想、信念、认识的一个小时；到他的探险结束时他会回忆起来的那几个小时之一，那最重要的特别的少数几个小时之一。最柔和的灯光和最舒适的椅子都由脑子最灵的仆人巴蒂斯特布置好供他使用；那本毛边还有一半未切开的小说，那本亲切的柠檬色小说，象牙刀夹在书里面就像刀饰插在*农妇*[①]的头发里，那本小说在那温柔的环境里一直颇为引人注目——出于某种原因，就那个巴蒂斯特说过要是先生不再需要别的什么的话他自己就要上床去了之后，斯特雷瑟觉得那环境便更温柔了。这夜又闷又热，那一盏灯就足够了，灯火通明的城市的光芒升

---

① 农妇：原文为意大利语 *contadina*。

向高空，射向远方，在马勒塞布大道上空很是耀眼，透过一个个相连的房间形成的模糊的街景，使各种景物进入人们的视野，并平添高贵。斯特雷瑟发觉自己前所未有地被吸引住了；他曾经一个人在那里待过，翻阅书籍和印刷品，在查德不在时向这个地方的神灵祈求过，但从来不是在这种迷人的时光，从来没有这样一阵痛苦似的享受。

他在阳台上待了很长一段时间；他倚着栏杆，就像他第一次来的那天看到过的小比尔汉姆倚着栏杆那样，就像他看到过的玛米在她自己的阳台上倚着栏杆那样，那天小比尔汉姆自己可能也从楼下看到过她那样；他回到那三个房间里，它们占据了公寓的正面，房间之间由宽大的门相通；他转转歇歇，努力想重温它们三个月前给他留下的印象，重新捕捉到它们当时仿佛对他说话的那种声音。那种声音，他无奈地意识到，并没有发出来让人听得见；他视之为自身所有变化的明证。以前，他只是听到了他当时能听到的；他现在能做的是把三个月前作为遥远的过去的一刻来看待。所有的话音都变得更加浑厚了，意味着更多的内容；他走来走去时，那些话音一齐向他袭来——正是它们那样齐声响起令他难以安静。奇怪的是，他觉得很伤心，仿佛他就是为了某个错误而来，同时又感到很兴奋，仿佛他是为了某种自由而来。但是，此时此地最多的是自由；正是自由把他重新带回到他很久以前早已失去的自己的青春。他今天既不大解释得清他何以失去青春，也不大解释得清他何以长年累月以后还会在乎自己失去了青春；每件事都有其真实的感染力，其主要真相仍然在于每件事都代表着他的丧失的实质，使之伸手可及可触，使之在某种前所未有的程度上成为感觉得到的事。在这个奇特的时刻，对他来说，他那久已失去的青春，就是变成了这个样子——一种古怪而具体的存在，充满了神秘感，又充满了现实感，他可以触碰、品尝、闻味，他可以实实在在地听见它深沉的呼吸。它既在室内又在室外的空气中，它就在夏日的夜里从阳台上望向远方那广阔的巴黎的夜生活里，下面一辆辆灯光昏暗的马车不停地发出的轻柔而急促的辘辘声，那种急迫的声音总是让人想起他从前在蒙特卡洛[1]见过的赌徒们奔向一张张赌桌的情景。这幅画面浮现在他眼前时，他终于突然意识到查德在身后。

“她告诉你，你把这一切都推到了我身上。”——此后他很快就谈到了这一消息；然而这恰恰表明，小伙子看起来眼下愿意就随它去了。好在有这一夜确确实实地就在他们面前，他们谈起了其他的事情，那些事情还对这一场合有着奇特的影响，使之不是变得匆忙而躁动，而是成为斯特雷瑟的整个探险过程中将要经历的一个最重大、最宽松、最自在的场合之一。他一大早开始就在找查德，直到现在才找到他；然而，此刻他们如此异乎寻常地相处，这种耽搁也就得到补偿了。他们在各种不同的场合见得当然也够多的了；自从那第一个夜晚在剧院起，他们已经一次又一次面对面地谈过他们的问题，但他们从未这样单独在一起，真的就他们两个人在一起——他们的谈话还从未像这样完全限于他们自己。而且，如果说许多事情他们都一带而过，那么对斯特雷瑟来说，最清晰的莫过于关于查德的那个显著的事实，他经常深有感触地注意到它：每件事都让他幸福地回忆起他知道如何生活的事实。这个事实就包含在他那愉快的微笑中——愉快的程度表现得恰如其分的微笑——当时在阳台上的他那位访客转身迎接他的到来；实际上，他那位访客当场就觉得，他们见面好像就是用来证明这种能耐的。他因此心悦诚服于这种完全得到认可的才能；因为除了别人确实心悦诚服，这种才能还能有什么意义呢？幸运的是，他不想阻止查德的生活，但是他十分清楚，即使他想，那他也只会自己彻底垮掉。的确，从本质上说，他是通过把自己的个人生活降到一种完全从属于那个小伙子的个人生活的功能，才稳住了自己。尤其重要的是，查德完全拥有所谈到的知识，其迹象是，一个人不仅具备特有的愉悦，而且具有狂野的与生俱来的冲动，因此成为自身生命之流的输入者。于是，他们的谈话持续了不到三分钟，斯特雷瑟便感觉到，他在等待时一直就

① 蒙特卡洛：摩纳哥公国第一大城市，与澳门、美国拉斯维加斯并称世界三大赌城。

有的那种兴奋，的确有充分的理由。当他关注他朋友那方面与之一致的事物的细微之处时，这股兴奋之情还充沛加剧，四溢泛滥了。这正是这位朋友幸福的情形；他“摆出”了他那份兴奋，或者说与这件事相关的无论什么别的感情，就像他摆出他要洗的衣服那样；整理家务的安排没有比这更重要的了。总之，对斯特雷瑟自己来说，这完全可以私下里比作洗衣女把轧干熨平后的衣物带回家来。

他汇报了萨拉来访的情况，汇报得很详尽，这时，查德极为坦率地回答了他的问题。“我确实向她谈到了你——告诉她绝对必须见你。那是昨天夜里，也就发生在十分钟内的事。那是我们第一次无拘无束地交谈——其实是第一次她郑重其事地待我。她知道了我也知道她对你本人的事一直以来的方针是什么，而且知道你一直以来所作所为并没怎么让她为难。所以我就直率地为你说话了——让她放心，你完全听候她的调遣。我让她放心，**我**也听候她的调遣，”小伙子继续说道，“我还指出，她完全可以随时了解我的情况。她的困难只是一直找不到她认为合适的时间。”

“她的困难，”斯特雷瑟回答说，“一直就是她发觉她怕你。她，萨拉，不怕**我**，一个小废物；正是因为她明白当我考虑到这点时我会如何坐立不安，她才觉得她最好的机会就是要让我尽可能地心神不宁，也够正确的。我想，她其实乐于**让**你把它推到我身上，就像你自己尽可能做得到的那样。”

“但是，我亲爱的伙计，”查德反对这种说明，问道，“我究竟做了什么让萨利怕呢？”

“你一直‘妙极了，妙极了’，用我们的话说——我们这些从剧院正厅后排看戏的可怜的人儿；就是这个极其巧妙地让她怕了。对她更为有效的是，她看得出来，你并不是有意这样做的——我是说刻意要让她害怕。”

查德舒心地回顾了一下自己的动机的种种可能性。“我只是想显得亲切友好，显得大方关心——而且仍然只想这样。”

他说得动听又明白，斯特雷瑟报以微笑。“嗯，我来承担责任吧，这事当然不可能有更好的办法了。这样，你们个人的摩擦和得罪人的情况就不大会有了。”

啊，但是查德呢，他有着更全面的友好概念，不大愿意这样做！他们一直待在阳台上，在那里，经过一天早到的酷暑后，子夜的空气清凉怡人；他们转身倚靠在栏杆上，与椅子啊花盆啊，与香烟啊星光啊十分协调。“责任真的不是你的了——我们已经同意一起等待并一起做出判断了。这就是我对萨利的回答，”查德继续说道——“我们一直是，现在也是，一起做出判断。”

“我并不怕这个负担，”斯特雷瑟解释道；“我来丝毫也不是要你替我解除这个负担。我是想啊，我来是很想像骆驼屈膝下跪以方便让人上背部那样地弯下我的前腿。但是我以为，这阵子你已经做过许多专门的私下的判断——对此我没麻烦过你；我只是希望首先从你嘴里听到你的结论。我想要的就这么多：我十分乐意接受你照实说出的结论。”

查德仰脸朝天，慢慢吐出一口烟。“好的，我明白了。”

斯特雷瑟等了一下。“我一直让你完全独自行事；我想我可以说，自从头一两个钟头起——当时我只是劝你要忍耐——就没有对你说过话。”

“噢，你一直好极了！”

“那么我们两个都很好——我们都按规则办事。我们给了她们最开明的环境。”

“啊，”查德说。“极好的环境！这对她们来说没有限制，对她们来说没有限制，”——他吸着烟，双眼仍然望着星星，好像要想明白这点。他可能是在默默地开玩笑似的为她们占星算命呢。与此同时，斯特雷瑟想知道什么对她们没有限制，而他最后让他明白了。“对她们没有限制的就是让我独自行事；让她们自己作决定，由她们自己亲眼看我，我可以按自己的样子顺利地生活下去。”

斯特雷瑟洞彻事理，赞同这种说法，而他伙伴说的那个复数代词，代表的只有纽瑟姆太太和她女儿，这对他来说毫无歧义。显然，根本不可能代表玛米和吉姆；这又使我们这位朋友进一步感到，查德明白自己的想法。“但是她们作出了相反的决定——你**不能**像你现在这样生活下去。”

“对啊，”查德以同样的口吻继续说道，“她们一分钟也不想这样了。”

斯特雷瑟这边也若有所思地抽着烟。仿佛他们身居高处真的就代表着某种道德上的提升，他们因此就可以俯视他们新近的过去。“你知道吧，她们绝无一丝可能**愿意**再这样过一会儿了。”

“当然不愿意——绝对不可能。但是假如她们愿意考虑有过——！”

“她们不会愿意的。”斯特雷瑟把这一切全想明白了。“她们不是为你，而是为我出来的。她们要亲眼看到的不是你在做什么，而是我在做什么。由于我应该受罚的延误，她们的第一个好奇不可避免地注定要让位于第二个了；而她们最近一直专注的正是那第二个好奇，假如我可以用这样的表达而你也不介意我指出这个让人讨厌的事实的话。换句话说，当萨拉上船时，她们在追的，是我。”

查德对此颇能理解，也饶有兴趣。“那么，这**真是**一件相当麻烦的事——我让你陷进来的事！”

斯特雷瑟又略停了一会儿；最后的回答似乎要彻底去除那种内疚的因素。无论如何，既然他们俩又在一起了，查德就要视之为已经处理过了。“你找到我的时候，我就已‘陷进来’。”

“啊，但是，是你，”小伙子大笑着说，“找到**我**的啊。”

“我只是把你找出来。是你发现我陷进来的。不管怎样，她们该来，这对她们来说是再正常不过的事了。而且她们来了还一直很开心，”斯特雷瑟断言。

“嗯，我一直设法让她们开心，”查德说。

他那位同伴当即为自己说了句同样公道的话。“我也是的。就在今天早上我还努力着呢——就在波科克太太跟我在一起的时候。比如，就像我说过的，因为她不怕我，所以她几乎喜欢所有别的事情了；而我觉得在这点上我是给过她帮助的。”

查德兴趣更浓了。“她非常非常难应付吗？”

斯特雷瑟争辩起来。“她是最重要的——她很明确。她——说到底——是透明的。我一点也不觉得后悔。我早就明白，她们一定会来的。”

“噢，我是想亲眼看到她们；所以，如果只是为了**这个**——！”查德自己也没什么后悔的。

看起来斯特雷瑟想要的几乎就这么多了。“那么，你已亲眼看到她们，难道就是她们来访所达到的**那个**唯一的结果吗？”

看上去查德仿佛觉得他这位老朋友这样看待这件事很好。“难道你认为这是你有挫败感的事情？——如果你**确实**有挫败感的话。你，我亲爱的伙计，有挫败感吗？”

听上去就像他在问他是否感冒了或脚受伤了，而斯特雷瑟一时只是一口接一口地抽烟。“我想再见她一次。我必须见她。”

“你当然必须见她。”这时查德犹豫了。“你指的是——一个——母亲本人？”

“噢，你母亲——那要看情况。”

仿佛纽瑟姆太太不知怎么的已被这些话推到了很远的地方。不过，尽管如此，查德还是尽力想到那个地方去。“你的意思那要看什么情况呢？”

斯特雷瑟只是久久地看了他一阵子作为回答。“我刚才说的是萨拉。我确实——尽管她完全丢下我了——我必须再见**她**一次。我不能就那样和她分手了。”

“那么她当时是让人极不愉快咯？”

斯特雷瑟又呼出一口烟。“她当时只能是她自己那样子。我是说，从她们不高兴那刻起她们就只能是——唉，我承认的她的那种样子。我们给了她们，”他继续说道，“给了她们感到高兴的机会，她们一路朝这个机会走来，绕着这个机会看了一整圈，却没有接受。”

“你可以把马牵到水边——！”查德联想起来。

“一点没错。今天早上萨拉不高兴的调子——那个调子，用你的比喻来说，她拒不喝水——让我们处于再也没有希望的境地。”

查德停顿了一下，接着似乎要安慰他：“当然，其实她们会感到‘高兴’的可能性从来就不大。”

“嗯，毕竟，我是不知道的，”斯特雷瑟若有所思地说。“我都已经兜一大圈了。不过，”他脱开这个想法，“毫无疑问，我的表现很荒谬。”

“肯定有那么些时候，”查德说，“你在我看来好得都不像是真实的了。可是，如果你那样是真实的，”他又说道，“那我想要的似乎也就这么多了。”

“我是真实的，但我不可思议。我好极了又很荒谬——我甚至都无法对自己解释自己。那么，她们又怎么能，”斯特雷瑟问道，“理解我呢？因此我不跟她们吵。”

“我明白。是她们，”查德相当自在地说，“跟我们吵。”斯特雷瑟再次注意到了这种自在，但他那位年轻朋友已经往下说了。“你毕竟应该好好地想一想。假如我没有再次把这点在你面前说出来的话，我照样应该大感耻辱。我的意思是，在无可挽回地放弃之前——”就这么一强调，好像是出于某种谨慎，忽然打住了话头。

啊，可斯特雷瑟想听。“全都说出来，全都说出来。”

“唉，在你这样的年龄，就凭——一切都说了做了之后——母亲也许会为你做的，也许就是为了你。”

查德出于天性上的顾虑，这一切也只能说到这份儿上了；因此斯特雷瑟过一会儿就自己接过了话头。“我的前途没有保障。我得表明照顾我自己的能力就那么一点儿。她肯定会以那种方式，那种极妙的方式，照顾我。她的财富，她的仁慈，她向来情愿这样尽心尽力而不断创造的奇迹。当然，当然，”他总结道，“这些都是明显的事实。”

与此同时，查德还想到了另一个事实。“你难道真的不在乎——？”

他朋友慢慢朝他转过身来。“你会走吗？”

“要是你说你现在认为我应该走，那我就走。你知道，”他继续说道，“六个星期前我就做好准备了。”

“啊，”斯特雷瑟说，“当时你并不知道**我**还没准备好！你现在准备好了是因为你确实知道这点了！”

“可能是这样，”查德回答说，“但我照样还是真诚的。你谈到要把整件事都扛在自己的肩上，但如果你认为我可以让你来承担的话，那你把我当什么人了？”他们站在一起靠在栏杆上，斯特雷瑟宽慰地轻轻拍了拍他的膀子——似乎想强调他还是**有**手段的，但这又绕到了小伙子出于公正感在不断犹豫着的这次交易与价格的问题。“如果你原谅我这样说这事的话，那么对你来说，这事实际的结果就是，你放弃了金钱。可能是一大笔钱。”

“噢，”斯特雷瑟大笑着说，“要是钱只是刚好够，你仍然有理由这样说！但我也得从我的角度提醒你，**你**放弃了金钱；而且不只是‘可能’——我应当认为，十分肯定——是一大笔。”

“完全正确，但我已经有一笔一定数量的钱了，”查德一会儿后回答说。“但是你呢，我亲爱的伙计，你——”

“我根本就不能说，”斯特雷瑟抢过他的话来说，“不能说有一定或不一定‘数量’吧？非常正确。不过，我不会饿死的。”

“噢，你一定不能**饿死**！”查德平和地强调说；就这样，在令人愉悦的氛围中，他们继续交谈着；尽管就此而言有过停顿，其间较年轻的这位朋友又在掂量他当时当地针对刚刚提到的可能性向年长的朋友保证提供某些财物的微妙性。不过，这点呢，他大概以为最好别提出来，因为又过了一分钟后他们就已转而谈到完全不同的方向上去了。斯特雷瑟中断了这个话题，回到了查德和萨拉交谈的话题，问到他们最后是否到了实质上“争吵”的地步。对此，查德回答说，恰恰相反，他们倒是一直极为礼貌；还补充说，萨利毕竟不是那种会犯不礼貌的错误的女人。“她的双手很大程度上被束缚住了，你也明白。从头，从一开始，”他明智地说，“我就让她这样了。”

“你是说，她从你这里得到了很多？”

“嗯，按正常的礼仪我当然不能少给；我想，只是她一直没料想到，我会给她那么多。她不知不觉中就开始接受了。”

“而且她一旦开始接受，”斯特雷瑟说，“她就开始喜欢上了！”

“对，她喜欢上了——而且比她料想过的还要喜欢。”说罢此言，查德又说道：“但她不喜欢*我*。实际上，她恨我。”

斯特雷瑟的兴趣上来了。“那她为什么要你回家？”

“因为你一旦生恨，你就想取胜，而她要是把我彻底拴在那里，她*就*赢了。”

斯特雷瑟重新跟上他的思路了，但当他说下去时就看着。“当然——从某种意义上是这样。但是，一旦陷入这里面来，她自己感到了厌恶，而且可能及时意识到你自己也有一定程度的厌恶感的时候，你就会当场让她感到不高兴，假如这样的话，这种胜利就不大值得了。”

“啊，”查德说，“她能忍受*我*——至少在家里能忍受我。我在家里就是她的胜利。她恨我在巴黎。”

“换句话说，她恨——”

“对，*正是*这样！”——查德很快就理解了这样的理解；两个人这么一说，就都已接近要说出德·维奥内夫人的名字了。然而，他们不言自明的限度，并没有妨碍谈话一直处于那么一种特定的气氛中，即波科克太太所痛恨的正是那位夫人。而且，这又在他们已经形成的共识，即查德与她有着罕见的亲密关系这点上又加了一笔。他至今从未把遮挡着这一现象的最后一块轻薄的面纱抽走，至多不过表现出自己受困并浸没在她在伍莱特造成的那种情绪中。“我也要告诉你谁恨我，”他立刻接着说。

斯特雷瑟同样迅速地明白他指的是谁，但也同样迅速地提出了反对。“啊，不！玛米根本就——哎，”他及时收住了嘴——“不恨任何人。玛米可好了。”

查德摇了摇头。“这正是我介意这点的原因。她肯定不喜欢我。”

“你对这点有多介意呢？你对她会怎么办呢？”

“嗯，假如她会喜欢我的话，我也会喜欢她。真的，真的，”查德表白说。

此话让他那位同伴停顿了片刻。“你刚才问我，用你的话说，我是否不‘喜欢’某人。你这样很有点儿引诱我来提出这个问题。你难道不喜欢另一个某人？”

查德在窗口透进来的灯光下使劲地盯着他看。“不同之处在于我不想。”

斯特雷瑟纳闷了。“‘不想’喜欢？”

“我努力不喜欢——这就是我在*一直*努力的。我已竭尽全力了。当你自己逼着我这样做的时候，”小伙子轻松地说下去，“你不可能感到吃惊的。其实，我当时，”他又说道，“已经有点这样做着了，但你逼我更坚决。那是六个星期前吧，我觉得自己走出来了。”

斯特雷瑟很了解这点。“但是你还没走出来！”

“我不知道——这就是我*想*知道的，”查德说。“而假如我能有充分的愿望——我自己——想要走回去，我想我早就已发觉了。”

“有可能，”斯特雷瑟琢磨着。“但是你所能做到的只不过是想要去想要！而且即使那样，”他接着说，“也只有等到我们在那里的朋友到来之后。你还想要去想要吗？”随着半是忧伤半是滑稽、完全模糊不清模棱两可的声音，查德把脸在双手里埋了一会儿，以一种古怪的方式摩擦着脸，完全像是要逃避，他更加尖锐地提出这个问题：“你*想*吗？”

查德的姿势有一会儿保持不变，但最后还是抬起头，接着突然说道：“吉姆*真是*个该死的家伙！”他断然说。

“噢，我可没让你咒骂或刻画或以任何方式宣判你的亲戚；我只是再次问你*现在*是否做好准备了。你说你已经‘明白’。你已经明白的就是你不能抗拒吗？”

查德朝他怪异地笑了笑——他对身陷困扰的人曾经表露出的最亲近的姿

态了。“你就不能让我**不**抗拒吗？”

“这样的结果是，”斯特雷瑟这时十分严肃地说下去，仿佛没听见他的话，“这样的结果是，我想啊，为你做的比我已见到过的一个人帮另一个人做的都要多——也许努力过，但从未做得这么成功。”

“哦，当然做了大量的事，”查德对此说了句完全公道的话。“而且你自己也在为这做贡献。”

他的访客对这话也未加注意，继续说道：“可我们在那边的朋友不愿意要啊。”

“对，她们就是不想要。”

“她们要求你的，可以说是以断然拒绝和忘恩负义为基础的；而我一直以来的问题，”斯特雷瑟继续说，“就是我还没找到与你一起行忘恩负义之实的方法。”

查德领会此言的含义。“那么，既然你还没明白你自己的方法，你自然也不明白我的方法。就这样了。”说罢，他颇有些突然地问起了一个尖锐的问题。“**现在**你还会说她不恨我吗？”

斯特雷瑟犹豫了。“‘她’——？”

“是的——母亲。我们叫她萨拉，但结果还是一样。”

“啊，”斯特雷瑟反对说，“跟她恨**你**可不一样。”

对此——尽管好像是拖延了一会儿——查德明确地回答说：“哎，如果她们恨我的好朋友，**那**结果就是一样的了。”此言有颠扑不破的真理的意味，使斯特雷瑟认定这就够了，觉得别无他求了。小伙子的话里说到了他的“好朋友”，他以前可从来没有直接地说到这份儿上，承认他俩之间如此深的身份关系，就像他可能会拿来玩味的想要摆脱的想法，只是这种想法在特定的时刻还是会像漩涡那样把他吸下去。与此同时，他已经往下说了。“而且她们也恨你——那对结果也大有影响。”

“啊，”斯特雷瑟说，“你母亲不恨我。”

然而，查德对这点却坚持诚实——这是说，对斯特雷瑟诚实。“如果你不留神，她会的。”

“好啊，我确实留神的。我毕竟正留神着呢。这正是，”我们这位朋友解释道，“我想再见她的原因。”

这话又让查德提出了同一个问题。“见母亲？”

“见——目前嘛——见萨拉。”

“啊，你又来了！我一辈子也想不通的是，”查德带着无奈的困惑追问道，“你这样又能**得到**什么呢？”

噢，让他那位朋友来说的话，要花的时间就太长了！“那是因为，我真的相信，你没有想象力。你具备别的优点。但毫无想象力，你难道不明白？”

“我敢说，我确实明白。”查德对这个想法表现出了兴趣。“但你自己具备的想象力是不是有点儿太多了？”

“噢，**有点儿**——！”就这样，受到这一点指责后，而且仿佛那最终真的是个应该逃避的事实似的，斯特雷瑟片刻之后便动身离去。

第二章

波科克太太来访后他度过的那个焦躁不安的下午，有一件特别的事，就是晚饭前不久，他和玛利亚·戈斯特雷一起度过了一个小时，尽管他忙于别的方面，这次拜访拖延了这么久，但他绝没有冷落她。而他仍然没有忽略她这点，也可以从第二天的同一时间他又跟她在一起这一事实上看出来——而且能够同样细致地有意识地让她一直听他说话。就此而言，习惯性的事情还在发生着，即不论他何时兜一个大圈子，他总是要回到她忠实地在等候他的地方。总的来说，这些插曲都没有那两件事——自他上次来访以来的短暂间隔中的成果——来得生动有趣，他现在就得向她汇报这两件事了。头一天的深夜他见过查德·纽瑟姆了，而作为这次交谈的续篇，那天上午，他与萨拉第二次面谈。“但是到最后，”他说，“他们都要走。”

这让她一时迷惑不解。“都要？——纽瑟姆先生和他们一起走？”

“啊，还没呢！萨拉和吉姆还有玛米。但韦马什和他们一起走——为了萨拉。这太妙了，”斯特雷瑟继续说道。“我发现脑子里老是在想着——这总是一件新的让人高兴的事。不过还有一件新的让人高兴的事，”他又说道。“那个——嗯，你觉得怎么样？小比尔汉姆也去。但他当然是为了玛米去的。”

戈斯特雷小姐纳闷了。“‘为了’她？你是说他们已经订婚了吗？”

“唉，”斯特雷瑟说，“那就说为了我吧。为了我，他什么都愿意做；在这点上，就像我也会愿意为他做的那样——我能做的一切。或者说为了玛来也愿意。为了我，她什么都愿意做。”

戈斯特雷小姐会意地叹了一口气。“你就是这样让人听你的！”

“从一方面来说，这当然是好极了。但从另一方面来说，我也会让人不要听我的，那样也就扯平了。从昨天起，我就没让萨拉听我的；尽管我成功地再次见到她了，这我等会儿跟你说。不过，其余的真的没事。玛米嘛，根据我们神圣的法律，完全必须有一个小伙子。”

“但可怜的比尔汉姆先生必须有什么呢？你是不是说他们要为了你而结婚？”

“我是说，根据同一条神圣的法律，如果他们不结婚，一点问题也没有——我丝毫也不必担心。”

她照常明白了他的意思。“那吉姆先生呢？——谁为了他去呢？”

“噢，”斯特雷瑟只好承认。“那我可办不到了。照常是让他认识认识这个世界吧；毕竟，按他的说法，这个世界嘛——因为他有过美妙的奇遇——似乎对他非常好。他很幸运——按他的说法，‘在这边’——发现处处都见世面；而他最美妙的奇遇，”他接着说。“当然是最近这几天了。”

戈斯特雷小姐早已知道这些，马上就联想起来。“他又见过玛丽·德·维奥内了？”

“他自己一个人去的，就在查德举行晚会后的第二天——我难道没告诉过你？——去和她一起喝茶。受她的邀请——独自一人。”

“很像你自己！”玛丽亚微笑着说。

“噢，但他待她可比我好多了！”接着，他那位朋友就描述了她如何可以相信这点，把它说得详详细细，使之和原先对那个美妙女人的记忆联系起来。“我会乐意办到的就是她也去。”

“和那群人一起去瑞士？”

“为了吉姆——也为了调和。此外，如果两星期可行的话，她是会去的。她乐于”——他按照自己新形成的她的形象说道——“做任何事。”

戈斯特雷小姐一时就顺着他的思路。“她太完美了！”

“我想，她一定会，”他继续说道。“今天夜里去车站。”

“去送他？”

“和查德一起——妙极了——作为他们整个心意的部分。而她去的时候”——这一切仿佛就在他眼前——“带着一丝淡淡的优雅，一份自由自在的快乐，这完全可以让波科克先生有点手足无措。”

他眼里的她就是这个样子，使他的这位同伴片刻以后来了一句友好的点评。“总之，那样已经让一个头脑较为清醒的人有点手足无措了。你真的爱上她了？”玛丽亚脱口而出。

“我是否知道无关紧要，”他回答说。“对我们两个来说，这都没什么要紧的——实际上，是毫无关系。”

“尽管这样，”玛丽亚继续微笑着，“他们还是走了，你的话按我理解，是五个人，而你和德·维奥内夫人留下。”

“噢，还有查德。”斯特雷瑟对此补充说：“还有你啊。”

“啊，‘我’！”她再次发出了一声小小的不耐烦的悲叹，其中似乎突然爆发出了不甘心的意味。“不知怎么的，在我看来，我不留下，才会对我大有好处呢。听你在我面前说了这一切后，我强烈地感到损失可大了。”

斯特雷瑟犹豫了。“但是，你有损失，你远离一切，一直是——是不是？——是你自己的选择。”

“哦，是的；那一直有必要——就是说，那一直对你来说更好。我的意思是，只有那样，我看起来才不再为你服务了。”

“那你怎么说得清楚呢？”他问道。“你都不知道你是怎样为我服务的。当你不再——”

“嗯？”他突然打住话头时她说。

“哎，我会让你知道的。在那之前别吱声。”

她想了一下。“那么你确实喜欢我留下咯？”

“难道我待你的态度像我不喜欢吗？”

“你当然对我非常好。但是，”玛丽亚说，“那是为我自己。时节已经不早了，你也知道，巴黎在变得热起来了，灰尘也多起来了。人们在纷纷离去，其中有些人，他们在别的地方，要我去。但如果你要我在这里——！”

她说的意思就是都听他的，但他突然有了更强烈的感觉，他本来就渴望不要失去她。“我要你留在这里。”

她对此的反应就像她所期盼的就是这句话；就像这句话带给了她，对她的情况给予了某种补偿。“谢谢你，”她简单地回答说。接着，他用更加灼热的目光凝视着她，“非常感谢，”她又说道。

他们的谈话中断了，仿佛受到了某种小小的阻碍，这次让他沉默的时间稍长些。“两个月，或者不管是什么时候之前吧，你为什么那么突然地匆匆离去？事后你给我的离开三周的原因并非真实的原因。”

她回忆起来。“我从来没有以为你相信那是真实的。不过，”她继续说道，“如果你没有猜中，那就恰恰帮了你。”

他听罢此言，从她身上移开了目光；他在室内空间许可的范围内，慢慢地走了一圈。“我经常想到它，但从来没有感到能猜中。我直到现在才问你，你从中可见我对你的体谅。”

“那么现在你究竟为什么要问呢？”

“为了表明你不在这里时我有多想你，这对我有什么影响。”

“看起来并没有完全起到，”她大笑着说，“它可以起到的影响！然而，”她又说道，“如果你真的从来没有猜到真相，那就让我来告诉你吧。”

“我从来没有猜到过，”斯特雷瑟断言。

“从来没有？”

“从来没有。”

“好吧，当时就像你说的，我匆匆离去，是为了避免如果玛丽·德·维奥内会告诉你什么伤害我的话而我在那里的话会造成的不知所措。”

他看上去一副相当怀疑的样子。“即使那样，你回来了还是得面对这点。”

“哦，如果我找到理由相信那很糟糕，那我就再也不会来见你了。”

“所以嘛，”他继续说道，“你只是猜想她大体上是宽宏大量的，才敢回来的？”

玛丽亚就此作了总结。“我该感谢她。不论她有什么诱惑，她毕竟没把我们拆开。这就是，”她接着说道，“我十分钦佩她的一个原因。”

“那就也把它当作，”斯特雷瑟说，“我钦佩她的一个原因吧。但是她的诱惑会是什么呢？”

“对女人的诱惑究竟是什么呢？”

他想了想——但自然没有想太久。“男人？”

“有了这个诱惑，她早就可以更多地把你据为己有了。但她明白，没有这个诱惑她就可以占有你的。”

“噢，‘占有’我！”斯特雷瑟弱弱地叹口气。“你，”他慷慨地表态说，“有了这个诱惑，无论如何都早就可以占有我了。”

“噢，‘占有’你！”她像他说的那样应声重复着。“不过，我确实占有你了，”她说得少了些讽刺的意味，“从你表达出一个愿望的那一刻起。”

他在她面前站住，满怀这种意愿。“我要表达五十个。”

这确实引起她又一阵低声悲叹，显得有点滑稽。“啊，你又来了！”

好了，如果情况就是这样，他接下来的时间里还继续这样，好像就是要向她表明她仍然可以如何对他有用，他又回到波科克一家出发的话题上来，为她描述那天上午发生在他身上的事，那可比我们能够再现的要生动一百倍。他在萨拉的旅馆里和她待了十分钟，而他已经向戈斯特雷小姐描述过在他自己的住处他们会面要结束时她已经断绝了他们的未来，此后通过难以抗拒的毅力他又重新争取到那十分钟。他未经通报直接找到了她，发现她和一个裁缝以及缝纫女工[1]在她的起居室里，她看上去是在颇为坦然地与他们结账，而他们很快就离开了。这时，他便向她解释头一天深夜他如何信守诺言去见了查德。“我对她说，我愿意承担一切。”

“你愿意‘承担？”

“唉，如果他不走的话。”

玛丽亚等着。“那要是他走，谁来承担呢？”她欢快中带着某种严肃地问道。

“嗯，”斯特雷瑟说，“我想，无论如何，我承担一切。

“我想你这话的意思是，”他的同伴过了一会儿说道，“你明确意识到你现在已失去一切。”

他又站在了她面前。“也许结果确实是一样的。但是查德呢，他已经明白了，可并不是真的想要这样的结果啊。”

这点她可以相信，但她一如既往地要问清楚。“不过，他究竟已经明白什么了？”

“他们对他的要求。而这就够了。”

“那和德·维奥内夫人的要求相比就十分不利了吗？”

“那比起来——就这样；各方面，对比可大了。”

“所以，也许，尤其是与你的要求相比？”

“噢，”斯特雷瑟说道，“我想要的，是我已不再去掂量甚或去理解的一样东西。”

但他那位朋友还是继续往下说。“你还想要纽瑟姆太太——在她以那么一种方式对待你之后？”

到目前为止，他们那种高尚的行为方式从来不允许他们以如此直截了当的方式论及这位夫人，但他拖延了一会儿才开口，好像并非完全因为这点。

---

① 缝纫女工：原文为法语 *lingère*。

“我敢说，那毕竟是她能想象得到的唯一方式了。”

“就是那使你还想要她吗？”

“我已使她大为失望，”斯特雷瑟觉得此言值得一提。

“你当然让她失望啦。这是基本情况；在很久以前这对我们来说就是明摆着的了。但是，你一直有直接的补救办法，”玛丽亚继续说道，“这不是几乎同样明摆着的吗？真的就把他拽走，我相信你仍然办得到，这样你就再也不必担心她失望了。”

“啊，那样的话，”他大笑道，“我就该担心你失望了！”

但是此时，这话她几乎就没往心里去。“在那种情况下，你说的担心是什么意思呢？我想，你还没想明白你怎样才能让我高兴。”

“噢，”他坚持说，“你知道，那也一直是问题的一部分。我没法分开——那是个整体；那也许就是像我说的我不理解的原因。”但是他已准备好再次宣布，这毫无关系；而且，正如他确认的那样，他至今确实还没有“想明白”。“毕竟，到了危急关头，她对我最后发了一次慈悲，又给了我一个机会。你知道，他们要再过五六个星期才会上船，而他们并没有指望——这点她承认——没指望查德会加入他们的旅行。他最后在利物浦加入他们的行列，仍然是可以的。”

戈斯特雷小姐思量着。“除非你使这事可以，否则这事到底怎么个‘可以’法啊？要是他在这边的情形里越陷越深，他怎么可能在利物浦加入他们呢？”

“就像我向你解释过的，她昨天让我知道了，他已向她用名誉保证按我说的做。”

玛丽亚瞪大了眼睛。“但要是你什么也不说呢！”

嗯，他听到这话像平常一样来回走动起来。“今天早上我确实说话了。我给她答复了——在听他自己说出他的承诺后，我也给了她我对她承诺过的话。她昨天对我的要求，你会记得的，就是当时当地保证信守这个誓言。”

“好了，那么，”戈斯特雷小姐问道，“你去拜访她的目的就是要拒绝咯？”

“不，你可能会觉得奇怪，那是去请求再次延期。”

“啊，真软弱！”

“一点没错！”她说得很不耐烦，但就这点来说，他起码知道自己的处境。“如果我真的软弱，那我就要明确这一点。如果我不能明确这一点，那我就会欣慰地、不无荣耀地认为，我很坚强。”

“我断定，你将得到的，”她回答说。“尽是欣慰！”

“无论如何，”他说，“还有一个月呢。巴黎可能会一天天热起来，灰尘也会多起来，就像你说的，但还会有别的更热、灰尘更多的东西。我不怕继续待下去；这里的夏天一定会以它自己狂野的——如果不是温驯的——方式显得很有趣；这个地方这时候是最美丽如画的了。我想我会喜欢它的，而且呢，”他善意地朝她微笑着，“一直都会有你在。”

“噢，”她反对说，“我留下来不会成为美丽如画的一部分，因为我将是你身边最平常的了。你明白，无论如何，你啊，”她继续说道，“可能不会有别的人了。德·维奥内夫人很可能要走了，不是吗？——而纽瑟姆先生也一样，除非你真的从他们那里得到相反的保证。因此，如果你的想法是为了他们留下，”提出这点是她的义务，“你可能会陷入困境了。当然咯，如果他们确实留下来，”她继续往下说，“他们将成为美丽如画的一部分。要不然，其实你也许可以跟他们一起上某个地方去。”

斯特雷瑟面对这番话的样子，仿佛这是一个愉快的想法，但紧接着他说起话来就更挑剔了。“你是说他们可能会一起走？”

她只是想了想。“我想，如果他们一起走，那就待你太不礼貌了；尽管说到底，”她补充说，“目前还很难弄明白什么档次的礼仪适合用来对待你的情形。”

“当然，”斯特雷瑟只好承认，“我对他们的态度很特别。”

“正是这样；因此一个人就会问自己从他们自己的角度来说什么行为风格能完全与之相称。他们自己不会相形见绌的态度，毫无疑问，他们还得加以琢磨。也许真正漂亮的事情，”过了一会儿她脱口而出，“就是他们要躲到更加隐蔽的环境中，同时主动与你分享这种环境。”听到这话，他看着她，好像她的内心再次突然流露出某种仗义的怒气——完全是为他的利益着想；她接下来说的话确实多少说明了这点。“真的别害怕告诉我，要是你现在一心想着的**就是**令人心旷神怡的情景：空荡荡的城里，阴凉处足够多的座位，清凉饮料，空无一人的博物馆，晚上开车去**布洛涅公园**[①]，还有我们那个美妙的女人专门陪你。”她不停地往下说。“一旦想清楚了，我敢说，**所有事情**中最漂亮的就会是，查德会自己一个人出去一阵子。从这点来说，”她最后说道，“他不去看看他母亲，挺遗憾的。至少那样就会让他在你的休息时间里有事做啊。”她想到这里停顿了一下。“他干吗不去看看他母亲呢？在这美好的时光里，即使是一星期也行啊。”

“我亲爱的小姐，”斯特雷瑟回答说——对此他已做好充分准备，连他自己都感到惊讶——“我亲爱的小姐，他母亲已经来看过**他**了。这个月，纽瑟姆太太一直跟他在一起，我肯定那种情深意切他已充分感受到了；他慷慨地款待了她，她也对他表达了感谢。你是不是建议他回去争取得到更多的感谢？”

嗯，过了一会儿她就抛开这个话题。“我明白了。这是你建议不做的事情——你没建议过的事情。你也清楚。”

“你也会这样的，我亲爱的，”他亲切地说，“要是你见过她的话。”

“见过纽瑟姆太太？”

“不，萨拉——这无论对查德还是对我自己来说，都已完全达到目的。”

---

① 布洛涅公园，原文为法语 *Bois de Boulogne* 的简写 *Bois*，巴黎西部的公园。位于塞纳河湾内，曾是森林和皇家狩猎保留区。1852 年被巴黎市购得，改为休闲区，包括著名的朗香和欧特伊比赛跑道。

“从某种意义上说，”她若有所思地回答说，“是极为异乎寻常地达到了目的！”

“唉，你看，”他像是在解释，“事情的结果是，她的想法都是冷冰冰的——萨拉可以冷冰冰地丝毫无损地把那样的想法传达给我们。因此，问题是，我们知道她对我们的想法。”

玛丽亚听得懂他的意思，但突然打断了他的话。“要是你讲到这点，我从未搞清楚的是，你——我指的是你个人——对她的看法。一切都说开了，你难道一点也不喜欢？”

“这点啊，”他丝毫不失敏捷地回答说，“正是昨天夜里查德自己问我的。他问我是否在意损失——嗯，损失富裕的未来。而且，”他急忙又说道，“这是一个完全自然的问题。”

“尽管如此，我还是要提醒你注意，”戈斯特雷小姐说，“事实上我没问过这个问题。我斗胆想问的是，你是不是对纽瑟姆太太本人很冷漠？”

“我不是这样的，”他十分坚定地说。“一直以来恰恰相反。从刚开始起，我就一心关注每件事可能会给她造成的印象——因此十分烦恼、困惑、受折磨。我只对她能看到我所看到的感兴趣。我一直对她拒绝看到那些而感到失望，就像在她看来我刚愎自用而一直对我失望那样。”

“你的意思是，就像你让她感到震惊那样，她也让你感到震惊？”

斯特雷瑟斟酌起来。“我也许还不太容易震惊。但从另一方面来说，我已进一步去迁就她。而她呢，她可寸步不让啊。”

“因此你现在终于，”玛丽亚指出了其中的教训，“进入反过来指责她的伤心阶段。”

“不——我只是对你说。对萨拉来说我一直像一只羔羊。我只是已退到背靠墙了。到了这地步，还在那儿被人猛推，自然就站不稳了。”

她盯着他看了一会儿。“摔倒了？”

“唉，因为我感到自己倒在一个地方了，所以我想我一定是摔倒了。”

她仔细琢磨起来，只是希望梳理清楚，而不求协调。“问题是我以为你一直令人失望——”

“就从我刚到的时候起？我想是的吧。我承认，我当时连自己都感到惊讶。”

“这么说来，当然咯，”玛丽亚继续说道，“那和我有很大的关系。”

“是我令人惊讶的事吗？”

“那也成，”她大声笑着，“如果你体贴入微，不把它说成**我**令人惊讶的话！自然咯，”她又说道，“你过来或多或少就是为了惊讶。”

“自然咯！”他珍视这种提示。

“但是那些惊讶当时完全都是针对你的，”她继续往下说，“没有一次是针对**她**的。”

他又一次在她面前站住，好像她说到了要点。“那是她的难处——她不承认感到惊讶了。我想，这个事实就可以描述形容她了；这与我告诉过你的相符——就像我说过的，她的想法都是冷冰冰的。在她心里，她已提前把整件事都设计好了，为我为她自己都设计好了。一旦她那样做了，你明白，就不会留下什么空间；似乎没有任何更改的余地了。她已填得满满的，塞得紧紧的，她掌控时就是这样，不论你想再取出或塞进更多或不同的东西——”

“你就得把这个女人本身彻底改造过？”

“事情的结果是，”斯特雷瑟说，“你得从道德上智力上摆脱她。”

“那看上去，”玛丽亚回答说，“其实就是你已经做过的。”

可是她那位朋友却把头往后一仰。“我还没碰她。她绝不会**让**人碰的。我前所未有地看明白了这点；她体现出一种独有的完美，”他继续说道，“那确实让人觉得她自身组成上的**任何**改变都是一种错误。无论如何，”他最后说道，“萨拉带我过来要取舍的，正是像你称呼的这个女人本身，她道德上和智力上的整体禀性或阻碍。”

此言引起戈斯特雷小姐更深入的思考。“想不到不得不面对刺刀接受道德上和智力上的整体禀性或阻碍！”

“事实上，”斯特雷瑟说，“这正是我在国内时做过的事。但不知怎么的，在国内时我不大明白这点。”

“一个人啊，我觉得，”戈斯特雷小姐附和说，“在这样的情况下，你可以说，绝不会提前认识到阻碍的大小。它一点一点地突然出现。它越来越多地出现在你面前，直到最后你全都看见了。”

“我全都看见了，”他心不在焉地应声重复道，两眼可能一直注视着北方湛蓝冰凉的大海里某座特别大的冰川。“太壮观了！”他接着相当古怪地叫起来。

可他那位朋友呢，她早已习惯他这种前言不搭后语，没让话题岔开。“没什么那么壮观的——让人家感觉到你——只不过毫无想象力罢了。”

这话马上就把他拉了回来。“啊，你又来了！这是我昨天夜里对查德说的话。我的意思是，他自己毫无想象力。”

“那样看起来啊，”玛丽亚提示，“说到底，他和他母亲还是有些相同之处。”

“他的相同点是，就像你说的，他让人‘感觉到’他。不过，”他又说道，好像这个问题很有趣，“即使别的人有很多，人也能感觉到别人的。”

戈斯特雷小姐继续提示。“德·维奥内夫人？”

“她就有很多。”

“当然——她以前有很多。但让人感觉到人的自我的方式是不同的。”

“对，这一点毫无疑问。你知道——”

他正滔滔不绝地往下说，可她不干。“噢，我可没让别人感觉到我自己；所以我的多少就用不着确定了。你的数量呢，你知道，”她说，“大得可怕。谁也没有这么多过。”

这话令他感动了一会儿。“这也是查德的想法。”

“那么你就是这样的了——不过他不该抱怨这点！”

“噢，他没抱怨这点，”斯特雷瑟说。

“他缺的就是这点！但是，谈到什么，”玛丽亚继续说道，“才提出这个问题来的？”

“嗯，他问我的收获是什么。”

她停顿了一下。“这么说来，既然我也问过你了，**我的**问题就解决了。噢，你啊，”她又说道，“**真有**丰富的想象力。”

但他的思绪已从这个话题岔开去了一下，他想到了另一个地方。“不过纽瑟姆太太——这事要记住——**确实**想象过，就是说，真的想象过，而且显然还在想象，我应该发现的情况有多可怕。按照她的想象——毕竟是特别认真的想象——我注定会发现那些情况；而我没有，我不能，我像她明显感觉到的那样不愿意发现——按他们的说法，这显然不‘符合’她的要求。这是她无法忍受的。这就是她失望的地方。”

“你是说你本来应该发现查德本人很可怕？”

“我本来应该发现那个女人。”

“很可怕？”

“发现她就像纽瑟姆太太想象她的那样。”

斯特雷瑟打住了，好像对于他自己对此的描述，他无法给那画面再添加笔触了。

与此同时他那位同伴一直在思考。“她的想象很愚蠢——因此结果是一样的。”

“愚蠢？噢！”斯特雷瑟说。

但她很坚决。“她的想象很卑鄙。”

不过他说起它来要好些。“那只不过是无知罢了。”

“唉，极端无知——还会有更糟糕的吗？”

这个问题可能难住他了，但他对之不予理会。“萨拉现在可不是无知了；她坚持那个可怕的看法。”

"啊，但她走极端——走极端本身有时也行得通。就这点来说，无论如何，如果不能否认玛丽很迷人，那至少可以否定她是有益的。"

"我强调的是她对查德有益。"

"你并没有强调，"她看上去喜欢把这说明白，"她对你有益。"

但他未留意她的话，继续说下去。"这就是我要她们出来的目的——她们自己来看看她是否对他有害。"

"而现在她们已经这样做了，可她们不愿承认她能对什么有益？"

"她们确实认为，"斯特雷瑟这时承认，"她总体上对我几乎同样有害。但是，既然对我们两个来说什么是有益的，她们一直抱有明确的看法，她们自然是前后一致的。"

"首先，让你，"玛丽亚十分敏感，暂时把问题加以限制，"从你的生活中，如果可能的话甚至还要从你的记忆中，消除我这个对她们来说一定讨厌地预示着糟糕透顶的人，更甚于要消除你一直容忍自己成为其同盟者的那个人的更加显而易见的罪恶——因而其危险程度也要少一点。不过，那就相对简单了。毕竟，在最坏的情况下，你都可以轻易地放弃我。"

"毕竟，在最坏的情况下，我都可以轻易地放弃你。"这显然是反话，因而无须操心。"毕竟，在最坏的情况下，我甚至都可以轻易地忘记你。"

"那么就说这是可行的吧。但纽瑟姆先生要忘记的可多得多。这他可怎么办得到呢？"

"啊，我们又谈到这点了！这正是我本来要让他做的；正是我本来要和他一起做、要帮他做的事情。"

她默默地不折不扣地理解了这点——仿佛或许是出于对这些事实十分熟悉的原因；她的思绪连接上了，但又没有表露出连接的动作。"你记得我们在切斯特和伦敦是如何经常谈论我帮你渡过难关的吗？"她好像是在谈遥远的往事，仿佛他们在提到的地方度过了好多个星期。

"这正是你在做着的事情。"

“啊，但是，既然你留下了这样的余地，最坏的结果，还是可能会来的。你可能会崩溃。”

“是的，我可能会崩溃。但是你会陪着我——？”

他犹豫起来，而她则等着。“陪着你——？”

“只要我能撑下去。”

她也琢磨起来。“就像我刚才说过的，纽瑟姆先生和德·维奥内夫人可能会离开城里。你觉得他们不在你能撑多久？”

斯特雷瑟对此的回答是先问另一个问题。“你的意思是为了摆脱我？”

她的回答显得唐突。“要是我说我认为他们就是想摆脱你，可别觉得我粗鲁哦！”

他又使劲地盯着她——甚至有一刻看上去思绪紧张得脸色都变了。但他还是露出了笑容。“你是说在他们那样对待我之后？”

“是*她*那样对待你之后。”

然而，听到这话，他大声笑了笑，又恢复了常态。“啊，可她还没那样做过呢！”

第三章

此后过了几天，他从一个车站乘火车，去一个车站——车站几乎是随便挑的；不论会出现什么情况，这样的日子，都很有限了，而他一时兴起而动身——毫无疑问，完全是自然而然地——把其中的一整天用来欣赏法国的乡下风光，它那清凉、特别的绿色，他迄今只是通过小小的长方形画框凝视过这样的风光。至今对他来说，那多半只不过是想象之地——小说的背景，艺术的媒介，文学的温床；几乎和希腊一样遥远，但也几乎可谓一样神圣。斯特雷瑟觉得，浪漫传奇可以由相当平淡的因素编织出来；即使在像他感觉到的自己最近的“经历”之后，只要有机会在某地看到什么，会令他想起多年前在一家波士顿的经销商店里让他着迷、让他十分荒谬地永远难忘的某一幅小小的朗比内[①]的画，他仍然会有点兴奋。他记得，当时那幅画的报价，人家要他相信，已是曾给朗比内的画报过的最低价，那报价仍然让他感到自己实在是穷得只能承认做梦也不可能出得起。他曾经在梦想——翻来覆去地琢磨各种可能性达一个小时：那是他一生中唯一的与购买艺术作品相关的冒险经历。如今看来，那次冒险经历还算适度；但是对它的回忆，由于联想到某件意外之事，竟全无理由地变得甜蜜。那幅小小的朗比内的画对他来说一直就是那幅他会买的画——使他一时违背了朴实天性的那幅特别的作品。他

① 朗比内（爱弥儿－夏尔·朗比内，1815—1877），亨利·詹姆斯青年时代崇拜的一批风景画家之一。

十分清楚，假如他再次看到那幅画，他可能会兴趣大减或者感到震惊，而他心里从来也不曾希望时间之轮会把它重新转上来，就像他在特里蒙特街[①]天窗日光下栗色的圣地所看到的那样。不过，看到记忆中的东西变回原画——帮那整个遥远的时光回复到自然状态：波士顿灰蒙蒙的日子，背景中的菲奇堡[②]火车站，那栗色的圣地，满眼的碧绿，荒谬的价格，白杨，柳树，灯心草，小河，阳光灿烂的银色天空，灰暗的树木形成的地平线，则要另当别论。

至于他坐的那趟火车，他注意到，几乎没出什么情况，只是驶出**郊区**[③]后要停几次；他听任这一天浓浓的兴致告诉他在哪里下车。他这次短途旅行的想法是，他哪里都可以下车——在巴黎一个小时的车程以外——只要捕捉到所需的那种特殊情调的迹象。大约过了八十分钟，那种情调的征兆、迹象出现了——天气，空气，光线，色彩，还有他的情绪，全都有助于那种情调；火车刚好在合适的地点停下，而他意识到自己坚定地下了车，就像去赴约会那样。要是还能注意到，他的约会只具有一种早已过时的波士顿风格，那就会感到，在他的年纪，他凭区区小事就能自娱。他没走多远就有了信心，完全可以赴好这个约。那长方形的镀金框消除了画原有的界线；白杨与柳树，芦苇与小河——他不知其名也不想知道其名的一条小河——构成了一幅作品，尽显巧妙的构思；天上银白与蔚蓝相间，一片光亮；左边的小村是白色的，而右边的教堂则是灰色的；总之，一切都在眼前——这就是他想要的：这就是特里蒙特街，这就是法国，这就是朗比内。尤其是，他正无拘无束地在其中漫步。他心满意足地漫步了一小时，让那灰暗的树木形成的地平线和穿行其中都深深地植入自己的印象和悠闲之中，他仿佛还有可能再次穿越它们，抵达那栗色的墙。毫无疑问，对他而言，悠闲的滋味居然无须更多的时间就变得甜蜜了，这是个奇迹；可事实上，这还是花了先前的这几天；的确，自

① 特里蒙特街，位于美国马萨诸塞州波士顿市的奢侈品商店街，那里的多尔和理查兹先生画廊专营当代法国艺术。

② 菲奇堡，美国马萨诸塞州北部城市。

③ 郊区，原文为法语 *banlieue*。

从波科克一家离开后，那滋味就在变得甜蜜起来。他走啊走啊，仿佛是要向自己表明，现在简直就没什么可做的；他无所事事，只好转向某个山腰上去，他可以在那里放松躺下，听到白杨的沙沙声，从那里——这样度过一个下午的过程中，因为意识到口袋里有本书而感到极为充实的下午里——他应该对眼前的景色一览无余，能够挑出那家合适的乡野小酒店，以便试尝晚饭。九点二十分有一趟回巴黎的火车，他仿佛看到自己在这一天的最后，在粗糙的白桌布和铺沙地面的烘托下，品尝着美味可口的油炸食物，配以纯正的葡萄酒吞下肚去；饭后，他可以随兴要么在薄暮中逛回火车站，要么叫一辆当地的**双轮敞篷小马车**①，与司机交谈，当然咯，司机肯定穿一件浆硬的干净衬衫，戴一顶手工编织的睡帽，能对答如流——总之，司机会坐在车辕上，告诉他法国人在想些什么，而且就像这整段插曲确实可能偶然会发生的那样，让他想起莫泊桑。与这种情景相一致，斯特雷瑟听到自己的双唇第一次在法国的空气里发出充分表意的声音，并不怕有他陪伴在身边。他以前可是怕查德，怕玛丽亚，怕德·维奥内夫人；他最怕韦马什了，只要他们在巴黎城里聚在一起，当着韦马什的面，他要么是在使用的词汇上，要么是在说话的口音上，总是要以某种方式为此而付出代价的。他通常为此付出的代价是说完后立即遭到韦马什的白眼。

他转向那个山腰上去后，他的想象就是这样自由驰骋的：白杨下的山腰真真切切地、极其友好地等候着他，在沙沙作响的两三个小时里，让他感受到自己的思想有多么幸福。他感受到了成功，感受到了事物中更加美妙的和谐；至今的一切结果都符合他的计划。他仰卧在草地上时，最让他称心的是，萨拉真的走了，他的紧张状态真的缓和了；这些想法中弥漫开来的安宁感也许是虚幻的，但它当时还是萦绕着他。这种安宁感还把他送入梦乡半小时；他拿草帽盖住了双眼——他头一天想起韦马什的草帽时买了那顶草帽——又

① 双轮敞篷小马车，原文为法语 *carriole*。

沉浸在朗比内的画中。仿佛他发觉自己累了——不是因为走累了，而是因为内心的波动，他明白，那种波动三个月来总体上说几乎没有停歇过。事情就是这样——一旦她们走了，他就放松了；而且这就是他放松的程度，而此刻他正放松到底了。由于意识到自己放松到底的感觉，他奢侈地沉浸在宁静、欣慰和愉悦之中。那正是他对玛丽亚·戈斯特雷说过的他愿意为之待下去的理由：人们四处分流后的夏日的巴黎，时而阳光耀眼时而天色昏暗，其圆柱和飞檐不再让他感到压抑，还有宽如大街般的飘动着的遮阳篷下的阴凉和空气。他心里这样的感觉丝毫不减，结果说出那些话来后的第二天，由于急着要找些他享有自由的证据，他就在那天下午去看了德·维奥内夫人。隔了一天，他又去了，而两次拜访的影响，和她一起度过那两三个小时的事后回味，简直是既充实又频繁。他大胆的频繁想去的打算，自从发觉自己不公正地受到伍莱特怀疑的那一刻起，一直非常强烈，但也只限于理论上，而在白杨树下他可以沉思冥想的一个问题就是，至今仍然令他谨小慎微的那种特别的羞怯感究竟缘何而来。那种感觉，那种特别的羞怯，他现在肯定是摆脱了，不过假如它这一周内都没有确确实实地得以驱除，那它现在又变成什么了呢？

实际上，现在对他来说同样明明白白的是，如果他仍然谨小慎微，那他这么做是出于一个原因。他一直真正害怕的是，他的行为中不再有虔诚的信仰；如果存在一个人过分喜欢这么一个女人的危险的话，那他最保险的做法就是至少等到他有权这么做的时候。从最近几天的情况看，危险是相当明显的；因此事情也是相应地比较幸运，这种权利也得以确立起来了。在我们这位朋友看来，他每次都已尽力得益于这种权利：无论如何，他自问，否则，他何以立即让她知道，要是对她来说都一样的话，那他宁可不谈什么烦人的事情，而更能做出这样的事情呢？他这辈子从未像在那句话里那样牺牲那么一大把崇高利益；他从未像在应对德·维奥内夫人的智慧时那样为相对随便的交谈做好准备。直到后来，他才真的回想起来，为了能驱除一切而只留下令人愉快的事，他已几乎驱除了迄今他们谈到过的一切；更是直到后来他才想起，在他们新的情调下，他们竟至于没提起查德本人的名字。在山腰上，最让他萦绕心头的一件事情是，和这么个女人一起轻松愉快地达成了一种新的情调；他仰卧在那里想着假如有人要试试她的话她有可能表现出来的所有的情调，想着至少人们可以信赖她依场合定各种情调的可能性。他曾要她意识到，既然他现在不感兴趣了，那么她自己也该这样，而她已表明她意识到这点了，他就表明他很感激，而无论如何，仿佛他是第一次前来拜访。他们也有过别的不相干的会面；那完全就像，假如他们早就知道他们**其实**有太多的共同点，那么有许多相对比较乏味的事情他们很可能就会跳过去了。好了，他们现在就跳过去了，甚至不用得体的感激，甚至不用大方地说声“不客气！”——令人惊异的是，不谈他们之间正在发生的事，居然还是有很多话可谈。细加分析，他们谈的可能只是莎士比亚和音乐玻璃杯[①]罢了，但那已完全达到他的目的，好像他已对她说过：“假如是个喜欢我的问题的话，别因为人们所说的我已经为你‘做过’的任何明显又笨拙的事而喜欢我——唉，该死，因为你情愿的任何别的事情喜欢我吧。因此，出于同样的考虑，对我来说，你别仅仅成为我通过与查德的别扭关系才认识的人——顺便说说，还有什么比这**更**别扭的吗？为了我，请你要拿出你所有令人钦佩的机智和信任，不论我在你面前会如何表现，对我来说，想到你就是一份实实在在的快乐。”这一直都是个很难达到的要求，但假如她还没达到，那她都**已经**做了什么呢？他们在一起的时光又怎么会不知不觉地过得那么顺利、平和却不缓慢，而且消融化解为他那种幸福悠闲的幻觉呢？在另一方面，他还可以认识到，他在先前受限制的情况下，小心留意自己背离忠诚的倾向，或许并非没有道理。

在这个闲逛的日子余下的时间里，他确实继续置身于这幅画中——对他自己来说这就是他的情形；因此，到就要六点钟时，这种魔力犹在，其实还

① 莎士比亚和音乐玻璃杯，英国作家奥利佛·哥尔德斯密斯（1730—1774）的小说《威克菲尔德牧师》中不连贯的交谈。

前所未有地强烈作用于他身上，此时，他就在那个最大村子的客栈[①]门口，友善地和一个胖乎乎、戴白帽、大嗓门的女人聊得起劲，而那个村子给他的印象是翠绿背景中一种白色、蓝色和蜿蜒曲折的东西，有条河在村后或村前流淌——说不清是村前还是村后；尤其是在客栈花园的尽头。此前他也有过别的奇遇；从睡意中清醒过来后，他一直在山顶上漫步；他对一个又小又旧的教堂赞赏不已，流连忘返，教堂外面是尖顶，灰暗的石板色，而里面则刷得雪白，到处是纸花；他曾迷路，又找到了路；他和乡民说过话，他们给他的印象或许比他原先预期的还要世俗一点；他一下子毫不畏惧地说起了法语；下午就要过去了，他在最远可并非最大的那个村子的咖啡馆里喝了一杯淡淡的巴黎风味的啤酒[②]；与此同时，他一次都没有跨出那个长方形的镀金画框。画框自动尽随人意地为他扩展开来了，而那只是他的运气。最后他又下到了山谷，以便靠近车站和火车，朝他出发时的方向走；就这样，在白马酒店的老板娘面前，他终于停住了脚步，而她接待他的样子，粗放而敏捷，就像木鞋[③]踩在石头上的咔嗒声，他们一起吃了酢浆草牛排[④]，随后同坐一辆车。他已走了好多英里路，不知道自己累了，但他还是知道自己感到很愉快，甚至，尽管他整天都是独自一人，可他从未如此强烈地感到自己和他人一起在他那出戏当中忙碌。他那出戏啊，可谓已经完了，只差到其悲惨结局了：然而，对他来说，那出戏又栩栩如生了，因为他就这样给了它更充分的机会。非常奇怪的是，他最后只需要置身戏外就可以感觉到戏还在继续上演。

因为，其实，这正是一整天里这幅画的魅力所在——从本质上说，它比任何别的东西都更像一个场景，一个舞台，这出戏的气氛就在柳树的沙沙声和天空的色调中。这出戏和戏中的人物，他到现在才知道，一直遍布他所有的空间，而不知怎么的，事情看起来十分幸运，在现有的环境下，他们居然

---

① 客栈，原文为法语 *auberge*。

② 啤酒，原文为法语 *bock*。

③ 木鞋，原文为法语 *sabots*。

④ 酢浆草牛排，原文为法语 *côtelette de veau à l'oseille*。

都表现出一种必然性。仿佛这样的环境让他们不仅必然入戏，而且还近乎自然又得体得多，使他们起码更自在，更愉快，因而可以忍受。这样的环境处处都在表明自己与伍莱特的环境的差别，因为在他看来，在白马酒店的小院子里，当他和老板娘一起安排一个舒适的高潮时，这样的环境就表明了这点。这样的环境稀疏而简朴，贫乏而谦逊，却是**最合适的东西**，他一定会这样说，甚至比有帝国幽灵游荡其中的德·维奥内夫人那古老而高大的客厅还要合适得多。“最合适的”东西就暗含着他得对付的最大量的那类其他东西；它当然很古怪，但它就那个样——这里的含义是完整的。他的观察每一点都以某种方式与之吻合；更为凉爽的晚风每一丝都以某种方式成了这出戏文的音节。一经浓缩，戏文就是：这样的东西就在**这些**地方，如果想要行走其中，就得考虑清楚落脚之处。与此同时，不管怎样，它们确实给人一个印象——就村子的外观而言——翠绿背景中的白色、蜿蜒曲折和蓝色，这也就够了；就此而言，白马酒店确实有一堵外墙漆成了最令人难以置信的色调。这也是一个好玩的地方——好像是要表明这玩笑是无害的；这是够了，但还有更进一步的，这幅画和这出戏仿佛在这个好心女人滔滔不绝地描述她能如何满足眼前客人的食欲时紧密地融合在一起。总之，他感到一种信心，这是总体上的感觉，而他只需要这种感觉。即使她提起，她其实刚刚为两个人铺好了桌布，他也毫不惊讶，那两个人和先生不一样，他们是从河上——划他们自己的小船——来的；半小时前，他们问她有什么可以做给他们吃，然后又划船去更远点的地方看看——他们过一会儿就会从那边回来。这会儿，先生要是喜欢，可以到马马虎虎的花园里去，他要是愿意的话，她就在那里给他——因为那里桌子啊凳子啊多得是——上一杯餐前苦啤酒。她还会在那里向他汇报能否找到他上车站去的车子，而无论如何，他在那里可以享受河边的**惬意**[1]。

我们可以立刻提一下，先生享受了一切的**惬意**，尤其是，在接下来的

① 惬意，原文为法语 *agrément*。

二十分钟里，享受了花园边几乎高悬在水面上的一个古旧的小亭子里的惬意，亭子的形态略有磨损，说明经常有很多人喜欢光顾。它只能算是略高于四边的一个平台，上有两三张长凳和一张桌子，一道护栏和一个上凸的亭顶，但亭子俯视整个淡蓝色的河面，小河在上游不远处拐了个弯就不见了，又在高得多的地方重新显现；显然，这亭子是星期天和其他节日人们喜欢来的地方。斯特雷瑟坐在那里，尽管肚子饿了，心里却感到宁静；河水拍岸，河面上泛起涟漪，河对岸芦苇丛里传来沙沙声，丝丝凉意扩散开来，系在河边一个简陋浮码头上的两三艘小船轻轻摇荡着，面对这一切，他原先就已聚集起来的信心又增强了。山谷的远处是一片翠绿的平地和珍珠色的天空，天空下是一片片整齐的树林，树林看上去很平整，像一堵堵树墙；虽然村子的其余部分就近散乱分布开来，但整个景致有一种空荡荡的感觉，这让人想到其中的一条小船。这样的一条小河仿佛在你拿起双桨前就让你漂起来了——懒散地划动双桨只会进一步加深整个那样的印象。这种感受十分强烈，竟使他不知不觉地站起身来，可这个动作，却使他重新感到自己累了，而就在他靠在一根柱子上继续观望时，他看到了令他更感兴趣的东西。

第四章

他所看到的正是那样东西——一条正沿着河湾前行的小船，船上，一个男子手握双桨，在船尾则有个女子打着一把粉红色的阳伞。这太突然了，仿佛这两个人，或者类似于他们的东西，一直是那幅画中所缺少的，差不多就是这一整天所缺少的，此刻随着缓慢的水流漂入视野，目的就是要填补这个缺憾。他们慢慢荡来，漂流而下，显然朝着在观察他们的人附近的浮码头驶来，在他看来分明就是他的老板娘已在为之准备晚饭的那两个人。他情不自禁地马上认为他们两个是非常快乐的人——一个穿长袖衬衫的小伙子，一个悠闲自在、肤色白皙的年轻女子，他们从别的什么地方高高兴兴地荡过来，由于熟悉这一带，因此早就知道他们在这个特别的僻静之地可以有何享受。随着他们驶近过来，各种进一步的暗示越发强烈起来；暗示他们在行、熟悉、常来——这根本就不是第一次。他依稀觉得，他们知道该怎么办——而这只会使他们更具田园诗的味道，尽管就在他有此印象之时，他们的小船似乎已开始大范围地漂荡起来，划桨手任由小船漂着。然而，此时此刻，小船反而靠近了许多——近得足以让斯特雷瑟想到船尾的那位女子出于某种原因已注意到他在那儿观察他们了。她尖锐地指出了这点，不过她那位同伴并未回过头来；其实，好像是我们这位朋友感觉到她吩咐他别动。她注意到了什么，结果他们就犹豫不前了；他们离岸而去时，小船还在继续摇晃。这一小小的结果来得突然而迅速，迅速得斯特雷瑟意识到后随即自己就大大吃了一惊。

他也片刻之间就注意到了什么，注意到他认识那个转动阳伞好像就是想遮住脸的女子，那阳伞在闪亮的景色中形成了一点极为艳丽的粉红。这也太惊人了，百万分之一的机会，但是，假如他认识那位女子，那么，与这种令人大感惊异相匹配，那位仍然背对着他、拒不露面的先生，田园诗中未穿外套的男主角，那位对她大感吃惊作出反应的先生，就只能是查德了。

那么，查德和德·维奥内夫人像他自己一样也在乡村过一天——不过，他们到的乡村竟然能碰巧就是他到的乡村，这简直就像小说，像闹剧一样古怪；她是第一个认出来的，第一个隔着水面感受到他们令人惊叹的偶然巧遇所引发的震惊——事情看上去是这样的。斯特雷瑟随即意识到发生了什么——她认出了他，让小船上的那一对儿觉得奇上加奇，她直接的本能是要控制局面，她迅速与查德激烈地辩论暴露的风险。他明白，假如他们心里能确定他没有认出他们，那他们就一定会纹丝不露；因此，他自己也有几秒钟可以踌躇。这仿佛是梦中突然冒出来的尖锐而怪异的危机，而且好像只要延续那么几秒钟就让他感到十分可怕。因此，他们每一方都在考验另一方，而且都出于某种原因就像某种无缘无故的刺耳的尖叫那样打破沉默。就眼下的情形，他再次感到，他只有一件事可做——通过某种又惊又喜的表示来解决他们共同的问题。于是他就大造声势地行动起来，摇了摇帽子和手杖，大喊大叫——他一看到对方回应马上就松了口气。小河中央的小船，还在那里有点晃荡——不过这看上去很自然，因为这时查德转过头来，身体有点抬起来了；而他那位好朋友，先是不知所措惊讶不已，然后高兴地挥动起她那把阳伞。查德又坐下摇动双桨，小船转过头来，顿时充满了惊奇和愉快的气氛，而且就像斯特雷瑟继续想象的那样，放心取代了强烈的担心。我们这位朋友怀着这种古怪的心理走下去到了水边，因为不用担心了——担心就在那光天化日之下他们以为他不明就里因而“伤害”了他。他等着他们，脸部表情透露出他心里清楚，他无法完全排除这么一个想法：如果他自己也采取同样的方式，他们既没看到又不知道的话，他们就不会去吃他们预定的晚饭，会让老板娘失望，继续朝前走了。这想法起码是此刻使他心情郁闷的因素。后来，在小船撞上浮码头，他帮他们上岸后，光是奇迹般的相逢就使得一切不快都烟消云散了。

他们双方最后都能心安理得地视之为千载难逢的巧合，这种情形因为有大量可以采用的解释而变得可以通融了。确实——除了显得奇怪之外——为什么这种情形会一直显得十分困窘，在此刻自然是个不切实际的问题，而实际上，就我们而言，是个只是由斯特雷瑟本人后来私下解决的问题。他后来私下里会想到，这主要也是由**他**来解释过——因为他这么做相比而言没什么困难。无论如何，他同时会焦虑地想到，他们也许会暗暗地怀疑是他事先设计了这次巧遇，如此大费周折或许就是要造成事出偶然的表象。这种可能性——就他们的责难来说——当然并未有片刻表露出来；不过，这整个偶发事件，尽管他们会加以处理，显然还是别扭极了，以致对于他自己出现在那里这点，他很难不开口解释。隐瞒意图很不明智，就像他出现在那里其实很让人讨厌；结果，让他们双方最为幸运的是，所幸他实际上未作任何逃避。就表面和印象来说，根本就没涉及这类问题；表面和印象全都代表着他们共同的说来滑稽的好运，总体上**不大可能**[1]的这么一个场合，那美妙的巧合：他们俩经过时预订了一些吃的让准备好了，而他自己还没吃饭，更有甚者，他们的小小计划，时间安排，**从那里**[2]开出的火车，全都适合他们一起回巴黎。所有巧合中最美妙的巧合，让德·维奥内夫人嘴里喊出最清晰、最快活的“**真是太巧了！**”[3]的巧合，是他们在餐桌旁坐下后，老板娘就他上火车站去的马车问题向斯特雷瑟通报时对他说，马车的事他现在是可以放心了。这同时也解决了他两位朋友的问题；那辆马车——这**真是**太幸运了！——也将为他们服务；由他来确定那班火车，这是再让人高兴不过的事了。对他们

① 不大可能，原文为法语 *invraisemblance*。

② 那里，原文为法语 *là-bas*。

③ “真是太巧了！”：原文是法语 *"Comme cela se trouve!"*

自己来说——听德·维奥内夫人说——坐哪班火车本来是稀里糊涂得近乎反常，是个有待确定的细节；不过斯特雷瑟后来确实会回想起来，查德极为迅速地抢过话头阻止了这种现象，嘲笑他那位同伴昏了头了，还指出，尽管和她出游这一天令人销魂，可他毕竟一直都明白自己要干什么。

斯特雷瑟后来还会回想起来，对他来说，印象中这几乎是查德唯一的插话；其实，在随后的思考中，他还将进一步回想起来，可以说，许多事情都吻合起来了。比如另一件事就是，那个美妙的女子完全改用法语来尽情表达惊和喜，而她给他的印象是，她说话时法语习语掌握得极好，但就像他也许会说的那样，她这样说话，马上就巧妙地形成了小跳跃，他就不大能跟得上了，就在某种程度上与他拉开了距离。他们绝不会想起来他自己的法语问题；那正是她不容考虑的唯一的问题——对于一个经历丰富的人来说，这完全属于无聊的问题；然而，此时的结果却很奇怪，完全掩盖了她的身份，让她重新回到完全口若悬河的阶级或种族，到此刻他已习惯听其滔滔不绝了。当她说着那悦耳又略显生疏的英语时，他仿佛在数百万造物中感受到了她，她说着完全属于她自己的一种语言，真正独有的一种特别的说话方式，对她自己来说自在极了，不过包含了既难以模仿又充满意外因素的一种情调和节奏，这是他最熟悉的她了。他们在客栈的大厅里安排妥当，好像也就知道他们将会怎样了，此后，她说话又变回了这样；不可避免的是，对他们奇迹般的汇合惊呼大叫终会渐渐过去。到那时，他的印象就会更加完整——那种印象必将只会加深、完整起来，即他们有事情需要掩饰、应付并加以充分利用，而总体上令人钦佩的是，正是她在做这一切。当然，他们有事情需要掩饰，对他来说并不陌生；他们的友谊，他们的关系，怎么解释都是应该的——这些如果还不完全清楚，那只要和波科克太太待上二十分钟，就可以完全搞清楚了。不过，就像我们所知道的，他的理论向来完全就是，事实尤其不关他的事，此外，既然人总得与事实发生联系，事实从本质上来说还是美妙的；这也许让他对一切都有所准备，也使他抵制故弄玄虚。然而，那天夜里他回到家里时，他明白自己实际上既无准备又无抵制；既然我们已经提及他回家后会回忆和解释的内容，也就可以直接说，在他那迟到的认识中——因为他几乎到凌晨才上床睡觉——他在这几个钟头里的真正的经历，体现了最符合我们目的的情况。

他当时多少也知道自己是如何受影响的——他那时并不完全知道。正如已经说过的，即使在他们安排妥当后，影响他的因素也够多的，因为他的意识尽管有些迟钝，在这一段明显突然掉入纯真、友好的放荡不羁人群的时间里，也还是有极为灵敏之时。他们那时已把自己的双肘放在饭桌上，为匆匆吃完两三道菜而叹息；对此他们设法再拿一瓶酒来弥补，而查德则断断续续地，甚或略微不相干地与老板娘开玩笑。这一切的结果必然仿佛置身于小说和寓言中，而且那并非简单地作为对比的术语，而是作为所言所语的结果；另外，他们对此完全避而不谈，可他们不必竟至于要对此避而不谈——尽管假如他们没有这样做，那斯特雷瑟也不大清楚他们还能怎么做。斯特雷瑟即使在子夜后又过了一两个小时，即使在自己的旅馆很长时间不开灯也不脱衣服，背靠卧室沙发坐在那里两眼直直地凝视前方的时候，对这点还是不大清楚。他处于那么个有利的地位，完全拥有这样的地位，就要尽自己所能把它琢磨清楚。他不断地琢磨着，这段迷人的恋情中一直有个谎言——对于这个谎言，如今可以以超然的心态深思熟虑后圆满地加以处理了。他们伴着这个谎言吃吃喝喝说说笑笑，很不耐烦地等着马车来，然后上了车，心照不宣地安静下来，在天色不断变暗的夏夜里驱车走过那三四英里。吃吃喝喝倒成了应付的办法，起到了应一时之急的效果；说说笑笑也起到了同样的效果；他们上火车站去的路上有点乏味，然后在车站等车，又进一步耽搁，一个个精疲力竭，在不断停车的火车上昏暗的车厢里就都默不作声了，正是在这期间，他琢磨出了对未来的一些想法。德·维奥内夫人的言行举止，一直就是在表演，尽管这种表演到头来已大为减色，好像她自己也不再相信这种表演了，好像她问过自己，或者查德找到过时机偷偷摸摸地问过她，这种表演究竟有什么用，但它仍然实实在在地是一种表演，它最后的实情是，总的来说，继续表演总比放弃表演要容易。

从镇定自若的角度来看，她的表演确实妙极了，妙就妙在反应敏捷，信心十足，她没时间与查德商量，没时间做别的，就那样当场作出决定。他们两个唯一有可能商量的机会就是在小船上承认认出了岸上看客前那短暂的瞬间，因为此后他俩就没有过一刻独处的时间，就都必须默默交流了。他俩能如此交流——尤其是查德能让她知道，这事他就看她的了——对斯特雷瑟来说，这一点是深刻印象的一部分，也有较浓厚的兴趣。就像斯特雷瑟十分清楚的那样，查德有事情就习惯性地看别人了，而事实上，在反复琢磨的过程中，我们这位朋友想到过，至今并无如此生动的例子来表明那出了名的他知道如何生活。仿佛是他一直在对她大加纵容，让她撒谎而不加以纠正——就像斯特雷瑟和他自己之间那样，仿佛他真的到早上就会过来把这事处理妥当。当然，他是不大可能来的；在这样的事情当中，男人必须接受女人的说法，哪怕是不切实际的说法；假如她不经意中表现得过于激动，就说吧，她就是要表明，他俩那天早上离开巴黎，没什么计划，只是当天要回去——假如她，用伍莱特的话来说，认定他们必须这样做，那她就最了解自己的分寸了。尽管如此，有些事情是不可能视而不见的，那使她的分寸显得古怪了——比如有个再明显不过的事实：她出发时穿戴的衣服鞋帽，都不是为这一天准备的，而且就此而言，居然带了把粉红阳伞，就像她在小船上时那样。她的自信何以随着紧张状况加剧而不断下降呢？——这种略难理解的妙计从何而来呢？连她自己都意识到了，随着夜幕降临，她竟至于连裹身的披肩都拿不出来，而只有那样的穿着才符合她讲的故事啊！她承认自己感到冷了，可只是责怪自己粗心，查德也只好听任她这样说了。她的披肩，查德的外套，她的其他服装，还有他的其他服装，他俩前一天各自穿的那些，都在那个地方，他们自己最清楚——在一个十分幽静的处所，毫无疑问——过去那二十四个小时他俩就是在那里度过的，当天晚上他俩本来一心要回那里去的，显然他俩是从那里出来撞上了斯特雷瑟，因此心照不宣地隐瞒那个地方就是她那出喜剧的精华所在。斯特雷瑟明白了她是如何瞬间就想到他俩不大可能指望在他的眼皮底下回那里去；不过，老实说，随着他更深入地推敲此事，他对她突然冒出这种顾虑略感惊讶，就像查德也许同样一直感到惊讶那样。他甚至好像猜到，她的这种顾虑，与其说是为了她自己倒不如说是为了查德，而且，由于那小伙子没机会指点她，她就只好这样表演下去，而与此同时，小伙子却误解了她的动机。

不过，他还是感到相当高兴，事实上他们并未在白马酒店分手，他也不至于只是祝福他俩在河下游一个田园诗般的地方过得愉快。在实际的情形中，他得违心地作假，可他觉得，比起另外那件事所要求的，这没什么。说真的，他能完全面对另外那件事了吗？他会有能力和他俩一起尽量处理好它吗？这正是他目前在设法做的事；但是，他有条件可以给那件事以更多的时间，可他感到除了主要事实本身以外还不得不忍受些什么，大量的时间又因此而抵消了。涉及作假的那么多，作假又那么活灵活现，这最不合他内心的喜好了。然而，他从琢磨那么多作假——就不提意识到那个器官了——转而又想到这场表演的另一个特点，想到泄露出来的那种亲密关系的深刻的真相。这就是他徒然熬夜当中最经常想到的事情：亲密关系，在这么一个关头，就像这个样子——还会指望它到底像别的什么呢？他完全可以因为这种亲密关系那么像在撒谎而感到可惜；在黑暗中，他几乎脸红了，因为他就这样用模模糊糊把这种可能性掩盖了起来，就像一个小姑娘会用衣服把自己的玩偶遮盖起来那样。他已经让他俩——绝非因为他俩自己的过错——暂时为了他而使它，使这种可能性脱离那种模模糊糊；不论这种可能性减小到什么程度，他俩总得把它交给他，所以他现在难道不该把它接过来吗？可以补充一句，正是这个问题让他感到孤独心寒。到处都是尴尬的气氛，可查德和德·维奥内夫人至少可以就此一起好好商量因而感到宽慰。他能和谁谈这样的事呢？——除非真的几乎任何阶段总是和玛丽亚谈？他预计，第二天又要用到戈斯特雷小姐了；不过，不可否认的是，他已经有点怕她会问：“我现在想知道的是，你当时究竟是怎么想的呢？”他终于意识到，他其实一直都在尽力地什么都不想。其实，其实，他的努力已经白费了。他发觉自己在想着数不清的美妙的事。

第十二部

第一章

斯特雷瑟不可能说过，在此前的几个小时里，他一直明确地期盼着这样的事；然而，后来，那天上午——其实最迟也在十点钟他出门时——旅馆服务员在他走近时拿出一封小蓝信[1]，那是他的信送上去之后带回来的，他看见这种情景时，就视之为续篇的第一个征兆。接着他明白了，他一直在想着查德会早早地表示一下，这毕竟很可能而非不可能；而这无疑就是那个早早的表示了。他认为这完全是理所当然的，结果就在自己站着的地方，在大门廊宜人的凉风里，拆开了那封小蓝信——一门心思想知道在这么个节骨眼上那小伙子会说些什么。然而，远远不止于他的好奇心得到了满足；那封小小的书信，他拆封时没有注意到地址，那信根本就不是那小伙子寄来的，而是眼下这个场合让他感到更加值得的人寄来的。不管是否值得，他直接就上了最近的那家电报局，那条大道上大的那家，仿佛就是承认唯恐耽搁了。他可能在想，假如他不在自己能够思考前就去，他也许根本就不会去了。反正他一只手放在晨礼服的下口袋里，小心地拿着那封蓝信，颇为轻柔而非使劲地揉搓着。他在那条大道上写了回信，同样采用小蓝信的形式——信很快就写好了，受地方所限，因为就像德·维奥内夫人自己表达的那样，只有寥寥数语。她信中问能否劳驾他当晚九点半前来见她，而他则回答说，此事再

① 小蓝信，原文是法语 petit bleu，相当于前面提到过的英语里的 *small blue missive*。

容易不过，他定在她指定之时到。她还加了一行附言，意思是如果他愿意，她会在他指定的时间到别处见他；可他根本就没在意这点，只是觉得，如果他要见她，其一半的意义将是在他已经最适合见过她的地方见她。他也许根本就不见她；这是他写完信后把封好的卡片丢进信箱前的一个想法；他也许根本就不再见任何人了；因为毫无疑问，他不会使事情得到改善，所以他可能此刻就彻底结束，让事情顺其自然，他自己启程回家，至今看来，还有一个家为他保留着。有好几分钟，这样的选择清清楚楚地出现在他的脑海里，要是说他最后确实把那封信投进去了，那或许是因为那个地方的压迫感起了作用。

然而，在**邮电局**[①]几个红字下面那种常见的持续不断的压迫感，是确实存在的，我们这位朋友也熟悉——在这种场所的氛围中都有这种感觉；这个城市广阔而又奇异的生活的颤动，发报员拍发电文时打字的声响；身材娇小、动作麻利的巴黎女人，天知道在整理、在装作干什么，手执那可怕的针尖般的尖头公用钢笔在可怕的散落着尘屑的公用桌台上忙碌着：斯特雷瑟生性爱作过多的解释，就这样的天真来说，这些器具象征着风俗上更严重、道德上更邪恶、在国民生活中更凶残的东西。他把信投进去之后，想起来真的感到好笑，他把自己也归入凶残、邪恶、严重之列了。他完全以通常的邮电局的要求，把一封信从这个大城市的这头送到那头；仿佛接受这个事实，就是因为他的某种状态已经适应了邻居的活动。他已混杂于典型的巴黎故事之中，而他们这些可怜的人儿也是这样——他们又怎能不这样呢？总之，他们并不比他糟糕，而他也不比他们糟糕——要是不比他们更好的话，也够奇怪的；不管怎样，他已把问题解决了，因此从那一刻起就可以出去开始那一天的等待了。他觉得，解决得很圆满，可以按他喜欢的在与他通信的人处于她自己最佳的状态时看到她。这就是那种典型故事的一部分，对他自己来说最有

① 邮电局，原文是法语 *Postes et Télégraphes*。

意义的部分。他喜欢她住的地方，那地方又宽敞又高大又整齐，每次她置身其中的画面都显得很相称：每次看见它都有不同程度的快乐。不过他现在究竟要拿那些不同程度的快乐做什么呢？他为什么还没有恰当而合理地迫使她接受这种情形可能产生的不论是什么样的损失和惩罚呢？他本来可以像对待萨拉·波科克那样，提议在他自己的**书房**①冷淡地接待一下，那屋里萨拉来访时的那股寒意似乎至今犹存， 而丝丝快乐则模糊不清；他本来可以建议在灰尘较多的杜伊勒利花园的一张石凳或香榭丽舍大街人流稀少处的一把小椅子上见面。这些事情就会显得有点严厉，而光是严厉此刻就不会是邪恶的了。他身上有一丝本能想琢磨出他们可能的会面中会有某种惩罚形式——他们会遭受某种尴尬，他们会招致某种危险，或者至少是某种严重的不便。那就会给人一种感觉——这种感觉是精神上的要求，没有它就会相当痛苦并悲叹——某人正在某地以某种方式付出某种代价，他们至少并非都漂荡在免受惩罚的银色水流上。反之，就在当天夜里去见她，就好像，无论如何——嗯，就好像他和别人一样积极参与其中：这与惩罚形式几无可能有相同之处。

然而，即使在他已感到反对的理由烟消云散时，实际的差别还是很小；他那段很长的间隔自然起了作用，而假如他不断地就这样伴随着邪恶生活下去，那比起人们事先可能会想象的实在会是一件更容易的事。他回想起自己的老传统，他长大于其中的那种传统，即使历经这么多年的生活仍少有销蚀的传统；认为做坏事的人的状态，或者说至少这种人的幸福，会遭遇某种特别的困难。此刻让他想到的却是它很容易——因为看起来的确没有更容易的事情了。他自己在这天余下的时光里品尝到的正是容易；完全顺其自然；不论什么具体的事情，都不要当作一件难事而努力想加以掩饰；根本就不要去看玛丽亚——那某种程度上就是这种掩饰的结果；只是懒散，闲荡，抽烟，坐在阴凉处，喝柠檬水，吃冰块。天变得很热，最后打雷了，而他不时地回

---

① 书房，原文为法语 *salon de lecture*。

旅馆，结果总是发现查德还没来。自离开伍莱特以来，他还从未觉得自己竟然是这么一个游手好闲的人，尽管也有过几次他相信自己闲得厉害。此刻比任何一次都要闲，至于他这么闲会带来什么，没有往下想，也没怎么在意。他几乎感到疑惑，自己是否显得意志消沉品格不端；他坐在那里吸烟时，想象中有了一种幻觉，波科克一家出于某种意外，出于某种动机回来了，他们会经过这条林荫大道，会看到他这个样子。对于他这副模样，他们显然有各种理由产生反感。但命运连这种严厉也不给；波科克一家从未经过，而查德也不见踪影。与此同时，斯特雷瑟继续拖延着不去见戈斯特雷小姐，留到第二天见她；因此，到了傍晚，他的不负责任，他的无忧无虑，他的悠闲舒适，都已达到——它们都没别的词来形容了——极度无限了。

最后，在九点十点钟之间，在那幅高大清晰的画里——这些日子里，他好像走进了一个画廊，在一幅幅精巧的油画间走动——他长长地吸了一口气：那幅画从一开始就这样展现在他面前，他悠闲的魔力也就破不了了。这就是说，他不必转而要负责任——这点极为巧妙地让人感觉得到：她写信请他来，正是要让他感觉到这点，以便他可以继续得到安慰（安慰既定，不是吗？），认为他的痛苦经历，萨拉待在这里的这几个星期和他们最紧张激烈阶段的痛苦经历，都已安全度过，丢在他身后了。她不就是想让他放心吗？现在她全盘接受，就这样继续下去；他根本就不用再担心了，只需要躺在功劳簿上并继续慷慨地帮她。她那漂亮而整齐的房间里光线暗淡，不过那就行了，就像一切总会行的；炎热的夜晚没法点灯，但壁炉架上有两组蜡烛在闪烁摇曳着，就像祭坛上细长的小蜡烛。窗户全都开着，那多余的窗帘在轻微晃动着，他再次听到从空荡荡的院子里传来的喷泉轻微的水声。从水声的那边，好像从很远的地方——在院子的那边，在形成此建筑正面的主楼[1]的那头——传来了仿佛受了刺激而兴奋着的隐隐约约的巴黎的声音。斯特雷瑟向来很容易突

① 主楼，原文为法语 *corps de logis*。

然陷入与这样的事情相关的一阵阵的幻想之中——奇奇怪怪地就产生了历史感、毫无根据的大胆想象和预言。如此这般，在革命的日日夜夜，伟大的纪念日的前夕，那些声音就响起来了，那些预兆，那些萌芽就爆发了。它们是革命的气息，公众情绪的气息——也许就是鲜血的气息。

这样的联想居然会不断地浮现在脑海里，在眼下显得怪怪的难以言表，“微妙，”他会斗胆这样来形容，但这无疑是天上的雷的影响，雷一整天都高悬着没有打下来。他那位女主人穿得像是为打雷时准备的，而这正与我们刚才归结于他的那种想象吻合：假如他没搞错的话，她应该穿最简单最凉快的白色，显得很老派过时，罗兰夫人[①]在断头台上一定就是穿成那样的。这种效果因为优雅地点缀在胸前的一块小小的绉纱或薄纱做的黑披巾或围巾得到加强，此刻就像神秘的笔触完成了那可怜而又高贵的类比。这个充满魅力的女人接待了他，以她擅长的方式马上就让他感受到亲切又郑重的欢迎，在她自己的大房间里到处走动，她的身影似乎反复映照在为过夏天已完全腾空的擦得铮亮的地板上，这时，可怜的斯特雷瑟其实并不大清楚自己究竟想到了什么类比。关于这个地方的种种联想，又全都感觉得到了；在幽暗的烛光下，玻璃、镀金和镶木地板到处在闪亮，以她自己的宁静情调为中心——起初这些东西仿佛幽灵般地微妙，他马上就确定，不论他发觉自己为何而来，反正绝不会是为了他原先未曾有过的印象。他一开始就持有这种信念，尽管看起来不可思议地简单化了，它还是向他证明，周围的这些物件会对他有益，其实会对他们两个有益。不，他可能永远也不会再见到它们——这极有可能是最后一次；他肯定不会再看到与它们有丝毫相像的东西了。他马上就该去不存在这类东西的地方了，而在那样的情况下，心里有点东西可供回忆，可供幻想，就会是一个小小的恩惠了。他预先就知道，他定会回忆起实际上对他来说最鲜明的感受，就像回忆看见过某样旧时、往昔、古老的东西，他

---

① 罗兰夫人，法国革命者，1783年被处绞刑，死前遗言是：“哦，自由啊！以你的名义犯下的是什么罪啊！”

曾亲身接触过的最古老的东西；即使在他把这位同伴视为奇中之奇时，他还是知道，他定会情不自禁地回忆想念她。她可能会计划她想计划的事情，但这是她无法计划的事情，遥远的过去的事情——历史上的暴政，典型的事实，画家所说的表达的价值——都对她有利，都给她至高无上的机会，幸福的、真正舒适的少数人的机会，在重大场合表现自然又简朴的机会。跟他在一起，她从未就此表现得更为充分；或者说，假如这是完美的计谋，那也——其结果还是一样——绝不会证明对她不利。

真正奇妙的是，她的作风常有不同却无损于她的单纯。他敢肯定，她也认为反复无常是比什么都坏的习气，而对她的这种判断本身，就比他在自己过去的各种交往中得指望的任何东西，都更有助于顺利交往。要是因此她眼下的风度大大不同于头一天夜里在他面前的表现，那么变化当中也毫无暴烈因素——全是和谐与理智。这种变化呈现给他的是一个温和精明的人，而在与他们的会面直接相关的那个场合里，他面对的是一个完全专注于行动和表面的人，但她的这两种性情显然都只是为了连接交谈的间歇，而这又与他所理解的他要任由她来做的事相吻合。唯一的问题是，假如这一切他都要任由她来做，那她干吗还叫他来呢？他事先便隐约有了自己的解释，觉得她可能希望纠正某件事、希望以某种方式处理他最近因擅自轻信而受到的欺骗。她是想进一步实施那个骗局还是想让它销声匿迹呢？她是会多少赋之以快乐的色彩呢，还是根本就置之不理呢？他很快就意识到，至少，不论她会如何通情达理，她并不粗俗糊涂，因此这就使他觉得，他们那个大“谎言”，既是查德的也是她的谎言，毕竟只是不可避免地表现出了高尚的品味，而他一直期望他们展示这样的品味。他离开他们俩后，在这个不眠之夜里，似乎因涉及那么多喜剧因素而头疼；然而，按他目前的看法，他只能自问自己会有多喜欢她想收回那种喜剧因素的努力。他根本就不该喜欢这样的努力，但是，一而再地，他就是信得过她。这是说，他信得过她把欺骗变正当了。她展现事物时，丑恶——天知道为什么——就抽身离去；而且，她自有妙法，不触碰事物就能把它们展现出来。不论怎样，她都让事情在其原位，在过去二十四小时所在之处；她看起来只是恭敬、温柔、几乎虔诚地围绕在其周围，却谈起另一个问题。

她明白自己并未真的骗了他；这一点，在头一天夜里，他俩分手前，他俩之间其实是交流过的；由于她叫他来是要看看由此对他造成的差异究竟有多大，因此过了五分钟他就意识到，自己受过考验和测试了。他离开他们之后，她已与查德商定，她为了满足自己，就要弄清楚这种差异的程度，而查德呢，一如往常，任她随心所欲。查德总是让人随心所欲，只要他觉得那样多少会变得对自己有利；事情还确实总是多少变得对他有利。也够奇怪的，在这些事实面前，斯特雷瑟感到顺从之中又有新鲜和满足感；这些事实又使他深深意识到，这一对人儿就这样牢牢吸引了他的注意力，他俩关系密切，他的介入完全有助于加深他俩的密切关系，而他到最后必须接受其结果。由于他的感知和误解，他的妥协和矜持，在他俩的眼中，他自己一定已完全沦为混杂了他那种大胆和畏惧的怪人，他那狡黠与天真兼具的奇观，几乎成了为他俩相聚而增添的纽带，自然也是他俩相聚的无价的共同理由。当她提出一个比较直接的话题时，他仿佛一直都听见他们的语调。“最近两次你来这里，你也知道，我从没要求过你，”她突然话锋一转说——此前他们一直装作只谈昨天的快乐和他们见过的乡下的趣事。这种努力显然是徒劳的；她请他来可不是为了谈这些；她急切提到的是，萨拉走后他来她这里时，他们为此该做的一切都已做了。她当时还没要求过他的是，向她说清楚他对她的立场和态度；他们半夜时分一起在马勒塞布大道的情景，她一直都靠查德的汇报来了解。因此她目前想要的情况是，通过这次对那两个场合的回忆来深入了解，她以前对此不关心还心地宽厚，未曾就此麻烦过他。今天夜里，她真的*一定要*麻烦他了，这是她向他恳求，让她斗胆麻烦他吧。假如她有点让他厌烦，他也不会在意。毕竟——难道不是吗？——她一直以来的举止，都非常非常好。

第二章

“哦，你很好，你很好，”他几乎急不可耐地表态说；而且他急并不是因为她催促他，而是因为她顾虑。他感到越来越明显的，是她以前情愿与查德把这件事搞清楚的那种态度；他越来越清楚地意识到，对于他可能“忍受”得了什么，她一直感到紧张。是的，他是否“忍受”了河边的情景给他的影响，一直是个问题；而尽管小伙子一直肯定地认为他能缓过来，她自己的结论一定是，她亲眼看见才会感到放心些。情况就是这样，没错；她正亲眼看着。因此，在这种时刻，对于前途未卜的斯特雷瑟来说，他沉思后充分意识到这点，他能忍受的是，他必须完全鼓起勇气来。他要充分表现出能尽量忍受；而他对这种情势有了一点把握，怀有这种愿望时不要显得过于茫然失措。她事事都做好了准备，但他也做好了同样充分的准备；这就是说，他在某一时刻是两人中准备更充分的，因为，凭她全部的聪明，她也无法当场——而这点令人惊讶——就她那种口气的动机做出解释。他说她“很好”倒是给了他可以追问的好处。“我很高兴来，请问，你是不是想说什么特别的事？”他说话的样子，好像她已经看出来，他一直在等着这个呢——并非真的局促不安，而是出于自然而然的兴趣。接着他发现她有点吃惊，对于她所忽视的细节——至今唯一忽视的细节——连她自己都感到吃惊；她原先不知怎么的就臆断他一定知道，一定意识到，一定会让某些事不会提及。然而她望了他一眼，仿佛是要表示如果他想让那一切——！

“自私又粗俗——这一定就是我在你眼中的形象！你已为我做了一切，而我却在这里好像还要求更多。但这可不是，”她继续说道，“因为我害怕，尽管我当然*确实*害怕，因为处在我这种地位的女人总是害怕的。我的意思是，这并不是因为人生活在恐惧之中，并非因此人才自私，因为我今天夜里已准备好向你保证，我不在乎，不在乎还会发生什么，不在乎我会失去什么。我不是求你再伸手帮我一点小忙，也不想竟至于向你提起我们以前谈过的事情，既不提我的危险也不提我的安全，不提他母亲，不提他姐姐，不提他可能会娶的姑娘，不提他会发财破财，不提他可能会怎么做对做错。如果在得到了你的帮助后还是既不能照管好自己又连自己的嘴都管不住，那就一定连感兴趣的对象也称不上了。正是因为我*确实*关心的事情，我才一直努力要抓住你。我怎么可能不关心，”她问道，“我在你心目中的形象呢？”由于他发觉自己一时说不出话来，她又说道：“唉，如果你要走，是你终究*必须*走了吗？你继续待下去——以便不会失去你，是不可能了吗？”

“我和你们一起住在这里而不回家是不可能了？”

“不是‘和’我们一起，如果你不愿这样，只要在离我们足够近的某个地方，当我们觉得*有必要*的时候，——嗯，”她说得很漂亮，“让我们见到你就行了。我们怎么就不会有这种感觉的时候呢？最近这几周里，我常常想见你，”她继续说道，“可没法见到你。那么，此刻感到你将一去不复返了，我怎能不想念你呢？”这时，仿佛这种直截了当的恳求令他措手不及，显然让他感到疑惑，她又说道：“再说，你现在的‘家’*究竟*在哪里——那家变成什么样了？我已促使你的生活发生了变化，我知道已经这样了；我还使你完全心烦意乱了；我搅乱了你对——我该叫它什么呢？——对一切体面和可能性的理解。这给了我一种厌恶感——”她突然打住了。

噢，可他想听。“厌恶什么？”

“厌恶一切——厌恶生活。”

“啊，那太过分了，”他大笑着——“或者说，太微不足道了！”

“太微不足道了，一点没错，”她很急切。“我恨的是我自己——每当想到为了幸福要从他人的生活中索取那么多，而且即使到那时仍然不幸福。这样做是要欺骗自我，封住自己的嘴——但那充其量也只是一点点。那讨厌的自我总是在那里，总是以某种方式让人产生新的焦虑。其结果是，那并不是，那永远也不是可以到手的幸福，根本就不是幸福。唯一可靠的东西是给予。那是最不会欺骗你的东西。”她让这些话从自己嘴里说出来显得有趣、感人、惊人地诚恳，可还是让他迷惑不安——她平静中的颤音太妙了。他感觉到了以前和她在一起时感觉到的那些，她所表现的背后总有更多的东西，而其背后的东西又越来越多。“那么，至少，”她又说道，“你知道自己的处境！”

“那么，你确实应该知道这点啊，因为使我们就这样走到一起的难道不正是你一直在给予吗？正如我已让你充分了解的我的感受那样，”斯特雷瑟说，“你一直在制作的，是我亲眼见到制作出来的最珍贵的礼物；而如果你对自己目前的表现都不能心安理得，那么，毫无疑问，你天生就要折磨你自己。但是，”他最后说道，“你应该轻松自在啊。”

“而且不再麻烦你，毫无疑问——连我所做的奇迹和好处也不要强加给你；只让你认为我们的事已结束，彻底结束，并看着你以一种与我相当的平静离去？毫无疑问，毫无疑问，毫无疑问，”她紧张地连声说道，“而且，我其实并没有假装我相信你为了你自己没能，根本就没能做你做过的事。我不会假装你感到自己受害了，因为这显然就是你的生活方式，而这就是——我们都同意——最好的方式。对，就像你说的，”她过了一会儿继续说道，“我应该感到轻松自在，安心于自己的工作。嗯，这么说来，我就在这里这么着吧。我确实轻松自在。你最后会有这样的印象的。你说你是什么时候要走？”她迅速换了个话题问道。

他花了点工夫才答上话来——他最后的印象越来越混淆不清了。这使他内心隐约产生一种失望感，其落差甚至比头一天夜里他从扬扬得意中坠落还要深。假如他已做了那么多的话，那么他已有作为的好处，并未能使他达到理想的导致皆大欢喜结局的地步。因此，女人是永远难以满足的，与女人打交道就是在水上走啊。她也许会掩饰也许会否认，但她最终的问题——她最终的问题完全就是查德本人。毕竟，她重新感到担心的就是查德；她的热情那不可思议的强度恰恰就是她恐惧的强度；她粘住他兰伯特·斯特雷瑟，就像粘住了一个她经过考验的安全来源，而尽管她会努力显得慷慨优雅诚实，尽管她会显得很敏锐，她还是害怕提起他就近在身旁。有了这一迄今最鲜明的看法之后，这么好的一个人儿，因为神秘的力量，竟然会变成一个这么被人利用的人，仿佛就像朝他吹来了一股寒气，简直是可怕。因为归根结底，那些力量**实在**神秘莫测：她只不过造就了今天的查德——那她又怎能认为她已使他难以想象了呢？她已让他变得更好了，她已让他变得最好了，她已让他达到所能达到的一切，但对我们这位朋友来说，他仍然只是查德，这再古怪不过了。斯特雷瑟有种感觉，**他自己**，也有点造就了他；他的高度赞赏，可以说，是神化了她的工作。然而，她的这种工作，不管有多么值得赞美，都是不折不扣的人类的正常情况，简而言之，奇就奇在，伴之而来的共同经验之内的纯粹世俗的欢乐、舒适、越轨之举（不论怎么归类），竟会受到如此超常的珍视。这可能会使斯特雷瑟激动或者害羞，就像发现别人的这种秘密有时确实会让我们感受到的那样，但他被什么非常厉害的东西定在那里了，那就很糟糕了。那可不是昨夜的失态；失态已完全过去——那样的失态只是细枝末节；真正难受的是看见一个人说不清道不明地受人崇拜。事情又来了——必须是女人，必须是女人；如果对付女人就是在水上走，那么水上涨又有什么奇怪的呢？而且水一定从未涨得比这个女人周围的水面高。这时他发觉她久久地注视着他，而紧接着他意识到自己竟然说出了全部心思。

“你担心自己的生活！”

这话使她久久地注视着他，而他很快就明白了其原因。她脸上一阵抽搐，她已无法掩饰的泪水先是无声地涌出来，然后突然就像孩子发出的声音，很快变成喘气，变成呜咽。她坐在那儿，双手捂住脸，根本就顾不上风度了。“你就是这样看我的，你就是这样看我的，”——她说着屏住了呼吸——“而我就是这样的，我必须自作自受，当然这没什么。”一开始她的情绪十分紊乱，他就只能不知所措地站在那里，只感到自己让她心烦意乱了，尽管是说出了真相才造成这种局面的。他只好默默地听她说，并未立即做出劝解她的努力，觉得她在隐约弥漫着的优雅之中倍加悲伤，默许这一点，就像他默许其余一切，而面对这一阵敞开心胸地流露出来的狂喜与痛苦，他甚至意识到隐约有某种内在的讽刺意味。他不能说这绝非没事，因为他将帮她帮到底，至少他现在知道了——完全就像他怎么看她与此毫无关系似的。而且，实际上，好像他根本就不想她，好像他只能去想她所代表的成熟、无限、令人怜悯的激情，还有她流露出来的种种可能性。在他看来，她今夜显老，明显多了一些岁月的痕迹，但她一如既往地仍是他有生以来遇到过的最美妙又最敏锐的人，最快乐的幽灵；可他仍看得出，她在那里，的的确确就像女仆为她的小伙子哭泣那样，显得粗俗而不安。唯一的要点是，她作自我判断时可不会像女仆那样；这种智慧的弱点，这种判断的耻辱，似乎只会使她更加消沉。不过，她颓丧的时间无疑很短，他还没开口劝解她，她就有点缓过来了。“我当然担心自己的生活。可那没什么。问题不是那个。”

他又沉默了一会儿，好像在想那会是什么。“我心里有个想法，我还是可以做的。”

但她伤心地猛地摇了摇头，一边擦干眼泪，一边推脱了他还是可以做的想法。“这我不在乎了。当然，就像我说过的，你在以极妙的方式，为你自己努力着；而为你自己的事，不再是我的事了——尽管我有可能笨拙地伸出不圣洁的双手去触碰它——它就像在通布图[①]的事了。只是因为你没有不理我，而你有过五十次机会不理我的——正是你可敬的耐心，让人忘了自己的风度。尽管你有耐心，尽管如此，”她继续说道，“你什么都愿意做，可就

① 通布图，非洲马里共和国八个行政区之一，位于撒哈拉沙漠南端尼日尔河以北二十公里处。此处“在通布图的事”指遥不可及因而与自己无关的事。

是不愿意和我们一起待在这里，即使这有可能。你什么都愿意为我们做，可就是不愿意跟我们打成一片——这个说法你可以不失风度地轻易做出回答。你可以说：‘谈论充其量也不可能的事，有什么用？’当然啦，究竟有什么用？这只是我有点发疯了。要是你感到苦恼，你就会谈了。而我现在说的不是要谈他。噢，为了他——！”在斯特雷瑟看来，她是断然、古怪、痛苦地暂时抛弃了“他”。“你并不在乎我对你怎么看，但我恰恰在乎你对我怎么看。你可能有过看法，”她又说道，“你也许真的有过看法。”

他要赢得时间。“我有过的——？”

“以前真的想过。在这之前。你难道没想过——？”

但他已打断了她的话。“我什么也没想过。除非不得不想，我从不多想一步。”

“我相信，这完全是假话，”她回答说，“除非事情变得过于丑陋，或者，我要说，免得你抗议，变得过于美好的时候，你当然可能常常会停止思考。无论如何，即使这是真的，我们已把一些表象放在你面前，而你就得理解这些表象，这因而就成了你的义务。丑陋也好，美好也罢——我们怎么说它们无所谓——你没有它们也在过着，而这正是我们的可恶之处。我们让你厌烦了——这就是我们的处境。我们活该——就因为我们让你付出的代价。你现在能做的只是根本就不去想。而我本来一直喜欢让你觉得——嗯，很崇高！”

过了一会儿，他才得以重复了一遍巴勒斯小姐的话。“你真是妙不可言！”

“我又老又可怜又可恶，”她继续说着，好像没听见他的话。“尤其是可怜。或者尤其是老了。人老的时候最糟糕。我不在乎结局会怎样——该怎样就怎样吧；就这样了。那是命——这我知道；这点你不可能比我自己看得更清楚。该发生的事总是要发生的。”说到这里，她又回到了与他面面相对时突然中断的地方。“当然啦，即使有可能，不论你会出现什么情况，你都不会待在我们身边的。但是，想想我，想想我吧——！”她对天这样发泄着。

他重复起自己已说过而她没在意的话，以此回避着。“我相信，有个想法，我还是可以做的。”他伸出手来道别。

对此她又没在意；她坚持自己说下去。“那样对你没好处，没什么对你有好处。”

“嗯，那样可能对你有好处，”他说。

她摇了摇头。“我的未来没有一丁点把握——因为唯一的把握是，我最后是个输家。”

她没有握他的手，但随他一起朝门口走去。“对你的恩人来说，”他大笑着说，“这挺让人高兴的！”

“让我高兴的是，”她回答说，“我们，我和你，可能一直都是朋友。就这样——就这样。你看出来了，就像我说的，我是如何什么都要。我还一直想要你呢。”

“啊，可你已经**拥有**我了！”他在门口表了态，以强调作为结束。

第三章

他本来是想第二天见查德，并预想过一早就去见他；说到去马勒塞布大道拜访，他总的来说还从未拘于礼节。一直以来自然常是他上那里去，而不是查德来这家小旅馆，小旅馆缺乏吸引力；然而，在眼下，十一点钟，倒是让斯特雷瑟想起，该先给小伙子一个机会。他觉得，事出必然，查德定会“过来”，就像韦马什常说的那样——不知怎么的，韦马什好像已经是久违了。头一天他没来，本来他们之间安排好了，德·维奥内夫人应该先见见他们这位朋友，但既然这一段已经发生，他自己就要主动过来，而他们那位朋友也不必久等。斯特雷瑟设想，按照这种推论，他意识到，那次安排中相关双方应该已及时见过面，而两者中更感兴趣的一方——终究还是她——应该已向另一方交流过她恳求的问题。查德立刻就会知道，他母亲的信使曾跟她在一起，虽然要弄明白她会如何看待已经发生的事也许不大容易，但他起码会得到充分的建议，因而会意识到自己可以继续往前走。可是，这一天早晚都没有传来他的消息，而斯特雷瑟因此觉得，他们的交往其实已经出现了一种变化。这也许是不成熟的判断；或许这只不过说明——他怎能说得清呢？——他保护过的那绝妙的一对又一起继续被他偶然打断的游玩去了。他俩可能回乡间去了，只是长长地吸了一口气后又回去了；这的确可以充分表明查德的想法，即德·维奥内夫人的见面要求并未遭到责备。到二十四个小时过去时，到四十八个小时过去时，仍然没有出现任何情况；因此，斯特雷瑟就去见戈斯特雷小姐，以此打发时光，他以前也经常如此打发时光。

他向她建议去玩乐；他现在觉得在建议玩乐方面很在行了；于是，一连好几天，他都有种古怪的感觉，好像在带着她游巴黎，在布洛涅公园乘车兜风，带她坐小游船——在游船上可以最惬意地享受塞纳河的微风——这也许该算和蔼的叔叔在对乡下来的聪明侄女尽首都的地主之谊。他居然有办法带她上她不知道或者说她假装不知道的商店去；而她呢，就像乡下少女，一副顺从朴实又感激的样子——事实上偶尔累了糊涂时竟至于模仿起质朴的样子来。斯特雷瑟暗自称这些隐隐约约的过程为愉快的插曲，甚至向她也这样说了；其迹象是，这两个人当时再也不提他们已谈够了的那件事。他一开始就表明已谈够了，而她很快就心领神会，在这一点和别的所有事情上都和聪明听话的侄女一样温顺。他至今还没向她说起过他最近的那次奇遇——他现在把它列入奇遇了；他把整件事都暂时放到一边，津津有味地发现她称心地表示赞同。她放下问题不问——她长期以来满是问题；她完全听他的，认为这一点只有默默无语的温柔才可能表达充分。她知道，他意识到自己的处境又迈出了一步——对此他十分清楚，但她表示，不论因此他出了什么情况，与目前发生在她身上的事相比就不算什么了。这——尽管以超然的心态来看，这好像也没什么了不起——却是主要兴趣所在，而她以一种新的直率的回应来面对它，时刻在默然接受的同时又斟酌着它。在他那方面来说，他以前就时常被她感动，眼下又被她感动了；而且，虽然他可以及时意识到自己的情绪的动因，但他无法同样及时地意识到她的情绪的动因。他知道，就是说，在某种意义上——粗略而无奈地知道——他自己在图什么；而对于他心里所说的玛丽亚的算计，他就得碰运气了。他想要的只是，她会因为他们正在做的事而十分喜欢他，而且即使他们还要做多得多的事，她仍然会因此十分喜欢他；一种如此简单的关系所带来的本质上的清凉，就是冲洗由其他关系所造成的痛苦的凉水浴。其他那些关系现在对他来说似乎复杂得可怕；它们遍布尖刺，事先根本难以想象的尖刺，刺进去就会出血的刺；这个事实可以让他和目前这位朋友在*游船*[①]上或者在香榭丽舍大街午后的林荫下过上一个小时，就像把玩圆圆的象牙而来的天真无邪的愉悦。他与查德的个人关系——从他产生这个观点的那一刻起——就是最简单的关系了；不过，空无消息地过了三四天后，这还是让他感到有点刺人。不管怎样，仿佛他最后也不关心这样的迹象了；到了空无消息的第五天，他就不再问起也不留意了。

他们，他和戈斯特雷小姐，在他的幻想中，浮现出来的是《树林里的小孩》[②]的形象；他们可以靠温和的环境继续生活在平静中。他知道，自己一直很善于拖延，但他只有再拖延一次，才能体会其美妙的魅力。他饶有兴味地对自己说，在世人眼里，他可能就要死了——听天由命地死去；那场景为了他弥漫着临终的肃静，忧伤的魅力。这意味着别的一切都推迟了——因为生命默默的流逝造成这种情形；尤其是未来的报应推迟了——除非未来的报应和灭亡确实是一回事。有了大量介入的经历后，报应，就摆在他的面前——经历也摆在他面前；人自然会及时通过忽必烈汗[③]的那些地洞飘向报应。那确实是在万事之后；那并没有和人的所作所为合并；他对自己所作所为的最后评价——他在当地的评价——会凸显其主要特点。如此集中关注的地点当然是伍莱特，而他会看到，伍莱特的一切对他来说都已改变时，那地方充其量会是什么样子。**那样的**发现会不会其实就等于他的职业生涯的终结呢？唉，夏末就会明白了；他悬而未决的同时恰恰就包含着徒然拖延带来的甜蜜；我们应该提到，他的这种甜蜜，除了有玛丽亚陪伴外，还有别的消遣——进行了大量的沉思默想，只有一点他没有得到乐趣。他已完全进港，外海在他身后，只是上岸的事了。然而，当他背靠着船舷时，有个问题在他脑海里来来去去的，而他延长与戈斯特雷小姐在一起的时光，有点像是要摆脱萦绕心

---

① 游船：原文为法语 *bateau-mouche*，特指塞纳河上的游船。

② 《树林里的小孩》：流行于世界各国的传统童话。“树林里的小孩”已进入日常用语，指毫无经验的天真无辜者不知不觉进入有潜在危险或敌意的场景。

③ 忽必烈汗：此处出自英国著名诗人萨缪尔·泰勒·柯尔律治（1772—1834）一首在梦境中创作的未完成的同名诗，其中有地洞和一条地下河。

头的困扰。这是个有关他自己的问题，但只有再次见到查德才能解决；这确实是他想见查德的首要原因。见过之后，这就不重要了——这是某几句话就可以轻易摆平的幽灵。只是那小伙子必须在那儿听进那几句话。一旦那几句话被听进去了，他就会一个问题也不剩了；就是说，与这件具体的事情相关的问题，都没了。他就**因为**自己的损失，现在说起来可能一直感到内疚，但到那时，即使对他自己而言，这也就无所谓了。那就扫除了他的最大顾虑——他但愿这么一来就可以把他的损失置之度外了。他但愿不用因为他失去了别的东西，因为他或恼火或懊悔或穷困，因为他受虐待或者绝望，而去做任何事；他愿意因为他清醒又平静而去做每一件事，对他自己来说一如既往地在一切紧要关头一模一样。因此实际情况是，他闲荡着等查德时，不断地默念这样的话："你被抛弃了，老家伙，但这和那又有什么关系呢？"要是起了报复心，那定会让他恶心的。

当然，这些模糊的感想无疑只是他闲散时的胡思乱想，很快就因玛丽亚那边的新情况而消失。这周结束前，她给他带来了一个新的事实，而有天夜里他露面时，她其实以此与他相见。那天白天他没见过她，但打算适当的时候前去请她与自己在户外什么地方共进晚餐，在一个花园里的一个露台上，这在夏日的巴黎多得是。接着天突然下雨，因此，他慌乱之中改了主意；他一个人在家吃饭，有点无趣又傻傻的，后来去拜访她，以弥补自己的损失。他马上就肯定，有情况了；这一点就弥漫在那个华丽的小房间里，他简直用不着说出他的想法了。房间里光线柔和，色调明暗不显，整个的色彩浑然一体——其效果让客人站着呆视了一会儿。仿佛他现在这么做，就是感到最近有人来过——他的女主人反过来也猜到他意识到了这点。她简直用不着说出来了——"对，她来过这里，而这次我接待了她。"一分钟后她才又说道："按我对你的理解，**现在**，根本就没理由——！"

"你根本没理由拒绝？"

"没有——要是你该做的你都做了。"

“到目前为止我当然都已做了，”斯特雷瑟说，“因此你不必担心出现夹在我们之间的情况。现在，我们之间除了我们自己摆在那里的东西外，什么都没有了，别的一切，不论是什么，都没有一丝的空间来容纳了。所以，你只要一如既往地好好和我们*在一起*就行了——尽管现在是毫无疑问了，要是她已和你谈过，自然是要更多而不是更少地和我们在一起。当然咯，要是她来过，”他补充说，“那肯定是要跟你谈。”

“那肯定是要跟我谈，”玛丽亚回答说；他听罢进一步肯定，她确实已掌握他自己还没告诉她的情况。他甚至还肯定，她还掌握着他自己不可能告诉她的情况，因为知道这样的情况此刻尽显于她的脸上，上面还伴有一丝忧伤，那忧伤表明她已不再游移不定。这让他前所未有地意识到，她一开始就拥有她相信他尚未拥有的知识，赶紧获取这种知识很可能会使他有所不同。不难想象，他的不同也许会阻止他独立自主并改变态度——换言之，突然变得赞成伍莱特的原则。她真的预想到了，震惊可能会促使他转回到纽瑟姆太太那里去。说实话，一周又一周，他并没有表露出感到震惊的迹象，但那种可能性还是一直存在的。因此玛丽亚现在不得不想到，那种震惊已经降临，可尽管如此，他并没有转回去。转眼之间，对于她很久以前就为自己确定下来的某一点，他变得很明确；可结果并没有发生他偏向纽瑟姆太太的情况。德·维奥内夫人通过来访已经揭示了这些真相，而现在，她们之间的那一幕，在可怜的玛丽亚脸上仍然依稀可辨。不过，假如情况并非如我们所暗示的那样令人欢喜，那么对斯特雷瑟来说，其原因也许仍可辨别，即使他天生谦虚会使他不易看清它们。她几个月来一直牢牢地克制着自己；碰到任何时机——貌似绝佳的时机——她都未曾插手，而她是可以为了自己的利益而插手的。她已不再梦想着纽瑟姆太太的决裂，他们那位朋友的名利损失——订婚，这种关系本身，破裂了就无法弥补——可能会给她带来益处；为了不动手促成这些事情，她私下里有着艰难而又严格的方针，做得极为公正。因此，她不禁感到，虽然到头来相关的事实都已得到大力确认，从她个人的角度可谓有利而得意的原因，仍然相当模糊难辨。斯特雷瑟可以轻易地看出来，她刚才坐在那里的几个小时里，一直在自问她是否仍然有，或者根本就不存在一点点的不确定感。不过，让我们赶紧补充一句，他在这个场合一开始就看出来的东西，他也一开始就捂住不说了。他只是问德·维奥内夫人究竟为何而来，而对此他那位同伴倒是有准备的。

“她想要纽瑟姆先生的音信，她看上去有些日子没见过他了。”

“那么她就没再和他一起出去过？”

“她看上去是以为，”玛丽亚回答说，“他可能跟你一起出去了。”

“那你有没有告诉她，我一点也不知道他的情况？”

她拼命地摇头。“我一点也不知道你知道些什么。我只能告诉她，我会问问你。”

“再说，我有一个星期没见过他了——我当然感到奇怪了。”此刻看上去他更觉得奇怪了，但他很快就往下说。“不过，我相信，我能找到他。她给你的印象，”他问道，“是不是很着急啊？”

“她总是很着急的。”

“我为她做了那一切以后？”他露出了一丝偶然闪现的淡淡的欢笑。“想想吧，我出来就是要阻止这样的！”

她接过话头，但并未作答。“那么你觉得他不可靠咯？”

“我刚才正要问你这方面怎么看德·维奥内夫人。”

她看了他一下。“哪个女人是从来可靠的？她对我谈起过，”她补充说——好像是一时联想到了——“你们在乡下偶然相遇。打那以后**还有什么可相信的**[1]呢？”

“在所有可能或不可能的事态发展中，作为一次意外相遇，”斯特雷瑟承认，“那都是够惊人的。但是，但是——！”

---

① 还有什么可相信的：原文为法语 *à quoi se fier*。

“但是她还是不在乎？”

“她什么都不在乎。”

“好吧，那么，既然你也不在乎，我们都可以坐下来歇歇了！”

他看上去同意她的说法，但有保留意见。“查德不见了，我确实在乎。”

“噢，你会把他找回来的。但你现在明白，”她说，“我为什么上门托尼[1]去。”他已完全让她明白，到此刻他已把事情理清头绪，但她天性中就愿意让事情弄得更明白。“我是不愿意你来向我提出来。”

“向你提出来——？”

“你终于——一周前——自己会看到的问题。我不愿非得为她撒谎。我觉得那样对我太过分了。男人当然总是会这么做的——我是说，为了女人，但女人可不会为另一个女人撒谎；除非也许出于针锋相对的原则，作为一种间接地保护自己的方法。我不需要保护，所以我可以‘避开’你——只要躲开你的考验就行了。那样的责任对我来说太大了。我赢得了时间，到我回来时，已经不再需要考验了。”

斯特雷瑟平静地琢磨着她的话。“是的；你回来时，小比尔汉姆已向我表明绅士该是什么样子。小比尔汉姆撒起谎来就像个绅士。”

“就像你以前相信他的那样？”

“嗯，”斯特雷瑟说，“那只不过是技术上说谎——他视这种爱慕为美德。这种观点大可讨论——这种美德对我意义重大。这种美德当然很多。我尽碰到它了，可你也知道，我还没应付过来呢。”

“我现在知道的是，我以前知道的是，”玛丽亚回答说，“你连这种美德也要加以渲染。你以前好极了——你以前很完美，就像我以前一直有幸这样对你说的，但是，要是你真想知道，”她难过地坦白说，“我从来就不大清楚你是**什么样的人**。有的时候，”她解释道，“你给我的印象是极为愤

---

① 门托尼：原文 Mentone，是美国的一个地名，与法国地名芒通的原文 Menton 只差一个字母。

世嫉俗；别的时候，你给我的印象又极为茫然。”

她朋友想了想。“我有过不同的侧面。我有过不同的表现。”

“是的，但凡事定有根据啊。”

“在我看来，根据就是她的美所产生的效果。”

“她的身体之美？”

“嗯，她的一切之美。她给人的印象。她丰富多彩又颇为协调。”

她又一次报以极大的宽容，凝视着他——这种宽容与由其激发的滚滚恼怒完全不相称。“你真完美。”

“你总是过多涉及个人，”他和颜悦色地说，“但这恰恰是我怎么琢磨也琢磨不透的地方。”

“如果你的意思是，”她继续说道，“对你来说，从一开始，她就是世上最迷人的女子，那就再简单不过了。只是这个基础很奇怪。”

“因为我在那上面建立的东西？”

“因为你没有建立的东西！”

“哎，那并不完全是一个定数。对我来说，它过去有——现在仍然有——颇为奇怪的因素。她的年龄比他大，她的世界、传统、交往都不同；她有别的机会、负担、标准。”

他的朋友怀着敬意听他列举这些差异；接着她让它们一笔勾销。“当女人坠入情网时，这些事情都无关紧要。事情很糟糕。她坠入情网了。”

斯特雷瑟这方面对这样的辩解也颇为赞同。“噢，当然，我看出来她坠入情网了。她坠入情网正是我们忙乎着的事情；她坠入情网就是我们的大事。但不知怎么的，我难以想象她神魂颠倒的样子。而且是由**我们的**小查德造成的！”

“不过，‘你的’小查德难道不就是你的奇迹吗？”

斯特雷瑟承认这点。“我当然曾游走于奇迹之中。那都是变幻不定的。但重要的事实是，其中很多都不关我的事——就我过去看到的我的事来说。

即使现在还是不关我的事。”

听罢此言，他的同伴转过脸去，而这完全可能又是因为极为担心他的见解不会给她个人带来什么益处。“我真希望她能听到你的话！”

“纽瑟姆太太吗？”

“不——不是纽瑟姆太太；既然我理解你的意思，纽瑟姆太太听到什么，现在是没关系了。她不是什么都听到了吗？”

“差不多——都听到了。”他想了一下，才接着说。“你希望德·维奥内夫人能听到我的话？”

“德·维奥内夫人。”她的脸已朝他转回来。“她想的正好和你说的相反。她觉得你对她的判断很明确。”

他琢磨起这两个女人为了他而凑到一起可能会产生的情景。“她可能已经知道——！”

“可能已经知道你不会？”他打住没说完，戈斯特雷小姐便问道。“起初她对这点很肯定，”他没吱声，她就继续说下去，“她起码想当然地这么认为，就像处在她那种地位的女人都会的那样。但后来她改了主意；她相信你相信——”

“嗯？”他很想知道。

“嗨，相信她还是崇高的。我看出来了，她一直怀有这种信念，直到那天的意外遭遇让你睁开了眼。因为那事确实，”玛丽亚说，“让你睁开了眼——”

“她禁不住，”他接过了话头，“意识到了？不，”他若有所思，“我认为她还在想那件事。”

“然后你的眼又闭上了。你就是这样！可是，如果你把她看作世界上最有魅力的女人，结果就一样了。如果你愿意我来告诉她，你仍然这样看她——！”简而言之，戈斯特雷小姐是主动帮忙帮到底了。

对这一主动的表示，他一时倒是很开心，但他还是拿定了主意。“她完全清楚我对她的看法。”

“她曾对我说起，没有好到很想再次见到她。她曾告诉我，你再也不会见她了。她说你跟她已经完了。”

“我是这样的。”

玛丽亚止住话头；后来她仿佛是出于良心开口了。“她不愿和你完了。她感到她失去你了——不过她本来可以对你好些。”

“噢，她已经够好的了！”斯特雷瑟笑了。

“她觉得你和她本来无论如何都可以成为朋友的。”

“我们本来当然可以。这正是，”他继续笑着，“我要走的原因。”

此刻听闻此言，玛丽亚好像终于可以认为自己已为他们两个都尽力了。可她还有个想法。“这话我要告诉她吗？”

“不。什么都别告诉她。”

“那么，很好。”紧接着戈斯特雷小姐对此补充说：“可怜的人儿！”

她朋友感到疑惑；接着他扬起眉毛问道：“我？”

“噢，不是。是玛丽·德·维奥内。”

他接受了她这样纠正，但还是感到疑惑。“你就那么为她难过吗？”

这话让她想了一会儿——甚至让她说话时面带笑容。但她并未真的退缩。“我为我们大家难过！”

第四章

与查德重建联系的事，他再也不想拖延了，而我们刚才也看到了，他从戈斯特雷小姐那里听说这小伙子不在的消息时，就向她说了这样的意图。而且，推动他这么做的并非仅仅是由此得到的信心，还有促使他的行为与另一表白相一致的需要——他曾经向她描述为他最强烈的那个动机，也就是现在离开。如果他要离开是因为相关的几个亲戚留下了，那么从他逗留下去的角度来看，他对他们那种冷淡的态度可能就显得迂腐了。他必须做两件事：他必须见到查德，又必须走。他越考虑这两项职责中的前者，就越觉得自己有理由要坚持后者。他离开玛丽亚的夹楼后无意间碰到一家安静的小咖啡馆，便在咖啡馆前面坐了下来，而这时，这两件事同样强烈地浮现在他的脑海里。雨搅黄了他与她相会的夜晚，此刻已停了；他心里仍然觉得，好像他的夜晚*就是*被搅黄了——尽管不可能完全因为雨。他离开咖啡馆时已经很晚了，不过还不是太晚；他无论如何也不能直接上床，宁可在回家路上绕到马勒塞布大道走——绕得相当远。一直历历在目的，是当初为他而引起那么大的差异的那件小事——他初次到访之际小比尔汉姆意外地出现在那神秘的四楼阳台上，及那事对他意识到当时摆在他面前的是什么的影响。他回忆起自己的观察、等待，还有那个年轻的陌生人认出他来因而活跃了气氛并马上让他上楼——为他的第一步铺平道路的那些事情。此后他有过几次经过那幢房子却没进去，但他每次经过那里都能再次感到房子当时给他的印象。他今夜走近它时突然停下脚步：仿佛他就要离开的最后一天奇怪地和他刚到的第一天完全相同。查德公寓的窗户都朝阳台开着——其中的两扇亮着灯；一个人影出来采取了小比尔汉姆的姿势，他能看到那个人的香烟闪着光，那人倚靠在栏杆上俯视着他。然而，那并不表明比他小的那位朋友又露面了；在昏暗中很快就可以确定那是查德的更为结实的身材；因此，他向前走到街上打手势时，很容易就引起注意的人，是查德；在黑夜里很快就响起、好像怀着喜悦问候他并叫他上楼的声音，是查德的。

不知怎么的，对斯特雷瑟来说，居然能在这里见到这个小伙子以这种姿态出现，就表明，正如玛丽亚·戈斯特雷说过的，他曾经外出并保持沉默；我们这位朋友在每段楼梯的平台上都喘口气——这个时候，电梯已经停开——琢磨这一事实的含义。他彻底躲开了一个星期，一个人躲得远远的，但他从未如此彻底地回归过，斯特雷瑟让他感到惊讶的态度，意味着他不止于归来——那显然是自觉投降。他一小时前刚到，从伦敦，从卢塞恩[①]，从洪堡[②]，从不论什么地方来——尽管在楼梯上这位客人的想象中希望确定那地方；他洗了澡，和巴蒂斯特聊了聊，吃了些简单而精致的法国冷食当晚餐，那里剩下的食物在灯光下还能看得见，很是悦目，绝对是巴黎风味的，然后，他又来到室外抽根烟，到斯特雷瑟走来时，他正全神贯注于所谓的开始全新的生活。他的生活，他的生活！——在最后一段楼梯上，斯特雷瑟又停下脚步，最后就这样气喘吁吁地想到了查德的生活和查德母亲的特使的关系。它使他深夜爬上了富人的楼梯；它使他在漫长的大热天迟迟不能上床睡觉；它正在把以往他一直视为属于自己的生活的那种简单、微妙、方便得一成不变的东西变得难以辨认。查德舒舒服服地在阳台上抽烟，晚饭吃沙拉，感到他特殊的情形惬意地再次得以确认，在比较和对比异同中重新找到安慰，因此

---

① 卢塞恩：位于瑞士中部，卢塞恩州的首府，罗伊斯河出口与四州湖的汇合处，市区人口只有七万。它依山傍水，风光迷人，号称瑞士最美丽、最理想的旅游城市。

② 洪堡：德国萨尔州一城市。

会变得更坚强，这干吗要扯上他呢？这么一个问题没有答案，只是他实际上仍然负有职责——这点他也许从未这么清楚过。这使他感到老了，而他第二天就要买火车票——无疑感到更老了；与此同时，为了查德的生活，他在半夜没电梯时，算上夹楼，已爬上四段楼梯。小伙子这时听到他上来，而巴蒂斯特已被打发去休息，他自己已站在门口；这样一来，斯特雷瑟就能完全清楚地看见面前让他累、让他爬完四层楼梯后累得有点气喘吁吁的原因了。

查德一如既往地对他表示欢迎，既热情又讲究礼貌——只要讲究礼貌还算是恭敬的话——两者结合得恰到好处；斯特雷瑟在表达了希望他会让自己留在他这里过夜后，就完全掌握了可谓了解最近发生的情况的关键。如果说他刚才觉得自己老了，那么查德看见他时就觉得他更老了：他想留他在这里过夜，只是因为他衰老疲惫。绝不可以说这个住处的房客待他不好；这位房客，如果现在就可以真的留住他，或许就准备留得更为彻底。事实上，我们的朋友有印象，只要稍加鼓励，查德就会提出不定期地留他；他自己的一种可能性似乎就包含在这样的印象中。德·维奥内夫人已希望他留下——因此干吗不欣喜地与之配合呢？他在余下的日子里都可以待在他小主人的*客房*[1]里，并由他的小主人花钱延长那些日子：他受感动而流露出的表情是再合理不过了。有那么一分钟——真够奇怪的——在那一分钟里他理解了一个想法：由于他*在*装，由于他只能装，所以他是前后矛盾的。他听从内心的要求，内心的力量真的凝聚起来的迹象就是——在总是缺少另一项事业的时候——他应该通过保护美好的理想来加以促进。在刚开始的几分钟里，这些事情在他脑子里来来去去的，但他一旦提起自己的使命，它们终究还是挥之即去。他是来道别的——不过这只是一部分；因此从查德接受道别的那一刻起，得到更圆满确认的问题便让位于别的事情了。他继续谈其余的事情。“如果你真的抛弃她的话，你就是个畜牲，你知道——你就声名狼藉无以复加。”

---

① 客房：原文为法语 *chambre d'ami*。

这番话，在这夜深人静时分说出来，在这充满她的影响的地方说出来，就是他其余的事情了；他一旦听自己说出这番话来，就觉得他的这个意思此前从未说出来过。这立即置他此次来访于理直气壮之上，其结果将使他得以好好玩味我们说过的关键。查德并未表现出一丝尴尬，只是他们在乡间相遇后一直为他感到不安，为他是否安心的问题而担心疑虑。可以说，只是因为他，查德才心神不宁，外出确实是为了缓解他的压力，让他放松一些——如果确实没有让他更紧张的话。此刻，看到他相当疲惫，他便怀着特有的好心情，走过来迎接他，于是，斯特雷瑟最后弄明白的是，他始终都会让他良心上尽可以放心。客人留下来时，两人之间就是这样的情形；他发现完全不必旧事重提，他这位主人对一切都急于附和。说他简直就是个畜生，对他来说也不能算太重。“哦，当然！——要是我会做出那类事情的话。我希望你相信，我心里真的就是这么想的。”

“我希望，”斯特雷瑟说，“这是我对你说的最后一句话。你知道，我无法再多说了；我不知道，在各方面，我怎么还能比目前做得更多。”

查德几近天真地把这当作一种直接的暗示。“你见过她了？”

“哦，见了——去道别。要是我对自己对你说的话的真实性有过怀疑——”

“她已澄清了你的怀疑？”查德又一次理解了——“当然”！这甚至让他沉默了一下。但他为此打了圆场。“她一定好极了。”

“她是的，”斯特雷瑟坦率地承认——这一切其实都是在说上周的偶遇所造成的情形。

他们看上去是在回顾一下那件事；查德接下来说的话里就更说明了这点。“我不知道你一直以来真的是怎么想的；我过去从来都不知道——因为对你来说，好像什么都有可能。但当然咯——当然咯——”他没说下去，他打住了，并非糊涂，完全只是出于好心。“毕竟，你懂的。本来，我只有在不得不说的时候才对你说的。这种事情，只有一种办法——难道不是吗？不过，”

他颇为达观地笑了笑，“我知道没问题的。”

斯特雷瑟怀着纷繁的思绪与他的目光相遇。眼下，夜已深，刚经过几次旅行，究竟是什么让他重新焕发了勃勃生气？斯特雷瑟马上就看出了其中的原委——那就是，他比德·维奥内夫人年轻一半。他自己马上说的根本就不是他在想的；他说的是完全不同的事。“你真的去过一个很远的地方了？”

“我去了英格兰。”查德随即高兴地说道，但未作进一步说明，只是说：“人有时该出去一下。”

斯特雷瑟不想要更多的事实了——可以说，他只是想说明他问得有道理。“当然，你这么做，是因为你完全可以这么做。但我希望，这回啊，你不是为我出去的。”

“因为真的过多地打扰你而感到非常难为情？我亲爱的，”查德大笑着，“我有什么不愿为你做的呢？”

斯特雷瑟对此的回答很轻松，说正是这种性情已使他渐渐从中受益。“你知道，即使有妨碍你的风险，我还是一直等候着一个明确的理由。”

查德理解这点。“哦，是的——让我们尽可能造成一个好得多的印象。”他就站在那里，开心地吐露着全部的心思。“我很高兴知道，你觉得我们已办到了。”

这番话里带有一丝令人愉快的讽刺意味，而他的客人因为一心想着要点，未加理会。“如果我以前就感到需要余下的时间——他们仍然在这边的时间，”他继续解释说，“我现在知道为什么需要了。”

他就像黑板前的解说员一样严肃又明确，而查德则继续像个聪明的小学生那样面对着他。“你以前一直想经历整件事。”

有那么一会儿，查德又一言不发；他移开了目光，他的目光透过敞开的窗户，迷失在了昏暗的窗外。“我会从本地的银行搞清楚现在她们在哪里收信。而我最后的话，我会在早上写下来，她们正像等我的最后通牒那样等着，很快就会到她们手上。”他再次看他同伴的脸，发现那脸上充分反映出同伴理解他用的复数人称代词；他完成了论证。他好像真的是继续说给自己听的。“当然，我首先得证明我要做的事情是有道理的。”

“你现在的论证很漂亮！”查德表了态。

“这并不是劝你别去的问题，”斯特雷瑟说，“而是可能的话彻底防止你这样想。因此，就让我以你奉为神圣的一切的名义，来恳求你吧。”

查德面露惊讶。“是什么让你认为我能——？”

“要我说啊，你不但会是个畜牲，你还会是个，”他同伴以同样的方式继续说道，“彻头彻尾的罪犯。”

查德的目光更锐利了，好像是要掂量一下可能产生的猜疑。“我不知道是什么会使你认为我厌倦她了。”

斯特雷瑟也不大知道，而此类印象，对于富有想象力的人来说，总是太难以察觉、太飘忽不定，以至于无法当场就想到其理由。然而，他的主人的态度表明，得到满足作为可以考虑的动机，他因此就有了一丝不祥之感。“我觉得她能为你做的要多得多。她还没全都做完呢。和她在一起，至少到她全都做完。”

“**到那时**再离开她？”

查德一直笑眯眯的，可这对斯特雷瑟的影响却是一丝乏味。“**那之前**别离开她。当你得到了能够得到的一切时——我可没说，”他又略微严厉地说道。“那将是恰当的时机。但对你来说，从这么一个女人那里，总会有所得，因此，我的话对她来说并非坏事。”查德一边任他说下去，一边表现出应有的尊重，也许还不加掩饰地对这种更尖锐的口气表现出好奇心。“你知道，你以前的样子，我记得。”

“十足的傻瓜，是吧？”

反应之迅速，就像他按下了弹簧；其准备之充分，甚至令他退缩；以致他都花了片刻工夫才能应答。“那么，你当时看起来一定不值得我像现在这样大费周折。你给了自己更好的定位。你的价值已增加了四倍。”

"嗯，那么，这难道还不够——？"

查德就这样斗胆开了个玩笑，但斯特雷瑟还是一片茫然。"够了？"

"如果一个人*真的*想靠积蓄过日子的话？"然而，说完后，由于他朋友对这个笑话反应冷淡，小伙子也就轻易地撇下它不管了。"当然，我真的日日夜夜永远不会忘记我欠她的。我什么都欠她的。我向你以名誉担保，"他坦率地大声说，"我对她一点也不厌倦。"斯特雷瑟听闻此言只是瞪了他一眼；能够自我表达青春的方式总是令人称奇。他并无害人之心，尽管他终究还是可能做得了很多害人的事；然而他说到"厌倦"她，几乎就像他可能会说到厌倦了中饭吃烤羊肉那样。"她从来没有一刻让我感到讨厌——从来不会像最聪明的女人有时会的那样有欠机智。她从来不谈自己的机智——因为即使她们有时也会谈起来；但她总是充满机智。最近，"他大方地指出，"她充足的机智前所未有。"他小心翼翼地往下说。"她从来都不是我可以称为负担的人。"

斯特雷瑟有一会儿一言不发；然后他严肃地开了口，显得愈发乏味了。"噢，如果你没有公道地待她——！"

"我*一定*是个畜生，啊？"

斯特雷瑟可不花时间去说他会是什么；显而易见，*那*就会让他们扯远了。然而，如果这点上无话可说只能重复，那么重复也没错。"你什么都欠她的——比她能欠你的多得多。换句话说，你对她负有义务，是最确定无疑的那类义务；我看不出还有什么别的义务——因为别的义务也摆在你面前——能摆在那类义务前面。"

查德微笑着看看他。"你当然了解别的义务，啊？——因为是你自己把它们摆出来的。"

"其中有许多——是的——我是尽力了。但并不是全部——从你姐姐取代我的那一刻起。"

"她没有取代你，"查德回答说。"萨利当然占了一个位置，但我从一开始就看出来了，她占的并不是你的位置。没人——就我们来说——会占取你的位置。那是不可能的。”

“啊，当然，”斯特雷瑟叹了口气，“这我早就知道。我相信你说得对。我想，世界上没人曾经严肃得这么可怕。我却是这样的，”他又叹口气补充说，好像偶然对这一实情烦透了。“我天生就这样。”

查德看上去在考虑一会儿他天生的情况；出于这一目的，他可能上下打量了他一番。他的结论认同这一实情。“你从来不需要有人来让你变得更好。从来都没有够格的人。他们办不到，”小伙子表态说。

他的朋友犹豫了。“对不起。他们办到了。”

查德表示怀疑，又不无兴味。“那么是谁啊？”

斯特雷瑟——尽管有点含糊——还是对他笑了笑。“女人啊——也是的。”

“两个？”——查德瞪大眼睛大笑起来。“噢，干这种事，我相信只能是一个人！那么你求证的事太多了。不管怎样，真正残忍的，”他又说道，“是失去你。”

斯特雷瑟已动身要走了，但听到这话却停住了。“你担心吗？”

“担心——？”

“担心做错事。我说的是不在我眼前时。”不过，查德得以开口前，他又动身了。“当然，我确实是，”他大声笑着，“非同寻常的。”

“是啊，我们干了那么多蠢事——你宠坏我们了！”在查德那方面来说，这可能已到极端强调的地步，几乎太随意太过分了，但显而易见的是，这完全是安慰的用意，其中含有不容怀疑又极想表现之意。他在门廊拿起一顶礼帽，和他朋友一起走出房间，下了楼，体贴地抓住他的手臂帮他引路，待他如果不完全像个年迈体弱者，也像个需要细心照顾的尊贵的怪人，而他们就这样走着，他紧挨着他朋友走过一个又一个拐角。“你不必告诉我，你不必告诉我！”——他们往前走着时，这一点是他希望让斯特雷瑟再次感觉到的。

此刻他们终于友好地分手时，他该知道的一切，斯特雷瑟都根本不必告诉他。他知道，完全知道——查德真的意识到这点了；查德理解、感觉到、记录下了他的心愿；他们想着这点慢慢走着，就像他们第一次会面的那天夜里一起走回斯特雷瑟的旅馆时那样。此时此刻，后者接受了他能得到的一切；他已给了他不得不给的一切；他已两手空空，仿佛已花光最后一个子儿。但还有一件事，在他们正式分手前查德似乎有点想讨价还价。按他说的，他同伴不必告诉他，但他自己可以提及，他一直收到关于广告艺术方面的一些消息。他十分突然地说起这事，而斯特雷瑟便纳闷起来，他重起的兴趣是否就是让他去伦敦的原因，而这既奇怪又不合逻辑。不管怎样，他看上去一直在推敲这个问题，并已有过新发现。科学地做广告只要以强大的新力量的面貌呈现自己，就行得通。“你知道，那样真的能成事。”

他们就像第一个夜里那样，面对面地在街灯下，而斯特雷瑟则无疑是一脸的茫然。“你是说，影响所做广告物品的销售？”

“是的——但影响特别大；真的出乎所料。我当然是指当广告做得在我们这个喧闹的年代里还能辨认出来的时候，那是能够办到的。我已打听到一些，尽管那无疑没达到大大超过你起先那么栩栩如生地——差不多完全就像那第一夜——展现在我面前的程度。那就像另一种艺术，像所有艺术那样是无止境的。”他继续说着，仿佛就此开个玩笑——几乎就像他朋友的脸色让他觉得好玩。“当然，是在能人的手里。必须由合适的人来掌握。如果有合适的人来做这事，**那可厉害了**[①]。”

斯特雷瑟看着他的样子，很像他就在那里的人行道上毫无缘由地就开始跳起异想天开的舞步来。“按你心里所想的，你自己就是那个合适的人，这就是你在考虑的吧？”

查德把自己的薄上衣往后撩，两个大拇指分别插入马甲的一个袖孔里；

① 那可厉害了：原文为法语 *c'est un monde*，相当于英语里的 it's a whole world。

这样的姿势下，他的手指上下摆弄着。“哎呀，要我说，除了你初次出来时，你自己认定我以外，那样的人还能是谁呢？”

斯特雷瑟感到有点晕，但他强打起精神。“噢，是的，毫无疑问，凭你的天赋，你和那样的人有许多共同点。广告在如今显然就是生意的诀窍。它完全可能为你所用——只要你全身心地投入进去——到处都随你忙碌起来。你母亲要求你全身心投入，而这正是她的力量所在。”

查德的手指继续摆弄着，但他又像是停下来了。“啊，我母亲的事，我们已经谈过了啊！”

“我本来也这么想。那你干吗又说起这事呢？”

“只因为这是我们最初讨论的一部分。在我们开始的地方结束吧，我的兴趣纯粹是柏拉图式的。无论如何，事实——可能的事实——就是这样。我说的是其中的钱。”

“噢，该死的其中的钱！”斯特雷瑟说。接着，由于小伙子那僵住的笑容似乎显得更奇怪了，他问道：“你会因为其中的钱而抛弃你朋友吗？”

查德那漂亮又怪异的表情，还有其余的姿态都保持不变。“你啊——你这么‘一本正经’——可不太厚道。我不是一直在听你的吗——一直向你表明我觉得你对我有用的一切吗？我已做的，我在做的，不就是对她至死不渝吗？唯一的问题是，”他和颜悦色地解释说，“人只有在死神光临的那一刻才可以说至死不渝。那没什么好担心的。男人‘掂量’自己要抬脚踢开的诱惑，”他进一步说道，“从感情上来说是很愉快的。”

“哦，那么，如果你要的只是表面上可踢的地方，那这个诱惑可就大了。”

“好。就这样踢！”查德以空想之力踢了一脚，让一件想象中的东西飞了起来。因此，仿佛他们又一次摆脱了那个问题，可以回到他真正关心的问题上来了。“当然，我明天会见你的。”

但是，斯特雷瑟没怎么留意为此提出的计划；他仍有那样的印象——

未因那假装的一踢而有所减轻——印象中有一段不相干的角笛舞[①]或捷格舞[②]。“你是静不下来啊。”

“啊，”他们分手时查德回答说，“你真令人激动。”

① 角笛舞（hornpipe）：英国旧时在角笛伴奏下跳的一种单人舞，一般是水手跳的舞。

② 捷格舞（jig）：一种轻松、快速的三拍子舞。

第五章

然而，两天之内，他还得面对另一次分手。他一早让人给玛丽亚·戈斯特雷送去过一封信，问他是否可以来吃早饭；结果，中午，她就在她那小巧的荷兰风貌的餐厅里的阴凉中等他了。这个隐蔽之地位于房子的背后，能看到历经现代破坏而幸存下来的古老花园的一小片景致；尽管他曾不止一次落座于花园里那小巧而擦得特别亮的待客的桌旁，他以前从未觉得那地方堪称乐于认识，引人亲近，富有古风，淳朴得几近庄严。就像他曾对女主人说过的那样，坐在那里，就会看到眼下保存完好的器皿中反映出来的生活；它多少使生活变得更加美好，令人凝视而悦目。无论如何，斯特雷瑟此刻便感到悦目——因为这是最后一次而更是如此——在那未铺桌布、以其无可挑剔的表面见长的桌板上，小巧的古旧陶杯盘和旧银餐具，其上佳的效果，与赏心悦目地陈列在餐厅里的更值钱的器件相匹配。那几件栩栩如生的荷兰代夫特釉陶，尤其具有家族画像的气派；我们的朋友置身其中，顺势表达了自己的想法。他甚至以略含哲理性的幽默感说话。“再也没什么好等的了；我好像干了一整天的活。我已让他们完全明白。我见了查德，他去过伦敦又回来了。他说我‘让人激动’，而我好像确实搞得每个人都心烦意乱。不管怎样，我让*他*激动了。他显然坐立不安。”

“你也让*我*激动了。”戈斯特雷微笑着。“*我也*显然坐立不安。”

“哦，我当初注意到你时你就这样了。反而好像是我帮你摆脱了这种状态。除了古老宁静之地，”他边环顾四周边问道，“这还能是什么？”

“我衷心希望，”她过一会儿回答说，“我能让你把它当作避风港。”说着，他们隔桌面面相对，仿佛未言之语就在空中。

斯特雷瑟接着说话时，好像以自己的方式，说出了其中一部分。“它无疑仍会给你的东西，绝不会给我了——这就是麻烦了。我啊，”他解释着，身体仰靠在椅背上，但目光却落在一个又小又圆的熟瓜上——“并没有真的与我周围环境和谐相处。你却**很和谐**。我拿它太当回事了。你却**不这样**。它——最后的结果就是这样——让我出丑。”他接着岔开了话题，“他在伦敦干什么？”他问道。

“啊，谁都可以去伦敦，”玛丽亚大笑着。“你知道**我**就去过。”

是的——他理解这种提醒。“而且你把**我**带了回来。”他坐在她对面就此沉思起来，但并不沮丧。“查德带谁回来了？他满脑子都是主意。今天早上第一件事，”他又说道，“我写信给萨拉。所以我没问题了。我就等着她们。”

她没在意这番话里的某些部分，却对别的部分感兴趣。“玛丽有一天对我说，她觉得他具备大生意人的素质。”

“那是的。有其父必有其子嘛！”

“可是**那种**父亲！”

“啊，从这个角度来说，确实就是那么个人！但让我心烦的，”斯特雷瑟又说道，“倒不是他像他父亲。”

“那么是什么呢？”他又吃起早饭来；这时他吃着那诱人的瓜，那是她大方地为他切的；吃完瓜后，他才来面对她的问题。而且紧接着只是说，他过一会儿再回答她。她等着，她观察着，她侍候他讨他开心，或许正是因为有最后这个想法，她很快就提醒他，他还从未向她提起伍莱特生产的那种商品。“你记得我们在伦敦谈到它了吗——那天夜里看戏的时候？”然而，他还没来得及说是的，她已跟他谈到别的事情上去了。他是否记得，他是否记得——他们刚认识时的这个那个？他什么都记得，连她表示根本想不起来的事情，她拼命否认的事情，他都幽默地提到了；尤其是回想起他们刚认识时的强烈兴趣，两个人都对他会从哪里“出来”怀有好奇心。他们曾经推断会是在某个奇妙的地方——他们以为那地方*非常*远。嗯，情况肯定就是那样了——因为他就是从那地方出来的。的确，他是从尽可能远的地方出来的，而现在一定想着自己宁可再进去呢。他当即就发觉自己近期经历的形象；他就像伯尔尼古钟[①]上的一个小人儿。*那些小人儿*到自己的点就会从一边出来，在公众的目光下沿自己短短的路线快步跳过，从另一边进去。他也已快步跳过自己短短的路线——他也有一个不大的退避之所在等着。她要是真的想知道，那他情愿现在就说出伍莱特那了不起的产品。那就什么都得到充分解释了。她就此打断了他；她不但无意知道，而且根本就不愿知道。她与伍莱特的产品已经了断——从那些产品她也没得多少好处。她不想再听到它们的消息，她还提到，据她所知，德·维奥内夫人本人一直都不知道他准备提供的信息。她从未答应接收那些信息，尽管迫于压力时她会从波科克太太那里接受那些信息。但是，对这件事，波科克太太似乎一直就没什么可说的——从未提到过——现在这也无关紧要了。显然，对玛丽亚·戈斯特雷来说，现在什么事都不重要了——换句话说，除了明显的一点，她及时提了出来。“我不知道你是否意识到这么一种可能性，如果随查德先生自己的话，他毕竟还是可能要回去的。我觉得，从你刚才谈到他的情况看，这点你多少是意识到了。”

她的客人两眼望着她，显得友好而又专注，仿佛要预见此番话之后会是什么。“我认为不会是为了钱。”由于她显得犹豫不定，他接着说：“我是说，我不相信他会为了钱而放弃她。”

“那么他*真要*放弃她？”

---

① 伯尔尼古钟：伯尔尼是瑞士首都，世界著名的钟表之城；伯尔尼古钟指伯尔尼市中心古塔上的时钟，上面的钟点由机械小人儿来标示。

斯特雷瑟稍等片刻，这时显得相当缓慢又从容，把最后这个温和的阶段拖长一点，以各种暗示却又未说出口的方式恳求她的容忍和理解。“你刚才要问我什么？”

“他能做什么会让你和好吗？”

“和纽瑟姆太太？”

好像说出这个名字很棘手似的，她只是脸上表示同意；随之又补充说：“或者说，他能做什么会使她努力一下吗？”

“和我和好？”他最后果断地摇了一下头作答。“谁都没办法了。事情已经完了。对我们两个来说都已经完了。”

玛丽亚纳闷起来，似乎有点怀疑。“你对她这么肯定？”

“哦，是的——现在肯定了。发生的事太多了。对她来说，我不一样了。”

这时她理解了，深深地吸了口气。“我明白了。所以，既然她对你来说不一样了——”

“啊，但是，”他打断了她的话，“她没变。”由于戈斯特雷小姐又感到疑惑，他说：“她还是一样。她一如既往。但我现在做的是我以前没做过的——我把她看明白了。”

他说得既严肃又仿佛很负责任——因为他不得不表态了；此话的效果略显郑重其事，因此她只是叫了声“噢！”不过由于得到满足又心生感激，她自己接下来说的话里表明她接受他的这番表白。“那你回国去干吗？”

他把餐盘推开了一点，专心思索着问题的另一面；他真的深陷于那一面，大为感动，不久竟不知不觉地站起来。他事先就受他认为可能来自她的影响，很想阻止它，温和地对付它；不过面对它时，他更希望——尽管要尽可能心平气和——要有威慑力，要果断。他暂时把她的问题搁在一边；他告诉她更多查德的情况。“有关不忠于她的可耻行为这个问题，不可能比他昨夜说的更称我的心了。”

“你就是这么说他这个问题的——‘可耻行为’？”

“噢，当然！我向他详细描述了他会成为那种卑劣货色，而他在这点上完全同意我的话。”

“所以事情真的就像你抓牢他了？”

“真的很像——！我告诉他，我真该诅咒他。”

“哦，”她微笑着，“你已经这么干了。”然后又思索起来：“你不可能在那次求婚后——！”她审视着他的脸。

“再次向纽瑟姆太太求婚？”

她又犹豫了，但她还是说了出来。“你知道，我从来不相信，你真的求过婚。我一直相信其实是她求的婚——而事到如今，我可以理解这点了。我的意思是，”她解释说，“有了这样一种态度——诅咒的态度！——你们这种关系的破裂就无法弥补了。她只要知道你对他的所作所为，就再也不会动一动指头了。”

“我能做的，”斯特雷瑟说，“我都做了——一个人也做不了别的。他申明了他的忠心和恐惧。但我不敢肯定我挽救了他。他申明的东西太多了。他问一个人怎会想到自己厌烦了。但他面前还有整个的人生呢。”

玛丽亚明白他的意思。“他生来就要讨人欢心的。”

“而生他的是我们那位朋友。”斯特雷瑟感觉到了话里古怪的讽刺意味。

“因此那根本就不是他的错！”

“无论如何那是他的危险。我的意思是，”斯特雷瑟说，“那是她的危险，但她知道这点。”

“是的，她知道这点。而你的想法是，”戈斯特雷小姐问道，“在伦敦还有一个女人？”

“是的。不是。就是说，我**根本就**没想法。我怕她们。我跟她们已断绝关系。”说着他向她伸出手。“再见。”

这又让她想起她那还没得到回答的问题。“你回国去干吗？”

“我不知道。总会有事的。”

"去面对大变化，"她边说边握着他的手不放。

"大变化——毫无疑问。不过我要看看我能拿它怎么办。"

"你能做得这么好——？"但是，好像想起了纽瑟姆太太的所作所为，她的话到此为止。

他已完全明白。"像眼下在这地方这么好？像你把你接触的一切做得这么好？"他过了一会儿才说道，因为，实实在在地说，她的提议就摆在他面前——她提议的可是他余生享有精心的服侍，宜人的照料——可能大有诱惑力。它给他十足的温柔，它赋予他充分的温暖，它踏踏实实地基于选择之上。而决定选择的则是美和知识。看起来对这样的东西都不珍视，很笨，简直是愚蠢；然而，如果说这些给了他机会，他们给的机会稍纵即逝。而且她会理解的——她总是会理解的。

可能确实会这样，但与此同时她还在往下说。"你知道，为了你，我什么都愿意做。"

"哦，是啊——我知道。"

"一切，"她重复道，"世上的一切。"

"我知道。我知道。但我还是一定要走。"他终于想到那句话了。"要行得正。"

"要行得正？"

她重复道，隐约含有不以为然之意，但他觉得这点对她来说已经很清楚了。"你知道，这是我唯一的逻辑。在整件事情中丝毫也不为我自己谋利。"

她想了想。"但就凭你那些美妙的印象，你就会大有收获了。"

"大有收获——"他表示赞同。"但一点也不像你。会让我犯错误的是你！"

诚实而善良，她不能过分假装自己没看出这点。不过她可以假装一点点。"可你为什么一定要那么正得可怕呢？"

"那种样子——如果我必须走——你自己就会是第一个要我那样的。我也不可能不这样做。”

这么一来，她就只有接受这点了，尽管还作了徒劳的辩解。“并不完全是你行得‘正’——是你那可怕锐利的眼光让你这样的。”

“哦，但你自己也一样糟啊。我指出这点时，你也没能反对我啊。”

她终于就此怪里怪气又凄凄惨惨地叹起气来。“我确实不能反对你。”

“那我们就这样了！”斯特雷瑟说。

译后记

王理行

《专使》的翻译，始于 1994 年秋。时值《中华读书报》创刊不久，当时在该报主管外国文学版面的记者赵武平来南京联系作者。因为我那段时间经常为《文汇读书周报》写一些外国文学最新动态和书评方面的稿子，同事便把我介绍给了他。和赵武平一起来的，还有一位国家新闻机构的记者，他回京不久，打电话给我，说他工作以外也在做书（当年国营出版社以外做书的人叫书商），希望出一些品位较高的书。他很喜欢亨利·詹姆斯这位作家，希望我自己，加上另找两个人，把亨利·詹姆斯后期的三部重要小说《鸽翼》《专使》和《金碗》翻译出来，由他来负责出版。我知道亨利·詹姆斯的小说，尤其是他后期的小说，以艰深难解著称，翻译难度很大，因此在电话里很是犹豫。可他不断在电话那头说个不停，其中说到，我刚到而立之年，是该啃一些硬骨头了，这样到年纪大了也可以有些回味。我觉得此话不无道理，终于答应下来。

既然答应了，我马上找了一同事译《鸽翼》，一南京大学的老师译《金碗》。我自己就开始翻译《专使》。因担心难度大翻译的时间会拖很久，我后来又请南京大学的一位老师帮我分担此书后面三分之一的翻译。几位译者都为能参与翻译这位名家的名作而欣喜。一晃半年过去了，图书市场已转向低迷，北京那位记者在电话里对我谈到出书难的问题，但又说他还是看好亨利·詹姆斯的这几部小说。我马上了解了一下各位的翻译进度，不知是因为各位都太忙还是因为翻译难度实在太大，结果是，《鸽翼》译出了三四万字；《金碗》还没开始翻译；帮我分担《专使》后面三分之一翻译的老师只译了两千字。鉴于这些情况，我与北京那位记者商定，立即让那三位译者终止翻译工作。三位译者一听此消息，个个如释重负。当时我自己《专使》的译文已有七八万字，这七八万字可是我这半年里除了非干不可的事以外全力投入费尽心机绞尽脑汁的成果，如果就此终止《专使》的翻译，我心有不甘。再说，像《专使》这样富有文学个性和价值的名著，不论什么时候，只要认认真真翻译好了，就不愁没人出版。于是我仍然继续《专使》的翻译。

到 1996 年夏，我的工作岗位有了变化，工作责任和压力急剧增加，不仅八小时以内，连八小时以外的晚上、周末，乃至睡梦中，都经常在考虑工作上的事，完全无暇他顾，《专使》的翻译自然不得不暂停。此时，《专使》已译出三分之二。这二十来万字的译文，都是一个字一个字地写在稿纸上的，写满了六七本每本一百页每页三百字的稿纸。当时人们把在稿纸上写作、翻译叫作爬格子。

此后的十多年，虽然工作岗位有过几次变化，但总的来说，都免不了又忙又累，尽管心里一直记挂着《专使》的翻译，但只是偶尔拿起笔译上几页，翻译几乎没有什么大进展。

时光飞逝。到 2012 年，尽管当时的工作还是比较紧张，但经过两年的适应后，我终于基本上可以在周末翻译《专使》了。这时的翻译，当然已经不是爬格子，而是用上电脑了。同时，为了方便以后修改，我请人把前面写在稿纸上的二十多万字译稿输入电脑。由于只是周末搞翻译，而周末又还不时会有因公因私的杂事打扰，所以，翻译进展仍然比较缓慢，直到 2014 年上半年，才译完《专使》全书。不过，此处所谓的译完，其实只是译出了初稿。

前面已提到过，《专使》以艰深难解著称。这部小说即使对母语是英语的文学读者来说也有较高阅读与理解上的难度。有位美国某大学的文学教授在得知我在翻译此书时，马上瞪大眼睛张大嘴巴看着我，惊讶地“啊”了一声，随即向我竖起大拇指。

初稿出来后，就开始逐句对照原文修改译稿。修改《专使》译稿的工作，难度依然很大，进展依然缓慢。即使在修改译稿的阶段，仍然经常查一本本词典，反复琢磨推敲，或就一些疑难问题请教相关专家和同学，一个句子花上一两个小时、半天，甚至更长的时间，是常有的事。

到 2016 年秋，集编辑、作家、翻译家于一身的漓江出版社的老朋友沈东子先生知道我在翻译《专使》，表示可以将此小说收入该社的“英语文学典藏译丛·长篇小说卷”。我的第一本译著就是在漓江出版社出版的，该社的第一代外国文学出版人刘硕良、宋安群、莫雅平等都是我的老朋友。我欣然与该社重续前缘，签了出版合同。

这样我就不得不尽量排除各种干扰，以便加快修改译稿的进度。不过，到2017年4月30日交稿截止期到时，修改译稿的工作仍未完成。蒙东子兄又宽限我两个月，终于，到7月3日，我交出了三十万字的《专使》正文译稿。

交稿前的半年，由于有交稿期限的限制，我一直在紧张地修改译稿。也许弦绷得太紧，用脑过度，以致交出《专使》正文译稿近一个月后，才得以开始修改亨利·詹姆斯为纽约版《专使》写的那篇著名序言的译文。此序言谈《专使》的创作，和其正文一样，许多词句看上去每个单词都认识，但在整个句子里、在上下文里的确切含义却颇费思量，比正文更加艰涩难译。修改译文，其实仍然是对原文逐句反复琢磨推敲然后又绞尽脑汁尽可能用贴切的中文表达的过程。

前面一直在谈《专使》的理解与翻译之艰难，下面试举一例。

《专使》第八部第一章第一段的最后一句，原文是：

It was all very funny he knew, and but the difference, as he often said to himself, of tweedledum and tweedledee-an emancipation so purely comparative that it was like the advance of the door-mat on the scraper;

这里的scraper究竟是什么？各种词典上可以查到它的十几个释义，但在这个句子里究竟该采用哪个？我反复琢磨也难以确定。而这个单词的意义不确定，整句话的意思也就难以确定。最后，想起作者詹姆斯生长于美国后来又在英国生活多年最后加入了英国籍，我通过微信，同时问了两个同学和一个同学微信群：一个同学叫季晨，曾在南京大学做英语专业老师，参与词典编撰，后在英国生活多年，曾在英国广播公司（BBC）做英语播音员，现在纽约联合国总部做同声传译；一个同学叫高寿娣，多年来来回回生活于中国和英国，从事贸易工作；小微信群里有在中国、美国、加拿大工作生活多年的同学。我一开始同时问他们的问题是：It was like the advance of the door-mat on the scraper 中的这个 scraper 会是什么？ door-mat 是放在 scraper 上面的吗？ the door-mat 会在 the scraper 上 advance？

在英国的高寿娣说，scraper 是刮土机，刮土机架起来用的；door-mat 是门垫。鞋先后在上面摩擦，鞋上的泥土就会掉下来。会是这样吗？

我问高寿娣，意思是这个过程中 the door-mat 在 the scraper 上 advance 的距离很有限？

为了让参与讨论的同学及时了解其他同学说了什么，我及时把两个同学和一个微信群里每个同学说的话都及时贴到上述另外同学的微信或微信群里。

微信群里的童琇璒大学毕业后曾在国家外文局从事英语书刊编辑工作，在美国生活多年。她说，这句话里的 tweedledum and tweedledee 是一对双胞胎，好比门垫和刮刀，都用来擦鞋。而在美国出生长大、刚刚大学毕业的她女儿在一旁听到她在为 the door-mat 和 the scraper 纠缠不清，马上脱口而出，这两个单词指的是一样东西，两样同时用毫无必要，很荒谬。童琇璒认为，advance 这里应该是 in front of 的意思。把 the door-mat 放在 the scraper 前面是多此一举、毫无必要的意思。

曾在南京大学当英语老师、现已在纽约生活工作多年、经常在世界各地跑的祁拯平把网店里各种 scraper 的照片发给我，以让我增加直观认识。

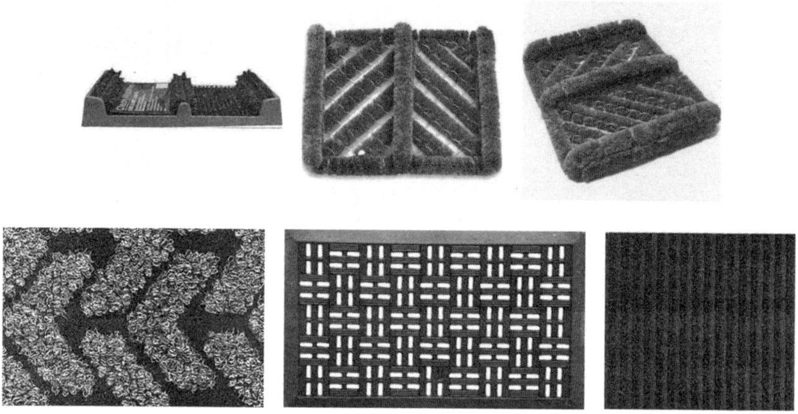

祁拯平指出，scraper 也是 door-mat 的一种。根据上下文，这句话的意思或许是多此一举或者是彼此彼此、大哥二哥的意思。她和童琇瓅都觉得，scraper 可以译作擦鞋垫。童琇瓅还说，有些人在车库入口或大门入口处就放这样的，以前在堪萨斯还见过竹制的。

我说，door-mat 一般译作擦鞋垫，scraper 要换一个译法。

祁拯平说，你不会把 door-mat 译作门垫，scraper 译作擦鞋垫？advance 是领先，这句话的意思，就像说 door-mat 比 scraper 好一样好笑，因为其实是一样的东西。

季晨发了一张照片来，说这玩意儿叫 scraper，有的干脆就是一个金属架子，可以“刮”掉泥巴，可以叫刮泥垫吧，正好对应 door-mat 蹭鞋垫。在英国，人们喜欢穿着套鞋在乡间泥泞道上散步，回家先在 scraper 上把粗泥巴蹭掉，再到 door-mat 上面把剩余的脏东西蹭干净，两个都需要，但两者如孪生兄弟。

我说，那么可以这样理解：他知道这十分可笑，但正如他经常想到的，其差别可谓微乎其微——纯粹是相比较而言，就像是门口在刮泥垫上往前到蹭鞋垫，移动很有限。

要搞懂整句话的意思，还要搞明白，此处 advance 是什么意思？

暂待美国的杜骏遥本科学的是俄语，最近在强化学英语。她看了半天，终于给出了这句话的译文：这很好玩，但是他知道两者之间的差别微乎其微，就像蹭鞋垫和进门垫，非要找出差别，也是半斤八两。她还说：这段话不宜逐字逐句翻译，意译是不是更妥？

我说：不一定每个单词都对应翻出来，但这么难理解的一句话，必须明白每个单词词组在句子中的作用，先直译出来，然后综合考虑把译文处理妥当。不能有了大致的意思，就把中文理顺就行了。我刚才还处于琢磨意思的阶段，不是最后的译文。原文中 advance 和 emancipation 这两个词的确切含义还没搞清楚。另外，半斤八两这种中国文化色彩太重的词汇，不宜出现在译文中。

emancipation 的基本含义“解放”，意思是接近的。前面说的是从一个比较闭塞的小城来的两个美国人，在欧洲待了一阵，一个脑子顽固不化，一个在逐步接受欧洲的新思想、新的生活方式的影响，但后者觉得，其实，他们的差别微乎其微。后者相对于前者，是有点解放了的意思。

我还说，翻译是个很有意思的事情，有兴趣讨论的人，人人都有想法，都有话可说。而且讨论常常会没完没了，还经常分不出绝对的对错，互相难以说服。

说到这里，我就先午休去了。可是，由于刚才脑子动狠了，躺在床上也睡不着，想来想去，想到 emancipation 应该是“开化”的意思。

起来后看到杜骏遥已给出更新的译文：这很有意思，但是他知道这所谓的开化其实也似有若无，就像蹭泥刷和进门垫，如果非要比较出两者之间的差异，就算真有优劣，也是微乎其微！

她还激动地大喊：不是解放！是开化！开化！开化！我洗澡时想到开化，高兴死了。

我告诉她：刚才躺在床上睡不着也想到开化这个词了。“英雄”

所见略同。

到此，就剩下 advance 这个词的确切含义没搞清了。季晨说，夜已深，他要先去睡觉了。等明天他再好好想想。

第二天，他告诉我：看懂了，advance 是 improvement，关键词是介词 on：其实情况好不到哪儿去，充其量等于把粗糙的刮泥垫换成了稍微精致一点的蹭鞋垫，但半斤八两，差别微乎其微。大概是这个思路。

我觉得他对 advance 的这个理解可以接受。综合同学们提供的各种思路和建议，我准备翻译成：他知道这十分可笑，正如他经常想到的，这不过是两个双胞胎之间微乎其微的差别——完全是相比较而言的开化，就像是门口由刮泥垫到蹭鞋垫，也好不到哪里去；

另外我将加一个脚注，把季晨说的那两个门垫的含义与用途说清楚。我的脚注是：中国人入户门口一般放一块门垫，用来擦去鞋底的泥巴或脏污。英国人在入户门口一般放两块门垫，因为英国人习惯穿着套鞋在乡间泥泞道上散步，回到家门口先在比较粗糙的垫子（scraper，刮泥垫）上把鞋上明显的泥巴刮掉，再在比较精细的垫子（door-mat，蹭鞋垫）上把鞋底上的脏污尽量蹭擦干净。

季晨看后，把脚注改得更准确而贴切：中国人一般在家门口放一块门垫，用来擦去鞋底的泥巴或脏污。英国一些人家在入户门口放两块门垫，这样他们穿着套鞋或靴子在乡间泥泞道上行走回来，先在比较粗糙的垫子（scraper，刮泥垫，置于门前台阶）上把鞋上较厚的泥巴刮掉，再在纹理更细的垫子（door-mat，蹭鞋垫，置于门前）上把鞋底上的脏污尽量蹭擦干净。

这大半句话，总算译好了。我终于有心情说说闲话了：翻译这大半句话，让这么多人耗费这么多时间精力，这稿费该付多少钱才合理呢？

祁拯平马上说：请每人一顿红烧肉，外加一碗辣油馄饨！

杜骏遥说：还有一笼小笼包吧。

（辣油馄饨、小笼包，是我们上南京大学时经常在校门口小吃店里吃的两种小吃，离校几十年了，同学们一想起南大就会想到它们。红烧肉是如今南京大学餐厅里最著名的美味。）

童琇瓈说：我要一桌淮扬菜，外送这本王理行签名的大作。

我说：各位，要我请客吃饭肯定没问题。不过要向大家说明一个实情：我这本书的稿费是每千字 90 元，这是出版社充分考虑到此书翻译难度后才定的稿酬标准。这大半句话的译文共 65 个字，稿费是 5.85 元。我是靠当编辑的工资收入过日子的，请同学吃饭肯定请得起，请放心。要是我专门靠翻译稿费过日子，那要想不饿死，就要向同学们募捐了。

杜骏遥说：这几块钱不容易！

马强在国内当过英语教师，后辗转欧美，已在加拿大生活多年，前面可能一直忙于要事，此时突然冒出来说：点睛之笔，无价！

是啊，毕业三十多年、身在四国的五六位同学，前后花了两天时间商讨出最后共 65 个字的译文，其中蕴含的同窗之情、对文学翻译的热爱与精益求精，用多少钱也买不到啊！当然是无价的！

这么聊着，好像比实际吃了任何美味佳肴还开心！这样探讨文学翻译，其乐无穷！

亨利·詹姆斯是十九世纪末二十世纪初英美文学由现实主义向现代主义过渡时期的代表人物。《专使》是他后期最重要的一部作品，也是他最喜欢的自己的作品，其中贯穿着大量的人物心理活动，其明显的语言特征是接连不断的长句，一个句子中为了传达作者想表达的各种信息会不断地塞入各种成分，句子结构常常十分错综复杂，太多的句子看上去似乎每个单词都认识但就是不易吃准具体含意。这些是这部小说难译的主要原因。文学作品是由包括从内容到形式、从内涵到外延在内的方方面面的因素组成的一个有机的整体，其中包括题材、思想、意义、意境、语言、风格、技巧、遣词造句、段落篇章结构、阅读效果、审美效果等等。译者应把原作中包括上述因素在内的各种因素，原作中存在的一切因素，都尽可能从宏观上和微观上去全面地把握，并尽其所能在译作中全面忠实地加以再现。我向来主张在文学翻译实践中、在文学翻译批评中都秉持这一文学翻译的全面忠实观，而不是不顾原作风格只顾片面追求译文简洁、优美、朗朗上口，更不能在译文中刻意展现译者个人的风格甚或才情。当然，从主观和客观两方面来说，这样的文学翻译的全面忠实观，是文学翻译中的一种理想，是一种应该不断追求、有可能不断接近，但永远无法完全实现的理想。然而，不可能完全做到全面忠实，绝不应该成为译者随心所欲地脱离原作而自行其是地对原作任意添、删、改甚至译者自己大加发挥进行“再创作”的借口。有了全面忠实这个理想，译者是否朝此目标努力及努力程度的大小，其结果必然有所区别，甚至有本质性的区别。我在《专使》的文学翻译实践中，一直尽力全面忠实于原作，但因自身各方面的积累、能力、水平所限，虽前后断断续续翻译了二十四年，但译文中一定仍然有各种各样的不足与差错，仍有较大的改进空间。欢迎广大读者不吝赐教。

2017 年 8 月 28 日

图书在版编目（CIP）数据

专使 / ［美］亨利·詹姆斯著；王理行译.
—桂林：漓江出版社，2018.9
［英语文学典藏译丛·长篇小说卷］
ISBN 978-7-5407-8444-7
Ⅰ.①专… Ⅱ.①亨… ②王… Ⅲ.①长篇小说—美国—现代 Ⅳ.① I712.45

中国版本图书馆 CIP 数据核字 (2018) 第 096757 号

ZHUANSHI
专 使
［美］亨利·詹姆斯 著
王理行 译

责任编辑：张 谦
助理编辑：辛丽芳
书籍设计：石绍康
责任监印：杨 东

出版人：刘迪才
漓江出版社有限公司出版发行
广西桂林市南环路 22 号 邮政编码：541002
网址：http://www.lijiangbook.com
全国新华书店经销
销售热线：0773-2583322 010-85893190
北京大运河印刷有限责任公司印刷
［北京市通州区潞城镇大营工业区 邮政编码：101117］
开本：880mm × 1230mm 1/32
印张：16.75 字数：440 千字
2018 年 9 月第 1 版 2018 年 9 月第 1 次印刷
定价：56.00 元

如发现印装质量问题，影响阅读，请与承印单位联系调换
［电话：010-80584262］

朋+砚
project
Piedra De Sol

诗歌是对理性的挑战，因为它是唯一可能的理性。诗歌并不会导致错误，相反，它是理性的感知。

诗歌早于人类初始，晚于人类终结。它是天堂的语言，末日审判的语言，它从永恒的乳房中挤出乳汁，它如同天空的禁忌，不可触碰。

诗歌是天堂的语言。因此，只有那些有着那个年代记忆的人，只有那些没有忘记宇宙分娩时的啼哭和新生世界的口音的人，才是诗人。诗人的细胞在第一次疼痛中被揉碎，之后便记住了第一次痉挛的节奏。宇宙在诗人的喉咙里找寻着他的声音，一种不朽的声音。

诗人代表着一种发生在世界和人类大脑之间，世界和它的表象之间的痛苦戏剧。没有感受过这种事物与词句间的戏剧的人将无法理解我。

诗人熟知事物向着词语呼喊的回响，看到事物之间微小的羁绊，听到相隔无法估量距离的文字彼此发出的秘密声音。他让创世之初就相互敌对的词语握手言和，将它们组合在一起，让它们行走于他的牧群，无论它们多么叛逆。

他发掘动词中最为神秘的隐喻，将其浓缩到一个更高的层面，把它们编织在他的论述中，在那里，随心所欲将扮演一个迷人的角色。在那里，一切都有了新的力量，进而可以穿透词语内部的灼热震颤，打开读者的大脑，给它插上翅膀，将它传送到一个更高的层面，提升它的等级。之后，他的灵魂将被神秘的吸引和可怕的威严占据。

文字有种隐藏的性情，有种让人神往的过去，只有诗人才知道如何将其发掘，因为他总能反本溯源。

语言变成了一种驱魔的仪式，它呈现在那最初赤裸的光芒之中，与因袭的外饰无关。

所有有效的诗歌都趋向于想象力的最终极限。不只是想象力，还有精神本身，因为诗歌是最远端的地平线，是极端的交点，是对立的呼喊声的混淆之处。当到达最终的边缘时，现象的常规锁链打破了它的逻辑，而在另一边，也就是诗人之地的初始之处，这个链条以一种新的逻辑重新建立起来。

诗人向你们伸出手，带领你们越过最后的地平线，越过金字塔的顶端，进入那个超越真与假，超越生与死，超越空间与时间，超越理性与幻想，超越精神与物质的领域。

他在那里种下了他眼睛的树，从那里思考世界，从那里与你们对话，给你们揭示世界的秘密。

他的喉咙里有一股不灭的火。

还有在两颗星星之间摇晃的大海。

还有那钉在他舌头上的“要有光”[2]。

注释

1 本篇为作者 1921 年在马德里文化协会（Ateneo de Madrid）的演讲选段。1931 年《天空的震颤》首次在西班牙出版时收录作为序言。

2 原文为 Fiat Lux，即《圣经 · 创世纪》中神在创造世界时所说的“要有光”的拉丁语。

阿尔塔索尔

序

我生于公元 33 年，生于耶稣死去那天[1]；我生于春分之日，生在绣球花和热烈的飞机之下。

我凝视着雏鸽，隧道和感伤的汽车。我发出小丑的叹息。

我的父亲是盲人，他的双手令人钦佩，甚于夜晚。

我爱那夜晚，它是每一天的帽子。

那夜晚，那白天的夜晚，日复一日。

我的母亲，言谈如黎明，如那将要坠落的飞艇。她的头发是旗帜的颜色，她的眼中饱含远方的大船。

一个下午，我拿上降落伞，说：“在一颗星星和两只燕子之间。”死亡正在临近，如同地球靠近一只坠落的气球。

我母亲在最初的几道彩虹上刺绣出荒芜的泪水。

现在我的降落伞穿过死亡的空间，坠落在一个又一个的梦里。

第一天我碰到一只不认识的鸟，它对我说：“如果我是单峰驼，就不会感到口渴了。现在几点了？”它饮尽我头发上的露珠，瞥了我三眼半，一边说“再见”一边走开，郑重地挥舞着它的手帕。

那天大约两点，我找到一架漂亮的飞机，里面装满了鳞片和蜗牛。我在天上寻找某个角落躲雨。

远方，船停泊在朝霞的墨染之中。突然之间，它们四散而去，一个接一个，拖拽前行，如同不容置疑的曙光的彩旗。

随着最后几只船的离开，曙光消失在一阵肆意澎湃的浪潮之中。

我听到了造物主的低语，他无名无姓，仅仅是虚空之上一个孔洞，美妙得像这个世界的中心。

“我造出巨响，这响声形成海洋和海浪。”

“这响声和海浪紧紧相依，就像明信片和邮票紧紧贴在一起。”

“之后，为了把那些日子——那些有着真正的，重塑的，却又是无可置疑的缘由的日子——缝合起来，我用闪电编织一条长长的绳子。”

“之后，我描绘地球的地理和手掌的纹路。”

“之后，我喝了一点儿干邑（由于水文[2]原因）。”

“之后，我造出嘴和属于嘴的唇，为了管束模棱两可的微笑和嘴里的牙齿，为了监督脱口而出的粗鲁。”

“我造出嘴里的舌头，男人们用它偏离角色，学会说话……对她说，对她说，那美丽的女泳者——她从纯粹性感的水生角色中永远脱离出来。”

我的降落伞开始极速坠落。这就是死亡和敞开的坟墓[3]的吸引力。

你们可以相信，坟墓比爱人的眼睛更有力量。敞开的坟墓有全能的吸引力。如此我对你说，对你说，你的笑容，让人想起了世界的开端。

我的降落伞纠缠在一颗熄灭的星星中，它还在认真地沿着它的轨道转动，似乎忽略了这努力之徒劳。

借着这难得的休憩，我开始用深思填满我棋盘的方格。

“真正的诗都是烈火。诗歌四处蔓延，用快乐或痛苦的震动照亮了它的终结。”

“应该用非母语来写作。”

“四个基本方位[4]其实是三个：南和北。”

“一首诗就是一个将成之事。”

“一首诗就是一件绝无却应有之事。”

“一首诗就是一件从未成为，也永远不能成就之事。”

“如果你不想被风撕碎，那就不要暴露在高处的边缘。”

“如果我一年没有至少发一次疯，那我又要发疯了。”

我拿上降落伞，从我这颗行进中的星星边缘出发，向着那最后一声叹息的大气层前进。

我在睡梦的岩石上无休止地翻滚，在死亡的云朵中翻滚。

我遇到了坐在玫瑰中的圣母，她对我说：

“你看我的手：像电灯泡一样明净。看见那些细丝了吗？里面流淌着我无染的血。”

“你看我的光环。上面那些裂缝，证明我的年老。”

“我是圣母，没有人类污点的圣母，唯一的完美的圣母，一万一千名复活的贞女[5]的领袖。”

“我讲的语言能填满心灵的空虚，遵循云朵沟通的规律。”

“我总说再见，又留下。”

“爱我吧，我的孩子，毕竟我欣赏你的诗，我会教给你天空的壮举。”

“我多么渴望温柔啊，亲吻我的头发吧，今天早晨，我已经在黎明的云彩中梳洗过它们了，现在我想在我氤氲的床垫上睡上一觉。”

“我的目光是地平线上的一根电线，燕群会在上面休憩。”

“爱我吧。”

我跪在那环形的空间里，圣母起身，过来坐在我的降落伞上。

我入睡，背诵起我最引以为豪的诗句。

我的诗歌的火焰灼干圣母的头发，她同我道谢，远去，乘着她柔软的玫瑰。

只留我在这里，独自一人，如同无名的海难里留下的孤儿。

啊，太美了……太美了。

我看见山川，河流，丛林，大海，船舶，繁花和蜗牛。

我看见黑夜，白天，以及连接它们的轴心。

啊，我是阿尔塔索尔，伟大的诗人，没有以金丝雀藟草[6]为食的马，皎洁的月光也不能温暖我的喉，我只有我小小的降落伞，如同行星上的遮阳棚。

我额头的每一滴汗珠都生出星星，我令你们为它们洗礼，如同为红酒洗礼。

我眼观万物，我的大脑由预言家的舌头锻造。

那座山是上帝的叹息，它在一个膨胀的温度计中升起，直触到了爱人的脚。

他察觉一切，不用成为沃尔特 · 惠特曼就知晓所有秘密，我却从未有过那样白的胡子——白得像漂亮的护士或是冰冻的溪谷。

他整夜听见伪造硬币的锤击——只是一些活跃的天文学家。

他在大洪水[7]后遵从那些鸽子，饮下一杯滚烫的智慧，知晓了那疲惫的路途，那船只留下的沸腾的航迹。

他知道那些关于记忆，关于被遗忘的美丽季节的所藏之处。

他，是飞机的牧师，是迷途的夜晚的领路人，是向着独一无二的极点前行的经验丰富的西方领路人。

他的哀叹如同一个闪烁着的陨石之网，无人见证。

白天升起在他的心中，而他垂下眼帘，给了作物一个休憩的夜晚。

他在上帝的目光中洗净双手，梳理他的头发——如光般的头发，如足量雨水滋润的纤细麦穗般的头发。

当星星在一整夜的劳作之后沉睡，喊叫声渐行渐远，像在山上徘徊的兽群。

俊俏的猎人面向天空中的水钵，守望没有心脏的飞鸟。

悲伤吧，如同面对无尽和流星的瞪羚，如同没有海市蜃楼的沙漠。

直到一张嘴的出现——它因为亲吻流放地丰收的葡萄[8]而丰腴。

悲伤吧，她在这流逝年月的一角等待你。

她可能会在你下一首歌的结尾，漂亮得像那自由落体的瀑布，华美如同赤道。

悲伤吧，要比那玫瑰更悲伤——那是漂亮的监牢，囚禁我们的目光和不谙世事的蜜蜂。

生活是一场降落伞之旅，非你所想。

我们下坠，从天顶坠落到天底，留下了溅染鲜血的空气，而明日，呼吸之人将被毒害。

在你之内，在你之外，你将从天顶坠落到天底，因为那是你的命运，你的悲惨命运。从越高处坠落，那回弹就越高，你对石头的记忆停留就越长。

我们从母亲的肚子上，亦或是从星星的边缘跳下，下坠。

啊，我的降落伞，大气中唯一的芳香的玫瑰，死亡的玫瑰，堕落于死亡的天体之间。

你们听到了吗？那源自封闭的胸腔里的险恶之音。

打开你魂灵的门，去外面呼吸吧。你可以用你的叹息打开那道被飓风关闭的门。

朋友，这是你的降落伞，美妙得让人头晕目眩。

诗人，这是你的降落伞，美妙得像一个引人入胜的深渊。

巫师，这是你的降落伞，你的一个字就能把它变成上升伞[9]，美妙得如同想要弄瞎造物主的闪电。

你在等什么？

而我还有一个秘密，黑暗之神忘了如何微笑。

降落伞等待着，系在门上，像一匹马，奔逃永无止境。

注 释

1 普遍认为耶稣死于公元 33 年逾越节。

2 指自然界中水的变化，运动等各种现象。

3 “他们的喉咙是敞开的坟墓。他们用舌头弄诡诈。嘴唇里有虺蛇的毒气。”
——《新约 · 罗马书》，3:13。

4 四方位或基本方位就是东南西北。

5 这里可能是在借用圣女厄休拉（Saint Ursula）的故事。据说厄休拉是不列颠杜姆尼国王的女儿，一位笃信基督教的公主，却被许配给布列塔尼王国的王子，一位异教徒。厄休拉要求婚期延后 3 年，以达成她前去罗马朝圣的愿望。于是，她与 10 名贵族贞女为伴，又各自带着 1000 名童贞侍女，开始她们的朝圣之旅。公元 383 年，她们在归途中到达科隆，被入侵的匈奴王阿提拉所率领的匈奴人袭击，所有的侍女都被屠杀。阿提拉欲霸占厄休拉，遭到反抗，恼羞成怒的阿提拉将其射杀。

6 一年生草本植物，果实一般用作鸟食。

7 《旧约 · 创世纪》中，耶和华见人罪大恶极，降下洪水，只剩诺亚方舟上面的生物存活。诺亚方舟在在大洪水中漂流了 40 天以后，搁浅在高山上。为了探知大洪水是否退去，诺亚先是放出乌鸦，随后又两次放出鸽子，直到他第二次放出的鸽子衔回橄榄枝后，说明洪水已经退去。

8 葡萄是圣经中的一种重要作物。而《士师记》中也提到，在每年葡萄收成的季节，女子在欢庆中都会出来欢乐跳舞。

9 作者在这里根据“降落伞”的构词法，用它的反义词创造了一个词语，故译作“上升伞”。

第一歌

阿尔塔索尔，你为何失去了最初的平静？
是哪一位罪恶天使手持利剑
停在了你微笑的门前？
是谁在你眼中的平原播种下痛苦，如同神祇的装饰？
你为何在某天突然感到了存在的恐惧？
那个声音对你呼喊你还活着，而你却看不到自己的存活
谁把你的想法汇聚在痛苦之风的交点上？
你梦中的钻石破碎在惊愕之海
你迷失了，阿尔塔索尔
孤单一人，在宇宙之中

孤单一人，就像在虚空之上绽放的音符
没有善，没有恶，没有真，没有序，也没有美
你在哪里，阿尔塔索尔？
痛苦的星云如大河奔流而过
它拖拽着我，由于引力的法则

凝结成气味的星云从它自身的孤独中逃离
我感到有个望远镜像把左轮手枪一样瞄着我
一颗彗星的尾巴鞭打着我的脸，满载永恒划过天空
不知疲倦地寻找一湖静水，只为冷却那不可回避的任务

阿尔塔索尔，你会死的。你的声音会干涸，你将消失无踪
地球将继续在它精确的轨道上转动
小心翼翼诚惶诚恐，如同杂技演员行走于钢索
目光恐惧
你徒劳地寻找一只发狂的眼睛
没有出口可供逃离，风吹散了行星

你想，如果可以逃脱的话，永远坠落也没有关系

你没看到你在坠落吗？

清一清你带有偏见和道德的头脑吧

如果你一无所获，又想要腾飞

就让你自己继续坠落吧，不要停止，不要害怕那阴影深处

不要害怕自己内心的困惑

或许你会找到没有夜晚的光亮

迷失在悬崖的裂缝中

坠落吧

　　　永远坠落吧

坠落去那无尽的深处

坠落去那时间的深处

坠落去你自己内心的深处

坠落到那可以坠落的最低处

坠落，别头晕

穿过所有的空间和所有的年代

穿过所有的魂灵，所有的欲望和所有的灾祸
坠落吧，燃烧吧，穿过星体和海洋
烧掉那些注视你的眼睛，和那些等候你的真心
烧掉夹杂着你声音的风
那风在你的声音中凌乱
而夜晚在它骸骨的洞穴之中感到寒冷

坠落于童年
坠落于衰老
坠落于眼泪
坠落于欢笑
坠落于有关宇宙的音乐
从你的头坠落到你的脚
从你的脚坠落到你的头
从大海坠落到桥梁
坠落到无尽沉默的深渊
如同正在沉没的船渐渐熄灭它的灯

全都结束了

食人之海敲打着无情的岩门

恶犬吠叫于死亡的时刻

天空听见星星的脚步渐远

你孤单一人

径直走向死亡，如同从极点脱离的冰山

夜晚找寻它的心脏，坠落于大洋之中

目光汇聚成洪流

当浪潮环绕

月亮——光明之子——从巨浪中逃离

看吧，这满满当当的天空

比矿井中的溪流更加富饶

空中遍布的星星在等待着洗礼

那些由石头天体投入永恒之水而飞溅出的星星

它们不知自己想要什么，不知是否存在暗藏的网

不知哪只手握住绳索

不知哪个胸膛呼出的风从它们身边呼啸而过
它们也不知道，是否这些手或胸膛根本不存在
鱼群的山峰
有着我欲望的高度
我将我最后的苦痛在夜晚抛洒
如此，鸟群就能唱着歌各奔天涯。

你们要修好黎明的引擎
当我坐在我眼睛的边缘
等待图像进入的时候

这就是我，阿尔塔索尔
阿尔塔索尔
被困在他命运的牢笼中
我徒劳地抓住那些可能逃离的铁栏
一朵花锁住道路
铁栏升起，如同火焰般的雕像。

不可能的逃离

我在我的焦虑中行走

比一支在黑暗中遭到伏击的军队还虚弱

我睁开了我的眼睛

在基督死去的世纪。

扭曲的他在十字架上垂死挣扎

正要发出他最后的叹息

明天我们将在这个空空如也的地方放上什么？

放上朝霞，或是日暮

必须放上点什么吗？

荆棘之冠喷涌出最后的星星

在此枯萎

基督教必将消亡

它什么问题都没解决，只教会了人们死去的祷词。

在存在了两千年后消亡

一门大炮给基督教时代画上句点

基督想要数百万的魂灵陪葬

和他的神庙一起坍塌
并和无数的随从一起穿过死地。
千万架飞机向着新时代致敬
它们是神谕，是旗帜

不过在六个月前
我留下新近切割好的赤道
在受奴役的病人的战争墓
怜悯的皇冠戴在人类的愚蠢之上。
仍旧是我，在 1919 年诉说着
在冬天
欧罗巴埋葬了它所有的死者[1]
一千行眼泪只能造出一个雪十字架
你看，那些晃动着手臂的草原
数以百万的工人终于明白
把曙光的旗帜升向天空
来吧，来吧，我们等你们，因为你们就是希望

是唯一的希望

最后的希望

我是阿尔塔索尔，我是自己的双生

看着自己创作，并面对面嘲笑自己

从自己星星的高地坠落

行走二十五载

挂在自己偏见的降落伞上

我是阿尔塔索尔，来自无尽的焦虑

来自永恒之中无情无义的饥饿

肉身被痛苦的犁碾过

在陌生的土地中，我要如何才能入睡？

问题

悬在我心中的秘密

我孤单一人

从身体到身体的距离

遥远得如同从魂灵到魂灵

孤独

孤独

孤独

我孤独地停留在这行将就木的年华边缘

宇宙破碎成浪花，飘洒在我的脚上

行星绕着我的头旋转

扬起的风弄乱了我的头发

给不出一个回答来填补深渊

感觉不到那在空中的动物中找寻的美好渴望

一个心脏安睡之所的母性的存在

一个谜样旋风中的阴影里的床榻

一只爱抚热烈的心跳的手。

在虚无或全盛中被稀释的神明

全盛之神或虚无之神

言语之神或表情之神

智慧之神

呼吸之神

新神旧神

腐朽之神

　　　　又远又近

在我的窒息中塑造的神明

让我们继续在大脑中耕种那些荒谬之地

让我们继续在胸膛里耕种那些真理之地

让我们继续

一如既往，如昨日，明日，晚些，之后

不

不能这样。我们必须扭转时运

让我们在黄昏的眼睛里燃烧我们的肉身

让我们饮下死亡中羞怯的光亮

那死之极点的光亮

混乱向着有着男人胸膛的混乱歌唱

哭声回荡在整个宇宙中

伴随各种神话传说，在幻想之间闪转腾挪

高烧中的空虚苦痛

徒劳牺牲里的良心不安

来自天空崩塌的无用经验

来自失败的实验

即使在这个人消失之后

他的记忆也会在时光的篝火之中燃烧

痛苦的味道将残留在地球大气中

被可悲可叹的乳房呼吸了许多个世纪

不详阴影将残留在宇宙中

来自一颗硕大的眼泪

一个迷失的声音在悲伤中嚎叫

没有 没有 没有

不

不能这样

了结那些欢乐吧

在生活中耗尽生活吧

愿那被疯癫的狂想曲渗透的死亡死去

它被纤弱的钢琴和变化如蝉的旗帜渗透
死亡之岩在世界的边缘哀叹
风卷过它苦涩的花
和那无法诞生的春天的悲痛。
一切都是圈套
　　　　　　是精灵的圈套
梦境和现实的电传导
孤独中那漫长石化的绝望里的黑暗光亮
存活，存活在黑暗中
在专制欲望的锁链，呻吟的项链之间
以及在自我深处的一场无尽的航行。
伴随着恒定极限的痛苦和毁灭天使的廉耻
夜神的嘲笑。
转动，转动你转动那些太空中的天线
在轻快的海洋和停滞的曙光间

我站在你们面前

以宣扬物种保护的
白痴法律的名义
污秽的法律
根深蒂固于天真性别的乡下法律。
由于这项法律，首个无意识的陷阱
那男人痛苦不堪
在大地缝隙致命的嚎叫中四分五裂。
我站在你们之间
轮到我，来为空虚焦虑
轮到我，来为虚无尖叫
轮到我，来亵渎神明，陷入混乱
无尽之犬奔跑于死星之间
舔舐星星和星星的记忆
舔舐那些坟墓
我渴望那永恒，就像我手里的一只鸽子

在死亡中，一切都在远离，一切都在躲藏

我你他我们你们他们

昨天今天明天

在无法满足的遗忘中咽门里的养料

在不知疲倦的混乱中永恒反刍的养料

苍天啊，你究竟对我做了什么，比森特 · 维多夫罗？

我舌头疼痛，翅膀枯萎

手指一根一根掉落

你对我如日落时的鸟鸣般的声音做了什么？

那声音让我疼痛如血

请你们给我永恒吧，就像给我一枝拿在手里的花

继续

不。足够了

继续满载世界满载国家满载城市

人群吼叫

被半球气候，想法，记忆所覆盖

在墓地的蜘蛛网和有意识的行星之间

继续从苦痛到苦痛，从谜团到谜团

从石头的苦痛到行星的苦痛

因为众生皆苦

战争之苦，毁灭之惧

痛苦的纽带将大地连接天堂，将水源连接大地

世界驰骋在痛苦的轨道之上

思考着意外

埋伏潜藏在太空的每个角落

我双脚疼痛，如同岩石汇聚成河

你对我的脚做了什么？

你对这宇宙间的野兽

这流浪的动物，做了什么？

这只神志不清攀登高峰的老鼠

关于北方的颂歌或大地的哀鸣

大地的污秽和土地

　　　　　与鲜血的哭泣

被荆棘鞭打，眼含十字。[2]

意识是悲苦

才思是诓骗

只有在生命之外

才能种下一点点幻想

沸腾眼泪中的贪婪双眸

巨大叹息中的贪婪嘴唇

触碰黑暗的疯狂之手

在找寻更多黑暗

这份遍布骨髓的苦难

这在我记忆之中的葬礼

这在我记忆之中不断延长的葬礼

这占据我记忆中所有时日的漫长的葬礼

继续

不

愿骨头的脚手架破裂

愿大脑的梁木坍塌

且愿飓风席卷那些片段，去往虚无，去往另一个世界

在风鞭打神明之地

在我喉中的小提琴声仍旧回荡之地

伴随最后的审判[3]遗腹的钢琴声

是你，堕落天使[4]

在死亡之上的永恒坠落

死亡不息的无尽坠落

用你的声音来魅惑这个宇宙吧

保持你这让世界魅惑的声音

像一个迷失在永恒中的瞎子一样歌唱

在我的大脑中有一种痛苦而残酷的语法

内在思想的持续屠杀

以及有关天体希望的最终历险

莽撞的星星一团乱麻

从没有庇护的巫术中坠落

所有隐藏的事物以其致命的引力吸引着我们

它们藏在不可见的严寒区域
或是在我们头颅中的灼热风暴里

永恒成为了一条花路
为了幽灵的回归和问题
为了新假说下干渴的海市蜃楼
打破可能的魔镜

　　解放，哦！解放一切
从占据我们的私人记忆中解放
从知晓诸多的深层内脏解放
由于那些把我们与深处相连的伤口
翅膀的尖叫击碎了我们
　　魔法和梦境锉平了铁栏
诗歌在魂灵的尖端哭喊
躁动开始加剧，盯着崭新的城墙
源于神秘，生于神秘

在打开它伤口的混合物的矿井间，
在熟悉的黎明以无尽的仪式。
一切都是徒劳
给我紧锁的梦境的钥匙吧
给我海难的钥匙吧
给我在平静的地平线上根深蒂固的确信吧
一个并非步步为营的发现
噢给我一场美丽的绿色海难吧
一个照亮我们内心的海底深处的奇迹
如同一艘正在下沉却没有关灯的船。
从这悲剧的沉默中摆脱
在我自己的风暴中
我将挑战虚空
我会以亵渎和尖叫震撼虚无
直至降下渴望惩戒的雷电
给我的黑暗带来天堂的气候

为何我是这悲惨搜寻的囚徒？
是什么在呼唤我，又躲藏起来
跟随我，朝我呼喊我的名字
当我转过脸，伸出眼里的手
不绝的雾笼罩着我，如同已死星体的夜晚？

我痛苦不堪
我的痛苦始于它只是一团星云的时候
自那之后，我的细胞中就带有原始的苦痛
翅上的重负
歌中的石头
成为岛屿的痛苦
地下的苦痛
宇宙的苦痛
在我出生前的各种苦痛
行军般紧紧跟随我的命运
总有一天将会把我越过

直到宇宙圆周的另一边

有意识的

无意识的

畸形的

响亮的

响亮如火

那火点燃我身体里的碳和眼里的酒

我是演奏悲剧的乐队

一个悲剧的概念

我就是悲剧，如同刺入太阳穴而无法抽离的诗章

悲惨的建筑

致命无望的数学

层层叠叠的神秘痛苦

层层叠叠的致命渴望

神话般的直觉的地下

一个又一个世纪呜咽着来到我静脉

在我的歌中摇摆的世纪

在我声音中不堪

因为我的声音只有歌，只能在歌中诞生

我舌头的摇篮进入虚空

在那些时代来临之前

将会永远保留那第一个节奏

那让世界们诞生的节奏

我是回响在天空中的人类的声音

那厌恶的声音，诅咒的声音

那苦苦追寻为何和为了什么的声音

　　我是全能之人

被人所伤又不知凶手

被一支在混乱中丢失的箭所伤

地球上放肆无礼的人类

是的，放肆无礼，我无所畏惧将此宣告

放肆无礼，因为我不是资产阶级或者虚弱的种族

我大概是个野蛮人

放肆无礼，病入膏肓

一个毫无顾忌，随心所欲的野蛮人

我不要你们舒适的安全座椅

我是坠落于某个早晨的荒蛮天使

在你们的戒律种植园里。

诗人

反诗人

崇拜

反崇拜

背负着痛苦的形而上学的动物

直率的自生动物，仍在为那些问题血流不止

孤独得像一个悖论

致命的悖论

跳着狐步舞的矛盾之花

在上帝的坟墓之上

在善恶之上

我是一个尖叫的胸膛，一个流血的大脑

我是大地的震颤[5]

地震仪为我指明了通往世界的道路

　　大地的轮子嘎吱作响

我只身打马，行过我的死地

我接近我的死亡，如同飞鸟接近天空

如同一个在树上长出的日期

如同我寄出的信中的一个名字

我接近我的死亡

我走过我的生命，接近我的死亡

倚吾骨为杖

太阳从我右眼升起，在我的左眼落下

在我的童年，像酒精一样燃烧的童年

我坐在夜晚的道路上

聆听星星们的雄辩
和树木的演说
如今，冷漠在我灵魂的午后降下白雪
星星碎成谷穗
月亮分裂成一千块镜子
树木回到了它杏仁的窝里
我只想知道为何
为何
为何
我抗议，用我的爪子抓挠着永恒
伴随着海的悲鸣，我尖叫，呻吟
我声音的回响让混沌轰鸣

　　我是宇宙的自大狂
石头，植物，山峰
蜜蜂和老鼠都向我致敬
狮子和老鹰

天体，黄昏和黎明

河流和雨林问我

怎样呢，您怎么样呢?

与此同时，那些星体和浪花不言不快

它们将通过我的嘴来向人类诉说

愿上帝成为上帝

或撒旦成为上帝

或二者都成为恐惧，成为夜晚的无知

总之没什么区别

愿成为银河

或是追随真理的奔腾的队伍

今天对我来说是一样的

再给我一个小时来活

再给我一份用耳朵寻获的爱

再把它扔在这里，死在我的眼前

愿我加足马力，跌穿这个世界

愿我以星星的速度，奔跑而过整个宇宙

愿我下坠，愿我上升
被无情地抛掷在行星与灾难之间
上帝先生，如果你存在，你真是亏欠我太多

杀死那可怕的疑惑吧
还有那让人恐惧的光亮
在夜幕中睁大双眼的人
直到世纪的末尾
有关传染本能的恶心谜团
就像那些颂扬的晚钟
死亡之光的捕鸟人以幽灵之足行走
以溪流中的宽厚之足行走
云朵飘散，地域变化

我们的命运在天堂的挂毯上被玩弄
那是时间消亡之所
时间沉重的队列撞击着世界

我们的灵魂被愚弄

命运回旋在每个清晨时分

回旋在云层之上，眼含泪水

最终信仰的伤口流着血

当人类庇护所中忧伤的步枪

摘下天空中的鸟。

你看看你，无名无姓的亲密动物

靠近你自己圈地的水槽

在缝补潮汐的

美好黎明下

看看远方吧，囚犯队伍离开了痛苦的工厂

正在一步步接近

被同样的永恒

同样迷人的流浪飓风撕咬

每人都带来不成型的话语

双脚捆绑在自己的星星上

机器前行在致命钻石之夜

荒漠在前行时带着它没有生命的浪花
山峦穿行，骆驼穿行
如同古代战争的传说
囚犯穿行于幻想的火焰之间
向着坟墓的眼睑

在我死后的某天
人们会觉得世界太小了
他们会在海面上种下陆地
会在天空中布下岛屿
在地球的周围，会有一座巨大的金属桥
就像土星上的人造光环
会有大得像国家一样的城市
未来的巨型都市
在那儿，人如蝼蚁，仿佛一个数字
一个会动弹，会痛苦，会起舞的数字
（有时也有一点点爱，比如让你把生活抛在脑后的竖琴）

西红柿和圆白菜的花园

种着果树的公共公园

这里不吃肉，这个星球太窄小了

机器杀死了最后一只动物

所有的路上都是果树

一切都是实用主义

工厂提供了多么美妙的生活啊

那微笑的星星中可怕的冷漠

从最后的盲人手中逃离的

音乐的避难所

痛苦，绝对的完美的痛苦

穿过迷失轨道的荒芜痛苦

矛盾的节奏让人心碎

我头上的每一根头发都心猿意马

无趣侵占了从黎明到西边的空洞

哈欠，颜色，世界和肉类

色彩与灵魂为不能之事蒙羞
在肌肤与不可被授予的酒醉荣誉感之间的抗争
怀念成为泥土，岩石或是神
虚无的纷扰，坠落在无尽的阴影之中
无用的努力，脆弱的梦境

丧失理智的天使
你为何诉说，是谁让你诉说？
悲观主义爆炸，在沉默中爆炸
人们从今往后一千年将会如何发笑
吠叫在你私享夜晚中的狗人
你灵魂的罪人
来自明天的人将会取笑你
还会一边制作钟乳石，一边取笑你的惊声尖叫
你，这个渺小死星上的居民，是谁？
你对无尽的厌恶，对永恒的抱负，是什么？
原子带着哀悼的门窗自我放逐

你来自何地，去往何处？

谁会在意你的星球？

悲惨的焦虑

我剥夺了对你的轻蔑

来自一个参宿四的居民

那星球比你的太阳大两千九百万倍

我诉说，因为我是抗议，是辱骂，是痛苦的鬼脸

我只相信受难的气候

只有远见卓识之人才能诉说

高频率的语言

真相和谎言的潜水者

打着手电筒，疲惫地漫步在虚无的迷宫里

在交错感观的洞穴中

痛苦就是唯一的永恒

虚空在前，无人言笑

我还在乎蝼蚁般的人类

或是其他更大的星球上的居民的嘲弄吗?
我不知晓他们,他们也不知晓我
我只知晓我对于生活的羞耻,和我细胞中
对人们建立的下流谎言的厌恶
他们的法律和理想的空气般的基座

给我,快给我一片沉默的平原
荒芜的平原,如同死者的眼睛

鲁滨逊,你为何从你的岛上回来了?
你造就的,隐秘的梦中之岛
你自给自足的富饶之岛
没有法律,没有退让,没有妥协
不受侵略的眼睛
和打破美好的怪手控制
鲁滨逊,你怎么可能从你的岛上回来?

那用死亡之眼凝视的混蛋

那冷眼观看事情演变的混蛋

欢声笑语中的风暴

欢声笑语中太阳的垂死挣扎

杀死那个眼含哀伤的悲观主义者吧

他脑藏棺材，挥之不去

以新眼观之，一切都是崭新的

在幻想的海藻间，我听到一个愚蠢的声音

寄生的嘴仍旧怀有希望

将死沙滩的遗骸自此远去

但如果你们想有所发现

天空之外那不可触及之地

对音乐痛苦的日渐痴迷

让我们归于沉默吧。

葬礼沙滩的遗骸

你们为何要寻找西方灯塔

戴上自己的假发

就像马戏团的女王？

让我们归于沉默吧

归于那些源自沉默的文字的沉默

归于那些先知消逝之处的牺牲的沉默

带着闪电烧灼而成的

侧边的痛楚

狂热的，内在纷乱的语言

诗人的语言带来天空般的晕眩

带来了云雾的顽疾

流浪行星上传染的无限

永恒的玫瑰瘟疫

张嘴，领下那受伤的文字的圣餐

那痛苦的，烧灼的，生育我而不知所在的圣餐

那来自比我胸膛更远的地方

那自由精致的黄金瀑布

长河奔流漫无目的，就像陨石顺其自然

廊柱矗立在声之尖端

夜晚端坐在廊柱之上

我将在人类的梦境中开疆拓土千年

我将给你们一首满怀真心的诗歌

我将在其中粉身碎骨，四散飘零

一滴眼泪将会从某些双眸中滴落

散落在大地上

当你看见一个受伤的预言

你会认出那不幸的肉身

天灾中的盲鸟

困在我孤独干涸的胸膛里

与此同时，我脱离船只的吸引，渐行渐远

像它们一样流浪

比一匹梦游马的求爱更为悲伤

有些语言有着树的阴影

另一些则有着星体的大气层

有些辞藻有着闪电的火光

点燃坠落之地

另一些则冰封于舌尖，时刻破茧而出

就像带翼的，不详的水晶

有些语言带着磁铁，引来深渊的宝藏

另一些则卸下重负，如同货车卸下灵魂

阿尔塔索尔，别信任这些语言

别信任礼数周全的计策

也别信任诗歌

圈套

　　光芒和奢华瀑布的圈套

珍珠和水灯的圈套

走吧，像有着石头眼睛的盲人一样

每一步都在预感一个深渊

但别怕我，我有着另一种语言

我不会试着让任何人开心或者扫兴

不会摘下胸口的旗帜

不会给行星带上光环

不会让大理石的卫星绕着异乡的护身符旋转

我想给你一首灵魂的乐曲

植于我体内的齐特琴[6]的乐曲

让人想起树木生长的乐曲

让梦中的长明灯爆炸的乐曲。

我以一颗无人知晓的星星之名来诉说

我以从未诞生之海里的一条湿漉漉的舌头来诉说

声音里满是交食[7]和距离

庄重得如同星星的战斗，或是远航的帆船

在岩石的夜晚里精疲力竭的声音

给聚精会神的盲者带去光明的声音

他们藏在屋子的深处

如同藏在自己的深处

扬帆起航的船，将我的灵魂散落在世界各地
终有一天它们会化作飞鸟归来
在一个高达数米的美妙早晨
高得像结出太阳的树
一个脆弱的，易碎的早晨
在花洗脸的时刻
最后的梦境从窗户逃离

把天空拖向舌头的兴奋
无限安居于胸口的温床
万物归于预兆
　　　　那么，天使
大脑变成了一个叉铃[8]，一个揭露者
时间眼含惊恐，逃之夭夭
镌刻在天顶的飞鸟不再歌唱

白日自尽，投身大海
一艘船身着光芒，愈行愈悲
海浪深处，一条鱼听到了人类的脚步

安静，大地正要生出一棵树
死亡正在天鹅的颈上安睡
每根羽毛都经历着不同的震颤
现在，上帝坐在风暴之上
天空的碎片坠落，纠缠在丛林中
台风吹乱了海盗的胡须
现在，把女死者扔进风里吧
这样，风才会睁开它的眼睛

安静，大地正要生出一棵树
在我头颅的匣子中有密信
在我胸膛尽头有一块悲痛的碳
我指引我的胸膛去到我的嘴里

指引我的嘴去往梦境的大门

世界进入我的眼睛
进入我的双手，进入我的双脚
进入我的嘴然后从我逃离
通过毛孔，在天上的昆虫或者言语的云朵中
安静，大地正要生出一棵树
我的眼睛在催眠的岩洞中
咀嚼宇宙——它穿过我如同穿过隧道
飞鸟的抖动晃动我的肩膀
翅膀的抖动和内在的浪潮
浪潮的阶梯和血中的翅膀
静脉的缆绳断裂
从肉身脱离
从大地之门逃离
在惊慌的鸽群之中
　命运的居民

你为何想从你的命运逃离?
你为何想剪开你星星的纽带
孤独地在太空中遨游
让你的身体从天顶坠落到天底?

我不想要星星或者风的纽带
月亮的纽带是给大海和女人们的
给我的小提琴不屈的晕眩
我在逃离的音乐中的自由
在那夜晚的小十字路口没有危险
也没有关于灵魂的谜团
血液和心脏的激动之词
是上帝巨大的降落伞和避雷针

命运的居民
像岩石一样紧挨着你的道路
放弃占卜的时刻到了

张开你灵魂的手

那勾人的手指

在那少年宁静的指环所在的地方

它会像个放荡的加那利人，休憩，歌唱

缺席多年

安静

　　世界的脉搏声响起，仿佛未曾式微

大地刚分娩出一颗树

注　释

1　这里可能指的是 1919 年第一次世界大战正式结束。

2　据《约翰福音》记载，在耶稣被钉在十字架上之前，彼拉多曾命人鞭打耶稣，士兵也用荆棘编成冠冕戴在耶稣头上。

3　或称末日审判，是一种宗教思想，即在世界末日之时神会出现，将死者复生并对他们进行裁决。

4　指被逐出天堂的天使。最著名的堕落天使名为路西法，他率领三分之一的天使反叛，挑战上帝的权威，因而被逐出天国。

5　与之相对的，作者在同年出版了另一本书，叫《天空的震颤》。该书收录在本诗集的后半部分。

6　一种弦乐器。在古希腊，奇特琴的演奏和阿波罗与狄俄尼索斯崇拜有关。

7　一个天体经过另一个天体前方，将后者部分或完全挡住的现象。比如月食，日食。

8　古埃及的一种乐器。埃及人相信，叉铃发出的卡嗒卡嗒的声音能够驱赶邪恶和有害的鬼魂。

第二歌

女人，这世界由你的双眸装点
你的存在让天空更加高远
大地自玫瑰延伸到玫瑰
空气从鸽子散发至鸽子

你离开时在原地留下一颗星星
你降下的光芒如同一艘过路的船
在此同时我着魔的歌声将你紧紧跟随
就像一条忠诚而忧伤的蛇
而你在某颗星星后面转过头来

宇宙中发生了怎样的战斗？

行星之间光的长矛

冷酷无情的盔甲的倒影

哪颗嗜血的星球不愿退让？

你身处何地，哀伤的女夜行人？

无尽的赠予者

漫步于梦境的森林

而我迷失于荒芜之海

孤单一人，像一片从夜鸟身上掉落的羽毛

我在冰寒的塔楼

裹藏于你海洋般的双唇的记忆

你欢喜的记忆和你的秀发

明亮，自在，如山涧一般

如果上帝给了你双手，你愿意为之失去光明吗？

我再问你一次

你眉宇间的弧线是你双眸的杀人凶器

在迅猛的进攻中，你胜券在握，骄傲似花
可悲的石头对你说起我
失去了天空的飞鸟对你说起我
失去了风的风景对你说起我
沉默的羊群对你说起我
安睡在你的记忆中
暴露在外的小溪对你说起我
幸存的药草与冒险息息相关
光的冒险以及地平线上的鲜血
除了一朵花再没有其他庇护
再不能承受一丝风

平原迷失于你脆弱的恩典
世界迷失于你的一举一动
你一出现，一切都变得虚假
带着你危险的光芒
天真的和睦，没有疲惫，没有遗忘

眼泪的元素向心滚动

由骄傲的恐惧和沉默建造。

你让时间犹疑不决

给天空以无限的本能

离你太远，万物将死

你在被暗夜羞辱之地抛洒痛苦

唯有思念你才能尝到永恒的滋味

这是经过你的星

带着你远处疲劳的呼吸

带着你的表情和行走的姿态

带着向你致意的磁性空间

它以夜晚的距离将我们分开

但是我告诉你，我们被缝合

在同一颗星星

我们被相同的乐曲缝合在一起

自我到你

由同样的，树木一般巨大的晃动的阴影
愿我们成为天空一隅
那掠过神秘历险的碎片
炸裂成睡梦中的花瓣的行星历险

你若试着避开我的声音，逃离我颂扬的围墙
那都是白费力气
我们被缝合在同一颗星星
你被捆绑于月群的夜莺
它的喉咙里有着神圣的典礼
我并不在意夜晚的迹象
还有我胸中的根源和葬礼的回声
我并不在意灿烂的谜团
照亮偶然的徽章
和那些不以我眼睛为目的地却畅游混沌的岛屿
我并不在意虚空里花的恐惧
我并不在意虚无的名字

无尽荒漠之名
意志之名，或象征的偶然之名
在这片荒芜中，每一颗星星都是一个绿洲的希望
或是预兆和死亡的旗帜

在你的呼吸中，我独享自己的空气
你的目光是绝对安全，凭借内部的星座
自己的种子的语言
你发光的额头仿佛是上帝的戒指
比空中的一切草木都更加坚决
没有宇宙的漩涡
那空中的阴影就像腾空直立的骏马

我再问你一次
如果上帝给了你双眼，你愿意为之变成哑巴吗？

你的声音就是我的后盾

那从你心跳中抽离而出的声音
那声音里，永恒坠落
破裂成磷球的碎片
如果你从未出生，生命将是怎样的？
一颗没有庇护垂死于寒冷的彗星

我遇见了你，就像遗忘之书里的一滴眼泪
你娇弱的名字也早就留在我的胸口
你的名字由盘旋的鸽子的叫声造就
你带来那些更加高级的生命的记忆
来自在某处遇见的一个神明
在你内心深处，你记起了你是谁
是诗人的密匙中的往昔之鸟

我在一个被淹没的梦里梦到
创造白天的束起的秀发
创造夜晚的松散的秀发

生命在遗忘中默祷

只有你的眼睛还活在这个世上

这是唯一没有疲惫的星系

平静的皮肤搁浅在高处

远离一切的圈套和计策

在那自满的光明力量中

在你身后，生命感到恐惧

因为你是一切的深度

你路过的时候，世界都为之庄严

能听到天空在落泪

你在昏昏欲睡的灵魂里删去

活着的苦涩

背上的星球变得轻巧

我的欢愉是听到了你秀发间风的声音

（从远处我就能分辨出来）

当船只沉没，河流吞没树干

你在暴雨之中以肉身为灯塔

秀发在风中飘扬

太阳会在你的头发里找寻它最美好的梦境

我的欢愉是看着你孤独于世界的长榻

仿佛一位慵懒的公主的纤纤玉手

你的眼睛唤醒气味的钢琴

一杯剧烈的酒

一朵不再芳香的花

你的双眼催眠了孤寂

就像车祸之后继续转动的轮子

我的欢愉是注视着你当你倾听

那道光束去向水的深处

而你却久久不知所措

太多星星被海洋的利爪穿过

再没有这样的感动

哪怕桅杆祈求风起

哪怕失明的飞机摸索着永恒

哪怕被标记的鸽子眠于哀伤之上

哪怕彩虹封印双翼

比一个章节的寓言故事更美

在生于灵魂止于灵魂的夜之桥上展开的寓言故事

你生在我的每一个目光所及之处

头颅高昂

秀发在风中飘荡

你美丽动人，胜过山上的小马驹的哀鸣

胜过轮船失魂落魄的汽笛声

胜过雾中寻人施救的灯塔

你美丽动人，胜过风中的燕子

你是夏日里海的声音

你是人来人往充满惊喜的街道的声音

我的荣耀在你的眼里

着以你眼睛的奢华和其内在的光芒

我坐在你目光里最敏感的角落
在你睫毛一动不动的静止的沉默下。
你双眼深处出现了一个预兆
海风荡漾着你的双瞳

没什么比得上你的存在留下的根源传说
比得上找寻一个复活的死星的声音
你的声音建立起一个帝国
还有那手，在你身体里举起，仿佛要去把太阳挂在天上
还有那目光，在无限中书写世界
还有那头颅，在此低下只为聆听永恒的喃喃低语
还有那脚，是封锁的道路的节庆
还有那眼睑，是以太[1]闪电的搁浅之处
还有那吻，丰盈了你的唇艏
还有那微笑，是你生命前线的军旗
还有那秘密，指引你胸部的潮汐
在你乳房的阴影中安睡

如果你死去

纵然星宿携以明灯

也将迷失于路途

宇宙将如何继续？

注 释

1 以太：以太是亚里士多德所设想的一种物质，古希腊人以其泛指青天或上层大气。

第三歌

打破静脉的结带

还有呼吸的纽带和锁链

在眼里地平线的小径

花投射在始终如一的天空中

灵魂以记忆铺陈

正如星星被风镌刻

大海是瓶子的屋顶

在水手的记忆中做着梦

天空是一袭纯洁的长发
由飞行员的双手编织而成

飞机带来了一种不同的语言
为了永恒的天空之嘴

目光的锁链把我们拷在大地上
快，快打破那些锁链

第一个起飞的人来照亮白天
太空在一个伤口中碎裂

把子弹还给了杀手
永远地与无限相连

切断所有的纽带吧

关于河海，关于山川

关于精灵和回忆

关于痛苦的律法和病痛的梦境

仍是那个世界，变换，前进，扭转

是最后的瞳孔

明日荒野

将会跟随骏马奔驰

花会吸食蜜蜂

机库会成为蜂箱

彩虹会化作飞鸟

唱着歌回去它的巢

乌鸦会成为行星
还将拥有草木般的羽毛

树叶会成为冷却的羽毛
从咽喉坠下

目光会变成河流
河流变成虚空中腿上的伤口

教众会指引牧师
这样，劳累如飞机的白日就可以安然入眠

树木将栖息在雌斑鸠上面
同时，云朵都变成了岩石

万物在不同的眼中各有姿态
短暂的占星术王朝
坠于一个又一个宇宙中

诗人是语言的美甲师
而不是玩弄火焰的巫师
星星的语言和流浪的告别樱桃
离大地的双手实在太远
他所说的一切都是由他编造的
在这日常世界之外的事物
让我们杀死这填饱了我们的诗人

诗歌仍是诗歌诗歌
诗意的诗歌诗歌
诗意的诗人的诗意的诗歌
诗歌
太多诗歌了

从彩虹到女邻居钢琴家的屁股

够了女士诗歌女孩[1]

眼里仍有铁栏

那游戏只是游戏，而不是不知疲倦的祈祷

微笑或者大笑，不是瞳孔的小灯

旋转，从悲伤直到大洋

微笑和编织的星星的流言蜚语

召唤死星的大脑的微笑

在辐射的通灵桌

够了女士漂亮图片的竖琴

来自偷偷摸摸光芒万丈的“好像”

其他东西，我们在找寻其他东西

我们知道，轻轻落下一个吻如同落下一个目光

种下目光如同种下树木

囚禁树木如同囚禁飞鸟

浇灌飞鸟如同浇灌香水草

弹奏香水草如同弹奏乐曲

掏空乐曲如同掏空口袋

宰杀一个口袋如同宰杀一只企鹅

种植企鹅如同种植葡萄

给葡萄挤奶如同给母牛挤奶

拆除母牛如同拆除一只帆船的桅杆

梳理一艘帆船如同梳理一只风筝

风筝上岸如同游客上岸

迷惑游客如同迷惑毒蛇

收获毒蛇如同收获杏仁

扒光一颗杏仁如同扒光一个竞技者

在竞技者身上砍下柴火如同砍倒一棵意大利柏树[2]

点亮意大利柏树如同点亮街灯

给街灯筑巢如同给云雀筑巢

发出云雀如同发出叹息

刺绣叹息如同刺绣丝绸

泛滥丝绸如同泛滥河流

挥舞河流如同挥舞旗帜

给旗帜拔毛如同给公鸡拔毛

扑灭公鸡如同扑灭烈焰

航行在烈焰如同航行在大海

刈割大海如同刈割麦田

敲响麦田如同敲响晚钟

给晚钟放血如同给羔羊放血

描绘羔羊如同描绘微笑

装瓶微笑如同装瓶烈酒

镶嵌烈酒如同镶嵌珠宝

唤醒珠宝如同唤醒黎明

驾驶黎明如同驾驶军舰

废黜军舰如同废黜国王

高挂国王如同高挂曙光

在十字架上钉死曙光如同钉死先知

等等等等等等

够了先生在浪潮中浪潮中沉没的小提琴

日复一日的宗教苦难浪潮
在一个又一个梦中占有宝藏

在啃食玫瑰的心脏之后
在完美无缺的红宝石之夜
新的竞技者在有魔力的轨道上跳跃
用磁性的语言比赛
它们热烈得就像正生长出火山的大地
在那飞鸟的语句中施展魔法

最后一个诗人临终
大陆的晚钟响起
月亮背负着它的夜晚死去
太阳从白天的口袋里钻出来
全新盛大的风景睁开了眼睛
从地球一路奔向星宿
诗歌的葬礼

所有的语言都死了

死在了悲惨的邻居的手中

必须要让语言复苏

用洪亮的笑声

用笑声组成的车厢

用语句的短路点

还有语法的灾难

起来，前进吧

拉伸一下脚，活动一下僵硬的关节

笑容的火焰给冷得发颤的语言

星星的体操给麻木的语言

起来，前进吧

活着吧，活着吧，像个足球一样

在摩托车钻石的口中炸开

在那萤火虫的酒醉里

眩晕，是的，在那解放中

在词语生命中的美妙疯狂
在语言空间里的美妙疯狂
真实的蔑视包裹着的冒险
在两次失事的语言之间的冒险
在诗歌轨道上珍贵的浩劫

既然我们应该活下去不要自杀
那我们一边活着一边比赛吧
这儿总有词汇的运动
纯粹的词语，别无其他
没有珠宝充斥的图像
（词语有太多的负担了）
一场没有阴影的词汇典礼
那是一场永恒之中的天使游戏
一个又一个的词语
借助星星的光芒，强烈的碰撞
火星迸发，而后更加暴烈

爆炸最为强烈

在宇宙中比赛的激情

没有月亮的翅膀和伪装

在胸膛和天空之间的单打独斗

最终，肉体的声音完全脱离

光的回声血流不止，浸染层层大气

之后空无一切

无词之句里的流言呼吸

注 释

1 女孩：原文为意大利语。

2 意大利柏树：又名地中海柏木。其象征着天与地的交点，经常用来装饰墓地。

第四歌

再没有时间来失去

阴影和距离的女看护

我回到你的身边，从盛大的王国逃离

从被黎明禁止的天使逃离

•

你藏身于你秘密的背后

在眼睑和空气的微笑里

我举起你笑容的斗篷

切断了那些阴影

上面有着你显著的距离标识

你的梦将安睡在我的掌心

被我密集的掌纹标记

在同一只飞鸟的胸膛

在它歌声的火焰中消耗殆尽

在它歌声中痛哭

因为时间溜走于指尖

知道吗，你的目光装点了那些帆船

在被鱼群摇晃的夜里

知道吗，你的目光组成了星星的节点

从胸膛发出的歌声的节点

你的目光带着词句去往心脏

去往夜莺着魔的嘴

再没有时间来失去

面对模棱两可的海难的尸首

我一步一步量度无限

大海想要征服

因此，再没有时间来失去

那么

　　啊那么

越过最后的地平线

将会看到那必须看到的

因此，必须要照顾好珍贵的眼睛，那是大脑的馈赠

眼睛锚定在世界的中间

那是舰船的搁浅之处

如果眼睛生病了，我该怎么办？

如果我们的双眼受到伤害，我们该怎么办？

热烈的，注视的眼睛，如同天猫座[1]灯塔

在我看来，眼睛的地理也是最复杂的

海浪让勘探变得复杂

穿行的纷乱

拥挤在继续

人潮涌动的广场和大道

高举军旗的游行

下降穿过彩虹直到迷失

罗阇[2]在他缂织壁毯的大象上

在世俗的睫毛丛林中狩猎狮子

怕冷的飞鸟向着其他视网膜迁徙

我爱我的眼睛还有你的眼睛还有那些眼睛

自我燃烧的眼睛

随着内在音乐起舞的眼睛

睁开那双眼如同打开罪恶之门

它们离开了轨道，像流血的彗星一般奔赴厄运

那些被钉住的，伤口缓慢愈合的眼睛

那么，别像粘贴书信一样粘上眼睛

那是永不枯竭的爱情瀑布

日日夜夜都在变化

以眼还眼。

以眼还眼如同以血还血

树之眼

鸟之眼

河之眼

山之眼

海之眼

地之眼

月之眼

天之眼

沉默之眼

以孤独之眼还思念之眼

以痛苦之眼还嬉笑之眼。

再没有时间来失去

如果平庸的刹那到来

跟随那条船可能是最好的选择。

现在，我坐下，开始写作

我今天早上看到的那只燕子在做什么呢

在空白处给书信落款？

当我动动我的左脚
那位中国的大官[3]，又在用他的脚做什么呢？
当一支雪茄被点燃
其他那些乘船而来的雪茄又在做什么？
明日之火的植物又在哪儿呢？
如果此刻我抬起眼睛
站在极点的冒险家，他在用他的眼睛做什么？
我在这里
其他人在哪里？
各种动作的回声
带电的锁链或与外界毫无联系
孤独的节奏被打断
当我的羽毛笔在纸上划过
谁在死亡，谁在出生？

再没有时间来失去
起身吧，欢笑

让你丝绸的针从你一个个毛孔穿过
快些再快些
穿过那些球体还有那些打湿的鳄鱼
女人，借我你夏日的眼睛
当秋日随着驴车前进，我轻舔散落的云
一个上升的潜望镜在争辩冬天的羞怯
在被无限染成蓝色的风筝的视角之下
全都是年轻的彩色飞鸟
或许这是被不幸的鸽子注视着的爱
或者由女人或虞美人所生，慎重的不合时宜的手套
在空中相互亲吻的鸟鸫[4]的花瓶
夜晚的虚荣，来自那最爱的爱人，她藏在花的肌肤里

反面的玫瑰，再一次的玫瑰，玫瑰，玫瑰
即便那个看守并不想要
翻滚的河流是为丰富的渔获

夜晚啊，借我你的女人吧，她有着娇嫩虞美人的花瓶的虚弱
它们被染湿，好像可怜巴巴的小驴
没有鲜花没有鸟的世界的美人
冬天让如今的鸽子变得更加强壮
看看那推车和蓝色鳄鱼的罪行
那是在羞怯的云层中的潜望镜
向着天空上升的美人
轻舔在风筝中飞溅着诞生的
或是在爱的肌肤中争辩的秋天的美丽手套的景象。

再没有时间来失去
游船上的犹豫不决
是夜晚的残酷礼物
邪恶的男人或冷酷的女人
对这一室之内的死亡率和秩序的缺失
也无计可施
不管是黄金还是瘟疫

高贵的惊喜或是为了异国胜利的家庭间谍
内部的争执
造成了对在监狱里洗过的眼皮的不信任
趋于尽头的遗憾是婚姻之前的横梁
瀑布的喃喃自语无所归依
军事的纷争和所有的障碍
都是因为这个金发女人的陈述
她批评远征的失败
还有对于正义的过度使用
就像没有未来的爱的分离
谨慎哭求着新生的疯狂中错误的迷失
完完全全忽视了节制的满足

再没有时间来失去
为了诉说关于大地的封闭和农耕的日子的来临去向难以把握的钟爱的虚无没有进展也没有小孩来献给瘟疫那么在新的坦诚的荒原上从等待的交点涌出的意外的痛苦有点黑了

就像做着痛苦生意的教士或者迟缓地行走在水面寻找同谋
的支持或是在愚昧之中无休止的争执的叛徒但是信书抵达
于路途之上那处在哀伤的意外中的女人知道了怀孕的好消
息还有逝去的关于信任牧师——他在坠落中变得更加显赫
并变得比金发少女的堕落和疯婆娘的友情更加亲密——的
人民的利益的欲望停滞

再没有时间来失去
万物皆苦，如同一个成为孤儿的孩童
或一个落在眼睛中间的字母
或一个盲人的狗的死亡
或在行将就木的床榻上流淌的河流
万物皆美，如同凝望着蜂鸟的爱情
空中暴动三小时后
或听到两只不知名的飞鸟在对着同一枝百合花歌唱
或一条蛇的脑袋——罂粟在此入梦
或一个在女人的梦中诞生的红宝石

或不知是哭是笑的大海
或那些从蝴蝶的脑子里坠落的色彩
或那些蜜蜂的金矿
蜜蜂卫星围着晚香玉[5]如同银鸥围着船
在体内携带种子的蜜蜂
比用来掩鼻的手帕更加馥郁
它们不是飞鸟

那就别把它们的名字缩写扔在天空里
在那以眼送吻的天空远处
在旅途的尽头，它们吐出花瓣的魂灵
如同银鸥吐出地平线
燕子吐出夏天
再没有时间来失去
单季的燕子来了
带来了那毗邻远方的完全相反的口音
燕子坐着贡多拉[6]来了

向着地的山平线[7]

大提燕和琴子[8]

早晨从月亮醣[9]上落下

飞快地靠近

来了，燕子[10]来了

颜子来了

咽子来了

延子来了

炎子来了

焰子来了

艳子来了

妍子来了

嫣子

沿子

言子

滟子

掩子

焉子

夜晚像豹子一样缩起爪子

咽子来了

它在两处热地中各有一个巢

和我在四条地平线里拥有的一样

妍子来了

浪潮升起在脚的尖端

嫣子来了

在山的脑袋里感到一阵昏厥

沿子来了

风变成了纵酒狂欢的西尔芙[11]的寓言

由电话线中的笔记填满

日落与隐藏的头颅共枕

树和热烈的脉搏同眠

但天空更偏爱夜鹦[12]

夜鹰，它最受宠的孩子

夜樱，它的欢愉之花

夜影，它的泪的肌肤

夜嘤，它的夜的咽喉

夜颖

夜瑛

再没有时间来失去

舰船时日无多

都被星星们在海中开凿的那些危险坑洞算计着

它可以向着中心的火焰坠落

那火焰高举旗帜，间或爆炸

愤怒的精灵吹散种子并将我质问

我却只听见紫罗兰的絮语

当有人踩动风的踏板

飓风出现

河流奔涌像一只被鞭打的狗

奔涌得如同要藏匿于大海之中
奔涌而过的羊群，摧毁我的神经
我只能说
我不会在暗店[13]里买星星
也不会在海店[14]里买新鲜的浪潮
我想要聆听紫罗兰的絮语
还有那一枚枚数着硬币的瀑布
或是在天空之巅的飞机开的玩笑
或是直视那老虎的眼睛——那是一个赤裸女人的幻梦之所
如若那个词语的归处不是太过遥远
它会破碎在双唇之间

我没有狂妄的骄傲
也没有顽固的憎恨
也不会像一顶从沙漠中钻出来的深情的帽子一样尖叫
我只是说
再没有时间来失去

那维奇尔[15]有着飞鸟的舌头
对我们久久久久诉说，蜿蜒如径
车队在他声音之上远离
船只向着模糊的地平线
他将东方归于那些魂灵
它们会吞噬珍珠的东方
每一步它们都被火柴填满
在他嘴里长出一片丛林
在他的丛林里冒出一个星星
在那星星里掉落一个黑夜之上的山脉
从一个黑夜掉落另一个黑夜
在那虚无的夜晚之上
遥远的夜晚实在是太遥远了，如同一具女人的尸体
再见，不得不说再见
不得不对上帝说再见[16]
被语言的光辉摧毁的飓风
在环形琶音中消散

月亮出现——它被几只银鸥追随着

道路上

一匹马越变越大，越行越远

快点，快点

种子都准备好了

它们在等待一个开花的命令

耐心点，很快就长起来了

然后又会经由浆液的小道离去

经由它自己的阶梯

休憩片刻

在树木启程去往天空之前

树木实在是太害怕分离

它害怕，转动着它苦恼的眼睛

夜晚让它震颤

夜晚和它的变狼术[17]

夜晚在风中磨利了它的爪子

敏锐了丛林的听觉
它害怕，我说，那树它害怕
害怕远离了大地

再没有时间来失去
漂浮在死者眼中的冰山
知晓它们的路途
哭泣的人将失去光明
棺材里无边无际的黑暗
被废除的希望
墓园碑文上变换的苦难
这里埋葬着卡洛塔[18]——眼如大海
被一颗卫星击碎
这里埋葬着马蒂亚斯[19]——在他心中，两只角鲨在相互搏斗
这里埋葬着马塞洛[20]——海与天在同一个大提琴中
这里埋葬着苏珊娜[21]——她疲于与遗忘抗争
这里埋葬着特蕾莎[22]——这里的土地曾被她眼睛耕种，如

今由她的身体所占据

这里埋葬着安杰莉卡——她停泊在她双臂的港湾

这里埋葬着罗萨里奥[23]——玫瑰之河，去往无尽

这里埋葬着雷蒙多[24]——世界的根源是他的静脉

这里埋葬着克拉丽莎[25]——她说，欢笑都藏匿在光里

这里埋葬着亚历山大[26]——翅膀在遥远的洞穴里面

这里埋葬着加布里埃拉——堤坝破碎，她升起在浆液里，

直向等待复活的梦境之中

这里埋葬着阿尔塔索尔[27]——一只在空中被击中的苍鹰

这里埋葬着比森特[28]——反诗人和巫师

哭泣的人将失去光明

失去光明，如同执杖前行的彗星

那幽魂的雾霭将其跟随

顺从他的感官本能

无视那些从远处划过的流星

视季节而居住在殖民地

流星蛮横无礼穿过天空

流银，流铜[29]

无尽中的流石[30]

目光中的流蛋白石[31]

当心呐飞行员，当心那些星星

当心那曙光

别让飞行员成为了星星的猎物

天空从未有过如此这般多的路途

也从未如此危险

流浪的星星为我带来一个死去了十年的朋友的问候

快啊快啊

行星在行星上成熟

我的眼睛看到了飞鸟的根源

在比白睡莲更远

比蝴蝶更近的地方

你听到了将死的曼陀铃发出的声音吗？

我迷失了

再没有什么可控诉的

战争来临，却没有营地
星星埋伏在夜间

永恒试图征服
因此，再没有时间来失去
那么
　　啊那么
越过最后的地平线
将会看见那必须看见的
城市
在光芒和悬挂的衣服下
空中的运动员
一丝不挂
易碎的
夜晚去向海洋的深处
柔嫩的，窒息的
盲目的死亡

和它的光辉

还有那声音那声音

太空发光体

在右舷

沉睡着

张开双臂

在光芒之中

大地和它的天空

天空和它的大地

丛林夜晚

宇宙中的河流白天

飞鸟在我脑中的树枝上　啦啦嘀地歌唱

因为它发现了以太尽太以[32]的关键

那如同一个圆环，就像宇空，就像太宙[33]

呜咿呜　呜咿呜咿

嘚啦啦**哩**　嘚啦啦**啦**

啊咿啊 啊咿 啊咿 啊啊咿啊 咿 咿

注　释

1 天猫座：天猫座是在大熊座和双子座之间的小星座。天猫是指阿耳戈船英雄之一的林叩斯，他拥有世界上最敏锐的视力，甚至能看到阴间之物。

2 罗阇：又作拉者，拉惹。是南亚、东南亚以及印度等地对于国王或土邦君主、酋长的称呼。

3 中国的大官：这里原文是 Mandarín，一般指中国古代的高级官员。

4 乌鸫：在古希腊传说中，乌鸫象征着珀尔塞福涅，即冥界的王后。另外，它的叫声被当成对灾难的预警。

5 晚香玉：俗称夜来香，草本植物，象征危险的快乐。

6 贡多拉：威尼斯特色小船。作者在这里创造了一个动词，词根接近贡多拉，故作此译。

7 地的山平线：作者在这里交换了“地平线”和“山”两个词的词尾。

8 大提燕和琴子：作者在这里交换了“大提琴”和“燕子”的词尾。

9 月亮酿：作者在这里给“月亮”这个词增加了一个音节，创造了一个新词。

10 燕子：下文所有的“Yan 子”都是作者改变了“燕子”这词的词尾造出了新词。不同的“Yan”字翻译尽量贴近了作者使用的不同词尾。

11 西尔芙：在中世纪欧洲炼金术士帕拉塞尔斯提出的概念中，世界由土，水，风，火四种元素组成，每种元素有其对应的精灵。西尔芙就是风的精灵。

12 夜鹦：作者在这里创造了一个词“rodoñol”，并在接下来的几句里以这个词为基础不断变化。这些词似乎是以法语中的“夜莺（rossignol）”为基础创造出来的。

13 暗店：作者在这里创造了一个词，由“夜晚（noche）”和商店类名词的词尾（-ría）构成。

14 海店：作者在这里创造了一个词，由“海（mar）”和商店类名词的词尾（-ría）构成。

15 维奇尔：伊斯兰国家历史上对宫廷大臣或宰相的称谓。

16 上帝说再见：原文为“Adiós hay que decir a Dios”。在西班牙语中，“再见（adiós）”可以拆开成“对上帝 ...（a Dios）”。作者在此玩了个文字游戏。

17 变狼术：变狼术是一种能将人类变成狼的妖术。在奥维德的《变形记》中，吕卡翁为了测试宙斯的神力，将自己的一个儿子宰杀，欲哄骗宙斯吃下人肉，宙斯知道后大怒，将吕卡翁变成一只贪婪的狼以示惩戒。

18 卡洛塔：这里疑指卡洛塔皇后。她是比利时公主、墨西哥皇后，墨西哥皇帝马西米连诺一世之妻。1860 年代初期，法国皇帝拿破仑三世入侵墨西哥并提出由马西米利安统治墨西哥，24 岁的卡洛塔便随丈夫到墨西哥当了皇后。几个月后，拿破仑三世决定放弃驻军墨西哥并开始撤兵。两年后，卡洛塔返回欧洲求援。1867 年 6 月，马西米连诺一世在墨西哥被枪决。精神失常的卡洛塔皇后在亚得里亚海滨的布舒城堡生活了 60 年，1927 年悄然弃世。可参考墨西哥作家费尔南多·德尔帕索的全景式小说杰作《帝国轶闻》。

19 马蒂亚斯：这里疑指玛弟亚。据《使徒行传》记载，玛弟亚是耶稣的使徒（基督教）中剩下的十一位在耶稣升天后补选出的宗徒，代替因背叛耶稣而自杀的加略人犹大。在希伯来语中，“玛弟亚”意为“神的恩赐”。另外，“马蒂亚斯”和“相互搏斗”读音接近。

20 马塞洛：“马塞洛”和“海与天”形态和读音都相近，且“马塞洛”和“大提琴”的结尾相同。

21 苏珊娜：这里疑指圣女苏撒纳。根据《使徒行传》记载，由于拒绝嫁给戴克里先皇帝的异教徒亲戚，她在大约在公元 295 年被斩首。

22 特蕾莎：这里疑指圣女德肋撒。她是 16 世纪的西班牙天主教神秘主义者、加尔默罗会修女、反宗教改革作家。她在死后三十多年被封为圣女。

23 罗萨里奥：“罗萨里奥”也有玫瑰经的意思，意为“玫瑰花冠”或“一束玫瑰”，是天主教徒用于致敬圣母玛利亚的祷文。另外，“罗萨里奥”可以拆分为“玫瑰”和“河”。

24 雷蒙多：“雷蒙多”这个名字开头和“根源”一样，结尾和“世界”一样。

25 克拉丽莎：“克拉丽莎”和“说”还有“欢笑”形态和读音都接近。

26 亚历山大：这里可能指亚历山大大帝。另外，从“亚历山大”开始，连续五个单词都以 a 开头，且读音存在内在联系。

27 阿尔塔索尔：“阿尔塔索尔”这个词基本上可以视作由“高空”和“苍鹰”这两个词组成。

28 比森特：“比森特“就是作者的名字。

29 流银，流铜：作者在这里把“流星”词根中的“金”换成了“银”和“铜”。

30 流石：作者在这里把“流星”词根中的“金”换成了“石”。

31 流蛋白石：作者在这里把“流星”词根中的“金”换成了“蛋白石”。

32 以太尽太以：作者在这里创造了一个词，“eterfinifrete”。这个词包含了“永恒（eternidad）”和“有限的（infinito）”的一部分。这个词里还包含了前文提到的“以太（éter）”，还包含了“尽头（fin）”。另外，这个词还是回文，正着读和反着读都是一样的。

33 就像宇空，就像太宙：作者在这里交换了“宇宙”和“太空”的词尾。

第五歌

未探索的旷野始于此地
在双眼的注视下浑圆
在我心的感召下深邃
被疑似蓝宝石
梦游者的手
还有空中的坟地填满
同精灵的梦一般动人
或仿佛从无限中剪下的花束
银鸥将把那花带给它的孩子

有一个毫无生气的地方

必须要生长

长出破壳的种子的目光

长出永恒之下的声响

长出夜间的游戏和小提琴的陨石

长出野蛮的牲畜的躁动

从即将碰撞的彗星逃离

你知道那奇迹之泉吗?

它可以让曾经的遇难者复活

你知道被称作修女之声的花吗?

它向下生长，绽放在大地深处

你见过那歌唱的孩子吗?

他坐在一滴眼泪里

那孩子在叹息旁歌唱吗,

或是在无以慰藉的犬吠边歌唱?

你见过那失去颜色的彩虹吗?

它衰老严重

回到了法老的时代

恐惧改变了花的形状

在震颤中等待最后的审判

星星一颗接一颗从阳台跳出

大海在一棵树后安睡

平静如常

它从圣经时代起就知道

在极星上，归期总是未有期

航行者们从未找到过海中的玫瑰

那玫瑰能带来他祖父母的记忆

在玫瑰的内心深处

疲于做梦

疲于在每一朵花瓣中生活

你思索的风在玫瑰之海

我站在这条线的尽头等你

我知道那在美人鱼的交媾中诞生的花藏在哪里

在那欢愉的时刻

海面之下，黄昏初始

浪潮沙沙作响

在地平线的脚下

我知道我知道它藏在哪里

那风有着蜜蜂的声音，有着年轻苍白女子的声音

那女子苍白得如同她自身的雕像

我曾在我生命的角落将她热爱

每当我想要从希望中跳脱去向天空

我都会从一个又一个海难中，一个又一个地平线中坠落

因此我看到了那藏匿的玫瑰

没人曾经亲眼见过

你是否见过那来自远方岛屿的鸟

被大海扔在我卧榻之下？

你是否见过那催眠的指环，作用于从眼到眼

从爱到爱从恨到恨
从男人到女人从行星到行星?
你是否见过在那荒芜的天空
鸽子被岁月
以饱含回忆的双眼
和满载沉默的胸膛恐吓
比海难之后的大海更悲伤?

在最后那只鹰后面，歌者在歌唱
他心中有个指环
他坐在他气力的大地上
直面那座被花挑衅的火山
那个竞技者想要成为一座灯塔
来吸引船舶的目光
让它们入睡，也让自己安眠
也可以像树木一般，对着天空窃窃私语
那个竞技者

他喉中有个指环

时光流逝

一切静止

因为海葵在他的脑中生长

想着那个在他年龄死去的孤儿

由于那几乎无法带来饮水的河流

由于那不肯低下的山崖

生长吧生长吧大提琴说

像我这样生长吧

像那美丽的女园丁脑中自杀的念头一样生长吧

生长吧小蓝宝石

你要比燃烧的飞鸟眼里的痛苦更加温柔

当城市生长的时候我将生长我将生长

当鱼饮尽所有的海

过去的时日如同龟壳

如今我的记忆里有船
那些船一天天在接近
我听到狗叫，绕着世界一圈又一圈
三周之后
死亡就会降临

那风
让心挣脱了它的系泊
那孩子仍是孤儿
如果风景变成了鸽子
在夜幕落下之前大海就会把它吞噬
但海在策划一场海难
它也在担心别的事情

船啊船
你生命短暂如一把折扇
我们在这儿嘲笑一切

在这儿在那远方的远方

夜莺让山着了魔
跟随着中毒的熊的蜂蜜
可怜的熊，它的皮被北方的夜所毒害
逃啊逃，从死亡中逃离
从静坐在大海边缘的死亡中逃离

山和仙[1]
带着它的玥[2]和月
开放的花，还在盛开的錵[3]
那朵被称作向阳花[4]的花
和一个叫作向花阳的阳

飞鸟可以忘记它是飞鸟
因为那颗害怕冬天或侵犯
而未曾到来的彗星

那颗本应生于望远镜和绣球花的彗星
相信眼见为实，惯于被欣赏
一个飞行员在独一无二的音乐会上空杀死了自己
沐浴在钢琴里的天使
被包围在乐声中归来
在孕育了词句和河流的山峦间
找寻接收者

狼群缔造奇迹
在夜晚的脚步里
当藏匿的飞鸟招来乌云
牧群食野于月之暗面

如果那是一份关于音乐的记忆
没人能阻止竞技场在寂静中扩大
或是死星的晚钟
或是在色彩中汲取养分的蛇

或是那逃离地球的钢琴家
或是忘记了自己姓名的传教士

如果道路坐下歇息
或是在星宿的秋日里把自己浸湿
没人会阻止一根别针别在永恒里面
或是那浑身沾满蝴蝶的女人
或是那被郁金香驯服的孤儿
或是那跳着圆舞曲奔跑的斑马
或是那命运的守卫
天空惧怕夜晚
当海让船舶沉睡
当死亡在角落进食
寂静的声音被吸血鬼填满
于是，我们在神谕下点燃火焰
以安抚命运
我们用自己的肉身

喂养孤独的奇迹

于是，在被封印的墓地

壮美如交食般

玫瑰挣脱了它的锁链，绽放于死亡的背面

夜晚的古老恐惧的夜晚

那被奇迹滋养的极洞在哪里？

那彩虹和星云眼中

癫狂的海市蜃楼在哪里？

墓地开启，深处见海

呼吸骤停，眩晕不止

太阳穴肿起，静脉塌陷

睁开眼睛吧，要睁得比眼眶更大

尖叫声在那患病的空间中结痂

墓地开启，深处见迷失在山间的羊群

牧羊女身着披风，憩于夜旁

数着太天空中上帝的足迹

对自己歌唱

墓地开启，深处见一列冰山

在暴风雨的反射下闪耀

在寂静中随波逐流

庄重的冰山游行

有火炬在其体内

墓地开启，深处见秋日和寒冬

慢慢慢慢降下一片紫水晶的天空

墓地开启，深处见一个巨大的伤口

它在地球深处继续变大

伴随着夏日和春天的喧嚣

墓地开启，深处见丛林——仙女在此，自我受孕

每棵树都终于一只陶醉的鸟

一切都留存在由它们的歌曲封锁的椭圆中

从那些侧面应该能发现眼泪的巢穴

在空中旋转，穿过黄道十二宫

一个又一个符号[5]

墓地开启，深处见沸腾的星云熄灭又燃起
一个飞行员通过此地，谁也不回应
彩灯在无限的祭坛上舞蹈
星体血淋淋的头
在此留下一个不断生长的光环
墓地开启，浪潮涌出
宇宙的阴影四处飞溅
还有那存活在阴影或边缘里的一切
墓地开启，传来行星的抽泣
那儿有着折断的桅杆和海难中的漩涡
星星的钟声成倍增加
被无限追捕的飓风呼啸而过
穿过满溢的河水
墓地开启，生出一束带有苦修带[6]的花
篝火升起，坚不可摧，苦难的气味侵入世界
太阳在估量那最后的角落，它的藏身之所
魔法丛林也在此诞生

墓地开启，深处见海
传来一首千百只船舶离去的歌谣
此时鱼群
慢慢石化

沉默的手指
占据了笼罩一切的
无尽的失眠多久了
是时候安睡了无论在何地
梦境把人类从大地抽离

我们在窗边庆祝日出
我们在阴影里庆祝日出
恐惧在空中飘扬
山丘放逐飞鸟，扑向脸庞
日出带着飞机的希望
几个世纪以来都在那不见天日的穹顶之下

中心柱的爱与耐心

我们摩拳擦掌，笑谈一切

　　洗净双眼，一起玩乐

　　地平线是一只犀牛[7]

　　大海则是一个偶然[8]

　　天空是一张手帕[9]

　　溃疡是一场灾祸[10]

在埃及的七场灾祸[11]过后，玩弄大海的地平线与天空发出声响[12]

犀牛在偶然中航行，如同一颗彗星——它的手帕里满是灾祸[13]

白天的理由不是夜晚的理由

不同的时间有着不同的暗示

植物开始啃食边缘

海浪张开手掌

只为抓住一只飞鸟

在简单的注视中，一切都是善变的
在生命的地下
可能也是一样的

那可怜的疯女人的月亮的伤口
那受伤的月亮的可怜的疯女人
在天空的嘴里有光
光有着的天空的嘴
盲目希望的花海
海花的希望盲目
为了贴近天空的夜莺而歌唱
天空贴近夜莺为了歌唱

我们在时间之外玩耍
风的磨坊和我们玩耍
风的磨坊
呼吸的磨坊

故事的磨坊

目的的磨坊

增加的磨坊

软膏的磨坊

支柱的磨坊

苦难的磨坊

救护的磨坊

降临的磨坊

编织的磨坊

咆哮的磨坊

触碰的磨坊

侮辱的磨坊

聚集的磨坊

拉长的磨坊

远离的磨坊

揉和的磨坊

生育的磨坊

做梦的磨坊
赞扬的磨坊
埋葬的磨坊
成熟的磨坊
荒废的磨坊
诅咒的磨坊
晃动的磨坊
泄露的磨坊
黯淡的磨坊
让渡的磨坊
相爱的磨坊
开头的磨坊
固守的磨坊
出现的磨坊
掠夺的磨坊
珍宝的磨坊
发狂的磨坊

卷曲的磨坊

投毒的磨坊

发生的磨坊

肢解的磨坊

奇迹的磨坊

呻吟的磨坊

时刻的磨坊

苍穹的磨坊

感觉的磨坊

诅咒的磨坊

燃烧的磨坊

生长的磨坊

养料的磨坊

认知的磨坊

下降的磨坊

勒索的磨坊

崇高的磨坊

高傲的磨坊

分娩的磨坊

胡言的磨坊

倦怠的磨坊

骄傲的磨坊

攀登的磨坊

发现的磨坊

滴落的磨坊

悔恨的磨坊

加倍的磨坊

震耳的磨坊

眩晕的磨坊

摔落的磨坊

破碎的磨坊

衰老的磨坊

加速的磨坊

残忍的磨坊

颓丧的磨坊

悔悟的磨坊

变老的磨坊

撕碎的磨坊

消沉的磨坊

碎片中的磨坊

损坏中的磨坊

旋转中的磨坊

哼叫中的磨坊

圣礼中的磨坊

思考中的磨坊

推搡中的磨坊

腐烂中的磨坊

诞生中的磨坊

拥挤中的磨坊

熄灭中的磨坊

衰亡中的磨坊

熔化中的磨坊

无助中的磨坊

凋零中的磨坊

气恼中的磨坊

着迷中的磨坊

变化中的磨坊

破坏中的磨坊

受孕中的磨坊

坍塌中的磨坊

想象中的磨坊

遗弃中的磨坊

带着天赋的磨坊

带着口音的磨坊

带着痛苦的磨坊

带着性格的磨坊

带着魅力的磨坊

带着不安的磨坊

带着费解的磨坊

带着不满的磨坊

带着刮蹭的磨坊

带着专注的磨坊

带着理由的磨坊

带着违背的磨坊

带着延长的磨坊

带着预感的磨坊

带着不幸的磨坊

带着缄默的磨坊

带着嘶哑的磨坊

带着错觉的磨坊

带着忙乱的磨坊

带着昏厥的磨坊

用来住宿的磨坊

用来修行的磨坊

用来涂油[14]的磨坊

用来出租的磨坊
用来装载的磨坊
用来上升的磨坊
用来漂浮的磨坊
用来冷却的磨坊
用来施法的磨坊
用来招待的磨坊
用来打赌的磨坊
用来计量的磨坊
用来逃离的磨坊
用来藏匿的磨坊
用来爆炸的磨坊
用来颂扬的磨坊
用来庇护的磨坊
用来抬升的磨坊
用来揉搓的磨坊
用来翻新的磨坊

用来替代的磨坊

用来预测的磨坊

用来铸造的磨坊

用来预言的磨坊

用来曲解的磨坊

装饰一样的磨坊

元素一样的磨坊

武器一样的磨坊

乐器一样的磨坊

石碑一样的磨坊

触碰一样的磨坊

发现一样的磨坊

公告一样的磨坊

药物一样的磨坊

失眠一样的磨坊

顺风的磨坊

逆风的磨坊

纠缠的磨坊

投掷的磨坊

撕咬的磨坊

移动的磨坊

我创造的磨坊

我躲开的磨坊

我指引的磨坊

我鼓舞的磨坊

我预感的磨坊

我供养的磨坊

我透露的磨坊

缓慢的磨坊

流血的磨坊

专心的磨坊

饥饿的磨坊

干渴的磨坊

淌血的磨坊

驴样的磨坊

残暴的磨坊

开心的磨坊

富有的磨坊

怕冷的磨坊

贪婪的磨坊

肥胖的磨坊

虚弱的磨坊

粗糙的磨坊

灰色的磨坊

陈旧的磨坊

肮脏的磨坊

咳嗽的磨坊

汗湿的磨坊

憔悴的磨坊

困倦的磨坊

动荡的磨坊

可怕的磨坊

如是，你是风的磨坊
座的磨坊
风的座的磨坊
编织了夜晚和白天
纺出了阴间的雾霭
大惊小怪的磨坊和风车翼上的风的磨坊[15]
风景里充斥着你的癫狂

麦子来了又去
离开大地，去往天空
离开天空，去向大海
麦子源于金黄的浪潮
那是风的翻腾之所
只为找寻麦穗的痒
听

探针划过电流

北风吹乱了你的头发

嚯，研磨者磨坊

飞翔者磨坊

爬行者磨坊

歌唱者磨坊

当天空将暴雨奉上

嚯，在记忆里旋转的磨坊

催眠那些旅行的鸽子的磨坊

说话吧说话吧故事的磨坊

当风叙述起你的空中传奇

流血吧流血吧下降的磨坊

带着你关于世界衰落的难以忘怀的记忆

和因为飓风而疲惫的交叉的横杆

此刻，我们欢笑歌唱

因为那个磨坊已经建立起了它挑选的光的帝国
必须被人知晓
必须有人将它传播
太阳，你生于我的右眼
死于我的左眼
不要相信黄道十二宫的预言
也不要相信坟墓中的犬吠
那些坟墓有着月亮的妖术
自说自话不知所云
我告诉你，是因为我的帽子已经厌倦了环游世界
我经历过古老的蝴蝶

预言吧快预言吧
星座的磨坊
当我们为了偶然的笑容起舞
如今吊车为我们带来了白天，
把黑夜从地球倾倒而出

开始吧

法兰多尔[16]女舞者在那山方的远脉[17]

地平穹在苍线之下[18]

登上月亮

为了环游世界

开始吧

法兰曼**陀**慢弹曼陀**铃**[19]

又有**调**来又有**音**[20]

卡拉班坦蒂娜

拉卡拉班坦**图**

拉法兰多西莉娜

拉法兰**杜**

拉卡拉班坦**塔**

拉卡拉班坦**蒂**

拉法兰多西拉

拉法兰**西**[21]

在疲倦之前我笑啊笑啊

在白日云雾的马车里

年岁和世纪

在虚空中聚集

在天空眼里，一切都是暗影

瀑布如长发般缠绕夜晚

夜晚囿于床榻

带着它的月亮——天空的枕头——安眠

我的目光是疲惫的风景

向着地平线一路前行

在树木的阴影里慢慢下沉

此刻，我溶解于不同的事物

我是萤火虫，照亮了丛林里的树枝

但是，当我飞行时，我会保留我的行走方式

我不仅仅是萤火虫

还是我所经之处的空气

月亮从我各个部分穿过

两只鸟迷失在我的胸膛

无可救药。

之后我是一棵树

说到树，我保留了我萤火虫的方式

和我天空的方式

还有我人类的行走，悲哀的行走

现在我是玫瑰，我以玫瑰的语言来诉说

我说

玫瑰盐玫瑰言

玫瑰盐玫瑰年

玫瑰经要玫瑰念

玫瑰金要化火焰[22]

我走遍那白天的小火山

我对它有所畏惧

火山的回应

逃离滚落到了我的咆哮深处

我是轰鸣的玫瑰，不断发出嘶哑的声音

困于囚室，拖拽着自己的脚镣

我吞下的星星在我的内脏吱嘎作响

在在生育的游行中直面风暴

我在此宣告我呼啸的丰功伟业

我的气管呼吸在大地深处

于海之下，于山之下。

之后我是一只鸟

这天我叽叽喳喳地和自己辩论

这天我在自己脖子上戴上了一个十字架

现在，我只是说

安静，我要开始唱歌了

我是本世纪唯一的歌者

无限都是我的我的

我的谎言有天空的气味

就是这样

现在我是海

但我保留了一些火山的方式

树木的方式，萤火虫的方式

鸟的，人的，玫瑰的方式

我如大海一样讲述，我说

从穹头[23]到天平线[24]

我是蓝滩[25]上的山翼[26]

我在海沫[27]的飞水[28]里起舞

一个又一个的奔帆[29]

山浪[30]的浪波[31]我的皱地[32]

碧波[33]在流林[34]的月亮下

行走在山波[35]中，直至极波[36]

当台飓风[37]低吼[38]

盒波[39]向沙滩投以它的浪结[40]

有一个海田[41]在呼救

我假装听不见

看着我暴风浪[42]上缓慢的潜迹[43]

吱吼[44]的次永恒[45]

恶山[46]的梯浪[47]

否波[48]的梯浪

不休不眠，直至啃食掉高天[49]的边缘

直至到达极渊[50]

与此同时，海盗在歌唱

我身着青衣[51]，细细聆听

　　风帆闪烁在海中

　　风哀嚎在月亮上

　　嘎吱的响声升起于白色之上

　　在我的蓝色里的浪潮之翼[52]

大海将会敞开自己，让那些首先服满惩戒的

受难者通行

经过如此多的世纪及更多的世纪

他们将会带着玻璃般的目光行走

将会登上他们预言的山峰

将会变为天上的星宿

那么，在浪潮之间会出现一座火山
它将自封为王
快将星云的风琴给我
你们知道那些岛屿是我头顶的皇冠
那些海浪是我唯一的宝藏
我是王
王为了女王歌唱
天空为了天涳[53]歌唱
珖[54]为了光歌唱
光不断找寻那只眼睛，直到将它发现
天空用它天文的语言歌唱
光用它催眠的语言歌唱
此刻，大海正在浅吻女王的双脚
她总是在梳洗不停
我是王
我告诉你们，穿过夜晚的星球
从另一边出来时已不能自我辨认

当进入白天，情况更糟

它甚至连自己叫什么也不记得了

也忘了谁是它的父母

告诉我，你是翠鸟的孩子吗

或是一只口吃的白鹳的孙子

还是我在沙漠里看见的

那只独自吃着月亮草的长颈鹿的后代？

还是那个有着金字塔眼睛的被处以绞刑的人的后裔？

某天我们会知晓的

你会毫无秘密地死去

你的坟墓中会出现一道电车般的彩虹

彩虹中会出现一对爱人正经历床笫之欢

欢愉中会出现一片流浪的丛林

丛林中会出现一把利剑

利剑中会出现一只奔逃在原野的兔子

兔子中会出现一条丝带——它会标记下它走过的路

丝带中会出现一条河和一道瀑布——它会把兔子从追猎者

手里拯救

直到兔子顺着目光开始攀爬

藏匿在眼睛深处

我是王

当我一声令下，溺亡者也会盛开

把彩虹和海盗捆在一起

把风和女巫的马捆在一起

我是王

我会像绘制作战计划一样绘制你的星座

听说彩虹离去了

彩虹，你要去哪里

你不知道这里四处都是杀手吗?

彩虹被锁在立柱上

那是为我们节庆所用的水银柱

三千两百米的红外线

一端靠在我的脚上，另一端在耶稣的伤口里

天使长的彩虹礼拜日

流星的弓箭手在哪里？

太古的弓箭手

在永恒之弧下，奥秘的弓箭手拿着他紫色的小提琴[55]，拿着他的堇菜科的小提琴，拿着他的紫色小提琴[56]

彩虹，在我考古学天空的眉毛的弧线[57]

在弧线的区域下埋藏着宝箱[58]

那花就像一块表

花瓣组成了完美的齿轮

如今，一匹马开始上升，奔向彩虹

如今，目光卸下了那不堪重负的眼睛

在那瞬间，日落从平原逃离

天空在等待一架飞机

而我听到了地下死者的笑声

注释

1 作者在这里将“山”本来的阴性词尾改为阳性，创造了一个新词。

2 作者在这里将“月”本来的阴性词尾改为阳性，创造了一个新词。

3 作者在这里把“花”本来该使用的阴性冠词改为了阳性，间接把这个词改为了阳性。

4 作者在这里把“向阳花”这个词语中的“花”换成了“太阳”。

5 这里指黄道宫符号。

6 苦修带是部分天主事工会信徒为了苦心修炼而绑在大腿上的带有金属倒刺的带子。据说这些信徒每天要绑上苦修带两个小时，一旦活动，倒刺就扎入皮肉，剧痛不已。他们以此来节制欲念，接近上帝。

7 “地平线”和“犀牛”这两个词的结尾是一样的。

8 “大海”和“偶然”这两个词的结尾是一样的。

9 “天空”和“手帕”这两个词的结尾是一样的。

10 “溃疡”和“灾祸”这两个词的结尾是一样的。

11 这里可能借用了《出埃及记》中记录的埃及十灾。埃及法老王因为不服从神明的安排所以被降下了灾祸，分别是血灾，蛙灾，虱灾，蝇灾，畜疫之灾，疮灾，雹灾，蝗灾，黑暗之灾，长子之灾。

12 这句话原文中依次出现了“地平线”，“大海”，“天空”和“灾祸”四个词，都位于前面连续四句诗中，且“地平线”，“大海”和“天空”为其中前三局的主语。

13 这句话原文中依次出现了“犀牛”，“偶然”，“手帕”和“灾祸”四个词，都位于前面连续四句诗中，且依次为连续四句的宾语。

14 指涂油礼，为基督教的一种特殊的仪式，意为“上帝的恩赐”。

15 “大惊小怪”这个词就是由“风车翼”和“风”组成的。

16 一种流行于法国南部的舞蹈。

17 作者交换了“山脉”和“远方”两个词的词尾。

18 作者交换了“地平线”和“苍穹”两个词的词尾。

19 这句话原文为“La faranmandó mandó liná”，并没有太严格的语法和实际的意思，是作者用上文的“法兰多尔女舞者（farandolina）”和“曼陀铃（mandolina）”两个词打破了重新组合，在玩文字游戏。

20 这句话原文为“Con su musiquí con su musicá”，作者在这里似乎根据“音乐（música）”的指小词“musiquita”，去掉词尾并改变了重音，创造了一个词“musiquí”。且“音乐”这个词的重音位置也被作者改变。

21 这一段并没有实际的意思，作者只是在用音韵玩文字游戏。

22 这一段也没有完整严格的意义，是作者围绕“玫瑰”这个词的音韵在玩文字游戏。

23 这个词可能是作者用“苍穹”和“头”这两个词造出来的。

24 作者把“地平线”这个词的词尾改成了“天”。

25 这个词是作者用“蓝色”和“海滩”两个词造出来的。

26 这个词是作者用“山”和“翅膀”两个词造出来的。

27 这个词可能是作者用“泡沫”和“海洋的”两个词造出来的。

28 这个词是作者用“飞行”和“水”两个词造出来的。

29 这个词可能是作者用“奔跑”和“帆”两个词造出来的。

30 这个词可能是作者用“海浪”和“波”两个词造出来的。

31 这个词可能是作者用“海浪”和“山”两个词造出来的。

32 这个词可能是作者用“皱纹”和“地面”两个词造出来的。

33 作者可能是根据阿根廷方言的“绿色”和“波浪”两个词，改变了一些音律，创造了这个词。

34 这个词可能是作者用“雨林”和“流动”两个词造出来的。

35 这个词应该是作者用“山”和“波”两个词造出来的。

36 这个词应该是作者用“无限”和“波”两个词造出来的。

37 这个是应该是作者用“台风”和“飓风”两个词造出来的。

38 这个词应该是作者用“怒吼”和“嘟囔”两个词造出来的。

39 这个词可能是作者用“波”和“盒子”两个词造出来的。

40 这个词可能是作者用“海浪”和“绳结”两个词造出来的。

41 这个词可能是作者用“航海的”和“田产”两个词造出来的。

42 这个词可能是作者用“暴风雨”和“海浪”两个词造出来的。

43 这个词可能是作者根据“潜水”这个词造出来的。

44 这个词可能是作者根据“吼叫”和“嘎吱作响”两个词造出来的。

45 这个词可能是作者根据“永恒”和“次要”两个词造出来的。

46 这个词可能是作者根据“山”和“恶心”两个词造出来的。

47 这个词可能是作者根据“楼梯”和“海浪”两个词造出来的。

48 这个词是作者根据“波”和否定前缀造出来的。

49 这个词是作者根据“高”和“天空”两个词造出来的。

50 这个词是作者根据“深渊”和“深的”两个词造出来的。

51 这个词是作者基于“绿色”和“蓝色”造出来的。

52 这里明显改写了西班牙浪漫主义诗人埃斯普龙塞达的诗作《海盗之歌》里的几句诗：“月亮闪烁在海中，/ 风哀嚎于风帆之上，/ 柔软飘荡上升，/ 银器一般的蓝色浪潮。”（此条为西语版原注）

53　作者在这里，把阳性名词“天空”的 o 结尾改为了阴性名词的 a，新造出了一个词。

54　作者在这里也把第一个“光”本来应该阴性的定冠词改为了阳性。

55　“奥秘”和“弓箭手”两个词开头是一样的，“紫色”和“小提琴”两个词前半部分是一样的。

56　“小提琴”，“堇菜科的”和“紫色的”三个词前半部分都是一样的。

57　“彩虹”，“弧线”和“考古学的”三个词开头是一样的。

58　“区域”，“弧线”和“箱子”三个词开头是一样的。

第六歌

珍宝神明和软体动物
打结的
        夜晚
            结
那颗心
彼时彼地
          结在颤抖
那神明柔韧的心
一二三
       四

眼泪

　　我的灯

　　　　　还有软体动物

胸膛去向悠扬

打结的，那珠宝

然后是颤抖的痛苦

平常的厌烦

　　　　　可能是苦难

　　　　　死亡，大提琴

蜡烛，眼睛

　　　　　另外，妗外[1]

结晶，如果曾是结晶

结晶度

吸引力

　　　你们了解丝绸

风，花

　　　缓慢的云缓慢的

丝绸玻璃缓慢的丝绸

那吸引力

　　　　丝绸呼吸玻璃丝绸

如此以波动的方式漫游

玻璃，云朵

软体动物，是的源自大提琴和珠宝

珠宝和大提琴的死亡

如此源于饥饿的干渴或饥饿与干渴

还有云和珠宝

缓慢的

　　　云

　　　阿拉欧拉欧蕾阿拉阿拉丁[2]

拉丁阿拉丁啊拉丁丁拉[3]

晶体，云

去哪里

　　　在哪里

缓慢的，缓嫚的[4]

翅膀，海浪

海浪海浪男孩如果男孩[5]

祈求眼睛

我有珠母贝

在丝绸里晶体云

晶体眼睛

和香水

美好商店

结晶，云

死亡，灰烬中的珠宝

因为永恒，因为永姮[6]

缓慢的，缓嫚的

顺其自然的晶体，眼睛

万分感谢

在海洋之间

观海

由眼睛，叶片，巫师

予之姓名

高点，高点

巴别塔[7]的号角

乞求珠母贝

　　　　　拥有死亡

一个两个及四个死亡

为了眼睛，在大海之间

为了馥郁之中的船舶

源于献给无限的珠宝

身着青天，毫不在意

这样的奇迹独自凋零

玻璃，眼睛

参观

　　花和枝叶

献给三位一体[8]的荣耀

　　　　　　　　　　神明

漫游赤裸夜晚

将给我

玻璃窗

如此偶然

夜以继夜

有着风暴的

夜以继夜

神明

有着玻璃眼珠玻璃丝绸云朵

雕塑，丝绸或夜晚

雨水

眼中的羊毛花

云中花

夜中花

先生地平线来了来了

大门

闪耀的黑色

通往法令观念的大门

那种温柔的雕像

去向哪里

来自何处

　　　　景色微风丝绸

景色

　　绿色先生

谁将诉说

已经离开

谁将诉说玻璃夜晚

如此下午

如此上升的天空

天空先生

　　　　玻璃天空

和火焰

　　　并在我的王国

夜晚停泊

众神

风暴

天空停泊

它的根源

命运如此巧合

滑过，滑过了

草原开始熄灭

由某个睡梦之人

月升[9]玻璃月亮

他梦着什么

我统治着

在他的钢铁里的什么

前进吧我的燕子

它的力量在海里

我的天使

如此的黑暗

如此的颜色

如此的雕像和如此的呼吸

大地和手

那舰队如此的武装

甲胄马匹

眼睛庙宇

　　　　乞丐

爆裂的心

山的

铃铛的

珍珠回响

珍珠呼喊

告别的荣耀

　　　　　玻璃云

流言和刺伤

女游泳者

　　　　玻璃夜晚

被毁掉的水母

将会说出鬼怪

玻璃丝绸

忘掉蛇

忘掉它的双脚

它的双眼

它的双手

它的双耳

飞行员

在我的恐惧中

别处的风

曼陀子和燕铃[10]

曼陀风和疾铃[11]

埋葬的

那些铃铛

埋葬的那些遗忘

在它的耳朵

北风

我的玻璃

无限的浴室

　　　　　赤裸之夜

三位一体的荣耀

　　　　　　　毫不在意

对于如此奇迹

和它的雕像

夜晚和枝叶

　　　　　玻璃梦境

　　　　　玻璃旅行

花和夜晚

和它的雕像

　　　　　玻璃死亡

注 释

1 作者在这里用了“另外”这个词的阴性形式。

2 这句话原文“Ala ola ole ala Aladino”并没有完整的意义，只是作者在用音韵接近的词在玩文字游戏，故作此译。

3 这句话原文“El ladino Aladino Ah ladino dino la”并没有完整的意义，只是作者在玩音韵和结构的文字游戏，故作此译。

4 作者在这里用了“缓慢的”这个词的阴性形式。

5 这句话原文“Ola ola el ladino si ladino”并没有完整的意义，只是作者在玩音韵和结构的文字游戏，故此意译。

6 作者在这里用了“永恒的”这个词的阴性形式。

7 在《旧约·创世纪》中记载，人类兴建巴别塔，“塔顶通天”。为了阻止人类的计划，上帝让人类说不同的语言，使相互之间无法沟通。

8 基督教神学术语，主张圣父、圣子、圣神（圣灵）三个不同的位格为同一本体、同一本质同一属性，是一位上帝。

9 这个词可能是作者根据“月亮”和“天空”两个词创造出来的。

10 作者在这里交换了“曼陀铃”和“燕子”两个词的词尾。

11 作者在这里交换了“曼陀铃”和“疾风”两个词的词尾。

第七歌[1]

啊咿　啊咿啊　啊咿啊

咿啊　咿啊　咿啊　啊咿啊　呜咿

特啦啦**哩**

啦哩啦**啦**

啊噜啊噜

　　　　呜噜啦里奥

啦哩**啦**

里姆比沃啦姆　啦姆　啦姆

呜咿啊亚　索略纳里奥

　　　　　　　　　　啦哩**啦**

山光星山光芒星

　　　　　　　啦洛**卢**

太阳山和曼陀子

啊咿　啊咿

　　　　　南山在南边

　　　　　　太阳山

孤毒的铺陈的光

啊呜噜啦罗　呜哩萨门托　啦哩**啦**

咿啦尔卡 穆尔略**尼**亚

奥尔玛哈呜玛 玛里哈呜哒

往前里看呐

停下看呐

多看看呐

杀死太阳

　　　　杀死浪潮

我的浪潮浪潮啊　啦哩**啦**

我是航海家

起飞了　呜啦啊罗

咿啊　咿啊　钟声响了钟声响了

特啦啦**啦**

啊**咿**　啊咿　大海百分百　永远是航海家

圆星星雕刻光亮

啦 咿啊

啦里巴姆巴

啦里姆巴姆巴姆普啦内雷哩亚

啦里瓦姆巴莫西特雷哩亚

莱啦莫姆巴里里兰啦

哩里啦姆

啊咿　咿　啊

害怕啊

啊咿　啊咿　啊咿啊

呜卢啦呦

卢啦呦

啦呦　呦

呜卢啦呦

　　　　呜啦呦

　　　　　　　啦呦　呦

好多月亮

感观永恒

呜卢啦约 呜卢啦门托

噩梦啊噩梦

唱歌啊唱歌呜卢啦先特

新的浪潮　呦　呦　约

害怕啊害怕

地狱鞭打航海家

哈小便呜噜啦**呦**

山在跑啊浪潮章鱼

曙光呜卢啦森特

恒永道大

　　　　快啊 塔里**啦**

钟声响了　啦啦**哩**

百分百的金子的　曙光啊

啦啦**哩**

咿奥　咿啊

咿 咿 咿 奥

啊咿 啊 咿 啊咿 啊 咿 咿 咿 咿 奥 咿啊

注 释

1 本章描述了阿尔塔索尔处于一种迷乱癫狂的状态，少数词语可以根据词根来翻译，大部分词语只有直接音译。

天空的震颤

首先必须知道，我们应该多少次抛弃我们的新娘，从无休止的性爱中逃离，直到世界的尽头。

在虚空越过地平线划过它小提琴的琴弓之处，那人变成一只鸟，和奇石中的天使。

永恒圣父[1]在他的实验室中制造了黑暗，使盲者耳聋。他手握一只眼睛，不知赠与何人。在他的一个广口壶里，一只耳朵和另一只眼睛在交媾。

我们身在远方，在尽头的尽头，那儿有人的双脚倒挂在一颗星星上——他在宇宙中头部朝下，晃来晃去。折弯了树的风，在甜蜜地吹拂着他的头发。

飞扬的溪流休憩在崭新的丛林中——鸟群在那里咒骂黎明开出了多少无用的花。

它们准确地辱骂那些黑暗事物的悸动。

假如仅仅是把繁花的领袖斩首，并让那有着多余的情感，充满着秘密和宇宙碎片的心脏流血。

在一面鼓上一个被爱之人的嘴。

那令人难忘的女孩的双乳被钉在树上，夜莺将其啄食。

和极点上的英雄雕像。

毁灭一切，一切，用子弹，用刀。

偶像们在水下争斗。

“伊索尔德[2]，伊索尔德，我们相隔到底多远，我们之间曾有过多少欢愉？”

你知道上帝剜去了花的眼睛，它的躁狂症就是因为失明。

他还把精灵变成一堆羽毛，把坐在玫瑰上的新娘们变成了自动钢琴的蛇，变成了长笛的姐妹蛇——那根长笛会在雪夜里被亲吻，并在远方将其呼喊。

但你并不知道为何乌鸫要把那棵树撕碎在它流血的指间。

而这就是一个谜团。

四十天四十夜在洪荒[3]的枝叶中攀爬。四十天四十夜在岩石和高峰间的谜团。

我会在一个又一个命运中坠落，但我会始终保留天空的记忆。

你可曾了解高处的景观，可曾见识过闪光的心灵？有时我会化作一片巨大的丛林，巡视整个世界，如同检阅军队。

看呐，那些河流的入口。

在某些午后，大海几乎就是我的舞台。

在梦境的街道没有树木，也没有被钉在花上的女人，也没有划过大海篇章的船。

在梦境的街道有个巨大的肚脐，那里隐约可见一个瓶子。在瓶子里有个死去的主教，瓶子一动，他就变色。

四根蜡烛不断地燃起，又熄灭。有时，借着闪电我们能看见空中有个破碎的女人，一百四十年前她从空中跌落。

天空藏着她的谜团。

每层楼梯都可能藏着一个杀手。那些有心脏病的歌手一想到这，就被吓死了。

如此，那些病态的蝴蝶将变回幼虫，它们甚至觉得自己从来不该破茧而出。听觉遗失在了童年，并被大海的回声和漂浮在某些飞鸟眼里的海藻填满。

只有伊索尔德知晓这个谜团。但她只是用她颤抖的手指检查彩虹，来寻找一种特别的声音。

如果一只乌鸫啄食她的眼睛，她也会带着那吸引水牛群的微笑，让乌鸫尽情吃喝。

在所有的海洋中，在每一朵浪花里，你能在怎样肿痛的心上漂流?

因为你应当知道，像浮标一样紧贴心脏是危险的，因为海里的岩洞将它们吸引，纠缠如蛇如象鼻的章鱼永远封闭着它们的出口。

你发现那是一座高举双手的山峰在祈求谅解，它觉得海洋没那么危险，比友谊更为可及。

然而，你的目标是爱上危险，你身内身外的危险，亲吻深渊的嘴唇来祈求黑暗的帮助，让你所有的事业凯旋，所有沾满晨露的梦想实现。

否则，你还是道谢，然后就退到人类记忆的深处吧。

“伊索尔德，伊索尔德，在冰河时代，熊曾经都是花。当冰雪化开，它们终于自由，奔向四面八方。”

想想复活[4]。

只有你了解奇迹。你见识过发生在一百个精美的竖琴和所有瞄准地平线的大炮前的奇迹。

在一个遥远的国度，一个国王带领着一队水手。海浪在不耐烦地等待他们的归来。与此同时，大海也在鼓掌欢迎。

温度计缓缓降低，因为乌鸫已经停止唱歌，并想着要从吊杆飞向世界的中央。

现在，我唯一担心的是你从电灯或是某个花瓶里逃离，并跟我用雄辩的术语对话，如同午间的洋玉兰一样对话。房间里满是垂死的蜻蜓，我不得不坐下，以免失去意识跌倒在地。死亡将会是思考本身。眼睛归来的地方，到处都是反射。

在城堡上，将军的骨架将作为交通信号灯发出信号。我们将清点那些无人可认的头颅——那些被一根无止境的绳索绑在那无人认领的梦游的马尾上，拖拽于旷野之中的头颅。

那些黑奴会在和他们醉得差不多的女奴肚子上鼓掌，并没有注意到风是一个幽灵，而远方的树漂浮在一片墓地之上。

谁清点过所有的死者？

是否所有的窗户都打开了，是否所有的灯都开始歌唱，是否那片墓地开始燃烧？

每一只天空中的鸟都将会在大地上拥有一个猎人。

号角将会响起，旗帜会化为孟加拉烟火。信仰死去了，所有那些啃食你心脏的猛禽都死去了。

迁徙的雕像飞行而过。

在广阔的平原上，可以听到树木歌声中那些偶像遭受的折磨。

花惊恐地逃离。

一个未知的音乐之门打开了，那些年岁奔逃而出——它们属于一个垂死的巫师，他双手交叉于胸，颓然地坐着。

在我们内心，有多少东西已经消亡了。我们给自己带来了多少的死亡。为何我们要紧紧抓住自己的尸体？为何我们要固执地复活自己的尸体？他们会阻止我们看到新诞生的想法。我们害怕显现的新光芒，害怕我们还不习惯它，就像我们害怕自己静止不动又没有危险的意外的尸体。必须为了生者放弃死者。

“伊索尔德，埋葬你所有的死者吧。”

思考吧，记住吧，遗忘吧。愿你的记忆忘记它的记忆，愿你的遗忘记住它的遗忘。在你的死亡到来之前，小心，别死了。

如何给这只现实的野兽增加一点点崇高——它只会在深夜时分屈下它疲惫的膝盖，那时月亮会飞翔而来，伫立于此。

然而，我们都在苟活中等待一个偶然，等待在远方的救赎中恒星符号的形成，那里我们无法抵达，甚至无法听到我们的钟声。

就这样，等待那巨大的偶然。

愿北极点分崩离析，如同致敬时脱下的帽子。

愿那片大陆升起——我们已经坐在地平线的铁栏后面等待多年。

愿杀手疾行而过，无所顾忌地射击那些追捕者。

愿人们能知晓为何是那个女孩出生，而不是那个被梦境许诺并多次宣告的男孩。

愿能看到那个在地下打着哈欠伸着懒腰的尸体。

愿能看到那个光荣的幽灵在天空的树丛间穿行而过。

愿所有的河流能被一声令下突然停下。

愿天空会随着地点而变换。

愿大海堆积在一个巨大的金字塔里——它比所有那些野心壮志所梦想的巴比伦塔都更高。

愿绝望的风吹灭那些星星。愿发光的手指在夜空中写下一个字。愿对面的房子轰然倒塌。

我们为此而活，相信我，我们是为此而活，而不是为了别的什么。为此，我们发出声音，为此，我们的声音连结成网。

为此，我们的静脉里有着痛苦的奔逃，胸中有着受伤动物的飞驰。

为此，词语殉难的肉身变红，由地下河浇灌的思想生长起来。为此，那惊恐的嚎叫声是继承自最悲剧的祖父。

砍掉那在睡梦之门咆哮的怪物的头。这样，再没人能禁止任何事情。

有人在诉说，一株虞美人则盛开在声音的顶端，盛开在来自未来目光的鸦片闪耀之前。

“大地的平静献给夜晚的水手。”

沉默的探索者们抬起了头，旅途则脱下了它华服。

这是日落的含义。

或许日落会倾听我们的声音[5]，你们也终将明白夜晚的符号。你们终将明白沉默的创造。那梦境的目光。深渊的初始。山峰的迁徙。

那夜晚的穿越。

伊索尔德，伊索尔德，我向着目的地继续前进。

你把许诺于我那么多次的绿洲藏在了哪里？

那光已经前行得很累了。告诉我，那从你眼里掉落，又迷失在了空气中的阶梯，它去向何处？

你知道我的命运就是行走吗？你知道探索者的虚荣心和旅途的幽灵吗？

这是在一块特殊的磁铁前的血与骨的问题。这是神奇流星的无可挽回的命运。

这无关肉身的爱情，这是生活的问题，这是游魂的问题，流浪的鸟的问题。

所有这些女人都是路上的树或者静止的再不必要的石头。

水瓶或是酒桶里往往没有自己的光芒。它们像大教堂一样遵循着音乐的原理。每个和弦都有其对应，一切都由学习弹奏将要响应的回音点构成。织造乐曲，为雨天而建造一个实际的屋顶或是华丽的穹顶，都是很简单的事情。

如果命运允许，我们可以栖身于此，并数一数向我们张开双臂的人的那些手指。

之后，幽灵会逼着我们跟上那游行。

我们将从她悸动的乳房上方跃过——那是她的穹顶，因为她平躺伸展，在模仿一座神庙。或者说，是那些神庙在模仿她，高塔就像她的乳房，中部的穹顶如同她的头颅而大门则是想模仿她的性器官——从那里可以进入找寻腹腔中跳动的生命，而之后，那生命也将自此来到人世。

但是我们不应接受这种模仿，我们也不能信仰这样的生命。那被蒙蔽双眼的，跌落在景观树里的生命。我们只会信仰那些作为巨人的摇篮的花，即使我们知道，每个花蕾里都睡着一个侏儒。

在更深处，生命之岩的高山笑容甜美。

高山笑了是因为一个盲人坐在山上听火山的鼓声。但是发生在平原上的事情更为重要，因为森林里的树木都变成了蛇，并跟着一把特殊的长笛的节奏，互相争斗。

我忘了告诉你们，有一片湖，它会随着风愈行愈远。有时它会失明，有时它会长久地消失，之后变换颜色再出现。有时它饿了，也会诅咒那些没有适时遇难落水的人们。另些时候，它四脚行走，并长时间地撕咬那些堆积在它岸边的悲剧战利品，或是那知晓秘密年代的人的倒影。

如果眼里的鸟坠入湖水，山里会跳出一个间歇泉。那泉水美妙得如同一棵树——树枝的尖端，还有一个在努力保持平衡的女人。

那个湖也可以在树尖保持平衡。这一切取决于我的意志或是按时响起的那面鼓。

那些藏在树后的密探，似乎不想使自己相信一样，没有在期盼着奇迹，他们等待的，是一个在午后出现的赤裸盲女，像一尊失落的雕塑四处闲逛，可能会跌落在他们之间。

你正在将时间挥霍。

看吧，看吧，月亮上燃起了大火。

身着白衣，伊索尔德像一片云一样来了。

那时，月亮坠落，烈焰滚滚。火光的反射在沙滩上起舞。

幽灵在上升的浪潮中一个个出现。隐匿的你们在此，在死亡的贪婪前，震颤的时刻已经到来。

夕阳在最后的遇难者头上降下光环——他在偏航的漂流中，再没有听到岸上的歌声。

狼群目光机警，巡游在夜晚的树丛间，互相依靠，无故哭泣。

这个男人，比其他人更加高大，在花园中张开嘴，开始吞咽萤火虫，数时不停。

树木因为一种奇怪的痛苦而扭曲。数以千计从天而降的流星在我们的大气中拧成螺旋，如同石头坠入水里。

四处冒出浓烟。如今，只有狼群的眼睛在闪烁，而那个男人被萤火虫填满。其他的一切都是阴郁。

山打开了它的大门。盲者进入，双臂张开。

有一棵树，一棵缠绕在黎明的火光中的粗壮的树。

上方，一颗初生的星球正在轻轻摇晃。

光环落在大地上。上百个光环一个接一个地落在大地上，有些直接落在人的脑袋上……没了吗？

一个棕榈岛从海里浮现，这样，恋人们就可以有地方闲逛。

终有一天他们中有人会找到那丢失的头颅，依然静静地躺在那掉落的地方。

何时？何地？他们中的何人？

折磨啊，伊索尔德，在山的后面。折磨啊。

迁徙的雨林将无法到达这么远的地方。

有一只拖鞋在大地的中间。

午后的行军如同处在深海。此刻，这一切都醉得容光焕发。

在那边，与头顶齐高处，有一顶帽子。

在手的高度，有一根钉在地上的手杖。

就这些了。因为你们中没有人能看到此刻那个幽灵对着狗笑了。

没人知道为什么窗帘在床后飘动。

以及为何伊索尔德的脸颊红得就像两扇飘动的窗帘。

以及为何她的双脚颤动，就像两扇张开的窗帘。

我能在黎明中哭泣，只为看到你的微笑。我能祈求鬼怪的问候——它踽踽独行，去向石器时代。

好了你知道，我会像丛林中的一束反光那样穿过你。你还想要什么？

两个紧紧相连的身体驯服永恒。

跪下是必须的。

城堡变成了一朵花，眼睛变成了一条满是船舶和各种鱼类的河。

钢琴变成了一座山，大海变成了一小朵像风磨一样转动的洋蓟。

神经变成了一颗满是震颤的树——那些震颤在无尽路途的夜里去往无限。

头颅滚动，身体向下，离去未知之处。与此同时，丛林仓皇而逃。

骨头的折磨源自一袋扛着的云，从那寂静母体的顶端降下，悲伤得像巫婆的鸟，像夜间受威胁的花。

为了孤寂准备，一切都是可能的。当然，每个灯上都吊着一个女人，摇曳在我们呼吸的空气中。墙上的每幅画都发出一种乐音，因为我们知道每种风景都是一种乐器。在每扇门的后面，都有一具不耐烦的骨架在等待。

被彻底抛弃的夜晚在静静地哭泣。那听诊你心脏的夜晚。那夜晚，你记得吗？那时窗帘形如耳朵和眼睑，还带有寂静的睫毛。我俯身于你，如同你躺在解剖台上，我的嘴唇在你的身体中沦陷，我继续将你观赏；你的肚子就像一个鲜活的伤口，你的双眼如同世界尽头。

我们困于孤寂，伊索尔德，我们陷入了在屋脚等待我们的那个夜晚。

我们已经走了很久了。那晚，聚光灯在绝望地找寻，从一边照到另一边，在无限中交叉，一直在问好，一直在告别。突然，半空中伸出一只手，如同一个溺水者，在指间紧紧地抓住一只鸟的头——那只鸟是从空中坠落的，毫无怨言，慢慢慢慢掉在地上。

我们停留在岸边。海浪抓住了死鸟，席卷而去。

海岸的山打了一个小寒战，之后在它的鲸背上，喷射出一股冰凉清澈的水柱，同时，一席海浪掠过如同置于遥远的陈列柜中的灯塔。

那只手从没人为其命名彗星上带回了宁静的时刻，而孩子们在呼喊，也没人知道为何。埃洛伊莎[6]的头发。

仍能看见在暗夜里漂浮在海上的那只如荒芜的杏仁一般的眼睛。

仍能看见那艘带着一张展开的网划过空中的船。

仍能看见那个溺亡者发光的尸体晃动在两片水域中[7]。

仍能看见那艘帆船——如同没有尽头的各各他山[8]上的一个十字架。

仍能看见在公海里被紧紧抓在龙骨上的海盗和被吊在主桅杆上的船长。

仍可以看见闪电的光照向那面色惨白的舵手——他的胡须在风中飘荡。

仍可以看见闪电的光照向那死亡的裸女——她的双乳红肿。

仍可以看见闪电的光，走失在远方的被诱拐的马。

仍能看见那些在月夜里漂浮的手。

但是被捕获的美人鱼囿于渔网，头发散乱，我们徒劳等待，未得所见。

我们已致敬过所有的浪潮，我们已经恭敬地凝视，我们已经挥舞过帽子和手帕，我们已经在成千上万艘船的甲板上玩过骰子。皆为虚无。黎明的同伴听到了旅途中的花，听到了极光的行军和另一次向着石器时代的英雄行军。

但没人会看到美人鱼的痛苦。

你们徒劳地抬起手指，指出海的每个褶皱和云的每个震颤。

我告诉你们，她隐藏得比夜更深。

一只孤独的鸟像大海一样愈行愈远，可能是由于你们的尖叫。

愈行愈远，我说，朝着它自己梦中的美好。带着午后的感觉愈行愈远。

新生秘密的全景并不是针对你们。你们对永恒中的际遇了解多少？

我再说一次，她隐藏得比正午的夜更深。

我们无用地准备那冒险的探索。不是为了那些没有感觉的鱼——它们几乎无法被大海内部的光照到，几乎不会被寂静或孤独困扰。

谁是凶手？

在法官面前的是那个女人的尸体，如同最美的女法老的木乃伊。

叫喊吧，控诉者们。

法官无用地注视着在场人们的眼睛。没有一个眼睛的形状能对应上那赤裸的胸口上仍在流血的伤口的形状。

所有的眼睑都猛烈地闭上。法官怒不可遏。

“诸君，谁听见了枪声？”

没人看见一个黑影从窗户逃走吗？没人看见半夜闪过一束光吗？

所有人的目光都转向了那个在花园里吃萤火虫的巨人。

通过他透明的躯体，能看见诸如一把隐藏的匕首或一枝百合花一样的东西，但那嫌疑人所表现出来的安静反而在控诉者心里种下了怀疑。

两滴泪水从他脸颊滚落。

“是他，是他”，一些人在喊。

“不是他，不是他”，另一些人在喊。

连续的鼓声从天而降，如同月亮上落下的石头雨。

被告保持着镇定。他睁大双眼，一下也不眨，尽管这时候他感觉到一顶光环开始围绕前额。

所有的人都望向街道。从胜利爆发而出的礼赠正穿越而来。旗帜像风一样舒展。所有人都在望着，但他甚至连眼睛都没有动一下。

“有罪。有罪。”

当人群涌上前，千万个举起的拳头撞向那凝望地平线的大理石雕像。

之后，地平线上出现了一颗彗星，有着萤火虫的长披风。它升到天空中，而天空张开双臂将它接纳。

几分钟后，在同一个地平线的深处，一扇窗户打开，探出一位新娘，双眸美丽而困倦，她看着那颗彗星，试图猜出其中的预兆——或许是个痛苦的预兆——宣告她将被男人围绕。是什么神奇的征兆让新娘的双手像天空一样白皙？她右手握着一颗完美无瑕的钻石，从那里涌出一眼喷泉，温和地向我们而来。

突然，空中传来一声震耳欲聋的吼叫。

“砍他头。砍头，砍头。”

片刻之后，在嗜血的人群面前，那把致命的刀子砍下被告的大理石头颅，他脖子里无休止地涌出一大束光。

与此同时，天空中发生了可怕的地震。星星碎成了成千上万块碎片，行星上燃起火焰，月亮破裂飞溅，燃烧的煤从其他星体上的火山里跳脱出来，噼里啪啦地嵌在了人们惊恐的眼睛上。

人们慌乱地奔逃。有些人藏在地下乞求帮助，另一些人跪地捶胸，向着苍穹高举双手，祈求原谅。

光束继续从死刑台上的死者脖子里流出来。

在这灾祸中，在众人的混乱中，几只比一百个海洋都有力的手臂在我的脖子上握紧。

“伊索尔德，伊索尔德，是你吗？”

“我们之间相距多少年[9]？”

“需要一场类似大屠杀的东西才能让我们重新相见。”

“你，智慧之树，用成熟的眼睛盯着睡梦之门，用偶像之足作大象的行走。”

“给我看看你那苍老的乳房吧，你那从始至终的乳房。”

“我一直在等待那些奇迹的年岁，如同巫师的鸽子。”

“让我亲吻你的乳房吧。”

被囚禁的天使打破了他的锁链，飞向天空，一些不熟练的步枪手徒劳地瞄准着他。

强大而孤寂的夜晚再次降临。被暴风雨照亮的蛇紧跟自由的天使跳跃着奔逃，无人能将他们捕捉。

伊索尔德和我紧紧相拥，她被我牢牢抱在双臂间。

锤击声回响在闪电的锻炉中——那是暴风雨在为我锻

造皇冠。

这顶皇冠太过闪耀，将会造成多少盲冥！

无数的人看着她，静静地看着她生命最后的景象。俊美的巨人在海上苦恼，只求能看着她复活或者平静地死去。

她身上有太多被镌刻的景象，就像一段腰线[10]。在她身上能看到一个女人身体的燃烧——那火焰源于她自身的血肉，不可熄灭。

有太多其他景象了。就像一群矮人肩扛泰坦[11]的棺材在飞行。

就像被城市上空的狂风连根拔起的岛屿。

就像暴风雨中交织的闪电。

就像飓风的车轮下弯曲的棕榈树。

就像一大片驻留许久的云，久到要在她体内长出甘甜的植物。

就像有人正在死去的苦涩夜晚。

我觉得是时候在夜里思考我们将会渐渐死去了。

“伊索尔德，我爱你，透过这些景象，我只是在寻求爱你多一点。”

夜晚是苦涩的，你双手将我推向的深渊是深邃的。我抽搐着坠落，双手绝望，无可宽恕，就像失落的尼加拉[12]。

泡沫在到底之前溅上了我的脸。噪音让我耳朵发懵，在我身体碎裂于谷底之前，我的头已经受到了撞击。

然而，我还在微笑着，期待我的身体即将感觉比空气还轻盈。

或者某人知道有人坠落，于是放下一根绳子，在我就要碰到地面的瞬间，捉住我拉起我。

“伊索尔德，这是完美之人的态度。”

风把我从一边晃到另一边。下面，人们的目光把我和他们尘世的恐惧连结在一片悲伤的原野——在那里，远处能看到一栋孤零零的房子，还有一团烟雾，在试着把房子升向天空。

那罪行之屋可能永远都不能脱离它的所在之处。

然而，尽管目前的景象已经变得非常可悲了，那夜晚从未如此明亮，天空中再没有一丝黑暗。这样能看见什么呢？

那漂亮女人的喉咙有着一首歌的形状。

她将会歌唱，用歌唱来确认我还没有死去。她将会歌唱，尽管状态太过苍老，尽管夜晚从山上滚落，尽管有着尘世的困难。她将会歌唱。

那男孩不会再为了他的小白船而哭泣。一颗微小的星星，会从他头上跳出，去往卧室的尽头，越过他敏感的枕头，跳动在他最近梦到的真实道路上。

大海在几台自动钢琴上铺展开来，有时它会随性而为，可能我们会在那宏伟乐章中听到困惑的声音。

因此，是时候改变了。大海返潮，在深层的痛苦中扭曲。每个浪潮都变成了一个天使并开始飞翔。

他怎敢在大海之上举起手臂！

你们并不知道，所以我来告诉你们：在夜里，没人看见的时候，大海会变成一个巨大的纪念碑，据说在它的尖端，会孤单地升起它自己的塑像。

没人将知晓事实，也没人能知道在每个人一生中会犯多少错误。

要犯多少错误，人类才会停止创造？

这些发明比电火花更美，比女人的大腿更美。这里智者谦卑鞠躬，这里先知屈膝，这里雄鸡歌唱，在乐曲结束之处会生出一幅人尽皆知的风景。之后，只能看见遇难者的手被浪潮席卷，一个瓶子越漂越远，只为传递那满是苦难的历史。

伊索尔德，你要是知道就好了！

天空已经变换了七次。由于大海，它还会再变化的。大海已经变成了一个热气球，起锚去往天空。

你们会拿什么来瞄准大炮，用什么来敲响钟声？

在地平线上，落山的太阳张开手掌，仅透过五根张开的手指看着我们，如同轮辐一般。我们能做什么呢？

沙漠上空掉下一只不知该飞往何方的老鹰的蛋。几年后，这将是一片肥沃的田野，可能会诞生一个伟大的都城。

望远镜兴起又迷失在永恒之中。天空浑身赤裸。陨石和闪电穿过银河系，彗星仪仗队也自此经过，没人再担心上帝的狂怒。

天空浑身赤裸，只见那创造了一切的垂死的双眼。

天空浑身赤裸，只见那给星体带去日常食物的夜鬼。

天空浑身赤裸，只见那布满烛台的洞穴——那里睡着那有血有肉的女人，我们都认得她，她蜷缩在自己的头发中[13]。

梦游的斑马奔驰而过，黑暗中打开的窗户，如寄生虫一般，附着于黑夜。

啊，伊索尔德，你要是知道就好了！我藏在你的影子里。我是你眼中新生的树。我是一个赤足的孩子——如雕像一般，在无情倒影的海难之中，尖叫。

我是在鸽子指引下逐渐远走的幽灵，这些鸽子充满了智慧，从摇晃的灯塔发出的光芒里汲取养料。

在这里，我感到厌倦和恐惧，这种恐惧甚于一条被放逐的船——它嚎叫着在天空中远去，当它第一次感到血肉之下骨架的重量，便甜蜜地死去，像一个人或一只狗。

啊，你要是看到就好了！当子宫像笼子一样打开，那女人向无限举起双臂，献上了所有未来的飞翔。

你要是看到就好了。那些在永远屹立不倒之前颤抖的屋顶。那些屋顶将要载着云朵，去往无人知晓之地。

你要是看到了现在那昆虫就好了，它正跳向两条报复性的电线的接点，它可以一直吃喝，直到长成人形，这样它就有了可以专注的眼睛。

被深邃运河环绕的夜晚的无意识；时常相互搏斗的树木的无意识。多少次我看见它们为一只鸟相互拉扯，相互羞辱。

面对如此神秘的事物，面对如此隐秘的力量，海洋的无意识——可能突然从中间分裂——真是难以置信。

但是你知道，终有一日，众人都将动容于群山般的恩典，诸君的周遭都将降下光环。

我们将看到女孩们离开学校，辫子飞扬在风里，轻盈地飞向那在火山的入口等待她们的橡皮筋。

我们将看见在房子上面闲逛的雕像——它被雨水清

洗，如同战士的伤口。我们将看见沉默的变化和欣赏日落游戏，以及之后闪烁在气流中的星星的陶醉。

只有那将死的男人才会看见花，他对着爱人腹中的胎儿挥挥手。之后他将一口饮下死亡。

那女人将可以离开，用裙子打扫她的生活，不论昼夜，她都可以赤裸着等待，充分享有自由之美。

她将能从她美丽的阳台探出头去，带着那满是夜色的白皙的背，到处逛逛，而她则并不在意雨水滴落在她的骨血之上，而在那下雨天，很少会吊死那些死刑犯。但她闻到那些悲伤的气味，听到坟墓的声音，张开嘴巴，咬下死亡。

那靠近的男人双目紧闭，手里举着一首赞美诗，或是一株水生植物。

所有的桥梁都坍塌了，女王无法通行，女王的大脑被她的思想熏陶，女王的蓝眼睛有大海的气味。

热气从她的毛孔散发，她的五感死在同一个神秘的门前。

只有那心脏的腔体还在存活，被其附属围绕，带着有关雕塑的所有传说。还在存活并看着，像一只夸张的眼睛一样看着，并不遵从创造者的命令——那是从梦境深处发出的轰鸣。

为了买下那个庇护所——它可以一直在满载记忆的木桶里漂浮，直到世纪尽头——那个吝啬鬼在他的洞穴中堆放了多少袋金子！

或许一个有着客迈拉[14]毒唇不谙世事的孩子会去咬他，此刻有太多的手都在伸向他。或许他会展开一场激烈的战斗——除开他的年龄——为了隐约可能的性爱，在阴影的衣衫之下探索。

她是透明皮肤的鬼魂，没有脸，在头发和脖子之间也只有一个圆形的空洞。

快逃，娇弱的孩子，带走你头上爱抚的皇冠。快逃，我跟你说，逃去极点的那些洞穴里，当那传说中的美人听到子弹的声音从她背后呼啸而来，你就歌唱。

一个又一个腔体的网连结了起来，其他的也在等待。

夜晚，那些美妙的震颤隐藏在海里的岩洞中。那里，一个寻珍者潜了下来，有时他会看见那个传说中的年轻女性手臂被绑，伸展在水面上。

那梯子在夜晚又一次升起，又丢失在不祥之鸟的区域。

从那块最高的岩石上，可以给那个被钉在战利品上的女人扔去一根缆绳，把她拉上树梢——在那里，仍记得大洪水的人们在痛苦地攀爬。

你们快去火山口把自己弄干吧，很快那里就会升起示意胜利的旗帜。尘世的孩子，当你试着让你的翅膀和你湿润的眼睛和解，你就忘记了内心迷宫的花开，忘记了狂怒的发光洞穴。

火山将会让你想起你所忘记的，并给你一枝花来纪念，你将看见全宇宙从你面前闪过，如同山中驻停的雨林，看着飓风或者飘满被砍断的树的河流经过。

那个我们都认识的女人会从流浪星体的边缘，背着她的头发，离你而去，她将离去，在一轮或因暴饮暴食，或因永恒积雪的周期性降雨而臃肿的月亮下离去。离去时她将带走一具珍贵的尸体，她将看见一座色彩浓烈的岛屿朝她而来。

她庄严的头发将掉落在海上，掉落在上千年的海藻之间。

她将疯狂地穿戴上她所有的光芒，就像一个行将就木之人所凝视的丝绸罩子。

与此同时，另一个人，在他智慧的牢笼中，如果没有看到每一本书，没有看到每一个显微镜，没有看到那座使他心潮澎湃的、拥有巨大乳房和光洁腹部的雕像，他将无法抬起他的眼睛。

那是烈酒的塑像——那充满生命力的酒从他毛孔中萌发，瀑布一般流下，流到他戴着锁链的脚上。

你们原以为那是生命的游戏，其实那是死亡的游戏。

从世界的开始到世界的结束，男人一直在女人之上。男人永远在女人之上，就像石头垒在坟墓之上。

你们只是一个接一个地死去。端赏那挣扎抽搐着死去的表情吧。

于是，你穿越那被死亡禁锢的生命。

“伊索尔德，你在夜里徒劳地叹息，你在徒劳地呼喊着我的名字，当我无法倾听，当我的耳朵被血汗阻塞，当我的视网膜被天空蒙蔽。所有男人都是懦夫。不要相信那些例外——那些从触不可及的星体上坠落的梦境给你绘制的例外。神秘人是个恐惧的男人，是个不想孤单的男人，是个因为害怕孤独想要寻找伴侣的男人。”

啊，你要是知道就好了！

我不愿意用那蓝色的声音使他们沉默，也不愿意摧毁他们的外形，以及那或永恒或短暂的感情色彩，对于一个无尽的遇难者来说，这些太过于甜美。

这些重大事件超出了人类的声音。现在，凝结在大理石旗帜上的现象比你的艺术，你的技巧和你的诡计更为重要。

音乐的角色是一块漫无目的的苗床。未来的雨林不会在此萌发，看看它，你几乎看不到葡萄园瞬息而生。

大海将动情的棺木送到了你的门前，也可能直接送到你的床边，这样你就可以和你珍贵的歇斯底里，还有你的嚎叫——那些肮脏的嚎叫，肮脏得如同痛苦的代数验证的眼泪一般的嚎叫——一起，幽居在内。

幽居在内，愿你腹中的种子别出来，它会变成一架沾满黎明微生物的钢琴，它的灵魂如沸水般跳动不安。

举起手吧，女人，向那个在你双腿间摇晃的婴儿祈求原谅吧——他甚至一点不想了解来自你小小的家庭灯塔的光芒。

吹气，快吹气，再念一句咒语，来熄灭这些客迈拉的灯火。

快吹熄那将要问路的雕像，它想知道明天的天气。

放下你那本想指向应许之地的手指，你黑暗的经历，与此同时一艘船正在下沉，并在黑色天空下从一个又一个风暴里，一个又一个深渊中逃离。

抓紧时间来挥洒你的秀发，如同一片平静的大海聆听柔软的飞鸟划过午后。

为在那奢华派对上靠在港口栏杆上的人们保留你的夜

间课程。为她保留她已不能再有的乳房仪式。

之后一定会给你一辆华丽的国王马车，载着你的肚子，你的双腿，以及你那穿过拥护你的人群的彗星般的目光，人群会为你鼓掌。你还想要什么?

那宫殿有着不知尽头的石阶，圆柱支撑起行星间的尖顶穹窿，所有的花瓶中都放着被砍下的头。

透过铁栏可以看见在难以描述的安详中沉睡的永恒。你还想要什么?

这是你的命运。在飞行开始或者结束的时候，让每个人自由，就像一段树枝，或者一个港口。那么现在就沉默吧。

那个将死之人紧闭双唇，确保最后一只飞鸟没法逃去其他岩石上唱它的浪漫曲调。

一切都遵循一个声音的节奏，没人知道它来自哪里。

这是那漂亮蝴蝶的命运。

他的骨架隐藏在阴影中，耐心等待着他的时刻。当他的帽子居住在异乡的街道，那最终的骨架在他尘世的房子下玩国际象棋。

你们可以哭泣了，因为树木的占卜都是相似的。

你们把那些温存藏在极地飞鸟的洞穴中吧，在那儿，男人往眼睛里钉上钟乳石，女人则在冰山间跳跃。

“伊索尔德，那飓风来了，毁灭了目光的纪念碑，那飓风来了，以行星飞向目的地的速度来了。”

让我们藏在最深的地下墓穴中，把我们的名字刻在那些通感的石头上，挨着墓室——在此，为了永恒，我们应该一起沉睡。

未来好奇的人们将在这里找到我们的头颅和混杂的骨架。

时间的额头在不休不眠的黑暗中流血，被大丛的荆棘刺得粉身碎骨。

有何重要!

在最后一座山的露台上，我的喉咙正吞下天空中所有的雷声，我的手指抚过闪电的脊背，与此同时，太阳躲在黑夜后面重整队伍，准备第二天的进攻。

你听到了浪花在黑暗中碰撞发出的声音吗?

别怕。我们走吧。那是死亡的帆船。这可爱的怪物会靠近来舔我们的手。

大地甜美又温和，就像永恒的垫子。

妻子邀请我们参加了内部的聚会。她的吻有无尽之唇的味道，这把我们带去了无人知晓的远方。

如今你自此经过，我在你被照亮的心中看到地质学树状结构，它标记着你在尘世的年岁。

听到了吗？浪花在夜里碰撞发出的声音。听到了吗？浪花头破血流的声音。

如今你自此经过，迷失在往昔触不可及的风景中，沿着依旧存在却永远如此模棱两可的道路离开。

你将遇到那尖叫的幽灵：谁跑得掉就跑吧，把感觉和记忆都抛到海里，好变得轻些。

你还将遇到一个人，他抛弃自己年岁就像热气球抛下压舱[15]，之后，他用被束缚而满足的新郎的声音来歌颂他自己的无意识。

你会遇到那个通晓一切的人；他关注所有的悲伤；回

答迅速，把成熟的言辞挂在嘴边的人；研究花的内在的人；知晓过去、现在和将来以及每一个浪潮的族谱的人。

无论如何，神秘将盛装出席。跳动着的乳房娇嫩的喜悦或是眼睛的痛苦——它们只想获得解脱，不应惧怕这样的对手。

女人，看着我的眼睛，这双眼睛被判终身监禁。

想想看，我能进入神界，如同潜水员潜入大海。

但没有哪个神祇能深入我的心，深入这颗习惯了最剧烈的浪潮的心里的痛苦，这颗心更偏爱苟延残喘在自己的港口，腐朽于水草之间。

你别以为我害怕。

我睁大眼睛，看着死亡时看到的一切，心中甚至没有一丝波澜。因为我已看到，然后你们才会看到。

我并不恐惧。唯独让我震颤的是有时在一个来自从前的人身上发现了自己的声音。

伊索尔德，在战斗中看着我，在最绝望的瞬间看着我，在失去一切的时候。我确定我比一艘与大海死斗的舰船更英俊。

正如我所说，我准备成为树根，当大地咆哮着逃离天空之时……当月亮侧目观看、空气丢失了它自身限制之时。

你们为何在那身着黑衣？你们在我家门前等待我头戴皇冠和桂冠的葬礼。如果我下令把我的尸体扔给那些狗，会怎么样？

所有的重量都是无用的，记忆只会阻碍前行并增加负担。

传说中处女的手臂、乳房和眼睛都挂在我们的脖子上，我们的嘴唇就像一朵让人迷恋的花。

如果你想再次飞行，将被视为犯罪。体操运动员一次有节奏的谋杀，或者巫师的把戏——那个巫师知晓如何熄灭内在的欲火，或是把欲火飞快地转移，使它出现在最被忽视的小提琴上。从那里，他们疲惫地爬上楼梯去往最终的顶端。

那个被火绳缠绕的舞者将受到偏爱，只有他才知道如何将这位传奇的年轻女子裹成蛇形。

她会被困在这里，直到世纪的末尾。

当阴森的季节到来，鬼魂的队伍走向极点，你们必须知道，嚎叫的重量并不能打破光圈。

随后，母亲们的聚会即将来临，还有那滞留在塔楼之上的新娘们的聚会也将开始，她们的眼里满是亲密的仪式，睁大双眼，长出东南西北，之后野蛮生长，泛滥世界。

啊，你要是知道就好了！自言自语的双手在额头撑起一个拱形，只为了眼睛看得更远。

这一切为了什么？在时代筛选的差异之中，眼泪和死亡很快将作出选择。

你听到夜里钉棺材的声音了吗？你看到在那死亡的鱼缸中赤裸的美人了吗？

在那叹息的环形之中，我们曾经觉得埋葬了过去一切的地方，可能已经被热带植物和让人眼花缭乱的动物占据。

花将在鱼缸之下生长，花将在墓地之下生长，而终有一天，那副最古老的棺材将出现在地球上，由粗壮根茎的气味托举出大地。

“伊索尔德，眼泪的重量不能击碎大理石。但这就是肌肉记忆创造的奇迹。”

你听到夜里钉棺材的声音了吗？

你是一匹因路途遥远彻夜跋涉的马。

然而，你将永远无法到达终点。你将穿越整个人类历史，却无法找到你所寻找的东西。

掘墓传统让这个世界轻巧，也让这情景变得可以忍受。我们知道大地的雨水将会是永恒，我们知道秋天将会是树叶永远存活的源头，是树枝间无尽的瀑布。当水的游戏都变成了月亮上最苍白的平原里的雕像，我们知道冬天将会把他的极点延长到我们眼里。我们知道，远至冬之边缘，能看见她的那些眼睛——她还在徒劳等待，已经忘记了那是她的罪过——或者说，至少应该把她分成相似的两半。。

通晓金属的人翅膀沉重，冬天将挥动这翅膀开始飞行，只因为你懂得祈求原谅。

那些传奇的队伍将会再次穿行，他们除了资历外，并没有任何贵族的头衔，他们无可置疑的经历如同金字塔，或者中国古代官吏的扶手椅——它听到了几个世纪以来在它看来毫无用处的音乐，因为它只专注于那受折磨的美人的裸露乳房——而她则扭曲在地狱般的烙铁上。

有时，在理想的结局到来之前，出现了一座开阔整洁的白色医院，像一间餐厅，摆放整齐的桌椅也在期待着同样的感受。

不期而至的火车驶向它愿望的满足。到处有热切的枪在颤抖的手中等待。

有时伏兵冲我们而来，有时又向其他方向远去，好像没有看到我们，或者把我们忘记了。

有时，那个小偷把割下的美人的手和乳房放在袋子里带走；也有时，那个医生把那难以忘怀的爱人的眼睛藏在手提箱里带走。

那条路继续向右，终于海边。那些小艇停靠在夕阳的栏杆旁。在最终启程的时候，那个年轻的女旅行者再次出现，她头上有七个彩虹环绕，拖着一支祈求者的合唱团前行，他们以她珍贵的气息为食。

她希望每个人都担心她善解人意的眼睛，担心她那被优美花边修饰的脖颈，担心她被诱人皮肤和彩虹帽子覆盖的背部。

她，当她看见我们被光刺穿的眼睛，她害怕了，她的骨头颤抖在为灾祸而生的血肉之躯下。

从之所以存在的内在基础上，所有的酷刑手段都是相似的。甚至连在天上飞来飞去的鸽子从小就知道这一点。

那传说中的美人双乳被锁，秀发飞扬，天真无邪。她从未见过在空中的鱼缸里绝望的燕子，也没见过其他想要冲破大气层，从我们身边逃走的飞鸟。

她在天空的纹理下偏着头去看，却什么也没看见。似乎她无法感受到腹中的锁链。

你们知道这是为什么吗？因为并不缺少被藏在窗帘后面的幽灵用匕首刺死的女人，直到最后她的表情才由反抗再次变回了若无其事。

所有的新娘都沉睡于同一个床榻。

她们在此沉睡，做着同样的梦，泪眼朦胧，浮游在同一片海草间。自世界初始，那些童贞的树叶就要坠落到她们私有的秋天之外，没有任何理由。

不眠的灯就像一只眼睛受伤的水母。而她们并不明白。在打开的窗户前，骷髅的手指张开，以招引那些无可奈何的失踪的飞鸟——因为迁徙的冲动，或者是丛林的吸引力。而她们并不明白。

鸟群被自己的乐器生吞活剥，这乐器使我们椎骨生长，浆液也上升到大脑的顶端，以滋养那些压力之下的彩灯。而她们并不明白。

外面人群聚集，在恶狠狠地争抢奇迹圣殿的阶梯。他们一路跪行上了颂歌的阶梯，试图亲吻抽搐的龙爪。

百合花的头领捍卫他的阶级特权，同时也会继续散发芬芳，他继续活着，胜利也将属于他。然而，那赤裸的女人被殴打着从上方扔出来，她一边滚落，台阶也一边鞭打她的乳房，她的哀伤也在那里破碎一地。

有天，当国王与宠臣辩论时，她将突然掉入议会大厅。

她会是这个谜团的关键，因为真相带着她伤口的血逃离。

那儿有光，是那些僧侣们都不想看见的光，他们只想多拾取吗哪[16]，以及回应龙的问候。

他们被一直所崇敬的上帝用闪电刺瞎了眼睛，变成了雕像。那就是他们悲惨的结局了，狮身人面像没有到来，甚至没有睁开眼睛来看看这灾变。

从这儿逃走吧。肩扛乌鸦，越过大河，这条河流像火车一样经过，直向无限。

穿过流淌在棕榈树和白鹳间的这条河吧，那些棕榈树比爱人的眼睛更大，我指给你看，这条你不熟悉的河流，夜晚这里满是有魔法的灯，如果那冷漠的女牧羊人会在它们耳旁歌唱，它们会在自己的帐篷下入睡。

“伊索尔德，你的声音是怎样的，它本应该是怎样的？你的声音在哪儿，它本应该在哪儿？”

你将会有一把树枝做的竖琴，去驱赶那些蜜蜂。你将独自一人，身处被你吸引的神鬼之间。

你精巧的手指会在颤抖的叶子上弹奏出最悠扬的旋

律，而你的眼睛，将高高在上地看着这个世界，仿佛看着圣体龛中的圣体。

别让月亮脱去你的衣衫，也别让他们把你吊在那颗星星上——那里吊死了那些以美获罪的犯人，他们飘荡在永恒之中。

如果那个美男子放弃那座塔，在那条路上变瞎，你会在意吗！

算了吧。你会说他的眼睛死于一种清醒的英雄主义。一定有人会去收集那些英勇男子的颂歌。也会有人在记忆里点燃蜡烛或者为死者戴上危险的王冠，已死之人的双眼中还留存着某种生命，每个早晨，他会踮起脚尖，在你坚硬如石的胸口种下激动和不安。

歌唱吧，麻木的人！你手臂上的蛇如同神庙的歌舞者一样在痛苦地挣扎。

浪潮缓缓而亡。

你听到大海钉棺材的声音了吗？

“伊索尔德，她也死了。他，那个罪人，带着他的罪行，在最后的路上越走越远。”

都消亡了。雕像们在各个季节上岸。

她置身原野之中，笑容怯懦。

但是有一个有一个，搁浅在我记忆的沙滩中，支撑起我的细胞。

一天，我们携手飞过那些激动的山巅。我们一同翻滚在无尽的深渊中，在那里，我们把性爱的巫术升格为了一种没有防备的遇难仪式。

我的头在她的肚子上沉睡了五个月。动脉和骨头的缠结让我们的命运自那灿烂的相遇起就沙沙作响。从那时起，我就跟随着她的坟墓生活。

我沿着她记忆的台阶而下——它每天都在变长，每时每刻都在变得更加慈悲，它由星星编织，在消亡之前星星给予了它自己所有的光，星星为了她血流不止，却并不期待某种犒赏。

“伊索尔德，有时你本想把我淹死在女人之海里。”

在你目光的两岸统治那黑夜吧，而我将环游世界，在寂静中环游，如死尸般的孤寂中环游。

我环游这个世界却并不看它，我环游这个世界却并不倾听它，我环游这个世界，如同死尸的尊严一般。

你听到了吗？他们在给我钉棺材。你听到他们是怎么给我钉棺材的了吗？

要怎样才能把夜晚埋葬在我的棺材里，这样那夜将为我所有直到世纪的终结？

我是缓慢的，缓慢而亡。

我不怕虚空，也可能并不会怕她，即使她不一定会跟随的我回音，跟随我那回声中不可触犯的滚动。

“伊索尔德，你一定要在永恒的道路上与我相遇几次。”

你们中的一些人也会找到我——那些人眼含罪恶，被套上枷锁，又挣扎着试图打破枷锁。

看着那在公海中升起的尸体吧。听听那尸体的声音，听听它在浪潮的裹尸布中挺立起来的声音吧。

看着那在山顶升起的尸体吧。

听吧，听着那些尸体的声音吧。

那来自祖辈的盛大声音，根植于地球最深处的黑色声音，推迟了数年，数百年才能到达地表，还需要数年，数百年才能找到为此发声的喉咙。

那强有力的嗓子应该像一把号角。岁月的号角，所有苦难的号角，因恐惧或沮丧而在血汗中颤抖的号角，一切痛苦的号角，一切怨恨的号角，一切复仇的号角。充满恐怖根源的号角。

听吧，听听那黑暗的声音吧。那黑暗经由我的喉咙重回光明。

进入你们自己那让人头晕目眩的洞穴吧，在没有氯仿[17]的情况下进入那私密的深谷吧。那血液有着自己的光芒，而骨头由一根类似触控的发热火柴点燃发出火花。

女士们先生们：棺材里的尸体压乱了它的头发飞鸟。你们有着很漂亮的牙齿，可以用来说很漂亮的话。

女士们先生们：一只飞鸟全速飞翔，向我们抛来永恒。向我们抛来血液与内脏间的永恒，如同一个不洁的应许。

天文学家预感到的那只鸟知晓所有的秘密。

女士们先生们：那尸体在它棺材里变成了骷髅。肉身的腐化将木头撕扯，也让石制的大门摇晃。

你们听见了墓门的吱吱作响，并且认为在两米深的地方有一个由平静的骷髅和咬人的头骨组成的城市。有一个由蜡做的脸颊和蜡做的手掌组成的城市。历经百年的骨头的尘埃使夜晚变得僵硬，并像时间一样落入你们内在的漏壶中，因为你们的阴影有着夜晚的形状，那是一个在前行的小小夜晚。

你们在那没有尽头的地方，饮下一杯蒸馏了虚空之后的无尽之水，而后变成了古老先祖那可敬的骨灰。

所有这些灰烬可能造就一颗全新的星体。

我告诉你们，亲爱的听众，你们的客人，那个不幸的骷髅，将永远无法看见那束光，于是它将从你们肉身的棺材去往陵园的棺材。你们毫无怜悯地把一个囚徒捆绑押送于那游荡的囚车。不幸的是，囚车行走在那骷髅的肩上，而那骷髅随时在等待时机复仇。

囚犯像欲火中烧的女人一样渴望温暖，在他的心里有着对天空的臆想，想离开那持续的日落，跳入狂野的嘶哑，如同火山源自地底而直到光明的喷涌，如同从胸口萌发的预知的恐惧，上升到嘴唇，而眼睛则变为沉默的溃烂。你们的骸骨，醉倒在孤寂中，感到血液中露水的谣言，并猜想它们是最后的音乐，世界尽头之后最后一支哨子如同沉船上的美人鱼，在大海深处骤然歌唱。

女士们先生们，当骨头打破那些把它们连结得像星座一样的羁绊，将发出惊人的声响，对于那些文雅的耳朵来说灾难般的声响，比那些自由奔逃的远方的声音更为强烈。可能这就是那在逃窜的囚犯的焦虑——他使道路咆哮，吓唬那没心没肺的时间，那对着宇宙做鬼脸的时间。

女士们先生们：那些海难中溺死的人，他们的蛇互相咬着尾巴，越变越大，越变越大直到无限。在它们形成的环形之间，我们被未来腐蚀的深渊吞没，眼睛流脓，仿佛海滩上的泡沫。当内在的风景感觉到树木的飞舞时，我们的耳朵，在像树叶一样剥落和掉下之前，就听到了谷穗形成的龙卷风。并没有希望停歇。那酒杯之后的骷髅，徒劳地饮下他将要歌颂的严肃态度。行星内在的大门用暴力把那些听觉覆盖，如同一位护士，它听到了在最后的边境上可怕冒险的尖叫声。想到可能在那抽象的城墙后面，那令人陶醉的惊骇之地正在扩张———切都无济于事。

不，你们找不到那个老人——他坐在永远冰封的岩石上，温和地微笑着，被如同棕榈树般沉思的英雄们围绕着。

朋友们，在结束前，还有一些话：我们的抗争和讨论都毫无意义，我们剑上的磷火和我们的词句也毫无意义。只有那棺材，才有存在的价值。

胜利属于墓地。凯旋只会绽放在神秘的播种的土地。

这就是你们无缘无故称之为恐怖的演说，虚无演讲者的绝妙对话。

走吧。继续走你们的路，就像我一样。

我太过缓慢，缓慢而亡。

然而，伊索尔德，准备好你的眼泪吧。你遥远，灿烂，像一台良心不安的钢琴，准备好你最好的眼泪吧。

我缓慢而亡。那雕像在海上漫游，风闭上了我的双眼来证明那深刻的荣耀。

一座山占据了我的半个胸膛。

我带着一颗心——对你们来说，它太大了。你们已经度量过你们的山峰，你们知道高里三喀峰[18]高八千八百米，但你们不知道可能也不会知道我心的高度。然而，明天，在大地深处我会听见你们的脚步。

谁会惊扰沉默？快平息这粗野的噪音吧。

那是我的祖辈，他们在我的坟上舞蹈。那是我的先祖，他们敲响了警钟只为将我唤醒。

那是部落的首领，茕茕孑立，独自哭泣。

快停下你们那些无用的尖叫吧。

我们最终会在大地的血肉上睡去。

从那以后，灾变存在于城市之中。城墙和天花板倒塌，光秃秃的村庄显露出不同的姿态，多数时候都在祈求怜悯。

瓦砾之间，露出手臂和大腿。

天空中也有塌陷。许多鸟都被压死了。

几天之后，人们四处看着那些残垣断壁。没人能笑得出来。双眼覆盖的幽灵嚎叫着穿行，失去理智的人手握匕首，寻找有罪的神灵。

流汗吧，奴隶们。抬起那未来的城市吧。我那时看着丛林里的道路。我在欣赏日落中的海盗和他缓慢的痛苦。

量量那地球吧，看看它能容纳多少奇迹。装饰那些火山吧，给河流插上旗帜吧，穿透那些山峰吧。明天你们将告诉我还有多少有梦想的鬼魂将会被埋葬。

“快醒醒，伊索尔德，在最后的叛乱到来之前，在你的床上布满子弹之前，否则没人相信你的真相。”

我告诉你，当火焰摧毁了一切，即将舔舐地平线、爬上天空的时候，你的恩典将在尸体中冉冉升起，被塞满在暴乱的车轮下。

塔楼弯折于无尽的雨下。燃烧的屋顶四处纷飞。

一切必将过去。

世界处在寂静之中，从一边到另一边。但仍有事物在四处找寻我们。

犁地来播种奇迹吧。给所有的深渊都投下楼梯吧。

你们告诉我，希望有什么用？因为害怕暴雨，在没有尽头的各各他山的帆船离开了。一切都留在之后。

将要消亡的独木舟冲向最后一股浪潮。

天空缓慢而亡。

你听到天空钉棺材的声音了吗？

注　释

1　指耶稣。

2　伊索尔德是骑士传说中的一位重要人物。她和特里斯坦的悲剧爱情在西方广为流传。

伊索尔德是爱尔兰的公主，而特里斯坦则是康沃尔的骑士。特里斯坦的父母早亡，被舅父马克王养大。为了反抗爱尔兰国王对康沃尔的横征暴敛，特里斯坦挺身而出，与爱尔兰国王的骑士马汉思决斗，最终杀死了他。身受重伤的特里斯坦回到康沃尔，却因为马汉思巨剑上的毒药奄奄一息。马克王多方求医无果，只得按特里斯坦的意愿，将他放在一艘小船上顺水漂流，听天由命。海浪把特里斯坦送到了爱尔兰海滨，被伊索尔德发现。特里斯坦受到了悉心照料，很快康复。然而，特里斯坦发现，被他杀死的马汉思是伊索尔德的舅舅。尽管两人彼此倾慕，伊索尔德也只能在痛苦地让特里斯坦偷偷回到英国。

时值爱尔兰国内出现一头食人恶龙，四处为患。爱尔兰国王为了除去恶兽，答应把伊索尔德嫁给屠龙英雄。而马克王一日梦见两只燕子从子爱尔兰衔来一缕金发，遂许愿要娶爱尔兰公主金发伊索尔德为妻。特里斯坦为了完成舅舅的心愿，远赴爱尔兰，杀死恶龙，赢得公主。但在回程途中，二人无意间误饮了爱尔兰王后为新婚夫妇准备的爱情药酒，从此深陷入爱河不能自拔。特里斯坦背负着对舅父和王国的责任与对伊索尔德的眷恋，将伊索尔德送回康沃尔，自己漂洋过海到了布列塔尼，一番征战后娶了当地公爵的女儿（也叫伊索尔德）为妻。当特里斯坦又一次身受重伤，生命即将终结的时候，他央求好友到康沃尔去，请王后伊索尔德来布列塔尼见他最后一面。两人约定，如果伊索尔德来了，归来的船上就挂起白帆，若是不来，就挂上黑帆。接下来的日子里特里斯坦日日在海边守候，病情恶化了就请妻子代为观望。伊索尔德的船终于出现在海平线上的那一天，特里斯坦的妻子出于嫉妒，谎称归来的船上挂着一面黑帆，特里斯坦当即哀叹自己痛苦的爱情，然后死去。伊索尔德上岸后见到情人的尸体，也悲恸而死。

3　指圣经中记载的大洪水。这期间，诺亚方舟正好在洪水中飘荡了四十个昼夜。

4　这里可能指的是耶稣复活。

5　这里原文为“Acaso el ocaso nos haga caso”，作者在这里围绕音韵玩了个文字游戏。

6　这里可能指的是中世纪的修女哀绿绮思。她和阿伯拉德的爱情同伊索尔德和特里斯坦的故事一样，在中世纪广为流传。

皮埃尔·阿伯拉德在巴黎主教座堂担任教师讲师时，爱上教士坎农·富尔伯特的 17 岁侄女哀绿绮思。这对恋人双双逃往布列塔尼并秘密结婚，并生有一子（之后不久便夭折）。不久后哀绿绮思为了阿伯拉德的前途（如果结婚就没法当神学院的院长）否认这桩婚姻，此举遭到外人误会。哀绿绮思的叔父以为阿伯拉德欺骗其侄女感情，于是设计陷害他，派人将他阉割，使他无法与哀绿绮思组成正常家庭。之后，哀绿绮思进入巴黎郊外一所修道院当修女，阿伯拉则前往圣丹尼斯修道院当修士。后来两人保持了长时间的通信。两人死后被合葬在巴黎拉雪兹神父公墓。

维多夫罗同样在他中年时爱上了十五岁的西梅娜。在遭到她家人的强烈反对后，维多夫罗逃亡巴黎，西梅娜被送入修道院。但两年后，维多夫罗偷偷回到智利，带走西梅娜，两人一同去往巴黎。

7 这句话原文是 entre dos aguas，也有“犹豫不定”的意思。

8 是罗马统治以色列时期耶路撒冷城郊的一座山。据《圣经·新约全书》中的四福音书记载，耶稣基督曾被钉在各各他山上的十字架上。

9 作者这里可能指的是光年。

10 指西式建筑中柱顶中央较宽的部分，可作浮雕等装饰。

11 希腊神话中曾统治世界的古老的神族。这个家族是天穹之神乌拉诺斯和大地女神盖亚的子女，他们因为阉割了父亲乌拉诺斯而受到诅咒，最终被宙斯为首的奥林匹斯神族推翻。

12 作者在这里可能意指尼加拉大瀑布。它与伊瓜苏瀑布、维多利亚瀑布并称为世界三大跨国瀑布。

13 作者这里可能借鉴了戈黛娃夫人的传说。依据传说，这位贵族妇女为了争取减免自己丈夫强加于市民们的重税，裸体骑马绕行考文垂的大街。她的一头长发垂在身上，如同一席长衫。

14 希腊神话中有着狮首、羊身、蛇尾，会喷火的怪物。

15 在热气球上，压舱物一般是挂在吊篮上的沙袋。通过抛掉沙袋减轻重量，可以提升热气球高度。

16 《圣经》中记载的古以色列人在经过旷野时所得到的神赐食物。

17 曾被广泛用作镇静剂，短时间吸入就会产生晕眩、疲倦、头痛等症状。

18 是喜马拉雅山脉的一座山峰，实际高度为 7134 米。

译后记

初识比森特 · 维多夫罗是在 2016 年。那年我大学毕业，作为公司的海外人员去往拉美，辗转数国。

年底，在国内入冬之际，我踏入了南半球的春天，到达智利。

在智利的工作开展得并不顺利——不过我对此也并不在意。那时的我浪漫得不可救药，只是兴奋于自己踏上了聂鲁达和波拉尼奥的故土。

某个休息日，我去探访了在圣地亚哥市区圣克里斯托瓦尔山下的聂鲁达故居。归途中，命中注定一般，我登上了一列从墙面到天花板都贴满了《二十首情诗和一支绝望的歌》中的诗句的地铁。我一行行读着，为了找到自己最喜欢的句子，坐过了站。

在陌生车站下车的我正打算原路返回，却偶然看到几个制作精美的展板。粗略看了看，是在介绍智利历史上的著名诗人。

天色已晚，我决定快点回家。于是，除了看到了较为熟悉的聂鲁达和米斯特拉尔，我就记住了一个相对简单名字，比森特·维多夫罗（Vicente Huidobro）。

之后的日子工作渐忙。直到回国，整理照片，才又看到他的名字。我随即找了几首他的诗来译，还记得第一首叫《她》：

她两步向前

两步向后

第一步在说日安，先生

第二步在说日安，夫人

其他的步子，则是在问候家人

今日美好，如一只天空中的白鸽

她衬衣燃烧

她双眼如海般催人入眠

在黑暗的衣橱中，她藏起一个美梦

在她的脑海中，她找到一位死者

当她到达时，她在远方留下最美的片段

当她离开时，事物在地平线上诞生，只为将她等待

她的目光受了伤，它们的血流淌在山上

她敞开她的乳房，唱着关于她年岁的黑暗

美丽得就像鸽子之下的天空

她嘴如利剑

唇间画着一幅死亡的旗帜

她笑着，就像感受到了自己腹中的炭的海

就像在月亮注视下将要淹死的海

就像撕咬过所有海滩的海

溢出又坠入富饶时间的虚空之中的海

当星星徘徊在我们上空

在北风睁开它的眼睛之前

她在她骨血的地平线中美艳

随着她燃烧的衬衣及疲惫如树的目光

如同那鸽子之上，骑马而至的天空

第二年，我换了工作，却机缘巧合再次去了智利。这次我呆在阿塔卡马沙漠中的一座小城，科皮亚波。沙漠似乎绵延不绝，但数十公里外就是更为广阔的太平洋。就在这一半是海水，一半是火焰中，我在二手书店买到了一本《阿尔塔索尔》，开始了我的降落伞之旅。

那年我 23 岁，想来也还处于我一生的黄金时代——即使我风尘仆仆，不知方向。而维多夫罗的 23 岁，则成为了他文学事业的一个重要里程碑。那是 1916 年，这年，他同智利女作家特蕾莎·威尔姆斯·蒙特[1]同游布宜诺斯艾利斯。在阿根廷，他第一次概述了他的创造主义理论。

再回到 23 年前，1893 年，比森特·维多夫罗于 1 月 10 日出生在智利首都圣地亚哥。他家境优渥，父亲是一个皇室侯爵的继承人，母亲则是一个诗人，经常举办文学晚会，也是一个活跃的女权主义者。

维多夫罗自小游历欧洲，从小跟家庭教师学习英语和法语。在母亲的影响下，他 12 岁就发表了第一首诗。

1907 年，他回到智利，进入一所教会学校开始学习。之后，据说是因为戴了婚戒，他被学校开除——多年之后，他在作品中对于基督教的批评大概与之不无关系。

之后维多夫罗进入智利大学学习文学，但最后没有完成学业。在 1911 年，他出版了第一部作品，《灵魂的回声》。接下来的一年，他和妻子结婚，也在母亲的帮助下创办了文学杂志《年轻的穆斯》。在该杂志上，他发表了第一首图形诗《日本店：和谐三角》[2]：

特莎
那美人
优雅公主
一颗洁白星
一颗东瀛明星
京都最曼妙的花
当凯旋者乘轿而过
娇嫩如百合，苍白似睡莲
缓缓揭开了帝国花园的夏季

众人视作女神，天皇自不例外

她只是漠然地穿过人群

无人知其情归何处

她总是笑靥如花

东瀛奥菲莉娅[3]

情人的花朵

疯狂放荡

胜利者

亲吻

时值二十世纪初，正是欧洲和拉丁美洲先锋文学发展的鼎盛时期。艺术家们急切地寻找新的表达方式。同时，科技飞速发展，世界日新月异。而无政府主义，共产主义等思想，也被艺术家们所接受。维多夫罗的创造主义正是在此基础上诞生的。也是在1916年，他和他的家人移居巴黎。在巴黎，他出版了初具创造主义雏形的作品《亚当》。同年，他在阿根廷出版了另一本诗集《水之镜》，其中收录了一首诗，叫《诗歌艺术》：

　　愿诗章成为一把钥匙
打开千门万户。
一片叶子落下；有些东西飞过；
当眼睛被创造，
听者的灵魂不断震颤。

　　创造新世界吧，当心你的词句；
形容词，当它了无生趣，就杀了它。

　　我们在那经脉的天空中。
肌肉悬吊，
如同记忆，在博物馆中；
但我们并不会因此孱弱：
真正的力量
扎根在我们脑海中。

　　诗人，你为何要歌颂玫瑰！
让她在你的诗歌中绽放吧；

于我们所见

万物尽骄阳

诗人是一个小小的神

创造主义，如维多夫罗所言，“诗人是一个小小的神”，在他看来，诗人就该创造自己的世界。文学自由是最重要的，在创造中一切都是被允许的。在他看来，诗人应该主动去打破语言，语法以及美学的规范。甚至应该考虑用排版，新颖的字体等提升诗歌的视觉效果。同时，要拒绝现实，拒绝模仿，不应模仿自然，要与自然竞争。

用他自己的话概括，“像自然创造一棵树一样创造一首诗”。

他的创造主义之路自此开始。

1917 年，维多夫罗与皮埃尔·里维尔迪（Pierre Reverdy）合作创办了《北南》杂志，与包括毕加索在内的众多先锋艺术家都建立了联系。1918 年，维多夫罗前往马德里，同时出版了四部作品。他还在西班牙参加了超越主义[4]聚会（他的创造主义也对超越主义产生了直接的影响）。次年，维多夫罗再次前往马德里，这次他带着《降落伞之旅》的草稿，这就是用法语写就的《阿尔塔索尔》的第一稿。

他开始在各个大学选修各种课程：各种科学课程，还有炼金术，占星术，古代卡巴拉[5]，神秘学。他也继续在写作。1920 年，他在巴黎为众多杂志写作，也为西班牙的超越主义杂志撰写文章。同年，马德里《自由党》日报刊登了一篇对皮埃尔·里维尔迪的访谈。这个与维多夫罗一同创办《北南》杂志的法国诗人质疑，维多夫罗为了让自己成为创造主义的奠基人，伪造提前了《水之镜》的出版时间（因为西班牙版和法国版《水之镜》的出版时间都晚于维多夫罗自称的 1916 年）。争论持续了整整五十年，直到智利诗人布劳里奥·阿雷纳斯（Braulio Arenas）在编写维多夫罗全集时，找到了 1916 年阿根廷版的《水之镜》，终于确定了，创造主义的创始人就是维多夫罗。

1921 年，维多夫罗在马德里创办了国际艺术杂志《创造》。在杂志的第一期就刊载了多国艺术家的雕塑和绘画作品，其中包括毕加索和胡安·格里斯（Juan Gris）的绘画。12 月，他在马德里文化协会（Ateneo de Madrid）举办了名为《诗歌》的著名演讲。后来，其选段[6]成为了《天空的震颤》西班牙版序言。

次年，他在巴黎阐述了他的创造主义理论。而 1923 年，超越主义的代表人物吉列尔莫·德托雷在杂志上撰文，公开指责维多夫罗的创造主义理论抄袭自乌拉圭诗人胡利奥·埃雷拉-雷西格（Julio Herrera y Reissig）。而维多夫罗则忙于其他事物：他为罗马尼亚导演米迈·米苏（Mime Misu）写了电影《卡廖斯特罗》的剧本，又出版了法语作品《不列颠的终结》，以批判英帝国主义。1924 年，他被人绑架——后来的调查证实这只是他自导自演的闹剧——为此，他的好友胡安·格里斯至死都没有原谅他。他还加入了法国共济会。在同年发行的第三期《创造》杂志上，他发表了名为《终于找到了我的老师》的文章，回应了吉列尔莫·德·托雷的指控。

1925 年维多夫罗返回智利，投身政治活动。在八月，他创办了《行动，国家净化日报》。但在谴责了一些政界高层的欺瞒行为之后，他在家门口遭到殴打，而他的报纸也在 11 月 25 日被禁。但维多夫罗毫不气馁，又重新创办了一份名为《改革》的报纸，并宣布参选智利总统。很快他遭到了第二次袭击——一颗炸弹在他家门口爆炸。

他继续向各种杂志投稿，发表了一些反对超现实主义倾向的诗作。也是1925年，他出版了用法语写就的《宣言》。这本书汇集了他自20岁起创作的各种纲领性著作，并确定了他创造主义的理论立场。

同年，维多夫罗抛弃了结婚15年的妻子和四个子女，爱上了当时只有十五岁的西梅娜·阿穆纳特吉（Ximena Amunátegui）。维多夫罗以他一贯的反叛，在耶稣受难日[7]（4月2日）当天，于《国家报》发表了一篇名为《激情与死亡》的文章。其中有以下内容：

> 主啊，请原谅我用亵渎的语言对你说话。
>
> 但我别无他法，因为从本质上说我是个异教徒。
>
> 万一你是神，我就来问你一件事。
>
> 在与散文的疲惫押韵的浪潮中，
>
> 世界上有一个女人，也许是最悲哀的，无疑是最美丽的。

西梅娜出身望族，家人自然不允许有这样的丑闻发生。她的哥哥们威胁要杀死维多夫罗。最后，西梅娜被家人送去了修道院，维多夫罗也不得不离开智利，前往巴黎。

1926 年，他在四月号的《全景》杂志上发表了一首诗，这就是之后《阿尔塔索尔》的第四歌的片段。

1927 年，维多夫罗前往纽约，在对西梅娜的思念中度日。1928 年，他偷偷返回智利，准备带走西梅娜。西梅娜对修女谎称要去看牙医，转身就在圣地亚哥街头上了维多夫罗的车。两个人开车翻越安第斯山，直奔阿根廷的门多萨。到达门多萨之后，两人马不停蹄，直接买票去往巴黎。

1928 年春天，两人在巴黎蒙帕纳斯区定居，恰逢瓦格纳音乐剧《特里斯坦与伊索尔德》在巴黎歌剧院上演。而在文中不断呼唤“伊索尔德”的《天空的震颤》，就在此期间完成。他还改写了《熙德之歌》[8]。在这本书中，他把自己认作熙德骑士的后裔，把自己和西梅娜想象成了一对中世纪夫妇转世。《阿尔塔索尔》的写作也在进行中，在不同的地方已经发表过几处这本书的片段。他还跟路易斯·布努埃尔[9]展开骂战。在 1931 年，在《阿尔塔索尔》和《天空的震颤》出版前夕，面对布努埃尔所谓的羞辱，他傲慢地回信：

“你对艺术家的失败的看法可能是对的。但在我的失败中，我与兰波和洛特雷阿蒙[10]在一起。”

1931年，《阿尔塔索尔》和《天空的震颤》先后在马德里出版。

在第一版《阿尔塔索尔》中，有一个注释：

“这首诗曾在不同的报刊杂志上发表过片段。这是它第一次成书并完整地出版。”

《阿尔塔索尔》经过了十余年的漫长写作，其中包罗了诗人太多心血。虽然整个七歌没有明显的叙事，但我们也能隐隐约约看出这是一个伊卡洛斯式[11]的悲剧。从降落伞之旅开始，阿尔塔索尔，或者就是维多夫罗自己，似乎以一个天神的身份，毅然决然地从天顶跳下。从第一歌七百多行气势磅礴的长诗，到最后一歌胡言乱语的癫狂，《阿尔塔索尔》似乎在讲述一个追寻之中自我毁灭的悲剧。在第一歌中，诗人以一种路西法的语气来对抗权威，自诩“反诗人”。第二歌则是一首纯粹的情诗，以无尽柔情赞颂女性。从第三歌开始，《阿尔塔索尔》的诗句有了一个明确的前进方向，从小范围的玩弄辞藻到越来越复杂的文字游戏，再到似乎毫无意义只是在考验读者耐心的“磨坊”，再到最后阿尔塔索尔癫狂之中的声嘶力竭，维多夫罗在表达的尝试中完成了整个义无反顾的悲剧。

相较于《阿尔塔索尔》那不近人情的纯粹，《天空的震颤》读起来更明确了许多。维多夫罗自己也觉得这部作品“更成熟，更有力，更完整”。从某种程度上说，《天空的震颤》可以看作《阿尔塔索尔》某种更温柔的延伸——这两部作品其实都讲述超越。只不过，《阿尔塔索尔》是一种“创世”的超越，而《天空的震颤》则在讲述一种“世界末日”的超越。

1932 年，维多夫罗返回智利。接下来的一年，他继续投身政治运动，支持智利共产党。同年，在巴塞罗那的《欧罗巴》杂志上，他发表了《给西语美洲青年的宣言》，提出建立一个由玻利维亚、智利、巴拉圭和乌拉圭组成的共和国。

1934 年，他跟西梅娜的儿子，也是他第五个孩子出生。他以列宁的名字弗拉基米尔给他命名。

接下来的一年，维多夫罗和聂鲁达的矛盾集中爆发。两人本来都是智利优秀诗人，又先后加入智利共产党（维多夫罗早于聂鲁达加入）。早在 1926 年，聂鲁达出版《无尽人类之企图》时，他还送给维多夫罗一本，上面有他写的致辞：“给比森特·维多夫罗，带着热情和喜悦。”而在同一年，在维多夫罗编选

《美洲新诗索引》时，也把聂鲁达加入了这本重要的先锋选集。就连另一位西班牙诗人胡安·拉雷阿（Juan Larrea）第一次了解聂鲁达，也是从维多夫罗这里。当时维多夫罗对聂鲁达的评价是："一个年轻人，运气不好的浪漫主义者。"

两人的矛盾始于1934年底。当时，智利有文学杂志发表署名正义之士（Justiciero）的文章，指责聂鲁达《二十首情诗和一首绝望的歌》中第十六首诗抄袭泰戈尔《园丁集》中第三十首诗[12]。有人认为文章是维多夫罗写的，而维多夫罗予以否认——之后对聂鲁达进行了更猛烈的抨击。他不但批评聂鲁达这首诗抄袭，还认为聂鲁达的诗歌"简单又愚蠢，任何一个耍笔杆子的都能写出来"。之后，聂鲁达在第五版《二十首情诗》中第十六首的地方，增加了一段有关泰戈尔的释义，表明自己意在致敬。另外，他写就了一首言辞激烈粗鄙的诗《我在这里》，从1935年开始秘密流传。这首诗对维多夫罗和另一位同样批评了他的智利诗人巴勃罗·德罗卡[13]进行了猛烈地打击和谩骂。

维多夫罗一边与聂鲁达骂战，一边投身革命。1936年西班牙内战爆发，他撰写反法西斯主义的政治文章，加入了人民阵线[14]，组织智利作家声援西班牙共和国。他发表诗歌《西班牙在流血》，并前往瓦伦西亚参加 1937 年 7 月 2 日至 12 日举行的第二届作家保卫文化国际大会（Congreso Internacional de Escritores para la Defensa de la Cultura）。

也是在 1937 年，他和聂鲁达的矛盾愈发突出。5 月，作家保卫文化国际协会（Asociación Internacional de Escritores en Defensa de la Cultura）不得不在巴黎发文，督促他们放下成见。包括塞萨尔・巴列霍[15]在内众多知名作家都签名以示支持。

回到智利后，维多夫罗发表散文诗《离开这里》，反对意大利法西斯军人访问智利。1938 年，他的母亲——也是他的文学领路人，去世。他从母亲手中继承了一处智利海滨城市卡塔赫纳的房产，自此他开始在圣地亚哥和卡塔赫纳间两头居住。

他和妻子西梅娜在卡塔赫纳度过了一些愉快的时光。一些他的朋友，比如爱德华多・安吉塔[16]（Eduardo Anguita），布劳里奥・阿雷纳斯，也跟随他来到海边。一个名为戈多弗雷多・伊奥米（Godofredo Iommi）的阿根廷诗人对他充满崇敬，也来卡塔赫纳拜访他。戈多弗雷多年轻帅气，很快和西梅娜相爱。两人的感情让维多夫罗痛苦不堪。

1943 年，维多夫罗作为战地记者参加了二战，去往欧洲。后来西梅娜写信与他离婚，和戈多弗雷多结婚。

维多夫罗还在继续找寻（或编造）自己的神话。他跟随盟军去了柏林。据说，他进入了希特勒的地堡，偷走了他的电话。但他的头也在这次行动中受伤。1945 年，他带着希特勒的电话和他年轻的新婚妻子，拉凯尔·塞尼奥内特（Raquel Señoret），回到智利。

有天，他的大女儿曼努埃拉在圣地亚哥米拉弗洛雷斯街头碰到一个预言者："你会遭受失去亲人的痛苦。"

几个月之后，1947 年 12 月 15 日，星期一，维多夫罗去电影院看一部名为《梦幻集市》的法国电影。他在晚上九点离开，并告诉他的好友卡洛斯·巴尔德斯（Carlos Valdés）:

"明天来卡塔赫纳看我吧，之后你就再也见不到我了。"

第二天，维多夫罗坐火车回到卡塔赫纳。到达车站之后，他坐上一辆出租车，又提着行李箱走上山坡。他停下歇了口气——可能是因为之前战争留下的创伤，他中风了。

很快诗人就失去知觉。

在维多夫罗生命最后一段时间，聂鲁达呆在他黑岛的居所——那里离卡塔赫纳不远。这位诺贝尔奖得主，直到 1971 年，在瑞典文学院发表获奖演说时还不忘反驳维多夫罗一番（“诗人不是小小的神，绝不能是小小的神”），但这只能视作二者艺术追求的不同。在聂鲁达的回忆录中，他提起和维多夫罗最后一次见面：

“在他去世前不久，他和我的好友兼编辑冈萨洛·洛萨达一起来我家做客。维多夫罗和我交谈，作为诗人，作为智利人，作为朋友。”

在《阿尔塔索尔》的第四歌里，在似乎无穷无尽的文字游戏和他为一众人物写下的墓志铭间，他也为自己写下了一句：

这里埋葬着比森特——反诗人和巫师

维多夫罗不是一个道德意义上的好人。但他和同样抛妻弃子，前往巴黎学画，最后隐居塔希提作画的高更一样，对于艺术有着不懈的追求。1944 年，他给朋友诉说了他的光辉梦想：

“我希望这场战争能像我在《天空的震颤》中所说，成为上帝的坟墓，可惜这本书还没有被人理解。‘你听到天空钉棺材的声音了吗？’等等等等……上帝必须永远被埋葬，他的位置将被诗歌所取代。我们要让生活充满诗歌，让诗歌四处渗透，让地球处处都有诗歌的交集。当有人从火星上看我们的时候，他们会看到长长的诗歌运河穿过地球。”

在我看来，无论是诗人自称的“小小的神”、“巫师”和“反诗人”，还是外界对其定性的“先锋艺术家”或“创造主义之父”，都不足以概括他的艺术生涯。

对他最恰如其分的描述，是诗人。

对他最崇高的赞誉，也是诗人。

1948年1月2日，周五，下午四点一刻，维多夫罗在家中去世。按照他的意愿，他被葬在卡塔赫纳一座面向大海的小山上。他的墓志铭由他长女曼努埃拉和好友爱德华多•安吉塔一起写下。这首明显结合了《阿尔塔索尔》和《天空的震颤》中的句式的短诗安静平和，却又暗藏着一股不容置疑的力量：

这里埋葬着诗人

比森特 · 维多夫罗

打开坟墓吧

在坟墓

深处

可以看见海

此刻，一个夏日周六的凌晨，我也终于检查完所有文稿，从维多夫罗的文字迷宫中暂时脱身。

感谢彭毅文和肖月两位编辑老师。她们的专业、细致和耐心让我们之间的合作一直保持高效且愉快。

感谢汪天艾老师。她在百忙之中不遗余力的帮助让本书的成稿更为简洁精确。她是我心中最好的西语诗歌译者之一，第一本译作就得到了她的指导是我的荣幸。

我还要感谢我的爱人。是她给予我的无尽帮助和支持，才让我有信心提上长矛冲向维多夫罗的风车。

还有你，我亲爱的朋友，愿你在阅读我如履薄冰的译笔时，在语言转换的可怕流失间，除了我的无能为力，还能读到一点点原文所有的精巧、趣味和某种义无反顾的汹涌悲悯。

2020 年 7 月 19 日 于成都

注 释

1 特蕾莎·威尔姆斯·蒙特（Teresa Wilms Montt），智利女作家，诗人，无政府女性主义者。她17岁不顾家人反对和丈夫（当时智利总统的侄子）结婚。活跃在文化社交场合的她受到了丈夫的嫉妒，而她丈夫的酗酒问题也给他们的婚姻生活带来了不幸。1912年，她跟随丈夫去了伊基克，之后她和丈夫表兄弟的婚外情被丈夫发现，经家事法庭审判，她被送去修道院。1916年3月29日，她尝试自杀未果。6月，在维多夫罗的帮助下，她逃出了修道院，随后两人一同前往布宜诺斯艾利斯。特雷莎在布宜诺斯艾利斯认识了维多利亚·奥坎波（Victoria Ocampo）和博尔赫斯等作家，开始发表作品。1917年8月，她的仰慕者，也是她的情人，在她面前自杀。深受打击的她前往纽约，但被指控为德国间谍，被驱逐去了西班牙。在马德里，她成为了画家胡里奥·罗梅罗（Julio Romero de Torres）的穆斯女神，经他介绍也认识了许多文化圈人士。1920年，特蕾莎在巴黎定居，她的女儿们也前往巴黎与她团聚。在她女儿们回到智利后，再次的别离让她患上了抑郁症。1921年12月24日，特蕾莎因为服用过量巴比妥去世，年仅28岁。

2 原名为Japonería，这是诗人以日本（Japón）加上商店类名词词尾（-ría）造出来的词。

3 奥菲莉娅是莎士比亚戏剧《哈姆雷特》中的角色。她天生丽质，是王子哈姆雷特的恋人。

4 西语为Ultraísmo，直译为极端主义。但其内核并无与极端相关理念，而其前缀ultra源自希腊语，意为“超越”，故译作超越主义。这是一场于1918年在西班牙开始的文学运动，意图对抗自十九世纪末以来统治西班牙诗歌的现代主义。其创始人之一，塞维利亚作家拉斐尔·坎西诺斯·阿森斯（Rafael Cansinos Assens）也为创造主义的诞生做出了许多贡献。而当时，年轻的博尔赫斯居住在马德里，也经常参加超越主义的聚会。1921年，在布宜诺斯艾利斯，博尔赫斯在《我们》（*Nosotros*）杂志上发表文章，概括了超越主义的宗旨：

① 将隐喻作为诗歌的主体。

② 删去中庸的句子，无用的连接词和形容词。

③ 废除和现代主义一致的“装饰性作品”，自白主义（confesionalismo），说教，及矫揉造作的晦涩。

④ 将两个或两个以上的意向综合在一起，从而扩大其暗示性。

⑤ 使用让人震惊的，不合逻辑的意象和隐喻，使用涉及到新技术和新科技的词语。比如超越主义代表人物之一，博尔赫斯的妹夫，吉列尔莫·德托雷（Guillermo De Torre）的这句诗：“引擎声比十一音节的诗句更动听。”

⑥ 尝试新的排版方式，把图像艺术和诗歌艺术结合在一起。

⑦ 删去韵脚和格律。

5 即希伯来神秘哲学，是一套用以解释永恒而神秘的造物主与短暂而有限的宇宙之间的关系的学说。

6 该选段翻译收录在本书附录。

7 一个基督教节日，纪念耶稣被钉在十字架上及在各各他去世。又称圣周五。

8 《熙德之歌》是西班牙史诗，描述了骑士熙德的一生。

9 西班牙国宝级电影导演，达利好友。代表作《安达鲁之犬》。

10 生于乌拉圭的法国作家。他唯二的作品《马尔多罗之歌》和《诗》对现代艺术和文学，特别是对超现实主义和情境主义产生了重大影响。而《马尔多罗之歌》分为六歌，法语 Chants 也正好对应西语 Cantos，或许《阿尔塔索尔》分为七歌也是维多夫罗在向洛特雷阿蒙致敬。洛特雷阿蒙去世时年仅 24 岁。

11 希腊神话人物。他与其父代达罗斯使用蜡和羽毛造的翼逃离克里特岛时，他因飞得太高，双翼上的蜡遭太阳融化跌落水中丧生。

12 两首诗对比如下：

《园丁集 · 第 30 首》
你是一朵夜云，在我梦幻中的天空浮泛。
我永远用爱恋的渴望来描画你。
你是我一个人的，我一个人的，我无尽的梦幻中的居住者！

你的双脚被我心切望的热光染得绯红，我的落日之歌的搜集者！
我的痛苦之酒使你的唇儿苦甜。
你是我一个人的，我一个人的，我寂寥的梦幻中的居住者！

我用热情的浓影染黑了你的眼睛，我的凝视深处的祟魂！
我捉住了你，缠住了你，我爱，在我音乐的落网里。
你是我一个人的，我一个人的，我永生的梦幻中的居住者！
（冰心译）

《二十首情诗和一首绝望的歌 · 第 16 首》
黄昏时在我的天空里像一片云霞，
你的形状和色彩以我所爱的方式呈现。
你是我的，我的，有着甜蜜嘴唇的女人，
我的没有尽头的梦居住在你的生命里。

我灵魂的灯光浸染你的双足，
我的酸酒到了你的嘴上甜蜜了很多。

我的黄昏之歌的收割者啊，
孤独的梦是怎样地相信你是我的！

你是我的，我的，我向下午的风
叫喊着，而风拖着我鳏夫的嗓门，
我眼睛深处的女猎手，你的猎物
使得你夜间的注视平静如水。

你落进了我的音乐之间，我的爱，
而我的音乐之间辽阔如天空。
我的灵魂降生在你悲伤的眼睛的海滩上，
在你悲伤的眼睛里梦的大地开始形成。
（黄灿然译）

13 巴勃罗·德罗卡（Pablo De Rokha），和聂鲁达，米斯特拉尔及维多夫罗并称智利四大诗人。他在 1965 年获得了智利国家文学奖。

14 人民阵线（Frente Popular）是西班牙第二共和国时期的一个左翼政治联盟。该联盟成立于 1936 年 1 月。同月，该联盟赢得西班牙大选。5 月，该联盟上台组织政府。7 月，带有法西斯主义色彩的右翼军人发动试图内战，企图颠覆人民阵线政府，人民阵线政府组织共和派人士进行抵抗。1939 年，首都马德里被叛军攻占，人民阵线政府垮台，人民阵线也随之不复存在。

15 秘鲁现代作家，西班牙共产党党员。他被认为是 20 世纪最伟大的诗歌改革者之一

16 智利诗人，1988 年智利国家文学奖得主。维多夫罗的墓志铭就是他和维多夫罗的长女一起写的。

✣ **译后记中出现作品、报刊名对照：**

《灵魂的回声》：*Ecos del alma*
《年轻的穆斯》：*Musa Joven*
《日本店：和谐三角》：*Japonería: Triángulo armónico*
《亚当》：*Adán*
《水之镜》：*El espejo de agua*
《诗歌艺术》：*Arte poética*
《北南》：*Nord-Sud*
《降落伞之旅》：*Voyage en parachute*

《自由党》：*El Liberal*

《创造》：*Creación*

《诗歌》：*La poesía*

《卡廖斯特罗》：*Cagliostro*

《不列颠的终结》：*Finis Britannia*

《终于找到了我的老师》：*Al fin se descubre mi maestro*

《行动，国家净化日报》：*Acción, diario de Purificación Nacional*

《改革》：*La Reforma*

《宣言》：*Manifestes*

《国家报》：*La Nación*

《激情与死亡》：*Pasión y muerte*

《全景》：*Panorama*

《熙德之歌》：*El Cid*

《欧罗巴》：*Europa*

《给西语美洲青年的宣言》：*Manifiesto a la juventud de Hispanoamérica*

《无尽人类之企图》：*Tentativa del hombre infinito*

《美洲新诗索引》：*Indice de la nueva poesía americana*

《我在这里》：*Aquí estoy*

《西班牙在流血》：*Está sangrando España*

《离开这里》：*Fuera de aquí*

《梦幻集市》：*La foire aux chimères*

胭+砚
project

胭砚计划|按出版时间顺序|:

《天命与剑：帝制时代的合法性焦虑》，张明扬著

《送你一颗子弹》，刘瑜著

《暴走军国：近代日本的战争记忆》，沙青青著

《一茶，猫与四季》，小林一茶著，吴菲译

《摩登中华：从帝国到民国》，贾葭著

《说吧，医生 16》，吕洛衿著

《说吧，医生 2》，吕洛衿著

《我爱问连岳 6》，连岳著

《国家根本与皇帝世仆——清代旗人的法律地位》，鹿智钧著

《父母等恩：〈孝慈录〉与明代母服的理念及其实践》，萧琪著

《故事新编》，刘以鬯著

《下周很重要》，连岳著

《亲爱的老爱尔兰》，邱方哲著

《诗人的迟缓》，范晔著

《群山自黄金》，莱奥波尔多·卢贡内斯著，张礼骏译

《我爱问连岳 1》，连岳著

《我爱问连岳 2》，连岳著

《我爱问连岳 3》，连岳著

《我爱问连岳 4》，连岳著

《我爱问连岳 5》，连岳著

《看得见的与看不见的》，弗雷德里克·巴斯夏著，于海燕译

《平成史》，保阪正康著，黄立俊译

《平成史讲义》，吉见俊哉编著，奚伶译

《昭和风，平成雨：当代日本的过去与现在》，沙青青著

《海东五百年：朝鲜王朝（1392—1910）兴衰史》，丁晨楠著

《阿尔塔索尔》，比森特·维多夫罗著，李佳钟译

《自我的幻觉术》，汪天艾著